De stem uit het bos

LIZ MOORE

DE STEM UIT HET BOS

Vertaling Inger Limburg

WERELDBIBLIOTHEEK

De vertaler ontving voor deze vertaling een projectsubsidie
van het Nederlands Letterenfonds

Nederlands
letterenfonds
dutch foundation
for literature

Eerste druk juli 2024
Tweede druk augustus 2024

Oorspronkelijke titel *The God of the Woods*. Riverhead Books, imprint van
Penguin Random House, New York

Omslagontwerp Grace Han
Omslagbeeld: detail uit *White Horse in a Wooded Landscape*, 1791 van Sawrey
Gilpin © Christie's Images / Bridgeman Images
Omslagbewerking Dog and Pony
Auteursfoto © Maggie Casey
NUR 302
ISBN 9789028453524
www.wereldbibliotheek.nl
Wereldbibliotheek maakt deel uit van Park Uitgevers

MIX
Papier | Ondersteunt
verantwoord bosbeheer
FSC® C004472

Voor mijn zus Rebecca, die dit woud ook kent.

Inhoud

Menig wandelaar die op het punt staat dit woud te betreden, reageert ongelovig op waarschuwingen voor het gevaar dat op de loer ligt als hij zich onvergezeld overgeeft aan zijn favoriete tijdverdrijf. Maar er is één wezenlijk gevaar waar hij niet aan hoeft te twijfelen, namelijk het gevaar om in het bos te verdwalen. Dat is het enige waarvoor eenieder moet vrezen in het woud van de Adirondacks!

– Uit 'Verdwaald in de Adirondacks. Waarschuwing voor de bezoekers van de North Woods. Wat niet te doen als u verdwaald bent, en hoe verdwaling te voorkomen', *The New York Times*, 16 maart 1890

Hoe snel toch, peinsde ik, wisselen schoonheid en gevaar elkaar af in de wildernis; ze zijn immers onlosmakelijk met elkaar verbonden.

– Uit *Woodswoman* van Anne LaBastille

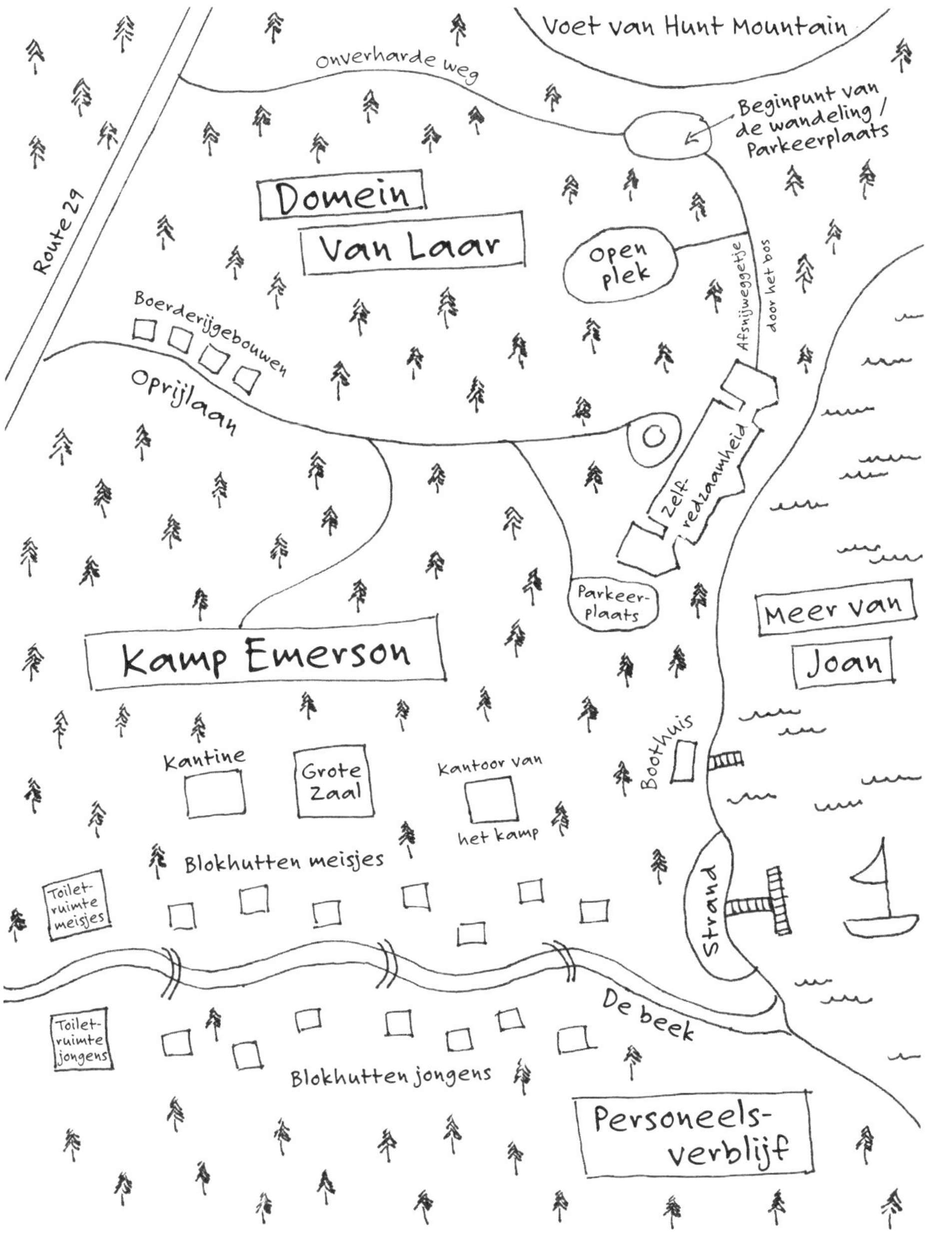
Voet van Hunt Mountain
Onverharde weg
Beginpunt van de wandeling / Parkeerplaats
Route 29
Domein
Van Laar
Open plek
Afsnijweggetje door het bos
Boerderijgebouwen
Oprijlaan
Zelfredzaamheid
Parkeer-plaats
Meer van
Joan
Kamp Emerson
Boothuis
Kantine
Grote Zaal
Kantoor van het kamp
Blokhutten meisjes
Toilet-ruimte meisjes
Strand
De beek
Toilet-ruimte jongens
Blokhutten jongens
Personeels-verblijf

I

BARBARA

Louise

Augustus 1975

Het bed is leeg.

De groepsleidster Louise – drieëntwintig, klein van stuk, schorre stem, opgewekt – staat met haar blote voeten op de warme, ruwe planken van de blokhut die de naam Balsemzilver draagt en heeft even tijd nodig om tot zich door te laten dringen dat er niemand onder in het stapelbed bij de deur ligt. Later zal ze de tien seconden tussen constatering en conclusie opvatten als bewijs dat de tijd een menselijk construct is, dat de tijd kan vertragen en versnellen afhankelijk van de emoties, van de chemicaliën in het bloed.

Het bed is leeg.

De enige zaklamp in de blokhut – die altijd, ook overdag, moet worden meegenomen als er iemand naar het toiletgebouw gaat – ligt op zijn vaste plek op de plank bij de deur.

Louise draait langzaam een rondje om haar as en somt in stilte de namen op van de meisjes die ze wel ziet.

Melissa. Melissa. Jennifer. Michelle. Amy. Caroline. Tracy. Kim.

Acht meisjes. Negen bedden. Ze telt nog eens, en nog eens.

Uiteindelijk, als er niet meer aan te ontkomen valt, laat ze één naam naar de voorgrond komen: Barbara.

Het lege bed is van Barbara.

Ze doet haar ogen dicht. Stelt zich voor dat ze later steeds weer zal terugkeren naar deze plek en naar dit moment, als een eenzame tijdreiziger, als een spook dat rondwaart in Balsemzilver en vurig hoopt dat er een lichaam zal verschijnen op de plek waar het nu ontbreekt, vurig hoopt dat het meisje, Barbara, door de deur naar binnen komt. Dat ze gewoon naar de wc was en de regel over de zaklamp was vergeten, dat ze op een ontwapenende manier haar verontschuldigingen aanbiedt, zoals ze al vaker heeft gedaan.

Maar Louise weet dat dit alles niet zal gebeuren. Ze kan het niet goed uitleggen, maar ze voelt dat Barbara is verdwenen.

Waarom nou net zij, denkt Louise. Waarom moet van al die meisjes nou net zij vermist raken?

Om 6.25 uur loopt Louise door het gordijn terug naar de ruimte die ze deelt met Annabel, haar assistente. Annabel Southworth is een zeventienjarige balletdanseres uit Chevy Chase, Maryland. Wat leeftijd betreft zit ze dichter bij de kampdeelnemers dan bij Louise, maar ze is doortastend, legt altijd een ironische ondertoon in haar woorden en zorgt ervoor dat iedereen zich terdege bewust is van de strikte grens tussen dertien en zeventien, een grens die fysiek tot uiting komt in het tussenschot van multiplex tussen het hoofdgedeelte van de blokhut en het hoekje waar de leidsters slapen.

Nu schudt Louise haar wakker. Nu opent Annabel haar ogen op een kiertje. Legt ze met een melodramatisch gebaar haar gebogen arm eroverheen. Dommelt ze weer in.

Louise ruikt een bierkegel. Tot dan toe had ze aangenomen dat die geur uit haar eigen lichaam kwam, uit haar eigen poriën en mond. Ze heeft gisteravond in elk geval genoeg gedronken om daar vandaag de gevolgen van te ondervinden. Maar nu ze bij Annabel staat, vermoedt ze dat zij de bron was.

Wat zorgwekkend is.

'Annabel!' fluistert Louise dwingend. Ze klinkt als haar moeder. En in zekere zin voelt ze zich ten overstaan van dit meisje ook als haar moeder – haar slechte moeder, haar onverantwoordelijke moeder.

Annabel doet haar ogen open. Ze gaat zitten, vertrekt meteen haar gezicht. Ze kijkt Louise aan en haar ogen sperren zich open, haar gezicht wordt bleek.

'Ik ga over mijn nek,' zegt ze – te luid. Louise maant haar tot stilte en grijpt naar het eerste wat binnen handbereik ligt: een lege chipszak op de grond.

Annabel grist de zak uit haar handen. Braakt. Dan heft ze haar hoofd, hijgend, zachtjes kreunend.

'Heb je een kater?' vraagt Louise.

Annabel schudt haar hoofd. Angstig.

'Ik denk dat ik...' begint ze. Maar opnieuw snoert Louise haar de mond. Ze gaat op haar bed zitten en telt in gedachten tot vijf, zoals ze dat al doet sinds ze klein was. Op die manier heeft ze zichzelf aangeleerd om niet meteen te reageren.

Annabels kin trilt. 'Ik denk dat ik iets verkeerds heb gegeten,' fluistert ze.

'Ben je gisteravond hier gebleven?' vraagt Louise. 'Annabel?'

Annabel kijkt haar aan. Lijkt een inschatting te maken.

'Dit is belangrijk,' zegt Louise.

Gewoonlijk heeft ze veel geduld met haar assistentes. Ze weet hoe ze hen door hun eerste kater heen moet helpen. Vindt het niet erg als ze zich op een vrije avond een beetje laten gaan. Dit jaar is ze hoofdleidster en meestal knijpt ze een oogje dicht als ze iemand dingen ziet doen die niet echt kwaad kunnen. En als de situatie het toelaat, doet ze er zelf aan mee. Maar verder houdt ze de teugels strak; zo werd aan het begin van de zomer de eerste groepsleider die na een nacht doorhalen niet op tijd zijn bed uit was gekomen de toegang tot de eerste paar feesten ontzegd, en dat bleek zo'n afschrikwekkend voorbeeld dat daarna niemand meer die fout maakte.

Tot nu toe. Want gisteravond was Annabel verantwoordelijk voor de meisjes in Louises afwezigheid. Blijkbaar had Annabel haar plicht verzaakt.

Louise doet haar ogen dicht. Laat de gebeurtenissen van die avond de revue passeren.

Er was een dansfeest in de Grote Zaal ter afsluiting van het kampseizoen; alle deelnemers, leiders en assistenten moesten daarbij aanwezig zijn. Ze herinnert zich dat het haar op een gegeven moment was opgevallen dat Annabel ontbrak, in elk geval zag ze haar nergens, maar Louise weet zeker dat ze voor het eind van het feest terug was.

Want om elf uur had Louise snel koppen geteld en toen was Annabel erbij, samen met de negen meisjes uit hun blokhut – ja, negen. Alle negen hadden ze heel zoet naar Louise gezwaaid toen ze naar bed gingen. Ze ziet ze nog in kleine groepjes weglopen naar Balsemzilver.

Dat was de laatste keer dat ze hen had gezien. Louise, die erop rekende dat Annabel de boel in de gaten hield, was vertrokken.

Nu probeert ze zich voor de geest te halen hoe de bedden eruitzagen toen ze diep in de nacht, lang nadat de lichten uit waren gegaan, de blokhut in was geslopen. Hoe laat was dat? Een uur of twee, drie? Er komen gefragmenteerde beelden in haar op: de open mond van Melissa R., Amy's arm die over de rand van het bed bungelde. Maar er is geen herinnering aan Barbara zelf. En evenmin aan Barbara's afwezigheid.

Wel dringt zich een andere herinnering op: John Paul, op de open plek, rondmaaiend met zijn armen, eerst haar kant op en daarna die van Lee Towson. John Paul, vechtend als een rijkeluisjochie, de vuisten geheven alsof hij een boksring betrad. Lee woest en strijdlustig, met zijn keukenschort nog voor. Binnen de kortste keren lag John Paul op de grond, verdwaasd, knipperend met zijn ogen, starend naar de takken boven zijn hoofd.

Vandaag wordt een problematische dag. Het is altijd problematisch als John Paul haar ervan verdenkt dat ze met iemand anders rotzooit.

Voor alle duidelijkheid: hij heeft het mis – deze keer.

Annabel hapt naar adem. Houdt haar hand voor haar ogen.

'Weet jij waar Barbara is?' vraagt Louise zonder omhaal. Ze hebben maar weinig tijd: de meisjes worden zo wakker.

Annabel kijkt verward.

'Van Laar!' zegt Louise, en dan met zachtere stem. 'Barbara Van Laar.'

'Nee,' zegt Annabel, en ze laat zich achterover op het bed vallen.

Natuurlijk schalt net op dat moment de reveille uit de luidsprekers die verspreid over het terrein in bomen hangen, wat betekent dat aan de andere kant van het tussenschot acht meisjes van twaalf of dertien met tegenzin wakker worden, zachte geluidjes maken, diep uitademen en zuchten, zich oprichten op hun ellebogen.

Louise loopt nu onrustig heen en weer.

Annabel, die nog steeds op haar rug ligt, volgt haar met haar blik en langzamerhand begint de ernst van de situatie tot haar door te dringen.

'Annabel,' zegt Louise. 'Ik wil een eerlijk antwoord. Ben je gisteravond nog weggegaan? Toen de meisjes in bed lagen?'

Annabel lijkt haar adem in te houden. Dan laat ze de lucht stromen. Knikt. Louise ziet dat haar ogen vochtig worden.

'Ja,' zegt ze. Met een kinderlijke trilling in haar stem. Ze heeft zelden op haar kop gekregen, dat weet Louise zeker. Annabel is zo iemand die vanaf haar geboorte te horen heeft gekregen hoe waardevol ze is voor deze wereld. Hoe gelukkig ze de mensen om haar heen maakt. Ze laat haar tranen nu de vrije loop, en Louise moet een zucht onderdrukken. Wat heeft Annabel te vrezen? Voor haar staat er niets op het spel. Ze is zeventien. In het ergste geval wordt ze weggestuurd en moet ze terug naar haar rijke ouders op de heuvel – haar ouders die nota bene bevriend zijn met de eigenaren van het kamp en die op dit moment te gast zijn in hun huis op het terrein. Terwijl Louise – de volwassene van hen tweeën, denkt ze vol zelfverwijt – terwijl Louise in het ergste geval... nou ja. Niet op de zaken vooruitlopen, zegt ze tegen zichzelf. Concentreer je op het hier en nu.

Louise loopt naar het gordijn. Houdt het een klein stukje opzij. Daarbij valt haar oog op Tracy, het zwijgzame meisje dat het stapelbed deelt met Barbara en dat nu halverwege haar afdaling langs de ladder tot stilstand is gekomen en al lijkt door te hebben wat er aan de hand is.

Louise laat het gordijn los.

'Is ze vermist?' vraagt Annabel. Voor de derde keer snoert Louise haar de mond.

'Dat woord moet je niet gebruiken. Zeg maar dat ze niet in haar bed ligt.'

Louise kijkt rond in hun kamertje, op zoek naar sporen van gisteravond. Alles wat ze vindt, stopt ze in een bruine papieren zak: het bierflesje dat ze had leeggedronken toen ze terugliep vanaf de open plek, het restje van een joint die ze in de loop van de avond had gerookt, de chipszak met het braaksel, die ze met twee gestrekte vingers oppakt.

'Zijn er nog meer dingen waarvan je niet wilt dat ze gevonden worden?' vraagt ze aan Annabel, die haar hoofd schudt.

Louise vouwt de zak dicht en rolt hem zo strak mogelijk op.

'Luister,' zegt ze. 'Het kan zijn dat jij vanochtend de meisjes onder je hoede moet nemen. Ik weet het nog niet zeker. Maar in dat geval moet je deze weggooien. Loop maar gewoon even langs het afvalhok op weg naar het ontbijt. Die zak moet hier weg. Kan ik dat aan jou overlaten?'

Annabel knikt. Ze ziet nog steeds groen.

'Maar ik wil dat je eerst een tijdje hier blijft,' zegt Louise. 'Laat je nog even niet zien. En hou...' Ze aarzelt, zoekt naar woorden die serieus klinken maar niet als een schuldbekentenis. Ze heeft het tenslotte tegen een kind. 'Zeg voorlopig niets over gisteravond, tegen niemand. Ik moet eerst wat dingen op een rijtje zetten.'

Annabel zegt niets.

'Oké?' vraagt Louise.

'Oké.'

Die bezwijkt meteen, denkt Louise. Zodra iemand ook maar enige druk uitoefent, zal ze tot in detail vertellen wat er is gebeurd en wat ze weet. Daarna zal ze uithuilen op de schouders van haar vader en moeder, die het gedicht van Edgar Allan Poe waarnaar ze hun dochter hebben vernoemd waarschijnlijk niet eens hebben begrepen, die haar zullen troosten, en dan zal ze haar balletlessen hervatten, en volgend jaar zal ze door haar middelbare school worden overgedragen aan Vassar, Radcliffe of Wellesley, en ze zal trouwen met de jongen die haar ouders voor haar hebben uitgekozen – ze heeft zich tegen Louise laten ontvallen dat ze er al een op het oog hebben – en ze zal geen seconde terugdenken aan Louise Donnadieu of stilstaan bij het lot dat Louise wacht of bij de problemen die Louise de rest van haar leven zal ondervinden bij het vinden van een baan of een huis, bij het onderhouden van haar moeder, die al zeven jaar niet meer kan of wil werken. Bij het onderhouden van haar broertje, die elf is en een beter leven verdient.

Annabel kokhalst. Maar ze houdt het binnen.

Louise zet haar handen in haar zij. Ademt diep in en uit. Rustig aan, zegt ze tegen zichzelf.

Ze recht haar rug. Trekt het gordijn opzij. Doet haar best om onwetendheid en verbazing voor te wenden ten overstaan van de meisjes, die – ze slikt haar schaamte door als een pil – naar haar opkijken en haar bewonderen, die zo vaak bij haar komen voor advies en bescherming.

Ze loopt de ruimte in. Doet alsof ze de bedden afspeurt. Fronst haar voorhoofd om verbazing uit te drukken.

'Waar is Barbara?' vraagt ze monter.

Tracy

Twee maanden eerder
Juni 1975

Elke deelnemer kreeg bij aankomst drie regels voorgeschoteld.

De eerste had te maken met etenswaren in de blokhut, en de manier waarop die geconsumeerd en bewaard moesten worden (goed afgesloten, netjes).

De tweede ging over zwemmen, een activiteit die onder geen beding alleen mocht worden ondernomen.

De derde – en belangrijkste, zoals bleek uit de blokletters waarin deze in een aantal gemeenschappelijke ruimtes te lezen was – luidde: ALS JE VERDWAALD BENT, GA DAN ZITTEN EN ROEP OM HULP.

Tracy vond dat advies bijna grappig. Later die avond, bij het openingskampvuur, zou het worden herhaald en toegelicht. Maar nu het zo kort en bondig door een lange kampleider werd gedeclameerd, zonder interpunctie of emotie, moest ze een nerveus lachje bedwingen en haar blik afwenden. ALS JE VERDWAALD BENT, GA DAN ZITTEN EN ROEP OM HULP. Ze probeerde zich voor te stellen dat ze zomaar op de grond ging zitten. Haar mond opendeed. En begon te roepen. Welk geluid zou er aan haar keel ontsnappen? Welk woord, of welke woorden? ‘Help’? ‘Help me’? Alsjeblieft niet: ‘Kom me redden!’ De gedachte alleen al.

Haar vader had haar betaald om naar het kamp te gaan.

Na een week onderhandelen en een impasse die het hele weekend duurde doordat ze haar kamer niet uit kwam, bleek dat haar prijs te zijn: honderd kille, klinkende dollars, waarvan de helft op haar zou liggen te wachten als ze terugkwam.

Ze was van plan geweest om die hele zomer te bivakkeren in de woonkamer van het victoriaanse huis in Saratoga Springs dat haar ouders al tien jaar lang elk raceseizoen huurden. Ze was van plan geweest om op de bank te liggen, met de jaloezieën halfdicht, de ramen halfopen en alle ventilatoren die in het huis te vinden waren om haar heen, en alleen maar af en toe op te staan om uitgebreide tussendoortjes klaar te maken. En ze was van plan geweest om te lezen, dat was het belangrijkste.

Zo was het de afgelopen vijf zomers gegaan. En zo had ze de zomer van 1975 ook voor zich gezien.

Maar haar vader, die nog geen jaar geleden van haar moeder was gescheiden, had snel achter elkaar een nieuwe vriendin gevonden, een ander, luxueuzer huis gehuurd en besloten dat Tracy niet de hele zomer mocht lanterfanten zonder iets omhanden te hebben. Dat zei hij in elk geval tegen haar toen ze half juni vanaf haar moeders huis op Long Island terugreden naar Saratoga. (Het viel haar op dat hij zijn plan pas uit de doeken deed toen ze al ruimschoots halverwege waren.) De ware reden, vermoedde ze, was dat hij haar twee maanden ergens wilde onderbrengen. Zodat hij en voornoemde vriendin hun gang konden gaan zonder dat er een mokkend meisje van twaalf in de weg liep. Waarom, vroeg Tracy zich af, had hij de hele zomer gestreden om de voogdij als hij haar prompt wegstuurde?

Hij had niet eens de moeite genomen om haar zelf bij Kamp Emerson af te zetten. Die taak had hij uitbesteed aan Donna Romano, de vriendin, die voor Tracy niet veel meer was dan een voor- en een achternaam.

'We hebben een race vandaag,' zei haar vader toen ze hem in de gang de weg versperde en hem smeekte om mee te gaan. 'Ik moet naar Belmont. Second Thought start om twee uur.'

Haar vader was de zoon van een jockey, maar hij was te groot om in diens voetsporen te treden. Daarom was hij trainingsruiter geworden, vervolgens trainer en daarna eigenaar – elke stap in zijn carrière was gepaard gegaan met een verandering in hun levensomstandigheden. Vlak na Tracy's geboorte woonden ze met z'n drieën in een camper op de oprit van haar moeders moeder. Nu woonden ze in een groot, nieuw huis in Hempstead, met een zilverkleurige toegangspoort. Nou ja, Tracy en haar moeder woonden daar.

'We hebben elkaar niets te melden!' riep ze uit, maar hij schudde alleen zijn hoofd en legde twee dwingende handen op haar schouders. Ineens viel het haar op dat ze op ooghoogte met hem stond, met haar eigen vader. Ze had net een groeispurt doorgemaakt, waardoor ze nu bijna een meter tachtig was en haar schouders flink liet hangen als ze niet in beweging was.

'Het schijnt eersteklas te zijn. Ik bedoel echt poepchic,' zei haar vader – dezelfde twee tenenkrommende omschrijvingen die hij had gebruikt toen hij haar over dit plan inlichtte. 'Ik weet zeker dat je het er geweldig zult vinden.'

Ze keek naar buiten en zag dat Donna Romano haar beha rechttrok en haar spiegelbeeld inspecteerde in het raampje van de auto. Het was een nieuwe Stutz Blackhawk met hoogpolige vloerbedekking en een brullende motor die Tracy vond klinken als de stem van haar vader. 'Het duurste model dat er is,' had hij gezegd toen hij haar in Hempstead ophaalde. Tracy concludeerde dat alles in haar vaders leven nieuw was. Huurhuis, vriendin, pekineespuppy, auto. Tracy was het enige oude in zijn nabijheid, en nu werd ook zij afgedankt.

Donna Romano bleek een kettingrookster. Tussen twee trekjes door stelde ze vragen over Tracy's leven, die ze duidelijk voor deze reis had opgespaard. Als Tracy niet bezig was met antwoord geven, wierp ze steelse blikken op Donna Romano. Ze was heel knap. Normaal gesproken zou dat een pre zijn. Want Tracy had een groot zwak voor mooie vrouwen. Ze had een zwak voor de populaire meisjes op school – hoewel het woord 'bewondering' misschien meer op zijn plaats was, want tegelijkertijd had ze een hekel aan ze. In elk geval was ze gefascineerd door die meisjes, misschien omdat ze in fysiek opzicht haar tegenpool waren, ze beschouwde ze als een soort specimens die ze uitgebreid wilde bestuderen onder de microscoop. De meeste van haar klasgenotes hadden lang, steil haar met een scheiding in het midden, maar Tracy had een dikke ontembare bos rood haar. Haar klasgenoten hadden over het algemeen lichte sproeten, maar die van Tracy waren zo uitgesproken dat een groep oudere jongens op school haar Krentenbrood noemde. Eigenlijk moest ze een bril op; ze had er een die ze nooit droeg, waardoor ze vaak haar ogen tot spleetjes moest knijpen om scherp te kunnen zien. Haar vader had een keer terloops tegen haar gezegd dat ze een figuur had als een pruim op tandenstokers, en die woorden waren zo hardvochtig en tegelijk zo poëtisch dat ze zich als een harnas om haar heen sloten.

De asfaltwegen werden grindweggetjes, de grindweggetjes werden zandpaden. Om de paar minuten kwamen ze langs een vervallen huis met een voortuin die in de loop van de tijd was veranderd in een autokerkhof. Het had iets griezeligs, dat contrast tussen de schoonheid van de natuur en het door de mens gecreëerde verval, en Tracy begon zich af te vragen of ze wel de goede kant op reden.

En toen kwam er eindelijk een bord in zicht. DOMEIN VAN LAAR, stond erop. Volgens de instructies die ze per post hadden gekregen, moesten ze die borden volgen.

'Waarom hebben ze niet gewoon de naam van het kamp op het bord gezet?' vroeg Donna Romano peinzend.

Misschien omdat ze geen viezeriken willen lokken, dacht Tracy. Ze wist dat dat het antwoord was dat haar vader zou geven. Ongewild hoorde ze vaak zijn stem in haar hoofd, als een verteller die haar leven van commentaar voorzag. Ze was nog nooit zo lang bij hem vandaan geweest als in dit jaar, het jaar van de scheiding.

Toen ze klein was, week ze nooit van zijn zijde; ze hield onvoorwaardelijk van hem, volgde hem waar hij ook ging, bracht met vlakke hand wortels naar de fluweelzachte snuit van zijn lievelingspaarden. Hoewel ze liever doodging dan het toe te geven, miste Tracy hem verschrikkelijk en had ze zich bijna het hele afgelopen schooljaar verheugd op een zomer samen met hem.

De onverharde oprijlaan splitste zich. Ze werden door een pijl naar rechts gestuurd, naar KAMP EMERSON: WAAR JE VRIENDEN MAAKT VOOR HET LEVEN. En toen maakten de bomen plaats voor een grasveld met een rij rustieke houten gebouwen. Voor die gebouwen stond een eenzame kampleider bij een klaptafel, waaraan een vochtig stuk karton hing met de niet bepaald overtuigende tekst WELKOM.

Hij kwam naar de Blackhawk toe en overhandigde via het raampje een map aan Donna. Vervolgens declameerde hij als een plichtsgetrouwe stadsomroeper de Drie Regels van Kamp Emerson, inclusief de laatste en belangrijkste, de zin die in Tracy's hoofd nagalmde. Dagenlang, wekenlang, de rest van haar leven.

Als je verdwaald bent, ga dan zitten en roep om hulp.

Tracy vroeg zich af hoe erg ze verdwaald zou moeten raken voordat ze haar toevlucht tot die optie zou nemen. Haar stem leek vanaf haar geboorte alleen maar in kracht te zijn afgenomen en was nu, op haar twaalfde, eigenlijk nauwelijks meer hoorbaar.

Heel erg, besloot ze. Ernstig, onherroepelijk verdwaald.

'Jij zit in Balsemzilver,' onderbrak de jongen Tracy's gedachten. Hij wees met een lange arm naar rechts. Donna Romano drukte het gaspedaal in en de Blackhawk kwam in beweging.

Alice

Juni 1975

De laatste ouders namen afscheid.

Vanuit de serre van het huis op de heuvel keek Alice naar de auto's die langsreden met de ruitenwissers aan, een langzame parade.

Kamp Emerson lag een paar honderd meter verderop, maar het huis – Zelfredzaamheid, hadden ze het genoemd – stond op een hoogte, en ze kon rondom kijken van waar ze stond: in het oosten lag het Meer van Joan, in het westen de lange oprijlaan die uitkwam bij de weg naar de stad, in het zuiden het kamp en in het noorden de wildernis. Hunt Mountain met zijn uitlopers.

Ze stond daar al twee uur. Tot nu toe waren er eenennegentig auto's voorbijgekomen. In al die auto's zaten een of twee ouders die een of meer kinderen hadden afgezet.

Dit was een terugkerend ritueel in al die vierentwintig jaar dat ze met Peter Van Laar getrouwd was. Sinds haar achttiende stond ze elk jaar op de eerste kampdag bij het raam van Zelfredzaamheid naar buiten te kijken, soms met een kind in de armen, soms alleen. Ze fantaseerde graag over de gezinnen in de auto's. Ze verzon namen voor ze, en problemen.

De laatste auto verdween uit het zicht. Alice rechtte haar schouders. Ze keek op de klok achter zich: kwart voor vijf. Het dagelijkse aftellen was begonnen: om vijf uur mocht ze een van de pillen nemen die dokter Lewis had voorgeschreven tegen de zenuwen. Eén pil, was het advies, maar het kon geen kwaad om er twee te nemen, 'op heel slechte dagen'. Daarmee bedoelde dokter Lewis de dagen waarop ze te veel aan Bear dacht.

Twee dus.

Er klonk een bons in de gang: de ijzeren klopper die tegen de voordeur sloeg. Dat moest T.J. zijn.

Die ochtend had Alice iemand naar T.J.'s kantoor gestuurd met de boodschap dat ze haar wilde spreken. Nu viste Alice het glazen flesje uit haar zak. En ze kauwde op haar twee pillen – vijftien minuten te vroeg.

Toen sloot ze haar ogen en repeteerde in haar hoofd de formulering die ze zou gebruiken.

Ik wilde je spreken over Barbara, zou ze zeggen. Die wil meedoen aan het kamp.

Het was nu vijf jaar geleden dat T.J. Hewitt de coördinatrice van Kamp Emerson werd. Tegen haar zin, want, zo had ze benadrukt, haar vader Vic was heel goed in staat om door te gaan in de rol die hij al decennialang naar alle tevredenheid vervulde.

Maar dat Vic ziek was – eerst lichamelijk, later ook geestelijk – viel niet langer te ontkennen toen hij op de eerste dag van het zomerkamp in 1970 de deelnemers de stuipen op het lijf joeg door wartaal tegen ze te schreeuwen. In het bijzijn van hun ouders, nota bene. Die ouders liepen op hoge poten naar het grote huis om verhaal te halen. En Peter had Vic per direct uit zijn functie ontheven, met de verzekering dat hij persoonlijk toezicht zou houden op het kamp tot er een geschikte vervanger was gevonden.

Na een korte zoektocht was Peter op het idee gekomen om T.J. aan te stellen als opvolger van haar vader. Alice had zich daartegen verzet. Ze was zo jong, én een vrouw. Wie had er nou ooit gehoord van een vrouwelijke terreinbeheerder? Maar Peter had voet bij stuk gehouden. Uiteindelijk zouden ze wel een vervanger vinden, zei hij.

Dat was tot nu toe niet gelukt. In elk geval was er niemand geweest die Peters goedkeuring kon wegdragen. En dus vervulde T.J., net als haar vader vóór haar, twee rollen: terreinbeheerster in de herfst, de winter en de lente, coördinatrice van het kamp in de zomer. Ze woonde nog steeds in het huisje waar ze was opgegroeid en dat ook dienstdeed als kantoor, en inmiddels ook een groot deel van het jaar als herstellingsoord voor Vic Hewitt.

Op de drempel van de serre schraapte T.J. haar keel. Ze oogde ongemakkelijk en ongelukkig, maar dat was eigenlijk altijd zo als ze ergens binnen was. Ze hoorde in het bos.

'Hallo, T.J.,' zei Alice, en T.J. knikte, maar zei niets terug. In al die tijd dat Alice en T.J. elkaar kenden, had T.J. haar niet één keer bij naam genoemd. Ze had iets hooghartigs over zich wat Alice altijd ergerlijk had gevonden. Zo deed ze niet tegen Peter, schoot het door Alice' hoofd – nee, bij Peter was ze onderdanig.

'Ga zitten,' zei Alice en ze keek toe terwijl T.J. een rondje om haar as draaide, zich afvragend op welke zitplaats ze zo min mogelijk betrokkenheid en zo veel mogelijk haast zou uitstralen. Ze koos voor een poef. Ging op het uiterste randje zitten. Met de ellebogen op de knieën. Hoofd gebogen.

Sinds kort had ze een soort bloempotkapsel, zo bizar en scheef dat T.J. het wel zelf moest hebben geknipt. Het was bijna niet te bevatten dat de vrouw die nu voor haar zat dezelfde persoon was als het meisje dat Alice had leren kennen toen ze vijfentwintig jaar geleden voor het eerst het terrein betrad, het meisje van drie dat niet kon stilzitten en altijd achter haar vader aan liep. Ze heette Tessie Jo, een frivole naam, een naam voor een pop of een koe of een artiest, een naam die helemaal niet paste bij zo'n stoïcijns kind. Op haar zestiende had ze het meer androgyne T.J. als naam gekozen, maar ze had haar haar nog tien jaar in een dikke vlecht gedragen. Tot nu.

'Hoe gaat het met je?' vroeg Alice. Ze pakte een pepermuntje uit de schaal naast haar, die door het personeel steeds werd bijgevuld. De roze waren het lekkerst.

'O, best,' zei T.J. met haar zware accent. Dat accént. Alice woonde al bijna twintig jaar in deze regio, maar het deed nog steeds pijn aan haar oren.

'En met je vader?'

'Prima.'

'Geen problemen met de toiletten dit jaar?'

'Neuh,' zei T.J. Ze sloeg naar iets onzichtbaars in haar nek, inspecteerde haar hand.

'Goed, ter zake,' zei Alice. 'Mijn echtgenoot heeft het er vast al met je over gehad?' Ze wachtte even op T.J.'s reactie, want eigenlijk had ze geen idee of Peter met haar had gesproken. Ze had niets meer van hem gehoord sinds hij donderdag naar Albany was vertrokken. Wat ze wel wist, was dat Barbara nog thuis was.

T.J. schudde haar hoofd. Nee.

Alice ademde langzaam uit. Nee, natuurlijk niet, dacht ze. Er was één ding waar ze van op aan kon, namelijk dat Peter al zijn plichten verwaarloosde, dat hij haar – en Barbara – telkens weer zou laten zitten, zich uit hun leven terugtrok als dat leven hem te ingewikkeld werd. Wat betekende dat hij de laatste tijd, nu Barbara zo dwars deed, bijna altijd van huis was, meestal zonder haar op de hoogte te stellen. En ook zijn terugkeer kondigde hij nooit aan.

T.J. verschoof een beetje, rechtte haar rug.

'Oké,' zei Alice, en ze zette bewust een opgewekte, luchtige stem op. 'Dan heb ik nieuws voor je. We hebben besloten... Barbara heeft besloten dat ze dit jaar wil meedoen met het kamp.'

Ze glimlachte erbij, alsof ze een vrolijk nieuwtje vertelde.

Ze wist dat het niet goed zou vallen bij T.J. Mede daarom had ze het steeds voor zich uit geschoven. Al generatieslang bestond er een strakke scheidslijn tussen de familie Van Laar – bankiers uit Albany, gesteld op het buitenleven, maar bezadigd – en het kamp dat eigendom was van de familie, maar dat altijd het territorium van de Hewitts was geweest. Eerst van Vic. Nu van zijn dochter. En T.J. was zo iemand die alles op een bepaalde manier en in een bepaalde volgorde wilde doen. Alice had zo'n voorgevoel dat ze dit late verzoek niet op prijs zou stellen.

Even zag Alice iets in T.J.'s gezicht wat ze niet meteen kon duiden. Ontzetting? Woede? T.J. keek Alice niet aan. Ze hield haar blik strak gericht op een punt rechts van Alice.

T.J. schudde nogmaals haar hoofd.

'Sorry,' zei ze. 'Dat zal niet gaan.'

Alice staarde haar aan.

T.J. Hewitt klonk zo zelfverzekerd, zo gedecideerd. Alsof ze hier iets over te zeggen had. Alsof zij de werkgever van Alice was, in plaats van andersom.

Alice ademde diep in. Het pepermuntje in haar mond was opgelost. Ze pakte er nog een uit de schaal en beet het doormidden voordat ze antwoord gaf.

'Je zou ons er een groot plezier mee doen,' zei ze. 'Ik weet dat je een hechte band hebt met Barbara. Je hebt vast wel gemerkt dat ze... niet goed in haar vel zit. Ze is boos op alles en iedereen. We denken dat het haar goed zou doen om nieuwe vrienden om zich heen te hebben.'

Nou ja, Alice dacht dat. Peter was er niet zo zeker van. Maar er waren allerlei goede redenen om haar naar het kamp te sturen, en de belangrijkste was misschien wel dat ze dan niet thuis was tijdens het feest. Hun eerste feest in veertien jaar. In augustus zouden ze het honderdjarig jubileum van het domein vieren met een feest van een week voor een stuk of twintig vrienden en familieleden. De laatste keer dat ze een etentje hadden gegeven in Albany was Barbara maar één keer uit haar kamer gekomen, gekleed in... het leek een soort kostuum: ze had haar haar lelijk zwart geverfd en haar ogen zwaar aangezet met kohl. Peters neef Garland was in lachen uitgebarsten en Barbara had zich omgedraaid en de deur hard achter zich dichtgeslagen. Die haarkleur en de eyeliner waren gebleven, ondanks alle pogingen van Alice om haar ervan af te brengen.

Deze keer hoefde ze zich over dat soort dingen niet druk te maken – mits Barbara naar het kamp kon.

T.J. keek naar de grond.

'Weet ze het al?' vroeg ze.

'Van het kamp? Ze vroeg zelf of het mocht.'

'Nee,' zei T.J. 'Wat haar in de herfst te wachten staat.'

Alice zweeg even. Schudde haar hoofd.

'Dat vertel ik aan het eind van de zomer.' En daarna, in een vlaag van inspiratie: 'Als ze terugkomt van het kamp.'

'Het kamp is al begonnen,' zei T.J., als altijd zuinig met haar woorden.

'Nog maar net.'

'Alle groepen zitten vol.'

Langzaam welde er ongeloof op in Alice' borst, maar ze voelde ook een soort verdoving, alsof ze het reservoir aan razernij dat diep in haar zat, waar ze altijd uit kon putten als ze wilde dat Peter eindelijk naar haar luisterde, nu niet kon aanspreken.

De pillen, realiseerde ze zich. De pillen hadden haar in hun greep, hadden de strakke knopen in haar schouders losgetrokken zodat er een golf van opluchting langs de voor- en achterkant van haar lichaam omlaagstroomde, als een waterval van warmte en kalmte. Concentreer je, zei ze vermanend tegen zichzelf.

Ze nam de voorwerpen in de serre in zich op, een trucje dat ze van dokter Lewis had geleerd.

Staande klok. Weelderige planten. Tegelvloer.

Ze moest haar best doen om duidelijk te articuleren. Haar tong lag als een dikke slak in haar mond.

'Jij kent Barbara door en door,' zei Alice. Beter dan ik, klonk een ongewenst stemmetje in haar hoofd. 'Jij weet ook wel dat het haar goed zal doen.'

Maar T.J. was al opgestaan en maakte aanstalten om weg te lopen. Als ze een hoed had gehad, zou ze die nu opzetten.

Een hele zomer, dacht Alice. Een hele zomer zonder Barbara, zonder haar woedeaanvallen, haar driftbuien, al die uren waarin ze zo hard huilde dat het personeel van streek raakte. Ze deden allemaal keurig alsof ze het niet hoorden. Maar iedereen hoorde het, ook Alice. Wat zou het heerlijk zijn om die maanden helemaal voor zichzelf te hebben, met haar dochter onderaan de heuvel, op enige afstand maar wel veilig. Op een plek waar ze werd beziggehouden. Waar ze zich prettig voelde.

'Ik moest maar weer eens terug,' zei T.J.

Alice glimlachte. Door de pillen liet ze haar waakzaamheid varen. Achter in haar mond zaten woorden die ze onder andere omstandigheden zou tegenhouden met haar tanden. Dat had ze het grootste deel van haar leven gedaan, bij Peter, bij iedereen. Doorgaans was ze heel bedreven in de kunst van het zwijgen.

Maar vandaag niet.

'Deze beslissing is niet aan jou,' zei Alice. 'Het moet gewoon.'

'En anders?' vroeg T.J. plompverloren. Te luid, vond Alice. Waarom praatte iedereen de hele tijd zo luid?

Stilte, dat was het enige wat ze wilde.

Alice opende haar mond. Er kwamen geen woorden uit.

Er ging een minuut voorbij – of waren het er vijf? Ze begon slaperig te worden. Ze wist dat ze zich zou moeten schamen voor haar uitgezakte houding, voor haar opzijhangende hoofd – maar ook die emotie was onbereikbaar voor haar, abstract, iets wat ze als concept wel begreep, maar wat ze niet kon voelen.

'Het was het idee van mijn echtgenoot,' zei Alice ten slotte. 'Hij wil het zo.'

Het was een laatste redmiddel. Pijnlijk dat ze hier haar toevlucht toe moest nemen. Pijnlijk dat haar eigen woorden in dit huishouden zo weinig gewicht hadden.

T.J. keek haar aan. Zich duidelijk afvragend of ze Alice moest geloven. En toen verscheen er iets van berusting op haar gezicht.

'Goed dan,' zei ze. 'We zetten wel een stapelbed in Balsemzilver. Ik verwacht haar morgenochtend in het kamp.'

Zonder verdere vragen te stellen liep T.J. de kamer uit. Het huis uit.

Als Bear erbij was geweest…

Alice maakte die gedachte niet af. Ze mocht zich niet aan dit soort fantasieën overgeven, had dokter Lewis gezegd. Als haar gedachten die kant op dreven, moest ze zichzelf terughalen naar de realiteit. Maar het visioen drong zich met kracht aan haar op: als Bear erbij was geweest, was hij T.J. gevolgd. Ze sloot haar ogen en stond zichzelf toe om – heel even maar – aan haar zoon te denken, haar vrolijke, vertederende zoon die over het hele terrein achter T.J. Hewitt aan liep. *Tessie, Tessie!* Zijn mooie, hoge stem, net aan de andere kant van het dunne gordijn tussen haar wereld en de zijne. Ze hoorde hem duidelijk.

Op de chaise longue draaide Alice haar gezicht naar de glazen wand van de serre. T.J. bleef staan op het gazon, haalde iets uit haar zak en bracht een hand naar haar mond. Spuugde. Pruimtabak, noemden de mannen het. Walgelijke gewoonte.

Alice keek T.J. Hewitt na tot ze uit het zicht verdween. Ze was lang en mager, met een sierlijk postuur, en zoals wel vaker bedacht Alice dat ze best mooi had kunnen zijn.

Zo zonde, vond Alice. Dat ze haar uiterlijk zo verpest.

Ze hoorde voetstappen. Zwaar, slepend: Barbara.

Die was vast op weg naar de keuken. Tegenwoordig haar favoriete plek. Alice trok een grimas.

Gisteren had Alice tegen de nieuwe kokkin – haar naam was ze vergeten – gezegd dat ze Barbara minder vaak eten moest geven. Dat ze desnoods een smoes moest verzinnen. Maar Barbara kon heel manipulatief zijn, wist Alice, en ze had er weinig fiducie in dat de kokkin daartegen bestand was.

Ze liep naar de keuken, bleef in de deuropening staan en probeerde heel stil te zijn.

Daar stond Barbara, met de rug naar haar toe; ze was uiteraard de inhoud van de voorraadkast aan het inspecteren. Ze droeg een korte broek en een T-shirt, en Alice constateerde met lichte weerzin dat haar voorheen vrijwel afwezige billen nu rond waren en dat ze vrouwenbenen had. De kokkin, die achter Barbara stond, ving de blik van Alice op. Ze hief hulpeloos haar handen.

Alice schepte er geen plezier in om zo naar het lichaam van haar dochter te kijken. Ze begreep ergens wel hoe onbarmhartig ze was, maar ze vond ook dat ze als moeder de plicht had om haar dochters eerste en beste criticus te zijn, om haar al in haar jeugd te wapenen, zodat ze als volwassen vrouw alle aanvallen of beledigingen op waardige wijze kon afslaan. Dat was de methode die haar eigen moeder bij haar had toegepast. Destijds vond ze dat vervelend, maar nu begreep ze het.

'Barbara,' zei Alice, en haar dochter schrok en draaide zich om, met een brood onder haar arm. Heel even voelde Alice tederheid voor haar. Barbara was altijd schichtig geweest, al sinds haar peutertijd – de enige peuter op aarde die niet van kiekeboe of verstoppertje hield, die begon te huilen als iemand haar aan het schrikken maakte, ook als het om een onschuldig plagerijtje ging.

'We eten om half zeven,' zei Alice.

Doodgemoedereerd legde Barbara het brood op het aanrecht en sneed een boterham af.

'Heb je me gehoord?' vroeg Alice.

Barbara knikte. Pakte de boter. Smeerde haar boterham. Ze hield haar hoofd gebogen. Aan weerszijden van haar scheiding was nu een centimeter blond haar te zien, de rest had nog steeds die afstotelijke dofzwarte tint. Ze had tenminste wel een mooi gezicht. Daar deed een mislukte haarverfbeurt niets aan af.

De kokkin keek machteloos toe. Ze was heel klein, een jaar of vijfentwintig, getrouwd, afgaande op de eenvoudige ring aan haar vinger.

Alice zuchtte. Het had geen zin om er iets van te zeggen – vandaag niet. Barbara zou toch de hele zomer weg zijn. Het kon geen kwaad om haar te laten genieten van een laatste boterham met boter en jam.

'Ik heb net met T.J. gesproken,' zei Alice, en eindelijk keek Barbara op. Opeens zag Alice weer de dochter van wie ze hield. Met een sprankje leven in haar gezicht en ogen.

'En?' vroeg Barbara.

'Ze zegt dat je morgen naar het kamp kunt.'

Triomf. Barbara sloeg snel haar ogen neer, maar Alice zag dat ze moeite moest doen om haar mond strak te houden en een glimlach te onderdrukken.

'Ik zal tegen de meisjes zeggen dat ze voor je moeten inpakken,' zei Alice.

Het was een verstandige beslissing, dacht Alice. Het zou goed uitpakken. Elkaar een tijdje niet zien. Dat zou zeker helpen.

Tracy

Juni 1975

Tracy leerde het kampterrein kennen.

De drie gebouwen die het dichtst bij het grote huis op de heuvel stonden, vormden de noordgrens. Een daarvan was de kantine, waar ze hun maaltijden aten; daarnaast stond een flink gebouw met daarin een EHBO-post, twee kleine zaaltjes voor binnenactiviteiten als het regende en de Grote Zaal, vooral bedoeld voor dansfeesten en podiumoptredens. Het derde gebouw in het rijtje was het kantoor van de kampcoördinatrice. Dat zag je als deelnemer alleen vanbinnen als je je had misdragen.

Daarachter lag de rest van het terrein. Aan de oostzijde werd het afgebakend door een meer met een strandje en een boothuis. De zuidgrens werd gevormd door een lang gebouw: het verblijf van de keukenstaf en de andere seizoenskrachten. Ten noorden daarvan stonden veertien blokhutten – zeven voor de jongens, zeven voor de meisjes – in twee rijen aan weerszijden van een beek, die op verschillende plekken kon worden overgestoken via een bruggetje. De blokhutten droegen allemaal de naam van een boom of bloem die in de Adirondacks groeide.

Tracy's blokhut, Balsemzilver, werd vanbinnen verlicht door warmgele, kale peertjes die aan het plafond hingen. 's Nachts lokten diezelfde peertjes een insectenleger naar binnen door de gescheurde horren.

Er stonden acht eenpersoonsbedden, vier tegen de ene zijmuur en vier tegen de andere, met allemaal een kleine, houten kist aan het voeteneind. Het onbewerkte hout van de wanden en het plafond was volgekerfd met namen en data en onbegrijpelijke boodschappen van talloze generaties deelnemers.

Wat haar het meest verbaasde, was de houtkachel bij een van de wanden. Later die zomer hoorde Tracy dat eerdere generaties van de familie Van Laar het hele jaar door vrienden in die blokhutten onderbrachten tijdens hun jachtpartijen, maar sinds de oprichting van Kamp Emerson waren de kachels niet meer gebruikt, behalve door de vleermuizen die af en toe bezit namen van de schoorstenen en vervolgens moesten worden verplaatst.

Die eerste dag, nadat de moeders – en Donna Romano – waren vertrokken, nodigden de groepsleidster en haar assistente de meisjes uit om in een kring te komen zitten, waarna ze oefeningen deden om het ijs te breken.

Tijdens die oefeningen begon Tracy te begrijpen dat de andere meisjes in haar blokhut elkaar al jaren kenden. Er gingen allerlei vaste kreten en gebaren over en weer, alsof ze een balspel deden, en soms barstten ze in lachen uit om dingen die Tracy niet begreep. Onderonsjes, dacht Tracy – een term die haar angst inboezemde vanwege de impliciete boodschap dat iedereen die niet wist waar het over ging per definitie een buitenstaander was.

De andere conclusie die ze uit deze oefeningen trok, was dat er een strikte hiërarchie gold binnen de groep.

Bovenaan stonden natuurlijk Louise en Annabel, de leidster en haar assistente. Allebei waren ze mooi op hun eigen manier. Louise zag er op haar drieëntwintigste al uit als een echte vrouw. Ze was klein, veel kleiner dan Tracy, en ze had lang donker haar, donkere wenkbrauwen en een atletische bouw. Ze had ook een flinke 'voorgevel' – een term die Tracy eerder dat jaar had geleerd. Annabel was zeventien, lang, tenger, blond, balletdanseres, en ze bewoog met de zelfverzekerdheid van iemand die was opgegroeid in een gezin dat zich nooit zorgen hoefde te maken over rekeningen die betaald moesten worden. Tracy was meteen weg van alle twee. Er welde een merkwaardig verlangen in haar op om een miniatuurversie van hen te maken, ze uit hun doos te halen en met ze te spelen alsof het poppen waren.

Dan kwamen de meisjes uit Balsemzilver, in status uiteenlopend van de beide Melissa's, de onbetwiste heersers – blonde, gespierde turnsters uit de Upper East Side van Manhattan – tot Kim, een meisje dat oeverloos doorratelde over onderwerpen die niemand interesseerden.

En helemaal onderaan stond Tracy, die nu al het gevoel had dat de anderen naar haar staarden vanwege haar omvang. Toen haar werd gevraagd zich voor te stellen, liet haar stem het afweten. Langzaam daalde een zekere berusting neer: zo zou haar zomer er dus uitzien. Ze zou zich afzonderen. Ze zou met niemand praten. Ze zou onopgemerkt blijven en zich zo veel mogelijk achter boeken verstoppen. Zich overal buiten houden. Opgaan in het geheel.

Ze pakte haar laatste spullen uit. Ze haalde de bril die ze net dit jaar had gekregen uit haar toilettas en legde hem achter in de la die haar was toegewezen. Het leek haar beter om deze zomer niet al te scherp te zien.

Ze knipperde een paar keer krachtig met haar ogen. Het zou een ramp zijn als ze nu in huilen uitbarstte, maar de algehele teleurstelling drukte zwaar op haar neer. Want ergens hoopte ze altijd – ook al wist ze na jaren van teleurstellingen precies wat haar plaats was in de pikorde – dat het deze keer anders zou zijn. Dat er een bevallig meisje of vlotte jongen zou opduiken die geduldig en opmerkzaam genoeg was om Tracy te zien staan, om een van de positieve eigenschappen te herkennen die ze zo nu en dan zelf durfde op te sommen: haar gevoel voor humor, haar tekentalent, haar zangstem, haar loyaliteit aan iedereen die ook maar een greintje belangstelling voor haar toonde.

Met een zucht trok ze het slecht passende overhemd van haar uniform omlaag over de slecht passende korte broek en liet alle hoop voor deze zomer varen.

Die avond keek Tracy bij het openingskampvuur toe terwijl er vreemde liederen en rituelen werden uitgevoerd op de bodem van een natuurlijk amfitheater – een kleine helling die afliep naar een cirkel waar geen gras groeide. Op de helling lagen grote, gespleten boomstammen die dienstdeden als bank, met een gangpad in het midden. Het donkere meer verderop was net zichtbaar.

Er hing een soort energie in de lucht, de energie van tienerhormonen, van zijdelingse blikken waarmee werd vastgesteld wie er het afgelopen jaar waren veranderd en in welke opzichten. Niet alleen de deelnemers deden daaraan mee, maar ook de leiders. Iedereen kroop naar elkaar toe, fluisterde in elkaars oor en maakte gebaren die Tracy niet begreep. Later zou ze ontdekken dat de leiders bijna als beroemdheden werden beschouwd en dat de deelnemers hun uiterste best deden om zo veel mogelijk weetjes te verzamelen over hun thuissituatie, hun liefdes, hun liefdesverdriet, waarna die informatie gretig werd uitgewisseld in de vorm van fluisteringen in het donker.

Intussen ging de presentatie verder. Een aantal groepsleiders voerde een ritueel uit met een houtblok dat doormidden werd gehakt en er werden mededelingen gedaan over nieuwe regels, voorzieningen, evenementen.

Daarna volgden er sketches. Een daarvan – een theatrale uitbeelding van de regel die eerder zoveel indruk op Tracy had gemaakt – werd uitgevoerd door een lange jongen die de stem en tred van een klein kind nabootste en zijn verwarring illustreerde door rondjes om het kampvuur te lopen.

'Ik dacht dat ik wist welke kant ik op ging,' zei de groepsleider luid en duidelijk, 'maar blijkbaar was dat niet zo!'

Een vrouwelijke leider kwam naar voren om iedereen aan te vuren.

'Wat moet Calvin doen?' vroeg ze gespeeld ernstig. Ze legde haar handen tegen haar wangen.

'Als je verdwaald bent,' schreeuwde de groep in koor, 'ga dan zitten en roep om hulp.'

'Help!' riep Calvin. 'Ik heb hulp nodig!' Hij keek op een onzichtbaar horloge. 'Er is één minuut voorbij, nu moet ik nog een keer roepen!'

De reden daarvoor werd uitgelegd: zelfs de meest ervaren woudloper kan gedesoriënteerd raken als hij probeert zelf de weg terug te vinden in het Adirondack-woud. Het is een dicht bos, met veel ondergroei: als het pad uit het zicht is verdwenen, lijkt alles op elkaar.

'Vijfenzestig procent van de mensen,' zei Calvin, 'bevindt zich op hoogstens vijf meter van een pad op het moment dat ze gedesoriënteerd beginnen te raken.'

Tracy luisterde geboeid. Ze beeldde zich in dat het bos naar haar lonkte met zijn koele, donkere geur, het fluweelzachte mos op de rotsen – en dan geleidelijk het besef dat ze niet meer wist waar ze was. De groeiende afschuw als het gevaar in zijn volle omvang tot haar doordrong.

Tussen de sketches door dolden de mannelijke groepsleiders met elkaar en met de jongeren die ze onder hun hoede hadden. Ze riepen naar de meisjes aan de andere kant van de halve cirkel. 'Kevin vindt je een spetter!'

Toen beende een lange, magere vrouw naar het middelpunt van de cirkel. Ze ging voor het vuur staan en haar silhouet tekende zich scherp af tegen de vlammen – ze leek een beetje op het beeld dat Tracy altijd in haar hoofd had van Ichabod Crane.

Iedereen viel stil.

'Welkom,' zei de vrouw. Ze stelde zich voor aan de nieuwkomers: ze was de coördinatrice van het kamp en iedereen mocht haar T.J. noemen.

Haar leeftijd was moeilijk te schatten. Op sommige momenten leek ze heel jong, ergens in de twintig, maar er klonk meer gezag in haar schorre stem dan Tracy gewend was van vrouwen van die leeftijd. Iedereen luisterde ademloos, zelfs de brallerige mannelijke leiders, die tot dan toe nog geen moment stil waren geweest.

T.J. haalde een vel tevoorschijn waar geheugensteuntjes op leken te staan.

Ze ging ze een voor een af.

Ze herhaalde de al genoemde regels, met een toelichting erbij. Voegde nog een paar regels toe: deelnemers die na bedtijd buiten hun blokhut werden betrapt, kregen een waarschuwing en twee avonden corvee in de kantine. Bij een tweede overtreding zou de deelnemer worden weggestuurd.

Toen zweeg ze even en keek op.

De dennentakken boven haar hoofd werden oranje verlicht door het vuur. De lucht daar weer boven was zwarter en dichter bezaaid met sterren dan Tracy ooit had gezien.

'En nog iets,' zei T.J. 'Omdat sommige ouders zorgen hebben geuit, heeft de survivalexpeditie dit jaar een iets andere vorm.'

Een collectieve kreun.

T.J. hief haar hand. 'Luister,' zei ze. 'Jullie zijn nog steeds op jezelf aangewezen, in kleine groepjes. Jullie zijn verantwoordelijk voor je eigen welzijn. Het enige verschil is dat er die drie avonden een groepsleider in de buurt zal blijven. Maar wel op ruime afstand, tenzij er een noodsituatie is die jullie niet zelf kunnen oplossen.'

Stilte. Gevolgd door één mannelijke stem die luid boe riep. De rest van de groep barstte in lachen uit.

Tracy wachtte met ingehouden adem op T.J.'s reactie. Ze schatte haar in als iemand die niet veel ophad met grappenmakers. Maar T.J. grijnsde.

'Ik had het ook liever anders gezien,' zei ze. 'Geloof me.'

Die avond toen het licht uit was, lag Tracy op haar rug naar de duisternis te staren. Ze luisterde eerst naar de stilte en daarna naar het geroezemoes van verhalen die fluisterend en giechelend werden verteld.

Ze was alleen. En dat zou ze ook blijven. Er zat maar één ding op, zei ze tegen zichzelf: zorgen dat ze de zomer doorkwam.

Louise

Juni 1975

In het donker hield Louise haar adem in en spitste haar oren. Aan de andere kant van het tussenschot klonk zacht gesnik. Iemand die huilde maar dat probeerde te verbergen. Dat was vaste prik op de eerste avond.

Louise kwam uit bed. Sloop op haar tenen langs Annabel. Trok het gordijn opzij. Liet haar blik door de ruimte gaan, van het ene meisje naar het andere.

Tracy.

Daar waren Tracy's opengesperde ogen, die glinsterden in het maanlicht en haar blik kruisten.

Nu zat Tracy naast Louise op het trapje van de veranda en probeerde ze zich zo klein mogelijk te maken. Ze trok haar nachthemd over haar knieën, sloeg haar armen eromheen. Ze leek wel een uit de kluiten gewassen kleuter, dacht Louise.

Ze snufte weer.

'Wil je erover praten?' vroeg Louise. De openingsvraag die ze in de loop van vier zomers had verfijnd, een vraag die de ander niet de kans bood om te doen alsof er niets aan de hand was.

Het meisje haalde haar schouders op. Ze schaamde zich.

Tijdens het avondeten en bij het kampvuur daarna was Tracy aan de rand van de groep gaan zitten en had ze geen woord gezegd. Ze had niet op of om gekeken. Eenmaal terug in de blokhut was ze een boek gaan lezen terwijl de andere meisjes praatten, gilden, wild rondrenden en als elektronen heen en weer stuiterden. Twaalf- en dertienjarige meisjes hadden een heel eigen soort humor, zeker als er geen jongens bij waren: stuitend maar ook onschuldig, schunnig maar ook naïef. Zolang er geen kwaadaardigheid in school, zolang niemand er het mikpunt van was, genoot Louise daarvan. Ze stond vaak tegen de muur geleund toe te kijken, stilletjes en liefdevol, en dan herinnerde ze zich hoe zij zich voelde in die fase van haar leven, die leek op een ademteug voor het spreken, een laatste zoete stilte voordat zich iets groots zou openbaren.

‘Heeft iemand iets tegen je gezegd?’ vroeg Louise vriendelijk aan het meisje. ‘Is er iets ergs gebeurd?’

Het meisje schudde haar hoofd. ‘Ik ben bang,’ zei ze. Bijna onmerkbaar schoof ze dichter naar Louise toe, die haar arm zo ver mogelijk om het meisje heen sloeg.

‘Waarvoor?’ vroeg Louise.

‘We waren verhalen aan het vertellen,’ zei het meisje.

Er zat iets treurigs in die woordkeuze. ‘We’, dacht Louise. Niet ‘zij’. Een wanhopige poging om deel uit te maken van de groep.

‘Waarover?’

Tracy zweeg. In het maanlicht zag Louise alleen de contouren van haar gezicht.

Toen zei ze iets, zo zachtjes dat Louise het niet kon verstaan. Ze hield haar hoofd schuin.

‘Sluiper,’ fluisterde het meisje en keek toen snel om zich heen. Bang dat er iemand meeluisterde.

Natuurlijk, Sluiper.

Louise lachte bijna van opluchting. Dat was een van de verhalen die werden doorgegeven van de ene generatie deelnemers op de andere, soms als grap, soms als waarschuwing. Hoeveel geloof er aan die verhalen werd gehecht, was niet helemaal duidelijk. De een vertelde ze door met een dikke grijns, om anderen bang te maken, de ander vertelde ze door met een beverig stemmetje, omdat ze ergens heen moesten met de gruwelijke kennis die ze hadden opgedaan. Deze zomer had T.J. het onderwerp zelfs aan de orde gesteld tijdens de training: de kleintjes vinden het veel te eng, had ze gezegd. Laten we die spookverhalen alsjeblieft voor ons houden.

Er waren verschillende verhalen die in die categorie vielen: zo was daar Old Jones, de geest van een man die tijdens zijn leven gids was geweest in het gebied en die nu ’s nachts aan de ramen van de blokhutten rammelde, en Scary Mary, volgens zeggen de versmade echtgenote van een van de voorouders van de Van Laars.

Maar Sluiper – of Jacob Sluiter, zoals zijn echte naam luidde – was geen geest. Voor zover Louise wist, leefde hij nog. Hij waarde nog elk jaar rond in de verbeelding van haar deelnemers. De geruchten over hem en zijn vermeende connectie met het Domein Van Laar waren hardnekkiger dan al die andere verhalen.

‘Over hem hoef je je niet druk te maken,’ zei Louise. ‘Hij zit achter de tralies. Zo’n driehonderd kilometer hiervandaan.’

Maar Tracy schudde snel haar hoofd.

'Nee,' zei ze. 'Hij is ontsnapt.'

'Daar geloof ik niks van,' zei Louise.

'Echt waar. Dat heeft T.J. zelf gezegd tegen een van de groepsleiders van Spar. En die heeft het doorverteld aan zijn assistent, en die heeft het doorverteld aan Caroline.'

Louise zweeg even, ze was niet overtuigd. T.J. zou het toch zeker als eerste aan haar hebben verteld als het waar was? Tenzij ze daar nog niet de kans toe had gehad.

Louise glimlachte. 'Als het al waar is,' zei ze, 'dan zou hij wel heel ver moeten reizen om hier te komen. En waarom zou hij dat doen?'

'Ik hoorde ze allerlei verhalen vertellen,' zei Tracy. Ze trok haar knieen nog dichter naar haar borst. 'De andere meisjes.'

'Die verhalen gaan al heel lang rond. Maar dat betekent nog niet dat ze waar zijn.'

Tracy liet zich niet overtuigen. Ze schudde haar hoofd in de hoop dat Louise zou luisteren. 'Ze hadden het over dat jongetje,' fluisterde ze fel.

Louise zweeg.

Ze wist meteen over welk jongetje het ging.

Louise

Twee maanden later
Augustus 1975

Louise rent.

Gewoonlijk voelt die beweging – pompende benen, pompende armen, hoofd geheven, hals gestrekt – heel vanzelfsprekend, alsof dit haar natuurlijke toestand is. Haar dagelijkse hardlooprondjes over het terrein zijn de enige momenten waarop ze volkomen op haar gemak is en ze heel even haar zorgen kan vergeten. Op de middelbare school had ze zich tot de sprint beperkt, maar ze houdt meer van de duurloop. Als ze lange afstanden rent, ziet ze haar lichaam min of meer als de moeder van haar hersenen – althans, een moeder zoals die zou moeten zijn. Zoals de moeders van andere mensen zijn.

Vandaag voelt deze beweging anders.

Vandaag rent Louise panisch, nietsziend. Ze struikelt. Hervindt haar evenwicht. Ze negeert een groepsleider die vanaf de andere kant van het grasveld naar haar roept. ‘Oké, laat maar!’ zegt hij – opgewekt, onwetend. Louise kijkt niet om.

Ze heeft naar Barbara gezocht in het toiletgebouw, de kantine, de Grote Zaal, op het strand. Ze heeft bij de EHBO-post en het boothuis gekeken. Ze is naar het grote huis gegaan, waar een behulpzaam dienstmeisje tien minuten alle gangen is afgelopen terwijl Louise buiten stond te wachten. Maar Barbara is spoorloos en geen van de mensen die Louise heeft gesproken heeft haar die ochtend gezien.

Bij het kantoor van het kamp bonst ze op de deur. Ze wacht dertig seconden. Bonst nog een keer.

Louise weet dat ze thuis is. T.J. is een vrouw van vaste gewoonten, haar ochtenden verlopen altijd volgens hetzelfde patroon. Om 6.30 uur laat ze de reveille klinken door de omroepinstallatie – voor de deelnemers het sein om uit bed te komen en zich naar de douches te begeven. En om 8.05 uur komt ze uit haar kantoor en loopt naar de kantine om, net voor het einde van het ontbijt, de gelederen te inspecteren.

Louise kijkt op haar horloge. 6.40 uur. Over twintig minuten gaan de deelnemers naar de kantine voor het ontbijt.

Nog steeds geen reactie. Ze legt haar hand op de klink. Drukt hem omlaag. Met uitzondering van de toilethokjes zitten er nergens sloten op de deuren in het kamp. Toch voelt het verkeerd om zonder expliciete toestemming het kantoorgebouwtje – waar T.J. het hele jaar door woont, waar ze zelfs is opgegroeid – binnen te gaan. Ook al heeft Louise een andere band met T.J. dan de andere groepsleiders. Ook al hebben ze samen een verleden dat Louise voor alle anderen verborgen houdt.

Uiteindelijk duwt Louise de deur wijd open. Ze moet wel.

'Hallo?' roept ze. Ze betreedt de gelambriseerde woonkamer, die tevens dienstdoet als kantoor. Bij het raam aan de voorzijde staat een bureau, met twee kleine stoelen erbij voor de deelnemers die streng moeten worden toegesproken.

Louise heeft vele uren in deze kamer doorgebracht. Eén keer zelfs een hele, ijskoude week in januari.

Ze luistert. Het huis ruikt naar T.J.: de kamfer en teer van haar zelfgebrouwen vliegenafweermiddel, en daaronder de metalige muskusgeur van haar zweet.

De douche achter in het huis staat aan.

Louise brengt haar hand naar haar gezicht, veegt het zweet van haar voorhoofd en bovenlip. Ze weet niet wat ze moet doen. Eigenlijk voelt het niet goed om te wachten tot T.J. klaar is met douchen. Maar ze vindt het ook niet prettig om iemand te bellen zonder overleg met T.J. Trouwens, wie zou ze moeten bellen? De politie? De vrijwillige brandweer? Alsjeblieft niet de familie Van Laar zelf! Haar blik gaat naar de telefoon op T.J.'s bureau – de enige op het hele kampterrein. De andere telefoon binnen loopafstand staat in het grote huis, Zelfredzaamheid.

Louise loopt op haar tenen door de gang naar de badkamer. De deur staat open. T.J.'s kleren liggen op een hoopje op de vloer.

Ze blijft weifelend staan. Moet ze nog een keer roepen, harder?

Te laat: de hoge, metalige piep van een knop die wordt dichtgedraaid. De douche gaat uit. En meteen zwiept het gordijn opzij – daar staat T.J., met haar korte, natte haar, haar smalle torso, kleine borsten en bruine huid, die scherp contrasteert met het wit op de plekken waar haar huid altijd wordt bedekt door haar hemd en korte broek.

Louise draait zich om, maar het is te laat. Hun blikken kruisen elkaar.

'O jee, sorry,' zegt Louise op hetzelfde moment dat T.J. een gil slaakt.

'Godsamme, Louise!' T.J. hapt naar adem.

'Sorry,' zegt Louise nog een keer, en nog een keer. En ze blijft dat woord herhalen terwijl ze de gang weer in loopt.

Achter zich hoort ze T.J. lades opentrekken.

'Wat doe je hier?' vraagt T.J.

Louise schraapt haar keel en zegt: 'Ik moet je spreken over Barbara Van Laar.'

'Wat is er dan?'

'Ze lag vanochtend niet in haar bed.'

Een stilte. Die wel een minuut lijkt te duren.

Dan de voetstappen van T.J. in de gang. Ze komt gekleed en wel het kantoor binnen.

'Ze slaapt toch met een ander meisje in een stapelbed? Heeft die Barbara zien weggaan?'

'Ze zegt van niet. Blijkbaar heeft ze erdoorheen geslapen.'

Louise weet dat T.J. haar hoogstwaarschijnlijk verantwoordelijk houdt. Want het is de taak van een groepsleider om dingen te horen: de gemene woorden van de ene deelnemer tegen de andere; een donderslag in de verte: iedereen het meer uit.

En de hordeur – die vooral. De hordeur als die 's nachts opengaat.

Louise wacht tot T.J. iets zal zeggen, wat dan ook.

Uiteindelijk vraagt T.J.: 'Maar jullie waren gisteravond wel in de blokhut? Annabel en jij?'

Er is een korte stilte voordat Louise antwoord geeft, maar alleen omdat ze tijd nodig heeft om in te ademen. Ze had deze vraag verwacht. Ze is voorbereid.

'Ja,' zegt ze.

'Weet je het zeker? Jullie allebei?'

'Ja.'

Ze maakt er geen gewoonte van om te liegen, maar ze is wel pragmatisch. Er zijn momenten in haar leven geweest waarop ze wel móést liegen. Een kwestie van zelfbehoud. Toch voelt het altijd onprettig, zeker als ze liegt tegen iemand voor wie ze respect heeft. Iemand als T.J. Hewitt, aan wie ze al een paar keer dingen heeft opgebiecht die ze aan niemand anders had verteld. En van deze leugen krijgt Louise een knoop in haar maag.

Maar als T.J. haar al doorziet, laat ze dat in elk geval niet merken. Ze wendt haar blik af en verlegt haar aandacht naar de omroepinstallatie die deels op, deels onder haar bureau staat.

Ze loopt ernaartoe. Pakt de microfoon. Zet het apparaat aan.

'Attentie,' zegt ze. 'Alle groepsleiders naar het kantoor. Assistenten, jullie hebben vanochtend de leiding.'

Ze schakelt het systeem uit en gaat met haar rug naar Louise staan. Zonder zich om te draaien, vraagt ze: 'Heb je hem deze week gezien?'

Ze bedoelt John Paul. Dat hoeft Louise niet te vragen.

Voor de tweede keer vandaag liegt ze tegen T.J.

'Nee.'

Tracy

Juni 1975

Barbara's aankomst in het kamp ging vooral met stilte gepaard. Het was stil toen de zwarte stadsauto van het gezin, met een chauffeur achter het stuur, langzaam kwam aanrijden over de oprijlaan en daarna over het gras. Het was stil toen het meisje zelf, dat blijkbaar had geweigerd mee te rijden met haar bagage, de paar honderd meter vanaf het grote huis te voet aflegde.

Het was 8.05 uur toen ze haar entree maakte: het ontbijt in de kantine liep net ten einde. Zonder te glimlachen begroette ze in het voorbijgaan de deelnemers die naar buiten kwamen en tegen elkaar opbotsten bij hun pogingen om haar beter te bekijken. Ze droeg kleren die velen van hen nog nooit hadden gezien: een afgeknipte spijkerbroek die maar net haar billen bedekte, een zwarte panty met ladders die bewust leken te zijn aangebracht, zwarte kistjes en een T-shirt met een woord erop dat ze niet goed konden lezen – ongetwijfeld iets grofs. Haar haar was zwartgeverfd en zat in een piekerig bobkapsel dat net tot haar kin reikte, haar lippen waren roodgestift, haar ogen met kohl omrand. Wat het meest opviel, waren de zilverkleurige pinnen die niet alleen haar beide oorlellen sierden – meerdere pinnen per oorlel – maar ook de band om haar nek, die sterk op een hondenhalsband leek, en de twee zwartleren polsbanden.

Barbara's intocht via het gazon bood nog weken stof tot discussie: hoewel er al jaren over haar werd gepraat, was het de eerste keer dat de deelnemers haar in het echt hadden gezien. Het gesprek ging vooral over haar uitdossing, die bij de meesten in het kamp een schok teweeg had gebracht. Alleen de kinderen die uit Manhattan kwamen, wisten hoe ze die stijl moesten noemen, en ze gebruikten een term die de anderen nog nooit hadden gehoord.

'Punk'.

Als een andere deelnemer in dat soort kleding zou aankomen, zou diegene onmiddellijk onderaan de pikorde belanden, vol ongeloof worden bekeken of volkomen worden genegeerd. Maar Barbara Van Laar was te interessant om te negeren, haar persoonlijke geschiedenis te intrigerend en complex. Hoewel niemand het hardop zei, streefden alle deelnemers ernaar om vriendschap met haar te sluiten.

De tweede keer dat Barbara voor hen verscheen, liep ze met Louise naar het strandje van het Meer van Joan, waar een aantal groepen, waaronder die van Tracy, stonden te wachten tot ze werden opgeroepen voor hun zwemtest. Barbara zag er jonger uit zonder de kleren die ze bij aankomst had gedragen.

Vanaf het strand stak een lange, T-vormige steiger het water in; het metaal was warm geworden in de zon. De zweminstructeur, een lange, blonde god die Mitchell heette, leidde de eerste groep naar het einde van de steiger.

'Ik tel af,' zei Mitchell. Op drie sprongen de jonge deelnemers uit Spar in het water, waarna ze gillend weer bovenkwamen.

'Regel één,' zei Mitchell. 'Niet schreeuwen, tenzij je in gevaar bent.'

Tracy, die een beetje terzijde stond, voelde zich ongemakkelijk in haar badpak en had haar handdoek strak om haar middel gewikkeld. Ze was nog geen vierentwintig uur in het kamp, maar het was haar niet ontgaan dat de andere meisjes uit Balsemzilver – al dan niet bewust – enige afstand tot haar bewaarden.

Barbara en Louise waren inmiddels bij de steiger aangekomen.

'Mitch,' zei Louise, en daarna nog een keer, luider. 'Mag ik je even onderbreken?'

Iedereen draaide zich naar hen om.

'Dit is Barbara. Ze zit bij ons in Balsemzilver.'

Louise gebaarde naar Tracy's groep. 'Deze meisjes slapen bij jou in de blokhut. Zwaai maar even, Balsemzilver.'

Iedereen gehoorzaamde. Barbara stak een hand op, wrong zich tussen de meisjes door en posteerde zich precies op de lege plek naast Tracy. Daarna richtte ze haar blik strak op het meer en deed ze net alsof ze niet het middelpunt van de aandacht was.

Vanuit haar ooghoek zag Tracy dat Barbara niet direct knap was maar wel iets aantrekkelijks had, een soort volwassen zelfverzekerdheid. Ze stond met haar handen in de zij, haar voeten iets uit elkaar, heel stil, met rechte rug. Ze wiebelde niet, had geen ingezakte houding. Als vanzelf trok Tracy haar schouders naar achteren.

Voor ze kon wegkijken, draaide Barbara haar hoofd met een ruk haar kant op en onderschepte haar blik. Maar op haar gezicht was geen ergernis of walging te lezen. Nee, in die fractie van een seconde dat ze elkaar aankeken, zag Tracy onmiskenbare pretlichtjes in Barbara's ogen.

'Balsemzilver,' zei Mitchell. 'Zijn jullie er klaar voor?'

Tracy legde met tegenzin haar handdoek weg.

Op het teken van Mitchell sprong de groep het water in.

Ze moesten heen en weer zwemmen naar een boei vijftig meter verderop. Intussen sloeg Mitchell hen gade en maakte aantekeningen over hun conditie en snelheid.

Tracy kon goed zwemmen: ze had jarenlang les gehad bij de YMCA. Als ze haar uiterste best had gedaan, was ze waarschijnlijk in de voorhoede geëindigd. Maar eerste zou ze hoe dan ook niet zijn geworden. Die eer viel Barbara te beurt: ze had zo'n vloeiende, snelle slag dat ze zich al stond af te drogen voordat nummer twee de steiger aantikte.

'Hé, snelheidsduivel,' zei een geïmponeerde Mitchell.

Barbara zei niets terug. Zonder enige blijk van emotie droogde ze zich af en streek ze haar pony en de haren die tegen haar wangen plakten naar achteren.

Bij de lunch ging Tracy aan het eind van de tafel zitten, zoals ze tot nu toe bij alle maaltijden had gedaan. En zoals gewoonlijk kropen de andere meisjes bij elkaar, zo ver mogelijk bij haar vandaan. Maar een paar tellen later zette Barbara Van Laar tot Tracy's verbazing haar dienblad recht tegenover haar neer en ging zitten. Onmiddellijk verlegden hun tafelgenoten de aandacht naar hen beiden.

Barbara had haar rode lippenstift weer op – had ze die naar binnen gesmokkeld of werden er nu al uitzonderingen voor haar gemaakt? – en toen ze een hap nam en met die felgekleurde mond begon te kauwen, kwam bij Tracy de associatie met kunstaas op.

'Wat?' zei Barbara – het eerste woord dat Tracy haar hoorde zeggen. Ze had een diepe, rustige stem, met een geamuseerde ondertoon die paste bij de pretlichtjes die Tracy eerder in haar ogen had gezien.

'Je hebt zo'n mooie...' begon Tracy, maar ze slikte de rest van haar woorden in. Doe niet zo raar, vermaande ze zichzelf.

'Zo'n mooie wat?' vroeg Barbara.

Tracy aarzelde.

'Lippenstift? Lenen?' vroeg Barbara.

'Mogen we hier dan lippenstift op?'

'Waarom niet?'

Tracy dacht even na. 'Volgens mij mag het alleen als er een feest is. Dat zeiden ze tenminste bij de introductie.'

Barbara haalde haar schouders op. 'Daar was ik niet bij. Als ze er problemen mee hebben, dan moeten ze dat maar zeggen.'

'Waarom was je er niet bij?' vroeg Tracy.

'Mijn ouders. Die waren vergeten me op te geven voor het kamp.'

Tracy knikte. Dat kende ze wel, het gevoel dat ze je zijn vergeten. Ze was zich ervan bewust dat rechts van haar heel Balsemzilver naar hen toe leunde in een poging iets van hun gesprek op te vangen.

Met deze tweede volledige kampdag begon hun vaste routine.

Elke dag werden ze om 6.30 uur gewekt door de reveille die uit de luidsprekers schalde.

Ze douchten.

Om zeven uur liepen ze naar de kantine voor het ontbijt, om 8.30 uur verzamelden ze zich bij de vlaggenmast voor het hijsen van de vlag en de openingsbijeenkomst.

Daarna volgden de zwemlessen, de eerste keuzeactiviteit en de lunch, gevolgd door de tweede keuzeactiviteit, een vrij uurtje en het avondeten, en tot slot meestal een avondprogramma.

Twee keer per week werden de keuzeactiviteiten vervangen door survivallessen onder leiding van T.J. Hewitt zelf. Tijdens die lessen leerden ze schuilhutten bouwen, voedsel zoeken en speren maken om te vissen. Ze leerden waar je drinkwater kon vinden en hoe je water moest zuiveren, hoe je vallen moest zetten voor kleine dieren, die ze ook leerden villen en bereiden.

Deze lessen vormden de kern van Kamp Emerson: hiervoor was het kamp opgericht, werd hun verteld. Ze dienden ook ter voorbereiding op een jaarlijkse traditie die aan het eind van de zomer plaatsvond en waar het kamp beroemd mee was geworden.

Oorspronkelijk heette die traditie de solo-expeditie. In de beginjaren, toen Peter Van Laar I nog de scepter over het kamp zwaaide vanuit het huis op de heuvel, werden alle deelnemers drie nachten in hun eentje het bos in gestuurd met niets anders dan hun eigen vernuft om zichzelf in leven te houden. Er waren nooit doden gevallen, maar al decennialang werden er verhalen doorverteld over uitgedroogde en uitgemergelde kinderen die uit het bos waren komen strompelen. Inmiddels was de solo-expeditie omgedoopt tot survivalexpeditie. Dankzij de bemoeienis van een nieuwe generatie bezorgde ouders gingen de deelnemers nu in groepjes op pad. En dit jaar zouden die groepjes, zoals T.J. al had aangekondigd, onder toezicht staan van een kampleider.

De deelnemers werden bij deze lessen niet per hut ingedeeld, maar per survivalgroep. Elke groep bestond uit ongeveer twaalf leden en was zo samengesteld dat er niet meer dan twee deelnemers uit dezelfde blokhut of leeftijdsgroep bij zaten. De achterliggende gedachte was dat de oudste kinderen de jongste konden begeleiden.

Op Tracy's vierde dag in het kamp kwam haar survivalgroep voor het eerst bijeen. Ze had te horen gekregen dat ze naar de vlaggenmast moest gaan, waar de groep zou worden opgewacht door T.J. Hewitt. En inderdaad stond T.J. al klaar toen Tracy aankwam, zwijgend, met een strenge blik, duidelijk niet in de stemming voor babbelpraatjes.

Tracy was blij verrast toen ze zag dat Barbara Van Laar bij haar in de groep zat. Ze keken elkaar aan en Barbara knikte naar haar, maar was net zo zwijgzaam als hun instructrice.

De laatste die bij de mast arriveerde was een jongen van een jaar of veertien. Een van de oudste deelnemers. Tracy werd in één klap vuurrood. Ze had nog nooit zo'n mooie verschijning gezien.

Hij was lang, had een schelpenketting om zijn hals en zijn huid was nu al bruiner dan die van Tracy ooit zou worden. Zijn haar reikte bijna tot aan zijn schouders en aan zijn voeten had hij gevlochten, Mexicaanse sandalen die al een paar jaar uit de mode waren. Net als iedereen droeg hij een uniform, maar uit zijn accessoires leidde Tracy af dat hij zich in het gewone leven als hippie kleedde, een stijl die Tracy associeerde met het vorige decennium.

'Tracy?' zei iemand. T.J. Hewitt ging, met haar blik op haar klembord, de namen af. 'Is Tracy er niet?' vroeg ze, en ze hield haar potlood al in de aanslag om Tracy's naam door te strepen.

'Hier,' zei Tracy snel, en ze maakte met moeite haar blik los van de jongen in kwestie, die nu tegenover haar stond in het groepje rond de vlaggenmast.

Daarbij kruisten haar ogen de blik van Barbara, die haar wenkbrauwen op en neer liet gaan. Tracy's wangen gloeiden.

'Oké,' zei T.J. 'Dan heb ik iedereen.'

Zonder verdere omhaal zette ze koers naar het bos, waar ze hun leerde hoe ze zich moesten oriënteren. Een uur later kenden ze de basisprincipes van het navigeren op een kompas of de zon.

Als beide technieken faalden, zei T.J. ter afsluiting, was het vooral van belang om niet in paniek te raken.

Voor bonuspunten vroeg ze aan de groep: 'Wie kent de oorsprong van dat woord?'

'Welk woord?' vroeg iemand.

'Paniek,' zei T.J. Maar niemand stak een hand op.

Ze legde uit dat het van de Griekse god Pan kwam, de god van het bos. Hij schepte er plezier in om mensen te misleiden, te verwarren en te desoriënteren, zodat ze niet alleen de weg maar ook hun verstand kwijtraakten.

Als je in paniek raakte, maakte je van het bos je vijand, waarschuwde T.J. Als je kalm bleef, was het bos je vriend.

Na de les liep Tracy langzaam terug naar de blokhut. Ze verkeerde in een lome roes, betoverd door de woorden van T.J., en door Lowell Cargill – dat was zijn naam, wist ze inmiddels. Ze ging zo op in haar mijmeringen dat ze pas halverwege doorhad dat er iemand naast haar liep.

Ze keek naar links en zag dat Barbara Van Laar gelijke tred met haar hield en haar met een scheef glimlachje opnam.

'Wat is er?' vroeg Tracy, die zich al schrap zette voor pesterijen.

Barbara schudde haar hoofd. 'Niks.'

Tracy keek weer recht voor zich uit. Net als alle anderen in het kamp was ze gefascineerd door Barbara. Maar ze wist dat ze niets te bieden had: geen interessant verleden, geen sociaal aanzien. Ja, ze had gescheiden ouders, maar dat gold voor zoveel meisjes. Ze kon zich niet voorstellen dat Barbara Van Laar met haar wilde praten. En toch liep Barbara nu naast haar, verend op haar tenen, af en toe haar armen naar voren zwaaiend en in haar handen klappend, alsof ze het ritme volgde van een liedje in haar hoofd.

'Hij is leuk, hè?' zei Barbara, nadat ze een paar seconden zwijgend verder waren gelopen.

'Wie?' vroeg Tracy.

Barbara lachte. Draaide met haar ogen. Deed een haarlok achter haar oren.

'Dat weet je heus wel,' zei Barbara. 'Maar als je het er niet over wilt hebben, ook goed.'

Ik wil het er wél over hebben, dacht Tracy. Maar zoals gewoonlijk kon ze niets uitbrengen.

Op haar tweede avond in Kamp Emerson had ze toevallig iets opgevangen wat ze niet helemaal begreep. Het leek over Barbara te gaan.

Ze was naar de wc geweest en liep op de terugweg een stukje achter Caroline en Amy uit haar blokhut.

'Erg, hoor,' had Caroline gefluisterd. 'Om de... vervanger te zijn van je oudere broer.'

Tracy sperde haar ogen open in het donker. Hoe kon je zoiets afschuwelijks zeggen, dacht ze. En Amy moest het met haar eens zijn geweest, want ze zei op onthutste toon: 'Caroline!'

'Wat nou?' vroeg Caroline nu iets stoerder. 'Ik zeg gewoon wat ik denk.'

'Vind jij hem leuk?' vroeg Tracy nu aan Barbara. Het was de beste vraag die ze kon bedenken. En Barbara haalde haar schouders op.

'Ja, best wel,' zei ze. 'Als je van artistiekerige types houdt.'

'Van welke types hou jij?' vroeg Tracy.

'Weet ik niet. Ik ben niet meer zo met dat soort dingen bezig.'

Tracy knikte. Ze wist niet precies wat Barbara bedoelde en ze durfde het niet te vragen.

'Ik heb een vriendje,' zei Barbara. Dat verklaarde het. En toen was er geen tijd meer om verder te praten, want ze waren bij de veranda aangekomen.

Louise

Twee maanden later
Augustus 1975

Om 7.00 uur begint de zoektocht naar Barbara.

Na T.J.'s oproep via de luidsprekers wachten Louise en zij in haar woonkamer op de groepsleiders. T.J. zit op haar bruine loveseat, die zo oud is dat hij in het midden is doorgezakt. Ze houdt haar hoofd gebogen. Ongetwijfeld speelt zich voor haar geestesoog een specifieke scène af: het moment waarop ze de Van Laars vertelt dat hun dochter, voor wie zij verantwoordelijkheid droeg, is verdwenen.

Louise staat er wat schutterig bij – op de een of andere manier heeft ze het gevoel dat ze niet mag gaan zitten. Dat ze dat niet verdient.

'Hoe was ze in het kamp?' vraagt T.J. 'Opgewekt?'

'O. Ja, volgens mij had… heeft ze het wel naar haar zin. Iedereen vindt haar aardig. Volgens mij wordt ze zelfs bewonderd.'

'Heeft ze ooit iets gezegd wat erop wees dat ze van plan was weg te lopen?'

Louise schudt haar hoofd.

Ze weet niet goed hoe ze het moet zeggen, maar eigenlijk had ze het gevoel dat Barbara haar helemaal niet nodig had en ook niet zo tegen haar opkeek als de andere meisjes. Louise zag haar bijna als een leeftijdsgenoot. Ze mogen elkaar graag, maar ze verkeren niet op vertrouwelijke voet: in die twee maanden heeft Barbara nooit iets aan haar opgebiecht of haar om advies gevraagd over een vriendschap of een verliefdheid – iets wat haar tot dan toe met alle meisjes minstens één keer per seizoen was overkomen.

'Met wie trekt ze hier het meest op?' vraagt T.J., alsof ze haar gedachten kan lezen.

'Met Tracy, die bij haar in het stapelbed slaapt.'

T.J. denkt even na. 'Ze zaten ook bij elkaar in de survivalgroep. Toen sliepen ze samen in een tent.'

Louise knikt.

'Dan moeten we ook met Tracy praten.'

Er wordt op de deur geklopt. De eerste leiders melden zich.

Door het raam ziet Louise de assistenten en deelnemers in groepjes langs T.J.'s kantoor naar de kantine lopen, treuzelend om een glimp op te vangen van wat er binnen gebeurt. Iedereen zal nu wel weten dat er iets mis is.

Er zijn veertien blokhutten, veertien groepsleiders, dus het is vol in de kamer. T.J. gaat op de zitting van de loveseat staan om de groep te kunnen overzien. Dan steekt ze van wal.

'Barbara Van Laar was vanmorgen niet in haar blokhut.' Ze hoeft er niet bij te zeggen dat het gaat om een meisje uit Balsemzilver of iemand uit de groep van Louise. Iedereen weet wie Barbara is.

'Zo meteen wijs ik jullie allemaal een locatie toe,' gaat ze verder. 'We verspreiden ons over het terrein voor een snelle zoektocht. Eerst kijken of we haar zelf kunnen vinden. We hoeven de familie niet onnodig te laten schrikken. Maar allereerst: zijn er dingen die ik moet weten?'

De groepsleiders zwijgen. Ze wiebelen van het ene been op het andere en kijken rond of er iemand zijn mond opendoet.

'Is er vannacht iets bijzonders gebeurd?' vraagt T.J.

Dit is het moment waarop een van hen uit de school zou kunnen klappen, weet Louise, waarop iemand zou kunnen vertellen dat hij Annabel gisteravond dronken door het bos zag lopen of dat Louise vaak 's avonds laat buiten rondhing met andere groepsleiders. Maar het blijft stil. Iedereen hoopt dat het één groot misverstand is met een simpele oplossing.

T.J. gooit het over een andere boeg. 'Weet iemand of Barbara hier misschien een, eh, vriendje had?'

'Een van mijn jongens was verliefd op haar,' zegt ene Davey, een aardige knul met een bril, die ooit een nummer had geschreven met de titel 'Louise', dat hij gênant genoeg een keer op de open plek had gespeeld voor de hele groep, toen iedereen dronken was. Daar was nooit meer over gesproken.

'Denk je dat ze een stel waren?' vroeg T.J.

Davey schudt zijn hoofd. 'Nee, volgens mij vond hij haar gewoon leuk. Daar werd hij flink mee geplaagd. Maar ik weet wel dat hij haar gisteravond ten dans heeft gevraagd. En dat ze nee zei.'

T.J. knikt. 'Als we hier klaar zijn, zal ik even met hem gaan praten. Verder iemand nog iets?'

Stilte.

'Oké,' zegt ze. En dan ontvouwt ze haar plan.

T.J. zal zelf, nadat ze met de jongen uit Daveys groep heeft gesproken, het grote huis doorzoeken, grondiger dan Louise eerder. Het kamp en de omgeving worden over de anderen verdeeld. Zeven groepsleiders nemen de blokhutten en gebouwen voor hun rekening, de andere zeven het bos vlak om het terrein heen. Als ze Barbara hebben gevonden, moeten ze op het fluitje blazen dat al de hele zomer om hun nek hangt, een signaal van twee keer drie tonen. T.J. doet het rustig voor.

En als ze iets anders horen of zien, een aanwijzing of iets verdachts, moeten ze een signaal van twee keer vier tonen fluiten. Dan zal alleen T.J. naar ze toe komen.

'Nog vragen?'

Een groepsleider die Sam heet steekt zijn hand op. Hij is nieuw deze zomer. Hij heeft net zijn schooldiploma gehaald en gaat in de herfst naar de universiteit; daarmee is hij een van de jongste leiders.

'Zat haar broer destijds ook in het kamp?' vraagt hij.

Een geschokte stilte. Er lijkt een soort afspraak te zijn dat er alleen fluisterend over Bear Van Laar mag worden gesproken, al begrijpt Louise niet precies waarom. En zijn naam mag al helemaal niet worden genoemd in het bijzijn van T.J., die hem heeft gekend en een sterke band met hem schijnt te hebben gehad.

Waarschijnlijk is Louise de enige kampleidster die zich zijn verdwijning nog goed herinnert. Ze was negen toen het gebeurde, één jaar ouder dan Bear zelf. Ze had hem nooit ontmoet, maar ze weet nog dat alle inwoners van Shattuck – haar geboortestad bijna tien kilometer verderop, leverancier van al het ondersteunend personeel op het domein – destijds hielpen zoeken.

Er verandert iets in T.J.'s blik. Louise ziet even een emotie in haar gezicht die ze niet kan duiden. Ze vreest dat het woede is. Ze zet zich schrap. T.J. verheft zelden haar stem, maar áls ze dat doet, siddert iedereen voor haar.

Nu blijft ze rustig. 'Nee,' zegt ze. 'Nee, Bear heeft nooit aan het kamp deelgenomen.'

Sommige groepsleiders werpen Sam een vernietigende blik toe, en hij kijkt verbaasd terug, zich van geen kwaad bewust.

'Oké,' zegt T.J. 'Aan het werk.'

Louise heeft het personeelsverblijf toegewezen gekregen.

Op weg daarnaartoe kruist ze het pad richting het meer. En ze besluit intuïtief dat in te slaan.

Daar ligt het Meer van Joan, genoemd naar de vrouw van een Engelse pionier, zo is Louise verteld. Ze tuurt naar de overkant om te zien of er iets beweegt, en intussen brengt ze ordening aan in haar zorgen.

De grootste zorg is Barbara Van Laar, waar die zich nu bevindt, of ze veilig is.

Daarna komen haar zorgen over John Paul, waar die op dit moment uithangt, en hoe groot de kans is dat hij haar opzoekt. Om haar te straffen, zoals hij al vaker heeft gedaan.

Dan zijn er de zorgen over mogelijk ontslag. De zorgen over waar ze naartoe moet als dat gebeurt.

Terug naar Shattuck, waarschijnlijk. Naar het huis waar ze is opgegroeid. Terug naar haar moeder – met wie sinds een paar jaar eigenlijk niet meer te leven valt – en haar elfjarige broertje Jesse, van wie Louise houdt alsof hij haar eigen kind is en die te zachtmoedig is om zich nog lang te kunnen verweren tegen de agressie van hun moeder als die zich weer eens helemaal laat gaan. Ze heeft de indruk dat Jesse niet meer goed meekomt op school, en de zorgen daarover staan op de vierde plek. Louise droomt er vaak van dat ze hem redt, hem in huis neemt en zelf opvoedt – een doel dat ze binnen een jaar hoopt te bereiken.

Als ze wordt ontslagen, heeft ze geen andere keus dan naar Shattuck terug te gaan – ook al was haar hele leven tot nu toe juist één lange poging om te ontsnappen.

In haar jeugd probeerde ze zo veel mogelijk aan de zijlijn te blijven en het puberale gekonkel dat het leven op de middelbare school beheerste langs zich heen te laten gaan. Maar ongewild raakte ze telkens weer verwikkeld in lastige situaties en uiteindelijk legde ze zich erbij neer dat in een kleine stad als Shattuck niemand de kans kreeg om onzichtbaar te zijn. Zoals voor iedereen in haar omgeving gold, waren er factoren in haar leven waar ze baat bij had en aspecten die haar belemmerden. Haar atletische aanleg werkte in haar voordeel, haar extreme armoede in haar nadeel. Haar intelligentie werkte in haar voordeel, haar moeder die erom bekendstond dat ze continu dronken was in haar nadeel. Maar wat haar echt van de anderen onderscheidde, was haar schoonheid, waarmee ze ongevraagd een zekere bekendheid verwierf en die overal waar ze kwam tot onrust leidde, ook al bleef ze zo veel mogelijk op afstand.

Als iemand haar destijds had gevraagd wat ze wilde, zou haar antwoord zijn geweest: naar muziek luisteren, vooral naar Zeppelin en The Dead, maar ook naar Procol Harum en Joan Baez en Joni Mitchell; de dag meemaken dat George McGovern tot president werd verkozen (nu Bobby

Kennedy er niet meer was); een beroep uitoefenen waarmee ze de wereld een beetje beter kon maken; een aardige man ontmoeten die haar serieus nam; iets zien van het land en de hele wereld. Maar niemand had haar ooit die vraag gesteld en dus sprak ze deze wensen nooit uit. Ze schreef er alleen over in haar dagboeken en liet ze in haar gedachten naar boven komen als zich een gelegenheid voordeed – een verjaardag, een wensput, een vallende ster – om ze officieel aan het universum bekend te maken.

En terwijl ze wachtte tot die wensen uitkwamen, studeerde ze ijverig. Op school werd ze geprezen en aangemoedigd en ze behaalde haar diploma als een-na-beste van haar klas. Ze kreeg een volledige beurs voor Union College, met wat hulp van een mentor wiens broer daar bij de studentenadministratie werkte. Maar het viel haar zwaar. Ze kon haar boeken niet eens betalen. Nog voor het einde van haar eerste jaar was ze gestopt.

Het enige wat ze aan haar studie had overgehouden, was haar vriend John Paul McLellan, een tweedejaars filosofiestudent die was opgegroeid in Manhattan. Hij was anders dan de jongens uit haar jeugd, en hoewel er heel wat meisjes om hem heen draaiden, had hij alleen belangstelling voor Louise, iets wat hij al twee weken na haar aankomst op de campus rondbazuinde, alsof hij duidelijk wilde maken dat ze van hem was. Op een feestje hadden zijn vrienden tegen haar gezegd: 'Die is verliefd op je', wijzend naar de andere kant van de kamer. En daar stond John Paul, tegen een muur geleund, met zijn armen over elkaar, hartelijk lachend om iets wat iemand had gezegd. Knap op een ingetogen manier. Hij droeg een bril, wat voor Louise onlosmakelijk verbonden was aan verantwoordelijkheidsgevoel en intelligentie.

Toen ze met haar studie stopte, opperde hij dat ze in het zomerkamp van zijn peetouders kon gaan werken.

'Kamp Emerson,' zei hij. 'Op het Domein Van Laar, een paar uur naar het noorden.'

Louise had hem verbluft aangekeken. 'Dat ken ik.'

Op zich was het niet zo vreemd dat John Paul nooit iets had gezegd over zijn connectie met de familie Van Laar, ook al had Louise het vaak genoeg gehad over de stad waar ze was opgegroeid. Hij sprak zelden over het gezin waar hij uit kwam, en wat ze ervan wist, had ze afgeleid uit terloopse opmerkingen van John Paul zelf en uit roddels die ze had opgevangen. Ze wist dat hij een streng katholieke vader had die van rijke komaf was en een advocatenkantoor had opgericht in Manhattan, en ze kende ook het gerucht dat de McLellans goed bevriend waren met de familie van Jackie Kennedy. Toch zag Louise het feit dat John Paul zelf geen verband had gelegd tussen haar geboortestad Shattuck – dat maar een paar kilometer van het domein lag – en het zomerhuis van zijn peetouders als bewijs dat hij nauwelijks naar haar luisterde.

Want het Domein Van Laar speelde niet alleen een belangrijke rol in het leven van Louise, maar ook in dat van alle inwoners van Shattuck, iets wat algemeen werd erkend maar ook tot wrok leidde. Sinds de sluiting van de papierfabriek van Shattuck – drie generaties lang de belangrijkste werkverschaffer in de stad – functioneerde het domein met zijn zomerkamp bijna als een bedrijfssector op zich. Het bood het hele jaar door fatsoenlijk betaald voltijd- en deeltijdwerk voor ruim twintig inwoners, en in de zomermaanden, als het kamp open was, verdrievoudigde dat aantal.

Het was Louise niet ontgaan dat de kampleiders geen van allen uit Shattuck kwamen: die positie was blijkbaar voorbehouden aan rijke alumni van het kamp, studenten die een zomerbaan wilden waarbij ze ook lol konden hebben. Degenen die Louise uit Shattuck kende, deden werk waarvoor ze hun handen, hun spierkracht, nodig hadden.

Dus toen John Paul zei dat ze als leidster moest solliciteren, probeerde Louise haar bedenkingen in woorden te gieten die hij begreep en die geen woedeaanval zouden uitlokken, zoals zo vaak gebeurde als ze een idee van hem niet klakkeloos aannam. Maar typisch voor hem wuifde hij haar twijfels weg. Hij was tenslotte bijna familie van de Van Laars. Mijnheer Van Laar was zijn peetvader. De families werkten samen: de Van Laars als oprichters van de bank die heel Albany en een groot deel van New York City financierde, de McLellans als hun juridische vertegenwoordigers. Op een dag zou hij zelf de bank overnemen. Hij kon Louise zo een baan in het kamp bezorgen. Hij hoefde het alleen maar te vragen.

Dat was vier jaar geleden. Sindsdien werkt ze elke zomer in Kamp Emerson. Ze heeft de Van Laars nog nooit persoonlijk ontmoet, ondanks hun connectie met John Paul. Ze blijven altijd op afstand, daar op hun heuvel, als lokale beroemdheden van wie geregeld een glimp wordt opgevangen, en over wie uitgebreid wordt geroddeld en gespeculeerd door de kinderen en leiders in het kamp. De overige drie seizoenen van het jaar werkt ze bij de Garnet Hill Lodge, een vakantieverblijf aan de voet van Gore Mountain, waar ze activiteiten organiseert voor de kinderen van gasten die elke dag gaan skiën of wandelen en 's avonds meestal in de deftige, rokerige lounge zitten te drinken. Al die vier jaar heeft haar relatie met John Paul – die inmiddels eindelijk is afgestudeerd, al waren daar zes jaar en twee vergevingsgezinde decanen voor nodig – standgehouden. Tijdens het studiejaar zagen ze elkaar in Schenectady of bij Garnet Hill, en in de zomer op het Domein Van Laar, waar John Paul elk jaar een paar weekenden logeert met zijn ouders. Het eerste weekend had ze de fout gemaakt om te vragen of hij haar niet Zelfredzaamheid in kon smokkelen zodat ze een nachtje in een normaal bed kon slapen. Hij had haar aangekeken alsof ze gek was. 'Ik ben daar te gast,' zei hij. 'Dat zou wel erg onbeschoft zijn.' Dus hadden – en hebben – ze ongemakkelijke seks in zijn auto, op het parkeerterrein naast het huis en soms tegen een boom in het bos of op een bedje van dennennaalden op de grond. Louise is altijd degene die eraan denkt een handdoek mee te nemen.

Soms vraagt Louise zich met een vleugje zelfverwijt af waarom ze nog steeds bij hem is. Wat hebben ze eigenlijk nog met elkaar gemeen? Ze heeft het gevoel dat ze steeds verder af staat van degene die ze was toen ze John Paul leerde kennen. Soms kan ze zich niet eens meer voorstellen dat ze ooit heeft gestudeerd. Ze denkt inmiddels bijna met schaamte terug aan haar jaar op Union: een ander leven, een jeugdige stommiteit, tijdverspilling.

Als ze diep in haar hart kijkt, ziet ze het pijnlijke antwoord op die vraag heel helder: Louise is bij John Paul gebleven omdat ze in hem een kans ziet op een beter leven. Niet alleen voor haarzelf, maar ook voor haar broer Jesse.

Ze zijn verloofd, zegt Louise keer op keer tegen zichzelf. Ze gaan zelfs een ring kopen zodra John Paul geld verdient. Op een dag zullen ze samen in een huis wonen. Met een comfortabel bed. Een groot bed met te veel kussens. En twee kinderen. En vier slaapkamers – de extra slaapkamer is voor Jesse, die ze in huis zal nemen nu hij nog jong genoeg is om zijn leven de goede kant op te sturen, om te voorkomen dat hij verbitterd raakt, of depressief, of wegzakt in de bierroes waar de meeste jongens met wie ze is opgegroeid zich in onderdompelen.

Ze is bereid om op die toekomst te wachten. Want na zijn studie had John Paul besloten om, voordat hij in dienst zou treden bij het familiekantoor – waar hij de rest van zijn leven zal slijten, zoals hij het zelf altijd zuchtend verwoordt – een jaar te gaan reizen en vrienden te bezoeken, in verre steden, zoals Los Angeles en Wenen, maar ook heel dichtbij, zoals in het huis van de familie Van Laar op de heuvel.

En inderdaad logeert John Paul al een week met zijn familie in Zelfredzaamheid vanwege het honderdjarig jubileum van het domein, dat wordt gevierd met een feest waarvoor de voorbereidingen al maanden geleden in gang zijn gezet. Louise schaamt zich ervoor dat ze zich op zijn bezoek verheugde. Misschien vormde deze bijzondere gelegenheid – in combinatie met het feit dat hij deze keer zo lang zou blijven – een goede aanleiding om haar eindelijk uit te nodigen in Zelfredzaamheid en haar kennis te laten maken met de mysterieuze Van Laars, die ze anders alleen maar voorbij zag rijden in hun donkere auto's. Misschien zou ze op haar vrije dag gevraagd worden om cocktails te komen drinken of aan te schuiven bij het diner. Misschien zou ze officieel aan de Van Laars en hun gasten worden voorgesteld als de verloofde van John Paul.

Maar dat was allemaal niet gebeurd. Zoals gewoonlijk heeft Louise hem maar twee keer gezien: op zijn eerste dag op het terrein, toen hij tijdens het cocktailuurtje op het gazon flink aangeschoten naar het kamp afdaalde en Louise een kus gaf in het bijzijn van haar meisjes, en gisteravond, op de open plek met Lee Towson, toen ze al bijna de hoop had opgegeven dat ze hem nog te zien zou krijgen.

En zijn familie heeft ze al helemaal niet gezien, zijn vader, moeder en zus, die zich alle drie de keren dat Louise ze heeft ontmoet beleefd maar afstandelijk aan haar voorstelden en die erop lijken te rekenen dat John Paul, als de tijd rijp is, wel een geschikter meisje zal vinden om mee te trouwen. Tot nu toe had Louise zichzelf kunnen voorhouden dat John Paul altijd doet wat hij zelf wil, bijna tot op het verbetene af. Hij heeft vaak genoeg tegen haar gezegd dat hij het zo leuk vindt dat ze anders is dan zijn eerdere vriendinnen. Vriendinnen die de goedkeuring van zijn familie konden wegdragen.

Maar na gisteravond denkt ze dat de McLellans weleens gelijk zouden kunnen hebben. Ze voelt zich vernederd. Vier hele jaren heeft ze verspild aan een verlangen naar een toekomst die nooit zal komen.

Als er op de oever van het Meer van Joan een duiker roept, schrikt Louise met een huivering op uit haar mijmeringen en vervolgt ze haar zoektocht.

Volgens haar horloge is het 7.10 uur. Dat is een opluchting, want het betekent dat het personeelsverblijf vrijwel leeg is: daar zitten voornamelijk keuken- en terreinmedewerkers, en die zijn elke dag al ruim voor de reveille op. Louise is met velen van hen bevriend en kent sommigen uit Shattuck.

Maar er is er één die ze niet wil zien.

De komst van Lee Towson had begin die zomer flinke beroering teweeggebracht in het kamp. Hij was aangenomen als keukenhulp en vaatwasser. Gewoonlijk is er weinig contact tussen het keukenpersoneel en de groepsleiders, maar Lee trok meteen de aandacht. Hij was lang en knap, had dikke wimpers en haar tot op de schouders, dat hij in een lage paardenstaart droeg, en hij maakte een kwieke, lichtvoetige indruk. Louise zag hem een keer achter in de keuken met gerei jongleren toen ze in de rij stond voor haar maaltijd. Toen hij merkte dat ze keek, liet hij alles vallen. Hij trok een gezicht en moest om zichzelf lachen, en zij lachte mee.

Ze was niet de enige die in de ban raakte van Lee Towson; dat gold voor alle groepsleiders, zowel de mannen als de vrouwen. Al aan het begin van de zomer had hij een uitnodiging gekregen – eigenlijk was het meer een bevel – om 's avonds bij de groepsleiders op de open plek te komen zitten, en sindsdien liet hij zich daar vaak zien. Er werd beweerd dat hij uit Queensbury kwam, een stadje niet ver van het kamp, en een jongen die Louise uit Shattuck kent, had gezegd dat hij zijn neef was. Er werd beweerd dat hij een beetje dealde. Ook zou hij een tijdje als circusknecht hebben gewerkt, in de gevangenis hebben gezeten voor drugsbezit en met iedereen het bed in duiken. Maar Louise hecht niet veel geloof aan roddels, daarvoor is ze zelf te vaak onderwerp geweest van valse geruchten.

De afgelopen twee maanden hadden Lee en Louise voorzichtig met elkaar geflirt zodra ze er de kans toe kregen. Op de open plek mondden hun onderlinge grapjes altijd snel uit in hilariteit; dan moest Louise zo hard lachen dat ze naar adem hapte. Er waren vluchtige aanrakingen, net op de grens tussen vriendschappelijk en meer. De warmte van zijn hand op haar rug, op haar schouder en één keer – na een paar biertjes – vluchtig in een rechte lijn omlaag, van haar schouder naar haar ribben, tot net onder haar rechterborst, en als ze aan die aanrakingen dacht, kwam er een verlangen in haar naar boven dat ze zelden had gevoeld. Ze stelde zich voor hoe hij er uitzag onder zijn kleren. Ze stelde zich voor dat hij naar haar ontklede lichaam keek en zijn handen ernaar uitstrekte.

En juist dat verlangen had haar gisteravond de blokhut uit gedreven.

Steeds opnieuw laat Louise de beelden van die avond aan zich voorbijtrekken: de meisjes, alle negen, in een rij op weg naar hun blokhut, uitgezwaaid door Louise vanaf haar podium in de Grote Zaal. Dat moest om een uur of elf zijn geweest. Annabel, die achter hen aan liep, had zich omgedraaid om terug te zwaaien. Annabel, die toezicht zou houden.

Het volgende wat Louise zich herinnert: de zoele avondlucht, nog vochtig van de storm; de wandeling naar de open plek in het bos, die door eerdere generaties groepsleiders met een stapel gekloofde boomstammen en een vuurkuil was omgetoverd tot een openluchtnachtclub; de dennentakken die kletsnat waren van de regen, zodat ze een fontein van druppeltjes over zich heen kreeg als ze erlangs streek; flarden van het gitaarspel van Lee Towson; flarden rook van een kampvuur. Daarna de nek van Lee, die over zijn instrument gebogen zat, en vervolgens zijn voorkant toen ze om het vuur heen liep en hij gretig naar haar opkeek; zijn blote voeten en het haar dat hij achter zijn oren had gestoken.

Waar is iedereen, vroeg Louise, of: waar is iedereen gebleven, of iets anders sufs.

Ze wisten allebei waarom ze daar waren.

Louise ging op een stronk bij het vuur zitten, een klein stukje bij Lee vandaan. Ondertussen was ze zich ervan bewust dat John Paul zich een paar honderd meter verderop bevond, misschien in een van de vele gastenkamers die ze nog nooit had gezien. Het was zijn laatste nacht in Zelfredzaamheid. Na die eerste dag, toen hij de heuvel af was geslenterd om haar te begroeten, had hij zich nooit meer in het kamp vertoond. Elke avond, als de meisjes van haar groep sliepen, had ze op hem zitten wachten op de veranda van Balsemzilver. Op de vierde avond was ze boos geworden. Op de vijfde avond had ze zich erbij neergelegd. Gisteravond – de zesde avond dat John Paul op het terrein was, de vijfde avond dat hij niet naar haar toekwam – kon het haar niet meer schelen.

Dat was de avond waarop ze naar de open plek was gelopen, waar Lee Towson zat te wachten – op haar, blijkbaar. En dat was ook de avond waarop John Paul eindelijk had besloten Louise op te zoeken.

Hoe hij hen beiden op die open plek had gevonden, weet Louise nog steeds niet. Misschien had hij de gitaar gehoord of het vuurtje gezien dat Lee had gemaakt. Hoe dan ook, op een gegeven moment had Louise hem tussen twee bomen zien staan, en ze was zo van die schim geschrokken dat ze had gegild en haar handen hijgend tegen haar borst had gedrukt.

'John Paul,' zei Louise. 'Ik schrik me dood.'

Ze plooide haar mond tot een glimlach en wilde iets luchtigs zeggen, maar toen draaide Lee zich om en stormde John Paul op hem af. Louise zag dat hij weer dronken was. Zijn gezicht was vertrokken tot een woeste grimas en hij zwabberde van links naar rechts. Lee sprong soepel overeind en draaide zich naar hem om.

Even zwegen ze alle drie.

En toen gingen de jongens elkaar te lijf. John Paul begon, maar hij was ook de eerste die neerging. Met twee snelle vuistslagen sloeg Lee hem tegen de grond. Daarna keek hij Louise bijna verontschuldigend aan, terwijl John Paul roerloos aan zijn voeten lag. Zijn bril was van zijn neus gevallen en lag naast hem. Hij had een wazige blik en knipperde langzaam met zijn ogen.

'Je vriendje?' vroeg Lee.

'Mijn verloofde,' zei Louise, waar ze meteen spijt van had.

Ze had Lee nog niet over hem verteld, maar hij had vast wel van iemand gehoord dat ze verkering had.

'Moet ik me ermee bemoeien?' vroeg hij.

'Hoeft niet.'

'Ik wacht hier wel even,' zei Lee. 'Tot hij weer is opgekrabbeld. Ga jij maar.'

John Paul kreunde zachtjes van de pijn en draaide zijn hoofd van links naar rechts. Het leek even of hij lachte, maar toen begreep Louise dat hij hoestte. Hij ging langzaam rechtop zitten, schudde als een hond zijn hoofd heen en weer, waardoor het bloed dat uit zijn neus stroomde alle kanten op spatte. Op de tast vond hij zijn bril, die verbogen leek. Ook zijn rechteroog zag er gehavend uit.

Toen hij overeind was gekomen, wees hij naar haar.

'Hoer,' zei hij. Eén woord, rustig, direct. Ze was wel vaker zo genoemd. Ook door haar eigen moeder. Normaal gesproken deed het haar niets. Maar nu Lee Towson erbij was, stak het.

'Tuurlijk,' zei ze, of iets dergelijks. 'Best, hoor. Kan mij het schelen.' Een schamper lachje, gemompel, een diepe zucht. Wat ze altijd zei en deed als iemand haar uitschold. Ze wist het niet meer precies, maar de bedoeling was om uit te stralen dat het haar koud liet.

Gisteravond werkte het. John Paul staarde haar even aan en vertrok, eerst lopend en daarna rennend. Terug naar Zelfredzaamheid. Terug naar zijn vader en moeder en zus, die Louises naam maar niet lijken te kunnen onthouden.

Lee Towson, die naast haar stond, kwam ook in beweging.

'Oké,' zei hij. 'Ik ga maar eens.'

Ze wilde hem tegenhouden, maar haar schaamte snoerde haar de mond.

Toen was ze alleen.

Het personeelsverblijf is het enige kampgebouw van twee verdiepingen. Het ligt op de oever van het Meer van Joan, net ten zuiden van de beek en de blokhutten van de jongens. Louise is er nog nooit binnen geweest.

Nu loopt ze het trapje op en stapt over de drempel. Rechts van haar ligt een lange gang met een rij deuren, sommige open, andere dicht.

'Hallo?' roept ze.

Stilte.

Ze loopt de gang in. Bij elke open deur kijkt ze even naar binnen. Bij de gesloten deuren klopt ze eerst aan en dan doet ze die ook open. Sommige kamers zijn netjes, andere zijn een bende. Overal ruikt ze mannengeuren: deodorant, aftershave en onder die verhullende laag zweet en stront en sperma.

Als ze bijna klaar is met de eerste verdieping, hoort ze gekraak: er komt iemand de trap op.

Al haar spieren spannen zich. Ze is bang zonder precies te weten waarom. Ze vertrouwt iedereen die in het kamp werkt. Ze vindt ze ook aardig, met uitzondering van een paar groepsleiders die liever feesten dan werken.

'Hallo?' zegt Louise weer, en nu krijgt ze antwoord.

'Hallo,' zegt Lee Towson, terwijl hij uit het trappenhuis tevoorschijn komt. 'Hé.'

Zijn bovenlijf is ontbloot en gebruind. De onderste helft van zijn goudblonde haar is vochtig. Zoals altijd neemt ze even de tijd om van zijn lichaam te genieten. Hij is de enige man die ze ooit met zo'n blik heeft bekeken – dezelfde blik waarmee anderen naar haar kijken, vermoedt ze.

'Wat doe je hier?' vraagt Louise. 'Moet je niet helpen bij het ontbijt?'

'Wat doe *jíj* hier?'

'Een van mijn meisjes is verdwenen. We zijn naar haar op zoek.'

'Wie dan? Toch niet...' Lee maakt zijn zin niet af.

'Barbara.'

'Shit.'

Louise knikt. En dan, plotseling, zonder waarschuwing, verwringt haar gezicht en beginnen haar schouders te schokken. Er ontsnapt een beverige snik aan haar keel.

'O jee,' zegt Lee oprecht geschrokken. Hij loopt naar haar toe en slaat zijn armen om haar heen. Ze draait haar hoofd opzij en drukt haar wang tegen zijn blote borst. Hij is veel langer dan zij – dat geldt voor de meeste mannen – en het voelt alsof ze door hem wordt verzwolgen, iets wat ze doorgaans onplezierig vindt. Maar nu is het anders: bij hem voelt ze zich veilig. Door haar tranen heen is ze zich ervan bewust dat haar lichaam begint te gloeien, zich tegen hem aan vlijt.

Dit is een van de weinige pure genietingen die Louise kent: de bijna bovennatuurlijke gewaarwording als je lichaam dat van een ander raakt op een manier die, voor het eerst, het vriendschappelijke overstijgt. Op zulke momenten is Louise zich het sterkst bewust van de dierlijke aard van haar menszijn, en daarom zijn die momenten zo troostrijk. Het is ingewikkeld en vaak pijnlijk om een mens te zijn, het is geruststellend eenvoudig en plezierig om een dier te zijn.

Na een tijdje maken ze zich van elkaar los.

'Waar is je T-shirt?' vraagt Louise en hij grijnst.

'Ongelukje met de ahornsiroop.' Hij laat haar het katoenen shirt zien dat hij als een prop in zijn hand heeft. Dan loopt hij naar een van de deuren in de gang, waarschijnlijk zijn kamer, en blijft daar staan.

'Ik ga weer verder met zoeken,' zegt Louise.

'Ik moet alleen even een nieuw shirt pakken. Dan kom ik je helpen.'

'Moet je niet naar de keuken?'

'Het ontbijt staat al klaar. Ze redden het wel zonder mij.'

Hij doet de deur open en ze gaat achter hem aan naar binnen. Lee wijst met zijn kin naar het bed tegen de rechtermuur – keurig opgemaakt, constateert Louise – en zegt dat ze daar kan gaan zitten. Hij gooit zijn vieze shirt in een mand. Trekt een schoon shirt aan.

'Hoe gaat het met je verloofde?' vraagt Lee, zonder haar aan te kijken. Ze hoort een zekere nadruk op het laatste woord. En een lacherige ondertoon.

'Geen idee. Ik heb hem niet meer gesproken.'

Lee trekt een wenkbrauw op.

'Ik denk dat hij zich schaamt,' zegt Louise. 'Hij heeft vast een blauw oog.'

Nu grijnst Lee. Hij kijkt zogenaamd berouwvol naar de grond. 'Sorry.'

'Niks sorry. Hij vroeg erom.'

Lee lijkt even te aarzelen en zegt dan: 'Wist je dat we elkaar kennen? John Paul en ik.'

Dat wist Louise niet. Lee ziet het aan haar gezicht. Haalt verontschuldigend zijn schouders op.

'Waarvan dan?' vraagt Louise.

Lee schraapt zijn keel. Kijkt weg. 'Die vraag kan ik helaas niet zomaar beantwoorden. Beroepsgeheim.'

Ze begrijpt wat hij bedoelt. Ze wil vragen: wat kocht hij dan bij je? Een beetje wiet zou niet erg zijn. Psychedelica zijn uitgesloten, daar is John Paul niet in geïnteresseerd. Als het maar geen cocaïne is. Dat is zijn favoriete drug, en het is ook de drug die hij na een heftig incident tussen hen tweeën voorgoed had afgezworen.

Maar ze stelt die vraag niet. Dat zou te vernederend zijn.

'Zijn jullie al lang bij elkaar?' vraagt hij.

'Vier jaar.'

'Gaan jullie echt trouwen?'

Die vraag overvalt haar. 'Misschien.'

'Weet je,' zegt Lee, 'je kunt beter eerst nog wat scharrelen. Dat is mijn advies.'

Hij kijkt haar schalks aan, zijn bedoeling is duidelijk. De begeerte ligt als een zware steen in haar buik. 'Ik moet ervandoor,' zegt ze, ineens vervuld van schaamte omdat ze zich zo makkelijk van haar taak heeft laten afleiden.

'Weet je zeker dat ik niet even moet helpen zoeken?'

Ze aarzelt. Ze aarzelt echt even.

'Ik denk niet dat T.J. dat op prijs zou stellen,' zegt ze dan. En op de een of andere manier weet ze dat dat waar is.

Hij knikt. 'Het komt wel goed, Louise. Ze is vast gewoon weggelopen. Jullie vinden haar wel. Of ze komt uit zichzelf terug.'

Ze denkt even na. Ze wil het graag geloven.

'Je hebt vast gelijk,' zegt ze.

Alice

Augustus 1975

Ergens in huis gaat een telefoon.

Alice doet een oog open. En weer dicht. De zon is op en het wordt al warm in huis.

'Kan iemand even opnemen?' vraagt ze krachteloos. Haar keel is droog. Haar huid ook. Haar slapen beginnen te kloppen, een vertrouwd gevoel.

Waar is iedereen? Volgens de klok aan de muur is het acht uur 's ochtends. Dan moet er iemand van het personeel zijn die de telefoon kan opnemen. Alice doet haar ogen dicht.

Nu klinkt er gebonk – de deur.

Afgaande op het gedrag van de gasten gisteravond vermoedt ze dat die er net zo slecht aan toe zijn als zij. Zelfs Peter, die er altijd prat op gaat dat hij zo weinig drinkt, die altijd zijn oordeel klaar heeft en precies bijhoudt hoeveel glazen ze opheeft – zelfs Peter was uitgelaten. Hij vertelde langdradige verhalen op die merkwaardig formele toon van hem en struikelde over een opstaand hoekje van het tapijt, waarna hem een vloek ontglipte.

Het gebonk op de deur houdt op.

Ze kijkt naar het raam. En ziet T.J. Hewitt over het gazon naar het kamp lopen – dat was de bron van het dwingende gebons, vermoedt ze.

Barbara, denkt ze. Barbara heeft zich vast misdragen, zo schandelijk dat zelfs T.J., haar trouwste bondgenoot, het niet meer door de vingers kan zien. Sinds Barbara's geboorte waakt T.J. elke zomer als een hond over het meisje, als een trouwe metgezel, altijd paraat, net buiten het zicht. Alsof T.J. lid is van het gezin.

Wat ze niet is.

Door het raam kijkt Alice T.J. na tot ze uit het zicht is verdwenen en dan sluit ze haar ogen weer.

Ze keert steeds terug naar dezelfde droom en voelt zich gevangen in haar lichaam op het bed. In die droom ziet ze T.J. lopen met de draagzak die ze jaren geleden van een gordijn en touw had gemaakt om baby Barbara mee te nemen op haar wandeltochten. Het was nogal een vertoning, die twee: de pezige, nors ogende tiener met onder haar kin Barbara's ronde babygezichtje dat de wereld in tuurde.

Waar ga je naartoe, vraagt Alice in de droom. Ik ga Bear zoeken, zegt T.J.

Alice' ogen vliegen open.

Dan moet ze maar aan de dag beginnen. Ze staat op.

De slaapkamer van Alice ligt tegenover de grootste slaapkamer die, uiteraard, van Peter is. Vroeger sliep zij daar ook. Nu niet meer.

Ze schuifelt langs zijn deur. Die staat op een kiertje en ze wendt haar blik af.

Langs de kamer waar nu Marnie McLellan logeert, de dochter van John Paul senior en Nancy. Langs… Laat de gedachte toe: langs Bears kamer, die ooit was opgetuigd met de parafernalia van jonge jongens, overal blauw, overal rommel, een eeuwige berg natte zwembroeken en handdoeken op de grond. De kamer is allang heringericht. Deze week wordt hij gebruikt door het echtpaar Southworth.

Een gangetje met ramen verbindt de zuidvleugel van het huis, waar de slaapkamers liggen, met de salon in het midden. Als ze langs die ramen loopt, ziet ze buiten iets bewegen.

Over de oprijlaan komen langzaam twee wagens aangereden, die afbuigen richting het kamp. Een daarvan is de brandweerwagen van Shattuck, eigendom van de enige brandweerbrigade binnen een straal van dertig kilometer. De andere is een Dodge in het blauw en geel van de politie.

Als verlamd blijft Alice staan, de herinnering aan een andere dag komt naar boven.

De telefoon in de salon begint weer te rinkelen.

'Mevrouw Van Laar?' zegt de man aan de telefoon. 'Mevrouw Van Laar?'

Hij zegt dat hij van de politie is.

'Ik heb slecht nieuws,' vervolgt hij.

Met de hoorn in de hand neemt Alice haar omgeving in zich op.

'Wat zie je?' zou dokter Lewis op zo'n moment vragen.

Er ligt glas op de vloer, denkt ze. De schade van het feest gisteravond. Een van de schilderijen hangt scheef. Glas op de vloer, een scheefgezakt schilderij en een omgevallen wijnfles, en een grote wijnvlek op het kleed.

Alice ademt diep in en uit.

'En verder?' zou dokter Lewis vragen. Ze kan zijn stem bijna horen.

Ze kijkt uit het raam. De zon schijnt, denkt ze. De zon schijnt en het water glinstert en een van de tuinmannen is onkruid aan het wieden.

'Mevrouw Van Laar,' zegt de man aan de telefoon met een zweem van angst in zijn stem. 'Mevrouw Van Laar, tot mijn spijt moet ik u mededelen dat uw dochter vermist is.'

'Wat ruik je?' zou dokter Lewis vragen.

'Bent u er nog?' vraagt de man aan de telefoon. 'Mevrouw Van Laar, er is een team naar u onderweg. Bent u er nog?'

Ik ruik de alcohol van gisteren, denkt ze. Ik ruik verschaalde rook, van sigaren en sigaretten. Daaronder een vleugje citroen: de boenwas waarmee het meubilair is ingewreven.

'Bent u er nog, mevrouw Van Laar?'

'En wat hoor je?' zou dokter Lewis vragen.

'Mevrouw Van Laar?'

Ik hoor pieptonen, denkt Alice. Ze legt de hoorn op de haak. Het geluid verdwijnt.

'En nu?' zou dokter Lewis vragen.

Alice sluit haar ogen. Als ze heel erg haar best doet, en als de wind goed staat, hoort ze soms de stemmen van de kinderen in het kamp.

Soms hoort ze zelfs die van Bear.

'Wat proef je?' zou dokter Lewis vragen.

Ik proef niets.

'Concentreer je op je zintuigen. Veranker jezelf in de wereld. Wat proef je?'

Niets, denkt Alice. Ik proef niets.

Door de glazen schuifdeuren aan de kant van het meer komt iemand de salon binnen. Het is een van de twee jonge schoonmaaksters uit de stad, die ze voor deze week hebben ingehuurd. Ze blijft op de drempel staan, met haar mop en emmer in de hand, en neemt de schade op: erger dan ooit. Omdat ze niet doorheeft dat Alice er is, doet ze geen moeite om de minachting die van haar gezicht spat te verdoezelen, en ze mompelt iets. 'Goorlappen', misschien, of 'godsamme'. 'Godsamme, wat een puinhoop.'

'Goedemorgen,' zegt Alice, en het meisje kijkt op met een schuldbewuste blik.

'Morgen, mevrouw,' zegt ze, en dan zet ze de emmer met de mop neer en gaat op weg naar de noordvleugel, waarschijnlijk om extra schoonmaakmiddelen te halen.

'Heb je niet gehoord dat de telefoon ging?' vraagt Alice. 'En dat er werd aangeklopt?'

'Nee, mevrouw. Ik was achter het huis de was aan het ophangen.'

Met tegenzin komt Alice in beweging. Ze loopt naar de kamer waar Peter ligt te slapen. Ze gooit de deur open en houdt zich voor dat ze niet bang is voor wat – of wie – ze daarbinnen zal aantreffen.

Maar ze ziet alleen Peter in bed liggen, diep in slaap, met een gebogen arm over zijn hoofd, alsof hij het licht wil tegenhouden. Ze heeft hem al een jaar niet meer zo gezien, slapend of in bed of zelfs gewoon liggend. Langer dan een jaar.

Ze zegt zijn naam hardop. Eén keer, twee keer.

'Wat is er?' mompelt hij uiteindelijk.

'Barbara is verdwenen,' zegt ze.

Alice

Twee maanden eerder
Juni 1975

Pas een kleine week nadat Barbara naar Kamp Emerson was vertrokken, had Alice het hangslot aan de slaapkamerdeur van haar dochter opgemerkt. Barbara's kamer bevond zich in de andere vleugel van het huis, dus Alice had geen reden om erlangs te lopen.

Maar na zes dagen in de serre te hebben gezeten en in bed te hebben gelegen, begon ze zich dan toch eenzaam te voelen. Peter was ook weg, waarschijnlijk naar Manhattan, hoewel ze dat nooit kon bijhouden. En zonder haar dochter én haar echtgenoot was het stil in huis.

En dus had Alice die ochtend, toen ze door pure verveling uit haar stoel werd gedreven, besloten een wandelingetje te gaan maken.

Nu stond ze bij de kamer van haar dochter, met haar hand om het hangslot, verbaasd over Barbara's lef. Ze moet hebben geweten hoe boos Peter zou worden als hij bij terugkomst zou zien dat de deurpost beschadigd was door de schroeven die het slot op zijn plaats hielden. Maar hij zou nog bozer zijn over de impliciete boodschap van deze daad: dat Barbara nog recht op privacy meende te hebben na haar wangedrag van de laatste tijd.

Het slot moest verwijderd worden, besefte Alice. En de deurpost moest heel secuur gerepareerd worden, dat stond vast. Peter had een scherp oog voor alles in huis.

Een van de tuinmannen wist het slot in een wip open te breken. Hij beloofde contact op te nemen met een bekwame timmerman die hij kende en die het beschadigde hout vast wel kon repareren of vervangen.

'Dank je wel,' zei Alice werktuiglijk. Maar ze hoopte vooral dat hij zo snel mogelijk vertrok.

Ze wilde geen pottenkijkers als ze de deur opendeed.

Ze rook het nog voor ze het zag: verse verf.

Een van de lange muren was van onder tot boven bedekt met een soort… schildering, al vond Alice dat een te mooi woord voor de afschuwelijke, dreigende afbeeldingen boven Barbara's bed.

Vlaggen waren het hoofdmotief. Een Britse vlag. Een ondersteboven gekeerde Amerikaanse vlag. Verder waren er veiligheidsspelden, bijlen, handboeien, messen.

In een van de bovenhoeken stonden een zon en een maan, beide met een mensengezicht, glimlachend en fronsend naar Alice.

Dus dit had Barbara uitgespookt achter de deur die ze bijna een maand op slot had gehouden. Ze had haar vreselijke elpees keihard opgezet en deze afstotelijke muurschildering gemaakt.

In Albany had ze ook eens zoiets gedaan. Op haar tiende had ze de muren van haar kamer geschilderd, maar toen was ze tenminste zo fatsoenlijk, en verstandig, geweest om Peter om toestemming te vragen. Die muurschildering was onschuldig: een zon en wolken en bergen en een meer dat op het Meer van Joan leek.

Deze nieuwe was verontrustend.

Er kwamen tegenstrijdige gevoelens bij Alice naar boven. Een daarvan was angst: als Peter dit zag, zou er wat zwaaien. Maar er was nog een ander gevoel. En al snel besefte ze met een schok dat het jaloezie was. Zelf had Alice zich nooit vrij genoeg gevoeld om zoiets te doen. Om domweg te besluiten: vandaag ga ik een muurschildering maken en het dan ook daadwerkelijk te doen.

Alle benodigdheden voor het onderhoud van het huis stonden in een hok naast de wijnkelder. Daar zocht Alice in de rekken met verfpotten naar de kleur die ze vlak na Barbara's geboorte had gekozen voor haar toekomstige kamer in Zelfredzaamheid.

Daar stond hij: BAMBIROZE.

Een mooie zachte tint.

Met een roller en een emmer keerde Alice terug naar de plaats van Barbara's misdaad en ze ging aan het werk. Als Peter terugkwam uit... waar hij zich ook mocht ophouden, zouden alle sporen van de muurschildering en het slot gewist zijn.

Tracy

Juni 1975

De eerste week van de survivalcursus was gewijd aan navigeren in het woud. De tweede week zou gaan over warm blijven en beschutting zoeken.

T.J. Hewitt had hen naar een rustige plek in het bos geleid. Nu stond ze stil, met de handen in de zij en één voet op een boomwortel.

'Wat zien jullie?' vroeg ze.

Stilte.

Toen stak een van de jongste meisjes haar hand op. 'Bomen?' zei ze.

Er klonk gegniffel en het meisje werd rood. Ze had het niet als grapje bedoeld.

Maar T.J. vervolgde onverstoorbaar: 'Heel goed. Wat nog meer?'

Stenen, zeiden ze. Een rotsblok. Bladeren. Dennennaalden. Aarde. Takken.

T.J. knikte. 'In geval van nood kun je dat allemaal gebruiken om warm te blijven. Een bos kan gevaarlijk zijn, maar in dit opzicht kan het bos ook goedgeefs zijn.'

Ze draaide zich abrupt om en liep naar een kleine boom een paar meter verderop.

'Dit is een balsemzilverspar. Het is een van de compactste bomen in de omgeving, met veel dikke naalden, en een van de jongste. Zien jullie dat hij kleiner is dan de bomen eromheen? Dat betekent dat de onderste takken veel beschutting bieden tegen regen en sneeuw, en zelfs tegen de kou.'

T.J. deed voor hoe het moest: ze kroop onder de laagste takken en ging in een C-vorm om de stam liggen.

'Hier kan ik schuilen voor een niet al te lange bui,' zei ze. 'Maar als ik langer in het bos wil blijven, moet ik creatief zijn.'

Vervolgens legde ze uit hoe je muurtjes moest bouwen, waarna ze de kinderen opdracht gaf zich te verspreiden om gevallen takken te zoeken.

Tracy was er niet helemaal bij met haar aandacht. Het muggenseizoen was op zijn piek en iedereen wapperde steeds wanhopiger met zijn handen om zijn gezicht. Bovendien waren er twee personen van wie ze haar ogen niet kon afhouden: Barbara, links van haar, en Lowell Cargill, die tegenover haar stond.

Lowell schommelde een beetje van links naar rechts, met de armen losjes over elkaar geslagen, en luisterde aandachtig en respectvol naar alles wat T.J. zei, schijnbaar immuun voor muggen, hitte en verveling.

Dat maakte hem nog aantrekkelijker.

Die avond zat Tracy op haar bed in haar dagboek te schrijven. Zo bracht ze haar avonden door als er geen activiteiten waren.

De meeste meisjes uit haar blokhut verkozen andere manieren om de tijd te verdrijven. Tot tien uur, het tijdstip waarop de lichten uitgingen, mochten ze langs bij de andere blokhutten, zolang ze maar op de veranda bleven. Meestal belandden ze op de veranda van Dennenboom, een blokhut aan de overkant van de beek waar de oudste jongens sliepen.

Het enige andere meisje dat achterbleef was Barbara, die de afgelopen week herhaaldelijk had geprobeerd een gesprek met Tracy aan te knopen. Maar elke keer was Tracy zo van slag geraakt dat ze maar wat had gestameld, niet tot een zinnig antwoord in staat.

Nu, op de avond na hun eerste les over het zoeken van beschutting in het bos, schreef Tracy zinnen en vragen in haar dagboek. Dingen die ze aan Barbara kon voorlezen; dat leek haar haalbaarder dan een spontaan gesprek.

'Barbara,' zei Tracy.

Beweging in het bed boven haar.

'Ja?'

'Ik vroeg me af wat jij van het kamp vindt.'

Stilte. 'O,' zei Barbara. 'Gaat wel.'

'Wat is je favoriete onderdeel?'

'Het eten,' zei Barbara zonder nadenken. 'Ik vind het heerlijk om zoveel te kunnen eten als ik wil.'

De volgende zin van het script luidde: *Interessant, zeg. Voor mij is het in de natuur zijn.* Maar Barbara's antwoord was zo oprecht en weerspiegelde zo exact haar eigen gevoelens, dat Tracy zei: 'Ik ook.'

Voor ze verder kon gaan, verscheen Barbara's hoofd over de rand van het bovenbed. Tracy sloeg haar dagboek dicht – te laat.

'Ben je me aan het interviewen?' vroeg Barbara grijnzend.

'Nee,' zei Tracy. Ze schudde driftig haar hoofd. 'Ik was iets anders aan het opschrijven.'

Barbara keek haar peinzend aan. 'Mag ik naar beneden komen?'

Tracy knikte en schoof naar rechts, terwijl Barbara zich behendig liet zakken. Ze maakte geen gebruik van de ladder, maar deed een soort omgekeerde pull-up. In haar hand had ze een tijdschrift dat Tracy niet kende. Toen Barbara naast haar zat, wierp Tracy een snelle blik op de cover: *Creem* stond er in rode ballonletters. En daaronder zag ze een foto van een vrouw in ongeveer dezelfde kleding als Barbara op de dag dat ze naar het kamp kwam.

Door de dagelijkse zwemsessies was Barbara's zwarte haarverf vervaagd. Zonder die verf en de rode lippenstift zag ze er jonger uit.

'Waar gaat dat over?' vroeg Tracy. Ze wees naar het tijdschrift.

Barbara keek ernaar. 'Muziek,' zei ze eerbiedig.

Toen keek ze opzij naar Tracy.

'Weet je,' zei Barbara, 'ik ben hier al een week en volgens mij is dit de eerste keer dat ik je hoor praten.'

'Dat is niet waar.'

'Nee, ik bedoel, je praat wel, maar alleen als iemand anders eerst iets tegen jou zegt. Je bent nogal verlegen, hè?'

Tracy dacht even na. Ze was niet altijd verlegen, niet in elke situatie: bij haar moeder en de vrienden van haar moeder kon ze lichtzinnig en uitbundig zijn. Bovendien had ze een verborgen talent: ze kon mooi zingen. Ze stond altijd te galmen onder de douche met haar volle, warme stem, en in de auto zong ze tweestemmig met haar moeder, die Tracy vaak complimenteerde met haar klank.

'Een jonge Patsy Cline,' zei haar moeder, die in haar verleden als rodeoruiter in New England een voorkeur had opgedaan voor countrymuziek.

Maar het was te ingewikkeld om dat aspect van haar persoonlijkheid – het feit dat ze anders was bij de volwassen vrouwen van wie ze hield en die ze vertrouwde – te omschrijven, en dus zei ze maar niets.

'Nergens voor nodig,' ging Barbara verder. 'Jij bent een stuk interessanter dan de anderen in dit kamp. Dat zie ik gewoon aan je. Ik durf te wedden dat je allerlei geheimen hebt.'

Had ze die? Niet echt. Maar ook deze misvatting werkte blijkbaar in haar voordeel, en dus zei ze: 'Misschien.'

'Zie je wel, ik wist het,' zei Barbara. 'Ik zag het meteen.'

Ze zwegen. En toen klonken er gitaarakkoorden in de verte. Barbara keek verrukt op.

'Kom,' zei ze.

'Waarnaartoe?'
'Naar buiten. Wij zijn altijd de enigen die binnen zitten.'

Ze moest een drafje inzetten om Barbara bij te houden, die haastig in de richting van de muziek liep.
Toen ze een hoek omsloegen, zagen ze dat zich een hele groep had verzameld op de veranda van Dennenboom. Alle meisjes uit hun eigen blokhut waren er, samen met een stuk of twintig anderen. En in het midden zat de gitarist zelf: Lowell Cargill.
Tracy begon te blozen en deed een stap achteruit. Hij zong een liedje dat ze kende, een liedje dat haar moeder mooi vond. 'You Were On My Mind' van Ian en Sylvia. Ze kende de hele tekst. Ze moest haar kaken op elkaar klemmen om te voorkomen dat haar lippen meebewogen.
En tussen de anderen door zag ze – of was het verbeelding? – dat Lowell Cargill haar aankeek, en ze dwong zichzelf zijn blik vast te houden – hou vast, hou vast! – tot hij degene was die wegkeek.

Ze bleven daar tot het eind van het concert. Tot de zon allang onder was en het donker was geworden. En toen uiteindelijk werd omgeroepen dat iedereen naar zijn eigen blokhut moest, liepen Barbara en Tracy zwijgend naast elkaar, allebei in de ban van de muziek en de koele avondlucht en de vuurvliegjes.
'Dit heb ik gemist,' zei Barbara.
'Wat?'
'Muziek.'
Opeens bleef Barbara staan en Tracy stopte naast haar.
'Zou je iets voor me willen doen?' vroeg Barbara.
'Oké,' zei Tracy.
'Ik ben van plan om af en toe stiekem 's avonds weg te sluipen. Als iedereen slaapt.'
Tracy reageerde niet. Ze was een beetje beduusd. Het zou logisch zijn om te vragen waarom, maar ze hoorde aan Barbara's stem dat ze dat niet op prijs zou stellen.
'Af en toe. Niet altijd,' ging Barbara verder. 'Maar goed, denk je dat je dat geheim kunt houden?'
Tracy knikte langzaam.
'En nog iets,' zei Barbara. 'Vind je het goed als ik het onderste bed neem? Het is handiger als ik niet elke keer die ladder af hoef.'

Tracy schrok een beetje. Zou het bovenbed haar wel houden? Maar ze durfde die twijfel niet te uiten, en dus zei ze dat ze het geen probleem vond.

'Als iemand vraagt waarom we hebben geruild, zeg ik wel dat ik hoogtevrees heb of zo,' zei Barbara glimlachend.

In de twee weken die volgden werd duidelijk dat Barbara over één ding had gelogen: ze sloop élke avond weg. Om tien uur 's avonds gingen de meisjes naar bed en deed Louise of Annabel het licht uit. De eerste dertig seconden zag Tracy dan helemaal niets, maar daarna begonnen zich in het zwakke licht dat, zo realiseerde ze zich, uitsluitend afkomstig was van de heldere sterren boven het boomloze terrein van Kamp Emerson, contouren af te tekenen van de meubels en de ramen en de slapende meisjes.

En op een gegeven moment, als er geen enkele beweging meer te horen was, voelde Tracy het bed een beetje wiebelen, en dan hoorde ze Barbara's ademhaling veranderen, hoorde ze haar voetstappen, zacht als kattenpootjes, hoorde ze dat Barbara met ingehouden adem de hordeur opendeed en hem net zo voorzichtig weer achter zich sloot. Zacht gepiep van de scharnieren en weg was ze.

Tracy viel altijd weer in slaap voor Barbara terugkwam, dus ze wist niet hoelang ze wegbleef. Toen ze een keer tegen Barbara zei dat ze wel moe zou zijn, antwoordde Barbara dat ze nauwelijks slaap nodig had, en haar tomeloze energie elke dag bewees voor Tracy dat ze gelijk had.

De anderen in de blokhut wisten niets van deze nachtelijke uitstapjes, of in elk geval zwegen ze erover. Niemand vroeg ernaar en Barbara liet er niets over los – niet meteen.

Jacob

Juni 1975

Het plan was in een droom tot hem gekomen. Lampoot, had een stem gezegd, en hij was wakker geworden in zijn cel met dat woord in zijn hoofd. Lampoot, lampoot. Werd hij nou uitgescholden? De stem leek vaag op die van zijn vader en het was ook iets wat zijn vader had kunnen zeggen.

Pas tijdens de lunch, toen hij zag hoe een man die hij niet kende zijn been als een dood gewicht over de vloer van de gevangeniskantine sleepte, drong met een schok tot Jacob door wat de stem eigenlijk had gezegd.

'Het is geen scheldwoord, maar een aanwijzing,' zei hij hardop.

En Harold Debicki, die naast hem zat, vroeg waar hij het over had.

Ik moet mank lopen, dacht hij. Maar hij zei het niet hardop.

De volgende ochtend, toen de cipier zijn ochtendronde deed, lag Jacob roerloos in bed. Hij zou niet één lam been hebben, maar twee.

'Opstaan, Sluiter,' zei de cipier.

'Gaat niet,' zei Jacob. 'Ik kan mijn benen niet bewegen.'

Hij sprak heel bedaard, want als hij het te dik aanzette, zou hij misschien argwaan wekken. En dus herhaalde hij dat zinnetje met kalme stem tegen iedereen die hij die dag, en alle daaropvolgende dagen, tegenkwam: 'Ik kan mijn benen niet bewegen.'

Het vergde wat oefening, maar langzamerhand ging hij er zelf in geloven. Als hij van A naar B moest, sleepte hij zich over de grond, ook als hij dacht dat er niemand keek.

Hij was niet populair in Dannemora, maar na een aantal weken namen zelfs zijn wreedste kwelgeesten het voor hem op bij de cipiers.

Dit kon zo niet langer, daar was iedereen het over eens. Er moest een dokter bij komen.

Alleen 's nachts in bed mocht hij van zichzelf zijn benen bewegen. Hij wachtte tot hij het zachte gesnurk van zijn kamergenoot hoorde, en dan tilde hij ze om de beurt op en maakte fietsbewegingen om ze in conditie te houden.

Na enkele weken werd hij overgebracht naar de minder streng beveiligde gevangenis Fishkill, vier uur zuidwaarts.

Een paar maanden later ontsnapte hij.

Sindsdien was hij op weg naar het noorden, recht omhoog langs de Hudson.

Hij had een specifieke bestemming in gedachten: de grond die ooit van zijn voorouders was geweest en waar hij vroeger met zijn grootvader had gekampeerd. De natuurlijke grotten in dat gebied boden een goede schuilplaats – in een daarvan hadden ze zij aan zij geslapen en had zijn grootvader, een geboren verhalenverteller en de enige volwassene die ooit aardig voor hem was geweest, hem over zijn familiegeschiedenis verteld.

De grotten lagen dicht bij bewoond gebied en Jacob wist dat het riskant was om daarheen te gaan. Maar hij had geen idee hoelang hij op vrije voeten zou blijven, hoelang hij nog in leven zou zijn, en liet zich leiden door sentiment, of dwaasheid.

Hij trok over kleine weggetjes, bij het licht van de straatlantaarns of de maan. Meestal vond hij 's avonds wel een huis waar hij naar binnen kon zonder geweld te gebruiken: een openstaand raam, een deurslot dat gemakkelijk geforceerd kon worden. Meestal waren het huizen van welgestelde mensen, zomerhuisjes aan het water. Eenmaal binnen pakte hij alleen wat hij nodig had, heel stilletjes om niemand wakker te maken. Slechts één keer was het bijna misgegaan. Dat was toen de eigenares van het betreffende huis in haar badjas langs de keuken liep; ze bewoog zo stilletjes dat hij haar niet had horen aankomen.

Een volle minuut hield hij zijn adem in terwijl zij op de wc zat. Hij verstopte zich niet, maar bleef roerloos midden op de linoleumvloer staan, met zijn armen langs zijn zij, zijn benen ontspannen. Met zijn hand omklemde hij een mes dat hij uit een ander huis had gestolen. Als ze de keuken in zou komen en hem in het donker zag staan, zou hij een vinger tegen zijn lippen leggen. Hij zou tegen haar zeggen dat ze de rest van haar gezin in gevaar bracht als ze zou schreeuwen. Natuurlijk zou hij haar moeten vermoorden, dat was onvermijdelijk, maar het leven van de anderen – als er anderen waren – zou gespaard blijven.

De vrouw trok door, waste haar handen. Deed de wc-deur open en het licht uit. Liep terug door de gang, naar haar kamer waarschijnlijk.

Ze keek niet zijn kant op.

Overdag liep Jacob een eindje het bos in en sliep hij op het zachtste stukje grond dat hij kon vinden.

Het was zomer. Het had weinig geregend. Die ene nacht dat het stortregende, was hij in het huis gebleven waar hij die avond had ingebroken; hij had aan de keukentafel gezeten, met al zijn zintuigen gespitst op de geringste beweging in het huis. Toen het droog werd, liep hij de frisse, ververste lucht in.

Misschien zou zijn vader, die nooit iets in hem had gezien om trots op te zijn, alsnog trots zijn geweest op deze ene eigenschap: zijn vindingrijkheid, zijn vermogen om zichzelf in leven te houden met wat de natuur en de rijkelui te bieden hadden.

Hij stamde af van een lange reeks vindingrijke mannen. Zijn betovergrootvader en betovergrootooms waren houthakkers geweest, maar hun werk kwam in de verdrukking toen Verplanck Colvin, schrijver en liefhebber van de Adirondacks, begon te mopperen over de houtkap in het gebied. Omdat ze de bui al zagen hangen, verkochten ze hun land, en dat bleek een verstandig besluit. Nog geen twintig jaar later stichtte gouverneur Roswell Flower het Adirondack-natuurreservaat. 'Voor eeuwig wild' was de sentimentele titel van een wetsartikel waarmee verdere houtkap in het park werd verboden. In één klap waren al die hectares die de familie Sluiter voor een zacht prijsje had gekocht – dromend van voorspoed en financiële zekerheid voor de volgende generaties – door de regering onrendabel gemaakt.

Jacobs voorouders hadden intussen andere inkomstenbronnen gezocht: een deel legde zich toe op het toerisme en bood zich aan als gids voor welgestelde bezoekers uit de stad, een andere groep ging aan het werk in fabrieken die overhemden of papier vervaardigden, in steden als Corinth en Troy. Sommigen, zoals zijn grootvader en zijn vader, werden bouwvakker of klusjesman, en de ironie wilde dat zij altijd genoeg werk hadden. Toen de rijken der aarde bomen wilden kappen om ruimte te maken voor hun kolossale villa's, vond de staat dat geen enkel probleem. Alleen de gewone mensen – mensen zoals de Sluiters – mochten hun vroegere werk niet meer uitoefenen en zij kregen nu de taak om het gebied zo in te richten dat lieden als de Roosevelts en de Rockefellers van het ongerepte natuurschoon konden genieten.

Dus als Jacob die huizen binnensloop, als hij voedsel stal uit de rijkgevulde voorraadkasten en koelkasten, als hij kleding stal, voelde dat als genoegdoening. Een paar keer had hij zelfs gedoucht in huizen waar echt niemand was.

Hij wist niet precies hoeveel dagen er sinds zijn ontsnapping waren verstreken. Wel had hij op de voorpagina van een krant op een keukentafel gelezen dat hij werd gezocht.

Hij wist ook dat het noordelijke gebied waar hij naartoe ging dunner bevolkt was.

Dat betekende twee dingen: dat ze hem daar moeilijker zouden kunnen vinden.

Dat hij inventiever moest zijn.

II

BEAR

Alice

Jaren 50 | *1961* | *winter 1973* | *juni 1975* | *juli 1975* | *augustus 1975*

Alice Ward, zeventienenhalf jaar oud, kneep haar ogen stijf dicht tijdens de rit naar Grand Central. Het was een dwangneurose, een gewoonte die ze al had zolang ze zich kon heugen. Ze werd er rustig van omdat ze zichzelf dan, al was het maar heel even, kon wijsmaken dat ze de enige mens op aarde was. Ze deed het alleen als ze dacht dat er niemand keek. In dit geval vergiste ze zich.

'Alice,' zei haar oudere zus Delphine. 'Slaap je?'

Alice deed haar ogen open.

Drie weken eerder had ze in de balzaal van het Waldorf-Astoria haar debuut gemaakt. Haar militaire begeleider was een rekruut van West Point wiens naam ze al was vergeten. Als civiele begeleider was Stuart Parker aangewezen, een vervelende jongen die ze al haar hele leven kende, maar die had de dag ervoor door een godswonder mazelen gekregen. Delphine was op de valreep met een vervanger gekomen: een studievriend van haar man George. Iemand die toevallig bij hen in Manhattan logeerde omdat hij een afspraak had met een cliënt.

Hij heet Peter Van Laar, zei Delphine. En ja, hij had een smoking.

Hun moeder was opgetogen. Haar vader niet.

'Van Laar,' had hij gezegd. 'Kennen wij de familie Van Laar?'

Natuurlijk, had haar moeder gezegd. De Van Laars uit Albany. (Uit haar toon bleek dat ze het zelf ook als een concessie zag: oké, Albany. Maar toch.) Bankiers, dacht mevrouw Ward. Natuurbeschermers. De grootvader was heel hecht met een van de Roosevelts.

'Hoe oud is hij?' had Alice gevraagd.

'O, net zoiets als George,' had Delphine gezegd met een nonchalant gebaar, alsof leeftijd er niet toe deed bij een man.

Het exacte antwoord, vernam Alice later, was negenentwintig.

De week daarop zat er een envelop bij de post. Hij was geadresseerd aan 'juffrouw Ward en chaperonne' en hij bevatte een uitnodiging om naar het zomerhuis van Peter Van Laar in het Adirondack-gebergte te komen – het huis waar hij verrassend liefdevol over had gesproken toen hij tijdens het diner naast Alice zat.

Ik hoop van harte dat je komt, had Peter met vaste hand geschreven. *Ik vond het heel fijn om je te leren kennen.*

En nu stonden Alice en Delphine in de hal van Grand Central te wachten tot hun perron werd omgeroepen. Het was eigenlijk vreemd om zo naast elkaar te staan: ze waren sinds hun vroege jeugd niet meer zo lang samen geweest.

Delphine was vijf jaar ouder en ruim tien centimeter langer dan Alice. Ze kon heel goed pianospelen. Ze was nooit verlegen. Ze had een intellectuele uitstraling en ze was geïnteresseerd in politiek, twee eigenschappen waarmee ze zich onderscheidde van de andere Wards, die vooral roddelden aan tafel. Delphine had een keer aan haar ouders gevraagd of ze zich mocht inschrijven bij Barnard of Radcliffe, wat haar op een schampere reactie van haar vader kwam te staan, hoewel ze op Brearley de beste van haar klas was geweest.

Alice, daarentegen, had met de hakken over de sloot haar schooldiploma gehaald.

Nu was Delphine tweeëntwintig en getrouwd met George Barlow. Het was een liefdeshuwelijk, dat bijna niet tot stand was gekomen omdat George, ondanks zijn onberispelijke afkomst, door hun vader als 'excentriekeling' werd bestempeld. Ze zou ongetwijfeld snel in verwachting zijn. Alice kon Delphines toekomst uittekenen, maar van haar eigen toekomst kon ze zich geen enkele voorstelling maken. Als ze dat probeerde, zag ze iets ondefinieerbaars, iets wazigs. Ze kreeg er een knoop van in haar maag.

Bij de North Creek stond er een opvallende auto voor hen klaar, bestuurd door een klein mannetje met een rood gezicht, die ribfluwelen kleding droeg – en geen handschoenen. Hij had een bordje bij zich waarop JUFFROUW WARD stond.

De chauffeur was spraakzaam, op het opdringerige af, en stelde vragen die Alice veel te persoonlijk vond. Waar kwamen ze vandaan, wilde hij weten. Waren ze getrouwd? Hadden ze een baan? Alice keek naar Delphine in de verwachting dat die er iets van zou zeggen, maar Delphine onderging het gelaten. Leek zelfs geamuseerd. Ze beantwoordde al zijn vragen en stelde een paar wedervragen.

'Wie is jullie gastheer op het domein?' vroeg de chauffeur en Alice hoopte dat Delphine antwoord zou geven, maar die zei: 'Vertel jij maar, Alice.'

'Peter Van Laar,' zei Alice.

'Vader of zoon?' vroeg de chauffeur.

En zonder het antwoord af te wachten begon hij uit te weiden over de reputatie van de zoon in de omgeving, en die bleek niet zo geweldig, met als grootste kritiekpunt dat hij kil was. Dat vond Alice niet zo erg; ze hield wel van kil. Ze kon het best overweg met mensen die beheerst waren in woord en daad. Sterker nog, hoewel ze stiknerveus was geweest voor hun kennismaking op het bal – bang dat ze door het grote leeftijdsverschil niets te bespreken zouden hebben – was ze meteen aangenaam getroffen door de rust die Peter Van Laar uitstraalde, door zijn lengte, zijn kalme blauwe ogen. Hij zag eruit als iemand die alles onder controle had.

Ze hadden drie keer samen gedanst. Vier keer, als je de laatste ronde meetelde, die ze niet hadden kunnen afmaken omdat ze werd weggetrokken door een familielid dat afscheid wilde nemen.

Bij elke dans had hij haar steviger tegen zich aan gedrukt. Hij was heel knap. Hij rook naar bos, herinnerde Alice zich.

'Er zit een heel verhaal achter dat huis,' zei de chauffeur.

De wegen werden steeds kronkeliger en haar maag begon op te spelen. Ze legde haar hoofd tegen het raampje.

'Spookt het er?' vroeg Delphine vrolijk, maar de chauffeur schudde zijn hoofd.

'Nee, een ander soort verhaal. Het is vanuit Zwitserland hierheen gebracht. Het complete huis dus. Een *chalet*, zo heet dat.' Uit zijn mond kwam een geluid dat misschien een lachje moest voorstellen.

'Fascinerend,' zei Delphine.

'Alle onderdelen. Los hierheen vervoerd en weer in elkaar gezet. Dat was bijna tachtig jaar geleden. Je kunt je wel voorstellen hoeveel mankracht daarvoor nodig was. Ze hebben een hele sleepbaan aangelegd voor het hout. Er waren een stuk of tien paarden nodig om al die ladingen te trekken. Ze hebben het er nog steeds over in de stad. Alle mannelijke inwoners van Shattuck boven de tien werden door de Van Laars ingehuurd om het huis op te bouwen.'

'Ongelooflijk, hè, Alice,' zei Delphine, en Alice kneep met de vingers van de ene hand in de rug van haar andere en bad dat haar maaginhoud op zijn plaats bleef.

'Raad eens hoe ze het hebben genoemd,' zei de chauffeur.

Hij wachtte even.

'Het huis, bedoel ik. Raad eens hoe die oude Van Laars het huis hebben genoemd.'

'Wacht even, ik denk na,' zei Delphine ernstig. En toen: 'Manderley.'

'Nee,' zei de chauffeur. 'Zelfredzaamheid. Zelfredzaamheid!' Hij sloeg één keer met de vlakke hand op zijn knie.

Ze reageerden niet; Alice omdat ze niet wist wat er zo grappig was en Delphine vermoedelijk omdat ze de grap even tot zich moest laten doordringen.

'De Van Laars hebben niet zelf met dat hout lopen zeulen, hè,' zei de chauffeur behulpzaam.

'Dat is inderdaad grappig,' zei Delphine, maar Alice merkte dat zelfs zij zich nu ongemakkelijk voelde. Ze waren immers bij de familie te gast.

'Gaat het wel, juffrouw?' vroeg de chauffeur, die misschien Alice' groene gezicht had gezien in de achteruitkijkspiegel.

'Ja, hoor,' zei ze. 'Prima.'

'U kunt maar beter recht naar voren kijken, door de voorruit. Doe uw raampje maar een stukje naar beneden,' zei de chauffeur. Maar ze had geen sjaal om haar hoofd en zodra het raampje op een kier stond, wapperden haar lokken wild om haar gezicht.

Ze draaide het raampje weer omhoog.

Alice hield haar ogen gesloten tot ze voelde dat de auto langzamer ging rijden en hoorde dat het asfalt overging in zand. Toen ze haar ogen opendeed, zag ze een lange oprijlaan. Aan hun linkerhand stonden boerderijgebouwen: een koeienstal, een graanschuur, een slachthuis. Voor die gebouwen stonden een vrouw en een kind naar hen te staren; ze zwaaiden niet.

En toen, eindelijk, het landgoed: groepjes hoge dennen die de aarde in schaduw dompelden, een grashelling waar de dennen waren gekapt. En bovenaan die helling een huis – dat moest het huis zijn waarover de chauffeur had verteld.

ZELFREDZAAMHEID stond er op een bordje waar ze langsreden. Het huis zelf was reusachtig. Het centrale deel telde drie verdiepingen en was opgebouwd uit ruwe boomstammen. De rand van het overhangende dak en de luiken bij de grote ramen waren gedecoreerd met verfijnd houtsnijwerk. Aan het hoofdgedeelte ontsproten twee zijvleugels en het geheel werd omringd met borders vol kweekbloemen, die eruitzagen alsof ze in het wild groeiden. Her en der stonden bijgebouwtjes en een daarvan was een soort miniatuurversie van het huis zelf.

'Tjonge,' zei Delphine.

Alice was vooral geschokt dat het zo ver van de bewoonde wereld lag. Wat een werk moest het zijn geweest om midden in een bos zo'n complex aan te leggen. De Van Laars hadden het huis op een heuvel laten plaatsen, zodat alles eromheen lager lag. Het lijkt de Olympus wel, dacht Alice, die niet vaak dat soort associaties had.

De bestuurder reed stapvoets door tot aan de rand van het gazon en liet de auto daar tot stilstand komen. Toen pas zag ze Peter, die roerloos als een steenbok in de schaduw van het huis op hen stond te wachten.

Hij daalde naar hen af. Hij was nog langer dan ze zich herinnerde. En hij leek ook ouder. Het vleugje zilvergrijs in zijn haar lichtte fel op in de zon terwijl hij over het grasveld beende.

De chauffeur stapte uit. Ze bleven zitten, tot ze inzagen dat hij het portier niet voor hen zou opendoen.

Peter was nu heel dichtbij; de knoop in Alice' maag spatte uiteen in woest pulserende zenuwen en ze begon bijna te klappertanden.

Wat moesten ze tegen elkaar zeggen, vroeg ze zich af. Wat viel er in vredesnaam te zeggen tegen een volwassen man? Op school had ze alleen maar meisjes om zich heen gehad. Toen ze met Peter had gedanst, had ze zich best op haar gemak gevoeld, dacht ze bij zichzelf; in de balzaal van het Waldorf was het donker en lawaaiig en daar hoefde ze geen gesprek te voeren. Maar hier, in het volle daglicht... dat was een ander verhaal.

Delphine schoot haar te hulp.

'Wat een reis,' zei ze monter tegen hem, terwijl ze uitstapte. 'Ik dacht dat er geen einde aan kwam.'

Het rook naar dennenhars dat warm was geworden in de zon. En van een afstandje de geur van zoet water: het meer.

Peter glimlachte, met zijn handen in de zakken en zijn blik op hun schoenen.

'Wat fijn dat jullie er zijn,' zei hij. En hij stak zijn handen uit naar hun koffers, die de chauffeur maar al te graag aan hem overdroeg.

Delphine was degene die naast hem naar het huis liep. Delphine was degene aan wie hij vroeg hoe het weer was in de stad en of er specifieke dingen waren die ze wilden doen. Alice hing erachteraan en voelde zich steeds kinderlijker.

'Kennen jullie deze streek?' vroeg hij en Delphine vertelde dat ze er weleens waren geweest toen ze nog heel klein waren.

'Weet je nog, Muisje?' vroeg ze aan Alice, die rood aanliep toen ze haar koosnaam hoorde.

Peter draaide zich half naar haar om, in afwachting van haar antwoord. Nee, ze wist het niet meer, maar als ze dat toegaf, zou ze nóg jonger overkomen vergeleken met haar zus. En dus zei ze van wel.

'Dan zijn jullie ook bekend met de muggen,' zei Peter.

'Welke, deze?' vroeg Delphine, terwijl ze met haar hand wapperde om de kleine zwerm die zich rond haar hoofd had verzameld uiteen te slaan.

'Ja,' zei Peter. 'Kriebelmuggen. Meestal zijn ze rond deze tijd wel verdwenen, maar juni was koud dit jaar. Ik denk dat ze jullie wilden leren kennen.' En eindelijk keek hij Alice echt aan en glimlachte. Zijn tanden waren hagelwit. Ze voelde de opwinding als een balletje vanuit haar keel naar haar buik rollen.

Ze glimlachte naar hem terug – wat enige moed vergde.

Op dat moment scheerde er een pijl langs haar neus die in de bast van een boom belandde.

Alice verstarde.

Peter trok wit weg.

Delphine, die het niet had gemerkt, draaide zich naar hen om met een vriendelijke glimlach.

Even was het stil. Toen kwam er een jongetje op hen afrennen, bijna in tranen en zich uitputtend in verontschuldigingen.

'O nee, o nee,' riep de jongen. 'Heb ik iemand geraakt?'

'Dat jochie doet mee met het kamp,' zei Peter nadat hij hem had gerustgesteld en met een standje had laten gaan.

'Het kamp? Welk kamp?' vroeg Delphine.

Peter haalde diep adem, alsof hij aan een heel lang verhaal wilde beginnen. Maar hij bedacht zich en zei dat hij het aan tafel zou uitleggen.

'Help me onthouden,' zei hij.

Alle ramen stonden open en elke kamer beschikte over een langzaam ronddraaiende ventilator. Het hele huis rook naar gehakt hout, alsof het net was gebouwd. Ze werden naar hun kamers gebracht door ene Hewitt, die als butler leek te fungeren maar met zijn ruwe voorkomen en kleding meer weg had van een cowboy. Hij hield binnenshuis zijn hoed op. Hij was zwijgzaam, pezig, een jaar of veertig. Voor Alice leek iedereen boven de vijfentwintig even oud. Ze had zich afgevraagd wie er nog meer in het huis zouden zijn – het antwoord wist ze nog steeds niet. In de trein had ze er met Delphine over gespeculeerd.

'Peters ouders?' had ze geopperd en Delphine had haar schouders opgehaald. Misschien.

'Woont hij... bij zijn ouders, denk je? In Albany?'

Delphine had even nagedacht. 'George had een appartement. Voor we trouwden, bedoel ik. Maar dat was eigenlijk van zijn vader.'

'Ben je er weleens geweest?'

Delphine had glimlachend ja gezegd. Pas later begreep Alice wat dat antwoord inhield.

Ze had een ruime kamer aan de kant van het meer, met een hemelbed waarop een lappendeken lag. Er stond een spiegel waarin ze zichzelf opnam. Ze drukte met beide handen haar wangen naar binnen (ze vond haar gezicht te bol) en probeerde zichzelf door Peters ogen te zien. Ze kreeg vaak te horen dat ze mooi was, mooier dan Delphine zelfs – het enige waarin ze haar zus overtroefde. Maar ze vond zichzelf dom en was er vrij zeker van dat anderen dat ook vonden. En niet grappig, niet geestig. Humorloosheid is nog erger dan onnozelheid, bedacht ze.

Er werd op de deur geklopt en ze slaakte een gilletje van schrik.

Met bonkend hart deed ze open.

Het was Hewitt, de butler – het manusje-van-alles, corrigeerde Alice zichzelf. Met die uitdossing leek hij in niets op de butler van haar ouders in New York. 'Er worden cocktails geserveerd op het gazon,' zei hij. 'Als u zich bij de familie wilt vervoegen.'

'Dank u,' zei Alice – en toen pas zag ze dat er vanachter Hewitts been een klein meisje naar haar stond te gluren, met heldere ogen en een dunne vlecht.

'Hé, wie hebben we hier?' zei Alice, en voor het eerst glimlachte Hewitt.

'Dit is Tessie Jo,' zei hij.

Het meisje grijnsde. Begroef haar gezicht in Hewitts broekspijp.

Het huis lag met de achterkant – eigenlijk de voorkant – aan het meer. Het water bood een kille maar toch aanlokkelijke aanblik; het soort water dat warme stromingen en bronnen in zich borg.

Op een klein strand stonden stoelen met een hoge leuning en daarin zaten vier volwassenen, met de rug naar Alice toe. Alice wist niet meteen wie het waren, maar ineens hoorde ze de charmante, warme lach van haar zus – een lach die haar altijd complimenten opleverde. Delphine had een hoed op die Alice nog nooit had gezien en zat naast Peter. Van achteren zagen de vier eruit als twee stellen, alleen de lege vijfde stoel paste niet in dat beeld. De kleine Tessie Jo rende heen en weer over het strand en hurkte zo nu en dan neer om bergjes te maken van het natte zand.

Peter was de eerste die Alice zag aankomen en hij stond beleefd op.

'Juffrouw Ward,' zei hij.

Ze veinsde nonchalance. Maar opnieuw merkte ze hoeveel geweld ze zichzelf daarmee aandeed.

Er stond nog iemand op en Alice zag meteen dat het Peters vader was. Dat kon niet anders: hij was het witharige evenbeeld van zijn zoon, net zo mager en gesoigneerd, net zo streng.

'Juffrouw Ward,' zei de oudere man. 'Prettig kennis met u te maken.'

Alice was nu bij het groepje aangekomen en draaide zich met de rug naar het meer, zodat ze tegenover het huis en de anderen stond, op een rare positie midden in de boog van stoelen, alsof ze elk moment in een lied kon uitbarsten. Wat zou Peter over haar hebben verteld, vroeg ze zich af. Peter, die maar liefst één hele avond met haar had doorgebracht?

Peters moeder – ze nam tenminste aan dat het zijn moeder was – was blijven zitten, net als Delphine. Zijn moeder zag er jonger uit dan zijn vader, maar ook slonziger, ze torste zo'n vijftien kilo extra gewicht mee en had een jurk aan die – Alice kon de gedachte niet onderdrukken – haar figuur geen goeddeed. Ze glimlachte wazig naar Alice.

Peter kwam naar haar toe. 'Is uw kamer naar tevredenheid?' vroeg hij.

Opeens viel Alice op hoe stijfjes hij klonk, alsof hij uit een andere tijd kwam. Hun vrienden in de stad waren loslippig, vrijpostig en dol op schandalen. Die vonden dat je alleen beleefd hoefde te zijn tegen mensen die lager in rang stonden dan jij, die jou dienden in welke rol dan ook.

'Jazeker,' zei Alice. 'Dank u.'

Bij het diner ging het beter. Dat was mede te danken aan de wijn. Alice was tot dan toe maar twee keer aangeschoten geweest; ze hield niet van de smaak van alcohol en ook niet van het effect ervan op haar lichaam. Maar ze vond het wel prettig dat de drank de hele kamer een warme, geruststellende gloed verleende. Delphine hield het gesprek gaande en voor het eerst was Alice dankbaar dat haar zus zo uitbundig was, al werd haar eigen gebrek aan uitbundigheid daardoor benadrukt.

Het gesprek ging van de geschiedenis van het Adirondack-gebergte naar het reilen en zeilen van de boerderij bij de weg, een grote passie van Peters ouders. Vervolgens spraken ze over de muggen – altijd weer die muggen – en toen werden er voorzichtige vragen gesteld over hun leven in de stad, hun opleiding, hun bezigheden.

'Hoe gaat het met die beste George Barlow?' vroeg Van Laar senior voor hij een nieuwe hap nam. 'Ik heb hem niet meer gezien sinds Peters studententijd. Ik vond hem altijd zo grappig.'

Alice hoorde een zweem van minachting in zijn stem en keek naar Delphine om te zien of ze beledigd was. Maar Delphine glimlachte alleen maar.

'Hij is nog steeds grappig,' zei ze.

'Heeft hij plezier in zijn werk?'

'Zijn studie, bedoelt u.'

Van Laar trok een wenkbrauw op. 'Nee toch? Op zijn leeftijd?'

'Zeker wel,' zei Delphine op geheimzinnige toon. 'Hij is uit het familiebedrijf gestapt om ornithologie te gaan studeren aan Columbia.'

Haar ogen twinkelden toen ze dit nieuws vertelde – het was de roddel van het seizoen geweest in Manhattan, waar het werd rondverteld als de clou van een grap. Ornithologie! Als er één ding was waarvoor Alice haar zus bewonderde, dan was het voor de dappere beslissing om met George Barlow te trouwen. Hoewel hij uit een rijke familie kwam, was hij geen voor de hand liggende huwelijkspartner voor Delphine. Hij was niet eens heel aantrekkelijk: mager en iel, met een overbeet en donkere wenkbrauwen die permanent gefronst stonden. En toch zag Alice aan alles dat haar zus van hem hield.

'Dat wist je toch wel, pa,' zei Peter. 'Er was een hoop ophef over.' Maar ook in zíjn stem hoorde Alice een lach.

'Terecht,' zei Van Laar senior. Hij nam een hap en kauwde bedachtzaam. 'Trouwens, ik dacht dat je naar Cornell moest als je vogels wilde bestuderen.'

'Dat is ook zo,' zei Delphine. 'Maar we wilden in Manhattan blijven, dus hij moest genoegen nemen met Columbia.'

'Haalt hij goede cijfers?'

'Hij is de beste van zijn jaar.'

Toen stokte het gesprek. Het getik van het bestek op de borden weerklonk door de kamer.

'Vertel eens wat meer over het zomerkamp,' zei Delphine.

Peter en zijn vader wisselden een blik. Toen begon Peter te vertellen.

In de jaren tachtig van de negentiende eeuw, toen het Adirondack-park net in opkomst was als bestemming voor vakantiegangers uit New England, bezocht Peter Van Laar, uit Massachusetts, het gebied en hij was op slag verliefd.

Hij keerde meermaals terug om een geschikt stuk grond uit te zoeken. En uiteindelijk koos hij, met behulp van een ervaren gids uit de buurt, het perceel waarop Zelfredzaamheid zou worden gebouwd.

Het verhaal van Peter week af van de versie van de chauffeur, viel Alice op. De inwoners van Shattuck kwamen er nauwelijks in voor. In deze versie sjouwde Peter I – in het lexicon van de familie Van Laar uitgesproken als 'Peter Een' – eigenhandig met bundels hout, beklom hij hoge ladders, hield hij persoonlijk toezicht op het transport van de afzonderlijke onderdelen van het Zwitserse chalet en controleerde hij of alles op de juiste manier in elkaar werd gezet. Aan het begin van de oprijlaan kwam een boerderij, zodat het de gasten aan niets zou ontbreken.

Peter I stond bekend als een onconventionele figuur. 'De laatste Van Laar op wie die term van toepassing was,' zei Peter III met een strak glimlachje. En hij vertelde dat Peter I speels, ondeugend en kinderlijk enthousiast was tot op de dag van zijn dood. Bemind maar ook verguisd door zijn zakenpartners. Onderwerp van roddelrubrieken. En dat hij tientallen minnaressen had.

Toen Peter I verkondigde dat hij een zomerkamp wilde stichten, waren zijn vrienden dan ook niet verbaasd, maar het was wel aanleiding tot hilariteit en hoon.

Peter I trok zich er niets van aan. De blokhutten op het terrein, die oorspronkelijk waren gebouwd voor jachtpartijen, kregen een nieuwe bestemming die paste bij zijn project. Omdat hij al in de tachtig was en niet meer zo energiek als voorheen, schakelde hij een aantal mannen uit Shattuck in om de rest van het kamp op te bouwen. Het was zijn droom om toekomstige generaties bewust te maken van het belang van natuurbehoud, van goed rentmeesterschap. Hij vernoemde het kamp naar zijn favoriete schrijver en denker, Ralph Waldo Emerson, eveneens een groot pleitbezorger voor de wildernis. En trouwens ook de man die een essay had geschreven over zelfredzaamheid, waaraan het grote huis zijn naam te danken had. Kamp Emerson was elke zomer acht weken open, vertelde Peter III. Aanvankelijk waren er maar weinig deelnemers. Maar na een aantal succesvolle – zij het onrendabele – seizoenen verwierf het kamp faam. Binnen tien jaar werd Kamp Emerson een gewilde bestemming voor kinderen uit rijke gezinnen in New England en Manhattan.

Tegenwoordig trok het kamp vooral kinderen van vrienden en kennissen van de familie.

Delphine klapte verrukt in haar handen. 'O, wat een geweldige man, die eerste Peter,' zei ze. 'En wat een geweldig verhaal, hè, Alice?'

'Ja,' zei Alice.

'Heb je zelf weleens meegedaan?' vroeg Delphine, maar Peter schudde snel zijn hoofd.

'Aan het kamp? Hemel, nee,' zei hij, alsof het een rare vraag was.

Mevrouw Van Laar, die tegenover Alice zat, zei niet veel. Ze zat welwillend mee te luisteren in haar onmodieuze slobberjurk, met haar net iets te slordig aangebrachte lippenstift. Ze glimlachte af en toe naar Alice en genoot zichtbaar van het eten – ze kauwde met haar ogen dicht.

Op een gegeven moment realiseerde Alice zich dat zij en mevrouw Van Laar al ruim een uur geen woord hadden gezegd zonder dat iemand het had opgemerkt of zich eraan had gestoord, en plotseling begreep ze dat ze een consumptieartikel was: de twee heren aan tafel probeerden in te schatten of ze de aanschaf waard was en Delphine trad op als veilingmeester. Hoe minder ze zei, hoe liever. Tegen het eind van de maaltijd drong tot haar door dat er al voor haar was besloten.

Dat vond ze geen onplezierig idee.

Het bood haar de kans om terug te keren naar haar favoriete staat van zijn: in zichzelf gekeerde dromerigheid, een gecultiveerd air van mysterie waarmee ze haar gebrek aan intellect – dat ze als voldongen feit aanvaardde – hoopte te kunnen maskeren.

Af en toe zag ze Peter Van Laar naar haar kijken. Steeds vaker zochten haar ogen de zijne. Haar hart begon sneller te kloppen. Ze was een kind.

Ze stelde zichzelf drie vragen: zou ze buiten de stad kunnen wonen? Zou ze een aantal maanden per jaar hier kunnen wonen, in deze wildernis? Zou ze met een man als Peter kunnen trouwen?

Haar moeder kende haar vader als kind al, maar toen nog niet heel goed. Ze was achttien toen ze trouwden, al snel na hun eerste afspraakje.

Haar zus en George Barlow kenden elkaar twee maanden toen ze zich verloofden.

Ze keek uit het raam, naar het meer. Het water had iets hypnotiserends, iets bezwerends. Het was al acht uur 's avonds, maar in juli weerkaatste op dit tijdstip het laatste zonlicht nog fel op het water. Door de hoge, op het oosten gerichte ramen kwam een zachte, zoele bries naar binnen. De dennen keken haar roerloos aan, in afwachting van haar antwoord.

Ja, ja en ja, dacht ze. Als hij haar die vragen stelde, zou ze drie keer ja antwoorden.

En zo geschiedde. Nadat hij haar nog twee keer had opgezocht in de stad – de tweede keer met zijn ouders – vroeg Peter haar in september dat jaar ten huwelijk, met instemming van haar vader.

Hij had een ring gekozen uit de juwelencollectie van de familie.

Samen met haar moeder had hij hem laten aanpassen bij Van Cleef & Arpels, waar hij ook nog een ring voor haar had gekocht, met een bijpassend diamanten armbandje.

Ze zei ja op zijn aanzoek, blij dat er over dit aspect van haar leven een beslissing was gevallen, omdat ze niet wist wat ze anders moest.

Haar trouwjurk was van *satin duchesse*, met een wijd uitlopende rok en een hartvormige hals. Ze trouwde twee dagen na haar achttiende verjaardag in de St. John the Divine-kathedraal in New York, met een receptie in hotel The Pierre.

Ze had geen bruidsmeisjes. Goede vriendinnen had ze nooit gehad. En een getrouwde vrouw – zoals Delphine – in die rol gold als ongepast.

Er was geen huwelijksreis. Alleen de verhuizing naar een huis in Albany dat ze nog nooit had gezien: een galmende stadsvilla met koude marmeren vloeren en ramen die rammelden in de winter.

Negen maanden later – een maand te vroeg – werd Peter IV geboren. Hij werd Bear genoemd, omdat er al zoveel Peters in de familie waren en omdat hij mollig was, en vanwege het dons op zijn hoofd dat iedereen die het aanraakte deed denken aan de vacht van een jong beertje.

Hoeveel uren bracht ze door met alleen maar naar hem kijken? Naar zijn zijdeachtige haar. Dat lijfje op haar borst, terwijl ze lag te soezen in haar slaapkamer in Albany of in de serre van Zelfredzaamheid. Het warme, kwetsbare lijfje van haar zoon. In haar hoofd verscheen een beeld van het zorgvuldig geconstrueerde bottenstelsel daarbinnen dat hem overeind hield, van de miniatuurlongen die zijn rug deden rijzen en dalen; ze zag zijn kleine armen en benen trillen als hij wegzonk in een diepe slaap, en alles aan dat babylijfje kwam haar onbestaanbaar voor: de proporties, de geur, de samenstelling, het gevoel van diepe kalmte dat het in haar teweegbracht en dat ze – op een dag trof dit besef haar als een mokerslag – nooit meer op die manier zou ervaren.

Alice

Jaren 50 | *1961* | *winter 1973* | *juni 1975* | *juli 1975* | *augustus 1975*

Als Alice met een objectieve blik probeerde terug te kijken, moest ze toegeven dat ze in het begin een paar mooie jaren hadden gehad.

Ten tijde van de geboorte van Bear was ze nog een kind, en zo werd ze ook door Peter behandeld. Dat betekende dat hij haar weliswaar uitlachte, maar met een warme blik in zijn ogen, en als ze weer eens blijk gaf van haar 'gebrek aan gezond verstand', zoals hij het noemde, legde hij soms liefdevol een hand op haar hoofd en slaakte een zucht, alsof hij zich realiseerde hoeveel hij haar nog moest leren. Ze vond het niet erg; ze voelde zich beschermd en dat dacht ze in die tijd nodig te hebben.

Maar na een tijdje begon Peters verbazing over haar missers om te slaan in ergernis. Toen ze achttien was en nog niet wist hoe je een etentje moest organiseren, had Peter met een tedere glimlach de spelfouten op de naamkaartjes gecorrigeerd of zijn veto uitgesproken over de aronskelken op tafel. Vijf jaar later trok hij een nors gezicht en schreeuwde hij soms tegen haar.

Het enige waar ze het altijd over eens waren, was de waarde van hun zoon, voor wie Alice vanaf het begin een intense liefde koesterde. Ze wist dat Peter ook van hem hield, maar soms had ze de indruk dat zijn liefde een soort belegging was, iets wat je gaf in de verwachting dat je er later iets voor terugkreeg.

Meer kinderen zouden er niet komen, besloot Peter, één jongen was genoeg. De onderliggende gedachte, begreep Alice, was dat de overdracht van de bank ingewikkelder zou worden als er meer jongens waren. Vier generaties op rij was er altijd maar één zoon geweest. Eén Peter Van Laar. Soms had Alice het gevoel dat ze maar één ding had gedaan waarover haar man echt tevreden was, en dat was dat ze hem zo snel een zoon had geschonken – en wat voor een!

De zomer op Zelfredzaamheid was de periode waarin ze de meeste tijd met z'n drieën doorbrachten. Dan leerde Peter zijn zoon zeilen en paardrijden en schaken en kleiduivenschieten. Hij was een goede leraar, geduldig zelfs – een eigenschap die hij op andere vlakken ontbeerde. Van een afstandje keek Alice tevreden toe en voor het eerst in haar huwelijk voelde ze iets voor haar man wat op pure liefde leek.

Het scheelde dat Bear goed was in alles waar hij zich op toelegde. Hij had een goed hoofd voor cijfers, hij kon al vroeg lezen. Hij was groot en lang, net als zijn vader – een opluchting voor Alice, die bang was geweest dat hij haar gedrongen gestalte zou erven.

Ondanks al die talenten had hij geen arrogante trekjes en was er bij hem niets van de minachting te bespeuren die zijn vader van tijd tot tijd etaleerde. Hij begroette iedereen die hij tegenkwam met een glimlach en onthield de namen van iedereen die in en om het huis werkte, ongeacht hun status. Daarmee deed hij haar aan iemand denken, maar ze wist niet wie, tot ze op een dag met een schok besefte dat het haar eigen zus was. Delphine.

Bear was vooral in de ban van Tessie Jo, de dochter van de terreinbeheerder, vier jaar ouder dan hij. Ze was aardig tegen hem, vertroetelde hem. En in ruil volgde hij haar waar ze maar ging en riep hij voortdurend: 'Tessie, Tessie!' Peter en Alice zeiden gekscherend tegen elkaar dat Bear verliefd op haar was. Dat was een van hun weinige onderlinge grapjes.

De overige drie seizoenen van het jaar was Peter hard aan het werk en bleef hij vaak tot acht of negen uur op kantoor. Meestal in Manhattan, waar hij afspraken had met potentiële cliënten.

Zonder haar zoon zou Alice eenzaam zijn geweest in Albany. Ze had geen noemenswaardige vrienden. Ze beheerste de kunst van het converseren niet.

Dat laatste was Peter met haar eens. En dat zei hij ook geregeld, op zakelijke toon, zoals hij alles zei – alsof het geen mening was maar een feit.

'Het probleem is,' zei hij, 'dat je zo saai bent op feestjes. Met een of twee glaasjes op word je vast een stuk gezelliger.'

De eerste keer dat hij dat zei, was ze twintig. Ze had de tweejarige Bear in haar armen. Ze deed haar mond open om iets terug te zeggen, maar er kwam niets uit. Peter leverde nogal eens kritiek op haar, altijd vermomd als advies. En het punt was: meestal vond ze dat hij gelijk had. Ze was inderdaad saai op feestjes. Ze wist niets van de actualiteit. Ze had nauwelijks gereisd en ze had geen hobby's. Ze was niet slim en geestig, zoals haar zus. Ze had soms onaardige gedachten over anderen, maar ze had nooit de kunst onder de knie gekregen om die in de vorm van een kwinkslag te gieten. Met andere woorden, ze was niet eens goed in roddelen. Haar aandacht ging in die tijd vooral uit naar Bear en haar allesverslindende liefde voor hem. Soms leek het alsof zich door het ouderschap een andere dimensie, of een ander zintuig, voor haar had geopend.

'En zet die jongen neer,' zei Peter. 'Straks verandert hij in een zeepok.' Hij stak zijn armen uit naar Bear, die zich van hem afkeerde, zijn hoofd in de schouder van Alice begroef en zich nog steviger aan haar vastklampte.

Doorgaans nam ze Peters adviezen ter harte. En hij bleek zo zijn ideeën te hebben over vrijwel alles aan haar uiterlijk en persoonlijkheid. Ze kon beter jurken dragen die haar schouders bedekten, want haar schouders waren niet het mooiste deel van haar lichaam. Vanwege hun lengteverschil moest ze zo hoog mogelijke hakken dragen. Ze mocht mannen die ze voor het eerst ontmoette geen hand geven, alleen een knikje. Hij leek eerder een privéonderwijzer dan een echtgenoot: hij was altijd bezig haar ontwikkeling bij te brengen, haar te vormen en naar zijn niveau te verheffen. Ze protesteerde niet: vóór Peter had niemand haar ooit bij de hand genomen. Ze zei tegen zichzelf dat ze hem in zekere zin maar als mentor moest beschouwen.

En dus nam Alice voortaan thuis eerst een glas cognac als ze naar een diner met een cliënt moesten. Dat deed ze in het bijzijn van Peter, die niet meedronk. En een tijdlang werkte het: ze voelde zich meteen volwassener, mondainer, bedrevener in het retourneren van de verbale ballen die haar werden toegespeeld door de vrouwen aan tafel – vrouwen die veelal een jaar of twintig ouder waren dan zij en haar aankeken met een blik waarin medelijden zich vermengde met minachting.

Jarenlang was drinken voor haar een taak waar ze zich aan zette als dat nodig was. Ze dronk niet als ze geen verplichtingen had, als er geen sociale activiteiten op het programma stonden.

Op een gegeven moment – ze wist niet meer precies wanneer en hoe – begon er iets te verschuiven en zo ontstond er een nieuwe gewoonte: één glas wijn op de avonden thuis. Soms twee. En als ze uitgingen, dronk ze meer. Als ze uitgingen, dronk ze martini's, Manhattans – of *gimlets*.

Goed, dan doen we het zo, dacht ze: wijn binnenshuis, cocktails buitenshuis. Haar favoriete moment van de dag was het glas wijn dat ze dronk met haar zoon in de buurt – dan was haar liefde voor hem sterker dan ooit.

Met deze mate van drankgebruik kon ze leven, besloot ze. Dit was verdedigbaar, verantwoord. Peter zou er wel wat van zeggen als ze een grens overschreed.

Ze had best zo door kunnen gaan, dan was er niets aan de hand geweest. Het kwam door George Barlow dat alles anders werd.

Carl

Jaren 50 | **1961** | *winter 1973* | *juni 1975* | *juli 1975* | *augustus 1975*

Het was al zeven uur 's avonds toen Carl Stoddard in de brandweerkazerne wakker schrok van de telefoon. Hij was op het veldbed in slaap gevallen na een lange dag in de zon. Toen de telefoon voor de tweede keer rinkelde, ging hij rechtop zitten, knipperend met zijn ogen. Bij de derde keer kwam hij in actie: hij pakte de hoorn van de haak met de schroom die hij altijd voelde als hij een telefoon opnam. Hij hield sowieso niet van praten, maar telefoneren was het ergst.

'Carl Stoddard?' zei een stem aan de andere kant van de lijn. Het was Marcy Thibault, de telefoniste, die door haar jarenlange ervaring verbluffend goed was geworden in het herkennen van stemmen.

'Wat is er aan de hand?' vroeg Carl – zijn standaardvraag. Een zinnetje waar hij niet over na hoefde te denken.

'Ik heb iemand van het Domein Van Laar voor je aan de lijn,' zei Marcy.

'O?'

Dat was vreemd. Carl, die als tuinman op het domein werkte, was nog nooit rechtstreeks door zijn werkgevers gebeld.

Misschien had hij iets laten liggen. Of misschien had hij iets verkeerd gedaan. Peter Van Laar was een man met een sterke mening, zeker als het om de inrichting van de tuin ging. Elk jaar in juli organiseerde de familie een feest van een week – het Muggenvaarwel, ter ere van de overgang naar een nieuw seizoen en het einde van de plaag – en dan eiste de heer des huizes dat alles piekfijn in orde was.

'Hoe hebben ze me hier gevonden?' vroeg Carl. Zijn hart begon sneller te slaan. Hij was een lange, stevig gebouwde man met een blonde baard, veertig jaar oud, footballspeler in zijn jeugd, maar hij was ook timide, gevoelig voor weersveranderingen en voor andermans emoties, en hij hield niet van conflicten. Dat was altijd al zo geweest. Tuinieren was een vak dat goed bij hem paste.

'Ze hebben jou niet gevonden, ze weten niet dat jij daar nu zit,' zei Marcy.

De vrijwillige brandweer van Shattuck bestond uit vier man. Behalve Carl waren dat de kruidenier Dick Shattuck, Bob Alcott, geschiedenisleraar op de regionale middelbare school, en Bob Lewis, die meestal werkloos was.

Tien jaar geleden hadden ze samen de brigade uit de grond gestampt. Ze hadden de kneepjes van het vak geleerd bij kazernes in de omringende steden, met donatiekraampjes hadden ze rond de kerstdagen en op Onafhankelijkheidsdag geld ingezameld voor hun uitrusting. Toen ze eenmaal vuurbestendige laarzen hadden aangeschaft, trokken ze die aan als ze geld gingen inzamelen.

Ze huurden een oude garage die ze tot kazerne verbouwden, met een slaapplek en een keuken. Ze vroegen Dicks vrouw Georgette, die elk jaar haar artistieke talenten botvierde op de pui van de kruidenier, om een uithangbord te schilderen.

Pas vier jaar later konden ze een echte brandweertruck aanschaffen en in juli 1961 waren ze volledig operationeel. Ze hadden een wagen met slangen en vier brandkranen in de stad, op een steenworp afstand van het enige kruispunt in Shattuck met verkeerslichten. De vrijwilligers waren goed getraind. En op Bob Lewis na stonden ze te boek als mannen met een positieve instelling.

Het was geen toeval dat Carl in de nacht van 10 juli 1961 dienst had: hij was graag in de kazerne en nam zo veel mogelijk nachtdiensten voor zijn rekening. Afgezien van zijn auto was dit de enige plek waar Carl echt alleen kon zijn. Hier hoefde hij niets anders te doen dan lezen, dagdromen, soms in slaap vallen en heel af en toe de telefoon opnemen.

Het kostte Marcy Thibault, de telefoniste, enkele seconden om hem door te verbinden. En toen er een stem door de kabel kwam, bleek die niet van een personeelslid, maar van Peter Van Laar zelf – naar wie Carl altijd knikte als ze elkaars pad kruisten op het domein, maar die hij hoogstens twee keer in zijn leven echt had gesproken. Van Laar stond bij zijn medewerkers en zakenrelaties bekend als een strenge, intolerante man, stiller dan zijn vrouw, maar gevaarlijker. Hij praatte zelden met zijn werknemers, behalve met degenen helemaal bovenin de hiërarchie, die verantwoordelijk waren voor de gang van zaken in huis en tuin, maar zelfs tegen hen was hij kortaf. Hij had iets weg van een wolf, een magerte die op honger leek te wijzen.

'Hallo? Brandweer?' zei Van Laar. Iets in zijn stem maakte dat Carl zijn rug rechtte en zijn hand op de tafel legde.

'Ja,' zei Carl, 'u spreekt met Carl Stoddard van de brandweer.' Hij overwoog mijnheer Van Laar erop te wijzen dat ze elkaar kenden. Maar de ingehouden agitatie in diens stem weerhield hem ervan.

Even was het stil. Toen hoorde Carl zachte klikjes en na een paar seconden begreep hij dat het Van Laar was die iets probeerde weg te slikken.

'Mijnheer Van Laar?' zei Carl. 'Is alles in orde daar?'

'Het lijkt erop dat mijn zoon vermist is,' zei Van Laar ten slotte.

'Bear?' vroeg Carl in een reflex. Hij sloot zijn ogen. Bracht een vuist naar zijn voorhoofd. Het was te ingewikkeld om uit te leggen hoe en waarom hij die bijnaam kende. En niet alleen hij, maar ook alle anderen die op het terrein werkten. Ze kenden Bear al vanaf dat hij heel klein was. Elk jaar als hij in mei terugkeerde naar het domein bleek hij weer groter en spraakzamer te zijn geworden dan het jaar ervoor. Die zomer was hij acht en patrouilleerde hij als een bewaker over het terrein, lachend en fluitend, altijd aardig tegen het personeel – de tegenpool van zijn stugge vader. Een woudloper in de dop, geïnteresseerd in dezelfde dingen als Carl toen die jong was. Vooral in leven en overleven in de wildernis. Juist die zomer waren ze veel met elkaar opgetrokken: afgelopen week had Carl hem geleerd welk hout geschikt was om vuur mee te maken. 'Los, licht en droog,' had Carl gezegd. 'Bijna slap.' En hij liet zien wat hij bedoelde door met een mes een kerfje te zetten in een cederhouten plank en zijn duimnagel erin te duwen.

Die middag had Carl bij zijn vertrek Bear nog bij de deur van Zelfredzaamheid zijn schoenen zien strikken. De jongen was overeind gekomen en had gezwaaid toen Carl langsreed in zijn pick-uptruck, en Carl had teruggezwaaid.

Van Laar vroeg zich kennelijk niet af hoe Carl zijn zoon kende, in elk geval begon hij er niet over. Tot Carls ontsteltenis slaakte hij een onbeheerste, wilde jammerkreet, waarin Carl – zelf vader, ooit van vier kinderen, nu van drie – een emotie herkende die hij helaas maar al te goed kende.

'Geen zorgen,' zei Carl. 'Geen zorgen, mijnheer Van Laar. We vinden hem wel.'

Nog geen vijf minuten later had hij de andere drie vrijwilligers gebeld.

Nog geen tien minuten later zaten ze in de brandweerwagen en snelden ze door de invallende schemering naar het domein.

Carl

Jaren 50 | **1961** | *winter 1973* | *juni 1975* | *juli 1975* | *augustus 1975*

Het was al bijna donker toen de vier brandweerlieden op het domein aankwamen. Er was iets mis met de uitlaat van hun bluswagen – ze hadden hem voor weinig geld kunnen overnemen van de brandweerbrigade in Schenectady toen die een nieuwe kocht – en ze reden brullend over de oprijlaan.

Voor vertrek had Carl de anderen verteld wat hij wist, al was dat niet veel. Het gesprek met de heer Van Laar had niet lang geduurd.

'De zoon van Van Laar wordt vermist,' had Carl gezegd. 'Zijn grootvader en hij zouden vanmiddag Hunt Mountain beklimmen. Maar toen ze bij het beginpunt van de wandeling aankwamen, besloot hij terug te gaan omdat hij zijn zakmes in zijn kamer had laten liggen. Daarna heeft zijn grootvader hem niet meer gezien.'

'Hoe ver is dat beginpunt van het huis?' vroeg Bob Lewis.

'Weet ik niet,' zei Carl.

'Hoelang heeft Van Laar op hem gewacht voor hij ging zoeken?' vroeg Bob Alcott.

'Weet ik niet.'

'Wat was die jongen met zijn zakmes van plan?' vroeg Dick Shattuck.

'Weet ik niet,' zei Carl zwakjes. 'We horen vast meer als we er zijn.'

Op dat moment kwam er plotseling een herinnering bij hem naar boven, iets wat de jongen ooit terloops over zijn grootvader had gezegd, maar waar Carl toen niet veel aandacht aan had besteed.

Op de parkeerplaats kwam de truck tot stilstand. Dick Shattuck zette de motor uit.

Toen was er stilte. Op het hele domein geen enkel geluid.

Carl, die in de laadbak zat, wist niet wat hij had verwacht te horen – voetstappen misschien, geschreeuw, gehuil, de koosnaam van de jongen, 'Bear', die door verschillende mensen werd geroepen – maar in elk geval niet dit.

Hij hees zichzelf moeizaam overeind. Sprong met een zware bonk vanuit de laadbak op de grond. Hij was de afgelopen jaren bijna dertig kilo aangekomen en daardoor bewoog hij logger. Zijn vrouw maakte zich zorgen.

Achter hem stapten zijn drie kameraden uit de cabine.

Een eindje verderop bewoog er iets op het gazon. Het was een mens, zag Carl, en daarna zag hij dat het Vic Hewitt was, de terreinbeheerder. Carls baas.

Vic stond donker afgetekend tegen het zwakke schijnsel dat uit het huis kwam. Hij was lang en breed en had de merkwaardige gewoonte om zijn armen stijf langs zijn lichaam te houden, heel formeel, als een soldaat in de houding.

Hij had op hen staan wachten.

Carl was precies één keer in het grote huis geweest, vijf jaar geleden, toen hij werd aangenomen. Die dag was hij door de keukendeur naar binnen gegaan en de huishoudster had limonade en koekjes voor hem neergezet tijdens zijn gesprek met zijn toekomstige baas.

'Het is zwaar werk,' had Hewitt gezegd. 'Daar ben ik eerlijk over. Grote lap grond, weinig personeel. Het gaat het hele jaar door, niet alleen in de zomer.'

Carl had geknikt, maar hij kon zich niet concentreren. Het was een gelukje geweest dat hij over deze baan had gehoord van een neef die de vorige tuinman kende – en dat die vorige tuinman na lange tijd met pensioen was gegaan. Carl wist niet veel van tuinieren, maar hij had wel een bibliotheekpas. Hij zou tegen elke baan ja hebben gezegd. Hij had een ziek kind en geen geld. Tot voor kort had hij bij de papierfabriek in de stad gewerkt, maar die had de deuren gesloten, waardoor ongeveer zestig werknemers na jaren trouwe dienst op straat waren komen te staan.

'Ik steek graag de handen uit de mouwen,' zei Carl. Hij had honger en overwoog een koekje te pakken; het waren een soort kantwerkjes, die er eerder decoratief dan voedzaam uitzagen. Uiteindelijk besloot hij het niet te doen. Hewitt had er ook geen gepakt.

'Heb je verstand van bloemen en zo?' vroeg Hewitt.

'Jazeker,' zei Carl. 'Ik ben opgegroeid op een boerderij.'

'Maar bloemen,' zei Hewitt, die niet overtuigd was.

Carl knikte weer. 'Mijn moeder kweekte bloemen. Ze won er wedstrijden mee op de jaarmarkt.' Dat laatste was een verfraaiing van de werkelijkheid: zijn moeder, die nog leefde, had zich elk jaar voor de wedstrijd ingeschreven en was elk jaar verbolgen dat ze niet was geselecteerd.

'Ze heeft al haar kennis aan mij doorgegeven,' zei Carl. Hij realiseerde zich dat hij tamelijk wanhopig klonk.

'Jij bent toch de neef van Joe Stoddard?' vroeg Hewitt.

Carl knikte.

Uiteindelijk trommelde Hewitt met zijn knokkel op het tafelblad en zei dat Carl de baan kon krijgen als hij wilde.

Ja, dat wilde hij.

Later ontdekte hij dat zijn neef Joe aan Hewitt had verteld dat een van zijn kinderen in Albany in het ziekenhuis lag, al werd dat nooit door Vic of hemzelf uitgesproken. Carl werkte er nu vijf jaar en in die periode had hij veel geleerd, maar pas dit jaar leverde dat de gewenste resultaten op. Eerlijk gezegd was het een wonder dat Hewitt, of mijnheer Van Laar zelf, hem nooit had ontslagen – hoewel hij vermoedde dat eerstgenoemde meermaals de schuld op zich had genomen als laatstgenoemde zijn beklag deed.

Nu liepen ze met zijn vieren over het gazon naar Vic Hewitt toe.

Hij stak zonder iets te zeggen een hand op. Liet hem weer langs zijn zij vallen.

'Ik neem aan dat jullie al op de hoogte zijn,' zei hij toen ze binnen gehoorsafstand waren.

Hij knikte naar Carl. Schudde de anderen de hand.

Carl wierp een zijdelingse blik op Dick Shattuck, die gewoonlijk het woord voor hen voerde. Maar Dick keek alleen maar terug.

Carl realiseerde zich dat hij werd geacht de leiding te nemen omdat hij hier werkte, en meteen sloegen de zenuwen toe. Hij hield er niet van om iets of iemand te leiden. Op de middelbare school ook al niet: toen zijn coach hem tot aanvoerder van het footballteam wilde benoemen, had hij dat aanbod afgewezen.

'Nog nieuwe ontwikkelingen?' vroeg Carl na een korte stilte, omdat hij niet wist wat hij anders moest zeggen.

'Nee, niets,' zei Hewitt. 'Hij is nog steeds spoorloos. Ik ben nu al bijna vijf uur aan het zoeken in het bos.'

Hij liet zijn schouders hangen. Keek naar de grond.

Vic was een ervaren natuurgids die niet snel van zijn stuk raakte. De buitenwereld kende hem als een stoere kerel, een woesteling bijna. Het zichtbare bewijs daarvan was zijn ontbrekende rechteroorlel – naar verluidt het werk van een zwarte beer die na zijn aanval door Vic in de houdgreep was genomen. Maar hij was ook een vader, wist Carl. Hij had een dochter van een jaar of dertien, Tessie Jo, een robbedoes die door haar vader was opgevoed en nu wel zijn tweelingzus leek. Als ze niet op school zat, was ze schouder aan schouder met haar vader aan het werk. Carl wist dat hij aan haar dacht, net zoals Carl aan zijn eigen kinderen dacht. Hij zag ze voor zich, 's nachts ronddolend door het struikgewas dat nog vochtig was van de stortregen. Er kwamen herinneringen naar boven aan Scotty die raspend ademhaalde in het ziekenhuisbed met de witte lakens.

Vic Hewitt keek over zijn schouder naar de bosrand achter het huis.

'Luister,' zei hij. 'Het is een trieste bedoening daarbinnen. Mevrouw Van Laar is ten einde raad. Dat geldt voor het hele gezin, en alle gasten. Ik wil maar zeggen: wees voorzichtig. We moeten ze niet nog ongeruster maken dan ze al zijn.'

Na die woorden liep hij zwijgend voor hen uit naar de brede voordeur van het huis, waar Carl in al die jaren dat hij hier werkte nog nooit doorheen was gegaan.

Alice

Jaren 50 | *1961* | *winter 1973* | *juni 1975* | *juli 1975* | *augustus 1975*

De voorbereidingen voor het Muggenvaarwel, dat een hele week zou duren, begonnen eind mei.

Eerst was het zaak om te bepalen wie ze zouden uitnodigen. Het grote huis, met zijn tien slaapkamers, bood met gemak plaats aan zestien gasten. In de bijgebouwen konden er nog eens achttien worden ondergebracht. Sommige beslissingen waren snel genomen: tot de vaste aanwezigen behoorden de McLellans, al twee generaties de trouwste vrienden en zakenpartners van de familie Van Laar, en George en Delphine Barlow. De ouders van Alice stonden ook op de lijst, hoewel Peter er geen misverstand over liet bestaan dat hij hen alleen uitnodigde om zijn vrouw een plezier te doen. Dan waren er nog Peters andere studievrienden en de ondernemers die hij probeerde te werven als cliënten van de bank – die groep wisselde per jaar en als iemand eenmaal had besloten met de bank in zee te gaan, werd diegene doorgaans van de lijst geschrapt. Ten slotte waren er de semiberoemdheden die hij op de een of andere manier in New York had leren kennen en die hij vooral uitnodigde ter vermaak. Deze groep 'extra' gasten bestond grotendeels uit mooie, argeloze vrouwen en humoristische mannen – ze kwamen allemaal alleen en sliepen in de bijgebouwen.

Als de selectie bekend was en de kamers waren toegewezen, werden de overige taken afgehandeld. Er werden bloemen besteld. Er werd een viool-hakkeborddduo uit de buurt geboekt, samen met een presentator voor de squaredans die halverwege de week zou plaatsvinden. Het domein, dat vroeger – in de tijd dat auto's en vrachtwagens nog geen gemeengoed waren – over een eigen boerderij beschikte, moest zich tegenwoordig tot plaatselijke voedselproducenten wenden om de ongeveer twintig gasten die een week lang in het huis zouden verblijven van maaltijden te voorzien.

Over het algemeen verliepen deze langdurige feesten vlekkeloos dankzij de zorgvuldige planning van Peter en het feit dat Alice zich aan zijn instructies hield.

Maar in het jaar dat Bear vijf werd, deed zich een complicatie voor: in juni was George Barlow, zwager van Alice en goede vriend van Peter, onverwacht overleden aan een hartaanval, waardoor Delphine eenzaam achterbleef en de vraag zich aandiende of ze moest worden uitgenodigd.

Alice was in dubio. Ze wist dat ze te weinig naar haar zus had omgekeken na de dood van haar man. Ze woonden vier uur bij elkaar vandaan. Alice had een kind, Delphine niet. De afgelopen jaren hadden ze elkaar alleen tijdens het Muggenvaarwel uitgebreid gezien, maar nu raakte Alice lichtelijk in paniek bij de gedachte dat haar eerste bericht sinds de begrafenis een uitnodiging zou zijn voor een uitbundig festijn dat een week zou duren.

Peter zuchtte toen ze haar bedenkingen uitte.

'Onzin,' zei hij. 'Het zal haar goeddoen. Een beetje afleiding. En ze is intelligent genoeg,' voegde hij eraan toe. 'Ze kan heus wel zelf beslissen of ze op de uitnodiging ingaat of niet.'

In zijn woorden proefde Alice een sneer. Intelligentie was een eigenschap waar Peter veel waarde aan hechtte, een eigenschap waarvan ze wist dat hij die niet met zijn vrouw associeerde.

Delphine ging op de uitnodiging in. 'Heel graag,' schreef ze in haar antwoord.

Alice was opgelucht. Misschien was dit een kans om de band met haar zus weer aan te halen. Om haar excuses aan te bieden voor het feit dat ze de afgelopen jaren zo weinig had laten horen. Om een nieuwe start te maken met Delphine, die ze als kind had aanbeden alsof ze een beroemdheid was. Nu ze allebei volwassen waren, konden ze misschien vriendinnen worden.

Op vrijdag, de dag dat de gasten zouden aankomen, kleedde Alice zich met veel zorg. Toen liep ze door de gang naar de serre, waar ze voor het raam ging staan en zichzelf moed insprak voor haar rol als gastvrouw.

Ze liep naar het dranktafeltje om aan haar ritueel te beginnen. Ze pakte een groot glas. Schonk er cognac in – eigenlijk een soort wijn, zei ze tegen zichzelf.

Ze zette het aan haar lippen.

Een snelle beweging achter haar trok haar aandacht en ze zag Vic Hewitt de kamer uit lopen.

'Vic?' zei ze en hij draaide zich gegeneerd om, met een visserspet in zijn handen.

‘Ik had je niet zien binnenkomen,’ zei Alice.

Hij knikte. Hij was de enige op het domein die nog minder zei dan zijzelf. Volgens Peter was hij een beetje simpel, maar bekommerde hij zich meer om het domein dan wie ook. Hij had een baard. Hij was de laatste in een lange rij Adirondack-gidsen, van wie de beroemdste met naam en toenaam werd vermeld in de reisgids die het toerisme in het hele natuurpark had aangezwengeld. De eerste Peter Van Laar had hem in dienst genomen toen hij nog heel jong was, een jaar of zestien. In eerste instantie om de zomerse jachtexpedities te leiden, later om het terrein te onderhouden en uiteindelijk, toen Peter I zijn plannen voor Kamp Emerson ten uitvoer bracht, ook om het kamp te leiden. Net als alle anderen die voor de familie Van Laar werkten, vervulde Vic Hewitt verschillende functies en dat deed hij zonder klagen.

Maar nu maakte Vic een nerveuze indruk.

‘Is er iets?’ vroeg Alice, die zich over een lichte schaamte heen moest zetten omdat ze was betrapt bij het drinken.

Vic knikte. ‘Nee, ik ben de boel alleen nog even aan het nalopen. Om er zeker van te zijn dat alles in orde is.’

Alice begreep het. Het Muggenvaarwel was de enige week in de zomer dat hij zich niet aan zijn taken als coördinator van het kamp kon wijden. Tijdens het feest leidde hij de jacht- en visexpedities, wat inhield dat hij met groepen buitenstaanders moest converseren. Ze vermoedde dat Vic op haar leek. Dat hij het liefst op zichzelf was, of bij zijn dochter Tessie Jo.

Alice draaide zich weer om naar de dranktafel. Schonk een tweede glas in.

‘Hier,’ zei ze. ‘Dit helpt.’

Hij glimlachte. Boog zijn hoofd. Nam het glas aan.

Plotseling klonk buiten het geknerp van banden op grind.

Het Muggenvaarwel was begonnen.

Delphine kwam zaterdag aan, een dag later dan de rest. Toen ze aan het begin van de middag het huis in liep, werd ze onthaald op een plechtige stilte. De andere gasten mompelden twee of drie keer hoe erg ze het voor haar vonden en vroegen hoe het met haar ging. Maar nog geen uur later hervatte de groep de activiteit van die dag: Vic Hewitt had schietschijven op het strand gezet en de genodigden – zowel de mannen als de vrouwen – schoten pijlen in de richting van de zuidelijke bosrand.

Het was een vreemd, ongemakkelijk gevoel: wat moesten ze met een alleenstaande vrouw die niet aanwezig was om mooi te zijn of om te entertainen? De ballerina's en actrices waren erbij vanwege hun schoonheid of hun flamboyante gedrag, vanwege het snufje seks dat ze aan het feest toevoegden. Vreemd genoeg had Alice zich bij hen nooit onzeker gevoeld. Ze had niet het idee dat er ooit iemand met hen het bed in dook; ze had het idee dat ze met elkaar het bed in doken, deze jonge mannen en vrouwen die elk jaar naar Zelfredzaamheid kwamen, en stiekem bewonderde ze hen erom. Soms vroeg ze zich af hoe het zou zijn om die ervaring met iemand anders te delen dan met haar man, de enige met wie ze ooit de liefde had bedreven.

Uiteindelijk werd Delphine grotendeels genegeerd, behalve door haar eigen ouders, naast wie ze zat tijdens de maaltijden.

Toen George Barlow nog leefde, hielden Delphine en hij elkaar bezig. Ze waren het gelukkigste stel dat Alice ooit had gekend, met hetzelfde gevoel voor humor en dezelfde eigenaardigheden. Sinds Delphine met George getrouwd was, besteedde ze nauwelijks meer aandacht aan haar uiterlijk en stelde ze comfort boven elegantie. Ze droeg meestal broeken – onflatteuze broeken. Maar George was altijd vol lof over haar uiterlijk, niet alleen tegen Delphine zelf, maar ook tegen de mensen om haar heen. Alice had hen er aan tafel vaak op betrapt dat ze een blik van verstandhouding wisselden, hetzij uit tederheid, hetzij omdat ze zich ergens vrolijk over maakten.

Maar nu George er niet meer was, vond Alice Delphines eigenaardigheden een stuk minder charmant. Bovendien was Delphine nu de persoon kwijt met wie ze het liefst haar observatie- en conversatielust deelde, en blijkbaar was ze ook niet meer in staat om haar gedachten te filteren.

Als iemand bijvoorbeeld aan haar vroeg hoe het met haar ging sinds de dood van haar man, zei ze onomwonden: 'Het is verschrikkelijk. Ik doe geen oog meer dicht.'

Wat moest je met dat soort eerlijkheid, vroeg Alice zich af. Hoe moest je daarop reageren?

Nu Delphine zo jong weduwe was geworden, zonder kinderen, leek het wel of ze zelf weer kind was. Die indruk werd versterkt doordat ze zo vaak speelde met de echte kinderen op het terrein: haar neefje Bear, maar ook de kinderen van de McLellans en Tessie Jo Hewitt, die dat jaar negen was en Delphines favoriet leek te zijn. Ze leerde de kinderen kaarten en gokken met tandenstokers. Ze ging met hen wandelen en leerde hun de namen van de vogels. Ze had altijd de verrekijker van George om haar nek en gaf die aan de kinderen om een geelstuitzanger, een matkop of een havik te bespieden en soms, als ze dacht dat er niemand keek, hield ze de verrekijker teder in haar over elkaar geslagen armen, alsof ze haar overleden echtgenoot wiegde.

Een enkele keer probeerde Alice een praatje met haar te maken, maar dan wimpelde Delphine haar af.

'Ik weet dat je het druk hebt,' zei ze. 'Ga Peter maar helpen. Ik red me wel, Muisje.'

En Alice gehoorzaamde, maar ze voelde zich schuldig over de opluchting die zich van haar meester maakte zodra ze bij haar zus wegliep.

De dagen waren inderdaad strak georganiseerd – iets waarmee Peters oudste vrienden hem plaagden. Frank McLellan en Howie Southworth en Merrill Williams en – voorheen – George Barlow. Alice wist dat zij de enigen waren van wie hij dat accepteerde en ze genoot van dit aspect van de jaarlijkse bijeenkomsten, genoot ervan als anderen bijtende, gekscherende opmerkingen maakten over precies die dingen die Peter tot een moeilijke man maakten. 'Hoe hou je het uit, Alice?' vroegen ze vaak en dan lachte ze met hen mee, vrolijk en gerustgesteld, want blijkbaar waren de kanten van Peter die haar soms zelfs angst inboezemden toch niet zo heel erg.

De eerste maaltijd van de dag was altijd om half elf. Peter at liever veel eerder – hij pochte graag dat hij nauwelijks slaap nodig had – maar de ervaring had hem geleerd dat gasten die tot drie uur 's ochtends hadden zitten drinken zich zelden om zeven uur bij het ontbijt lieten zien.

Regen of geen regen, na het ontbijt was er een buitenactiviteit, altijd met een competitief element. De wandelingen waren wedlopen, de vistochtjes waren toernooien. Aan het eind van de week werd er met veel bombarie een trofee uitgereikt aan het paar met de hoogste score – die trofee moesten ze het jaar daarop terugbrengen. De sportieve, katholieke McLellans uit Manhattan waren het moeilijkst te verslaan en tot Peters ergernis hadden ze tien keer gewonnen.

Voor Alice was dit alles vooral een zoveelste gelegenheid om haar man teleur te stellen. Hoewel ze een vrij sportieve aanleg had, bezweek ze onder de druk zodra iets een wedstrijd werd, en als ze Peters gefrustreerde blik zag, liet ze alles uit haar vingers glippen.

Ze was dan ook altijd opgelucht als de activiteit van die dag voorbij was en er hapjes werden geserveerd, waarna de mensen hun kamer opzochten om uit te rusten en zich om te kleden voor het cocktailuurtje op het gazon, dat – stipt – om vijf uur begon.

Dan volgde de avond, die met de dag luidruchtiger verliep. Diner om zeven uur, daarna gezelschapsspelletjes bij het vuur, binnen of buiten, afhankelijk van de regen.

Ook die spellen maakten deel uit van de competitie – weer een kans om punten te winnen. En voor Alice waren ze nog erger dan de activiteiten overdag. Soms, bij hints bijvoorbeeld, stond het huilen haar nader dan het lachen, omdat Peter haar eerst allerlei woorden en later allerlei commando's toeschreeuwde: 'Jezus, Alice, probeer dan iets anders!'

Het ergst van alles was het afschuwelijke Woordenboekspel, waar een kolossale editie van de Oxford English Dictionary uit de jaren dertig bij kwam kijken. De bedoeling van het spel was dat steeds een van de spelers een obscuur woord opzocht en zich er eerst middels een mondelinge peiling van vergewiste dat niemand het kende. *Schramullen* was al eens voorbijgekomen. *Bersen. Contubernaal.* Dan schreef die speler de juiste definitie op een papiertje, terwijl de anderen een zelfverzonnen definitie moesten opschrijven. Vervolgens verzamelde degene die aan de beurt was de briefjes, husselde ze en las ze hardop voor, en dan moest iedereen stemmen op de definitie waarvan hij dacht dat die klopte. De winnaar was degene wiens omschrijving de meeste stemmen kreeg.

Alice was slecht in alle aspecten van dit spel.

Ze vond zichzelf niet creatief en kwam altijd op dezelfde definities: 'een vogel uit Zuid-Amerika' was een van haar favorieten, of 'vrolijk lachen', als ze vermoedde dat het om een werkwoord ging. Erger nog: als het haar beurt was, kon ze nooit een woord vinden dat niemand kende. Ze voelde het ongeloof om haar heen als ze een woord als 'gerant' voorstelde, dat ze ook nog verkeerd uitsprak en waarvan ze zich – als ze de juiste uitspraak hoorde van een geïrriteerde, gegeneerde Peter – realiseerde dat ze het wel degelijk kende.

Aan de andere kant van het spectrum bevond zich haar zus Delphine, die – ook al had ze nooit de kans gekregen om te studeren – niet alleen de betekenis maar ook de etymologie van alle woorden leek te kennen en daar doodgemoedereerd een hele uiteenzetting over hield ten overstaan van een weinig ontvankelijk publiek. Herhaaldelijk sprak ze haar veto uit over een woord, bekende ze opgewekt dat ze wist wat het betekende. De vijfde keer klonk er gemopper. De tiende keer viel er een beleefde stilte. En uiteindelijk veranderde er iets in Delphines blik: ze begreep dat ze een sociale misstap had begaan.

Pas toen ze al lang en breed in een nieuwe ronde zaten, kreeg iemand door dat ze stilletjes naar bed was gegaan.

'Waar is Delphine?' vroeg Katherine Southworth, en Howie Southworth zei: 'Die is 'm geberst', wat hem een luid en langdurig lachsalvo opleverde.

'Opgeruimd staat netjes,' zei Merrill Williams, die het meest had gedronken van allemaal, en toen hij tot stilte werd gemaand, zei hij het nog een keer, luider nu, met zijn handen als een toeter om zijn mond.

'Opgeruimd! Staat! Netjes!' schreeuwde hij.

Sommigen hielden hun adem in. En toen begon iedereen weer te lachen, maar nu besmuikt.

'Williams,' zei Peter zacht. 'Zo is het wel genoeg.'

Merrill sloeg zijn ogen ten hemel, stond op en liep wankelend door de deur naar het gazon.

Eindelijk was het spel voorbij.

Even overwoog Alice om achter haar zus aan te gaan. Maar dit was altijd haar favoriete moment van de dag, als alle spelletjes voorbij waren en iedereen zijn eigen gang kon gaan. Eindelijk had ze even respijt van Peters commentaar. Ze had genoeg drank op om zich menslievend en behaaglijk te voelen en ze kon rustig om zich heen kijken naar het prachtige huis dat ze bezaten en door het raam kijken naar het prachtige stuk grond dat ze bezaten, ze kon door de stille gang sluipen, naar de stille kamer waar haar prachtige zoon lag te slapen en hem een kus geven, en ze kon voelen, écht voelen, hoe enorm ze bofte met dat alles in haar leven. Alleen dan, in de kleine uurtjes van de ochtend, als alle gasten mochten doen wat ze wilden, zag ze glashelder hoe gezegend ze was.

Ze besloot niet naar haar zus te gaan – wat ze wel had moeten doen, wist ze – maar naar de kamer van haar zoon. Op haar tenen sloop ze langs een paar mensen die languit op de bank lagen te slapen en ze ontweek een aantal anderen – 'onze huiskunstenaars' noemde Peter ze spottend – die het strand op renden om zich in het donker uit te kleden en een duik te nemen.

Maar in de gang bleef ze staan omdat ze iemand zachtjes hoorde huilen. Ze verstijfde en luisterde. Het geluid kwam uit Delphines kamer.

Ze was dronken genoeg om op de grond te gaan liggen en onder de deur door te durven kijken: daar zat haar zus, op de rand van haar bed, met gebogen hoofd. Haar lichaam schokte van het huilen en ze probeerde met haar handen haar uithalen te smoren.

Diep geschokt stond Alice op. Delphine moest de anderen hebben horen lachen en hebben begrepen wie het mikpunt was. Alice begreep dat Delphine zich net zo schaamde als zij, maar dan om de tegengestelde reden. Ze wist niet te weinig, maar juist te veel. Voor een vrouw was het allebei even erg. In een vlaag van moed klopte Alice zachtjes op de deur en toen er geen antwoord kwam, draaide ze aan de knop.

Delphine keek ontsteld op. Ze had een lange witte nachtjapon aan en haar donkere haar hing voor haar gezicht – ze leek wel een spook.

'Gaat het?' vroeg Alice.

Delphine staarde haar nog even aan, veegde haar gezicht af met haar mouw en klopte naast zich op het bed.

'Kom hier,' zei ze toen Alice aarzelde. Alice liep langzaam naar het bed en ging naast haar zus zitten. Sinds hun tienertijd had ze niet meer in haar eentje zo dicht bij haar gezeten.

'Sorry, Delphine,' zei Alice en er ontglipte haar een gênant hikje.

'Sorry waarvoor, lieverd?' vroeg Delphine.

'Ze waren niet erg aardig.'

'O, dat. Dat kan me geen zier schelen.' Ze wapperde met haar hand alsof ze een mug wegjoeg. 'Dat soort lieden zoekt bijna als vanzelf een gezamenlijk doelwit. Lieden uit onze kringen, bedoel ik. Het zit in ons bloed. We worden ermee geboren.'

Ze zweeg even.

'Sommigen van ons dan,' zei ze.

Delphine pakte het glas water dat op haar nachtkastje stond. Nam een slok. En toen, alsof ze Alice' gedachten kon lezen, gaf ze het glas aan haar en Alice pakte het aan en dronk het dankbaar leeg.

'Waarom huilde je?' vroeg ze daarna.

'Om George. Ik huil altijd om George. Hij is de reden dat ik ja heb gezegd op jullie uitnodiging. Ik dacht dat ik me hier dichter bij hem zou voelen.'

Alice knikte. Hikte weer.

'Geef eens,' zei Delphine en Alice overhandigde haar het glas. Delphine stond op, liep de kamer uit en kwam terug met nieuw water.

'Drink op. Morgen zul je jezelf dankbaar zijn.'

Alice deed wat haar werd opgedragen. Soms had ze het gevoel dat ze haar hele leven óf bevelen opvolgde van degenen boven haar, óf bevelen gaf aan degenen onder haar. Alleen in haar relatie met haar zoon was er geen sprake van een machtsverhouding. Ze hield gewoon van hem, onvoorwaardelijk, ongecompliceerd. En ze geloofde dat hij op dezelfde manier van haar hield.

'Werkt het?' vroeg ze aan Delphine.

'Werkt wat?'

'Voel je je inderdaad dichter bij George?'

'Nee,' zei Delphine met een klein lachje. 'Niet echt.'

Toen keek ze haar aan en Alice had nog nooit iemand zo intens naar haar zien kijken.

'Ben je hier gelukkig, Muisje?'

Alice ging een beetje verzitten. 'Natuurlijk.'

'Ik bedoel écht gelukkig. Ik weet dat je dol bent op Bear en het is ook een schatje. Logisch dat je dol op hem bent. Maar hoe zit het met Peter? Is hij wel lief voor je?'

Alice knikte. 'Natuurlijk,' zei ze, zachter ditmaal.

Delphine zuchtte. 'Weet je, ik heb me altijd schuldig gevoeld. Ik heb jullie min of meer gekoppeld. Maar sindsdien vraag ik me vaak af of je het wel aankunt. George en ik dachten dat hij voor je zou zorgen. Inmiddels weet ik niet meer zo zeker of het je niet allemaal boven het hoofd groeit.'

Alice zette haar stekels op. 'Hoe bedoel je?'

'Ik bedoel alleen dat hij nogal star kan zijn, Muisje. En jij bent zo'n schat. Ik hoop dat je af en toe tegen hem ingaat. En ik hoop ook dat je uit dit leven haalt wat je wilt.'

Niet huilen, vermaande Alice zichzelf. Als ze zou huilen, betekende dat dat ze was gezakt voor een of andere test waar haar zus haar nu aan onderwierp. Niet huilen.

Zinloos. De tranen welden op, biggelden over haar wangen.

'O, Alice,' zei Delphine. Ze probeerde haar hand te pakken, maar Alice trok hem weg. Ze wilde hier niet meer zijn. Ze wilde opstaan en de kamer uit lopen. Het was dom van haar om medelijden te hebben met Delphine – nu pas herinnerde ze zich hoe direct haar zus kon zijn, op het gemene af.

'Luister,' zei Delphine. 'Het mooiste van tien jaar getrouwd zijn met George Barlow is dat ik heb geleerd dat je niet altijd hoeft te doen wat er van je wordt verwacht. Dat was zo'n bevrijdend inzicht. Wij zijn opgegroeid... Ik bedoel, onze ouders hebben ons opgevoed met het idee dat het onze plicht is om altijd de regels te volgen. Maar dat is niet zo, Muisje. Snap je? We mogen onze eigen gedachten hebben, ons eigen innerlijke leven. We mogen doen wat we willen. We moeten alleen leren ons wat minder aan te trekken van anderen.'

Alice voelde zich steeds onbehaaglijker. De ogen van haar zus gloeiden. Het leek wel of ze een beetje gek was geworden, vond Alice.

Maar Delphine ging verder.

'Weet je wat ik zo interessant vond aan George? Hij was er al vroeg achter gekomen dat je de vrijheid hebt om te doen wat je wilt en alle verwachtingen van je af te schudden, maar hij liet zijn vriendschap met zijn oude groep daar niet door verpesten. Zijn vriendschap met de mensen daarbinnen, bedoel ik.' Ze knikte even in de richting van de salon. 'Sinds zijn dood probeer ik in dat opzicht meer op hem te lijken, me open te stellen voor alle soorten mensen. Zelfs voor die lui.'

Meer geschater in de verte. Alice nam nog een slok.

'Soms,' ging Delphine verder, 'betrap ik me erop dat ik ze zit te bestuderen in plaats van echt deel uit te maken van de groep, zoals een echte vriendin zou doen. Zoals George deed. Dat is een heel nare gewoonte van me. Wist je dat ik dit najaar antropologie ga studeren op Barnard? Dat is het enige wat me op de been houdt. De gedachte dat ik eindelijk een diploma ga halen.'

Toen keek Delphine haar aan. 'Alice, overweeg jij nooit om een studie te gaan doen?'

'O,' zei Alice.''Nee. Nee, ik moet voor Bear zorgen.'

'Maar die is nu... hoe oud? Vijf? Hij gaat dit najaar toch naar school?'

'Ja,' zei Alice schoorvoetend. 'Maar dan moet ik... het huishouden regelen.'

'Je zou er toch eens over na moeten denken. Je bent slimmer dan iedereen denkt. Je was altijd goed in rekenen, dat weet ik nog.'

Alice liet die woorden even op zich inwerken, niet wetend wat ze ermee aan moest. Ze probeerde zich te herinneren of ze ooit eerder een compliment had gekregen dat niet te maken had met haar uiterlijk of haar kleding.

'Mag ik je iets vragen?' vroeg Delphine. Ze wachtte niet op antwoord: 'Denk jij ook weleens dat onze rijke afkomst ons hindert in het leven?'

Alice verbleekte.

'Ik bedoel er verder niets mee,' zei Delphine. 'Ik vraag me de laatste tijd alleen af of het wel zo'n positieve invloed op ons leven heeft gehad dat er vanaf onze geboorte in al onze materiële behoeften is voorzien. Ik heb het idee dat het ons daardoor ontbreekt aan verlangens of ambities. De queeste noem ik het. Als je ouders of grootouders die queeste al hebben voltooid, alles hebben overwonnen, wat moeten de volgende generaties dan nog?'

Ze staarde peinzend voor zich uit. 'Dat is de verwachting waartegen ik me het felst verzet,' vervolgde ze, 'de verwachting dat rijkdom het leven makkelijker voor je maakt.'

Alice zat als versteend. Ze had geen idee wat ze moest zeggen. Over geld praten druiste in tegen alles wat ze ooit had geleerd. Het was bijna een zonde. Er volgde een lange stilte, die Delphine uiteindelijk verbrak.

'Denk er toch maar eens over na, Muisje,' zei ze. 'Of je echt niet wilt gaan studeren, bedoel ik. George heeft... had een goede vriend die docent is op Vassar. Hoe ver is Vassar van Albany?'

Maar Alice schudde haar hoofd. 'Peter zou het geen goed idee vinden.' De waarheid was dat zij het zelf ook geen goed idee vond. Maar ze wilde Delphine niet teleurstellen, ze wilde het beeld dat Delphine van haar had in stand houden.

Delphine zweeg even en vroeg toen: 'Waarom niet, denk je?'

'Nou, hij heeft heel strikte ideeën over hoe ik mijn dagen moet vullen,' zei Alice. 'Hij kan zich vast niet voorstellen dat ik daar nog tijd voor zou hebben.'

Delphine knikte. 'En als je aandringt?'

Alice begon bijna te lachen. Het was ondenkbaar dat ze ooit ergens op zou aandringen bij Peter. Niet dat ze echt bang voor hem was, al waren er enkele zorgwekkende incidenten geweest. Het had er meer mee te maken dat ze zichzelf vrijwel uitsluitend door zijn ogen kon zien, en de makkelijkste manier om zich goed te voelen was door bij hem in de gratie te blijven.

'Dat zou ik nooit doen,' zei ze kortweg.

'Weet je,' zei Delphine. 'Ik heb Peter altijd gezien als iemand die harder blaft dan hij bijt.' Ze glimlachte. 'Maar je bent een volwassen vrouw. En jij kent hem beter dan ik.'

Het was bijna drie uur toen Alice Delphines kamer verliet en overal in huis klonk gesnurk. Ze was inmiddels nuchter. Ze liep op haar tenen en vermeed de vloerplanken waarvan ze wist dat die kraakten. Toen ze langs Bears kamer kwam, deed ze de deur open om alsnog naar zijn slapende gestalte te kijken en daarna liep ze verder naar de kamer die ze met Peter deelde.

Daar trof ze haar man nog wakker aan.

Hij lag op zijn rug, met zijn handen achter zijn hoofd; zijn smalle, slanke torso was ontbloot en net zichtbaar in het maanlicht.

Hij draaide zijn hoofd langzaam haar kant op, maar zei niets.

Alice kleedde zich uit en voelde zich, ondanks het donker, ongemakkelijk onder zijn keurende blik. Ze merkte dat het eten en drinken van het feest zich al begon af te tekenen rond haar middel en ze besloot de volgende dag te vasten – in elk geval tot het avondeten.

Ze trok haar nachtjapon over haar hoofd en ging naast Peter liggen.

'Waar zat je?' vroeg hij.

'Bij Bear,' zei ze in een reflex. 'Hij was onrustig.' Ze wist niet precies waarom, maar ze had het idee dat het gevaarlijk was om hem de waarheid te vertellen.

Peter was zo lang stil dat ze zich afvroeg of hij in slaap was gevallen.

Maar toen draaide hij zich met een kille blik naar haar toe.

'Je liegt,' zei hij. 'Ik heb in zijn kamer gekeken. Ik heb overal naar je gezocht.'

Plotseling drukte hij zich omhoog op zijn elleboog. Alice verstijfde.

'Waar zat je?' vroeg hij opnieuw. Ze hoorde een dreigende klank in zijn stem.

'Ik was wel bij Bear,' zei ze. 'Twee keer. Maar ook bij Delphine.'

Peter zweeg en leek even van zijn stuk. Ze wist dat dit niet het antwoord was dat hij had verwacht. Vlak na hun trouwen had ze op een van deze feesten een grote fout gemaakt, toen ze te dronken was om door te hebben wat er allemaal gebeurde. Dat ze zoveel had gedronken was haar fout, daar was ze zich van bewust. De rest was de schuld van iemand anders. Een voormalige vriend van Peter, die nooit meer was uitgenodigd.

'Wat moest je in godsnaam bij Delphine?' vroeg hij.

'Even kijken hoe het met haar ging. Ik hoorde haar huilen. En Merrill had natuurlijk die nare opmerking gemaakt.'

Peter was even stil. En toen ging hij weer op zijn rug liggen; blijkbaar was het gesprek afgelopen.

Alice sloot haar ogen. Ze zag Delphines vriendelijke gezicht, haar donkere haar, haar rechte houding. Het welbevinden en de zelfverzekerdheid die van haar afstraalden, ondanks haar recente verlies.

Ineens begon Peter weer te praten. 'Ik weet dat ze je zus is, Alice. En ik zeg dit niet graag, maar ik zou bij haar uit de buurt blijven. Ik heb haar altijd heel manipulatief gevonden.'

De woorden bleven hangen in de lege kamer.

'Voor hun trouwen waren we allemaal bang dat George zou veranderen,' zei Peter. 'En zal ik je eens wat zeggen? Dat was precies wat er gebeurde.'

Daarna zwegen ze allebei.

Carl

Jaren 50 | **1961** | *winter 1973* | *juni 1975* | *juli 1975* | *augustus 1975*

Vic Hewitt was het vuur aan het opstoken in de stenen open haard die midden in de salon prijkte. Er stonden en zaten een stuk of tien mensen omheen, niemand sprak. Hun leeftijden liepen uiteen van twintig tot tachtig. Afgezien van de familie zelf herkende Carl alleen met zekerheid de ouders van mevrouw Van Laar junior, die waren overgekomen uit de stad. Hun dochter, de moeder van Bear, was er niet bij. Misschien lag ze op bed. Of zat ze te huilen in een andere kamer. Net als Carls vrouw in de laatste weken voordat Scotty stierf – en het hele jaar erna.

Aan iedereen in de salon was te zien dat ze net uren door het bos hadden gelopen. Hun vermoeide, bedrukte gezichten waren besmeurd met vuil, hun kleren waren stijf geworden van de regen en het opdrogen bij het vuur.

Er hing een ongemakkelijke stilte in de kamer. Iedereen begon doordrongen te raken van de ernst van de situatie. Carl stelde zich voor hoe ze aan het begin van die middag, bij daglicht, aan hun zoektocht waren begonnen: lacherig van de alcohol en de nervositeit, roepend in de regen, ervan overtuigd dat ze het kind zouden vinden, vol goede hoop dat hij gewoon een grap uithaalde, dat ze elkaar tijdens het cocktailuurtje met een glas in de hand zouden vertellen hoe hun zoektocht was verlopen.

Hij stelde zich voor hoe de stemming was omgeslagen.

Ze hadden eerder moeten bellen, schoot het door zijn hoofd. Dat was iets wat alle vier de vrijwilligers wisten maar geen van hen hardop had uitgesproken tijdens de rit naar het domein. Vooral Vic Hewitt had beter moeten weten. De mannen wisten hoe te handelen bij een eerste zoekactie en Dicks broer Ronald had een jachthond met een goede neus, Jennie. Maar ze hadden Ronald niet kunnen bereiken en waren zonder hond vertrokken. Door de stortregen en al die mensen die kriskras over het terrein waren gelopen, zouden voetafdrukken en geuren morgen moeilijker te traceren zijn. Waarom had Hewitt niet gebeld?

Geen van de aanwezigen in de salon was opgestaan toen ze binnenkwamen. Het leek wel of ze hen pas opmerkten toen Vic Hewitt zijn mond opendeed.

'De mannen van de brandweer zijn er,' zei hij tegen Van Laar junior. 'Als u ze wilt spreken.'

In de keuken, afgezonderd van de anderen, stonden de vrijwilligers nu tegenover Van Laar senior en junior. Op dat moment dacht Carl pas aan zijn hoed, een slap vilten geval dat zijn vrouw hem een paar jaar geleden voor zijn verjaardag had gegeven. Hij griste hem van zijn hoofd en streek met een paar ruwe bewegingen zijn haar en baard glad.

Niemand zei iets, dus nam Carl maar het woord.

'Goed,' begon hij. Hij hield zijn blik op de grond gericht, niet in staat de anderen aan te kijken. 'Eh, wanneer hebt u hem voor het laatst gezien?'

'Om drie uur,' zei Van Laar senior.

'En toen was hij... aan het wandelen?'

'Dat weet u toch al?' zei Van Laar junior. 'We hebben elkaar aan de telefoon gesproken.' Hij klonk ongeduldig. Misschien rekende Van Laar erop dat ze nog diezelfde avond het bos in zouden gaan, dacht Carl. Maar dan zouden ze niet ver komen: ze hadden maar één zaklamp en één hoofdlamp, en als Carl het zich goed herinnerde waren de batterijen van de hoofdlamp op. Misschien lagen er ergens op het terrein nog spullen die ze konden gebruiken, maar dan nog: zonder de politie, die werd gefinancierd met belastinggeld, waren ze nergens.

'Zou u die informatie willen herhalen voor de anderen?' vroeg Carl. 'Voor het geval ik iets ben vergeten door te geven.'

'We waren inderdaad samen op weg naar Hunt Mountain om een wandeling te maken,' zei Van Laar senior. 'Bear wilde zo graag, hij bleef maar zeuren. We vertrokken rond drie uur. We liepen door het bos naar het beginpunt van de wandeling – er is een afsnijweggetje van ongeveer vierhonderd meter lang. Maar toen we daar waren, zei Bear dat hij zijn zakmes was vergeten. Hij wilde het gaan halen.'

'Waarom?' vroeg Dick Shattuck, die zich kennelijk niet meer kon inhouden. Tot opluchting van Carl.

'Hij zei dat hij me iets wilde laten zien,' zei Van Laar senior. 'Ik weet niet wat.'

Carl werd even duizelig. Brandhout, dacht hij. Los, licht en slap. Hij wilde laten zien hoe je erachter komt welk hout geschikt is om vuur mee te maken. En de volgende gedachte was: dat heeft hij van mij geleerd. Hij had Bear nog wel meer dingen geleerd: hoe hij moest fluiten op het hoedje van een eikel. Hoe hij een uil, een beer of een vossenkop moest snijden uit hout. Hoe hij kon voorspellen of het ging regenen. Dezelfde dingen die hij zijn eigen Scotty had geleerd.

'En u zei dat dat mocht,' zei Shattuck, om mijnheer Van Laar aan te sporen.

'Ja,' zei mijnheer Van Laar. 'Ik was wat ongeduldig. Maar ik zei dat het mocht.'

'U zag hem naar het huis teruglopen,' zei Shattuck.

'Ja.'

'Wanneer verdween hij uit het zicht?'

Van Laar senior dacht na. 'Al heel snel. Dat paadje maakt na een meter of dertig een bocht naar links.' Van Laar gaf het aan met zijn hand. 'Ik keek Bear na tot hij die bocht om was.'

'Kunt u vertellen hoe het beginpunt van de wandeling eruitziet?' vroeg Shattuck.

Carl kende het wel. Hij was er een paar keer geweest, samen met Bear, die van zijn ouders naar de voet van de berg mocht wanneer hij maar wilde, maar niet verder. Het lag bij een parkeerplaats aan het eind van een onverhard zijweggetje van Route 29, de grote weg die naar de stad leidde. Hunt Mountain behoorde niet tot de populairste toppen van de Adirondacks omdat hij vrij laag was, maar bij mooi weer stonden er meestal wel een paar auto's op de parkeerplaats.

'In welke zin?' vroeg senior.

'Ik bedoel: is het er druk? Veel activiteit?'

'Meestal niet,' zei senior.

'En vandaag? Waren er nog anderen op de berg, denkt u?'

'Ik zou het niet weten. Er stonden geen auto's, maar ik ben de berg niet op geweest. Ik heb op Bear staan wachten tot het begon te regenen.'

Er viel een gespannen stilte.

Carl keek naar Bob Lewis. Bob was de cynicus van het groepje, de pessimist. Hij had een lichte neiging tot paranoia waardoor hij soms te snel concludeerde dat er kwade opzet in het spel was. Twee keer had hij bij een brand met een onduidelijke oorzaak geopperd dat het om brandstichting ging. (Tot nu toe waren er in Shattuck geen daadwerkelijke gevallen van brandstichting geweest – in elk geval niet sinds de oprichting van hun team.)

Als op commando vroeg Bob: 'Waarom ging u wandelen met zulk slecht weer?'

Het was een nogal botte vraag. En Lewis bond snel in. 'Als ik het vragen mag, mijnheer Van Laar.'

'Het noodweer kwam ineens opzetten. Uit het niets. Toen we het huis verlieten, was de hemel blauw. De zon scheen. Geen druppel vocht in de lucht. En toen...' Maar zijn stem stokte.

Dick Shattuck schraapte zijn keel. 'Mijnheer Van Laar,' zei hij, 'hoelang bent u ongeveer op Bear blijven wachten?'

'Moeilijk te zeggen. Een kwartier misschien. Twintig minuten. Ik heb niet op mijn horloge gekeken toen hij terugliep, maar wel toen het begon te regenen. Dat was om vijf over half vier. Toen had ik er genoeg van en ging terug naar het huis. Het is maar een kort stukje door het bos, zoals ik al zei. Ik vond het vreemd dat het zo lang duurde.'

Het gesprek ging verder, maar Carl zei niets. Hij was aan het rekenen. Van Laar senior had gezegd dat hij en Bear om drie uur waren gaan wandelen. Carl was die dag al om half vier vertrokken. En op dat moment had hij Bear gehurkt voor het huis zijn veters zien strikken, duidelijk van plan ergens naartoe te gaan.

Als zijn berekening klopte, kon het zijn dat hij, Carl Stoddard, de laatste was die de jongen levend had gezien.

Hij overwoog dat te melden. Maar besloot zijn mond te houden, vooralsnog.

Plotseling uitgeput leunden beide heren Van Laar naar achteren tegen het aanrecht. Ze deden bijna alles synchroon. Ze waren even lang, hadden dezelfde ogen, dezelfde rustige, vloeiende manier van bewegen. Ze hadden een atletisch voorkomen dat Carl niet direct met rijke mensen associeerde. Op een van de Muggenvaarwels had hij Peter III een keer een spontaan potje honkbal zien spelen op het gazon. Hij had de bal uit het zicht geslagen en was vervolgens langs de provisorische honken gerend, met nonchalante, soepele passen waaraan Carl als ervaren footballspeler meteen zag dat er een enorm reservoir aan snelheid in schuilging.

'Heeft iemand anders hem daarna nog gezien?' vroeg Shattuck.

'Voor zover ik weet niet.'

'Denkt u dat hij bij het huis is aangekomen?'

'Dat is niet duidelijk,' zei junior, de vader van Bear. 'Hier in huis heeft niemand hem gezien, maar de meeste gasten waren op dat moment aan het rusten. Of ze waren buiten.'

Carl slikte moeizaam. Hij wilde eerlijk zijn. Hij wilde zeggen: ík heb hem gezien, hij was zijn schoenen aan het strikken, dat was om half vier. Maar hij wist wat er allemaal zou veranderen zodra hij daarmee voor de dag kwam.

Shattuck ging verder, het moment was voorbij.

'Wie waren er binnen, voor zover u weet?'

'Ikzelf,' zei Van Laar junior. 'Mijn vrouw. Een paar gasten, zoals ik al zei. Een paar personeelsleden.'

'En wanneer bent u gaan zoeken?'

De Van Laars keken elkaar aan.

Toen zei de zoon: 'Papa kwam naar me toe. Dat zal rond kwart voor vier zijn geweest. Ik was op mijn kamer aan het rusten. Hij zei dat hij Bear niet kon vinden.'

Bij het uitspreken van die naam ging zijn stem omhoog.

Carl keek weg, bang dat hij in tranen zou uitbarsten.

'En toen?' vroeg Shattuck vriendelijker.

'We gingen samen naar buiten, de regen in,' zei senior. 'We wilden de anderen nog niet ongerust maken. We riepen zijn naam. Blijkbaar hoorden ze ons en zo ontstond er geleidelijk een groep. We verspreidden ons. Iedereen zocht een tijdje in het bos. Toen splitsten we ons op in kleinere groepjes. Eén groepje ging helemaal naar de top van Hunt Mountain. Een ander groepje ging naar het strand en speurde de oever af. Een derde groepje doorzocht het kamp, alle blokhutten, alle gebouwen. We waren met z'n twintigen, zoiets. Al met al hebben we een uur of drie gezocht. Ik was volkomen doorweekt.'

De vier vrijwilligers knikten tegelijk.

'Wanneer hebt u het aan zijn moeder verteld?' vroeg Bob Lewis. Ook deze vraag voelde verkeerd, te bot, het onderwerp was te delicaat.

Van Laar junior was degene die antwoord gaf. 'Ze had ons horen roepen en kwam naar buiten.' Zijn stem klonk verstikt.

Carl keek helemaal niet meer naar de Van Laars. Als hij nu ging huilen…

Eindelijk liet hij voorzichtig de ongemakkelijke herinnering naar boven komen die al uren op de loer lag. Vorige zomer zat de kleine, sterke Bear een keer op een boomstronk naast Carl, die bloemen aan het planten was. De jongen was op zijn gemak een zelfbedacht houtsnijwerkje aan het maken. Maar toen hij een lage mannenstem zijn naam hoorde roepen, verstarde hij.

Carl keek naar hem op. Wachtte tot hij zou reageren.

Dat deed hij niet.

'Is dat je vader?' had Carl hem voorzichtig aangespoord.
De stem klonk opnieuw: 'Bear! Peter Vier!'
Bear schudde zijn hoofd. 'Mijn grootvader,' zei hij. En toen, bijna onhoorbaar: 'Ik vind hem niet zo aardig.'
Hij klapte zijn mes dicht en stopte het met een diepe zucht in zijn zak. Toen stond hij op en sjokte met hangende schouders in de richting van Zelfredzaamheid.

Inmiddels was het kwart voor negen 's avonds. De zon was al onder. De mannen keerden terug naar de sombere salon, die leger was dan bij hun aankomst, en liepen vervolgens door de voordeur naar het gazon, dat zompig was van de regen en bij elke stap een zuigend geluid maakte. De volle maan verspreidde die avond zoveel licht dat hun gestalten vage schaduwen wierpen achter hen. De vier mannen liepen met Vic Hewitt naar het bospaadje waar de jongen en zijn grootvader eerder die dag hadden gelopen.
'Weet je wat hij aanhad?' vroeg Bob Alcott aan Hewitt.
'Een korte broek, als ik me goed herinner. En een rood shirt, geloof ik. Met korte mouwen. Dat droeg hij in elk geval toen ik hem vanochtend zag.'
'Lange broek,' zei Carl zonder nadenken. Hij herinnerde het zich nog goed. De jongen had de zomen omgeslagen om zijn veters te kunnen strikken.
Een stilte.
'O?' zei Hewitt.
'Volgens mij wel.'
'Hoe weet je dat?'
'Ik zag hem... geloof ik. Bij de voordeur van het huis. Toen ik wegreed.'
Vic Hewitt keek hem scherp aan. 'Hoe laat was dat dan?'
'Rond half vier.'
Ze keken allemaal naar het bos.
'Carl,' zei Vic. 'Kun je me uitleggen waarom je dat daarnet niet hebt verteld?'
Carl dacht even na. 'Het schoot me nu pas weer te binnen.'

In de wagen hadden ze één zaklamp gevonden en daarmee scheen Shattuck nu van links naar rechts langs de bosrand achter het gazon. In de lichtbundel leek het bos nog dichter dan anders. Hier en daar zag het eruit als een dikke kluwen. Ondoordringbaar. De enige opening was het pad waar ze het over hadden gehad. Het pad waar Bear voor het laatst was gezien.

'Moeten we hem roepen?' vroeg Carl.

Hewitt aarzelde. 'Misschien beter van niet,' zei hij ten slotte. 'We hebben de hele dag al lopen roepen, zonder resultaat. En ik wil de familie niet nog meer van streek maken. Laat ze maar even rusten.'

Shattuck knikte. Hij richtte de zaklamp weer op het pad en vervolgens op het huis, en toen zei hij met afgemeten stem: 'Luister, we kunnen natuurlijk met z'n vieren het bos in lopen met deze ene zaklamp. Om sporen te zoeken. We kunnen eerst kijken of ze in het huis zaklampen of fakkels hebben. En ons dan over het terrein verspreiden. Maar gezien al die mensen die hier al hebben rondgebanjerd, lijkt het me slimmer om er een hond bij te halen, voordat alle geursporen gewist zijn. Mee eens?'

Vic Hewitt knikte. Hij keek hen niet aan. Hij keek in de richting van het bos.

'Als je het mij vraagt, moeten we de politie erbij halen,' vervolgde Shattuck. 'Ik zeg het maar.'

Carl had dat ook al bedacht. Ze hadden het ongetwijfeld allemaal al bedacht.

Hewitt gaf geen antwoord. Hij luisterde.

'Vic?' vroeg Shattuck. 'Is er iets?'

Een plotselinge beweging in het bos. Het panische geritsel van een gevangen dier. Op het pad dat naar de berg leidde, verscheen een kleine gestalte die hun kant op rende.

Even had iedereen hoop.

Maar het was Bear niet. Het was een meisje, zag Carl. Shattuck draaide de zaklamp haar kant op. Haar gezicht was bleek en vertrokken van angst, haar mond was opengesperd, alsof ze geluidloos jammerde. Haar kleren waren doorweekt, haar haar plakte op haar hoofd, haar lange vlecht hing als een zwaar, kletsnat touw over een schouder.

'Godallemachtig,' mompelde Hewitt en toen zag Carl pas wie het was. Tessie Jo.

Hewitt liep snel op zijn dochter af.

De anderen bleven staan waar ze stonden.

Carl

Jaren 50 | **1961** | *winter 1973* | *juni 1975* | *juli 1975* | *augustus 1975*

Tessie Jo werd met openhangende mond en gesloten ogen opgevangen door haar vader, die haar via de salon en de gang meenam naar een kamer, waar hij haar tot bedaren bracht terwijl een van de dienstmeisjes vlak ernaast een bad lieten vollopen.

De weinige overgebleven gasten waren uiteengegaan. Intussen stonden de vrijwilligers nog op het gazon voor het huis, met de handen in de zakken, zich afvragend wat ze nu moesten doen.

Bob Lewis was de eerste die zijn mond opendeed. 'Denk je dat ze iets heeft gezien?'

Dick Shattuck: 'Laten we het hopen.'

Maar Carl had een ander vermoeden. 'Ze waren met elkaar bevriend,' zei hij. 'Goed bevriend. Waar zij was, was Bear. Hij keek naar haar op. Misschien was hij wel verliefd.'

De andere drie keken hem aan.

'Misschien vindt ze het gewoon heel erg dat hij weg is.'

En dat was precies de uitleg die Vic Hewitt gaf toen hij het huis uit kwam: het meisje was in shock. Nadat ze had gehoord dat Bear was verdwenen, had ze de hele middag zonder eten of drinken door het bos gedwaald en ze was moe, verkleumd en uitgehongerd. Ze was doodsbang dat ze haar vriend voorgoed kwijt was, een van de weinige vrienden die ze had, zei Vic en hij voegde eraan toe dat ze nooit goed had kunnen opschieten met de kinderen op haar schooltje. Tessie Jo had soep gekregen van Darla McCray en was, nog steeds rillend van de kou, door haar naar bed gebracht. Hij hoopte dat ze niet ziek zou worden.

De vier mannen hoorden dit alles knikkend aan. En toen zei Vic dat ze maar beter naar huis konden gaan om wat te slapen. Hij zou vannacht zelf de wacht houden. Morgen zouden zij vijven opnieuw beginnen, samen met de politie. En met honden.

Toen ze in hun truck de oprijlaan af reden, zagen ze Vic in de zwakke gloed van Zelfredzaamheid naar de houtschuur lopen. Hij wilde waarschijnlijk een vuur aanleggen voor zijn eenzame wacht, dacht Carl;

misschien zou het vuur of de rook de jongen naar huis leiden.

Aan de rand van zijn bewustzijn zweefde een gedachte die hij tot dan toe had tegengehouden. Maar nu hij vanuit de achterbak van de pick-up naar de lichten van Zelfredzaamheid keek, die een voor een uitgingen, liet hij die gedachte toe: als het zijn zoon was die 's nachts in het koude bos rondzwierf – of misschien zelfs gewond op de grond lag – dan zou hij nu nog aan het zoeken zijn. Dan zou hij Bears naam roepen tot zijn eigen lichaam bezweek.

Maryanne was nog wakker. Ze zat aan de keukentafel te patiencen. Dat deed ze bijna elke avond sinds de dood van Scotty; ze zei dat het haar hielp haar geest leeg te maken voor ze naar bed ging.

'En?' vroeg ze zonder zich om te draaien. Ze zat in een gespannen houding, met kaarsrechte rug.

'Niks,' zei Carl. 'Morgen gaan we uitgebreider zoeken. Dan nemen we de hond van Ron Shattuck mee.' En toen zweeg hij peinzend.

Hij had niemand verteld wat Bear tegen hem had gezegd over zijn grootvader. Hoe Bears hele houding was veranderd zodra hij die strenge stem zijn naam hoorde roepen. Even overwoog hij het aan Maryanne te vertellen. Maar hij kon tegenwoordig niet meer voorspellen hoe ze zou reageren. Hij hoefde maar iets verkeerd te zeggen of ze ontstak in woede – dat was de emotie die de laatste tijd het snelst bij haar naar boven kwam, alsof al haar verdriet sinds het overlijden van Scotty ergens door vervangen moest worden, deed er niet toe wat.

Maar voor hij zijn mond open kon doen, zei Maryanne bedaard: 'Ik ga mee.'

'Naar het domein?' vroeg Carl.

'Ja.'

Carl zweeg even. Zijn ontzag voor de Van Laars was zo diepgeworteld dat hij zich in een reflex afvroeg of ze haar wel zouden toelaten tot het terrein. Maar hij kwam snel tot bezinning: de Van Laars zouden toch zeker alle hulp verwelkomen?

'Weet je het zeker?' vroeg hij.

Maryanne knikte. Legde een zeven op een acht. 'Ma past op de meisjes. Ik heb haar al gevraagd.'

'Oké,' zei Carl, nog steeds op zijn hoede. Uiteindelijk begon hij over het enige onderwerp dat in principe veilig was: 'Hoe gaat het met ze?'

Maryanne glimlachte en maakte een nonchalant gebaar. 'O, gewoon. Jeannie windt zich op over een cijfer. Margaret windt zich op over een jongen. Antonia windt zich op over een vriendin.' Nu pas keek ze hem aan en hij zag een sprankje humor in haar ogen. 'Ik zou me pas zorgen maken als het allemaal goed ging.'

Hij kreeg een warm gevoel. Zijn eerste impuls was om naar haar toe te gaan, naar zijn mooie vrouw met haar rechte rug, en zijn handen op haar armen te leggen en zo een tijdje te blijven staan. Ze raakten elkaar zelden aan tegenwoordig. Ze hadden al een jaar de liefde niet bedreven – de laatste keer had Maryanne naderhand zo hard gehuild dat hij zwoer nooit meer het initiatief te nemen. Hij zou wachten tot zij hem uitnodigde, maar dat was vooralsnog niet gebeurd. Dus ging hij ook nu niet naar haar toe, maar schraapte hij zijn keel en liep de trap op naar de badkamer, waar hij zich waste voor hij naar bed ging. Hij wist dat er een uur of twee zouden verstrijken voordat Maryanne stilletjes, al gekleed in haar nachtjapon, de kamer binnen zou komen en naast hem zou gaan liggen, en dat hun lichamen elkaar nergens zouden raken.

Vroeg in de ochtend werd hij wakker van de geur van het ontbijt.

Zijn schoonmoeder zat al aan tafel, met koffie in de hand. Afgezien van haar wandelschoenen droeg Maryanne het tenue dat ze altijd aanhad als ze lesgaf op de zondagsschool: blauwe jurk en clochehoed. Normaal gesproken een vreemde keus voor iemand die de hele dag in het bos bezig zou zijn. Maar dit was het bos van de familie Van Laar en Maryanne wilde zo haar respect betuigen.

Om zes uur 's ochtends belde Carl naar de kazerne om Bob Lewis te laten weten dat hij met zijn eigen auto ging, omdat Maryanne had besloten mee te komen.

'Oké, geen probleem,' zei Bob. 'De vrouwen van de anderen komen ook allemaal.' Het klonk als een klacht.

Dat alle echtgenotes hadden besloten mee te gaan, was misschien al een voorteken, maar toen Carl op het domein aankwam, zag hij pas echt hoeveel vrijwilligers er op de been waren.

Daar op het gazon stonden bijna alle volwassen inwoners van Shattuck, honderden, op instructies te wachten. Ron Shattuck was er met zijn hond Jennie en er waren nog meer honden aanwezig, in toom gehouden door mannen die Carl niet kende.

Vlak bij het huis stonden vier surveillancewagens, met de raampjes open.

En bovenaan de heuvel, bij de voordeur van Zelfredzaamheid, stonden Van Laar senior en junior, met rechts van hen Vic Hewitt, die overlegde met de agenten.

Carl sloeg het hele tafereel een beetje beduusd gade, terwijl Maryanne naast hem stond. Gisteravond leken de vier leden van de vrijwillige brandweer de leiding te hebben, vandaag waren ze gedegradeerd. Hij speurde de menigte af en zijn oog viel op Dick Shattuck, die er voor het eerst in zijn leven net zo onzeker uitzag. Ook hij had zijn echtgenote bij zich, een magere vrouw die Georgette heette en van wie Maryanne al sinds hun gezamenlijke lagereschooltijd vond dat ze het te hoog in de bol had. Maryanne schraapte een paar keer zachtjes haar keel, wat hij opvatte als teken dat ze van hem verwachtte dat hij het heft in handen zou nemen.

Dus liep Carl, met Maryanne in zijn kielzog, naar de plek die hij beschouwde als het brandpunt van alle bedrijvigheid. Onderweg kruiste hij de blik van de beide Bobs en Dick Shattuck, en ze volgden hem.

Niemand draaide zich om toen ze bij het groepje kwamen dat voor het grote huis stond.

'Morgen,' zei Carl licht beschroomd, waarop een aantal agenten de wenkbrauwen optrok en Vic Hewitt hem weifelend aankeek.

'Mannen, dit is Carl Stoddard,' zei Hewitt. 'Hij werkt hier als tuinman en is lid van de lokale brandweer. Carl, deze mannen zijn van de politie. Ze zullen ons helpen zoeken.'

'Is er vannacht nog iets gebeurd?' vroeg Carl, en Vic schudde zijn hoofd.

'Ik heb een vuurtje gemaakt,' zei hij. 'Zo goed en zo kwaad als dat ging met al dat vocht. Ben de hele nacht wakker gebleven. Nou ja, misschien heb ik af en toe wat gedommeld.'

'Geen spoor van de jongen dus,' zei Carl ten overvloede.

Hewitt schudde zijn hoofd. 'Ik zei net dat we vooral moeten zorgen dat we de overgebleven geuren en sporen niet vervuilen. Voor zover ze nog niet vervuild zijn, bedoel ik. We laten de mannen met honden eerst vertrekken, zodat die een flinke voorsprong hebben. En terwijl zij aan het zoeken zijn, verdeel ik de rest in kleine groepjes en leg ik uit hoe ze te werk moeten gaan. Waar ze op moeten letten.'

De agenten luisterden en knikten. Interessant, bedacht Carl, dat geen van hen zijn autoriteit liet gelden. Ze leken allemaal hun plaats te kennen, als ondergeschikten van de familie die de operatie leidde, en van Vic. Hij wist dat de Hewitts al generaties bekendstonden als de beste gidsen in de streek; van Vic werd zelfs beweerd dat hij over een speciale gave beschikte. Onder de agenten bevonden zich jongens uit de buurt die ongetwijfeld op de hoogte waren van die reputatie.

Vic Hewitt draaide zich abrupt om en beende weg. Carl en de anderen bleven achter met de agenten, die zich naar elkaar toe keerden en een gesloten kring vormden.

Bob, die nooit een blad voor de mond nam, zei wat ze allemaal dachten. 'Alsof we onzichtbaar zijn.'

De mannen met de honden vertrokken het eerst, volgens plan.

Tien minuten later gingen de anderen naar de locaties die hun door Vic Hewitt waren toegewezen, sommigen met de auto. De vier brandweerlieden en hun vrouwen hadden de taak gekregen om een vierkante kilometer bos aan de overkant van Route 29 te doorzoeken. Ze reden ernaartoe en parkeerden achter elkaar langs de rand van het bos.

De bedoeling, had Vic uitgelegd – met zo luid mogelijke stem om hoorbaar te zijn voor de hele menigte – was dat ze samen een lange keten zouden vormen, met overal evenveel tussenruimte, en dan collectief in beweging zouden komen. Hou je ogen op de grond gericht, had Vic gezegd. Laat je blik van links naar rechts glijden. Wees alert op ongebruikelijke kleuren, ongebruikelijke afdrukken in de ondergroei. Roep eens in de dertig seconden de naam van de jongen.

Dat laatste bleek het moeilijkst te zijn voor Carl. Voor alle mannen.

Ze waren niet gewend om meermaals en luidkeels iemands naam te roepen.

De vrouwen bleken daar eerder toe bereid te zijn en dus galmden alleen hun stemmen door het bos. Het waren allemaal moeders. Ze zetten allemaal geregeld hun natuurlijke gevoel voor decorum opzij om uit volle borst de naam van hun kinderen te brullen.

Overal op het domein hoorden ze anderen hetzelfde doen en de naam van de jongen klonk op als een echo.

Er ging een uur voorbij. Twee uur, drie uur. Het was geen warme dag, maar toch zweette Carl. De naam Bear die steeds maar werd herhaald, boorde zich in zijn bewustzijn, bracht zijn hartslag omhoog en riep opnieuw de herinnering op die sinds gistermiddag aan de rand van zijn geest dobberde.

'Bear!' had de grootvader van de jongen geroepen. En Bear was geschrokken en met tegenzin weggelopen.

De ene voet voor de andere. Het geknisper van de met dennennaalden bezaaide bosgrond. Als Carl alleen was geweest, had hij zijn overhemd uitgetrokken. Hij deed zijn best om zijn blik strak op de grond te houden, zoals hem was opgedragen, zoals hij had geleerd. Maar het landschap werd wazig voor zijn ogen. Hij nam een slok water uit de veldfles die om zijn nek hing.

Maryanne merkte dit soort dingen altijd op, ze had het meteen door als hij of de kinderen ziek, nerveus of anderszins uit hun doen waren. Maar vandaag concentreerde ze zich volledig op haar taak. Ze had al in het begin haar jurk op kniehoogte samengeknoopt. Nu tilde ze haar in wandelschoenen gestoken voeten bij elke stap hoog op terwijl ze de naam van Bear riep.

Carl struikelde en viel op de grond. De hele keten stopte.

Hij voelde een soort pijn in zijn maag en zijn borst, alsof er een bankschroef werd aangedraaid. Hij kon geen woord uitbrengen.

Nu werd er een andere naam geroepen. 'Carl!' klonk het. 'Carl! Carl!'

Dat was het laatste wat hij hoorde voor hij zijn bewustzijn verloor.

III

ALS JE VERDWAALD BENT

Tracy

Jaren 50 | *1961* | *winter 1973* | *juni 1975* | **juli 1975** | *augustus 1975*

Ze durfde het niet hardop te zeggen, ze durfde het niet eens te denken, maar soms had Tracy het gevoel dat ze verliefd begon te worden op Barbara Van Laar.

Ze was gefascineerd door alles aan Barbara's gezicht en lichaam: haar half geloken ogen met de lange wimpers, de vorm van haar sterke benen, de nagels die ze tot op het leven afkloof en de lichtblonde haartjes op haar onderarmen en dijen, die er in het zonlicht uitzagen als gesponnen goud en scherp contrasteerden met haar kunstmatig zwarte haar. Barbara moest bijna wel doorhebben dat Tracy zo vaak naar haar zat te staren, maar als ze haar blik onderschepte zei ze niets en glimlachte ze alleen maar vaag terug, alsof ze dat soort blikken wel gewend was.

Maar belangrijker: Barbara was voor Tracy de eerste vriendin die haar net zo leuk leek te vinden als andersom. Ze zei bijvoorbeeld tegen Tracy dat ze haar grappig vond en ze schaterde vaak zo hard om dingen die Tracy zei, dat degenen om hen heen nieuwsgierig opkeken. Ze zei tegen Tracy dat ze haar slim vond. Ze had minachting voor alles wat conventioneel was, maar niet voor de mensen die de conventies volgden. Sterker nog, Tracy had nog nooit iemand ontmoet die zo weinig afgaf op anderen.

Barbara had een interessante positie in het kamp: omdat ze die zomer voor het eerst meedeed, had ze de allure van een buitenstaander, maar tegelijkertijd hoorde ze hier meer thuis dan wie ook. Zij was ook buiten het seizoen vaak op het terrein en ze had toegang gehad tot kasten, achterkamertjes en keukens die voor andere deelnemers gesloten bleven.

Wat Tracy het meest intrigeerde, was dat ze een goede band leek te hebben met T.J. Hewitt, de coördinatrice van het kamp, die voor alle andere deelnemers eigenlijk een mysterie was. Ja, zij leidde de groepen tijdens de survivallessen, maar ook dan bleef ze ernstig en afstandelijk. Tracy wist niet veel van haar persoonlijke leven en wát ze wist, was gerelateerd aan het kamp. T.J. was de dochter van de voormalige coördinator, Vic Hewitt, een legendarische figuur wiens portret op een prominente plek in de kantine hing. Ze zeiden dat hij een of andere ziekte had.

Afgezien daarvan was er niets over T.J. bekend; de groepsleiders hadden veel bewondering voor haar en er werd nooit over haar geroddeld. Alsof ze haar eerder zagen als een mascotte dan als een mens van vlees en bloed: iemand die veel respect verdiende, maar die je niet rechtstreeks aansprak.

De eerste keer dat Tracy en Barbara T.J. tegenkwamen op het terrein was Tracy dan ook verbaasd toen haar nieuwe vriendin opgewekt haar naam riep.

'Alles oké?' vroeg Barbara.

In tegenstelling tot de anderen in het kamp droeg T.J. geen uniform. Ze was altijd gekleed in een afgeknipte broek – ribfluweel of jeans – een T-shirt of een flanellen houthakkershemd, kniekousen en bruine bergschoenen die strak waren vastgeregen. Ze had een idioot schots en scheef kapsel waar ieder ander om uitgelachen zou worden. Maar bij T.J. getuigde het alleen maar van een gebrek aan interesse voor aardse zaken. Haar kapsel had dezelfde functie als de tonsuur van een monnik: het onderscheidde haar van de leken in het kamp.

Ze zat geknield bij een van de bruggetjes over de beek die tussen de jongens- en meisjesverblijven door liep. Ze was in moordend tempo een rij spijkers in het hout aan het slaan. Nu keek ze op en fronste.

'Moeten jullie niet ergens zijn?' vroeg ze.

'Ik weet het echt niet meer!' zei Barbara plagerig. Ze keek naar Tracy. 'Jij, Tracy?'

'Lunch,' zei Tracy haastig. 'We zijn op weg naar de lunch.'

'O ja, dat was het. Sorry, T.J., ik ben nieuw hier.' Barbara grijnsde. T.J. niet. Maar het was duidelijk dat ze een glimlach moest onderdrukken.

'Wegwezen jullie,' zei ze en ze hief haar hamer om haar werk te hervatten.

Ze liepen verder. Op een gegeven moment zag Barbara aan Tracy's grote ogen dat ze op een verklaring wachtte.

'Wat?' vroeg ze.

Tracy keek even over haar schouder.

'T.J.?' zei Barbara. 'Ach, die doet geen vlieg kwaad. Ik weet niet waarom iedereen zo bang voor haar is.'

'Wat doet ze de rest van het jaar eigenlijk?' vroeg Tracy.

'Voor haar vader zorgen. En voor het terrein. En ze logeert bij mij in Albany als mijn ouders ergens heen moeten.'

Tracy keek haar aan. 'Als... babysitter?' Ze kon er zich geen voorstelling van maken. De lange stiltes moesten ondraaglijk zijn.

Barbara lachte. 'Zo zou ik het niet willen noemen. Ze logeert gewoon bij mij en zorgt dat ik geen domme dingen doe. De Hewitts zijn bijna familie.'

Tracy haalde haar schouders op. 'Als jij het zegt.'

Op de momenten dat Tracy niet bij Barbara in de buurt was, probeerde ze meer over haar te weten te komen. Ze werd bijvoorbeeld steeds nieuwsgieriger naar haar verleden. Hoewel de meisjes in haar groep het hele verhaal van de verdwijning van Barbara's broer kenden, hing er sinds de komst van Barbara zelf een bijna eerbiedig stilzwijgen rondom dat thema.

Slechts één keer ving Tracy iets interessants op.

Toen ze halverwege de zomer een keer tijdens een pauze terugliep van het toiletgebouw zag ze Lowell Cargill, voor wie ze ook diepere gevoelens koesterde, aan een picknicktafel zitten. Zijn gezicht ging schuil achter een krant.

Bovenaan stond de datum: 13 juli 1975. Daaronder het gezicht van een man die haar strak aankeek: kaal, bril, geen glimlach. Dit was, zo maakte ze op uit het onderschrift, Jacob Sluiter, die in het kamp Sluiper werd genoemd. Ze had zijn naam horen fluisteren in het donker en wist dat er een verband bestond tussen Sluiper en Bear Van Laar, maar tot op dat moment wist ze niet precies hoe het zat.

Zo nonchalant mogelijk ging ze schuin tegenover hem zitten, zodat ze de krant kon zien. Ze kneep haar ogen tot spleetjes om iets van het artikel te kunnen lezen. Op dit soort momenten had ze spijt dat ze haar bril nooit opzette. VOORTVLUCHTIGE GESIGNALEERD, luidde de kop. En daaronder, in koeienletters, woorden als 'gevaarlijk' en 'gewapend'.

'Maak je je zorgen?'

Tracy verstijfde.

Lowell Cargill keek haar aan over zijn krant heen.

'Hier staat dat hij mogelijk op weg is naar zijn oude territorium, hier in het noorden,' zei Lowell onverschillig.

Hij vouwde de krant op. Legde zijn ene been over het andere, met de enkel op de knie.

Toen hij Tracy's gezicht zag, voegde hij eraan toe: 'Wees maar niet bang. Hij zat helemaal in Fishkill toen hij ontsnapte. Als hij te voet is, kan hij nog lang niet in de buurt zijn. En ik durf te wedden dat ze hem vinden voor hij hier aankomt.'

Hij wachtte even.

'Tenzij hij hierheen is gelift,' voegde hij er weifelend aan toe. 'Maar wie zou zo iemand nou meenemen?'

'Waar heb je die krant vandaan?' vroeg Tracy.

'Uit de kantine. De krant ligt daar elke dag te koop. Er zijn alleen niet zoveel mensen die hem willen lezen.'

Ik wel, dacht Tracy. Thuis las ze graag de krant met haar moeder. En dat Lowell Cargill ook de krant las – voor zover zij wist een zeldzaamheid onder jongens van haar leeftijd – zag ze als een nieuw bewijs dat ze bij elkaar pasten.

Lowell stond op en rekte zich uit, met zijn armen boven zijn hoofd. Ze kreeg kriebels in haar buik toen er een reepje van zijn ribbenkast zichtbaar werd.

'Je mag hem wel hebben als je wilt,' zei Lowell. 'Ik heb hem uit.'

Toen ze de krant oppakte, wist ze zeker dat ze die de rest van de zomer in haar koffer zou bewaren, als een relikwie, geheiligd door de aanraking van Lowell Cargill.

De omroepinstallatie kwam knetterend tot leven om te verkondigen dat het vrije uurtje voorbij was. Lowell liep weg.

Maar opeens draaide hij zich om, alsof hem iets te binnen schoot. 'Hé,' zei hij. 'Ik hoorde van Barbara dat je goed kunt zingen. Zullen we een keer samen zingen?'

Tracy voelde al het bloed uit haar hoofd wegtrekken.

Lowell fronste zijn wenkbrauwen. 'Het hoeft niet, hoor. Ik vroeg het me gewoon af. Ik wil tweestemmig leren zingen.'

Hij liep bij haar vandaan.

Tracy keek hem na, zichzelf vervloekend om haar lafheid. En toen hij zich al op enige afstand bevond, dwong ze zichzelf te spreken. 'Goed,' zei ze. En toen nog een keer, luider.

'Te gek,' zei Lowell. 'Ik kom wel naar je toe.'

Die avond vouwde Tracy, voordat het licht uit zou gaan, *The Saratogian* open op haar bed om de voorpagina te lezen.

Daar stond het hele verhaal over Jacob Sluiter. Hij was een beruchte moordenaar die ruim tien jaar geleden had huisgehouden in het Adirondack-park. Sluiter was aangeklaagd en vervolgd voor elf moorden die hij had gepleegd tussen 1960 en 1964, het jaar waarin hij eindelijk werd gepakt. De meeste moorden hadden plaatsgevonden op kampeerterreinen of in afgelegen huisjes. De slachtoffers – stellen, soms alleenstaande vrouwen – waren vastgebonden en doodgestoken, er waren geen vuurwapens gebruikt. Dat Sluiter zo lang uit handen van de politie had weten te blijven, was te danken aan zijn grondige kennis van overlevingstechnieken, die hij had opgedaan als kind in een arm gezin op het platteland. Hij was zeer bedreven in het vangen van vissen en andere dieren. In de vier jaar dat hij op vrije voeten was, trok hij 's winters van de ene leegstaande blokhut naar de andere en stal hij conserven en andere etenswaren die door de zomergasten waren achtergelaten. Van mei tot september, als de eigenaren in hun blokhutten verbleven en het drukker was in het gebied, bivakkeerde hij in de wildernis. En dat had heel lang zo door kunnen gaan als zijn geluk hem niet in de steek had gelaten. De eigenaren van een huisje waarvan hij dacht dat het de hele winter leeg zou staan, bleken daar Kerstmis te willen vieren. Toen de eigenaar kwam aanrijden, zag hij vuur in de open haard. Hij stormde naar binnen en overmeesterde Sluiter voor die zijn geweer kon pakken.

Jacob Sluiter werd vastgebonden op een stoel en daarna werd de politie gebeld. Op 23 december 1964 werd hij eindelijk gearresteerd.

Hij legde geen bekentenis af. Hij volhardde in zijn onschuld, ondanks de overtuigende sporen: spullen van slachtoffers tussen zijn bezittingen, zijn vingerafdrukken op de plekken waar de misdrijven waren gepleegd, getuigenissen van zijn broer en zus over zijn sadistische neigingen, en tot slot iemand die de moordaanslag had overleefd en hem als dader aanwees. Toch bleef Sluiter ontkennen. Door zijn weigering om openheid van zaken te geven begon men, aldus de verslaggever, te vermoeden dat hij nog meer moorden op zijn geweten had. Er werden een paar oude vermissingszaken heropend, zaken waarbij het ging om wandelaars van wie tot dan toe was aangenomen dat ze gewoon waren verdwaald.

Hoorde de zaak van Bear Van Laar daar ook bij? vroeg Tracy zich af. Dat was het angstaanjagende gerucht dat ze op haar eerste avond in het kamp had gehoord.

Het artikel vervolgde: tien jaar na zijn arrestatie en veroordeling – levenslang, zonder kans op voorwaardelijke vrijlating – deed Jacob Sluiter alsof hij een aandoening had om overplaatsing naar een minder streng beveiligde gevangenis af te dwingen. En drie weken geleden was hij ontsnapt uit die gevangenis, die zo'n driehonderd kilometer ten zuiden van Kamp Emerson lag. De editie van *The Saratogian* die ze nu in haar handen had, dateerde van de vierde week na zijn vlucht en volgens de kop was hij mogelijk gesignaleerd in de buurt van Schoharie, New York.

Naast het artikel stond een landkaartje waarop was aangegeven waar de moorden waren gepleegd – voor zover bekend – en waar hij was gearresteerd. Twee van de oriëntatiepunten die de tekenaar in het kaartje had gezet, trokken Tracy's aandacht. Een daarvan was het stadje Shattuck, ongeveer tien kilometer van het kamp. En het andere was het Domein Van Laar zelf. Met behulp van haar vinger en de legenda probeerde Tracy in te schatten hoe ver het kamp af lag van de plaats waar Sluiter was gearresteerd. Dertig kilometer, veertig op zijn hoogst. Ze trok een lijn van het kamp naar de plek van de arrestatie en een naar de dichtstbijzijnde moord, ook een afstand van zo'n dertig, veertig kilometer, en zo ontstond er een keurige gelijkbenige driehoek, een naar het oosten gerichte pijl met Kamp Emerson in de punt.

Tracy

Jaren 50 | *1961* | *winter 1973* | *juni 1975* | **juli 1975** | *augustus 1975*

Lowell Cargill hield woord. Na een week die tergend langzaam voorbijging, verscheen hij met zijn gitaarkoffer in de hand op de veranda van Balsemzilver. Hij klopte aan en een van de Melissa's deed verbaasd open. Toen hij naar Tracy vroeg, viel haar mond nog verder open.

Lowell stelde voor om in het amfitheater te gaan oefenen en dus liep Tracy zwijgend achter hem aan door het kamp. Ze zocht tevergeefs naar iets om tegen hem te zeggen. Maar Lowell leek geen behoefte te hebben om te praten – tot ze op hun bestemming waren. Daar ging hij op een boomstronk zitten en opende zijn gitaarkoffer.

Eén ding dat Tracy was opgevallen toen ze Lowell voor het eerst had horen zingen, was dat hij zich volkomen op zijn gemak leek te voelen: hij zong vanuit zijn tenen en soms deed hij zijn ogen dicht, alsof hij zich afsloot voor de wereld.

Deze keer ging het net zo. Hij zong weer het nummer van Ian en Sylvia dat Tracy al kende.

De aanblik van Lowell maakte tegenstrijdige emoties bij Tracy los: aan de ene kant barstte ze bijna uit in hysterisch gegiechel en moest ze haar nagels in de muis van haar hand drukken om dat te voorkomen; aan de andere kant vond ze Lowells passie inspirerend en zelfs aantrekkelijk. Die heftige bewegingen in dat ernstige, fraai gebeeldhouwde gezicht – voor de twaalfjarige Tracy was het misschien wel het meest erotische dat ze ooit had gezien.

'Oké,' zei Lowell toen hij het nummer een keer had doorgezongen. 'Ik zal het je eerst even leren.'

'Ik ken het al,' zei Tracy.

Ze oefenden een uur samen en Tracy was degene die hém leerde hoe hij zijn toon moest vasthouden terwijl zij er andere noten doorheen zong. Plotseling miste ze haar moeder: de trainingsruiter die altijd rondhing op de renbaan, stoer en rechtdoorzee, lang, rood haar en sproeten, net als Tracy. Ze schrokte altijd haar eten naar binnen, met haar hoofd vlak boven haar bord, had een harde lach en als ze liep, bogen haar knieën en ellebogen een beetje naar buiten en zwiepten haar armen en benen alle kanten op – Tracy moest altijd aan een marionet denken als ze haar zo zag. Alleen te paard bewoog ze sierlijk. In het jaar na de scheiding van haar ouders had Tracy haar woede vooral op haar moeder gericht, die was tenslotte het dichtst in de buurt. Maar nu bedankte Tracy haar in stilte voor één ding, dat ze haar dochter had geleerd om tweestemmig te zingen.

Die avond zweefde Tracy als een geest terug naar haar blokhut. Toen ze binnenkwam, werd ze onthaald op een onderzoekende blik van Barbara, die waarschijnlijk had gehoord waar Tracy was geweest.

Ze ging naast Barbara op het onderbed zitten en staarde naar de vloer.

'En?' fluisterde Barbara.

Zachtjes vertelde Tracy haar alles.

Voor het eerst in haar leven had ze het gevoel dat ze een echt goed verhaal te vertellen had. Een verhaal waarin zij – Tracy Jewell – de hoofdrol speelde, heldin en onbedorven meisje tegelijk. Barbara knikte wijs terwijl ze luisterde.

'Zei hij dat hij nog een keer wilde afspreken?' vroeg Barbara.

'Ja,' zei Tracy.

Barbara dacht even na. 'Nou, dan vindt hij je leuk. Dat is duidelijk.'

Hoe vreemd ook, Tracy wist dat ze gelijk had. Geen twijfel mogelijk: Lowell Cargill vond haar leuk.

'En hoe gaat het nu verder?' vroeg Tracy.

Barbara haalde haar schouders op. 'Hangt ervan af hoeveel ervaring hij heeft. Misschien vraagt hij of je met hem naar het dansfeest wil. Of misschien probeert hij wel iets, de volgende keer dat jullie muziek maken.'

Probeert hij wát, vroeg Tracy zich af – hoewel ze het antwoord eigenlijk wel wist.

'Je bent toch niet bang, hè?' vroeg Barbara.

'Nee,' zei Tracy. 'Ik ben niet bang.'

Ze was als de dood.

Er volgde een lange stilte.

'Luister je weleens naar muziek?' vroeg Barbara.

Het antwoord was ja, maar ze wilde Barbara niet vertellen welke muziek. Ze luisterde naar de muziek van haar moeder en naar bands en jongens die op de cover van meisjesbladen stonden.

Zonder haar antwoord af te wachten, vervolgde Barbara: 'Als je met iemand zoent – iemand die jíj wílt zoenen, bedoel ik – is het alsof je in het mooiste liedje zit dat je ooit hebt gehoord. Het is hetzelfde gevoel.'

Later haalde Tracy in haar eigen bed haar dagboek tevoorschijn en noteerde ze puntsgewijs alles wat ze van seks wist.

Welke onderdelen van het lichaam erbij betrokken waren – dat stond bovenaan de lijst.

Wat er precies met die onderdelen gebeurde. Ze kende de principes, maar snapte het mechanisme niet helemaal.

Ze keek uit het raam: het was bijna volle maan.

Dat was het laatste beeld dat ze zich herinnerde toen ze de volgende ochtend werden gewekt door een gastoeter.

'Survival,' fluisterde een van de Melissa's. Rondom Tracy kwamen de meisjes van Balsemzilver in beweging.

Barbara was de eerste die aangekleed en wel naar buiten liep.

Tracy

Jaren 50 | *1961* | *winter 1973* | *juni 1975* | *juli 1975* | **augustus 1975**

Tracy weet sinds een uur dat Barbara vermist is. Tot nu toe heeft ze niet hoeven liegen.

De volgende twee vragen zijn haar al een paar keer gesteld: weet je waar ze is? Heb je haar horen weggaan? Op beide vragen kon Tracy volmondig 'nee' antwoorden.

Nu de groepsleiders weg zijn geroepen om te helpen zoeken, moeten de assistenten zorgen dat alles volgens de normale routine verloopt. Als Tracy met haar groepje op weg is naar de kantine komt er een idee bij haar op. Ze treuzelt zodat ze helemaal achteraan belandt en duikt dan weg achter een gebouw. Hijgend wacht ze tot de rest uit zicht is.

Ze moet even ergens heen. Ze denkt dat ze zo terug is, gewoon een klein tochtje om te kijken of Barbara misschien nog op de plek is waar ze die nacht vast naartoe is gegaan. Als ze Barbara daar niet vindt, zo spreekt ze met zichzelf af, zal ze aan de politie vertellen wat ze weet.

Dat is geen makkelijke beslissing. Want Barbara heeft haar laten beloven dat ze haar mond zou houden. Barbara heeft haar – Tracy! – een belangrijk geheim toevertrouwd en ze zou het verschrikkelijk vinden om dat vertrouwen zo snel al te schenden.

Ze weet waar Barbara elke avond naartoe gaat.

Hoewel Barbara niets loslaat over haar vriendje heeft ze Tracy wel een keer verteld waar ze altijd afspreken: in een observatiehut op de top van Hunt Mountain, waar vroeger mannen op de uitkijk stonden om natuurbranden te signaleren. Naast die hut staat een toren, die een nog weidser uitzicht biedt. Beide gebouwen zijn niet meer in gebruik vanwege personeelstekort. Maar ze zijn heel geschikt om in te schuilen bij slecht weer. En voor geheime afspraakjes.

''s Nachts?' had Tracy verwonderd gefluisterd. En Barbara was in lachen uitgebarsten.

'Weet je wel hoe vaak ik daar al ben geweest? Ik loop die route met mijn ogen dicht.'

‘Maar hoelang doe je er dan over? En het is toch pikdonker?’
‘Een half uur. Ik ren altijd. En ik heb dit bij me.’ Barbara had schichtig om zich heen gekeken. Toen had ze een hand tussen haar matras en de bedbodem gestoken en een zaklamp tevoorschijn gehaald – het was niet de lamp die ze moesten gebruiken als ze naar de wc gingen; blijkbaar had ze er zelf een meegebracht.

Tracy vraagt zich af of Barbara daar misschien in slaap is gevallen en ze wil die mogelijkheid uitsluiten. Ze denkt dat het ongeveer anderhalf uur is naar de top van Hunt Mountain en terug. Dan is ze nog op tijd voor haar ochtendactiviteit – hopelijk met nieuws over Barbara, of misschien wel met Barbara zelf. Ze weet dat het haar op een flinke uitbrander zal komen te staan, maar dat kan haar niets schelen. Barbara is toch zo'n beetje het enige wat ze leuk vindt aan het kamp.

Vanaf het personeelsverblijf zet ze koers naar het dichtstbijzijnde stuk bos – het donkere woud tussen het kamp en Route 29 – in de hoop dat niemand haar ziet.

Helaas: al na een paar seconden valt haar oog op Lee Towson, een van de koks – heel knap, bevriend met Louise, schijnt het.

Hij draagt twee volle vuilniszakken en hij rolt zijn voeten zo soepel af van hiel naar teen dat hij geen enkel geluid maakt. Tracy krimpt ineen van schrik en die beweging trekt zijn aandacht.

Even staan ze allebei stil en staren ze elkaar aan. Dan legt Tracy met een smekende blik een vinger tegen haar lippen, en Lee knikt en loopt verder.

Augustus in de Adirondacks voelt voor Tracy niet als augustus. Op Long Island is het nu vast bloedheet. In dit bos is het aangenaam koel. Ze kan zich niet voorstellen dat je hier ooit dorst krijgt: de lucht zelf lijkt verzadigd te zijn van koel water en strijkt fluweelzacht langs de huid. Tracy loopt energiek voort en let op dat ze niet te diep het bos in gaat, dat de gebouwen van Kamp Emerson rechts van haar niet uit het zicht verdwijnen.

Na vijf minuten stopt ze abrupt. Voor haar ligt de oprijlaan die van Route 29 naar Zelfredzaamheid loopt. Ze moet oversteken, maar dat kan niet: er rijden politiewagens voorbij in een trage kolonne. Ze blijft staan in het schemerige bos.

Er passeren vier auto's, een vijfde.

Ze kijkt behoedzaam toe vanachter een boom, tot ze veilig kan oversteken. Dan betreedt ze het noordelijke woud.

Nu is er geen boszoom meer die ze kan volgen.

Rechts strekt het woud zich uit tot aan Zelfredzaamheid, links tot aan Route 29. Door de toppen van de dichtstbijzijnde bomen kan ze de piek van Hunt Mountain zien. Als ze daar in een rechte lijn naartoe loopt, kan ze er binnen tien minuten zijn.

De tijd verstrijkt. Als ze afdaalt in een kleine vallei verliest ze de berg uit het oog, maar ze zegt tegen zichzelf dat dat niet erg is zolang ze de zon aan haar rechterkant houdt. Het probleem is dat ze die zon steeds minder goed ziet. Het bos wordt dichter, omsluit haar. De ondergroei, die in de buurt van de oprijlaan nog schaars was, is nu op sommige plaatsen bijna ondoordringbaar. Ze heeft al schrammen op haar schenen en kuiten.

Tracy ziet verderop een stijging en dat stelt haar gerust: het ligt voor de hand dat het terrein stijgt naarmate ze Hunt Mountain nadert. De bergtop verschijnt vast weer snel in zicht.

Ze heeft niet eens een horloge. Later zal ze inzien hoe stom ze was, hoe weinig ontzag ze had voor het bos. Dat ze dacht wel even het bos in te kunnen lopen, zonder horloge of kompas, zonder lange broek, zonder water zelfs, alsof ze alles wat T.J. Hewitt hun in de loop van de zomer zo zorgvuldig had bijgebracht was vergeten. Maar als meisje van bijna dertien wordt Tracy heen en weer geslingerd tussen een gevoel van minderwaardigheid en overmoed. Er zit niets tussenin.

Tracy telt in haar hoofd om de tijd bij te houden. Eenentwintig, tweeentwintig enzovoort, tot er minstens tien minuten zijn verstreken zonder een glimp van Hunt Mountain en zonder een glimp van de zon.

Dan pas beseft Tracy ten volle wat ze heeft gedaan. Wat een verschrikkelijke fout ze heeft gemaakt.

Ze gaat zitten – maar het is te laat. Ze heeft te lang doorgelopen. Eigenlijk was ze een kilometer terug de weg al kwijt.

Toch gaat ze zitten en in haar hoofd hoort ze de stem van de kampleider die haar verwelkomde, de eerste in dit kamp die haar had aangesproken.

Ze roept om hulp.

Judyta

Jaren 50 | 1961 | winter 1973 | juni 1975 | juli 1975 | augustus 1975:
dag één

Judyta Luptack, geboren en getogen in Schenectady, was nooit ergens de eerste in. Thuis was ze nummer drie, na twee oudere broers en vóór de laatste broer. Op school zat ze meestal in de middenmoot. Met hardlopen eindigde ze gewoonlijk in de voorhoede. Maar ze won nooit.

Toen dat artikel in de *Times Union* verscheen, kwam er dan ook een gevoel in haar naar boven dat ze niet kende. Was ze trots? Niet zozeer. Eerder verbaasd.

'Een primeur: eerste vrouwelijke politieagenten van het land studeren af in Albany', luidde de kop. En daaronder stond een foto van de vier vrouwen: Cindy, Linda, Niecy en zij – 'Judyta Luptack, 21', aldus het onderschrift.

Haar vader zei tegen haar moeder: 'Nou, als de kinderen dan toch de krant moeten halen, dan maar liever voor zoiets.' Verder werden er geen woorden aan vuilgemaakt, alleen noemde haar broer Leonard haar voortaan De Primeur.

Sindsdien zijn er vijf jaar verstreken en Judy – inmiddels zesentwintig – is goed in haar werk. Al die jaren voldeed ze ruimschoots aan de gestelde normen. Ze schreef heldere, gedegen processen-verbaal, ze handelde bekwaam bij aanhoudingen. Ze is een doorzetter, geen lapzwans. (Volgens haar voormalige baas zijn alle agenten in een van deze twee categorieën in te delen.) En vorig jaar werd ze, na enkele uitzonderlijk goede prestaties, ingelijfd bij de recherche van de staat New York, waarmee ze de eerste vrouwelijke rechercheur in die staat werd.

Nu zit De Primeur, die net de verplichte paar maanden training bij de recherche heeft voltooid, naast een inspecteur in de auto. Hij heet Denny Hayes en het lijkt erop dat hij zichzelf stilzwijgend tot Judy's mentor heeft bestempeld. In die hoedanigheid heeft hij haar de afgelopen twee weken elke werkdag vergezeld. Er zijn natuurlijk meer beginnende rechercheurs. Maar dat zijn mannen.

Judy legt haar enkels over elkaar, maar zet meteen beide voeten weer op de grond, niet wetend welke van die twee houdingen het duidelijkst aseksualiteit uitstraalt. (Ze is niet aseksueel, maar ze weet dat het in haar beroep handig kan zijn als ze wel zo wordt gezien.) Nu ze niet meer in uniform hoeft, kan ze tenminste wel broeken dragen.

Denny Hayes fluit. Hij fluit vaak. Ze kent zijn type: begin veertig, kinderen, een verleden als sporter, populair op de middelbare school.

'Het Domein Van Laar,' zegt Denny tussen het fluiten door. 'Dat kan nog interessant worden.'

Ze waren onderweg om verhoren af te nemen in verband met een diefstal in Long Lake toen de oproep binnenkwam over de radio: dertienjarig meisje vermist in een afgelegen, bergachtig gebied niet ver van het stadje Shattuck. Van alle rechercheurs waren zij op dat moment het dichtst bij Shattuck, dus zij zullen als eerste ter plaatse zijn.

'Ken je de familie Van Laar?' vraagt Denny.

Ze heeft die naam weleens gehoord, zegt ze. (Wat niet waar is.)

'Herinner je je nog dat verhaal van die jongen die in de bergen was verdwenen?' vervolgt Hayes. 'Een jaar of twaalf geleden, misschien veertien?'

Toen was Judy een kind. Maar omdat sommige mensen zich geschoffeerd lijken te voelen als ze vertelt hoe jong ze is, zegt ze: 'Ja, daar staat me wel iets van bij.'

'Wat nou zo interessant is: ze hebben de smeerlap die dat jongetje heeft vermoord te pakken gekregen. Maar die vent is dood. En nu is er op die plek weer een kind verdwenen. Wie o wie is dan de boosdoener?' Hij kijkt Judy aan en knipoogt, alsof hij een grapje maakt.

De omgeving wordt steeds landelijker. Haar aanstelling bij de recherche – pas twee weken geleden – ging gepaard met overplaatsing naar een ander korps met het hoofdbureau in Ray Brook, in de Adirondacks. Dat zou geen enkel probleem zijn geweest, het zou zelfs haar voorkeur hebben gehad, ware het niet dat ze nog bij haar ouders in Schenectady woonde, wat betekent dat de dagelijkse heen- en terugreis bijna ondoenlijk is.

Het is twee uur rijden van haar huis naar Ray Brook. Maar dit was haar enige kans om rechercheur te worden, zoals ze keer op keer aan haar ouders heeft uitgelegd. Over niet al te lange tijd zal ze hen ervan weten te overtuigen dat ze een eigen woning nodig heeft, dichter bij haar werk, maar geen van Judy's broers is voor zijn trouwen uit huis gegaan en Judy denkt dat ze er voorlopig maar beter niet over kan beginnen. Dus heeft ze de afgelopen twee weken haar wekker om vier uur gezet en het gebrul van haar broers over zich heen laten komen als de wekker begon te piepen.

'We zijn er,' zegt Hayes.

Ze draaien een lange oprijlaan in. Aan hun linkerhand staan oude boerderijgebouwen die niet meer in gebruik lijken te zijn. Er komt een glooiend gazon in zicht en dan verrijst er voor hun ogen een huis dat zo uit een geschiedenislesboek lijkt te komen.

Ze voelt dat Hayes haar van opzij aankijkt terwijl hij de auto parkeert. Dat hij haar reactie peilt.

Wat Hayes niet weet, is dat Judy wel vaker in rijke kringen verkeert. Al op haar twaalfde ging ze werken bij de Iroquois Golf Club, eerst zwart en daarna in loondienst, en haar vader is daar nog steeds hoofd van de schoonmaakploeg. Ze begon als afwashulp; daarna ging ze tafels afruimen en vervolgens werd ze serveerster. Nog belt de bedrijfsleider, Chick Janowicz, haar weleens om te vragen of ze kan invallen voor een zieke. En elk jaar verdient ze wat bij tijdens het groots opgezette kerstfeest. Net als iedereen in het gezin, zelfs haar moeder.

Hayes parkeert de auto slordig langs het gazon. Er zijn al een paar agenten aanwezig. En er staan ook vier lege wagens van de parkwacht; waarschijnlijk zijn de mannen al bezig met een eerste zoekactie.

Hayes kijkt even aandachtig naar de auto's en vraagt dan: 'Wat is jouw inschatting?'

Judy kijkt hem aan.

'Doe eens een gok. Wat denk je dat er met het meisje is gebeurd?'

'O. Kan van alles zijn.'

'Ik denk dat ze is weggelopen,' zegt Hayes. 'Vermiste meisjes van die leeftijd blijken later bijna altijd te zijn weggelopen.'

Judy zwijgt.

'Waarschijnlijk staat ze nu met haar duim omhoog langs een landweggetje. Ik hoop alleen dat wij haar vinden voordat ze wordt opgepikt door een of andere griezel,' zegt Hayes.

Dan stapt hij uit en loopt zonder op Judy te wachten naar de dichtstbijzijnde agent, een gezette man met rossige wenkbrauwen, en schudt hem de hand.

Judy aarzelt. Ze stapt ook uit, draait langzaam een rondje om haar as en laat haar blik langs het huis, het meer erachter en het omringende bos gaan. Verderop ligt blijkbaar een soort school of kamp: er klinkt hoog gegil en gelach van die kant.

Denny Hayes komt terug en brengt haar op de hoogte.

Het vermiste meisje is de dochter van de Van Laars en dus de zus van de jongen die ruim tien jaar geleden verdween.

Ze heet Barbara, vertelt Hayes. Ze deed mee aan het kamp op het terrein en de laatste keer dat iemand haar heeft gezien, lag ze te slapen in haar stapelbed in een van de blokhutten.

De korte verklaringen die de agenten hebben opgetekend, hebben geen theorieën of aanknopingspunten opgeleverd. Iedereen was verbaasd over de verdwijning. Niemand heeft enig idee waar ze is.

Wat het allemaal nog ingewikkelder maakt, vervolgt hij, is dat er nog een meisje is verdwenen: ene Tracy Jewell. Ze sliep in hetzelfde stapelbed als Barbara, maar heeft verder geen band met de familie. Ze is een paar uur geleden voor het laatst gezien, toen ze van haar blokhut naar de kantine liep voor het ontbijt. Haar ouders zijn al ingelicht; die zijn onderweg.

In verband met beide vermissingen zijn alle deelnemers van het kamp bijeengebracht in de Grote Zaal, waar twee agenten toezicht houden. Hun ouders worden allemaal gebeld met het verzoek hun kinderen te komen ophalen. Maar dat is een hele klus met eenennegentig gezinnen en twee telefoonlijnen. In de tussentijd mag niemand de zaal in of uit zonder zijn identiteitsbewijs te tonen. Kinderen van wie de ouders het vandaag niet redden, zullen gezamenlijk in dat gebouw overnachten.

'En de familie heeft bezwaar gemaakt, ongelooflijk, hè?' zegt Hayes.

'Waartegen?'

'Dat de ouders hun kinderen komen halen. Twee kinderen die afzonderlijk van elkaar zijn verdwenen, onder wie hun eigen dochter. En dan vinden ze dat het kamp moet doorgaan. Omdat ze niet onnodig paniek willen zaaien.'

Judy had verwacht dat ze die dag met Hayes zou meelopen, maar ze komt er al snel achter dat hij een ander plan heeft: hij wil dat ze los van elkaar verklaringen gaan afnemen. Dan hebben ze een grotere reikwijdte.

'Je kunt ze in de auto ondervragen,' zegt hij. 'Dan heb je meer privacy.' Dan wijst hij naar het kamp. 'Zie je dat lange platte gebouw daar in de verte? De agent met wie ik net stond te praten, zegt dat er daarbinnen een geschikte ruimte is om mensen te ondervragen. Volgens hem zitten de ouders van Barbara daar al. Als je me nodig hebt, kun je me daar vinden.'

Hij kijkt haar weer aan. Knipoogt.

'Maar je hebt me niet nodig, hè?'

'Ik denk het niet,' zegt Judy. Hayes geeft haar een klopje op de rug. Ze heeft nu al haar buik vol van al die terloopse aanrakingen van de mannen om haar heen, ook als die aanrakingen, zoals in het geval van Hayes, niet wellustig maar vaderlijk bedoeld zijn. Hij buigt zich dichter naar haar toe.

'Luister, lieverd,' fluistert hij. 'Ik neem de lastige gevallen wel voor mijn rekening. Barbara's vriendinnen, haar leidsters. Haar ouders... als we íémand in het vizier moeten houden, dan zijn zij het wel. Jij doet de mensen in het huis. De bijfiguren, snap je? En maak je niet te zenuwachtig.'

Het liefst wil ze een stap opzij zetten. Zo ver mogelijk bij hem vandaan. Maar ze knikt alleen even.

'Weet je nog hoe het moet? Weet je nog wat je allemaal hebt geleerd?'

Judy knikt.

'Zet 'm op,' zegt Hayes en hij loopt de heuvel af richting het zomerkamp.

Bij de deur van het huis dat Zelfredzaamheid heet, bestudeert Judy Luptack de ijzeren klopper: hij heeft de vorm van een mug. Ze neemt het lijf in haar hand – wat ze een beetje griezelig vindt, hoe irrationeel ook – en slaat er drie keer mee tegen de deur.

Na een paar tellen wordt er opengedaan door een vrouw. Een bediende misschien.

De vrouw neemt haar aandachtig op en zegt dan: 'Kan ik u helpen?'

Voor het eerst zegt Judy hardop de woorden die ze tijdens de opleiding heeft geleerd: 'Ik ben Judyta Luptack, van de recherche. Ik ben hier om te helpen bij de zoektocht naar Barbara Van Laar.'

In de salon staan en zitten een stuk of vijftien mensen in kleine groepjes. Ze zijn anders dan de rijke mensen die ze kent van haar werk bij de golfclub. Dat zijn over het algemeen oudere mannen en vrouwen die kaarsrecht op een stoel zitten in hun stijve, deftige kleding.

De mensen hier liggen languit in hun pyjama of nachtjapon. Ze lijken niet van plan om zich binnen afzienbare tijd om te kleden. Twee van de vrouwen dragen zijden nachthemden, waaronder Judy duidelijk de omtrek van hun borsten kan zien. Twee jonge meisjes – bedienden – lopen stilletjes rond om de sporen van een feestje op te ruimen.

Judy kijkt naar haar notitieboekje, doet alsof ze druk bezig is, verzamelt moed om de eerste persoon aan te spreken.

Ze heeft al besloten met wie ze zal beginnen: een oudere man die nog het meest lijkt op de leden van de golfclub. Hij is lang, heeft wit haar en zit op een bankje bij de voordeur de veters van een paar stevige wandelschoenen te strikken. Naast hem staat een vrouw, misschien zijn echtgenote.

Judy loopt naar hen toe, gaat voor hen staan en schraapt haar keel. Ineens is het muisstil in de ruimte. De gesprekken zijn gestaakt.

De twee horen haar niet – of ze negeren haar.

'Neem me niet kwalijk, mijnheer?' zegt Judy en even heeft ze het gevoel dat ze weer op de club is.

Langzaam kijkt de man op.

'Mag ik u een paar vragen stellen?' vraagt Judy.

Jacob

Jaren 50 | 1961 | winter 1973 | juni 1975 | juli 1975 | augustus 1975:
dag één

Hij liep tussen de bomen langs de snelweg, tot hij tegen zonsopkomst bij een beek kwam en een onverklaarbare aandrang voelde om die af te lopen tot aan de bron. Er kwam een soort oerherinnering naar boven: hij kende deze beek, al wist hij niet waarvan.

Jacob gelooft niet in wat voor god dan ook, alleen in zichzelf. Maar hij is wel bijgelovig en neigt naar het idee dat toeval niet bestaat, dat het als er iets onverwachts of onbegrijpelijks gebeurt de moeite waard is om na te denken over het waarom.

Waarom, zo vroeg hij zich af, stuitte hij tijdens zijn tocht naar het noorden op deze beek? Waarom kwam die hem zo bekend voor? In de ochtendschemer maakte hij een afweging: het was tijd om een slaapplek te zoeken, maar hij voelde dat de beek hem met kracht het bos in probeerde te trekken. Wat kan het voor kwaad om me een tijdje door die kracht te laten meevoeren? dacht hij.

In de uren die volgden wisselde hij wandelen af met waden en soms zakte hij weg in de moerassige bodem. Zijn schoenen waren kletsnat en zaten onder de modder. Hij moest ze zo snel mogelijk vervangen door andermans schoenen.

De begroeiing werd dunner en uiteindelijk zag hij tussen de bomen een tweebaansweg die zijn pad doorsneed. De beek die hij volgde verdween in een duiker.

Hij keek even of er geen auto's aankwamen en toen rende hij naar de overkant. Daar zocht hij het punt waar de beek weer uit de duiker kwam en vervolgde zijn weg.

Iets verderop stroomde de beek tussen een rij kleine blokhutten door en op die hoogte lagen er een paar bruggetjes overheen. Aan zijn linkerhand stonden grotere gebouwen en daarachter lag een heuvel.

Toen begreep hij waarom de beek zo aan hem had getrokken en waarom hij die was gevolgd.

Hij was hier vaker geweest.

Judyta

Jaren 50 | 1961 | winter 1973 | juni 1975 | juli 1975 | augustus 1975:
dag één

Judy Luptack wacht tot de deftige heer antwoord geeft op haar vraag of ze hem even kan spreken.

Ze probeert het nog een keer: 'Ik ben Judy Luptack, rechercheur. En ik ben hier om Barbara te helpen vinden. Mag ik...'

'Nee, helaas niet,' zegt de man. En hij wendt zich af. Kijkt door het raam naar de bomen.

Ze blijft roerloos staan, niet wetend wat te doen. Haar oude instinct geeft haar in om eerbiedig te zijn tegen deze man, die ze op de golfclub zou hebben bediend. Haar nieuwe instinct spoort haar aan om direct te zijn.

'Het hoeft niet lang te duren. Een paar vragen maar.'

'Ik wacht liever op de hoofdagent,' zegt de man. 'Ik zeg niet graag dingen twee keer.'

'Er is geen...' begint Judy. Hoofdagent is niet het juiste woord voor degene die boven haar staat bij de recherche, het moet 'inspecteur' zijn. Maar ze wil Denny Hayes, die die functie vervult, niet nu al hoeven vertellen dat haar opdracht mislukt is.

Dus zegt ze alleen maar: 'Alstublieft.'

Bij het horen van dat woord en de onderdanigheid in haar stem laat de man zijn schouders een beetje zakken. Hij kijkt haar onderzoekend aan.

'Vooruit,' zegt hij. 'Even dan.'

'We kunnen in mijn auto gaan zitten.'

'We gaan naar de keuken.'

De keuken is gigantisch. Het oudere echtpaar zit tegenover haar aan een grote tafel. De echtgenoot leunt achterover, met zijn armen en benen over elkaar.

Judy houdt haar notitieboekje in haar handen. Ze wil het niet op tafel leggen, want dan kunnen ze misschien ondersteboven lezen wat ze heeft opgeschreven.

'Uw naam?' begint ze.

'Peter Wallingford Van Laar de Tweede.'

'Geboortedatum?'

De man trekt een wenkbrauw op.

'23 februari 1898.'

Judy noteert deze informatie op het gelinieerde papier. Met de toevoeging 'Houding: gespannen'.

'Wat is uw relatie tot het slachtoffer?' vraagt Judy.

'Slachtoffer?'

'Barbara Van Laar.'

'Ik zou het op prijs stellen als u mijn kleindochter geen slachtoffer noemt,' zegt de man.

Judy bloost. Hij heeft gelijk.

'En daar hebt u meteen uw antwoord,' vervolgt mijnheer Van Laar. 'Ik ben haar grootvader. Dit is haar grootmoeder', hij knikt naar zijn vrouw. 'Mevrouw Helen Van Laar. Geboortedatum 3 mei 1898.'

Ook deze gegevens schrijft Judy braaf op.

Dan zwijgt ze even in de hoop dat alles wat ze heeft geleerd weer naar boven komt.

'Kunt u mij allebei vertellen hoe uw dag er tot nu toe uitzag? Hoe laat u wakker werd, wat u daarna deed?'

De man zucht diep. Hij is zo iemand die uit elke porie minachting ademt. Hij legt zijn handen samengevouwen op tafel.

'Juffrouw...'

'Luptack.'

Rechercheur Luptack! denkt Judy.

'Juffrouw Luptack, u ziet er heel jong uit. Hoe oud bent u? Een jaar of twintig? Tweeëntwintig?' zegt mijnheer Van Laar. Zijn vrouw werpt hem een snelle blik toe.

Hij wacht. Zesentwintig, denkt Judy. Ze zegt het niet.

'Ik heb zo het vermoeden dat u dit werk nog niet lang doet. Ik zal u een handje helpen.'

'Peter,' zegt zijn vrouw, het eerste woord dat ze tot nu toe heeft gesproken, maar haar man heft een hand en ze zwijgt.

'Onze kleindochter is weggelopen,' gaat hij verder. 'Dat weet ik omdat ze daar al twee jaar lang bijna dagelijks mee dreigt. In het huishouden van mijn zoon gaan de gesprekken zo langzamerhand nog maar over één onderwerp: hoe houden we Barbara zoet, hoe voorkomen we dat Barbara boos wordt. Ze is dertien en gedraagt zich net als de meeste meisjes van dertien. Maar dan erger.'

Hij zwijgt even. Kucht.

'Onze bezigheden van vanochtend vormen geen belangrijke stukjes van de puzzel die u probeert op te lossen. Het lijkt me zinvoller als u en uw team een grootscheepse zoekactie op touw zetten in het bos. Want op dit moment vormt het bos de enige bedreiging voor Barbara, afgezien van Barbara zelf dan.'

Hij staat op en kijkt neer op zijn vrouw, wachtend tot zij zijn voorbeeld volgt. Wat ze ook doet, maar met een lichte aarzeling.

'En dat is waar ik nu zelf ook naartoe ga,' zegt mijnheer Van Laar. 'Met een paar honden. Ik wilde net op weg gaan toen u me tegenhield. Schrijf dat maar op in uw boekje. Voor het geval uw meerderen me zoeken.' Hij loopt naar de deur. Zijn vrouw kijkt Judy even aan met een ondoorgrondelijke blik en volgt dan haar man.

'Mijnheer Van Laar,' zegt Judy. Het floepte eruit, maar ze weet nog niet eens wat ze wil zeggen.

Hij blijft staan. 'Wat?'

'Ik dacht alleen... gezien de verdwijning van uw kleinzoon... Het lijkt me verstandig om die van Barbara net zo serieus te nemen.'

Het gezicht van de man verandert op slag. Hij was al geïrriteerd vanwege het gesprek, nu is hij woedend. Hij doet zijn mond open om iets te zeggen en Judy moet denken aan een dier dat zijn tanden ontbloot.

'Waag het niet om nog eens over mijn kleinzoon te beginnen,' zegt mijnheer Van Laar. 'Waag het niet om nog één keer zijn naam in de mond te nemen.'

Hij vertrekt. Gevolgd door zijn vrouw.

Judy blijft even alleen in de enorme keuken zitten. Ook hier ziet ze sporen van een feest. Op het aanrecht staan onafgedekte bakken met eten die in de ijskast gezet hadden moeten worden. Salades, chocoladetoetjes.

Judy kijkt naar haar notitieboekje. Ze streept het woord 'gespannen' door.

'Houding: vijandig', schrijft ze.

De wankele stapel borden in de gootsteen stort plotseling in en het schelle gekletter weergalmt tegen de muren.

Judy schrikt er niet van. Keukengeluiden vindt ze vaak geruststellend.

Ze laat haar gedachten gaan over de buitenproportionele reactie van mijnheer Van Laar toen ze zijn kleinzoon ter sprake bracht. De haat in zijn ogen, zijn blikkerende, gelige tanden. Bij wie had ze die uitdrukking eerder gezien?

Ineens schiet het haar te binnen: mevrouw Charles Hanover. Toen ze tijdens een kerstfeest op de golfclub enkele jaren geleden een stil gangetje in was gelopen, zag ze mevrouw Hanover systematisch de zakken van de bontjassen in de garderobe doorzoeken. Af en toe haalde ze iets tevoorschijn, inspecteerde het en stopte het in haar tas. Judy keek verbijsterd toe, tot mevrouw Hanover zich omdraaide en haar zag staan. Ze glimlachte, zocht haar eigen jas, trok hem aan en liep naar buiten.

Judy rende naar de keuken en vertelde het aan de bedrijfsleider, Chick Janowicz, die met beide handen over zijn wangen wreef en een paar seconden naar de grond staarde. Toen knikte hij en vertrok, berustend in zijn lot.

Vanuit de keuken hoorde Judy verontwaardigde kreten op de gang. Toen zwaaide de klapdeur open en beende het echtpaar Hanover naar binnen, zij voorop, met een priemende vinger in de richting van Judy – en met precies dezelfde gezichtsuitdrukking als mijnheer Van Laar op het moment dat ze zijn kleinzoon noemde.

'Hoe durf je mij zomaar te beschuldigen,' zei mevrouw Hanover tegen Judy. 'Jij kleine...'

'Paulette,' zei haar man vermanend.

Pas toen Chick Janowicz met de politie dreigde, schudde mevrouw Hanover eindelijk haar tas leeg. Er kwamen vijf portemonnees en twee sigarettenkokers tevoorschijn. Hoewel het echtpaar werd geroyeerd, werd er geen aangifte gedaan tegen Paulette Hanover.

Rijke mensen worden pas echt kwaad als ze rekenschap moeten afleggen over hun misstappen, concludeerde Judy toen, en dat concludeert ze nu weer.

Tracy

Jaren 50 | 1961 | winter 1973 | juni 1975 | juli 1975 | augustus 1975:
dag één

Vandaag krijgt ze antwoord op de vraag die sinds het begin van het kamp al door haar hoofd spookt.

Wat moet ze precies roepen als ze verdwaald is? Daar hadden de instructies geen helderheid over verschaft.

Nu het zover is, blijkt Tracy te roepen: 'Ik ben verdwaald!'

Ze roept dat zinnetje aan één stuk door, als een hysterisch mantra, maar dan herinnert ze zich dat ze haar stem moet sparen en laat ze wat langere stiltes vallen.

Aanvankelijk gloeit ze van schaamte en zelfverachting. Ze weet bijna zeker dat ze op een steenworp afstand van de bosrand zit, dat er elk moment een tienjarige deelnemer in uniform kan komen aanwandelen, die met een spottende blik in de richting van het kamp wijst. Toch blijft ze roepen, berustend in haar lot. Hoe eerder dit achter de rug is, hoe beter.

Dorst heeft ze al een tijdje. Nu begint ook de honger te knagen. Alleen daarom al denkt ze dat er te veel tijd is verstreken. En wordt het licht om haar heen nou zwakker? Dat kan toch niet? Ze is heel vroeg in de ochtend vertrokken. Maar in het bos maakt de tijd vreemde sprongen. Ze heeft een onbekende realiteit betreden.

'Ik ben verdwaald,' roept Tracy steeds maar weer.

De wereld om haar heen is wazig groen. Ze vervloekt haar ijdelheid, de trots die haar ervan heeft weerhouden om haar nieuwe bril op te zetten.

Het is nu geen avontuur meer. Inmiddels is ze echt bang en schreeuwt ze woordeloos. Ze roept niet meer 'ik ben verdwaald' of 'help', ze brult gewoon, oerkreten die zo nu en dan – tot haar eigen verbazing – worden afgewisseld met 'mama, papa!' Tracy ziet zichzelf als iemand die zelfstandig is voor haar leeftijd. Maar nu heeft ze honger en dorst en schreeuwt ze huilend om haar ouders, die niet eens meer met elkaar praten.

Zo gaat het een tijd door, tot Tracy midden in een brul verstijft om met haar hele lichaam te luisteren. Ze houdt haar adem in. Hoort een geluid: voetstappen?

Ze wacht even.

'Hallo?' zegt ze.

Eerst stilte en dan weer dat geluid.

'Hallo?'

Tracy staat op. Ze draait zich langzaam om. Ziet een gezicht dat vanachter een boom naar haar terugkijkt.

Dan komt er iemand tevoorschijn.

Louise

Jaren 50 | 1961 | winter 1973 | juni 1975 | juli 1975 | augustus 1975:
dag één

Achter het podium van de Grote Zaal bevinden zich drie provisorische kleedkamers, een kledingkast en een buitendeur. De agenten die als eerste ter plaatse waren, hebben de zaal ingericht als commandocentrum, en de kamertjes achter het podium doen blijkbaar dienst als verhoorruimtes.

In de eerste ruimte – de kleinste – zit Louise op een kunstleren stoel, alleen.

Een uur geleden was haar assistente, die had ontdekt dat er nog iemand ontbrak, luidkeels roepend en met panische ogen op Louise af komen rennen, die net van het personeelsverblijf naar het kantoor liep.

'Tracy is ook weg!' had Annabel hijgend gezegd en een agent die het hoorde, vroeg: 'Wie?'

Niet veel later waren ze door een schare politieagenten naar de Grote Zaal begeleid.

Onderweg had Louise een paar keer geprobeerd Annabels aandacht te trekken. Vergeet niet wat we hebben afgesproken, wilde ze zeggen met haar blik.

Maar Annabel keek niet terug.

Nu zit Annabel in een kleedkamer naast de hare. Door het dunne wandje dat hen scheidt, hoort Louise gedempte geluiden – het klinkt als iemand die huilt.

Ze hoort ook de boze stem van een vrouw en een man: mijnheer en mevrouw Southworth, vermoedt ze. Annabels ouders, die deze week te gast zijn bij de familie Van Laar.

Er wordt zacht op de deur geklopt en voordat ze kan reageren zwaait de deur open en komt er een man binnen – een jaar of veertig, kalend. Hij blijft even naar haar staan staren, alsof hij zich iets realiseert. Hij draagt geen uniform, maar een geel overhemd met korte mouwen en een rode stropdas. Zijn bruine jasje hangt over zijn onderarm.

'Louise Donnadieu?'

Ze knikt.

De man glimlacht. Hij is mager, niet gespierd.

'Weet je nog wie ik ben?' vraagt hij.

Dan pas kijkt Louise goed naar zijn gezicht, dat wel een belletje doet rinkelen.

'Denny Hayes,' zegt hij. 'Ik woonde vroeger in Shattuck. Ik ken je moeder.'

'O. Mijnheer Hayes.'

Hij maakt een wegwerpgebaar en schudt zijn hoofd. 'Zeg maar Denny. Je bent nu een volwassen vrouw, hè?'

Ze schrikt van die woorden, al kloppen ze in feite wel.

'Hoe gaat het met haar?' vraagt Denny Hayes.

'Met wie?'

'Je moeder.'

Louise zwijgt even. 'Wel goed, geloof ik. We spreken elkaar niet zo vaak.'

Hij knikt één keer. Net als zij wil hij zo snel mogelijk overgaan op een ander onderwerp.

Als ze het zich goed herinnert, was Denny Hayes een van de vele mannen die vlak nadat haar vader zijn biezen had gepakt in en om hun huis rondhingen. Ze kijkt naar zijn hand. Ziet de trouwring. Of hij destijds ook getrouwd was, weet ze niet, maar het zou haar niet verbaasd hebben.

Ze is nooit meer verbaasd over de dingen die haar moeder uithaalt. Ze was niet eens verbaasd dat haar moeder zwanger raakte van Jesse toen Louise elf was en dat ze niet bleek te weten wie de vader was.

Jezus, denkt Louise, als deze vent maar niet Jesses vader is.

'En jij?' vraagt Denny. 'Ben je getrouwd of zo? Kinderen?'

'Nee. Ik werk alleen maar.'

'Ik heb er twee,' zegt Denny. 'Een jongen en een meisje. En een derde op komst. Ik ben zeven jaar geleden uit Shattuck vertrokken, toen ik promotie kreeg. We wonen nu in North Elba. Dicht bij mijn werk.'

Louise knikt.

'Vind je het goed als ik ga zitten?' vraagt Denny.

De kleedkamer is piepklein, felverlicht, en er staan maar twee stoelen. Ze gaan zitten met hun knieën schuin naar elkaar toe, ongemakkelijk. Te dichtbij naar Louises smaak. In de spiegel ziet ze dat hij met enige moeite een opschrijfboekje en een pen uit zijn borstzakje peutert.

'Dus jij bent haar leidster,' zegt Denny. 'Barbara's groepsleidster.'
Louise knikt.
'Enig idee waar ze naartoe kan zijn gegaan?'
'Nee,' zegt Louise kalm.
Denny kijkt haar van opzij aan. 'Die dame daarbuiten,' zegt hij, terwijl hij zijn aantekeningen raadpleegt. 'T.J.? Met dat korte haar?'
'De coördinatrice van het kamp,' zegt Louise kalm.
'Juist. Die zei dat jij degene bent die heeft ontdekt dat ze weg was. Klopt dat?'
Louise knikt.
Denny kijkt haar indringend aan. Alsof hij iets wil zeggen maar niet weet of hij dat wel moet doen.
'Heb je niets gemerkt? Heb je de deur niet gehoord of zo?'
Louise heeft een brok in haar keel, maar ze kan zich niet voorstellen dat ze echt in tranen zal uitbarsten. Ze kan zich niet eens herinneren wanneer ze voor het laatst heeft gehuild.
'Was je vannacht in de blokhut?' vraagt Denny.
Louise doet haar mond open om antwoord te geven, maar er komt geen geluid uit.
Denny laat zijn opschrijfboekje zakken. Legt rustig de pen erbovenop.
'Luister,' zegt hij. 'Eigenlijk mag ik je geen advies geven. Maar ik doe het toch, omdat ik je ken van vroeger.'
Hij buigt zich naar haar toe en dempt zijn stem.
'Pas op dat je jezelf niet in de nesten werkt. Zeg geen dingen die je niet kunt terugnemen. Want als je liegt, krijg je daar later gedoe mee.'
Louise slaat haar ogen naar hem op. Zijn gezicht is heel dichtbij. Zijn snor ziet er vochtig uit.
'In de kamer hiernaast zit een meisje,' zegt hij. 'Iemand die met jou samenwerkt, geloof ik. Zo meteen ga ik ook met haar praten. Als jullie verschillende verklaringen afleggen, tja, dan is dat natuurlijk verdacht. Dan hebben we een hoop vragen.'
'Ik begrijp het,' zegt Louise.
'Je was een leuk kind. Ik vond je altijd aardig. Ik weet dat je later nogal wat te stellen hebt gehad met de mensen om je heen, dat er allerlei verhalen over je werden verteld. Ik heb die roddels nooit geloofd.'
Louise wacht even. 'Bedankt,' zegt ze dan. Ze walgt van hem op dit moment. Walgt van zijn impliciete boodschap. Want de meeste van die verhalen waren verzinsels over avontuurtjes met andere leerlingen. En één keer met een leraar.

‘Daarom een goede raad,’ zegt hij.

Hij staat op, stopt het opschrijfboekje en de pen weg.

‘Vraag om een advocaat. Maar zeg er niet bij dat dat van mij komt.’

Zonder nadenken zegt Louise: ‘Ik heb er al een.’

Het voelt lekker om dat te zeggen, om de verwarring op zijn gezicht te zien.

‘Mooi zo,’ zegt hij. ‘Dan hoeven we geen pro-deo-advocaat voor je te zoeken. Mocht het zover komen.’

Ze kijkt hem niet-begrijpend aan.

‘Je weet toch wel wat pro deo is?’

Stilte.

‘Een gratis advocaat,’ zegt Denny. ‘Maar die heb je dus niet nodig.’

Dan pas beseft Louise wat ze zich op de hals heeft gehaald.

Alice

Jaren 50 | 1961 | winter 1973 | juni 1975 | juli 1975 | augustus 1975:
dag één

Een aardige parkwachter heeft een handdoek om haar schouders gelegd en even later haalt hij er nog een en legt ook die om haar schouders. Ze zit om één uur 's middags in de zon in een Adirondack-stoel en ze rilt zo dat haar tanden ervan klapperen. Ze herinnert zich dit nog van de verdwijning van Bear. Komt door de schok, had iemand toen tegen haar gezegd.

'Maakt u zich geen zorgen, mevrouw,' zegt de man, terwijl hij neerhurkt en een hand op haar knie legt. 'We vinden haar wel. Daar zijn we op getraind.'

Alice knikt. Ze wil dat hij bij haar blijft.

Er lopen parkwachters met bloedhonden door het kamp heen en weer, op zoek naar geuren. Eerder had een van hen aan haar gevraagd of ze gebruikt ondergoed van Barbara had, voor de honden. Ze had hem met afgrijzen aangekeken, net zolang tot hij zijn excuses aanbood.

'Het is wel het geschiktste kledingstuk,' sputterde hij.

Zelf kon ze het niet opbrengen. Ze had gevraagd of ze een kampleidster wilden zoeken. Dan konden ze op eigen houtje in Barbara's bezittingen gaan rondneuzen.

Peter is nu met iemand van de recherche in een van de kampgebouwen. Hij heeft gezegd dat ze met niemand mag praten tot hoofdinspecteur LaRochelle is aangekomen vanuit Albany. LaRochelle was degene die het onderzoek leidde toen Bear vermist was.

Peter vertrouwt hem.

Of beter gezegd: hij vertrouwt niemand anders.

Alice kijkt uit over het meer. De waarheid is dat ze geen idee heeft waar Barbara zou kunnen zijn. Iedereen lijkt erop te zinspelen dat ze is weggelopen, maar Alice is bang dat er iets anders aan de hand is.

Barbara was altijd al moeilijk.

Als peuter had ze zulke hevige driftbuien dat Alice zich afvroeg wat hun buren in Albany er wel niet van moesten denken. Op haar zesde was er nog geen enkele verbetering te zien. Ze probeerden van alles – schreeuwen, omkopen, een pak slaag, één felle tik in het gezicht, zoals Peter weleens deed als het echt uit de hand liep – maar Barbara liet zich niet tot bedaren brengen. Ze ging alleen maar harder gillen, ijselijke kreten die het denken onmogelijk maakten.

Bear was nooit zo geweest.

Barbara's woedeaanvallen gaven uiteindelijk de doorslag bij hun beslissing om haar al zo snel naar een kostschool te sturen. Op haar zevende ging ze naar Emily Grange, waar ze zich goed leek te gedragen – in het begin.

Maar de laatste tijd kwamen er andere berichten.

Halverwege het afgelopen schooljaar waren ze gebeld door het hoofd van de school, Susan Yoder, een intimiderende vrouw – lesbienne, vermoedde Alice – met nogal progressieve denkbeelden. Ze wilde per se niet met 'juffrouw' worden aangesproken maar met 'mevrouw'. Ze had Alice en Peter uitgenodigd voor een persoonlijk gesprek; dat was nog nooit eerder voorgekomen.

Peter brieste: 'Gezien het geld dat we voor die school neertellen, zou je verwachten dat deze dame begrijpt wat een inbreuk het is om een man te vragen vrij te nemen van zijn werk.'

Susan Yoder begon het gesprek met een opmerking over 'compassie' – een woord dat ze vaak gebruikte, een woord dat Alice tot dan toe nog nooit in een gesprek voorbij had horen komen.

Vervolgens vertelde ze dat Barbara zich 'ongepast' had gedragen op school.

'Ze is kortgeleden op haar kamer… ontdekt… met een jongen uit de stad.'

Peter omklemde de armleuning van zijn stoel.

'In welke staat?' vroeg hij.

'Pardon?'

'In welke staat verkeerde mijn dochter toen ze werd gevonden?'

'O,' zei Susan Yoder, die rood aanliep. 'Ze was volledig gekleed.'

'Maar?' zei Peter.

'Maar… nou ja, eerlijk gezegd weten we niet wat ze aan het doen waren voordat mevrouw Burke binnenkwam. Een jongen die zich zonder toezicht in de slaapkamer van een meisje bevindt is op zijn zachtst gezegd… niet ideaal.'

Ze glimlachte flauwtjes. Een poging om iets van de spanning weg te nemen. 'Kinderen!' leek ze te zeggen met de vorm van haar mond.

Maar Peter liet zich niet vermurwen. Alice wist dat er in zijn hoofd al een beslissing tot stand kwam.

'Mijnheer Van Laar, laat ik benadrukken dat we ons geen grote zorgen maken. Dit soort gedrag is vrij normaal voor een meisje van Barbara's leeftijd. We willen er alleen zeker van zijn...'

Peter viel haar in de rede.

'En wie heeft hier zijn taak verzuimd?'

Susan Yoder fronste verward haar wenkbrauwen. 'Taak...?'

'Wie heeft die jongen naar binnen laten glippen?'

'Eh, Barbara zelf,' zei Susan Yoder.

Alice hield haar adem in. Peter kon weleens – niet heel vaak – in razernij ontsteken. Maar hij liet de woorden van Susan Yoder in de lucht hangen.

'Hoe heet die jongen?' vroeg hij uiteindelijk.

'Ik ken zijn naam niet,' zei Susan Yoder. Er veranderde iets in haar blik. Ze kreeg nu iets opstandigs. Was zij misschien ook geneigd tot woede-uitbarstingen, vroeg Alice zich af. Meestal was Alice zo bezig met die van Peter dat het niets eens bij haar opkwam om zich zorgen te maken over die van anderen.

'Hoe oud was hij?' vroeg Peter.

'Dat weet ik niet. Maar mevrouw Burke, die toezicht houdt op haar afdeling, zag geen reden tot ongerustheid, als u daarop doelt.'

Peter was nog niet klaar. 'Kunt u beschrijven hoe hij eruitzag?'

Ze zuchtte. 'Ik heb hem zelf niet gezien. Maar volgens mevrouw Burke was hij mager en had hij donker haar.' Ze had hem alleen van achteren gezien, voegde Susan Yoder eraan toe, toen hij door het raam wegvluchtte – Barbara's kamer lag op de begane grond – en het aangrenzende bos in rende.

'Wat had hij aan?'

'Dat is helaas niet bekend.'

'Heeft hij nog iets gezegd?'

'Voor zover ik weet niet.'

'En Barbara?'

'Die zei dat het een vriend uit de stad was.'

Peter snoof. Er volgde een lange stilte.

Alice concentreerde zich op de voorwerpen in de kamer. Een marmeren beeldje van de geblinddoekte Vrouwe Justitia. In de kasten een verzameling boeken, allemaal keurig op een rij, ontdaan van hun stofomslag, gerangschikt op hoogte. Aan de muur een ingelijste foto van een meisjeshockeyteam van lang geleden. Het team van Susan Yoder toen ze jong was, nam Alice aan.

Ze had niet door dat Peter was opgestaan. 'Dank u, juffrouw Yoder,' zei hij, met de nadruk op juffrouw.

Susan Yoder fronste haar wenkbrauwen.

'Het spijt me, maar ik ben nog niet klaar,' zei ze. 'In dit soort gevallen volgen er doorgaans strafmaatregelen.'

'Dat laat ik aan u over,' zei Peter. 'Kom, Alice.'

Ze stond op. Maar voordat ze de kamer uit waren, zei Susan Yoder: 'Mevrouw Van Laar.' Ze keek haar strak aan. 'Hebt u misschien nog vragen voor mij?'

Er kwamen nu in elk geval geen vragen bij haar op. En dus schudde ze haar hoofd en liep zwijgend achter haar man de kamer uit.

Op weg naar de auto vroeg Alice aan Peter of hij niet even op Barbara wilde wachten zodat hij haar zelf kon spreken. Hij schudde zijn hoofd.

'Ze liegt toch,' zei Peter. 'Daar heb ik geen geduld voor.'

Op de terugrit naar Albany was hij stil en Alice zocht uit alle macht naar iets om te zeggen.

Het viel haar op dat ze de gewoonten van Peters moeder begon over te nemen; die zat meestal vriendelijk te glimlachen op de achtergrond en liet haar man het voortouw nemen. De eerste keer dat Alice haar zag, had ze zich afgevraagd of ze misschien een beetje simpel was. Maar op de zeldzame momenten dat ze met z'n tweeën waren, bleek mevrouw Van Laar over veel meer conversatietalent te beschikken dan ze in het bijzijn van haar echtgenoot toonde. Op haar eigen manier was ze zelfs geestig.

'Wat zijn de bladeren al vroeg aan het verkleuren,' zei Alice uiteindelijk. En Peter beaamde dat.

Die avond kwam hij naar Alice toe om te vertellen dat hij een beslissing had genomen. Op Emily Grange konden ze Barbara niet aan, zei hij. Ze moest ergens anders heen.

Nadat Peter later die avond met een vriend had gesproken aan de telefoon, kwam hij zijn kamer uit met een mededeling. Barbara zou na de zomer naar Élan gaan, een school in Maine voor onhandelbare kinderen. Hij omschreef het als een 'programma voor gedragsverandering'.

Die zomer zouden ze nog samen zijn op het domein en daarna zouden ze haar wegbrengen.

'Breng jij Barbara op de hoogte?' vroeg hij terloops.

Alice kromp ineen. 'Ze zal het verschrikkelijk vinden,' zei ze.

'Dat doet niet ter zake. Het belangrijkste is nu dat we haar in het gareel brengen. Dat we haar behoeden voor onomkeerbare fouten. Stel je voor dat...' Maar hij slikte zijn woorden in.

Alice begreep het. Een jongen in Barbara's kamer, dat kon uitmonden in seks – zo niet nu, dan wel binnenkort. En seks kon uitmonden in een zwangerschap.

Voordat ze met een Van Laar in het huwelijk was getreden, had Alice nog nooit een familie ontmoet die zo obsessief bezig was met haar reputatie. Peter had het haar een keer kort maar krachtig uitgelegd, toen ze jonger waren, toen Bear vier of vijf was.

'In het bankwezen draait alles om vertrouwen,' zei hij. 'Onze cliënten hebben alleen maar vertrouwen in onze financiële beslissingen als ze ons oordeelsvermogen op alle gebieden kunnen vertrouwen.' Dat, zei Peter, was een van de redenen dat Peter I het domein en Kamp Emerson had opgericht: hun interesse in natuurbeheer was welgemeend maar ook listig, want daarmee konden ze hun reputatie in de regio opvijzelen. Hetzelfde gold voor de vriendschappen die ze in de loop van de tijd hadden opgebouwd met de juiste mensen: listig, uitgekiend. De Van Laars waren kieskeurig bij het bepalen wie ze in hun leven toelieten en genadeloos bij het bepalen wie uit hun leven verbannen moest worden.

Het probleem was dat Alice nog steeds niet aan Barbara had verteld wat haar dat najaar te wachten stond. Ze liet zich daar telkens van weerhouden door de gedachte aan de consternatie die er het gevolg van zou zijn: Barbara die tekeerging, die een scène schopte. Barbara had een gewelddadig trekje, een aangeboren agressie die Alice vlak na haar geboorte had opgemerkt. De driftbuien die ze als jong kind had gehad, leken in haar tienerjaren uit te groeien tot een storm die nooit luwde, alsof ze bij het eerste het beste misverstand een flinke dreun zou kunnen uitdelen.

Toen Barbara vroeg of ze die zomer naar het kamp mocht, was dat in Alice' hoofd dan ook vooral weer een excuus om het nieuws nog even voor zich te houden.

Inmiddels had ze besloten om het Barbara aan het eind van de zomer te vertellen. Dat was het beste, dacht Alice. De harde waarheid en dan meteen op weg naar Élan. Misschien zou ze het haar zelfs pas vertellen als ze met haar koffers in de auto zat, klaar voor de rit naar Emily Grange. Als ze veilig in de auto zaten, met een chauffeur achter het stuur.

Ze had het allemaal goed uitgedacht.

Barbara, zou ze rustig zeggen, de plannen zijn veranderd.

Alice schrikt op uit haar gedachten door een geluid ergens in de verte.

Het klinkt als de kreet van een jong meisje.

'Hoorde u dat?' vraagt ze.

Ze kijkt om, maar de parkwachter die zich over haar had ontfermd, is verdwenen.

Judyta

Jaren 50 | 1961 | winter 1973 | juni 1975 | juli 1975 | augustus 1975:
dag één

Door het keukenraam ziet Judy het echtpaar Van Laar over het gazon naar het bos lopen. Hij heeft een snelle, agressieve tred, zij drentelt achter hem aan en moet om de paar passen een drafje inzetten om hem bij te houden. Het lijkt wel of dit soort mannen nooit echt warme gevoelens heeft voor hun vrouw, denkt Judy. Dat zag ze bij de mannen op de club en ook bij de mannen hier. Haar eigen vader, die weliswaar streng is voor zijn kinderen, respecteert haar moeder niet alleen, hij draagt haar op handen. Op hun vijfentwintigste trouwdag las hij een tenenkrommend gedicht aan haar voor dat hij zelf had geschreven; het papier ritselde in zijn trillende handen en Judy en haar broers konden hun lachen bijna niet inhouden.

Judy spreekt zichzelf opnieuw moed in en gaat terug naar de salon met de open haard. Er zitten nog steeds mannen en vrouwen omheen die niet veel ouder zijn dan zij. Ze weet nog niet hoe deze mensen in het plaatje passen, maar ze begrijpt dat het haar taak is om daarachter te komen. De groep straalt een bijna aanstootgevende nonchalance uit, ze zijn veel te ontspannen.

Judy blijft even staan, met de blik op haar notitieboekje alsof ze daar iets belangrijks ziet.

'Mevrouw de agent,' zegt een vrouw, op een ironische, spottende toon.

Rechercheur, denkt Judy voor ze zich omdraait. Een jonge vrouw die op een bank ligt, met haar voeten over de rugleuning, kijkt haar kant op. Haar hoofd ligt op de schoot van een jongeman. Ze komt Judy bekend voor: een actrice? Een zangeres? Judy heeft het idee dat ze haar weleens op tv heeft gezien.

'Hebt u al een hypothese?' vraagt het meisje.

De jongeman die haar hoofd op schoot heeft, slaat zijn hand voor zijn mond, alsof hij een lach moet onderdrukken.

Judy negeert haar. Kijkt weer naar haar notitieboekje.

'Wie is de hoofdverdachte?' probeert het meisje, dat nu rechtop gaat zitten.

'Hou je mond, Polly,' zegt een meisje met krullend haar dat aan de andere kant van de kamer zit en de slaap uit haar ogen wrijft.

Polly kijkt naar de jongeman naast haar. 'Waarom lach je?'

'Zoals je dat zei. Het klonk zo... serieus!' Dan houdt hij het niet meer en barst in lachen uit.

'Sorry,' zegt hij terwijl hij Judy aankijkt. 'Ik weet dat het een ernstige situatie is. Ik heb gewoon een kater.'

'Ik vind het gewoon interessant,' zegt Polly. 'Ik wil het weten.'

Judy veracht deze lui. Maar dan denkt ze terug aan wat ze tijdens haar opleiding heeft geleerd en schaamt ze zich voor haar impulsieve afkeer.

Met een vastberadenheid die haar zelf verbaast loopt ze zonder op of om te kijken door naar de gang aan de andere kant van de salon. Ze wil haar gedachten op een rijtje zetten voor ze deze mensen gaat ondervragen.

Diep vanbinnen weet ze wel dat haar besluit om deze kant op te lopen, weg van de groep die ze eigenlijk moet ondervragen, werd ingegeven door nieuwsgierigheid: ze heeft zich altijd afgevraagd hoe de huizen van de mensen die ze bij de golfclub bedient eruitzien, en dit huis is ongetwijfeld nog imposanter. Maar als ze door een collega wordt betrapt, kan ze met alle recht zeggen dat ze op zoek is naar andere mensen om te ondervragen.

Sommige deuren in de gang zijn open, andere zijn dicht. Ze beperkt zich tot de openstaande deuren. Ze klopt zachtjes en steekt haar hoofd om de hoek.

In de meeste kamers is het een rommel. Onopgemaakte bedden, open koffers met kledingstukken over de rand.

In een van de kamers ligt nog een man te slapen, luid snurkend, zich blijkbaar niet bewust van of niet geïnteresseerd in alle commotie.

Ze vervolgt haar weg. De volgende deur zit net niet in het slot.

Ze duwt er met een vinger tegenaan. In de kamer hangt een vage geur van verse verf. Judy trekt een vies gezicht als ze de lichtroze muren ziet.

Iemands koffer ligt open op de grond.

Judy loopt aarzelend, licht achteroverhellend, naar binnen.

In de koffer liggen vrouwenkleren die daar achteloos zijn neergesmeten: jurken, onderrokken, hoge hakken en ook een feloranje bikini, nog nat van het zwemmen. Judy – die zelf heel netjes is – moet de neiging onderdrukken om hem ergens op te hangen.

Nu ze midden in de kamer staat, ziet ze dat de muren slordig zijn geschilderd. Een haastige poging van de bewoners om de boel een beetje op te knappen voor het feest, vermoedt Judy. Dat is iets wat haar eigen moeder ook zou kunnen doen.

Haar gedachten worden onderbroken door een snelle roffel op de voordeur. De stemmen in de salon vallen stil.

Judy gaat poolshoogte nemen.

Louise

Jaren 50 | 1961 | winter 1973 | juni 1975 | juli 1975 | augustus 1975:
dag één

Annabel blijkt inderdaad een ander verhaal te hebben.

Louise, die nu alleen in haar kleedkamer zit – van Denny Hayes moest ze daar wachten – hoort niet langer de gekwelde, onverstaanbare uitbarstingen die het eerste half uur steeds opklonken. Wel hoort ze Annabel af en toe lachen. Ze is gekalmeerd. Geldt niet meer als verdachte. Denny Hayes maakt grapjes met haar vader en moeder.

Wat een huilebalk, denkt Louise. Wat een klikspaan.

Louise twijfelt er niet aan dat Annabel uit de school heeft geklapt.

Eindelijk wordt er aangeklopt.

Denny Hayes komt binnen zonder op een reactie te wachten. Hij heeft iets in zijn handen wat Louise herkent.

Hij zegt niets. Zet de bruine afvalzak op de kaptafel links van Louise.

Dan gaat hij tegenover Louise zitten en kijkt haar zwijgend aan.

Louise veegt wat stukjes nagel van haar schoot.

Als de geur van Annabels braaksel, dat nog in de chipszak zit, haar neus binnendringt, moet ze kokhalzen, maar dat weet ze te verhullen.

Waarom had ze ook aan Annabel gevraagd het bewijsmateriaal weg te gooien? Waarom had ze het niet zelf gedaan?

Denny schraapt zijn keel.

'Ik heb je zak gevonden,' zegt hij.

Louise lacht een beetje. 'Annabels zak.'

'Zij zei iets anders.'

Deze mededeling moet Louise even laten bezinken. Ze had wel verwacht dat Annabel zou bezwijken en alles zou opbiechten: dat ze allebei afwezig waren die nacht, dat Annabel aan het feesten was terwijl ze op de meisjes had moeten passen. Dat Annabel dronken was, high. Dat ze de volgende ochtend misselijk was. Daar had Louise rekening mee gehouden. Meisjes als Annabel bezwijken altijd.

Wat ze niet had verwacht, was een regelrechte leugen.

'Annabel heeft ons over je avond verteld.'

'Míjn avond? Heeft Annabel je ook over háár avond verteld?'

Denny staat op, loopt naar de kaptafel en maakt de zak open. Louise moet weer kokhalzen. Denny daarentegen geeft geen krimp, alsof de stank geen vat op hem heeft.

Uit de zak haalt hij het bierflesje, een half opgerookte joint en een kleiner zakje – met wit poeder erin. Een flinke hoeveelheid.

'Wat is dat nou weer?' vraagt Louise. Maar ze weet al wat het is, natuurlijk weet ze dat. Ze heeft nu vier jaar een relatie met John Paul. En dat poeder is bijna even lang een twistpunt tussen hen.

'Heb je dit hier gekocht?' vraagt Denny. 'Of in Shattuck?'

'Dat is niet van mij,' zegt Louise. 'Als het in die zak zat, moet Annabel het erin hebben gestopt.'

Louise begint in te zien dat Annabel niet zo onschuldig is als ze dacht.

'Ik heb nog nooit van mijn leven coke gesnoven,' zegt ze.

Na een korte stilte zegt Denny: 'Maar je begrijpt wel hoe dit overkomt, hè?'

Louise antwoordt niet.

'Die advocaat van je,' zegt hij. 'Kun je die bereiken?'

Vergezeld door Denny Hayes loopt Louise langzaam de heuvel op richting het grote huis. Ze is buiten adem, wat nieuw voor haar is: van al die jaren steile hellingen op rennen heeft ze een lage hartslag gekregen, waardoor ze over het algemeen een zekere rust uitstraalt. Maar nu ademt ze snel, met opengesperde neusvleugels, en heeft ze vochtige oksels.

John Paul is haar wel iets verschuldigd, vindt ze.

Vier jaar samen. Vier hele jaren van haar leven. Ze hebben een serieuze relatie, houdt ze zich voor. Natuurlijk moet ze dit doen. Het is niet raar om in een noodsituatie je verloofde om hulp te vragen.

Louise is het volgende van plan: als ze bovenaan de heuvel is, zal ze op de brede voordeur van Zelfredzaamheid kloppen en vragen of ze John Paul McLellan kan spreken.

John Paul, die een advocaat als vader heeft.

Toen Denny vroeg waar ze naartoe gingen, had ze het vaag gehouden. Ze had alleen gezegd dat er een familievriend in het grote huis logeerde.

'Echt?' had Denny sceptisch gevraagd.

Voor het huis staat een groepje vrouwen van Louises leeftijd te fluisteren. Ze loeren naar haar. Naar haar kampuniform.

Denny pakt de stalen deurklopper, die de vorm heeft van een mug, en slaat er drie keer mee tegen de deur.

Louise staat met bonkend hart achter hem en repeteert in stilte haar openingszin.

Al snel wordt er opengedaan door een jonge vrouw in een soort zijden nachtjapon. Ze is adembenemend mooi; Louise knippert met haar ogen en vraagt zich af of het een beroemdheid is.

Ook Denny lijkt met stomheid geslagen. Hij blijft even staan met openhangende mond.

'Kan ik u helpen?' vraagt de jonge vrouw.

Denny doet ostentatief een stap naar achteren en geeft met een zwierig armgebaar aan dat Louise het woord moet voeren, niet hij.

'Is John Paul er?' vraagt Louise. 'John Paul McLellan?'

De jonge vrouw kijkt haar onderzoekend aan. Louise voelt zich ongemakkelijk en frunnikt aan haar korte broek, die omhoog is gekropen.

'De vader of de zoon?' vraagt de jonge vrouw. Louise bespeurt een accent. Italiaans misschien.

'De zoon,' zegt Louise.

De jonge vrouw knikt en loopt weg. Louise doet haar ogen dicht. In gedachten hoort ze de vrouw zeggen: 'John Paul, er is een kámpleidster voor je' – met een grijns op haar mooie gezicht – en ze voelt een reflexmatige steek van jaloezie in haar buik. Ondanks alles.

Het valt haar op dat Denny Hayes uit respect een stukje verderop is gaan staan.

Ze heeft niet veel herinneringen aan hem van het jaar of de jaren dat hij met haar moeder omging, maar als ze dieper nadenkt, herinnert ze zich wel dat hij iets zachtaardigs had. Of in elk geval niets boosaardigs.

Ze vraagt zich af of hij zich net zo klein voelt als zij, hier voor deze imposante façade van een huis waar ze niet welkom zijn.

Nu hoort ze voetstappen: dat moet de jonge vrouw zijn, vergezeld van John Paul. Ze vraagt zich af hoeveel hij zich nog herinnert van gisteravond. Tot nu toe was hij altijd heel schuldbewust na een ruzie. Dan wilde hij het goedmaken, zwoer hij nooit meer een druppel te drinken – al vergat hij die belofte zodra hij zijn studievrienden weer zag.

Ze hoopt dat het vandaag ook zo zal gaan. Ze hoopt dat hij niet kwaad is over gisteravond, maar berouwvol.

De voetstappen worden luider, maar het is niet John Paul junior die in de deuropening verschijnt.

Het is zijn vader.

Mijnheer McLellan ziet er bezorgd uit, bleek, heel anders dan de vorige keer dat ze hem zag, nu ruim een jaar geleden: toen was hij aangeschoten en sloeg hij met een rood gezicht sterkedrank achterover in een restaurant dat John Paul had uitgekozen. Bij aankomst had Louise meteen gezien dat de McLellans haar niet hadden verwacht. Ze was ervan uitgegaan dat het diner bedoeld was om hun verloving aan te kondigen, maar dat onderwerp was niet eens ter sprake gekomen en op weg naar huis hadden ze daar ruzie over gekregen. Zijn vader was best vriendelijk geweest, in elk geval aardiger dan zijn moeder en zus. Ze herinnert zich dat de McLellans het alleen maar over politiek hadden gehad – een thema waar Louise eigenlijk best veel van weet. Waar ze zelfs een uitgesproken mening over heeft. Maar niemand had haar mening gevraagd.

En nu geeft McLellan geen enkele blijk van herkenning. Zijn gezicht is volkomen uitdrukkingsloos.

'Mijnheer McLellan,' begint Louise. Ze zoekt naar woorden.

'Ja?' zegt de vader van John Paul ongeïnteresseerd. 'Wat kan ik voor je doen?'

'Ik weet niet of u mij nog kent,' zegt Louise. 'Ik ben... ik ken John Paul.'

Hij kijkt haar aan, met zijn hoofd een beetje schuin. Hij kan haar niet meteen thuisbrengen. Maar dan verandert zijn blik.

'Jezus,' zegt mijnheer McLellan, zo zacht dat alleen zij hem kan horen. 'Heb jij soms iets met zijn verdwijning te maken?'

Louise knippert met haar ogen. 'Verdwijning?' Maar mijnheer McLellan geeft geen antwoord.

'Was hij bij jou?' vraagt hij.

Nu aarzelt ze, niet omdat ze bang is, maar omdat ze twijfelt.

'Min of meer. Eventjes.'

McLellan kijkt haar ongeduldig aan. 'Nou, wat ik ervan weet is dat hij er verschrikkelijk uitzag toen hij midden in de nacht terugkwam. We zaten met een groepje te praten toen hij de salon in liep. Zijn gezicht was tot moes geslagen, zijn lip lag open. Hij zei iets over een meisje – dat was jij, neem ik aan – en strompelde weg door de gang. Stomdronken.'

McLellan schudt vol walging zijn hoofd. 'In het bijzijn van al onze vrienden, nota bene! En vanochtend was hij weg. Spoorloos, net als zijn auto.'

Hij kijkt haar aan alsof hij op een verontschuldiging wacht. Als die niet komt, gaat hij verder.

'Is er gisteravond iets gebeurd wat ik moet weten? Zo ja, dan wil ik dat je me dat vertelt. En wel nu.'

'Nee,' zegt Louise. 'Ik bedoel, niet echt. We hadden ruzie. Hij...'

Ze zocht naar de juiste woorden. Bedreigde me, wil ze zeggen. 'Hij was boos op me. Een vriend van me moest... tussenbeide komen. Vandaar dat zijn gezicht er zo uitzag.'

'Een vriend,' zegt McLellan. Hij kijkt haar doordringend aan.

'Ik weet niet waar John Paul is,' zegt ze. 'Ik ben zelf naar hem op zoek, daarom ben ik hier. Om met hem te praten. Ik had geen idee dat hij weg was.'

McLellan knikt langzaam. Het valt Louise op dat zijn ogen sterk op die van John Paul lijken: heel lichtgroen, mooi in het zonlicht. Maar vandaag zijn McLellans ogen doorschoten met rode adertjes, die tijdens hun gesprek in aantal lijken toe te nemen.

'Heb je enig idee hoe dit overkomt?' zegt hij met een zachte stem vol venijn. 'Dat hij opeens is verdwenen? Tegelijk met Barbara? Begrijp je hoe dat overkomt?'

Louise begrijpt het inderdaad. Want ze had het verband zelf ook al gelegd.

Denny schraapt luid zijn keel: hij vindt het tijd om te gaan.

Mijnheer McLellan maakt aanstalten om weer naar binnen te gaan, maar bedenkt zich.

'Hebben ze je opgepakt?' vraagt hij.

'Ja,' zegt Louise.

'Waarvoor?'

'Drugs. Maar die waren niet van mij.'

Heel even heeft ze een sprankje hoop dat McLellan haar wil helpen.

Maar hij zet een stap achterwaarts, het schemerduister van het huis in, alsof hij door een onzichtbare kracht naar binnen wordt getrokken.

'Sterkte dan maar,' zegt hij, en dan draait hij zich om en laat de deur achter zich dichtvallen.

Tracy

Jaren 50 | 1961 | winter 1973 | juni 1975 | juli 1975 | augustus 1975:
dag één

De onbekende zegt niets. De onbekende staat tien meter bij Tracy vandaan. Zonder Tracy's bril is alles op meer dan vijf meter afstand een waas.

'Hallo?' zegt ze.

Maar de figuur zegt niets. Legt alleen een vinger tegen de lippen, draait zich om en wenkt Tracy mee te komen.

De gedaante heeft zilvergrijs haar dat glinstert in het schaarse licht dat door de bomen sijpelt en beweegt bijna als een spook. Tracy moet denken aan de beschrijvingen van Scary Mary, een van de legendarische geesten op het domein, een grijsharige dame die stilstaat in het bos. Ze wordt altijd alleen vanuit de verte gezien en loopt na een tijdje weg.

Het probleem met die theorie is dat deze onbekende eerder een mannelijke tred heeft.

De onbekende kijkt om en wacht. Even overweegt Tracy te blijven waar ze is. Maar haar honger en dorst geven de doorslag. En dus gaat ze mee.

Ze lopen een minuut of twintig door en Tracy blijft op afstand. Of de figuur haar in veiligheid brengt of juist in gevaar, weet Tracy niet.

Dan ziet ze door de bomen een open plek en opeens weet ze waar ze is.

De vreemdeling wijst zwijgend in de richting van Zelfredzaamheid en verdwijnt in de wildernis.

Daar, voor haar, een krioelende drukte op het gazon. Alle politiewagens die eerder die dag haar pad kruisten, staan nu kriskras op het gazon, samen met vier pick-ups en een ambulance. Tracy heeft enige hoop dat haar eigen afwezigheid onopgemerkt is gebleven in de consternatie rond Barbara's verdwijning. Met die gedachte in haar achterhoofd buigt ze af in de richting van Kamp Emerson. Ze kijkt naar de grond en versnelt haar pas.

Net als ze aan de afdaling naar het kamp begint, hoort ze een vrouw roepen: 'Daar is ze!'

De stem komt haar bekend voor.

'Barbara?' roept iemand anders.

'Nee,' roept de vrouw terug. 'Tracy! Tracy is terecht.'

En opeens, terwijl ze nog met de rug naar Zelfredzaamheid staat, weet Tracy waar ze de stem van kent: de roepende vrouw is Donna Romano.

Judyta

Jaren 50 | 1961 | winter 1973 | juni 1975 | juli 1975 | augustus 1975: dag één

Een paar minuten kijkt Judy vanuit een hoekje van de salon naar de voordeur, waar een man van middelbare leeftijd zachtjes een gesprek voert met een jonge vrouw die buiten staat. De vrouw is mooi en klein en heeft lang donker haar met een scheiding in het midden. Ze draagt een poloshirt van het kamp en kijkt met een bijna wanhopige blik op naar de lange man voor haar. Judy kan niet horen wat ze zeggen.

De man draait zich om, de vrouw draait zich om, de voordeur gaat dicht. Meteen daarop komt Denny Hayes binnen. Als hij haar ziet, wenkt hij haar.

'Luister, lieverd,' zegt Hayes als ze bij hem is. 'Ik heb de kampleidster van Barbara Van Laar bij me. Ik neem haar mee naar het bureau in Wells. Kijken of ik meer uit haar kan krijgen. Ik ben over een uur of twee terug.'

Ze fronst. Vreemd, denkt ze.

'Geen zorgen,' zegt Hayes. 'Je zult niet lang alleen zijn. Er komen nog een stuk of tien jongens deze kant op. Zelfs de hoofdinspecteur komt over vanuit Albany.'

Hij trekt zijn wenkbrauwen op. 'Het is een familie met goede contacten, snap je.'

Ze knikt.

'Wie was die man?' vraagt ze. 'Net bij de voordeur?'

Denny zoekt de naam op in zijn notitieboekje. 'John Paul McLellan senior. De advocaat van de Van Laars. Volgens dat meisje is hij een familievriend.'

Denny en Judy kijken elkaar even aan: ze vinden die bewering niet erg aannemelijk.

'Wat zeiden de ouders?'

'Welke ouders?' vraagt Hayes niet-begrijpend.

'Die van Barbara.' Het laatste wat hij tegen haar zei toen ze vanochtend uit elkaar gingen, was dat hij Barbara's ouders zelf zou ondervragen in de Grote Zaal onderaan de heuvel.

'O,' zegt hij, licht gegeneerd. 'Die zijn teruggegaan naar het huis. Ze wilden op LaRochelle wachten. Ik denk dat ze hem persoonlijk kennen.'

Hij recht zijn rug en vervolgt. 'Als je honger krijgt, de parkwacht heeft broodjes afgeleverd. Ze staan klaar op het gazon.'

Ze heeft geen honger. Maar ze moet wel plassen. Eigenlijk al vanaf het moment dat ze hier aankwamen – komt van alle koffie die ze die ochtend op het bureau heeft gedronken.

Ze weet niet wat de regels hierover zeggen. In haar hele opleiding is dit scenario niet voorgekomen: wat doe je als je een paar uur in iemands privéwoning verblijft, ver van de buitenwereld? Zeker als het om rijke mensen gaat. Die wil ze nergens om vragen. Als ze een man was, zou ze in het bos plassen.

En net als ze daarnaar op weg gaat, hoort ze een stem.

'Pardon?'

Ze draait zich om. Het is een jonge vrouw in een zijden nachtjapon. Judy had haar al gezien toen ze hier net binnen was.

'Heb je even?' vraagt de vrouw en Judy hoort een accent.

Ze knikt. Haalt haar notitieboekje tevoorschijn.

'Ik wil je iets vertellen,' zegt de vrouw. Ze kijkt over haar schouder.

'Ga uw gang,' zegt Judy.

'Gisteravond laat is er nog een jongen de deur uit gegaan die midden in de nacht weer binnenkwam. En volgens mij had hij toen gevochten. Zijn gezicht zag er verschrikkelijk uit. Hij bloedde.'

Judy schrijft alles in het kort op.

'En nu is hij verdwenen,' gaat de jonge vrouw verder. 'Die kampleidster en de rechercheur waren naar hem op zoek. Ik was degene die opendeed toen ze aanklopten. Ze vroegen of ik hem wilde halen, maar ik kon hem niet vinden. Ik heb het hele huis doorzocht.' Ze trekt haar wenkbrauwen op, heft haar handen – een gebaar dat Judy interpreteert als: begrijp je wat ik bedoel?

'Weet u hoe hij heet?'

'John Paul McLellan. Daar zijn er twee van. Ik heb het over de jongste. De zoon. Ik vond wel zijn vader en zijn zus. Die zeiden dat hij al vroeg was vertrokken. Toen is zijn vader met die kampleidster gaan praten.'

Judy knikt. Het komt overeen met wat Denny had verteld.

'Weet u waar die kampleidster de McLellans van kende?'

'Nee.'

'Enig idee hoe die zoon aan dat toegetakelde gezicht kwam?'

'Nee. Niemand praat erover. Raar, hè?' De vrouw buigt zich naar Judy toe. 'Zijn vader schijnt een goede vriend van de familie te zijn. Ik geloof dat hij voor de bank werkt.'

Judy kijkt haar aan en probeert te peilen hoe betrouwbaar ze is.

'Hebben Barbara's ouders hem zo gezien? Mijnheer en mevrouw Van Laar?'

'Nee. Die sliepen al.'

En na een korte aarzeling vervolgt ze: 'Anders waren jullie allang op de hoogte geweest.'

Judy schrijft alles op.

'Goed, dank u wel,' zegt ze. 'Hebt u nog iets toe te voegen?'

'Volgens mij was hij dronken. Hij rook naar alcohol toen hij binnenkwam. Maar ze drinken hier allemaal te veel,' zegt de vrouw met een brede armzwaai naar het huis om aan te geven dat geen van de gasten is uitgezonderd. 'O ja, hij heeft een blauwe Pontiac Trans Am.'

Judy kijkt op, verwonderd over deze gedetailleerde omschrijving. Ze had haar niet ingeschat als iemand die oog heeft voor auto's.

'Hoe weet u dat?' vraagt ze.

De vrouw kijkt haar onbewogen aan. 'Ik heb erin gezeten.'

Judy bloost. Slaat haar ogen neer en krabbelt iets op het papier.

'En uw naam?'

'Die hou ik liever voor me. Als je het niet erg vindt.' Ze slaat haar ogen neer. Kijkt weer op naar Judy.

'Ik ken deze mensen niet zo goed. Een vriendin van me vroeg of ik mee wilde. Een meisje dat ik in New York City heb leren kennen toen ik auditie deed voor een toneelstuk. Het klonk wel leuk. De omgeving is prachtig, maar de mensen zijn... vreselijk. Hoe eerder ik terug kan naar Los Angeles, hoe liever.'

Judy knikt.

'Of Rome,' zegt de vrouw. 'Misschien moet ik gewoon maar terug naar Rome. Daar had ik tenminste een vaste baan. Hier blijft het sappelen.'

En dan lijkt ze zichzelf tot de orde te roepen en glimlacht ze naar Judy, waarop Judy tot haar eigen ergernis begint te blozen.

'Hoe heet je, lieverd?'

'Judyta,' zegt ze. Niet rechercheur Luptack. Niet Judy. Niet Dzjoe-dié-tah, zoals de meeste Amerikanen het uitspreken. Ze spreekt het precies zo uit als haar moeder – Joe-dit-tah – en de Italiaanse vrouw zucht alsof ze een gedicht hoort en zegt dat ze het een mooie naam vindt.

Louise

Jaren 50 | 1961 | winter 1973 | juni 1975 | juli 1975 | augustus 1975:
dag één

Denny Hayes brengt Louise naar het politiebureau in Wells en trakteert haar onderweg op zijn levensverhaal: hij weidt uit over de twee kinderen die hij heeft met de vrouw van wie hij houdt, vertelt over hun hobby's, de hoofdbrekens die ze hun ouders de laatste tijd bezorgen – niets ernstigs.

Hij wacht even, misschien in de hoop op een reactie. Of op zijn minst een teken dat ze heeft geluisterd. Als dat niet komt, doet hij er verder het zwijgen toe.

Het bureau in Wells is klein en kaal, een betonnen gebouw met als enige ornament een munttelefoon aan de muur.

Er is een balie met één agent erachter. Verder lijkt het gebouw volkomen leeg te zijn.

'Heb je kleingeld?' vraagt Denny aan Louise. Als ze haar hoofd schudt, tast hij in zijn eigen zak, haalt een muntje voor haar tevoorschijn en gebaart vervolgens naar de telefoon.

'Toe maar,' zegt hij. Dan gaat hij in een andere hoek staan en buigt respectvol zijn hoofd, alsof hij zo niet woord voor woord kan volgen wat ze zegt.

Ze steekt een vinger in de kiesschijf. Aarzelt. Ze wil haar moeder niet bellen, maar er is niemand anders die ze kan bellen.

Uiteindelijk draait ze met tegenzin het nummer van het huis waar ze is opgegroeid en doet haar ogen dicht om zich af te sluiten voor de herinneringen die bij die handeling naar boven komen: de zoveelste keer dat ze was vergeten bij een vriendinnetje, al die keren dat ze naar huis belde als ze ziek was geworden op school, zwetend van de koorts, wetend dat er niemand zou opnemen. Net als toen gaat de telefoon nu ook weer heel lang over, maar uiteindelijk klinkt er aan de andere kant van de lijn een klein stemmetje dat Louise niet had verwacht.

'Hallo?'

'Jesse?' zegt Louise. 'Jesse?'

Hij neemt nooit de telefoon op. Hij is dodelijk verlegen, iets waarover hun moeder zich te pas en te onpas beklaagt.

'Jesse, alles in orde?'

'Mama is ziek.'

'Ziek? In wat voor zin?'

'Ze ligt in bed.'

'Is ze wakker? Ademt ze wel? Jesse?'

Denny Hayes richt zijn hoofd op.

'Het is niet ernstig,' zegt Jesse. 'Ze is alleen al een tijdje haar kamer niet uit geweest.'

Louise doet haar ogen dicht.

'Heb je vandaag iets gegeten?' vraagt ze zachtjes. Was ze maar alleen. Ze gaat met haar rug naar Denny staan.

Aan de andere kant van de lijn hoort ze een snelle, beverige inademing: Jesse die probeert niet te huilen. Ze ziet hem voor zich, met zijn mondhoeken naar beneden.

'Luister,' zegt Louise. 'Luister goed. Ga naar de winkel. Haal iets te eten en zet het op mijn rekening. Niet op die van mama. Op de mijne.'

'O nee, Lou,' zegt Jesse en ze hoort zijn gezicht bijna rood worden bij het idee. Voor Jesse is elk contact met een volwassene die geen familie is bijna ondenkbaar.

'Jawel, Jesse. Je moet het proberen. Ik wil niet dat je hongerlijdt.'

Jesse aarzelt. Louise hoort Denny zijn keel schrapen.

'Wat moet ik dan halen?' vraagt Jesse na een tijdje.

Plotseling een andere stem: de telefoniste die om meer geld vraagt. Louise heeft geen muntjes meer.

'Goedkope dingen waar je snel vol van zit,' zegt Louise gejaagd. 'Brood en kaas. Die kaas uit een potje. Kant-en-klaar vlees, als het in de aanbieding is. Kijk maar wat ze hebben.'

'Oké,' zegt Jesse met tranen in zijn stem. 'Ik zal het proberen.'

Er valt een stilte. En dan vraagt hij: 'Louise? Waarom belde je?'

Maar er klinkt een klik: de tijd is op en de telefoniste beëindigt bruut hun gesprek.

Ze blijft even met de hoorn in haar hand staan om moed te verzamelen voor ze zich omdraait naar Denny, die duidelijk alles heeft gehoord. Die zich haar moeder herinnert, die ongetwijfeld haar moeder op haar ergst heeft meegemaakt. Misschien heeft hij wel medelijden met haar, denkt Louise. Als er iets is waar Louise een hekel aan heeft, dan is het wel het gevoel dat mensen medelijden met haar hebben – zeker als het zo iemand is als Denny Hayes, die zelf in onnoemelijk veel opzichten meelijwekkend is te noemen.

En inderdaad, als ze ophangt, diep ademhaalt en zich omdraait, kijkt hij haar aan met een somber gezicht; zijn lippen zijn een rechte streep van medelijden, geveinsd of oprecht. Louise kijkt uitdagend terug.

'Wat?' vraagt ze.

'Gaat het wel?' Hij heeft iets in zijn hand. Een kartonnen bekertje met koffie. Hij biedt het haar aan. Ze doet of ze het niet ziet.

'Tuurlijk,' zegt Louise. 'Behalve dat ik gearresteerd ben voor iets wat ik niet heb gedaan. Verder niks aan de hand.'

Denny's blik verhardt.

'Kom mee,' zegt hij, en hij loopt voor haar uit naar een van de twee kamers achterin, laat haar plaatsnemen aan een tafel en zet het bekertje ruw neer. Er spat wat hete koffie over haar hand. Hij zegt dat er zo een andere rechercheur komt om met haar te praten. Hij moet zelf terug naar het domein.

Dan doet hij de deur achter zich dicht en draait hem op slot.

Alice

Jaren 50 | 1961 | winter 1973 | juni 1975 | juli 1975 | augustus 1975:
dag één

Alice luistert met kaarsrechte rug of ze het geluid nog een keer hoort. Het was een meisje dat iets riep. Ze kon het niet verstaan, maar aan de stem was te horen dat het meisje overstuur was.

Het was niet Barbara. De stem van haar kinderen zou ze overal herkennen.

Ze komt niet in beweging. Doet haar ogen dicht, want soms hoort ze dan beter. Zo zit ze in haar Adirondack-stoel te luisteren of ze de stem nog een keer hoort.

'Alice.'

Ze denkt dat het de jonge parkwachter is die bij haar moest blijven. Maar degene die voor haar staat is niet de parkwachter. Het is haar man, die haar met lichte walging gadeslaat.

'Waarom kijk je zo raar?'

'Ik hoorde een meisje roepen. Ik was aan het luisteren.'

Peter kijkt haar sceptisch aan. 'Barbara?'

'Nee. Niet Barbara.'

'Ze hebben inderdaad een ander meisje gevonden,' geeft Peter toe. 'Iemand die bij Barbara in de blokhut sliep en die haar schijnbaar is gaan zoeken.'

Alice knikt. Ze is gerustgesteld.

'Heeft er intussen nog iemand geprobeerd je te ondervragen?'

'Nee.'

'Mooi.'

Alice staat moeizaam op van haar stoel. De zitting is zo diep dat ze een paar keer van voren naar achteren moet schommelen om overeind te komen. Peter maakt geen aanstalten om haar te helpen. Hij kijkt onbewogen toe.

'LaRochelle is onderweg vanuit Albany,' zegt hij. 'Vader heeft expliciet naar hem gevraagd. Als hij er is, communiceren we verder alleen met hem.'

'Denk je dat hij mij wil spreken?' vraagt Alice.

‘Nee. Je bent te erg van streek.’

‘Hoe bedoel je?’

‘Je bent te erg van streek. Je bent weer in bed gaan liggen.’

Ze zegt niets. Ze wil een pil.

‘Ga maar,’ zegt hij. ‘Ik loop wel met je mee naar binnen.’

Twee pillen. Zoals altijd weerklinken de woorden van dokter Lewis in haar oren: op heel slechte dagen.

Als dit geen slechte dag is, weet ze het niet meer.

Ze besluit er twee te nemen, zo meteen in Zelfredzaamheid.

IV

BEZOEKERS

Carl

Jaren 50 | **1961** | *winter 1973* | *juni 1975* | *juli 1975* | *augustus 1975*

Toen Carl Stoddard weer bij bewustzijn kwam, lag hij op zijn rug achter in de pick-up van Dick Shattuck naar de lucht te kijken. Onder hem rammelde de laadbak, boven hem zoefde de wereld voorbij. Overhangende boomtakken versmolten tot een egaal groen waas. Hij knipperde langzaam met zijn ogen en probeerde terug te halen hoe hij hier terecht was gekomen. Toen hoorde hij de stem van Maryanne.

'Godzijdank,' zei ze. 'Godzijdank.'

Ze keek op hem neer, met haar gezicht ondersteboven, en haar hoofd schudde heen en weer bij elke hobbel in het wegdek.

Dokter Treadwell drukte voorzichtig een stethoscoop op zijn blote borst en zei dat hij een hartritmestoornis had. Zijn praktijk was alleen toegerust op eerste hulp en zo nu en dan een bevalling als de aanstaande moeder Glens Falls niet haalde. Dokter Treadwell, inmiddels tachtig jaar oud, kende zijn beperkingen en die hielden in dat hij geen officiëlere diagnose kon stellen.

'U zult naar het ziekenhuis moeten,' zei hij.

Carl keek naar Maryanne. Hij wist dat ze hetzelfde dachten: de spoedafdeling van het ziekenhuis was veel duurder dan een plaatselijke dokter. Ze waren nog steeds de enorme stapel rekeningen van Scotty's ziekenhuisopname aan het afbetalen.

'Is het echt een spoedgeval?' vroeg Carl. 'Kan ik… kan ik niet gewoon iemand bellen om een afspraak te maken? Ik heb geen pijn.'

Hij had wel een beetje pijn, maar alleen als hij zich inspande.

'Carl,' zei Maryanne.

Dokter Treadwell schraapte zijn keel. Hij ging zitten. 'Als arts adviseer ik u met klem om er niet mee te wachten. Maar als u dat toch doet, raad ik u aan om het bed te houden, zo min mogelijk te bewegen en veel water te drinken. En niet roken, geen koffie en…' hij keek naar Maryanne, 'vermijd alle activiteiten die de hartslag omhoogbrengen.'

Thuis hielp Maryanne hem de trap op en de slaapkamer in. Ze deed een lamp aan. Ondersteunde hem met een hand tegen de rug terwijl hij voorzichtig op bed ging liggen, nog steeds met een doffe pijn in zijn borst.

Toen hij eenmaal onder de dekens lag, ging ze op de rand van het bed zitten. Zoals altijd had hij het gevoel dat ze zijn gedachten kon lezen.

'Maak je niet druk,' zei ze. 'Het hangt niet af van de aanwezigheid van Carl Stoddard of die jongen wel of niet wordt gevonden.'

Hij wendde zijn blik af. Keek naar het plafond.

'Ik ken het gebied goed,' zei hij.

'Weet je wie het gebied ook goed kent? Beter dan jij zelfs?'

Carl knikte.

'Vic Hewitt,' zei Maryanne.

'En als jij nou eens teruggaat?' opperde Carl. 'Ik weet zeker dat ze je hulp goed kunnen gebruiken.'

Maryanne keek hem peinzend aan. 'Wie zorgt er dan voor jou?'

'Zo ernstig is het nou ook weer niet. Dat zei dokter Treadwell ook. Ik blijf in bed. Jeannie kan me helpen.'

'Bedoel je ónze Jeannie?' vroeg Maryanne. 'Of een andere?'

Hij glimlachte. Hun onderlinge humor bestond de laatste tijd vooral uit goedmoedige plagerijtjes aan het adres van hun nog levende kinderen. Het was iets alledaags, iets wat hen deed denken aan vroeger, toen ze nog niet zo pijnlijk doordrongen waren van de broosheid van hun kinderen. Na Scotty's dood had Maryanne een keer aan Carl opgebiecht dat ze de meisjes geen seconde uit het oog durfde te verliezen en dat ze niet wist of dat ooit over zou gaan. Door een beetje de draak te steken met hun dochters, herinnerden ze zichzelf eraan dat ze soms wat luchtiger met hen om moesten gaan.

Maryanne legde een hand op zijn wang. Het was haar warmste aanraking sinds een jaar. Ze streek zijn haar weg van zijn voorhoofd. Hij knipperde snel met zijn ogen om zijn tranen te bedwingen.

'Je bent een goed mens,' zei ze.

Hij pakte haar hand. Bracht hem naar zijn mond. Drukte er een kus op.

'Vooruit,' zei Maryanne. 'Ik ga wel terug.'

Enige tijd later werd hij gewekt door het geluid van Maryannes voetstappen. Ze klonken anders dan de voetstappen van zijn dochters, die vanaf het moment dat hun moeder de deur achter zich had dichtgedaan door het hele huis hadden lopen stampen.

Nu kwam hij overeind op een elleboog, peilde even hoe dat voelde en toen hij niet duizelig werd, zwaaide hij zijn benen over de rand van het bed en stond langzaam op.

'Maryanne?' riep hij aarzelend.

Toen er geen antwoord kwam, schuifelde hij naar de deur van de slaapkamer. Het huis – hun huis – was al honderdvijftig jaar in het bezit van Maryannes familie. De kamers waren klein en de plafonds laag; alles was afgestemd op de geringe lengte van haar voorouders. Aan de andere kant van de gang lag de kamer van de drie meisjes, met het schuine plafond. Scotty had beneden geslapen, op de met horren afgeschermde veranda die door Carl min of meer winterbestendig was gemaakt. Ondanks de krappe afmetingen van het huis kwamen de Stoddards daar nog maar zelden.

Hij was dan ook verwonderd toen hij de trap af kwam en Maryanne roerloos op de drempel van de veranda zag staan. Hij keek even naar haar gespannen rug onder de stof van haar zondagse jurk. Ze steunde met beide handen tegen de deurpost, alsof ze zich schrap zette voor een storm.

Hij zei zachtjes haar naam om haar niet te laten schrikken, maar ze verstijfde toch even.

'Wat doe je uit bed?' zei ze. 'Je hoort in bed te liggen.'

'Ik voel me al beter,' zei Carl, wat niet helemaal waar was. Eigenlijk was hij duizelig van de trap.

Hij liep naar haar toe en samen keken ze naar de dichtgemaakte veranda. Er stond nog steeds een bed tegen de buitenwand, maar verder was de ruimte leeg: alles zat in dozen in de kelder. Dat was het werk van Maryanne. Ze had hem keer op keer gevraagd iets met de kamer te doen, hem ergens voor te gebruiken, een instinct dat, zo begreep Carl, meer te maken had met zelfbehoud dan met kilheid.

'Misschien kunnen we de veranda weer openmaken,' zei Carl nu en hij vermoedde dat die gedachte ook door Maryannes hoofd speelde. 'De horren weer installeren. Dan kunnen we in de zomer hier eten.'

Maar Maryanne reageerde niet.

Carl voelde dat hij even moest gaan zitten. Hij verplaatste zijn gewicht van het ene been naar het andere.

'Hoe ging het verder vandaag?' vroeg hij. 'Hebben ze nog iets gevonden?'

Maryanne knikte.

'Wat dan?'

'Carl, hoe goed ken jij die jongen eigenlijk?'

Hij fronste. 'O, niet zo heel goed. Hij was graag buiten. Hij kwam vaak naar me toe met vragen over de planten die we aan het poten waren. Ik heb hem geleerd hoe je een vuur moet maken.'

'Waarom praat je over hem alsof hij dood is?'

Hij zweeg even. 'Hoe bedoel je?'

'Je zei wás. Dat hij graag buiten wás.'

'O, zomaar.'

'Ze hebben inderdaad iets gevonden,' zei Maryanne. 'Een paar meter van het pad dat naar het beginpunt van de wandeling leidt, diep in het struikgewas. De hond van Ron Shattuck stond daar te snuffelen en er bleek een houten beertje te liggen. Precies zo'n snijwerkje als jij altijd maakt.'

'Aha.'

'Dat vond ik zo vreemd. Jij niet?'

'Niet echt,' zei Carl. 'Ik heb het hem een keer voorgedaan. Bear, bedoel ik. Toen heb ik vast allerlei vormen met hem geoefend. Misschien ook wel een beer.'

'Zijn er mensen die dat weten?'

'Zou kunnen. Ik denk dat Vic Hewitt het wel weet. Bear was ook vaak bij Vic.' Hij corrigeerde zichzelf: 'Is.'

'Ik hoorde ze erover praten,' zei Maryanne. 'Ze hebben een hoop vragen. De politie wil weten wie het gemaakt heeft, en het nieuws ging snel rond. Het was het enige resultaat van een hele dag zoeken. Ze hebben niet zoveel aan die honden vanwege de regen. Er valt weinig te ruiken. Ze zoeken wel verder, maar…'

Haar stem stierf weg. En toen draaide ze zich abrupt om, liep naar de keuken en deed de kastjes open en dicht, op zoek naar iets om klaar te maken voor het eten.

'Zal ik helpen?' vroeg Carl.

'Nee. Ga jij maar weer naar bed. Je mag niet eens beneden zijn.'

Ze dacht even na, en toen: 'Waarom denk je dat hij dat beeldje bij zich had?'

'Geen idee,' zei Carl. 'Misschien omdat hij het mooi vond.'

'En waarom zou hij het hebben laten vallen?'

'Geen idee.'

Carl liep tree voor tree de trap op en rustte na elke stap even uit. Vanuit zijn ooghoek zag hij dat zijn dochters stilletjes naar hem keken vanaf de eettafel, waar ze eigenlijk met hun huiswerk bezig moesten zijn. Hij gebaarde naar ze: aan het werk!

Op de overloop gaf hij voor zichzelf antwoord op de vraag waarom hij in de verleden tijd over Bear Van Laar had gesproken. Hij had Scotty in gedachten gehad. In zijn hoofd raakten de twee jongens met elkaar versmolten.

Carl

Jaren 50 | **1961** | *winter 1973* | *juni 1975* | *juli 1975* | *augustus 1975*

De volgende dag ging Maryanne terug en de dag daarop weer. Elke avond bracht ze verslag uit: de zoekactie trok steeds meer mensen naarmate het nieuws zich verder verspreidde. Op dag twee waren het er honderd. Op dag drie vijfhonderd. Heel Shattuck had zijn dagelijkse bezigheden onderbroken om te helpen – iedereen die de schoolleeftijd was ontgroeid, maar ook een paar kinderen. De kruidenier was twee dagen dicht, omdat de familie Shattuck samen met de winkelmedewerkers naar Bear zocht. Wat betekende dat iedereen die melk, brood of toiletpapier nodig had, een half uur moest rijden.

Tot nu toe had Vic Hewitt de leiding, vertelde Maryanne. Elke dag stuurde hij kleine groepjes verschillende kanten op, in een steeds wijdere omtrek. Maar nog steeds geen spoor van Bear.

De dingen die Vic elke ochtend tegen de groep riep, klonken formeel en optimistisch, net zozeer bedoeld voor de oren van de ouders als voor die van de groep zelf.

De dingen die Maryanne de andere vrouwen hoorde fluisteren, klonken heel anders.

De honden waren de geur van de jongen al op de eerste dag kwijtgeraakt. Het was de hond van Ron Shattuck, Jennie, geweest die tussen het huis en het beginpunt van de wandeling het houten beertje had opgespoord. De rest van de dag had ze niets meer geroken.

Dat kwam door de stortbui op de dag van de verdwijning. Als het niet zo had geregend, zeiden ze, maar niemand durfde die zin af te maken.

'Vic begint de moed te verliezen,' zei Maryanne op de avond van de derde dag. 'Ik zie het aan hem. Zijn houding is veranderd.'

Carl knikte. De kans dat een jongen van Bears leeftijd zo lang kon overleven in de wildernis was klein. Ook al had hij nog zoveel ervaring.

'Wordt er veel gespeculeerd?' vroeg Carl.

Maryanne aarzelde even voor ze antwoord gaf.

'Ja. Sommigen denken dat hij gewoon zelf op pad is gegaan. Uit nieuwsgierigheid of uit boosheid, dat is de vraag. En het is moeilijk in te schatten hoelang het duurt voordat een jongen van die leeftijd en lengte doorkrijgt dat hij verdwaald is. En daarna...' zei ze. 'Als hij gewond is geraakt, kan het zijn dat hij 's nachts is bezweken aan de kou.'

Carl knikte. Dat was ook zijn hypothese, in elk geval de belangrijkste. Hij wilde het niet hardop zeggen, hij wilde het niet eens denken, maar het leek hem de meest plausibele hypothese. Alleen...

Maryanne ging verder. 'Maar Carl, er doen ook andere theorieën de ronde.'

Hij vermoedde wat ze bedoelde.

'Het houten beeldje,' zei hij.

'Nee. Iets anders.'

'Wat dan?'

Maryanne aarzelde. 'Ze zeggen dat jij de laatste bent die Bear levend heeft gezien.'

Carl zweeg even. Knikte.

'Dat klopt. Ik zag hem toen ik wegging. Hij zat op het trapje van Zelfredzaamheid zijn veters te strikken.'

Ze keek hem aan, knipperde met haar ogen. 'Waarom heb je me dat in godsnaam niet verteld?'

'Ik moet je nog iets anders vertellen,' zei Carl.

Maryanne begroef haar gezicht in haar handen.

'Nee, Maryanne. Dat bedoel ik niet. Mijn god.'

Hij pakte een van haar handen.

'Bear was bang voor zijn grootvader,' zei hij.

'Hoe weet je dat?'

Carl vertelde dat hij Bears blik zag veranderen toen zijn naam werd geroepen en dat Bear had gezegd: 'Dat is mijn grootvader. Ik vind hem niet zo aardig.' Hij zei niet hardop wat hij dacht, maar Maryanne wel.

En toen begon ze te huilen.

'Wat is er?'

'Niets,' zei ze.

'Alsjeblieft.'

Ze veegde haar neus af. 'Goed dan. Ik huil omdat ik denk dat je weleens gelijk zou kunnen hebben.'

Ze liet bedroefd haar schouders hangen. Boog haar hoofd.

'En omdat ik denk dat niemand je zal geloven.'

Ze konden geen van beiden de slaap vatten. Maryanne draaide van de ene zij op de andere. Carl lag doodstil naar het donkere plafond te staren en voelde zijn hart pijnlijk bonken. Het was hem gelukt om een afspraak te maken met een dokter in Glens Falls voor maandagochtend. Tot dat moment hoefde hij zich alleen maar rustig te houden – iets wat hem steeds zwaarder viel.

Op een gegeven moment hoorden ze iemand op de voordeur kloppen. Maryanne ging rechtop zitten om te luisteren. Er werd opnieuw geklopt, luider nu. Carl wist niet hoe laat het was. Middernacht, één uur?

'Laat mij maar,' zei hij. Maar toen hij probeerde te gaan zitten, werd het zwart voor zijn ogen.

'Jij blijft hier,' zei Maryanne. Ze liep naar de kast, reikte naar de bovenste plank en pakte een jachtgeweer dat van haar vader was geweest. Ze laadde het en haastte zich naar de deur.

'Maryanne,' fluisterde Carl, die zich nutteloos voelde. 'Laat ze morgenochtend maar terugkomen.'

Maar ze sloeg geen acht op hem.

Hij spitste zijn oren. De voordeur ging open. Hij hoorde zacht gemompel van mannenstemmen. Hij duwde zich overeind op zijn ellebogen en probeerde het beter te horen.

Een stilte, gevolgd door voetstappen op de trap, veel voetstappen: Maryanne was niet alleen.

Carl wreef met beide handen over zijn gezicht, om zijn mond. Op zijn kin voelde hij de ruwe stoppels van drie dagen. Hij droeg een wit onderhemd met gele vlekken in de nek en de oksels.

Toen kwam Maryanne binnen, gevolgd door Dick Shattuck, Bob Lewis en Bob Alcott.

De drie grote mannen namen volledig bezit van het kamertje met het lage plafond. Carl, die vanuit zijn bed naar hen opkeek, voelde zich net een klein kind.

'Carl, ze moeten je iets vertellen,' zei Maryanne.

De politie zou hem die ochtend komen halen. Zijn vrienden kwamen hem waarschuwen.

'Wij geloven niet dat jij iets te maken hebt met de verdwijning van die jongen,' zei Dick Shattuck. 'Dat wilden we je laten weten. En dat is eigenlijk de reden dat we hier zijn.'

Carl legde een hand op zijn borst.

'Wat moet ik doen?'

Hij hoorde hoe melodramatisch dat klonk.

'Je moet vluchten, de bergen in,' zei Bob Lewis. 'Anders knopen die schoften je op.'

'Bob,' zei Shattuck vermanend.

'Sorry, Maryanne.'

'Ik weet het niet, Carl,' zei Shattuck met gebogen hoofd. 'Ik wou dat we iets voor je konden doen.'

Even was het stil in de kamer.

'Ze hebben geen bewijs,' zei Bob Alcott, de geschiedenisleraar. Hij was een zwijgzame man en had tot dan toe nog niets gezegd. 'Ze hebben alleen maar indirect bewijs. Daar komen ze niet ver mee in de rechtszaal.'

Carl wist niet precies wat hij bedoelde, maar het waren de eerste woorden waar hij troost uit putte.

Nadat de mannen waren vertrokken, hadden Maryanne en Carl een korte discussie over de vraag of hij inderdaad moest vluchten. Maryanne was voor. Carl was tegen. De pijn in zijn borst was nu heviger. Hij moest zich ervan weerhouden om zijn hand erop te leggen, want elke keer dat hij dat deed, zag hij dat Maryanne bijna in tranen uitbarstte.

Uiteindelijk, om drie uur 's ochtends, sloeg Maryanne haar armen om hem heen; ze hield hem vast als een kind en zo vielen ze allebei in slaap.

Om zeven uur die ochtend werd er voor de tweede keer geklopt.

Alice

Jaren 50 | **1962** | *winter 1973* | *juni 1975* | *juli 1975* | *augustus 1975*

Ze wilde van de nieuwe baby houden.

De hele ondraaglijke bevalling lang reciteerde Alice als een gebed: 'Ik zal van de nieuwe baby houden, ik zal van de nieuwe baby houden.'

Peter was natuurlijk nergens te bekennen. Andere aanstaande vaders zaten in de wachtkamer een krant te lezen, maar haar man niet: hij had een afspraak die hij niet kon laten schieten. Als de baby er eenmaal was, zou hij van de bank naar het ziekenhuis worden gebracht. De baby zou hem worden aangereikt. En dan zou hij weer naar zijn werk gaan, de baby zou naar de zuigelingenafdeling worden gebracht en dan kon Alice eindelijk slapen.

Dat was het enige waarnaar ze uitkeek tijdens de bevalling, dat moment van rust.

Ik zal van de nieuwe baby houden, dacht Alice.

Bij Bear was het heel anders gegaan. Zodra ze zijn eerste schopje voelde, wist ze dat ze van hem zou houden. Toen was ze achttien en nog maar een paar maanden getrouwd. Peter was de hele dag weg en ze had niets te doen in haar nieuwe huis. De eerste fladderbewegingen van haar baby voelden als een geschenk.

Na haar zoon maandenlang in zich te hebben gedragen, als een parel, bracht ze hem ter wereld en daarna was hij niet meer van haar alleen. Vanaf het moment dat Alice met haar zoon thuiskwam, waren anderen bezig hem van haar af te pakken.

Eerst haar eigen moeder, die meteen het kindje uit haar armen tilde toen ze het huis in Albany binnenliep. En tegen Alice zei dat ze naar boven moest om haar haar te wassen.

Daarna de Van Laars, vooral Peters vader, die Bear inspecteerde alsof hij vee keurde. Hij becommentarieerde het formaat van zijn hoofd, de lengte van zijn benen. 'Aanzienlijk,' luidde het oordeel over beide. Het kind werd teruggegeven.

En tot slot de twee verzorgsters – een idee van Peter. Eén voor overdag.

Eén voor 's nachts.

Aangezien Peter de sollicitatiegesprekken in zijn eentje had gevoerd, ontmoette Alice beide vrouwen pas op hun eerste werkdag. Francine, de verzorgster voor overdag, was een grijze, magere dame die rustig en efficiënt werkte, vaak lachte en net zo goed voor Alice zorgde als voor Bear, vooral in de maanden vlak na zijn geboorte. Eigenlijk was Alice erg op haar gesteld en dat zei ze ook tegen Peter.

Maar de nachtoppas, Sharon, was heel anders. Ze had rood haar en was forsgebouwd, niet veel ouder dan Alice. Katholiek, vermoedde Alice: ze woonde nog bij haar ouders. Ze liet geregeld vallen dat ze de oudste van tien kinderen was, met in haar stem een zweem van trots die vaak overging in bazigheid als Alice haar bedenkingen uitte over de dingen die ze deed.

Het ergste was dat Peter meestal haar kant koos.

'Hij heeft het koud,' zei Alice, toen ze Bear een keer 's nachts hoorde huilen. 'Ze doet hem altijd een te dunne pyjama aan. En het is zo'n tochtig huis.'

En dan zei Peter: 'Van een lage lichaamstemperatuur word je slaperig.'

'Hij heeft honger,' zei Alice. 'Hij heeft vanavond te weinig gegeten.'

'Als je hem 's avonds laat nog te eten geeft, wil hij straks alleen maar meer.'

Sharon bleef bij hen gedurende Bears eerste levensjaren, blijkbaar immuun voor Alice' commentaar op zo'n beetje elke beslissing die ze nam. Ze neuriede vrolijk voor zich uit als ze hem naar bed bracht, nagekeken door Alice, die zo graag het zachte, in katoen gehulde lijfje van haar zoon wilde vasthouden, zo graag dat gewicht in haar armen wilde voelen.

'Misschien,' zei ze een keer tegen Peter, 'misschien kan ik Bear 's avonds naar bed brengen en dan kan Sharon bij hem blijven voor het geval hij onrustig wordt.'

Peter, die aan het lezen was, keek geïrriteerd op. 'Toe nou, Alice. Waar betalen we haar dan voor? Om hier te slapen of zo? Dan zou ze ons moeten betalen. Als huur.'

De mooiste momenten van de dag waren de twee uur in de ochtend tussen Sharons vertrek en Francines aankomst, en de twee uur aan het eind van de dag, als ze elkaar weer afwisselden. In die uren, als er niemand naar haar keek, niemand haar op de vingers tikte, speelde ze met hem of las ze hem voor of lag ze naast hem op haar bed naar hem te kijken. Hij was slim, vond Alice – bovenal was hij slim. Hij kon al vroeg praten en ze stond versteld van de scherpzinnige opmerkingen die hij maakte over de wereld. Hij kon al vroeg tellen. Hij zong met een schattig stemmetje alle liedjes die ze hem leerde – Alice hield van zingen – en soms, op aandringen van Alice, herhaalde hij ze voor Peter. En dan moest zelfs Peter glimlachen.

Als hij huilde, liet hij zich makkelijk troosten, zei Sharon. Alice hoorde hem 's nachts huilen – ze hoorde het altijd – maar het duurde nooit lang.

Toen Bear twee was en woordjes begon te zeggen, riep hij 's nachts ineens om Alice. 'Mama,' jammerde hij.

De eerste nacht dat dat gebeurde, zat Alice meteen rechtop in bed.

'Wat is er?' vroeg Peter slaperig.

Vanuit Bears kamer klonk het opnieuw: 'Mama!'

'Dat heeft hij nog nooit eerder gedaan,' zei Alice.

Peter haalde zijn schouders op. Draaide zich om. 'Sharon is bij hem. Ze waarschuwt ons wel als er iets aan de hand is.'

Het geroep verstomde snel, maar Alice lag nog een uur wakker. Misschien had hij haar geroepen om iets wat Sharon deed. Misschien had ze hem pijn gedaan.

De volgende nacht gebeurde hetzelfde en de nacht daarop weer. Tot ze hem een keer met een luide, droevige stem hoorde zeggen: 'Mama, hoor je me?'

Alice vloog het bed uit, voortgestuwd door een drang die ze nooit eerder had gevoeld. Haar hele lichaam brandde van de hunkering om naar haar zoon te gaan. Peter riep haar na, maar ze liet zich niet tegenhouden.

Ze duwde de deur van Bears kinderkamer open en het licht van de gang viel naar binnen. Sharon lag op haar bed in de hoek. Ze was wakker maar bewoog niet. Toen ze Alice zag, ging ze rechtop zitten. Haar nachtpon was omhooggekropen tot aan haar knieën. Ze had krulspelden in.

'Mevrouw Van Laar, wat doet u hier?' vroeg Sharon, maar Alice stond al bij het ledikant van Bear. Daar was hij, haar zoon, in zijn zachte katoenen pyjama, met zijn armen naar haar uitgestrekt, breed grijnzend omdat hij zijn moeder voor het eerst 's nachts zag. Ze tilde hem op en hij sloeg zijn armen en benen stevig om haar heen en haar lichaam beloonde haar, stuwde een golf van kalmte door haar heen, zoals altijd als ze met haar zoon werd herenigd.

'Mevrouw Van Laar,' zei Sharon, en Bear zei: 'Mama!' Verrukt. Hij legde beide handen tegen haar wangen. Ze legde haar voorhoofd tegen het zijne.

Toen hoorde ze een andere stem vanuit de deuropening. Peter. Hij klonk boos.

'Alice,' zei hij. 'Wat ben je in godsnaam aan het doen?'

Ze draaide zich naar hem toe, met haar zoon nog in de armen. 'Hij riep me,' zei ze.

Peter gebaarde met zijn hand naar Sharon. 'Zijn verzorgster is er toch bij.'

Sharon knikte één keer, ferm, triomfantelijk.

'Geef hem maar aan Sharon,' zei Peter. 'Alice.'

Haar zoon klampte zich nog steviger aan haar vast.

'Alice,' zei Peter. En hij liep naar haar toe, nam de jongen voorzichtig van haar over – Bear zette het meteen op een brullen – en gaf hem aan Sharon met haar krulspelden en haar nachtpon, en toen pakte hij Alice bij de elleboog en voerde haar de kamer uit.

Het huilen hield aan. Tien minuten lang bleef Bear uit alle macht huilen en om Alice schreeuwen.

Het was een kwelling, een bijna fysieke pijn, sterker dan alle pijn die ze ooit had gekend. Alice huilde ook. 'Hij heeft me nodig,' zei ze. 'Peter, hij roept míj.'

'Stop maar bijenwas in je oren,' zei Peter. 'Bind je vast aan een mast.'

Ze wist niet waar hij het over had. Hij sprak wel vaker in raadselen of gebruikte literaire of historische verwijzingen die ze niet begreep. Ze had het idee dat hij daar plezier in had, in het pronken met zijn opleiding terwijl zij geen opleiding had. In elk geval niet op zijn niveau. Overdag, tijdens de lange uren tussen haar ochtend en haar avond met Bear, probeerde ze soms de oude studieboeken te lezen die in Peters bibliotheek stonden. Maar meestal kreeg ze daar snel genoeg van en dan ging ze maar wandelen of las ze de pikante romannetjes die ze had gevonden in de graaibakken bij de openbare bibliotheek.

'Mama?' Bear riep nog één keer met iets van verslagenheid in zijn stem, weer een vraag die niet werd beantwoord – en toen werd het stil.

'Het gaat niet,' fluisterde Alice. Ze was ervan overtuigd dat Peter sliep. Hij lag al minutenlang volkomen roerloos.

Maar hij zei: 'Het gaat wel.'

Het moet, bedoelde hij.

Nu ze aan het bevallen was van haar tweede kind, vocht Alice tegen de aandrang om te persen.

Als ze het kind gewoon binnen kon houden, dacht ze, als ze hem of haar nog een minuut langer tegen de wereld kon beschermen...

Maar de druk werd ondraaglijk en uiteindelijk kwam er een kalende dokter, die zonder waarschuwing een masker over haar gezicht plaatste. Dat herinnerde ze zich nog van de geboorte van Bear. Zo onbeleefd, dacht Alice en toen waren er geen woorden meer.

Op dat moment hoorde ze haar naam roepen, niet Alice, maar Mama, een wanhopige kreet waarvan ze meteen wist dat die van haar zoon kwam.

Bear was er.

Hij stond in een hoek, acht jaar oud, met een blik die ze zelden op zijn mooie gezicht had gezien. Ze zag hem over de schouder van de verpleegster en ze schreeuwde het uit.

'Daar staat hij,' riep ze. 'Daar!'

Waarom zag niemand hem? 'Hij is terug,' zei Alice. Ze hoefden niet meer naar hem te zoeken.

Ze probeerde te wijzen, maar de verpleegster hield haar armen vast.

'Alstublieft,' zei Alice. 'Breng hem alstublieft bij me. Ik wil niet dat hij weer weggaat.'

Bear flakkerde nu als een kaars.

'Ga naar hem toe. Alstublieft, alstublieft. Anders verdwijnt hij.'

Ze moest opstaan. Ze moest naar hem toe. Als ze niet snel bij hem was, zou hij verdwijnen. Ze draaide van links naar rechts.

'Mevrouw Van Laar,' zei de dokter, 'mevrouw Van Laar, u moet blijven liggen.'

Ze wrikte met al haar kracht haar enkels los uit de greep van de dokter en ging zitten. Ze probeerde met haar voeten bij de grond te komen.

In de hoek hief Bear zijn armen naar haar op, als een peuter die opgetild wilde worden. Het was ondraaglijk – ondraaglijk! – dat ze niet naar hem toe kon.

De dokter riep iets wat ze niet verstond. Ze zag bijna niets door de tranen, maar ze was bijna bij de hoek. Hij strekte zijn handen naar haar uit en ze vloog op hem af. Bijna kon ze hem aanraken. Bijna kon ze zijn huid voelen. Haar handen en de zijne graaiden naar elkaar.

Iemand pakte haar vast. Ze werd naar achteren getrokken, op het ziekenhuisbed geduwd. Haar armen en benen werden eerst met handen en daarna met riemen in bedwang gehouden.

Ze kermde nu, luide, onbeheerste kreten waar haar hele lichaam van schokte, en de verpleegster legde een hand op haar voorhoofd en zei dat het goed zou komen, dat haar baby er bijna was.

Mijn baby is er al, dacht Alice. Daar, in de hoek.

Steeds weer jammerde ze zijn naam. Bear! Bear! En die naam werd een gezang of een bezwering en nam in één keer alle betekenissen aan die erin besloten lagen. *To bear*: Volhouden. Verdragen. Steunen. Aanvaarden. Overbrengen. Voortbrengen. Baren.

Als ze het maar vaak genoeg zei, zou dat woord hem misschien wel naar haar toe lokken.

Maar het was te laat: hij vervaagde en verdween.

Weer had hij haar verlaten. De hoek waar hij had gestaan was leeg.

Het masker werd bruusk over haar mond geplaatst en ditmaal bleef het langer op zijn plek.

Toen viel ze in slaap.

'Het is een meisje, mevrouw Van Laar,' zei de dokter.

Ze deed haar ogen open. Deed ze weer dicht. Het licht boven haar hoofd was te fel. Bear, dacht ze, en ze kwam moeizaam overeind, maar hij was er niet.

'Mijn zoon,' zei ze, maar de woorden klonken als gekreun.

'Uw dochter,' zei de dokter, die aankwam met de baby. Ze was in een deken gewikkeld. Verwachtingsvol stak hij Alice het meisje toe, maar haar armen bleven zwaar langs haar lichaam liggen.

'Mevrouw Van Laar,' zei de dokter. Hij was jong, ondanks zijn haarlijn, en hij klonk bezorgd. 'Gaat het wel?'

Er was een raam met uitzicht op een binnenplaats. Door het glas zag Alice een felgroene boom met zwiepende takken. Achter de boom stond een gebouw en daarachter was de lucht.

'Mevrouw Van Laar?'

Er kwam een verpleegster die haar arm vastpakte.

'Dit is om de melkstuwing tegen te gaan,' zei de verpleegster. En voordat Alice de kans kreeg om te reageren, gaf ze haar een injectie. Ze had Bear geen borstvoeding gegeven. En ergens in haar achterhoofd zweefde de gedachte dat ze het een keer had willen proberen, met dit kind.

Een onverstaanbare stem in de gang. De stem van Peter, die uit zijn werk was gekomen.

Even later kwam hij binnen met de nieuwe baby in zijn armen. Hij ging op het bed zitten. Achter hem scharrelden twee verpleegsters rond en hij draaide zich naar hen om en zei bars: 'Kunt u ons misschien even alleen laten?'

Ze maakten zich uit de voeten en hij wendde zich weer naar Alice.

'Peter,' zei Alice verhit. 'Ik heb Bear gezien. Hij stond daar.' Ze wees naar de hoek. Ze zag hem weer voor zich: lang voor zijn leeftijd, knap, met zijn favoriete blauwe shirt, toe aan een knipbeurt. Vuile nagels die getuigden van zijn liefde voor het bos. Eén ontbrekende melktand.

'We moeten hem vinden,' zei ze. 'Hij leeft nog, Peter. Hij was net hier.'

Maar Peter schudde zijn hoofd. 'Dat komt door het gas dat ze je hebben gegeven.'

'Niet waar,' zei Alice. Haar stem ging omhoog en ze wist dat ze zou gaan huilen. 'Ik heb hem gezien.'

Peter schudde zijn hoofd.

'Volgens mij was het een teken,' zei Alice. 'Ook als het niet echt was. Een teken dat hij nog leeft.'

Ze verborg haar gezicht in haar handen. Peter kon er niet tegen als mensen huilden.

In de duisternis achter haar handen hoorde ze hem zuchten. Zo meteen zou hij gaan schreeuwen.

Maar in plaats daarvan voelde ze zijn hand op haar wang. Ze greep hem vast.

'Kijk me aan,' zei Peter verrassend zacht. 'Kijk me aan. Hij is er niet meer.'

'Dat weet je niet zeker.'

Peter wachtte even. 'We moeten ons leven leiden alsof we het wel zeker weten, Alice.' Hij keek naar de baby in zijn armen, die een handje omhoogstak en het weer liet zakken.

'Barbara,' zei Peter. Hij sprak de drie lettergrepen duidelijk uit. Bar-ba-rah. 'Ik wil haar Barbara noemen.'

Alice was overdonderd. De afgelopen maand had ze twee keer geprobeerd het met hem over de naam te hebben. Ze wilde Darien voor een jongen – als kind had ze een jongen gekend die zo heette en ze had het altijd een mooie naam gevonden – en Charlotte voor een meisje. Maar beide keren had Peter haar afgewimpeld met de smoes dat hij het druk had.

Nu zat hij hier naast haar en opperde hij een naam die ze zelf niet eens had overwogen. Barbara. Ze kende een paar mensen die zo heetten, allemaal van Peters leeftijd. Het was een naam die ze meer associeerde met zijn generatie dan met die van de baby.

'Als jij het ermee eens bent, natuurlijk,' voegde Peter er uiteindelijk aan toe.

'Waarom Barbara?' vroeg Alice.

'Ik heb het gewoon altijd een mooie naam gevonden,' zei Peter. 'Het klinkt goed: Bar-ba-rah Van Laar.'

En hij keek met zo'n onverwacht tedere blik naar zijn dochter dat Alice zei dat ze het ook een mooie naam vond. Mensen om haar heen hadden benadrukt hoe belangrijk het was dat de vader zich betrokken voelde bij de kinderen. Zodra hij belangstelling toonde, moest dat worden beloond.

Pas later, toen ze na een week in het ziekenhuis weer in Albany was, vond Alice het namenboek dat ze bij een boekhandel had gekocht toen ze in verwachting was van Bear – wiens officiële voornaam ook zonder haar inbreng was gekozen.

Ze sloeg het deel met meisjesnamen open en bladerde vervolgens naar de B van Barbara.

Afgeleid van het Griekse woord 'barbaros', dat 'vreemd', 'woest' of 'onbeschaafd' betekent.

Alice keek verschrikt op. Wat afschuwelijk, dacht ze, wat ontzettend afschuwelijk om een baby 'vreemd' te noemen.

Het boek vervolgde monter: *'Barbaar' komt van dezelfde stam.*

Alice huiverde. Wist iedereen dit over de naam Barbara? Ze vond het vaak lastig om te onderscheiden welke feiten tot de algemene kennis behoorden en welke als obscure weetjes werden beschouwd.

Ze sloeg het boek met een klap dicht en berustte erin. Ze zou het er niet met Peter over hebben, dat kon niet meer. De naam stond vast, de geboorteakte was opgesteld. Ze moest er maar mee leren leven, besloot ze. Er waren tenslotte vele beroemde Barbara's.

Alice

Jaren 50 | **1962** | *winter 1973* | *juni 1975* | *juli 1975* | *augustus 1975*

De eerste twee maanden met Barbara leek alles beter te gaan. Door de pasgeboren baby in huis verdween het allesverterende verdriet naar de achtergrond.

Zelf had ze niet zo snel na Bears verdwijning zwanger willen worden. Peter was degene die het per se wilde proberen. We worden er niet jonger op, had hij gezegd.

Bovendien, had hij gezegd, heb je dan iets omhanden.

Maar er veranderde iets toen ze op een vroege ochtend in de derde maand wakker werd van een kind dat haar riep.

Op verstandelijk niveau begreep ze dat een kind van Barbara's leeftijd de naam Mama, die Bear haar had gegeven, niet kon uitspreken.

Ze zat rechtop in bed. Doodstil. De oren gespitst.

Daar klonk het weer.

'Mama.'

Het was donker en stil in de kinderkamer. Ze liep op haar tenen naar binnen. Aan de ene kant van de kamer lag het nieuwe kindermeisje, Lorraine, te slapen. Barbara lag aan de andere kant, ook in slaap. Twee minuten lang bleef Alice in haar nachtjapon midden in de kamer staan luisteren. Maar ze hoorde alleen maar stilte.

Op haar tenen liep ze weer naar buiten en toen ze de deur achter zich dichttrok, hoorde ze het opnieuw: 'Mama.'

Ze draaide een kwartslag. Sloop naar Bears oude kinderkamer. Legde een hand op de deurknop.

'Alice.'

Ze schrok.

Aan het eind van de gang stond Peter, met een gefronst voorhoofd.

'Kom weer naar bed,' zei hij.

Het gebeurde vaker. Elke nacht hoorde ze de stem. Soms leek die van buiten het raam te komen. Soms van een lagere verdieping. Meestal vanuit de kinderkamer.

Ondanks de nachtoppas sliep ze heel weinig.

Toen Peter dat doorkreeg, schakelde hij de huisarts in – hun vaste familiedokter sinds Peters vader in de twintig was.

Dokter Lewis heette hij en de eerste pil die hij Alice voorschreef, was bedoeld om haar beter te laten slapen.

Maar het woord boorde zich door de pillen heen, zodat haar dromen zich vermengden met duistere angstbeelden. 'Mama! Mama!' klonk het.

Ze kon er niet met Peter over praten. Ze kon er niet met haar eigen familie over praten. Iedereen spoorde haar aan om door te gaan met haar leven, om de hoop dat Bear ooit zou worden gevonden te laten varen.

Maar dat was een onmogelijke opgave.

Zolang ze geen bewijs had van het tegendeel stond ze zichzelf toe te denken dat haar zoon nog leefde, ergens in deze wereld, net buiten het zicht, als een acteur die elk moment vanuit de coulissen het podium op kan lopen.

Later zou Alice zich afvragen of het door die gedachte kwam dat het haar niet lukte om Barbara in haar hart te sluiten. Diep vanbinnen was ze bang dat Bear – waar hij ook mocht zijn, in deze wereld of de volgende – zou wegkwijnen of verdwijnen als hij voelde dat haar moederliefde niet meer alleen aan hem toebehoorde.

En dus bad ze 's avonds, voordat ze bedwelmd raakte door de pillen van dokter Lewis, niet dat de stem die ze hoorde zou zwijgen, maar dat ze die altijd zou blijven horen. Dat Bear haar in welke gedaante dan ook de rest van haar leven zou blijven bezoeken.

De problemen begonnen toen Bears bezoekjes langer werden.

Alice

Jaren 50 | **1962** | *winter 1973* | *juni 1975* | *juli 1975* | *augustus 1975*

Het was een fijne plek, heel discreet.

Dat waren de termen die iedereen gebruikte als ze het erover hadden.

Ze werd erheen gebracht door haar ouders, vermoedelijk op verzoek van haar echtgenoot en schoonvader. Geen van hen sprak tijdens de drie uur durende rit. Zelfs de radio stond niet aan.

Alice had zich de kliniek voorgesteld als een historisch gebouw – eigenlijk niet zo heel anders dan Zelfredzaamheid. Misschien ergens in de natuur. Een prachtige oude villa waar ze de tijd kreeg om uit te rusten. Maar het gebouw, dat aan de noordkust van Long Island lag, bleek gloednieuw, brutalistisch, met een gevel van gelig beton dat donker kleurde in de regen. Het terrein eromheen was kaal, zonder bomen. Op de weinige bankjes zaten verzorgers in uniform naast knikkebollende patiënten.

Misschien waren ze hier verkeerd, dacht Alice. Maar nee, daar was het bord: DUNWITTY INSTITUTE. Gesticht door een vriend van dokter Lewis, die het had aanbevolen.

Haar vader keek opzij naar haar moeder en probeerde tevergeefs haar blik te vangen. Haar ouders moesten toch ook zien wat zij zag? Zij zouden toch ook wel begrijpen dat er een vergissing in het spel was? Maar haar moeder stapte zonder een woord te zeggen uit de auto en een tel later volgde haar vader haar voorbeeld. Toen deed hij het achterportier open voor Alice.

Ze had tenminste wel een kamer alleen. Dat privilege had ze te danken aan het feit dat haar familie en dokter Dunwitty elkaar persoonlijk kenden. Een van de verpleegsters – een magere, nors kijkende vrouw van gevorderde leeftijd – had haar dit vol misprijzen medegedeeld, en toen ze was uitgesproken, had ze haar keel geschraapt alsof ze de smaak van de woorden probeerde te verdrijven.

Boeken waren verboden. Televisie ook.

Ze mocht alleen puzzels maken, in allerlei soorten: legpuzzels, kruiswoordraadsels, filippines. Daar zat ongetwijfeld een gedachte achter. Alice vroeg zich tevergeefs af welke.

Wat ze het ergst vond, was dat Bear zich hier niet liet zien. De eerste avond hoopte ze vurig dat hij zou komen; ze kon wel wat gezelschap gebruiken.

In plaats daarvan kreeg ze nachtmerries waarin ze terugkeerde naar die vreselijke eerste dagen van de zoekactie en keer op keer werd tegengewerkt door krachten of mensen waar ze geen controle over had. Toen ze klein waren, noemde Delphine dat net-te-laatdromen: visioenen van gemiste treinen en examens, files vlak voordat de boot vertrok. Die had ze al haar hele leven, maar ze vielen allemaal in het niet bij haar nachtmerries in Dunwitty.

Een maand lang kreeg ze geen bezoek en mocht ze niet telefoneren.

Op de eenendertigste dag van haar verblijf werd ze in haar kamer opgehaald door een verpleegster. Alice volgde haar verbaasd door een lange gang die ze nog niet eerder had gezien. Aan het eind hing een telefoon. De verpleegster gaf Alice een muntje.

Alice keek ernaar.

'Nou,' zei de verpleegster. 'Toe dan.'

Maar ze realiseerde zich dat er niemand was die ze wilde bellen.

Ze stak het muntje in de gleuf. Belde een nummer dat ze zich uit haar jeugd herinnerde. Aan de andere kant klonk een vrouwenstem.

'Is Geraldine thuis?' vroeg Alice. De naam van een vriendin uit Brearley die ze niet meer had gesproken sinds ze met Peter was getrouwd.

Stilte. 'Mag ik vragen wie dit is?'

'U spreekt met Alice, mevrouw DeWitt. Alice Ward.'

'O, Alice,' zei mevrouw DeWitt. 'Alice, ik vond het zo erg om te horen...'

Ze hing snel op.

Een week later kwam er iemand naar haar toe om te melden dat ze bezoek had.

Als ze had geweten wie het was, zou ze haar kamer niet uit zijn gekomen. Maar ze stelde die vraag niet en zo kwam het dat ze ineens, aan een tafel met een dambord, tegenover haar zuster Delphine zat.

Alice draaide zich om naar de verpleegster. 'Ik wil weg,' zei ze. 'Ik wil hier niet zijn. Ik wil graag terug naar mijn kamer, alstublieft.'

'Maar dit is uw zus,' zei de verpleegster. 'En ze is helemaal hiernaartoe komen rijden.'

Delphine keek met een geforceerd glimlachje naar de verpleegster en toen naar Alice. 'We zijn zo klaar, zuster,' zei Delphine met haar autoritairste, hooghartigste stem. En de verpleegster gehoorzaamde en liep bijna buigend de kamer uit.

Minutenlang zaten ze zwijgend bij elkaar. De enige manier om dit te overleven, zei Alice bij zichzelf, was door zich in te beelden dat ze in een andere wereld was. En dus bleef ze stokstijf zitten, sloot haar ogen, net zoals ze als kind vaak deed, en verliet de aardse wereld.

Je staat bij de deur van Bears kamer, dacht ze. Hij wordt zo wakker. Dan zal hij je roepen.

'Alice,' zei haar zus.

Mama, dacht Alice.

'Alice. Kun je me horen?'

Mama.

'Het spijt me,' zei Delphine.

V

GEVONDEN

Judyta

Jaren 50 | 1961 | winter 1973 | juni 1975 | juli 1975 | augustus 1975:
dag één

Judy staat met haar handen in de zij naar de auto's op de parkeerplaats naast het huis te kijken. Voornamelijk statige Cadillacs, Oldsmobiles en Lincolns. Ze probeert zich voor te stellen dat er een blauwe Trans Am tussen staat. Die zou nogal opvallen.

Ze draait een rondje. Uit de twee woeste, donkere bandensporen op de onverharde oprijlaan valt af te leiden dat daar een auto vol gas achteruit is gereden om vervolgens weg te spuiten richting Route 29.

Ze weet dat de informatie die ze over John Paul McLellan junior heeft verzameld van belang is. Zijn thuiskomst midden in de nacht, zijn gehavende gezicht, zijn verdwijning vanmorgen: dat alles roept op zijn minst vragen op. Maar als beginnend rechercheur mag ze niets doen zonder goedkeuring van haar meerdere.

Ze kijkt op haar horloge en vraagt zich af wanneer Denny Hayes terugkomt.

Na een paar minuten loopt ze het huis weer in. Ze weet dat ze in de tijd voordat Hayes terug is zo veel mogelijk mensen apart moet nemen voor een ondervraging.

De lijzige jongelui die languit op de stoelen en banken in de salon liggen, zijn degenen met wie ze het minst graag wil spreken. Ze zien eruit alsof ze elkaar druiven horen te voeren, als jonge goden – vinden ze zelf in elk geval. Toch benadert Judy ze stuk voor stuk. Ze vraagt beleefd of ze even met haar mee willen gaan en loopt dan voor hen uit naar een lege serre die ze had ontdekt op haar eerdere rondje door het huis.

Daar stelt ze de standaardvragen: naam, leeftijd, beroep, officiële woonplaats – die laatste vraag beantwoorden ze allemaal met Manhattan of Los Angeles.

De laatste die ze ondervraagt is een magere, streng uitziende vrouw van drieëntwintig. De enige die vertelt dat ze niet in een bijgebouw logeert, maar in het huis zelf.

Ze heet Marnie McLellan.

Als Judy die achternaam hoort, valt ze even stil.
'Beroep?' vraagt ze dan.
'Galerist.'
Dat woord kent Judy niet. Ze schrijft het op en prent zich in dat ze het moet opzoeken.
'Relatie met de familie Van Laar?'
'Peetdochter.'
'Hebt u een hechte band met ze?'
Marnie McLellan heft haar kin. 'Heel hecht.'
Judy laat haar pen boven het notitieboekje zweven. Ze weet dat ze voorzichtig te werk moet gaan.
Ze stelt het meisje de vragen die ze ook aan de anderen heeft gesteld en krijgt dezelfde antwoorden: ze was tot laat op het feest, er werd veel geschreeuwd, veel gedronken. Ze ging om vier uur 's ochtends naar bed. Ze kent Barbara goed, want hun families zien elkaar vaak en vieren ook weleens samen vakantie, maar ze heeft geen idee waar ze nu kan zijn.
'Hoe zou u Barbara omschrijven?'
'O, somber,' zegt het meisje. 'Gewoon diep ongelukkig.'
Judy knikt. In haar boekje schrijft ze: 'Mag B. niet.'
'Hoezo?' vraagt ze.
'Nou, ze maakt het haar familie heel lastig. Ik weet dat er een akkefietje was op school. Ze schijnt nogal vroegrijp te zijn. En die kleding en die make-up...' Marnie zoekt even naar de juiste woorden. 'Verschrikkelijk gewoon. Alles pikzwart. Donkere randen om haar ogen. Spikes in haar oorlellen. Best zorgwekkend, als je het mij vraagt. Dan moet je toch een zieke geest hebben.'
Judy had dit nog niet eerder over Barbara gehoord.
Ze schrijft op: 'B. kleedde zich vreemd.'
Judy werkt toe naar de vragen waar het haar om gaat.
'Logeert de rest van uw familie ook hier?'
'Ja.'
'Kunt u mij hun voor- en achternamen geven?'
'Waarom?'
'Ik ben een lijst aan het opstellen van alle gasten.' En met een onderdanige glimlach voegt ze eraan toe: 'Om er zeker van te zijn dat ik niets heb overgeslagen als mijn baas terugkomt.'
Na een stilte zegt Marnie: 'Mijn vader heet John Paul McLellan senior. Mijn moeder heet Nancy McLellan.'
Judy kijkt haar aan. 'Beroep?'

'Mijn moeder is huisvrouw. Mijn vader is een zakenpartner van de familie Van Laar.'

'Bankier?'

'Advocaat. Hij vertegenwoordigt de familie en de bank.'

Judy knikt en schrijft alles op. Dan vraagt ze, met geforceerde kalmte in haar stem: 'Hebt u broers of zussen?'

'Een broer, John Paul McLellan junior.'

'Beroep?'

Na een schamper lachje zegt Marnie: 'Hij doet niet veel. Hij is vorig jaar afgestudeerd. En ooit zal hij de bank overnemen. Als hij zijn leven op de rit krijgt.'

Judy laat dit even tot zich doordringen. 'Waarom denkt u dat?'

Marnie kijkt haar aan alsof ze het maar een domme vraag vindt. 'De Van Laars hebben geen zoon. Niet meer, tenminste. Maar wij wel.'

'Ik snap het,' zegt Judy terwijl ze het opschrijft. 'En weet u waar ik ze kan vinden?'

'Wie?'

'Uw ouders en broer.'

'Geen idee,' zegt Marnie na een korte stilte.

'Hebt u ze vanmorgen nog gezien?'

Marnie aarzelt even. 'Alleen mijn vader. Maar ik weet niet waar die nu is.'

Vijf minuten later loopt Judy weer naar buiten door de deur met de mugvormige klopper. Ze kijkt naar het kamp onderaan de heuvel. Het begint er steeds meer op te lijken dat John Paul McLellan er iets mee te maken heeft.

Er staat een eenzame agent op het gazon.

'Neem me niet kwalijk,' zegt ze. 'Is de hoofdinspecteur er al?'

Hij kijkt haar uitdrukkingsloos aan.

'Ik ben rechercheur Luptack. Ik had begrepen dat hij snel hierheen zou komen om met de familie te praten.'

Hij schudt zijn hoofd. 'Nee. Er zijn daarbeneden wel een paar jongens van de recherche, maar LaRochelle heb ik nog niet gezien.'

Judy bedankt hem. Dan loopt ze vastberaden terug naar de keuken van Zelfredzaamheid, waar ze een telefoon aan de muur heeft zien hangen. Na een blik over de ene en dan over de andere schouder neemt ze de hoorn van de haak, draait het nummer van het bureau en dient een verzoek in om een opsporingsbericht te verspreiden; alle agenten in de omgeving zullen via de radio opdracht krijgen om uit te kijken naar een blauwe Trans Am.

Dit kan niet wachten tot Denny Hayes terug is, daarvoor is het te belangrijk. Ze zal later wel merken of ze een inschattingsfout heeft gemaakt.

Als ze iedereen die ze in het huis heeft kunnen vinden heeft gesproken, loopt Judy naar buiten, gaat op het puntje van een van de Adirondack-stoelen zitten en begint verwoed in haar notitieboekje te krabbelen. Ze wil de woorden en formuleringen die ze in haar geheugen heeft opgeslagen letterlijk op papier zetten.

Dan hoort ze iemand van een afstandje roepen: 'Mevrouw?'

Ze kijkt niet op.

'Mevrouw?' klinkt het weer, nu dichterbij. Ze hoort voetstappen. Draait zich om.

Er komt een parkwachter naar haar toe, een bebaarde vijftiger, en een paar stappen achter hem loopt een reusachtige meid met een handdoek over haar schouders. Ze lijkt wel een kop groter dan Judy. Groter zelfs dan de parkwachter, die ook geen kleintje is.

Ze worden gevolgd door een stel: een man van in de vijftig en een vrouw van ongeveer Judy's leeftijd. Is dat de zus van die lange meid?

'Ik zoek iemand van de recherche,' zegt de parkwachter.

Judy kijkt even naar zichzelf. Naar haar broekpak, waarmee ze zich duidelijk onderscheidt van de agenten, de parkwachter, de gasten.

'Dan hebt u het getroffen,' zegt Judy ten slotte. 'Ik ben van de recherche.'

Het meisje dat hij bij zich heeft, ziet er slapjes uit. Als ze bij het rijtje Adirondack-stoelen voor het huis is aangekomen, ploft ze neer. Steunt met haar ellebogen op haar knieën.

'Dit is Tracy Jewell,' zegt hij. 'Zij sliep samen met Barbara Van Laar in een stapelbed. Ze heeft het een en ander te vertellen.'

Tracy

Jaren 50 | 1961 | winter 1973 | juni 1975 | juli 1975 | augustus 1975:
dag één

Tracy zit in een stoel op het gazon, drinkt een glas water en eet een broodje dat iemand voor haar heeft gehaald. Naast haar staat een vrouwelijke politieagent – de eerste die Tracy ooit heeft ontmoet of zelfs maar heeft gezien. Ze denkt tenminste dat ze van de politie is, al draagt ze geen uniform maar een broekpak. Ze ziet er jong uit, maar met haar notitieboekje en pen straalt ze genoeg gezag uit.

De vrouw wacht zwijgend op een reactie van Tracy.

'Wat zei u?' vraagt Tracy.

'Kun je ons meer vertellen over de persoon die je in het bos tegenkwam?'

'O,' zegt Tracy. 'Eigenlijk niet.'

'Weet je of het een man of een vrouw was?'

'Ik denk een man. Maar ik weet het niet zeker. Ik heb een bril, maar die zet ik nooit op.' Ze denkt even na en voegt er dan aan toe: 'Het was iemand met grijs haar.'

'Heeft die persoon iets tegen je gezegd?'

Tracy schudt haar hoofd. 'Nee, niets. Hij wenkte alleen en leidde me toen het bos uit.'

De vrouw knikt. Krabbelt snel iets in haar boekje.

'Zijn ze nu naar hem op zoek?' vraagt Tracy. 'De parkwachters?'

'Waarschijnlijk wel.'

'Hij probeerde me te helpen,' zegt Tracy. 'Of zij.'

'Je hebt vast gelijk,' zegt de vrouw. 'We willen alleen maar even met die persoon praten. Misschien heeft hij of zij iets gezien wat belangrijk voor ons kan zijn.'

Ze wacht even en vraagt dan: 'Tracy, waarom ben je eigenlijk het bos in gegaan?'

Tracy zegt niets.

'Zou je het me willen vertellen?'

Tracy neemt een hap. Kauwt. Neemt een slok water. Ze trekt de handdoek strakker om zich heen.

En dan verbreekt ze haar belofte aan Barbara, maar komt de belofte aan zichzelf na: ze vertelt wat Barbara in het bos deed.

'Elke avond?' vraagt de vrouw, die haar blik vasthoudt. 'Ging Barbara daar elke avond naartoe?'

'Bijna. Behalve één keer, toen ze een wond had aan haar been.'

'En altijd naar die observatiehut?'

'Ze zei van wel.'

'Maar ze heeft je nooit verteld wie dat vriendje was?'

Tracy schudt haar hoofd. 'Nee.'

De vrouw knikt. 'Dank je wel, Tracy. Je hebt ons enorm geholpen. Weet je nog andere dingen waar we iets aan kunnen hebben? Heeft ze ooit iets gezegd over haar band met haar familie?'

Tracy aarzelt.

'Kon ze goed met haar ouders opschieten?'

Tracy schudt haar hoofd. 'Nee,' zegt ze zacht.

'Enig idee waarom?'

'Ik denk... dat ze heel streng waren. Haar vader in elk geval. Haar moeder keek nauwelijks naar haar om.'

De vrouw knikt. 'En weet je of er kortgeleden iets is gebeurd waar Barbara van schrok of waar ze verdrietig of boos van werd?'

Tracy denkt even na. Net op het moment dat ze nee wil zeggen – Barbara hield het altijd vaag als ze zich over haar familie beklaagde – schiet haar iets te binnen.

'Ja,' zegt ze. 'Ze hebben haar muren overgeschilderd.'

Ze ziet iets veranderen in de blik van de vrouw.

'Hier in huis?'

'Ja. Haar moeder heeft ze roze laten verven.'

'En waarom vond ze dat zo erg?'

'Weet ik niet. Misschien vond ze het een lelijke kleur.'

Judyta

Jaren 50 | 1961 | winter 1973 | juni 1975 | juli 1975 | augustus 1975:
dag één

Twintig minuten later – nadat het meisje is overgedragen aan het stel waarvan Judy inmiddels heeft begrepen dat het haar vader met zijn vriendin is – staat Judy naar de deur van de roze kamer te kijken. Ze zou die deur open kunnen doen. Er is toch niemand binnen. Maar ze is bang voor de gevolgen en dus staat ze te dralen.

Dan hoort ze voetstappen aan het eind van de gang.

Er gaat een zijdeur open en een man en een vrouw komen de gang in. De man is lang en elegant en hij heeft donker haar, doorschoten met zilveren strengen. De vrouw, die achter hem aan loopt, is zo uitgemergeld dat ze ziek lijkt.

De man blijft even staan, kijkt naar Judy. Hij staat een meter of tien bij haar vandaan. Dan schudt hij lichtjes zijn hoofd met een ondoorgrondelijke blik en leidt hij de vrouw een van de slaapkamers binnen.

Zijn dat de ouders? Het echtpaar Van Laar?

Als de man weer naar buiten komt, is hij alleen en zonder haar nog een blik waardig te keuren, vertrekt hij weer door de zijdeur.

Judy schrikt als ze iemand haar naam hoort zeggen.

Het is Denny Hayes.

'Kom,' zegt hij. 'Ik was naar je op zoek. LaRochelle is er. Hij gaat zo een briefing houden in het kamp. Je kunt me onderweg vertellen hoe je ochtend is verlopen.'

Hij zet er flink de pas in en Judy moet bijna rennen om hem bij te houden.

Ze begint met de belangrijkste informatie: dat Barbara volgens het meisje met wie ze in een stapelbed sliep een vriendje had en elke nacht de blokhut uit sloop om hem te ontmoeten bij de observatiehut op Hunt Mountain.

Ze vertelt over de geschilderde slaapkamermuren en hoe kwaad Barbara daarover was.

Vervolgens vertelt ze wat ze te weten is gekomen over John Paul McLellan: dat hij diep in de nacht was binnengekomen met een bebloed gezicht, dat hij en zijn blauwe Trans Am spoorloos zijn.

Pas als laatste vertelt ze dat ze al opdracht heeft gegeven om een opsporingsbericht te verspreiden voor de auto.

Denny blijft staan en draait zich naar haar toe. Judy is bang dat ze een standje krijgt omdat ze geen toestemming heeft gevraagd aan een meerdere. Maar hij zegt: 'Judy, je bent eigenlijk heel goed bezig.'

Judy fronst. Dat woordje 'eigenlijk' was nergens voor nodig, denkt ze, maar toch is ze blij met het compliment.

'Doe je wel je mond open tijdens de briefing?' zegt Denny Hayes. Zonder op een antwoord te wachten loopt hij verder.

Het commandocentrum blijkt op bevel van LaRochelle van de Grote Zaal naar het kantoor van de kampcoördinatrice te zijn verplaatst, omdat ze continu een telefoon binnen handbereik moeten hebben.

Dat betekent dat T.J. Hewitt – de coördinatrice, die daar woont – is verbannen naar een lege kamer in het personeelsverblijf.

Om vijf uur staat hoofdinspecteur LaRochelle strak in de houding bij de lange muur van het kantoor. Het is een intimiderende man. Gemillimeterd haar, kaarsrechte rug.

Om hem heen zitten en staan een stuk of tien rechercheurs. De ene helft is van de dagploeg, die wat langer is gebleven, de andere helft behoort tot de avondploeg, die net met de dienst begint. Judy en Hayes arriveren als laatsten, precies op het moment dat LaRochelle, met zijn aantekeningen in de hand, het woord neemt.

'Mogelijke verdachten,' zegt hij. En hij telt af op zijn vingers.

'John Paul McLellan. Peetzoon van de familie Van Laar. Kwam in de loop van de nacht thuis met een bebloed gezicht, was vanmorgen vroeg nergens te bekennen. Nog niet gevonden. Er is een opsporingsbericht uitgegaan.'

Judy staat versteld. Ze heeft nog steeds niet door hoe alle informatie binnen de recherchedienst wordt doorgegeven. Hoe kan LaRochelle dit nu al allemaal weten?

Hij gaat verder: 'Louise Donnadieu. Barbara's leidster. Momenteel in hechtenis vanwege een niet-gerelateerde aanklacht, maar we weten niet hoelang we haar nog vast kunnen houden. Ik heb...' hij werpt een blik op zijn aantekeningen '... Lowry erop gezet.'

Hij zwijgt even.

'Volgens de verklaring van ene Tracy Jewell, die samen met Barbara in een stapelbed sliep, zwerft er een onbekende door het bos rondom het domein. Tracy kon ons niet veel meer vertellen dan dat die persoon lang is – ze had haar bril niet op. We hebben nog niemand gevonden. En ook van Barbara zelf vooralsnog geen spoor. De honden hebben wel een geur geroken, maar het lijkt erop dat die een pad volgden waar ze een paar dagen geleden heeft gelopen, tijdens een georganiseerde expeditie.'

Hij kijkt op. 'Kortom, na negen uur zoeken zijn we nog geen steek verder.'

'Hadden de ouders nog iets interessants te melden?' vraagt een van de rechercheurs.

'Niet echt,' zegt LaRochelle. 'Ik heb zojuist uitgebreid met mijnheer Van Laar gesproken. Hij vertelde dat Barbara ongelukkig was, getroebleerd. Hij denkt dat ze is weggelopen. Maar hij heeft geen idee waarnaartoe.'

'Is er aanleiding om hem zelf als verdachte aan te merken?'

'Voor zover ik weet niet,' zegt LaRochelle. 'Maar uiteraard zullen we zijn gangen volgen.'

Hij wijst naar een van de rechercheurs van de net gearriveerde avondploeg. 'En met we bedoel ik jou. Jij houdt 's nachts de ouders in de gaten.'

Een paar seconden is het stil. Dan stelt dezelfde rechercheur van daarnet weer een vraag: 'Vindt u het niet verdacht dat de vader niet met ons wilde praten? Dat hij op u wilde wachten?'

LaRochelle denkt even na. 'Niet direct. Ik heb nauw met ze samengewerkt bij de zaak van hun zoon. Misschien is het een vertrouwenskwestie.'

Judy is niet overtuigd. Maar als nieuwste rechercheur van de groep is ze niet van plan om dat hardop te zeggen.

'Wie heeft er nog iets te melden?' vraagt LaRochelle en Hayes geeft haar een zachte por met zijn elleboog.

Judy schraapt haar keel. Steekt haar hand op.

Dan vertelt ze wat ze van Tracy Jewell te weten is gekomen over het vriendje, de nachtelijke afspraakjes in de observatiehut, de geschilderde muren.

LaRochelle trekt zijn wenkbrauwen op. 'Hebben anderen ook iets gehoord over een vriendje?'

Iedereen schudt het hoofd.

Hij wijst naar een van de aanwezigen. 'Ik wil dat jij aan iemand van de parkwacht vraagt of ze al in die hut zijn geweest. En zo niet, stuur ze daar dan meteen op af.'

Hij wacht even. 'Weten we waar Barbara Van Laar op school zat?'
Iemand steekt zijn hand op. 'Emily Grange. Dicht bij Latham.'
'Dan ga jij daarnaartoe,' zegt LaRochelle tegen hem. 'Om de telefoonnummers van Barbara's vriendinnen te verzamelen. En vraag ook of ze daar iets weten van een vriendje. En jij,' vervolgt hij, wijzend naar een rechercheur van de avondploeg die een half broodje uit zijn mond heeft hangen, 'jij gaat naar het huis van de Van Laars in Albany. Om Barbara's kamer te doorzoeken. Maak een paar polaroids, als het even kan.'
Hij zwijgt even.
'Nog vragen?'
Na een korte stilte gaat er aan de zijkant een hand omhoog. Het is iemand die Judy tot dan toe niet had opgemerkt, misschien wel de oudste van het stel.
'Zou Jacob Sluiter er iets mee te maken kunnen hebben?'
Meteen verandert de sfeer in de ruimte. Er is even sprake van een patstelling: LaRochelle lijkt te wachten tot de rechercheur met een uitleg of een excuus komt.
Dat doet hij niet.
LaRochelle slaat zijn armen over elkaar. 'Tja, misschien,' zegt hij. 'Hij is tenslotte op vrije voeten. Maar het lijkt me vergezocht.'
De rechercheur knikt, hoewel aan zijn gezicht valt af te lezen dat hij niet helemaal tevreden is.
'Zou hij de onbekende in het bos kunnen zijn die Tracy Jewell naar het huis heeft geleid?'
LaRochelle fronst. 'Hm, eens even denken. Een veroordeelde zedendelinquent ziet een meisje moederziel alleen door het bos dwalen. Zou hij haar helpen? Of grijpt hij de kans om te doen wat hij in het verleden ook heeft gedaan?'
De oude rechercheur zegt niets. De twee mannen lijken met hun blik een woordeloze boodschap naar elkaar te seinen die voor de anderen niet te ontcijferen is.
'Ik zal niet beweren dat het onmogelijk is,' zegt LaRochelle dan. 'Maar laten we er geen dingen met de haren bij slepen.'

Judyta

Jaren 50 | 1961 | winter 1973 | juni 1975 | juli 1975 | augustus 1975:
dag één

Het is bijna zes uur en hun eerste dag op het domein zit erop. Judy kan het amper geloven: ze heeft het gevoel dat ze hier al een jaar rondloopt.

Ze rijdt met Hayes mee naar het hoofdbureau in Ray Brook. Daarna begint de lange rit naar Schenectady. Ze moet bijna huilen als ze daaraan denkt.

'Moe?' vraagt Hayes.

'Een beetje.'

'Bereid je maar voor. Bij dit soort zaken werk je de klok rond.'

Hij draait het raam naar beneden. Schudt een paar sigaretten half uit een pakje en biedt Judy er een aan – ze slaat hem af.

'Rook je niet?'

'Nee.'

'Heel verstandig. Het heeft mijn vader zijn leven gekost, denk ik. Hij wilde het geen kanker noemen, maar intussen heeft hij zich wel doodgehoest.'

Hij neemt een trekje. Blaast een rookpluim zijwaarts uit het open raam. 'Ik rook alleen in de auto. Dat is een compromis dat ik met mezelf heb gesloten.'

Judy lacht een beetje. Net genoeg om te laten merken dat ze luistert.

'Mag ik je iets vragen?' zegt Hayes en Judy verstijft. Ze verwacht dat er iets persoonlijks komt. Het zal nog heel lang duren voordat Judy zich genoeg bij haar collega's op haar gemak voelt om iets los te laten over haar familie of haar leven tot nu toe. Maar de vraag van Hayes is onschuldig: 'Waarom ben je bij de politie gaan werken?'

Ze laat verschillende antwoorden door haar hoofd gaan. Omdat ik mensen wilde helpen, klinkt banaal. Omdat het me interessant leek, te vaag.

Uiteindelijk vertelt ze, tot haar eigen verbazing, de waarheid.

'Vanwege *The Mod Squad*,' zegt ze.

'De...' zegt Hayes, alsof hij het niet heeft verstaan.

'*The Mod Squad*. Dat was mijn favoriete tv-serie.'

Hayes schiet in de lach. En blijft lachen tot hij een hoestbui krijgt en zijn sigaret uit het raam gooit. 'Krijg nou wat. Die is nieuw voor me.'

Judy grijnst.

'*The Mod Squad*,' zegt Hayes, en als hij na een tijdje is uitgelachen, daalt er een gemoedelijke stilte neer in de auto.

Op dat moment komt de politieradio knetterend tot leven.

John Paul McLellan is gesignaleerd in zijn blauwe Trans Am. Hij is aan de kant gezet, vijftien kilometer ten zuiden van waar zij nu zijn.

Denny Hayes werpt een blik op Judy. Werpt een blik op zijn horloge. 'Zes uur,' zegt hij. 'We zijn klaar. We kunnen gewoon naar huis gaan.'

Hij kijkt weer opzij. 'Wil je naar huis?'

Judy schudt haar hoofd.

Hayes zendt een bericht terug, zet zijn magnetische zwaailicht op het dak, maakt een scherpe bocht over de middenberm en rijdt terug.

Als ze aankomen, heeft John Paul McLellan al handboeien om. Hij zit naast zijn auto op het gras. Hij heeft klappen opgelopen. Meerdere, te oordelen naar zijn gezwollen lippen en zijn blauwe oog.

De agent doet zijn verhaal: McLellan is zwaar beschonken, zegt hij. Dat was eigenlijk het eerste wat hem opviel. Hij zou hem sowieso hebben aangehouden, ook zonder opsporingsbericht. De blaastest liet er geen enkele twijfel over bestaan.

'Hij is voor jullie,' zegt de agent.

'Ik kom net uit een restaurant,' zegt McLellan, die nog op de grond zit.

'Restaurant' betekent waarschijnlijk bar. De drankwalm uit zijn mond is op afstand al te ruiken. Net als de marihuanawalm.

Hayes doet het rechtervoorportier open. Doorzoekt de auto.

'Dat gaat niet zomaar,' zegt McLellan. 'Ik heb geen toestemming gegeven.'

'Jammer genoeg voor jou,' zegt Hayes – zijn stem klinkt gespannen en gesmoord doordat hij zijn hoofd diep in de auto heeft gestoken – 'heb ik op grond van het feit dat je auto naar drugs ruikt wel degelijk het recht om hem te doorzoeken.'

Al snel vindt Hayes achtereenvolgens lange vloei, twee geplette bierblikjes en, op het dashboard, een restje poeder, vermoedelijk cocaïne. En dan heeft hij de kofferbak nog niet eens opengedaan.

Op grond van deze sporen, in combinatie met de onmiskenbare dronkenschap, wordt McLellan aangehouden.

Judy loopt intussen met zijn rijbewijs en kentekenbewijs naar hun burgerauto om via de radio zijn personalia aan Ray Brook door te geven.

Terwijl ze op de telefoniste wacht, observeert ze McLellan vanaf de bestuurdersstoel. Hij snuft en maakt vreemde bewegingen met zijn mond en zijn hele gezicht. In eerste instantie schrijft ze dat toe aan de cocaïne. Zelf heeft ze nooit gesnoven, maar ze heeft het mensen op haar school wel zien doen, vooral jongens. Maar als McLellan zijn gezicht opheft naar de zon, ziet ze dat hij huilt.

Hayes is naar de kofferbak gelopen. Hij maakt hem open.

Hij staat met zijn rug naar haar toe. Met zijn handschoenen aan haalt hij een onvoorstelbare hoeveelheid voorwerpen uit de kleine kofferbak en legt hij alles zorgvuldig op de grond. Golfclub. Golfclub. Plunjezak. Schooltas. Boek. Schoen. Boek. Schoen.

Als laatste komt er een papieren zak tevoorschijn.

Judy ziet dat McLellan niet opkijkt. Hij houdt zijn blik strak op de grond.

De zak, die door Hayes voorzichtig wordt opgetild, heeft een vreemde kleur. Anders dan gewone papieren zakken.

En dan realiseert ze zich: de onderkant is opvallend donker.

Terwijl ze nauwlettend in de gaten houdt of McLellan wel op zijn plek blijft, stapt Judy uit de auto en loopt naar Hayes toe, die is neergehurkt om de inhoud van de zak te bestuderen. Hij haalt een voor een, met duim en wijsvinger, alle voorwerpen eruit.

Ondergoed, korte broek, T-shirt. Klein, wit, blauw.

Het is een uniform. Zo te zien doordrenkt met bloed.

Judy kijkt naar McLellan. Hij houdt zijn hoofd nog steeds gebogen.

Ze kijkt naar Denny Hayes, die iets zegt wat Judy niet verstaat, maar ze kan wel zijn lippen lezen: 'Shit. Shit.'

Alle kleur is uit zijn gezicht weggetrokken. Ondanks al zijn branie was hij hier kennelijk niet op voorbereid. Hij heeft kinderen, bedenkt Judy: voor alles is hij een vader.

Tijdens de rit naar het bureau zijn ze alle drie stil, tot Denny zijn mond opendoet.

'Heb je haar vermoord?' vraagt hij en het klinkt als een pistoolschot. Judy hoort de drukgolven door de auto suizen.

Via het spiegeltje werpt ze een blik op McLellan. Hij staart met een ondoorgrondelijk gezicht uit het raam. Even denkt ze dat hij niets zal zeggen, maar dan komt er toch een antwoord.

'Ik beroep me op mijn zwijgrecht,' zegt hij.

Als een ware advocatenzoon.

Bij Ray Brook handelen ze snel de formaliteiten af en dan brengen ze hem naar de cel. Hij mag één telefoontje plegen. Judy kan wel raden wie hij belt.

En inderdaad klinkt uit zijn mond een beverig: 'Papa?'

Dan legt hij zijn hand voor zijn ogen. Judy weet wat hij probeert te verbergen: tranen van zelfmedelijden.

Hij zegt precies de dingen die ze had verwacht: hij zit in de nesten, hij heeft hulp nodig. Hij heeft zijn vader nodig.

Hayes komt binnen en zegt: 'Judy, ga naar huis.'

Het is nu acht uur. Ze zal niet voor tienen thuis zijn.

Louise

Jaren 50 | 1961 | winter 1973 | juni 1975 | juli 1975 | augustus 1975:
dag één

Het is bijna middernacht. Louise zit al tien uur in de politiecel. Ze heeft wel water gekregen, maar niets te eten.

Ze is duizelig. Ze wil frisse lucht.

Ze loert naar een bekertje koud geworden koffie – ze drinkt nooit koffie – en neemt een slokje.

Eindelijk klinkt er een felle klop op de deur. En dan komt er iemand binnen, zonder op een reactie te wachten.

Het is een man van rond de vijftig, met een dikke bril, een spencer en een bruine das. Hij ziet eruit als een leraar Engels, vindt Louise. Hij heeft een flesje cola in zijn hand. De enige aanwijzing dat hij bij de politie werkt, is zijn penning. Hij neemt plaats tegenover Louise en legt zijn ene been over het andere.

Ze zet zich schrap. Ze heeft besloten gewoon te vertellen hoe het zat: dat ze die avond buiten was. Maar Annabel ook. De drugs in de zak zijn van Annabel, niet van haar.

De man stelt zich niet voor maar neemt een slokje cola en begint.

Afgaande op zijn gezicht en kleding verwacht ze dat hij vriendelijk is, maar zijn stem klinkt streng.

'Wat is je relatie met John Paul McLellan?' vraagt hij. Hij kijkt haar strak aan. Hij heeft geen notitieboekje om haar antwoorden te noteren.

Ze is even van slag: ze had niet gedacht dat dit onderwerp ter sprake zou komen.

'Ik ben zijn verloofde,' zegt Louise werktuiglijk. 'We zijn al vier jaar bij elkaar.'

'Hm.'

Ze wacht argwanend tot de man verdergaat. Dwingt zichzelf te zwijgen.

'Hij zei iets heel anders,' zegt de man.

Louise verschuift een beetje op haar stoel. Niet toehappen, zegt ze tegen zichzelf. Louise, niet toehappen. Maar het is te sterk.

'Hoe bedoelt u?'

De man peutert een vuiltje onder zijn duimnagel vandaan. Hij haalt zijn neus op, waardoor zijn bril met het dikke montuur een stukje naar beneden glijdt.

'Hij zei dat jullie even iets met elkaar hadden,' zegt de man. 'Al een tijdje geleden. En dat je nog steeds achter hem aan zit.'

'Gelul,' zegt Louise zonder nadenken.

'Waar is je ring dan?'

Louise wordt rood. Dat was altijd een twistpunt tussen haar en John Paul. Hij zei dat hij haar een mooie ring wilde geven, een bijzondere, en dat hij daarvoor eerst een serieus inkomen moest hebben.

'Die heb ik nu niet om,' zegt Louise. 'Ik heb hem nooit om in het kamp. Daar is hij te mooi voor.'

'Luister, ik weet niet wat waar is. Ik geef alleen maar door wat hij tegen mij heeft gezegd.'

Louise kijkt hem zijdelings aan. 'Hoe heet u?' vraagt ze.

De rechercheur knippert met zijn ogen.

'U weet hoe ik heet,' zegt ze. 'Hoe heet u?'

'Lowry.'

'Ik mag eigenlijk niet met u praten, Lowry.'

'Van wie niet?'

Stil, vermaant Louise zichzelf. Niets zeggen.

Een tijdje zitten ze zwijgend tegenover elkaar. De man leunt achterover op zijn stoel en legt zijn handen achter zijn hoofd, volkomen op zijn gemak. Hij kijkt door het enige raam in de kamer, dat hoog in de muur zit.

Dat onderwijzerstenue is een valstrik, denkt Louise. Een list om vertrouwen te wekken bij de verdachte. Deze man is net als alle andere agenten die ze heeft meegemaakt.

Opeens begint Louises maag zo hard te knorren dat het geluid door de ruimte weerklinkt.

'Je hebt honger,' zegt de man. Een mededeling, geen vraag.

Hij staat op en loopt naar de andere kamer. Komt terug met een appel en een mesje. Hij schilt de appel en snijdt hem in stukjes, die hij haar een voor een aanreikt en die zij aanneemt.

'Waarom die vragen over John Paul?' vraagt ze, als de appel bijna op is.

'Kun je dat zelf niet bedenken?'

Louise zegt niets.

'Weet je waarom je hier zit?' vraagt de man. Een nieuwe poging. Maar Louise zegt nog steeds niets.

'Je bent aangehouden voor een klein misdrijf. We zijn op dit moment een zitting aan het regelen om de borgtocht vast te stellen. Dat wordt waarschijnlijk morgen, op zijn vroegst. Maar je zit hier ook om een andere reden.'

Stilte. Ze wacht. De man kijkt haar onderzoekend aan. Zijn blik bevalt haar niet: hij ziet haar als een makkelijk beïnvloedbaar, goedgelovig meisje, iemand die haar geboorteplaats nooit heeft verlaten. Als hij eens wist, denkt ze, als hij eens wist bij welke restaurants ze allemaal met John Paul heeft gegeten, welke films ze heeft gezien. Welke boeken ze heeft gelezen, op aanraden van John Paul of gedreven door haar nieuwsgierigheid. Ik ben anders dan u denkt, wil ze tegen hem zeggen. Maar ze heeft Denny's waarschuwing – niets zeggen zonder advocaat – goed in haar hoofd geprent.

De man buigt zich naar haar toe.

'We weten dat jij weet wat er met Barbara Van Laar is gebeurd.'

Ze is overdonderd.

'Ik weet helemaal niets,' flapt Louise eruit voor ze er erg in heeft. Maar vreemd genoeg klinken die woorden haarzelf onoprecht in de oren: die hoge stem, die klagerige toon.

'Ook dat wijkt af,' zegt de man.

'Waarvan?'

'Van wat je vriend zei.'

Alice

Jaren 50 | *1961* | *winter 1973* | *juni 1975* | *juli 1975* | **augustus 1975**

Hier was Zelfredzaamheid voor bedoeld, realiseerde Alice zich. Op de eerste dag van augustus stond ze om tien uur 's ochtends midden in de salon en keek ze langzaam om zich heen terwijl het hele huis tot leven kwam. Sinds de verdwijning van Bear hadden ze geen feesten meer georganiseerd, geen Muggenvaarwel, en ook geen andere feesten. Maar Peter beschouwde het honderdjarig bestaan van het huis als een mooie gelegenheid om die traditie in ere te herstellen. 'Goed voor de zaken,' zei hij. Hij had een paar potentiële cliënten die hij wilde uitnodigen.

Het enige obstakel was het vele werk dat ervoor moest worden verzet. De meeste slaapkamers waren sinds lang voor Barbara's geboorte niet meer in gebruik. Nu gingen ze van het slot en werden de stoflakens van het meubilair getrokken, de ramen opengezet. Hun bloemist in Albany leverde boeketten af. Wilde bloemen, in opdracht van Peter: vazen met klaverzuring en wespenorchis en jan-op-de-preekstoel, overal in huis, op alle nachtkastjes. Peter had de bank en de stoelen in de salon opnieuw laten stofferen en hij had nieuwe meubels gekocht: op het gazon dat afdaalde naar het Meer van Joan stonden nu dertig lokaal vervaardigde Adirondack-stoelen, strak opgesteld in een halve cirkel. De oude stoelen – halfvergaan en vol splinters – waren door een medewerker aan spaanders gehakt voor in de haard.

Maar niet alleen het huis had een opknapbeurt ondergaan. De afgelopen weken, sinds Barbara's vertrek naar het kamp, had Alice voor het eerst in jaren weer eens aandacht aan haar eigen uiterlijk besteed. Dat was een welkome afwisseling. Door het feest en alle voorbereidingen die daarbij kwamen kijken, was een wezenlijk kenmerk van haar persoonlijkheid opnieuw tot leven gekomen. Natuurlijk had ze zichzelf nooit echt laten verslonzen, maar ze had weinig energie gestoken in haar kleding, haar huid, haar nagels. Lang geleden droeg ze haar haar in een volumineus pagekapsel tot net in de nek. Heel chic, vond iedereen altijd. Maar sinds de verdwijning van Bear was ze niet meer bij haar vaste kapper geweest, omdat ze er geen zin in had om steeds weer dezelfde vragen te beantwoorden. En inmiddels was haar haar zo lang dat ze zich ervoor schaamde. Daarom deed ze het altijd maar in een lage gedraaide knot.

Een week nadat Barbara naar Kamp Emerson was vertrokken, had ze zich door een van de bedienden naar Albany laten brengen voor een kappersafspraak. Ze was teruggekomen met steil haar dat als een recht gordijn over haar rug hing en geverfd was om het grijs bij haar slapen te verhullen. In haar hand had ze een tas van Whitney's met zeven nieuwe outfits, waaronder twee minirokken en een bikini. De onvoorstelbaar jonge verkoopster had haar aangespoord: 'U hebt er immers het figuur voor.'

Nu was het zaterdagochtend – de dag dat het feest zou beginnen – en liep Alice naar haar kledingkast om een van haar nieuwe outfits te kiezen.

'Mevrouw Van Laar,' zei iemand.

Ze draaide zich om. Het was een jongeman die ze niet meteen herkende. Een van de tijdelijke krachten die Peter had ingehuurd, vermoedde ze. Hij droeg in elk geval een uniform.

'Wat is er?'

'Er staat iemand bij de voordeur,' zei de jongen.

'Een gast?' vroeg Alice geschrokken. Dat kan toch nog niet, dacht ze. Het was nog geen elf uur. De gasten werden pas eind van de middag verwacht.

'Dat weet ik niet,' zei de jongen. 'Het is een echtpaar. Ze zijn...' Hij weifelde.

En op dat moment hoorde Alice de stem van haar moeder, vertrouwd en angstaanjagend tegelijk, ongeduldig, geïrriteerd.

Alice verstarde en knipperde met haar ogen. Ze was nog lang niet klaar voor hun komst.

'Dank je,' zei ze en de jongen liep weg. Met enige aarzeling haalde Alice een trui met een opstaande kraag en een ribfluwelen minirok uit de kast en trok die aan.

'Lieve hemel, Alice,' zei haar moeder in de salon. Ze nam Alice van top tot teen op: het steile haar, het korte rokje, de blote benen en voeten. En toen zei ze: 'Je bent vel over been!'

Het was een belediging, maar ook weer niet.

'Moeder,' zei Alice. 'Wat zijn jullie vroeg.'

'Ach, ik dacht dat je wel wat hulp kon gebruiken,' zei haar moeder, terwijl ze met een veelbetekenende blik om zich heen keek.

Soms was Alice onder de indruk van de creativiteit waarmee haar moeder haar kritiek spuide, van de poëtische bewoordingen waarin ze alle tekortkomingen van de wereld om haar heen benoemde. Een ander soort dochter zou haar moeder allang de rug hebben toegekeerd of op zijn minst hebben besloten erom te lachen. Maar Alice realiseerde zich beschaamd dat ze nog steeds, ook nu ze al boven de veertig was, probeerde zich te wapenen tegen het commentaar uit haar moeders mond, de vloed aan zogenaamd neutrale opmerkingen – de ene nog venijniger dan de andere.

'Ga jij je maar klaarmaken,' zei mevrouw Ward. 'Dan wijs ik de anderen wel de weg.'

Alice verstijfde. Droeg zichzelf op om te zeggen: ik bén klaar.

Maar ze zei: 'Dank je wel, moeder.' Ze meed de blik van haar vader. Ze was bang dat ze moest huilen als ze hem aankeek, want ze wist dat er medelijden in zijn ogen lag. Waarom trok ze het zich allemaal zo aan? In deze fase van haar leven? Peter zei al jaren tegen haar dat... nou ja, het deed er niet toe wat hij zei. Hij was zelf een van de oorzaken van het probleem.

Alice liep de gang in en was zich ineens onaangenaam bewust van haar lichaam en haar blote benen. Ze voelde de blik van haar moeder in haar rug branden.

Ze deed de kast in de slaapkamer open en bleef lang staan staren zonder echt te registreren wat ze zag. Er waren kleuren, stoffen, kledingstukken van verschillende lengtes.

Toen viel haar oog op een reepje stof dat net zichtbaar was boven het kledingrek; ze trok eraan.

Tijdens Alice' rustperiode – zo werd haar verblijf in het Dunwitty Institute altijd genoemd – had dokter Lewis er bij de rest van de familie op aangedrongen om alles wat met Bear te maken had uit hun huis in Albany en uit Zelfredzaamheid te verwijderen. En dus waren zijn twee kamers leeggeruimd. De muren – ooit beplakt met een behang waarop wereldkaarten waren afgebeeld, tot verrukking van Bear – waren gewit. Zijn kleding was weg. Net als zijn speelgoed, zijn boeken. Anders zou Alice volgens dokter Lewis nooit herstellen en in het huishouden van de Van Laars werd geluisterd naar dokter Lewis, een vriend van Peter II uit zijn studietijd op Yale.

Maar één voorwerp was aan hun aandacht ontsnapt.

Toen Bear net was geboren, had iemand Alice een dekentje voor hem gegeven, blauw, afgezet met een zijden lint waarop maantjes en sterren waren afgebeeld. De eerste jaren kon hij niet zonder. Maar toen hij er op zijn vierde nog steeds mee door het huis liep, had Peter gezegd dat het van hem moest worden afgepakt. En Alice had daar gehoor aan gegeven; ze had het op deze plank verstopt, ook al had haar zoon er een week lang iedere avond bij het naar bed gaan erbarmelijk om gehuild.

Toen Alice na haar rustperiode ontdekte dat alles van Bear was verdwenen, wist ze dat ze haar afschuw moest verhullen. (Ze zat liever hier, in een huis zonder Bear, dan weer op die andere plek.) Zodra ze zich onbespied wist, was ze naar haar kamer geglipt en had de kast opengedaan. En daar lag hij: de deken die ze zo lang geleden voor hem had verstopt.

Nu drukte Alice de deken tegen haar gezicht en liet ze het gerafelde zijden lint, waar Bear altijd zachtjes met zijn vingers op tikte, langs haar wang glijden.

Ze zou zich niet omkleden, besloot ze. Ze zou niets tegen haar moeder zeggen. Ze zou gewoon deze kleren aanhouden.

Ze ging op haar bed liggen met het dekentje over haar gezicht. Sinds haar uitstapje naar Albany had ze de pillen van dokter Lewis niet meer aangeraakt. Ze had het te druk gehad met de voorbereidingen voor de festiviteiten. Eindelijk iets omhanden, dacht ze. Door al dat geregel was het niet bij haar opgekomen om een heel slechte dag te hebben.

Elders in het huis hoorde ze haar moeder bevelen geven. 'Daar!' zei ze. 'Daar!' 'Nee!' 'Ja!' 'Nee!'

Alice' rechterhand ging uit eigen beweging naar haar nachtkastje, trok de lade open; ze voelde de geruststellende bolling van het flesje, hoorde het geruststellende gerammel van de pillen, stak er een in haar mond, en toen een tweede en een derde en een vierde. Ze beet ze doormidden en kauwde. Ze legde Bears deken weer over haar gezicht. Een lijkwade, dacht ze, een doodskleed, en ze gniffelde een beetje.

Toen ze haar ogen opendeed, hoorde ze stemmen op het gazon. Veel stemmen. Ze probeerde te gaan zitten, maar dat lukte niet. Er was duisternis boven haar en om haar heen. Als kind hield ze al niet van dutjes overdag, want bij het wakker worden voelde ze altijd een bijna bovennatuurlijke wanhoop. Bear was net zo: alleen na zijn middagslaapje was hij neerslachtig.

Nu voelde ze die wanhoop ook. Ondanks de middaghitte trok ze de dekens om zich heen.

Een minuut – of een uur – later stond ze op.

Het nachtkastje, de lade, de pillen. Nog twee. Drie.

Ze legde een hand tegen de muur en liep half op de tast door de gang naar de keuken, zocht in het kastje naar een glas, zette de kraan aan. Het water kwam uit een put en had de zoetige smaak van de aarde.

Er ontsnapte een straaltje uit haar mondhoek en ze veegde langs de onderkant van haar kin om het op te vangen. En toen zag ze vanuit haar ooghoek iets bewegen, een weifelende gestalte. Ze draaide zich om. De nieuwe kokkin. Het meisje uit Shattuck. Die zonder naam.

'Wat is er?' vroeg Alice.

'Niets.'

'Niets, mevrouw,' zei Alice, maar het meisje staarde haar alleen maar aan.

De keukenkastjes. De muur. De twee treden op naar de salon. Voorzichtig, voorzichtig. De rugleuning van de bank. De zijkant van de open haard, aangenaam ruw.

Bij de schuifdeur naar het gazon kwam ze abrupt tot stilstand. Daar stonden haar gasten – het waren ook háár gasten, schoot het door haar hoofd, niet alleen van Peter.

Ze waren zonder haar begonnen. Het was bij niemand opgekomen om haar wakker te maken, zelfs niet bij haar eigen echtgenoot. In de zon sloegen ze hun glas achterover, gooiden ze lachend hun hoofd achterover.

Ze zocht Peter en zag hem met de McLellans praten: man, vrouw, dochter, zoon, allemaal even afschuwelijk op hun eigen manier, dacht Alice.

Ze wilde een hand tegen de schuifdeur leggen, maar die bleek open te staan. En ze tuimelde naar voren, waarop een vrouw een paar meter bij haar vandaan vrolijk haar naam riep – 'Alice!' – en vervolgens zweeg.

De gasten hadden de begroeting gehoord en ze draaiden zich om, vielen stil.

Langzaam realiseerde ze zich iets: er zaten te veel pillen in haar lichaam. Zeker na een week zonder pillen. Na een dag zonder eten. Ze bracht een hand naar haar haar en voelde dat het niet goed zat: er hingen dikke slierten langs haar gezicht. Ze bracht een hand naar haar kleren, naar haar korte rok en voelde dat die te hoog om haar middel zat.

Haar blik dwaalde naar Peter. Hij stond te ver bij haar vandaan. Hij zei iets tegen de McLellans, iets over haar – ze zag zijn mond bewegen.

De zoon van de McLellans, John Paul junior, was een man geworden. Het gerucht ging dat hij de zaak zou overnemen en dat leek haar wel passend: hij had nu al hetzelfde air als de andere mannen. Die uitstraling dat hij recht meende te hebben op dingen – op alles.

Er brak een déjà vu door haar roes heen, het gevoel dat ze deze opeenvolging van gebeurtenissen al eens had meegemaakt.

Ze bracht een hand naar haar gezicht om te voelen of dat nog heel was.

Toen draaide ze zich om en liep naar binnen.

Terug het huis in, de schaduw in, door de gang naar de kamer van Bear, onstuitbaar, en ging op het bed liggen dat niet langer van haar zoon was, waar ze zich oprolde tot een nieuwe, compacte ordening van botten en vlees, waar twee gasten haar enkele uren later diep in slaap zouden aantreffen.

Buiten hoorde ze de vrolijke stemmen van haar gasten langzaam weer aanzwellen.

Het feest zou zonder haar verdergaan.

Louise

Jaren 50 | 1961 | winter 1973 | juni 1975 | juli 1975 | augustus 1975:
dag één

Louise voelt zich akelig.

'Ik geloof u niet,' blijft ze maar zeggen.

'Dat moet je zelf weten,' zegt rechercheur Lowry. Ze heeft het idee dat ze allerlei dingen tegen hem heeft gezegd die ze beter voor zich had kunnen houden. Maar als er iets is waar ze woest van wordt, dan zijn het leugens. Al haar hele leven verspreiden mensen leugens over haar. En vandaag is dat zelfs twee keer gebeurd: eerst Annabel, nu dit. Haar wangen gloeien van woede: het is zo onrechtvaardig. Ze is getergd. Ze kan zich niet inhouden.

'U liegt,' zegt ze met bonzend hart.

'Nee, hoor,' zegt Lowry, zo bedaard en zelfverzekerd dat ze hem het liefst over de tafel wil trekken en...

'Wanneer is het begonnen?' vraagt Lowry.

'Krijg de pest.'

'Oké. Dan blijven we hier nog even zitten. Ik hoef nergens heen.'

Lowry heeft verteld dat John Paul is aangetroffen met een zak waar Barbara's kleren in zaten. Bebloede kleren, had hij eraan toegevoegd en bij die woorden hield hij haar blik vast.

John Paul wist niet wat er in die zak zat, had de rechercheur gezegd.

John Paul beweerde dat Louise had gevraagd of hij die zak voor haar wilde weggooien.

'Weet je waar dat me aan doet denken?' had de rechercheur gezegd. 'Die andere zak die je vanmorgen door iemand wilde laten weggooien.'

Nu kijkt Louise hem strak aan, met een rood aangelopen gezicht. Ze probeert tevergeefs haar stem vlak te houden.

'Luister,' zegt ze. 'Ik heb met allebei die zakken niets te maken. Ik wist van die van Annabel. Maar dat spul was van haar. Niet van mij.'

Lowry neemt haar aandachtig op.

'Ik snap het wel,' zegt hij. 'Barbara zag er veel ouder uit dan dertien.'

Louises maag draait zich om. Die opmerking heeft ze zo vaak gehoord, maar dan over zichzelf.

'Nee hoor, ze ziet eruit als een meisje van dertien met zwarte eyeliner,' zegt ze. Ze spreekt zorgvuldig in de tegenwoordige tijd om de syntactische val die de rechercheur waarschijnlijk bewust voor haar heeft gezet te vermijden. 'Ze ziet eruit als een kind.'

Lowry knikt. 'Ja, misschien heb je gelijk. Dat past ook wel in het plaatje.'

Ze laat zich niet uit de tent lokken.

Hij doet een nieuwe poging. 'Hoelang ken je Lee Towson al?'

Ze zegt niets. Het beeld van Lee verrijst voor haar geestesoog, met zijn schort om, grijnzend naar haar vanuit de keuken van de kantine. Ze vraagt zich af waar hij nu is.

'Het was zeker zijn idee, hè?' zegt Lowry. 'Hij wilde zeker dat je haar naar hem toe bracht.'

Het is zo'n absurde beschuldiging dat ze weer woest wordt, maar nu begrijpt ze pas ten volle wat Denny Hayes bedoelde toen hij zei dat ze om een advocaat moest vragen. Alles wat ze nu zegt, zal tegen haar worden gebruikt.

'Waarom zit ik hier nog?' vraagt Louise ten slotte. Haar honger is overgegaan in misselijkheid.

Lowry kijkt haar verbaasd aan.

'Jullie kunnen me helemaal niet vasthouden,' zegt ze. 'Ik kan gewoon weglopen als ik dat wil.'

'Nee, hoor,' zegt Lowry hoofdschuddend. 'Strikt genomen ben je aangehouden voor bezit van verboden middelen.'

'Weer een leugen.'

'Nou, dat valt nog te bezien. In elk geval is dat de aanklacht die tegen je is ingediend. Dus zolang er nog geen borg is vastgesteld en betaald, blijf je hier.'

'Maar dat is niet de echte reden dat jullie me hier houden,' zegt Louise. 'Dat had u al gezegd.'

Lowry glimlacht. 'Is dat zo?'

Louise zwijgt.

'Louise, als je niets meer wilt zeggen, is dat ook best. Dat recht heb je. Maar luister, ik zal je iets vertellen waar je je voordeel mee kunt doen.'

Hij wacht even en neemt een slokje cola. Uit de binnenzak van zijn jasje haalt hij een in plastic verpakte haverkoek met rozijnen, die zacht is geworden van de warmte, en hij scheurt de verpakking open en neemt een hap.

'De maximumstraf voor het bezit van verboden middelen is vijf jaar,' zegt hij kauwend.

Louise trekt wit weg. Over vijf jaar is haar broer zestien. Bijna volwassen. Over vijf jaar is het te laat.

'Maar als je weet waar Barbara Van Laar nu is, of als je andere informatie hebt die ons kan helpen, kunnen wij jou ook beter helpen.'

Louise kijkt naar de tafel. Ze is bang dat als ze opkijkt, de tranen waartegen ze vecht alsnog naar buiten zullen komen. Ze wil niet dat deze man haar ziet huilen; ze gaat nog liever dood, of naar de gevangenis.

'Hoe dan ook, ik zou nu kunnen bellen,' zegt Lowry. 'Om een hoorzitting te regelen. Maar,' hij kijkt met een theatraal gebaar op zijn polshorloge, 'het is al laat. Ik denk dat de rechter morgen pas weer bereikbaar is.'

Hij loopt weg.

Louise is alleen.

Ze blijft roerloos zitten en laat tot zich doordringen hoe ernstig de situatie is. De eerste emotie die bij haar naar boven komt, is afschuw: dat John Paul tot zulke pure slechtheid in staat is. De tweede is angst. Dat ze hem eerder zullen geloven dan haar.

Maar één ding was haar bekend: hij heeft wrede, wraakzuchtige trekjes. Dat heeft ze al vaker gemerkt. Meestal botvierde hij die op anderen, op andere jongens tijdens feestjes waar iedereen dronken en high was.

Eén keer was zij zelf het mikpunt.

Louise

Jaren 50 | *1961* | winter 1973 | *juni 1975* | *juli 1975* | *augustus 1975*

Het was haar tweede winter bij de Garnet Hill Lodge. Deze maandag, altijd al een stille dag, kwamen er vanwege de ijzige kou een hoop annuleringen binnen en dus kreeg Louise vroeg vrij. Omdat ze zich verveelde en eenzaam was, maakte ze van de gelegenheid gebruik om een dienstauto te lenen en naar Union College te rijden.

John Paul deelde een huis met een aantal jongens en toen Louise daar aanklopte, deed een van die jongens open.

'John Paul is er niet,' zei hij, toen hij haar na een paar seconden herkende.

'O,' zei Louise. Achter de jongen hoorde ze geluiden die wezen op een feestje. De lage, repeterende bromtoon van een plaat die bleef hangen. Een meisje dat het uitschaterde. De naald die werd goed gezet. Een jongen die brulde.

Ze herkende die brul.

'Steven,' zei ze. 'Volgens mij is hij er wel.'

Binnen stonden en zaten een stuk of vijftien mensen, verspreid in kleine groepjes, en op de achtergrond speelde Led Zeppelin.

Ze zag vooral meisjes die ze niet kende. Jonge meisjes, waarschijnlijk eerstejaars. Helemaal opgedoft: uitgaanskleding, haar gewassen en geföhnd. Waar gaan ze naartoe in deze kou, vroeg Louise zich af. En toen realiseerde ze zich dat dit huis hun bestemming was en dat de bewoners de reden waren dat ze zoveel zorg aan hun uiterlijk hadden besteed. Met haar parka en muts voelde Louise zich net een vriendelijke sneeuwpop.

Achter in de kamer stond John Paul, een beetje zwaaiend op zijn benen, zo dronken dat Louise haar keel voelde dichtknijpen. Hij had een biertje in zijn hand en droeg ondanks de kou geen T-shirt. Zijn schouders en borst waren rood. Hij had een mooi, slank postuur, een goede bos haar en hagelwitte tanden – doorgaans vond Louise hem aantrekkelijk. Maar de snelste manier om een knappe man lelijk te maken, was door hem dronken te voeren. Ze was bang voor dronken mannen. Ze had al op jonge leeftijd geleerd hoe ze hen moest paaien. Ze lachte om hun slechte grappen; hard genoeg om te voorkomen dat ze zich gekrenkt voelden, maar niet zo hard dat ze het als aanmoediging konden opvatten. Vlak onder het vernis van jovialiteit lagen hun fysieke kracht en hun wreedheid te wachten, als twee geweren die elk moment konden afgaan.

'Louiiiiiiise,' riep John Paul toen hij haar zag. Hij kwam slingerend naar haar toe, sloeg zijn armen om haar schouders en leunde zo zwaar op haar dat ze bijna omvielen.

'Wie zijn dit allemaal?' fluisterde ze.

'Nieuwe vrienden,' zei hij met dikke tong. 'Je vindt ze vast aardig. Kom mee.'

Maar hij stelde haar niet voor en dus zat ze een hele tijd op de bank toe te kijken, zonder drankje in haar hand, gekleed in een poloshirt met het embleem van de Garnet Hill Lodge – haar werkkleding, godbetert! – terwijl de mensen om haar heen steeds dronkener werden, terwijl de muziek luider werd en de seksuele spanning steeds tastbaarder.

De meisjes deden haar ergens aan denken, of eigenlijk aan iemand, aan heel veel iemanden, en met een schok besefte ze dat het de meisjes uit het kamp waren. Niet alleen omdat ze net zoveel rijkdom uitstraalden en zich net zo gedroegen, maar ook omdat ze bijna even jong waren: de jongste leek zestien of zeventien. Twee meisjes begonnen wiebelig en kronkelend met elkaar te dansen en Louise zag hoe John Paul naar hen keek. Dat was het moment waarop ze naar zijn slaapkamer ging, zonder afscheid te nemen.

Ze rookte zelden, maar toen ze de sigaretten van John Paul op het nachtkastje zag liggen, met een zilveren aansteker ernaast waarin het monogram JPM was gegraveerd, besloot ze er een op te steken. De warmte voelde prettig in haar longen.

Ze stopte de aansteker in haar zak. Ze wilde iets van hem afpakken.

Ze doofde de sigaret en bleef heel lang liggen. Er was een raam vlak naast het bed en toen ze naar buiten keek, zag ze dat de maan bijna vol was. De muziek beneden werd zachter en rustiger. Ze wist niet hoe laat het was.

Louise werd wakker van de deur die openknalde. Ze schoot overeind met een hand op haar borst. John Paul stond als een silhouet in de deuropening.

Beneden waren nog steeds mensen aan het praten.

‘Waar zat je nou?’ vroeg hij. Zijn stem klonk zacht. Ze wist niet of hij nuchterder of dronkener was dan toen ze naar boven ging.

‘In bed,’ zei ze.

‘Ik ben niet achterlijk, hoor,’ zei hij – een van zijn standaarduitspraken als ze ruzie hadden. Hij was heus niet achterlijk. Dat moest hij tegen iedereen benadrukken. ‘Waarom zei je dan niet dat je naar boven ging?’

Louise voelde woede opborrelen in haar keel. Gewoonlijk dacht ze goed na bij alles wat ze tegen John Paul zei, maar vanavond liet ze haar waakzaamheid varen.

‘Ik wilde je niet in de weg zitten,’ zei ze.

‘Wat?’

‘Ik had het idee dat je meer lol zou hebben zonder mij.’

John Paul deed de deur achter zich dicht en het was weer donker in de kamer. Ze kon hem niet meer zien. Diep vanbinnen roerde zich iets en ze voelde angst de kop opsteken.

‘John Paul,’ zei ze en ineens waren daar zijn handen, die haar ruw vastpakten bij haar kleren en haar van het bed trokken.

‘Met wie heb je geneukt?’ riep hij. Zijn stem was te hard. Ze kromp ineen. De stemmen beneden verstomden – iedereen luisterde.

‘Sst,’ zei ze en te laat bedacht ze dat John Paul daar altijd razend van werd: gemaand worden zachter te praten was voor hem erger dan een klap in zijn gezicht krijgen. Dat had hij letterlijk zo tegen haar gezegd.

‘Ik maak zelf wel uit hoe hard ik praat,’ zei hij. Schreeuwde hij. ‘Ik vroeg je iets. Met. Wie. Heb. Je. Geneukt?!’

Zacht gegiechel van beneden.

‘Met niemand,’ fluisterde Louise haastig. John Paul verstevigde zijn greep om haar kraag.

‘Echt niet? Want ik weet dat je ertoe in staat bent. Ik heb het met eigen ogen gezien.’

Lang geleden, dacht Louise. Eén keer. Toen ze nog geen week bij elkaar waren. Haar tweede maand op de universiteit. Zo dronken dat ze zich er bijna niets van herinnerde. Zo dronken dat het niet meer leuk was.

‘John Paul,’ zei Louise. ‘Ik wilde gewoon slapen. Ik was moe.’

Hij hield haar nog een paar seconden vast, ademde in haar gezicht. Toen liet hij langzaam los. Zijn armen zakten langs zijn zij en hij deed wankelend een stap naar achteren.

Louises ogen waren nu gewend aan het duister. John Pauls bril glinsterde in het licht van de straatlantaarn. Hij zette zijn handen op zijn heupen en boog even zijn hoofd. Toen drong hij zich langs haar heen en liet zich diagonaal op het bed vallen. Hij nam zoveel ruimte in dat er voor haar geen plaats was.

Louise keek naar hem. Ze wilde hem niet wakker maken. Wilde een nieuwe uitbarsting voorkomen. Ze kon op de grond gaan slapen. Of ze kon de kou in gaan, in de dienstauto stappen, hopen dat de motor aansloeg, hopen dat er op dit tijdstip een pompstation open was. Ze kon terugrijden naar de Garnet Hill Lodge. Ze kon hem voorgoed achterlaten.

In haar buik brandde een klein vlammetje van razernij.

'Stik de moord,' zei ze. Het was eruit voor ze het wist.

Hij vloog haar aan. Met zijn linkerhand pakte hij haar shirt vast. Met zijn rechterhand gaf hij haar een stomp, twee keer, terwijl ze wild met haar armen zwaaide in een poging haar gezicht te beschermen. Ze schopte naar hem. Ze viel op de grond. Maakte zich klein, beschermde haar hoofd, probeerde haar maag te beschermen. Hij gaf haar één harde trap in de rug.

Niet schreeuwen, zei ze tegen zichzelf. Niet schreeuwen.

Het was een morbide instinct, dat haar ertoe dreef haar lichaam op te offeren voor haar trots. Ze zou het onverdraaglijk vinden als de meisjes in uitgaanskleding daarbeneden hoorden dat ze in elkaar werd geslagen.

John Paul keek hijgend op haar neer.

'Zeg dat nog eens als je durft,' zei hij.

Ze zweeg.

Ze wachtte net lang genoeg. In haar hoofd vinkte ze een lijstje af: haar autosleutels lagen op tafel bij de voordeur. Haar tas lag op de grond naast het bed, maar die moest ze achterlaten. Ze zou hem niet meteen kunnen vinden in het donker.

'Zeg: stik de moord,' riep John Paul. 'Zeg dan.'

Ze liet een paar tellen in stilte voorbijgaan en stortte zich toen met al haar kracht op zijn knieën. Ze was kleiner dan hij, maar er waren twee factoren die in haar voordeel werkten: de zwaartekracht en het feit dat ze nuchter was. Ze omklemde zijn benen, waardoor hij hard achterover viel, en ze sprong op – de pijn in haar gezicht en haar rug nam alleen maar toe – en rende de trap af. Op het moment dat ze de sleutels van het gangtafeltje griste, hoorde ze hem achter haar aan de trap af stormen.

Ze voelde dat er vanuit de woonkamer naar haar werd gekeken. Ze draaide zich niet om. Ze rukte de voordeur open en gleed bijna uit over de ijslaag op het trapje, maar ze hervond haar evenwicht. Ze stapte in de auto, probeerde te starten – één, twee, drie keer. De motor sloeg altijd moeilijk aan in de kou.

John Paul kwam naar buiten gestormd en vloog het trapje af. Het ijs werd haar redding: in tegenstelling tot Louise ging hij hard onderuit en bleef liggen. Op dat moment sloeg de motor aan. Ze stoof achteruit de stille, donkere straat in en schakelde snel van de eerste naar de tweede, de derde en de vierde versnelling.

Haar hart ging nog steeds tekeer. De meter gaf aan dat ze nog een kwart tank had, misschien iets minder. Niet genoeg voor de terugweg naar de Garnet Hill Lodge, dat was zeker. En haar portemonnee lag nog bij John Pauls bed.

Haar ogen begonnen te zwellen, vooral het linkeroog. Ze draaide het raampje naar beneden en brak een ijsscherf van de bovenkant van de zijspiegel. Die hield ze eerst tegen het ene oog en daarna tegen het andere.

Toen ze bij de afslag naar Shattuck kwam, was de tank nog voor een achtste vol. De Garnet Hill Lodge was nog een half uur over de snelweg en daarna drie kwartier over kleinere wegen. Ze zou naar huis kunnen rijden, naar binnen kunnen sluipen, vroeg in de ochtend weer wegsluipen en hopen dat Jesse en haar moeder haar niet zouden zien met dat toegetakelde gezicht. Maar als ze haar wel zagen, dacht ze – als Jesse haar zag?

Ze nam de afslag. Ze had geen keus.

En toen, terwijl ze stond te wachten bij het verkeerslicht onderaan de afrit, kreeg ze een ingeving.

Ze was nog nooit 's winters op het Domein Van Laar geweest. Ze had geen idee of het er wel begaanbaar was. De sneeuw hoopte zich in de Adirondacks snel op en bleef lang liggen, wat betekende dat je in maart nog tot aan je heupen kon wegzakken op de plekken waar niet was geruimd. Maar ze had gehoord dat de familie er met Kerstmis was geweest en sindsdien was er niet veel sneeuw meer gevallen.

En inderdaad, toen ze om twee uur 's ochtends aankwam, bleek de toegang sneeuwvrij. Aan het eind van de oprijlaan verrees het enorme donkere huis, verzonken in een winterslaap. Ze deed haar koplampen uit en wachtte tot haar ogen gewend waren. Er was niemand te bekennen. De maan was die nacht zo helder dat het licht weerkaatste op de weidse sneeuwvlakte. Zelfs op dat tijdstip kon ze alles zien. Ze stapte uit de auto.

Toen ze Balsemzilver binnenliep, voelde ze haar voeten niet meer.

Ze tastte naar de zaklamp die de hele zomer op een plank bij de deur had gelegen en tot haar opluchting vonden haar vingers wat ze zochten.

Op weg naar de blokhut was ze langs de kantine gekomen en ze had zo veel mogelijk gekloofde blokken en aanmaakhoutjes van de stapel op de veranda gepakt. Nu liep ze naar de houtkachel die tegen de wand stond – een van de weinige overblijfselen uit de tijd dat Balsemzilver een jachthut was.

Ze scheen met de zaklamp in het rookkanaal: het zag er vrij schoon uit en dus legde ze een stevig vuur aan; ze gebruikte de aansteker die ze van John Paul had gestolen en bad dat het aanmaakhout vlam zou vatten.

Ze schoof een van de veldbedden zo dicht naar het vuur dat de vlammen haar net niet schroeiden. Ze trok haar bergschoenen uit en zette ze ervoor, legde haar kletsnatte sokken ernaast en hield ook haar voeten bij de vlammen tot ze gloeiend heet waren. Ze pakte een dun, slap matras van een ander veldbed en legde het over zich heen.

Zo viel ze in slaap.

Voor de tweede keer die nacht werd ze uit haar slaap gewekt.

'Opstaan,' zei een stem.

Louise was gedesoriënteerd. Door de warmte van het vuur waren haar ogen zo ver opgezet dat ze bijna dichtzaten en ze kon alleen maar vaag een gedaante onderscheiden die in elke hand een voorwerp vasthield. Een daarvan had de vorm van een pistool en was op haar gericht.

'Opstaan,' zei de stem weer.

Door de pijn in haar rug en ribben bewoog Louise heel traag, maar uiteindelijk stond ze rechtop.

De arm met het pistool zakte.

'Louise Donnadieu?' zei de gedaante na een stilte.

Het andere voorwerp bleek een brandblusser te zijn en daarmee spoot de gedaante schuim op de vlammen. Het leek heel lang te duren voordat de duisternis en de kou de hut weer binnendrongen. Louise begon te bibberen.

Tijdens de stilte die volgde, drong tot Louise door dat de gedaante T.J. Hewitt was.

'Hoe kun je nou zo dom zijn om een vuur te maken met zo'n oude schoorsteen,' zei T.J. 'Voor hetzelfde geld was de hele blokhut in de fik gevlogen.'

'Ik wist niet dat je hier het hele jaar woonde,' zei Louise.

'Waar zou ik anders moeten wonen?'

'Ik dacht in de stad.'

'En welke stad zou dat dan zijn?'

Louise zweeg. Ze voelde schaamte omhoogkruipen, en spijt. Dit was in korte tijd haar favoriete baan geworden en nu zou ze die ongetwijfeld kwijtraken.

'Wie heeft je gezicht zo toegetakeld?' vroeg T.J.

Louise zei niets. Ze stond op en draaide zich om naar haar leidinggevende, die ze nauwelijks meer kon zien nu het vuur was gedoofd.

'Heb je misschien wat benzine voor me?' vroeg ze.

In het kantoor – dat, zoals Louise nu begreep, ook T.J.'s woning was – stak T.J. een verantwoord vuur aan. Licht en schaduw kronkelden over de muren. T.J. had haar een koude biefstuk gegeven om op haar ene oog te leggen tegen de zwelling. Met haar andere oog zag Louise de geschiedenis van de blokhut: de boeken op de planken, romans en handleidingen, de foto's aan de gelambriseerde wanden, vaal geworden prenten van beren en vogels en verstilde ochtenden aan kalme meertjes. Aan een van de wanden hing een kaart van het hele Adirondack-reservaat. Aan een andere een poster met dierensporen.

T.J. liep naar het keukentje naast de woonkamer en roerde in een pan op het fornuis. Louise keek naar haar rug. Ze had een lange vlecht die recht omlaag hing langs haar rug. Haar lichaam was nauwelijks breder dan die vlecht, maar sterk was ze wel, dat stond buiten kijf. De hele zomer waren de contouren van haar arm- en beenspieren goed zichtbaar geweest boven haar sokken en onder de mouwen van haar T-shirt. Louise had haar zonder enige moeite een lange houten kano boven haar hoofd zien torsen – zelfs voor een man een zware krachtsinspanning.

Ja, ze had benzine, had T.J. gezegd, maar die stond helemaal aan de andere kant van het grote huis en om eerlijk te zijn was ze moe. Louise kon die nacht wel bij haar logeren. Dan zouden ze de volgende ochtend de auto in orde maken.

T.J. kwam terug met een kom soep in de ene en een glas water in de andere hand. Ze zette beide op een lage tafel bij Louise. Haalde de biefstuk van Louises gezicht. Ze hield hem in beide handen – zonder acht te slaan op het sap dat op de grond druppelde – en sloeg Louise nauwlettend gade terwijl die at en dronk.

'Wat?' zei Louise, die er niet van hield als iemand haar zo aandachtig opnam, zeker niet als ze er zo uitzag.

'Niks, ik vraag me alleen af of je niet naar de dokter moet.'

'Niet nodig,' zei Louise.

'Misschien heb je interne bloedingen. Heeft hij je geschopt?'

Louise had door dat het een strikvraag was en nam de tijd voor ze antwoord gaf. Ze kon eromheen draaien – 'Heeft wie me geschopt?' – maar omdat ze toch al zeker wist dat ze haar baan kwijt was en dat ze T.J. hierna nooit meer zou zien, knikte ze.

'Ja,' zei ze. 'Maar volgens mij is alles daarbinnen nog heel. Ik heb vooral last van mijn gezicht.'

T.J. knikte. Liep weer naar de keuken om de biefstuk op te bergen. Ze hield van eerlijkheid, wist Louise. Dat was een van de thema's waarover ze elke zomer aan het begin van het kamp een hele uiteenzetting gaf: eerlijkheid, integriteit, waakzaamheid.

'Was het je vriend?' riep T.J. over haar schouder.

'Ja,' zei Louise.

'Zal ik hem voor je vermoorden?'

Louise grijnsde, en kromp ineen van de pijn.

Plotseling liep T.J. de gang in en even dacht Louise dat ze naar bed ging. Maar ze kwam al snel terug en reikte haar iets aan. Een grote foto zonder lijst.

Louise moest haar oog met twee vingers opentrekken om goed te kunnen kijken. Het was een foto van een groep mensen die in drie rijen stond opgesteld voor Zelfredzaamheid, aan de kant van het meer. Op de eerste rij zaten kinderen van uiteenlopende leeftijden, achter hen stonden volwassenen. Ze zagen er jolig uit. Ze waren al pratend, lachend en draaiend vastgelegd. Slechts enkelen grijnsden naar de camera.

Louise draaide de foto om. Op de achterkant was met zwarte inkt geschreven: MUGGENVAARWEL, 1961.

Ze keek vragend naar T.J.

T.J. ging naast haar op de bank zitten. Ze wees naar een lang, slank meisje van twaalf of dertien aan het eind van de tweede rij.

'Dat ben ik,' zei T.J. 'Ik was ongeveer net zo oud als de meisjes uit jouw groep.'

Toen wees ze naar de lange man die naast haar stond, met een hand op haar schouder. 'Dat is mijn vader.'

‘Hij ziet er vriendelijk uit,’ zei Louise.
‘Vriendelijk is niet het juiste woord. Maar hij heeft een goed hart.’
Ze verschoof haar vinger naar een jongen van een jaar of tien in kleermakerszit op de eerste rij. Hij was blond, had een ondeugende grijns en zat met zijn ene schouder iets lager dan de andere.
‘Herken je hem?’ vroeg ze.
Hij kwam Louise inderdaad bekend voor, maar ze wist niet waarvan.
‘Dat is je vriendje,’ zei T.J.
Louise boog haar hoofd. Sperde haar gezwollen ooglid open. Haar oog traande nu. Ze zocht naar de hoek vanwaaruit ze de gezichten het best kon onderscheiden.
En inderdaad: het was John Paul. Ze had al eens een foto gezien van hem op die leeftijd; die stond op het bureau van zijn studentenkamer. Het was een foto van hem en een andere jongen. Ze had hem één keer gevraagd wie dat was, maar hij had een ontwijkend antwoord gegeven: ‘Een vriendje van vroeger.’
‘John Paul McLellan,’ zei T.J. Het klonk alsof ze ergens over peinsde. Alsof ze zich iets herinnerde, iets… vervelends.
‘Hoe wist je dat hij mijn vriend is?’ vroeg Louise.
‘Hoe denk je dat je aan deze baan bent gekomen?’
Daar was ze even stil van. Ze zag zichzelf niet graag als iemand met de juiste contacten. Alles wat ze had verworven, was haar eigen verdienste geweest – tot ze John Paul had leren kennen.
‘Ik heb hem altijd een rotjoch gevonden,’ zei T.J. ‘Het was ook niet mijn keuze om jou aan te nemen. Het moest van de familie.’
Toen stond ze op en liep weer de gang in. Maar deze keer kwam ze niet terug.

Louise zette de foto op de lage tafel voor haar. Dacht na.
Even later pakte ze de foto weer op.
‘1961’ stond er op de achterkant: het jaar waarin de zoon van het echtpaar Van Laar vermist raakte.
Ze bestudeerde de foto grondiger. Er stonden twaalf mensen op de achterste rij, veertien op de middelste, met T.J. en haar vader een beetje terzijde, en op de voorste rij zaten tien kinderen. Naast John Paul zat een meisje met een geërgerde frons op haar gezicht, waarschijnlijk zijn zus Marnie. Ze had dezelfde blik als die avond dat Louise was komen eten.
Maar aan zijn andere kant zag Louise iets interessanters: een jongetje dat net iets jonger was dan John Paul, een jaar of acht. Hij grijnsde breed-

uit en had beide armen boven zijn hoofd gestrekt. Een vrouw in de rij achter hem – zijn moeder, nam Louise aan – hield zijn handen vast en keek glimlachend op hem neer.

Ze herkende hem, in twee opzichten.

Het was de jongen van de foto op John Pauls bureau. 'Een vriendje van vroeger,' had hij gezegd. Meer had hij er niet over kwijt gewild.

Het was Bear, de vermiste zoon van het gezin, over wie zoveel geruchten de ronde deden in het kamp. Ze had nog nooit een foto van hem gezien.

Het vuur achter haar knetterde zo luid dat ze ervan schrok.

Toen ze 's ochtends wakker werd, was de foto verdwenen en stond haar gastvrouw bij haar met de telefoon.

'Hoe laat is het?' vroeg Louise.

'Half elf. Je hebt flink geslapen.'

'Shit,' zei Louise. 'Shit.'

Ze moest om twaalf uur in de Garnet Hill Lodge zijn. Ze had de dienstauto bij zich – en de tank was leeg.

Met een van pijn vertrokken gezicht schoot Louise overeind. Ze tastte naar haar schoenen.

'Louise,' zei T.J. bedaard. 'Denk even rustig na.'

'Ik moet weg. Ik moet naar mijn werk.'

'En wat ga je ze vertellen als ze je gezicht zien?'

Louise dacht even na. 'Ik was aan het skiën in het donker. En toen ben ik tegen een boom gebotst.'

'Ze laten je zo heus niet werken. En het is ook niet verstandig om te rijden met dat dichte oog. Je kunt ze beter even bellen met die smoes dan er helemaal naartoe te gaan.'

Louise had zich nog nooit van haar leven afgemeld op het werk. Het was een kwestie van trots. Het was een van de dingen die T.J. van haar had aangevoeld, vermoedde ze, een van de redenen dat T.J. op haar gesteld was.

'Kom,' zei T.J. 'Mijn toestemming heb je.'

Plotseling werden ze onderbroken door een luide hoestbui vanuit een kamer in de gang. Louise schrok.

'O,' zei T.J. 'Dat is pa. Ik had moeten zeggen dat hij hier was.'

'Woont hij bij jou?' vroeg Louise. Van de zomer had ze gehoord dat de vorige coördinator nog leefde, al was hij uit zijn functie ontheven, maar ze had hem nog nooit gezien.

'Ja,' zei T.J.

Louise dacht even na. 'Als ik inderdaad hier blijf en jij bent er niet, moet ik dan iets voor hem doen?'

'Nee, hoor,' zei T.J. 'We hebben een goed systeem. Ik kom een of twee keer per dag terug om hem te helpen. De rest van de tijd redt hij het wel alleen. Hij heeft niet veel nodig.'

Louise zei niets.

'Je kijkt wat benauwd,' zei T.J. grijnzend. 'Hij is schuw, maar hij bijt niet.'

Louise logeerde een week bij T.J. Doordat T.J. haar vader altijd in zijn kamer verzorgde – ze liep naar binnen met een dienblad met zacht voedsel en kwam twintig minuten later weer tevoorschijn met een lege kom – kreeg Louise Vic Hewitt maar twee keer te zien. De eerste keer was toen ze na het douchen de badkamer uit liep en T.J. net met haar vader zijn kamer uit kwam. Ze had haar armen van achteren onder de oksels van de oude man gestoken om hem te ondersteunen en hield haar handen stevig samengevouwen voor zijn borst.

Louise hapte in een reflex naar adem en zei toen: 'Sorry, sorry.'

Het was zo'n intiem tafereel dat Louise het gevoel had dat ze het niet mocht zien. Ze boog haar hoofd.

'Geeft niet,' zei T.J., 'maar ga wel even uit de weg, dan kunnen we naar de badkamer.'

En Louise liep achteruit de andere slaapkamer in, zodat ze erlangs konden.

Ze had zijn gezicht nauwelijks gezien.

De eerste keer was toeval geweest, de tweede keer was het opzet. Toen T.J. op een ochtend de deur uit ging, keek Louise haar na door het raam, tot ze op zo'n honderd meter afstand was – een donkere figuur in de sneeuw. En toen hield ze zich muisstil: ze meende zachte stemmen uit de kamer van Vic Hewitt te horen komen.

Met ingehouden adem liep ze de gang in, elke voetstap zachter dan de vorige. De deur van mijnheer Hewitt zat net niet in het slot. Ze zag een heel klein kiertje, bracht haar gezicht ernaartoe en duwde de deur stukje bij beetje zo ver open dat ze naar binnen kon kijken.

Vic Hewitt lag op de dekens, in een ribfluwelen broek en een trui, zijn lange voeten waren bloot. Hij was pijnlijk mager, heel anders dan de stevige man die T.J. had aangewezen op de zwart-witfoto van ruim tien jaar geleden. Hij keek naar het plafond en knipperde met zijn ogen.

De stemmen die ze had gehoord, bleken uit een grote radio rechts van zijn hoofd te komen. Een presentator noemde een zendernaam die ze meteen herkende: 'WNBZ, uit Saranac Lake.' Het was het enige station dat in Shattuck te ontvangen was.

Ze duwde de deur nog iets verder open zodat ze het nieuws kon horen en opeens klonk de stem van mijnheer Hewitt.

'Hallo,' zei hij, zonder zijn hoofd haar kant op te draaien.

Louise had niet verwacht dat hij haar kon horen.

'Hallo,' zei ze.

'Wie is daar?'

'Louise.'

Stilte.

'Hebt u iets nodig?' vroeg Louise. Maar hij zei niets meer en na een tijdje trok Louise de deur weer dicht.

Als T.J. weg was, las Louise de boeken op de planken. Het waren voornamelijk handleidingen en gidsen, maar er stonden ook klassiekers uit de Amerikaanse en Britse literatuur, het soort boeken dat Louise tijdens haar enige jaar op de universiteit had moeten lezen. Uit pure verveling las ze *Walden* en ze ergerde zich aan Thoreau: zijn eigendunk, dat belerende toontje, de neerbuigendheid waarmee hij volkomen voor de hand liggende adviezen verstrekte over het leven in de natuur. Typisch iemand met geld, dacht Louise. Er waren arme mensen zat die een stuk vindingrijker en zelfredzamer waren dan hij, alleen hadden die genoeg zelfkennis en fatsoen om er niet mee te pronken.

'Heb je dit gelezen?' vroeg ze aan T.J. zodra die binnenkwam, en toen T.J. knikte, spuide ze haar gal.

Intussen trok T.J. potten en pannen uit de keukenkastjes.

'Och,' zei T.J. 'Zo erg was hij toch niet?' Maar ze glimlachte en Louise was ervan overtuigd dat ze het met haar eens was.

's Avonds deden ze kaartspelletjes, vooral canasta, bijna altijd in stilte, tot Louise zich zo op haar gemak en tegelijkertijd zo rusteloos voelde dat ze vragen begon te stellen over T.J.'s leven. Op sommige vragen gaf T.J. gewillig antwoord, andere ontweek ze. Onderwerpen waar T.J. het niet over wilde hebben: het echtpaar Van Laar, de kinderen van het echtpaar Van Laar, de gasten van het echtpaar Van Laar. Onderwerpen waar T.J. het wel over wilde hebben: het reilen en zeilen van Kamp Emerson, haar passie voor jagen en vissen, het onderhoud van de gebouwen op het terrein, zaaischema's en – vooral – haar vader. T.J. weidde maar wat graag uit over Vic Hewitt. Ze onthaalde Louise op verhalen die zijn intelligentie, zijn deskundigheid en zijn ingetogen humor onderstreepten.

Van alles wat ze vertelde, boden de verhalen met haar vader in de hoofdrol nog het duidelijkst een inkijkje in de familie Van Laar zelf, want een terugkerend motief was dat Vic verkeerde beslissingen over het landgoed rechtzette of voorkwam. Maar het viel Louise op dat ze nooit hun namen noemde, alsof ze hun bestaan het liefst ontkende.

Elke avond dronk T.J. een bodempje Canadese whisky. Ze bood Louise ook altijd een glas aan. De eerste drie avonden sloeg ze dat af: het was allemaal nog te rauw. Maar de vierde avond zei ze ja.

Een van de dingen die ze aan T.J. bewonderde was dat ze maat hield bij het drinken. Altijd dat ene bodempje, niet meer.

Ze prentte zich in dat ze die gewoonte moest overnemen. Later, als ze haar eigen huis had, als – áls – ze kinderen had, dan zou ze zo drinken, of helemaal niet.

Op die avond dat Louise een glas whisky nam, kwam haar tong los; ze sprak vrijuit en begaf zich op terrein dat ze tot nu toe had gemeden.

'Heb je een vriend?' vroeg ze aan T.J., die met een lachje naar haar glas keek en nee zei.

'Heel verstandig,' zei Louise. 'Begin er niet aan.'

'Goed,' zei T.J. 'Beloofd.' En ze stak twee vingers op. Louise zag aan T.J. dat ze haar grappig vond, ook als ze het er niet om deed. Daardoor kreeg Louise zin om de clown uit te hangen, zich te laten meeslepen – het was een kant van haar die was weggekwijnd. Bij John Paul moest ze altijd de serieuze van hen tweeën zijn.

'Waar wil je zijn, over tien jaar?' vroeg Louise.

'Is dit een interview of zo?' T.J. ging achteroverzitten in haar stoel, met de knieën wijd, kin omlaag, kaarten naar de grond wijzend.

'Ja,' zei Louise. En ze herhaalde de vraag, ditmaal met een onzichtbare microfoon in haar handen, die ze vervolgens op T.J. richtte.

'Oké,' zei T.J. Ze legde haar kaarten gedekt op tafel. 'Ik zou in het noorden willen wonen. Ik zou van het land willen leven. Ja, ik geloof dat ik dat een tijdje zou willen proberen.'

'In je eentje?' vroeg Louise in haar onzichtbare microfoon.

T.J. knikte.

'In een huis? Een tent? Een grot?'

Nu begon T.J. te lachen. 'Leg die microfoon weg.'

Louise schudde haar hoofd. 'Dat zal helaas niet gaan, mevrouw. Dan krijg ik het aan de stok met mijn producers.'

'Wie zijn dat?'

'Mike en... Chuck.' Met haar vrije hand pakte Louise het bijna lege whiskyglas en dronk het leeg. Ze wilde meer. In haar buik roerde zich iets wat ze herkende als begeerte. Ze schrok ervan. Ze had nog nooit een vrouw begeerd, niet echt, maar zij zag T.J. eigenlijk niet als een man of een vrouw; die aanduidingen leken op haar geen betrekking te hebben. Ze had een interessant gezicht, met hoge jukbeenderen, volle lippen en een krachtige kaak. Ze had brede schouders en een mager, lang postuur. Hoe oud was ze? Afgaande op de foto die ze had laten zien en een snelle berekening waarschijnlijk eind twintig. Misschien vijf of zes jaar ouder dan zijzelf. Ook ouder dan John Paul.

'Oké,' zei T.J. 'Ik zal het je vertellen. Maar dit blijft onder ons.'

Ze stond op en liep naar de keuken terwijl ze vervolgde: 'Ik heb een huisje aan een meer in het noorden van het reservaat.'

Ze deed een kastje open en dicht. Keerde terug met de whiskyfles en schonk zichzelf in. Het was de eerste keer dat ze meer dronk dan dat bodempje, maar daar schrok Louise niet van, ze vond het juist wel prikkelend en er trok een lichte siddering langs haar rug. Ze hield haar eigen glas op om het te laten bijvullen.

'Mijn voorouders hebben het lang geleden gebouwd. En sindsdien is het familiebezit,' zei T.J. Ze liep naar de muur met de kaart van het Adirondack-park. Ze wees naar een meertje, een kilometer of tachtig ten noorden van het domein – daar was een speld in de kaart geprikt. Toen ging ze weer tegenover Louise zitten. De whisky bleef tussen hen in op tafel staan.

'Vroeger gingen we daar twee keer per jaar jagen. Het stelt niet veel voor, maar het heeft vier muren en een dak en een kachel voor de winter. Je kunt er alleen per kano komen en dan moet je die kano eerst een paar kilometer dragen over een pad dat inmiddels behoorlijk overwoekerd is.'

'Staat het op een eiland?' vroeg Louise.

T.J. knikte.

'Waarom een eiland?'

'Het is een goede visplek. En een goede uitkijkpost.'

'Om de indianen in de gaten te houden?' Louise had haar hele leven verhalen gehoord over de Algonquins en Irokezen die in het verleden door het gebied trokken om te jagen. Geen van die stammen had het gewaagd om zich er permanent te vestigen en het land te bewerken. De eersten die dwaas genoeg waren om dat wel te proberen, waren de Europeanen. Zij hadden zich laten verleiden door de overbevolking in

New England en de leugens van de regering over de vele hectares vruchtbare grond die er voor het grijpen zouden liggen.

'Nee,' zei T.J., terwijl ze haar vreemd aankeek. 'Voor de jacht.'

Louise vroeg zich af welke eetbare dieren er op een eiland leefden.

'Er is een roedel herten die regelmatig naar het eiland komt,' zei T.J., die haar gedachten las. 'Herten kunnen goed zwemmen. En er zijn watervogels. Eekhoorns, als we maar genoeg honger hebben. Maar meestal vissen we gewoon.'

'Wie zijn "we"?' vroeg Louise en ze had meteen spijt toen ze de verandering in T.J.'s gezicht zag. T.J. had haar vader in haar achterhoofd. De herinneringen aan de reisjes die ze met hem maakte vóór zijn beroerte.

T.J. nam een slok whisky. Ze trok er nooit een grimas bij, viel Louise op. Ze hield de whisky even in haar mond en slikte die dan rustig door.

'Goed,' zei T.J. 'Ik moet maar eens naar bed.'

'Nee,' zei Louise.

T.J. trok haar wenkbrauwen op.

'Wil je niet nog even opblijven?' vroeg Louise. 'Mijn glas is nog vol.'

T.J. knikte. Ze keek Louise even aan en stond toen op. Ze liep naar de keuken, draaide de kraan open en deed wat water bij haar whisky. Toen draaide ze zich om en leunde tegen het aanrecht, ver van Louise maar wel in haar blikveld.

De enkele keer dat Louise aangeschoten of zelfs dronken was, werd ze zich altijd bewust van haar eigen uiterlijk en dat was, al naar gelang het gezelschap, opwindend of verontrustend. Haar lichaam en gezicht werkten soms in haar voordeel, soms in haar nadeel. Die avond was ze er dankbaar voor, ondanks het blauwe oog. Of misschien juist daardoor. Ze vond het prettig dat T.J. over de rand van haar glas naar haar keek. Louise gedroeg zich onverantwoordelijk, dat wist ze. Maar die avond had ze behoefte om iets te doen wat niet mocht.

Louise stond op, rekte zich uit, waarbij ze haar shirt een stukje omhoog liet kruipen, en liep de keuken in.

T.J. stond bij de gootsteen, maar ging niet opzij toen Louise dichterbij kwam.

'Ik kan ook wel wat water gebruiken,' zei Louise. Ze liet koud water in haar glas stromen en toen het glas vol was, bleef ze het onder de kraan houden. T.J. stond vlak naast haar. Louise draaide zich om en leunde ook tegen het aanrecht, zo dicht tegen T.J. aan dat ze niet konden doen alsof het onopzettelijk was. Hun heupen en armen raakten elkaar.

'Louise,' zei T.J. Ze schudde haar hoofd en keek naar de grond.

'Wat?'

Het was alsof er een elektrische stroom tussen hen in liep, een zindering die heen en weer schoot tussen hun lichamen. Louise voelde het. En ze wist zeker dat T.J. het ook voelde, al kon ze niet uitleggen hoe ze dat wist. Ze waren beesten, dacht Louise en daar moest ze bijna om lachen. Mensen waren beesten. Ze hadden dezelfde instincten, hetzelfde vermogen om te communiceren zonder taal, op een dieper niveau.

Louise draaide zich een kwartslag en keek naar het profiel van T.J. Ze legde een hand lichtjes tegen haar onderrug. Het was haar eerste gebaar dat geen ruimte liet voor twijfel.

'Je bent bij mij in dienst,' zei T.J. 'Ik ben je werkgever.'

Louise zei niets.

T.J. duwde zich abrupt van het aanrecht af en liep de gang in. Ze stak haar hoofd in de kamer van haar vader om te kijken of alles in orde was, en toen liep ze door en deed de deur van haar eigen slaapkamer dicht. Het licht ging uit.

Louise lag op de bank en keek naar de laatste vlammen die langzaam doofden. Ze kneep haar ogen stijf dicht. Ze probeerde haar tranen te bedwingen. Als ze geluk had, zou T.J. haar de kans geven om te vergeten hoe stom ze was geweest.

Er lagen nu alleen nog maar smeulende kooltjes achter het haardscherm.

De kamer zou al snel volledig in duisternis gehuld zijn. En dan zou het ochtend worden.

Louise

Jaren 50 | *1961* | **winter 1973** | *juni 1975* | *juli 1975* | *augustus 1975*

T.J. kwam nooit meer op de gebeurtenissen van die avond terug.

Louise bleef de rest van de week bij haar en toen de zwellingen in haar gezicht grotendeels verdwenen waren, keerde ze terug naar de Garnet Hill Lodge. Halverwege het voorjaar zou T.J. haar bellen met de vraag of ze die zomer weer wilde meedoen aan het kamp en ze zou volmondig ja zeggen. Het enige verschil met eerder zou zijn dat T.J. haar voortaan af en toe in haar kantoor uitnodigde voor een praatje.

Louises verliefdheid, als je het zo kon noemen, nam in sommige opzichten af en werd in andere opzichten sterker. Ze voelde dat er in T.J. twee krachten met elkaar streden: woede en het vermogen om die woede te beheersen. Hoewel ze beter wist, vond Louise beide krachten even aantrekkelijk.

Op onbewaakte ogenblikken mijmerde ze soms over een leven met T.J. waarin ze samen het kamp bestierden. Waarin ze voor haar vader zorgde als dat van haar gevraagd werd. Louise wist dat er in Shattuck zo'n stel woonde: twee voormalige docentes uit New York, die zich aan de rand van het stadje hadden gevestigd. Een van hen droeg haar haar in twee lange grijze vlechten – Louise zag haar soms bij de kruidenier. Er werden weinig vragen aan hen gesteld. Er werd ook niet over hen gepraat.

Maar de fantasieën die Louise over dat leven koesterde, vervlogen al snel.

Want toen ze twee weken na het incident met John Paul op een avond de Lodge binnenliep nadat ze ergens had gegeten, kreeg ze een envelop van de man achter de balie.

Ze wachtte met openmaken tot ze in haar kamertje was. Daar ging ze op haar harde bed zitten en las de brief – ze had al aan de envelop gezien dat die van John Paul was.

In die brief smeekte hij haar om vergeving.

'Ik heb sinds die avond geen druppel meer gedronken,' schreef hij. 'Ik ben zo stom geweest. Mijn moeder zou zich diep voor me schamen. Ik wil mijn leven beteren.'

Hij eindigde met de vraag of hij haar een keer kon spreken om zijn excuses aan te bieden. Hij begreep het als ze hem nooit meer wilde zien. Maar hij wilde het in elk geval geprobeerd hebben.

Onderaan de pagina had hij een pijl getekend. Ze draaide de brief om. ‘P.S.’, stond er. ‘Geen zorgen, ik heb het aan niemand verteld.’

Louise legde de brief op het bed.

Ze zou niet antwoorden. Hopelijk was het daarmee afgedaan.

Op een avond later die week klopte er iemand op haar deur. Aan de andere kant stond een van de ski-instructeurs, met een scheef lachje op haar gezicht.

‘Je hebt bezoek,’ zei ze. ‘Hij wacht op je in de personeelsruimte.’

John Paul was alleen. Hij zat aan de ronde tafel naast het koffiezetapparaat, voorovergebogen, met de ellebogen op de knieën en een trillend been van de zenuwen. Toen Louise binnenkwam, ging hij rechtop zitten.

Hij zag er belabberd uit. Erger dan zijzelf. Haar gezicht was bijna genezen. Ze had geen pijn meer aan haar ribben en haar rug, hoewel er in haar zij nog steeds een grote beurse plek zat, die nu lichtpaars was. John Paul daarentegen had donkere kringen onder zijn ogen. Zijn haar zat door de war.

‘O god,’ zei hij. Hij begroef zijn gezicht in zijn handen. Dat gebaar deed haar denken aan haar broer Jesse als die probeerde niet te huilen. En inderdaad: toen John Paul zijn handen liet zakken, bleek dat de tranen over zijn wangen stroomden. Hij zette zijn bril af. Veegde zijn gezicht droog.

Toen hij opstond, kromp Louise een beetje ineen en ging achter een stoel staan. Ze had de deur expres opengelaten. Ze keek over haar schouder en vroeg zich af hoe hard ze zou moeten schreeuwen voor er iemand zou komen.

Maar John Paul, die misschien aanvoelde dat ze bang was, ging langzaam weer zitten.

‘Kunnen we even op een rustig plekje praten?’ vroeg hij.

‘Nee,’ zei Louise.

‘Kunnen we dan tenminste gaan zitten?’

Aarzelend trok ze de stoel tegenover de zijne onder de tafel vandaan.

Wat hij zei was ongeveer hetzelfde als wat hij al in de brief had gezegd. Hij voegde eraan toe dat hij naar een bijeenkomst was gegaan, een programma dat Anonieme Alcoholisten heette – ze had er weleens van gehoord, maar ze wist niet meer waar.

Hij ging verder: zij was het beste wat hem ooit was overkomen. Hij had meer respect voor haar dan voor wie ook. Meer dan voor zijn eigen familie. Hij bewonderde haar onafhankelijke geest, haar ondernemingslust. Hij vond haar slimmer dan alle andere meisjes die hij kende.

Hij vroeg of ze hem nog een kans wilde geven. Smeekte zelfs. Ze zouden voorzichtig beginnen, zei hij, maar het was hem menens. Hij wilde met haar trouwen. Samen zouden ze een betekenisvol, waardevol leven kunnen leiden. Met kinderen. Een mooi huis.

Haar broer Jesse kon bij hen komen wonen, zei hij.

Voor het eerst vroeg ze zich af of hij haar dagboeken had gelezen. Hij verwoordde haar diepste dromen zo letterlijk dat ze even van slag was.

'Je hoeft nu geen antwoord te geven,' zei John Paul. 'Het enige wat ik van je vraag is dat je erover nadenkt.'

Louise zweeg.

'We zouden een mooi leven kunnen leiden samen,' zei hij uiteindelijk.

Toen stond hij op, met hangende schouders en gebogen hoofd, en pakte twee papieren zakken van de grond. 'Hier,' zei hij. 'Ik heb boodschappen voor je gedaan.'

Op weg naar buiten deed hij de deur zachtjes achter zich dicht.

Godverdomme, dacht Louise.

Het probleem: de etenswaren in de zakken waren te ingewikkeld. Alles verfijnd en duur, het soort eten dat John Pauls moeder vermoedelijk voor haar gezin insloeg toen hij klein was. Een T-bonesteak, broccoli, garnalen en drie glanzende sinaasappels. Een brood, boter in een verpakking die ze nooit eerder had gezien, en een grote fles melk. En een cake, een complete tulbandcake, in een witte doos.

Ze had honger. Ze scheurde een stukje van de cake en kauwde uitgebreid.

Ze keek naar het aanrecht en de twee kookplaten van de gemeenschappelijke keuken. Ze zou een feestmaal kunnen bereiden voor de andere medewerkers van de Lodge. Maar ze was die avond vrij en had een beter idee.

Het huis van haar moeder was een witte rechthoek: smalle bovenverdieping, smalle benedenverdieping, op elkaar gestapeld rondom een steile trap. Het was stil en donker in huis toen ze om half zeven aankwam.

Door een raam op de begane grond zag ze het flikkerende blauwe licht van de tv. Door een raam op de bovenverdieping zag ze een klein lampje branden. Jesses kamer.

Ze ging naar binnen en zette de boodschappen op de keukentafel. Tien minuten eerder had ze hard op de rem moeten trappen bij een kruispunt en daarbij waren de garnalen uit hun vetvrije papier gegleden en op de vloer beland, die vol lag met zout. Ze had de auto stilgezet en de garnalen bijeengeraapt, wetend dat ze die alsnog zou klaarmaken.

Jesse had nog nooit in zijn leven garnalen gegeten.

Nu vulde ze een grote kom met water en liet de garnalen daarin weken.

Terwijl ze bezig was, werd ze een geur gewaar.

Ze volgde de geur: om de trap heen, langs haar moeder, die in haar luie stoel lag te slapen, en naar boven.

Het zal toch niet, dacht ze.

Zonder te kloppen deed ze Jesses deur open.

Hij had de voordeur gehoord. Hij had een raam opengezet en de troep die hij had zitten roken snel weggestopt, maar hij keek haar schuldbewust aan. De nieuwsgierigheid die ze normaal in zijn ogen zag, was verdwenen en hij had hangende oogleden van de stoffen die door zijn bloedbaan stroomden.

'Waar heb je hem verstopt?' vroeg Louise.

'Waar heb ik wat verstopt?' vroeg Jesse.

'Lieg niet tegen me. Ik ben mama niet. Ik sta aan jouw kant.'

Hij zei niets. Hij zat op zijn bed, met zijn armen om zijn knieën geslagen.

Louise keek in het prullenbakje naast zijn bureau en vond hem meteen: een slordig gerolde joint, haastig uitgedrukt, nog gloeiend heet. Heet genoeg om de inhoud van de prullenbak in de fik te laten vliegen.

'Idioot,' zei Louise – een woord waar ze meteen spijt van had, want toen ze weer naar haar broer keek, huilde hij.

'O god, Jesse,' zei Louise en ze ging naast hem zitten en trok hem tegen zich aan. 'Hé, hoe kom je aan dat spul?'

Hij haalde zijn schouders op. Ze duwde hem van zich af en pakte zijn schouders beet. Zijn gezicht was rood. Hij hief zijn arm en legde twee vingers met de buitenkant tegen haar linkeroog, dat nog steeds een beetje dik en blauw was. Toen pas herinnerde ze zich dat ook zij iets uit te leggen had.

'Kom mee,' zei Louise. 'Ze slaapt.'

In de keuken gebaarde ze dat hij aan tafel moest gaan zitten en gaf ze hem een groot glas water.

'Drink op,' zei ze.

Toen ging ze aan het werk. Ze zette een pan met water op voor de broccoli. Ze wreef de biefstuk in met zout en peper en liet hem met een klont boter dichtschroeien in een koekenpan. Ze deed de gewassen garnalen in een andere pan.

'Heb je weleens garnalen gegeten, Jesse?' vroeg ze trots.

'Ja, hoor,' zei hij.

'Waar dan?'

'Bij de moeder van Howie.'

Howie, een schoolvriendje dat van zijn ouders niet meer met Jesse mocht spelen.

'De mijne zijn lekkerder,' zei Louise, maar ze wist meteen dat dat niet waar was.

Toen ze zich omdraaide, zag ze dat Jesse zijn glas had leeggedronken en ze vulde het opnieuw.

Dat Jesse – een jongen van negen – stoned was, had één positief bijeffect: hij genoot intens van de maaltijd die ze hem had voorgezet. Hij sloot zijn ogen, legde zijn hoofd in zijn nek tijdens het kauwen en knorde tevreden na elke hap. Hij was nog magerder dan de vorige keer dat ze hem had gezien en na een vluchtige inventarisatie van de keuken begreep ze hoe dat kwam.

'Hoelang blow je al?' vroeg Louise.

'Niet zo lang. Een maand of twee.'

'Hoe kom je aan dat spul?'

'Van een jongen op school.'

'Ken ik hem?'

'Nee.'

'Hoe oud is hij?'

'Weet ik niet. Hij zit een paar klassen hoger.'

'Ken ik zijn ouders?'

'Nee. Hij woont in Minerva.'

Louise kauwde. De biefstuk was heerlijk. Gelukkig had ze hem niet verpest.

'Waar betaal je het van?' vroeg ze.

Jesse zweeg.

'Je verkoopt het toch niet zelf, hè?'

'Nee,' zei Jesse. 'Echt niet. Ik zweer het.'

Ze geloofde hem, voorlopig. Jesse was veel te verlegen. Ze zag hem niet voor zich als verkoper in welke branche dan ook. Maar de gedachte dat een oudere jongen hem iets gratis aanbood, stond haar niet aan.

Er klonk gestommel in de gang en ze keken allebei op: hun moeder, die haar armen gespreid hield om steun te zoeken bij de muren. Ze had ongewassen haar en knipperde met haar ogen tegen het licht van de lamp die aan een ketting boven de keukentafel hing. Haar gezicht was bleek, haar mondhoeken hingen omlaag. Leunend op het aanrecht schuifelde ze hun kant op en toen zette ze koers naar de kastjes, die ze een voor een opentrok, op zoek naar iets te eten.

Ze pakte een doos met oude crackers en stopte er een paar in haar mond. Ze liep naar de gootsteen, zette de kraan open en maakte een kommetje van haar hand om te drinken.

Vervolgens slofte ze, zonder een woord tegen haar kinderen te zeggen, terug naar de luie stoel in de woonkamer, waar ze het grootste deel van de dag vertoefde.

Louise keek naar Jesse. Hij werd weer een beetje zichzelf. Het eten en het water deden hun werk. Zijn gezicht was minder rood. Zijn oogleden hingen niet meer zo. Hij durfde haar niet aan te kijken, staarde naar de muur en toen naar de tafel.

'Jesse,' zei ze. 'Je mag niet meer met die jongen praten. En je mag ook geen wiet meer roken.'

'Waarom niet?' Hij peuterde aan iets op het tafelkleed.

'Omdat ik wil dat je bij mij komt wonen,' zei ze. 'En dat kan niet als je achter de tralies zit.'

'Wanneer dan?' vroeg Jesse.

'Heel binnenkort.'

'Hoe dan?' vroeg Jesse. Ongelovig.

Er viel een lange stilte; Louise twijfelde of ze het zou zeggen. Ze zou het niet kunnen terugnemen. Ze had altijd haar best gedaan haar broer geen valse hoop te geven. Al haar beloftes na te komen, in tegenstelling tot de andere volwassenen in zijn leven.

Ze pakte een garnaal van haar bord. Ze trok de staart eraf, pulkte de transparante schil open en haalde het zwarte sliertje eruit. John Paul was degene geweest die haar in een restaurant had uitgelegd wat dat sliertje was.

Ze kauwde.

'Ik ben verloofd,' zei ze.

Jesse keek haar aan.
'Met John Paul?' vroeg hij.
'Met wie anders?'
Jesse wendde zijn blik af.
'Jesse?' zei Louise.
Jesse stond op. Bracht zijn bord naar de gootsteen.
'Hé, moet je me niet feliciteren?'
'Gefeliciteerd,' zei Jesse. En toen liep hij de keuken uit en liet Louise alleen achter.
'Beloof het, Jesse,' riep Louise hem na. 'Geen marihuana meer.' Maar ze merkte dat het kleine beetje ontzag dat hij vroeger voor haar had vrijwel of geheel verdwenen was.

VI

SURVIVAL

Judyta

Jaren 50 | 1961 | winter 1973 | juni 1975 | juli 1975 | augustus 1975:
dag twee

Haar wekker gaat.

Judy doet haar ogen open en sluit ze weer. Nog heel even, denkt ze.

'JEZUS, JUDY!' klinkt het woedend uit de andere kamer. Haar broer. 'HET IS HALF VIJF!'

Haar dag begint.

Ze moet verhuizen. Dat weet ze best. Ze heeft geld genoeg, ze moet alleen de moed vinden om haar ouders te vertellen dat ze een ongeschreven regel gaat schenden. Onder de Poolse families in Schenectady, New York, is het in het beste geval opmerkelijk, in het ergste geval een schandaal, als een meisje vóór het huwelijk uit huis gaat.

Vorig jaar heeft ze van haar salaris een groene VW Kever met schuifdak gekocht. Hij was duur – en onpraktisch, aldus haar vader – maar hij geeft haar een gevoel van onafhankelijkheid. En er zit een mooie radio in, een extraatje waarop ze had aangedrongen. En daar is ze nu blij om: die radio houdt haar wakker tijdens de twee uur durende rit naar het domein.

Als ze om zeven uur aankomt, ziet ze dat Denny Hayes er nog niet is. De dagploeg begint pas om 8.00 uur, dus ze heeft nog een uur om zich voor te bereiden op de dag.

Op een klapstoel voor het kantoor van het kamp, dat nu dienstdoet als commandocentrum, zit een agent te dommelen.

Judy legt haar hand op de smeedijzeren deurkruk, duwt hem omlaag en net als ze de deur opendoet, doet de agent zijn ogen open.

'Goedemorgen,' zegt Judy.

'O,' zegt de agent, die probeert de slaaproes van zich af te schudden. 'Legitimatie, graag.'

Het commandocentrum is inmiddels praktischer ingericht. De meubels die er stonden, zijn naar de zijkant geschoven of naar de keuken gebracht en er zijn klaptafels en stoelen voor in de plaats gekomen.

Tegen een van de muren staat een groot schoolbord op wielen.

Iemand heeft van boven naar beneden een krijtstreep getekend die het bord in tweeën deelt. Links van die lijn staat bovenaan: 'Bear Van Laar'. Rechts: 'Barbara'.

Judy blijft even midden in de ruimte staan en kijkt rond.

Aan de muren hangen prentjes van honden die verwikkeld zijn in menselijke activiteiten: ze pokeren, ze jagen, ze verleiden elkaar. Het papier is gerimpeld en verweerd door de lange strijd tegen de vochtige lucht die afkomstig is van het meer. De hele kamer ziet eruit alsof hij dertig jaar geleden zorgvuldig is ingericht en er daarna nooit meer iets aan is gedaan. Een tijdcapsule uit de Tweede Wereldoorlog.

De enige ingelijste afbeelding die niets met honden te maken heeft, is een kaart van het Adirondack-reservaat. In die kaart is een speld geprikt op de plek waar Zelfredzaamheid ligt, aan de oever van het Meer van Joan, vlak bij Hunt Mountain.

In een hoek staat een archiefkast – afgeleverd door de recherchedienst, vermoedt ze – met ernaast een paar kratten vol mappen, papier en pennen, en een stapel archiefdozen. Vijf in totaal. Voorzien van etiketten die ze van deze afstand niet kan lezen.

Ze is alleen en dus loopt ze naar de stapel toe. Bukt zich.

PETER 'BEAR' VAN LAAR IV, staat er op een van de dozen.

Ze haalt het deksel eraf. Bijna een uur lang bestudeert ze de documenten die in de doos zitten.

Op de bodem liggen tientallen foto's. Een aantal van Bear, vermoedelijk uit het jaar vóór zijn verdwijning. Hier houdt hij, met een grijns van oor tot oor, een vis omhoog die hij heeft gevangen, hier kijkt hij peinzend in de verte, hand in hand met een vrouw die Judy herkent: zijn moeder.

Tot haar ergernis voelt Judy tranen opkomen en moet ze een brok in haar keel wegslikken. Iets in de blik van mevrouw Van Laar doet haar denken aan haar eigen moeder, die zo innig van haar kinderen houdt dat het soms verstikkend voelt.

Om 7.50 uur legt Judy alles weer in de doos en doet het deksel erop, net voordat hoofdinspecteur LaRochelle binnenkomt.

Het eerste wat hij doet als de ochtendbriefing begint, is naar het bord met de namen van de kinderen wijzen.

'Wie heeft dit gedaan?' vraagt hij.

Ze kijken allemaal naar elkaar. Niemand bekent.

'Misschien was het een van de jongens van de nachtploeg,' zegt iemand.

LaRochelle fronst. 'Hoe dan ook, laat het niet nog een keer gebeuren.'

Hij pakt een wisser. Boent het boord schoon. 'We zijn op zoek naar Barbara Van Laar. De zaak van Bear Van Laar is gesloten.'

Onwillekeurig dwaalt Judy's blik af naar de dozen die vol zitten met stukken over die zaak.

Op het inmiddels schone schoolbord begint LaRochelle te schrijven.

De hoofdverdachte, nog steeds John Paul McLellan, is op borgtocht vrijgelaten in afwachting van zijn berechting wegens rijden onder invloed en bezit van verboden middelen. Aangezien hij mogelijk betrokken is bij een andere zaak, heeft de rechter ermee ingestemd om aan de voorwaarden voor zijn borgtocht toe te voegen dat hij het district niet mag verlaten. Tot zijn volgende hoorzitting moet hij in een hotel in de buurt blijven.

Louise Donnadieu – van wie John Paul beweert dat ze hem heeft gevraagd de zak met kleding weg te gooien – zit nog in een politiecel in Wells. Vandaag wordt haar borgtocht vastgesteld. LaRochelle zal ook in dit geval de rechter vragen om haar mogelijke betrokkenheid bij de verdwijning van Barbara Van Laar te laten meewegen.

Lee Towson, die ook door John Paul was genoemd, is nog niet getraceerd. Er is een opsporingsbericht voor hem uitgevaardigd in de staat New York en ook in Colorado, waar hij mogelijk naartoe is gereden.

De parkwacht heeft de onbekende die Tracy in het bos had gezien nog niet opgespoord.

'Het kan ook gewoon een wandelaar zijn geweest,' zegt LaRochelle. 'Tracy was vrij dicht bij Hunt Mountain toen diegene haar te hulp kwam. Maar we blijven zoeken.'

Judy luistert en probeert haar aandacht erbij te houden. Maar de late avond en de vroege ochtend wreken zich en ze zet haar vuist onder haar kin om haar hoofd overeind te houden. Als ze Denny Hayes vanaf de andere kant van de ruimte naar haar ziet kijken, gaat ze rechtop zitten.

Vervolgens vertelt LaRochelle over de bevindingen van de avond- en de nachtploeg. Ze zijn wat meer te weten gekomen over de identiteit van Barbara's vriend: ene Susan Yoder, het hoofd van haar kostschool, heeft verteld dat Barbara een keer een mannelijke bezoeker op haar kamer had. Dat ze daarvoor op het matje is geroepen. Een getuige dacht dat het een jongen uit de stad was, maar daar liet Barbara niets over los. De rechercheur die deze informatie heeft achterhaald, zal het verder onderzoeken.

'En dan,' gaat LaRochelle verder. 'Wie was degene die met die overgeschilderde muur kwam?'

Judy steekt licht gegeneerd haar hand op.

'Dat was geniaal,' zegt LaRochelle. 'Ik zal jullie iets laten zien.' Hij loopt naar een tafel waar een doos klaarstaat met handschoenen ernaast. Hij trekt de handschoenen aan en haalt een voorwerp uit de doos dat is gevonden in het huis in Albany. Een schetsboek, zegt hij. Het is volgekrabbeld met betekenisloze droedels: hartjes en muzieknoten en manen en sterren. Maar achterin hebben ze iets interessants gevonden.

Hij houdt het schetsboek omhoog, zodat iedereen het kan zien.

Op de opengeslagen pagina staat een verrassend goede tekening van een kamer met een paar meubels: een bed, een ladekast, een nachtkastje. Op de muur achter het bed lijkt een ontwerp voor een schildering te zijn getekend.

Judy fronst en dan realiseert ze zich: dit is Barbara's kamer in Zelfredzaamheid. De kamer met de pas geschilderde muren.

LaRochelle bevestigt dat. En vervolgt: 'Op deze pagina is niets verdachts te zien. De muurschildering is hier te priegelig om te zien wat het allemaal voorstelt. Maar we hopen dat er iets interessants aan het licht komt als we de roze verf weghalen.'

Ze hebben een restaurator van de Hyde Collection gevraagd om te komen kijken. Hopelijk kan die de bovenste verflaag verwijderen zonder de laag eronder te beschadigen.

'En tot slot,' zegt LaRochelle. Gisteravond laat heeft een huisbediende een complete lijst opgesteld van alle gasten van de familie, en T.J. Hewitt, de kampcoördinatrice, heeft een complete lijst gemaakt van de deelnemers en medewerkers in het kamp. Hij houdt een stapel kantoorenveloppen omhoog. Hij heeft voor iedereen kopietjes gemaakt. 'Bij degenen met wie we al hebben gesproken staat een vinkje voor de naam. De rest van de lijst moet systematisch worden afgewerkt,' zegt LaRochelle, 'hier ter plaatse of, in het geval van de kinderen die al door hun ouders zijn opgehaald, over de telefoon.' Alle rechercheurs die voor hem zitten, krijgen voor vandaag een deel van de kamplijst toegewezen.

Hij reikt de enveloppen uit.

'Ik wil degelijke aantekeningen,' zegt hij. 'Leesbare aantekeningen. Ik wil zo veel mogelijk ondertekende verklaringen. En ik wil dat jullie er vaart achter zetten. Barbara Van Laar is al meer dan vierentwintig uur vermist.'

Bij Denny Hayes blijft hij even staan. 'Hayes,' zegt hij. 'Vanaf nu doe jij de coördinatie.'

Hij geeft de laatste envelop aan Judy. Maar als ze de papieren bekijkt, kan ze haar naam nergens vinden. Ze vraagt zich af of ze er iets van moet zeggen. Maar LaRochelle is haar voor.

'Luptack, jij gaat vandaag een plattegrond maken van het huis en het terrein. En schrijf bij elk gebouw en elke kamer de naam van degene die daar was in de uren rondom Barbara's verdwijning.'

Als ze wil vertrekken, trek Denny Hayes haar aandacht.

'Wacht even,' zegt hij. 'Ik ga met je mee.'

Samen lopen ze naar Zelfredzaamheid, Judy met haar nieuwe bezittingen onder de arm. Ze sjokt een beetje.

Hayes kijkt haar aan. 'Moe?'

'Nee.'

'Je hoeft niet zo vroeg te komen, hoor,' zegt hij. 'Daar verzamel je geen bonuspunten mee of zo.'

'Oké.'

'Zei je nou dat je bij je ouders woont?'

'Klopt.'

'Waar is dat?'

Ze aarzelt. Ze heeft nog niet aan haar nieuwe collega's verteld hoe ver ze moet reizen en ze is bang dat ze zich zullen afvragen of ze haar werk wel naar behoren kan uitvoeren als ze weten hoe erg het is.

Uiteindelijk zegt ze: 'Schenectady. Maar ik ben aan het verhuizen.'

Denny fluit. 'Schenectady? Geen wonder dat je daarnet in slaap viel.'

'Ik viel niet…' Judy hoort hoe defensief ze klinkt. Begint opnieuw. 'Het valt wel mee. Ik heb niet zoveel slaap nodig.'

Denny kijkt sceptisch. 'Oké.'

Ze lopen een tijdje zwijgend verder en dan stelt Judy een vraag die al de hele tijd in haar achterhoofd zit: 'Hoe komt het dat McLellan eerder is vrijgelaten dan die kampleidster, Louise?'

'Wat denk je zelf?' zegt Hayes.

Connecties. Geld. Een advocaat als vader. Hayes heeft nog iets anders ontdekt: McLellan senior is naast hoofdjurist voor de bank van de Van Laars ook de advocaat die de familie persoonlijk vertegenwoordigde in de zaak rondom Bears verdwijning in 1961.

Judy fronst. 'Is dat niet vreemd?' vraagt ze. 'Dat een bedrijfsadvocaat zich met een strafzaak bemoeit?'

Hayes haalt zijn schouders op. 'Iedereen mag zelf kiezen door wie hij zich laat vertegenwoordigen. Sommigen vertegenwoordigen zichzelf. Als ze arrogant genoeg zijn.'

Ze kijken allebei op naar het statige huis dat voor hen ligt.

Dan zegt Hayes: 'Op wie zou jij je geld zetten?'

'Wie ik denk dat het gedaan heeft?'

'Ja.'

Ze denkt even na. 'McLellan.'

'Dat zou ook mijn gok zijn.'

Ze had nog geen uur de tijd gehad om de dossiers uit 1961 te bestuderen, maar dat was lang genoeg om een interessante ontdekking te doen.

'Ik vroeg me af...' Ze stopt, begint opnieuw. 'Toen die rechercheur gisteren over Jacob Sluiter begon?'

'Ja?'

'Vanochtend heb ik de dossiers over Bear Van Laar doorgenomen en ik zag dat Sluiter ook in die zaak als verdachte werd beschouwd.'

Hayes blijft abrupt staan. Judy draait zich naar hem om.

'Ik vond het gewoon zo toevallig,' zegt ze.

Even denkt Judy dat Hayes haar zal weghonen. Hoe zei LaRochelle het ook alweer? Laten we er geen dingen met de haren bij slepen.

Maar Hayes zucht alleen maar.

'Juist,' zegt hij. 'Dat had ik ook al bedacht.'

Dan vervolgt hij: 'Even tussen jou en mij, ik ben degene die de dossiers over Bear tevoorschijn heeft gehaald. De dossiers die jij kennelijk hebt bekeken. Ik ben degene die zijn naam op dat bord heeft geschreven. En ik vind het een grote fout van LaRochelle, om de zaak van Bear als gesloten te beschouwen, een regelrechte blunder. Iedereen daarbinnen denkt er zo over, op LaRochelle na.'

Judy kijkt hem aan.

'Waarom denkt u dat LaRochelle een andere mening heeft?' vraagt ze.

'LaRochelle was een van de adjudanten in die zaak. Hij kwam met de theorie die uiteindelijk door de familie en de pers als waarheid werd beschouwd. Hij heeft zijn hele carrière aan die zaak te danken. Zijn promotie tot hoofdinspecteur vloeide er rechtstreeks uit voort. Hij ziet vast niet graag dat zijn werk ongedaan wordt gemaakt. Bovendien,' vervolgt Hayes, 'was de familie Van Laar tevreden met de uitkomst. Althans, ze geloven dat de dader is gepakt. Ze hebben het kunnen afsluiten, snap je. Het is niet makkelijk om alles weer overhoop te halen.'

Judy knikt. Ze snapt het, tot op zekere hoogte. Maar als zij in hun schoenen stond, zou ze de waarheid willen weten. Dat zegt ze ook tegen Hayes.

'Het is een vreemde familie,' zegt hij. 'Te veel generaties met te veel geld. Dat doet wat met je hersenen. Is het je nooit opgevallen dat kinderen van rijke mensen minder slim zijn dan de ouders? Minder ambitieus, minder succesvol? Je moet iets hebben om na te streven in het leven. Vind ik dan.'

Ze lopen verder.

'En zal ik je nog eens iets vertellen?' zegt Hayes. 'Het staat me niet aan dat LaRochelle elke dag hier is. Ik ben degene die hier de boel moet leiden. En dat zeg ik niet omdat ik een groot ego heb. Het is gewoon onverantwoord om bij dit soort zaken de dagelijkse leiding in handen te leggen van iemand met zo'n hoge functie.'

'Hoezo?'

'Er zitten heus wel pientere jongens op dat niveau, maar die zijn nu middenkader. Ze hebben geen praktijkervaring meer. De meesten hebben in geen tien jaar echt aan een zaak gewerkt. Misschien stelt het de familie gerust als er een hoge piet bij betrokken is,' zegt hij, 'maar het is riskant.'

Hayes keert om en loopt terug naar het commandocentrum om alle informatie te ordenen en te nummeren.

Judy staat er alleen voor bij het maken van haar plattegrond.

Boven haar hoofd cirkelt een helikopter; de inzittenden speuren naar een teken van leven in het bos. Rechts van haar bereidt een duikteam zich voor op een zoektocht in het Meer van Joan.

Als ze bij het grote huis is, gaat ze op een knie zitten en legt haar schetsblok op de andere. Ze maakt uit haar hoofd een plattegrond van het huis en schrijft de namen van de gisteren door haar ondervraagde gasten in de kamer waar ze logeren.

Als ze klaar is, staat ze op en loopt ze langs de voordeur.

Gisteren heeft ze met de gasten gesproken, nu is het tijd voor een gesprek met de mensen die hen bedienen.

Ze klopt voor het eerst op de keukendeur. Er wordt opengedaan door een klein vrouwtje met een schort voor. Ze heeft een met bloem bestoven deegroller in haar handen.

'Goedemorgen,' zegt Judy.

De vrouw veegt langzaam haar hand af aan haar schort. Zwijgend.

'Gaat het wel?' vraagt Judy.
'Bent u een agent?' vraagt de vrouw.
'Ik ben rechercheur,' zegt Judy. 'Mijn naam is Luptack.'
'Maar u bent dus van de politie?'
Judy knikt.
De vrouw loopt terug naar het aanrecht en legt de deegroller neer.
'Zou ik even met u mogen praten?' vraagt Judy.
De vrouw kijkt schichtig om zich heen. 'Jawel,' zegt ze zachtjes. 'Maar het is úw initiatief, hè, niet het mijne, laat dat duidelijk zijn. En het kan niet hier.'

Judy loopt voor haar uit naar buiten en blijft aan de zijkant van het huis staan.
'Verder,' fluistert de vrouw. 'De ramen staan open.'
Ze lopen nog een stuk verder, naar de oever van het meer. Dan haalt ze haar notitieboekje tevoorschijn.
Door de luidspreker van de rondcirkelende helikopter klinkt nu een oproep: 'Barbara, je ouders missen je. Barbara, zoek een open plek. Barbara, ga naar hoger gelegen terrein. Barbara, roep als je dit hoort.' Er trekt een huivering door Judy heen.
De vrouw kijkt haar verwachtingsvol aan. 'Gaat u nog vragen stellen?'
'O,' zegt Judy. 'Naam?'
'Jeannie Clute.'
'Geboortedatum?'
'12 juni 1947.'
'Beroep?'
Ze denkt even na. 'Op dit moment kokkin, tijdelijk. Daarvoor: huisvrouw.'
Judy kijkt op.
'Hebt u kinderen?'
'Ja. Drie. Een vierde onderweg.'
Judy werpt een vluchtige blik op de nog platte buik van de vrouw.
'Bent u getrouwd?'
'Ja.'
'Waarom bent u hier komen werken?'
De vrouw wendt haar gezicht af. Plotseling biggelen de tranen over haar wangen. Ze veegt ze met een geërgerd gebaar weg.
'Omdat ik dom ben,' zegt ze. 'Het was een vergissing.'
Judy zwijgt even. Er roert zich iets in haar onderbuik. Het is een nieuw

gevoel, alsof er elk moment een stukje van een grote puzzel op zijn plaats kan vallen.

'Waarom?' vraagt ze.

'Het zijn slechte mensen,' zegt mevrouw Clute.

'Hoe bedoelt u?'

'Toen hun zoon verdween, hebben ze een onschuldige als dader aangewezen. Ze hebben hem zwartgemaakt.'

Ze huilt nu niet meer. Haar tranen hebben plaatsgemaakt voor een harde blik en ze kijkt Judy vastberaden in de ogen.

'Hoe heet hij?' vraagt Judy.

'Heette. Hij is dood.'

'Hoe heette hij?'

'Stoddard. Net als ik.'

Judy's hersenen draaien op volle toeren. Die naam is ze tegengekomen in de archiefdoos van vanmorgen. 'Carl Stoddard was uw...'

'Vader.'

Judy schrijft in haar notitieboekje. Eigenlijk krabbelt ze maar wat: ze probeert tijd te rekken om haar volgende vraag zorgvuldig te formuleren. Ze wil niet dat de vrouw weer in haar schulp kruipt.

'Dus Clute is uw getrouwde naam?' vraagt ze.

De vrouw knikt ongeduldig. Ze kijkt schichtig naar het huis, bang dat iemand haar ziet.

'Weten ze dat u een Stoddard bent?' vraagt Judy.

'Hemel, nee.'

'Waarom bent u hier komen werken?' vraagt Judy nogmaals.

Mevrouw Clute wipt van het ene been op het andere. 'Wanhoop. Monden die gevoed moeten worden. Zoals u weet, is de overhemdenfabriek dicht.'

Dat wist Judy niet. Ze heeft geen idee over welke overhemdenfabriek het gaat. Toch knikt ze.

'Ander werk is er niet in Shattuck. Het was deze baan of verhuizen,' gaat mevrouw Clute verder. 'En waar zouden we dan naartoe moeten?'

'Weet de rest van uw familie het? Uw ouderlijk gezin, bedoel ik.'

Mevrouw Clute knikt.

'Mijn zussen begrijpen het wel,' zegt ze. 'Maar mijn moeder praat niet meer met me. Ze riep dat die hele familie verrot is. Dat ik er spijt van zou krijgen.' Mevrouw Clute kijkt uit over het meer. 'En ze had gelijk.'

'Mevrouw Clute,' zegt Judy. 'Hebt u enig idee waar Barbara Van Laar is?'

Nu geeft de vrouw meteen antwoord: 'Geen idee, echt niet. Maar ik durf te wedden dat haar familie er meer van weet.'

Weer die tinteling – intuïtie, denkt Judy.

'Waarom?'

'Misschien praat ik nu mijn mond voorbij, maar toen met hun zoon hebben ze de hele zoekactie verprutst, van begin tot eind. Ten eerste hebben ze er pas uren na zijn verdwijning hulptroepen bij gehaald. Toen was het hele terrein al bezaaid met voetstappen en het had ook nog geregend, dus alle sporen waren gewist. Voor de honden was het daardoor ook lastiger.'

Ze strekt de duim van haar rechterhand, kennelijk van plan alle fouten op te sommen die de familie destijds had gemaakt.

'Vervolgens vroegen ze alle inwoners van Shattuck om te helpen, maar na een week stuurden ze ons weer weg. Ze lieten een reddingsteam invliegen uit de Sierra Madres. Daar hadden ze zelfs een privévliegtuig voor geregeld. En voor zover ik heb begrepen, kregen die lui dik betaald.'

'Kregen de inwoners van Shattuck ook betaald?'

Mevrouw Clute lachte schamper. 'Welnee,' zei ze. 'De familie deed net alsof iedereen toch al bij hen in dienst was, ook degenen die hun betaalde werk lieten schieten om te helpen. En het mooiste is dat die reddingswerkers uit Californië geen idee hadden wat ze aan het doen waren. Ze hadden nog nooit zo'n gebied gezien. Met zulk ondoordringbaar struikgewas. Ze vertrokken met de staart tussen de benen zonder een spoor van die jongen te hebben gevonden.'

Ze glimlacht, bijna triomfantelijk, maar roept zichzelf snel tot de orde.

'Luister,' zegt mevrouw Clute. 'Ik vind het heel erg voor de familie. Als ze onschuldig zijn – wat heel goed kan – is het echt een drama wat ze hebben meegemaakt. Maar ik kan het ze niet vergeven dat ze geen enkele moeite hebben gedaan om mijn vaders naam te zuiveren. Na zijn dood hebben ze gewoon het idee in stand gehouden dat hij de moordenaar was. En dat Bear waarschijnlijk nooit zou worden teruggevonden, want aan een dode kun je geen vragen stellen.'

Ze kijkt eerst over de ene schouder, dan over de andere en vervolgt: 'Ik zag hier iemand rondlopen die er toen met Bear ook bij was. LaRochelle, heet hij. Ik weet nog dat hij degene was die zo zijn best deed om het bewijs tegen mijn vader rond te krijgen. Hij is een leugenaar. Ik zou hem niet vertrouwen als ik u was.'

Judy houdt haar hoofd heel stil. Het miniemste knikje zou al ongepast zijn. Maar ze snapt wat de vrouw bedoelt.

'Hebt u kinderen?' vraagt mevrouw Clute.

'Nee.'

'Oké. Nou, als u ze ooit krijgt, denk dan terug aan dit gesprek. Denk aan wat ik heb gezegd. En stel uzelf de vraag of u ook zo snel zou stoppen met zoeken?'

Judy kijkt naar de grond. Ze vindt de intense emotie in de ogen van mevrouw Clute ongemakkelijk.

'Of u het ooit zo snel zou opgeven,' vervolgt mevrouw Clute.

Ze zwijgen.

'Ik moet weer naar binnen,' zegt mevrouw Clute. 'Er ligt een hoop werk te wachten.'

Judy knikt. 'Is er nog iets wat u aan me kwijt wilt? Iets wat ik moet weten?'

Mevrouw Clute denkt even na. 'Het enige wat ik kan bedenken, is dat niemand in die familie een zier om die kleine meid geeft, Barbara, bedoel ik. Wat mij betreft is het gewoon verwaarlozing. Voordat ze naar het zomerkamp ging, kwam ze vaak de keuken in om te kijken of er iets te eten was. Ze zag er zo verloren uit, in haar eigen huis. Als het even kon, stopte ik haar iets toe. Maar haar moeder vond dat maar niks. Die zei altijd dat ik daarmee moest ophouden. En dan knikte ik en deed ik alsof ik naar haar luisterde, maar ik vond het altijd leuk als Barbara langskwam. Het is een raar kind, ze kleedt zich vreemd, maar ze is de enige hier die de moeite heeft genomen om mijn naam te onthouden. Ze heeft een goed hart, dat geloof ik echt.'

'Dank u wel,' zegt Judy.

Mevrouw Clute knikt.

Judy hoort de woorden van LaRochelle in haar hoofd. Ze heeft degelijke aantekeningen gemaakt, maar ze wil er zeker van zijn dat alles klopt.

'Mevrouw Clute, vindt u het goed als ik alles wat u me net heeft verteld zo helder mogelijk opschrijf? En dat u het dan doorleest en het ondertekent als het klopt?'

De vrouw kijkt haar ontzet aan. 'Nooit van mijn leven,' zegt ze. 'Ik heb er geen spijt van dat ik dit heb verteld. Maar daar laat ik het bij.'

Judy heeft het gevoel dat dit alles belangrijker is dan die plattegrond. Ze loopt terug naar het commandocentrum, waar Hayes zijn bureau heeft. Op het trapje zitten twee rechercheurs verklaringen uit te schrijven op hun klembord.

'Is Hayes binnen?' vraagt Judy en een van hen knikt.
'Ik zou maar niet naar binnen gaan als ik jou was. LaRochelle staat al tien minuten tegen hem te tieren.'
Judy blijft staan. Gedempt geschreeuw door de deur.
Ze kan nergens zitten.
'Willen jullie hem laten weten dat ik naar hem op zoek ben, als ze klaar zijn?' vraagt ze.
'Tuurlijk, schat,' zegt de ander, zonder op te kijken.
'Ik heet Judyta Luptack,' zegt Judy.
'Goed, hoor.'

In afwachting van Hayes loopt Judy, met haar schetsblok en pen, over het terrein van Kamp Emerson om verder te gaan met de opdracht die LaRochelle haar die ochtend heeft gegeven. Ze stopt voor elk bouwwerk dat ze ziet en tekent de omtrek, alsof ze er van bovenaf op neerkijkt. Als duidelijk is waar het gebouw voor dient, schrijft ze dat erbij.
Uiteindelijk kijkt ze naar een groepje boerderijgebouwen aan de noordwestkant van het terrein dat niet meer in gebruik is.
De gebouwen zijn grondig doorzocht. En voor zover ze weet verblijft daar niemand.
Maar omdat ze de tijd moet doden tot Hayes en LaRochelle klaar zijn, loopt ze er toch heen, met het schetsblok onder haar arm.

Het zijn vier gebouwen. Judy weet niets van het boerenbedrijf, maar een van die gebouwen ziet eruit als een koeienstal. De grote deuren staan open. Binnen ruikt het nog steeds naar dieren, al lijkt het erop dat de stal al heel lang leegstaat. Boven de boxen bevindt zich een hooizolder en Judy klimt een klein stukje een gammele ladder op, net ver genoeg om haar hoofd door het gat te kunnen steken en te zien dat er nog een paar hooibalen tegen de muren staan.
Ze daalt weer af.
Naast de koeienstal staat een gebouwtje op palen, zonder ramen. Het is haar niet duidelijk wat het oorspronkelijke doel van dit gebouw was, maar nu biedt het onderdak aan roestige landbouwmachines. Ze kijkt even naar binnen en loopt dan naar het gebouw ten westen ervan.
Ook dit derde gebouw stelt haar voor een raadsel: de vloeren zijn van beton en lopen af naar een putje. Misschien was dit de plek waar de paarden na het werk werden afgesponst? Er hangt een geur die ze niet kent, maar waar ze kippenvel van krijgt.

Dan kijkt ze op.

Er lopen vijf metalen staven van het ene eind van het plafond naar het andere. Aan die staven hangen tientallen haken loodrecht naar beneden.

Nu begrijpt ze waar de geur vandaan komt: dit was ooit een slachthuis.

Ze blijft nog even staan, als een snaar gespannen.

Dan hoort ze iets boven haar hoofd: het geluid van voetstappen.

Tracy

Jaren 50 | *1961* | *winter 1973* | *juni 1975* | **juli 1975** | *augustus 1975*

Survivalexpedities werden nooit van tevoren aangekondigd. De deelnemers werden ermee overvallen, en dat gebeurde met een gastoeter, om half zes 's ochtends, meteen na zonsopkomst.

Ze waren de hele zomer op dit moment voorbereid. Zodra ze de toeter hoorden, moesten ze uit bed springen, zich snel aankleden – geen tijd om te douchen – en zo hard mogelijk naar de vlaggenmast rennen.

Degene die daar als eerste aankwam, kreeg extra proviand en hulpmiddelen; degene die als laatste aankwam, kreeg helemaal niets.

Van hun blokhut was Barbara als eerste aangekleed.

'Trek iets warms aan over je uniform,' fluisterde ze tegen Tracy en weg was ze.

Tracy kwam niet als laatste van haar groep aan bij de vlaggenmast, maar het scheelde niet veel. In de rugzak die een van de groepsleiders haar aanreikte, zaten dan ook maar vier blikjes bonen en een volle veldfles. Ze keek om zich heen: Barbara en Lowell Cargill waren in de weer met zeildoeken, kompassen en Zwitserse zakmessen. En toen de twee jongsten van haar groep, de hekkensluiters, in hun rugzak keken, bleek die leeg te zijn. Tracy keek naar hun gezicht: ze probeerden zich goed te houden, maar aan hun bibberende kin was te zien dat ze tegen de tranen vochten.

T.J. Hewitt stond naast de vlaggenmast en zag het gekrioel onbewogen aan. Toen alle deelnemers een rugzak hadden, klauterde ze een klein stukje de paal in, plantte de dikke zool van haar bergschoen op de kikker en bracht een megafoon naar haar mond.

'Survivalgroepen,' zei ze. 'Jullie begeleiders komen zo naar jullie toe. Maar denk eraan: ze zijn er alleen voor noodgevallen. Verder zullen ze jullie niet helpen. In feite' – nu liet ze haar blik langzaam over het terrein gaan, alsof ze alle deelnemers afzonderlijk probeerde aan te kijken – 'staan jullie er alleen voor. Succes.'

Vanuit het midden van de groep baanden de begeleiders zich een weg naar de deelnemers die aan hen waren toegewezen. Tracy sloeg ze gade en vroeg zich af wie er naar hen toe zou komen.

Maar het was T.J. Hewitt zelf die naderde.

'Jullie gaan met mij mee,' zei ze.

Vijf minuten later gingen ze op pad.

T.J. liep voorop, met de jongste leden van hun groep in haar kielzog. Als eendenkuikens volgden ze hun leidster, die af en toe omkeek, alsof ze hun aanwezigheid maar vreemd of hinderlijk vond.

'Doe maar alsof ik onzichtbaar ben,' zei ze steeds en dan lieten ze zich terugzakken naar de rest van de groep, maar even later liepen ze weer bij T.J.

Barbara, Tracy, Lowell en zijn vriend Walter – de oudste van het stel – liepen met z'n vieren naast elkaar. Tracy wierp zo nu en dan een zijdelingse blik op Lowell. Het gevoel dat ze had gehad toen ze samen zongen kwam weer naar boven en haar wangen begonnen te gloeien.

Ze liepen noordwaarts, voor Zelfredzaamheid langs. Tracy dacht dat ze mensen zag bewegen achter de ramen, maar toen ze daar iets over tegen Barbara zei, haalde die haar schouders op en bleef strak voor zich uit kijken.

'Ze zijn bezig met de voorbereidingen,' zei ze.

'Waarvoor?'

'Ze geven een feest. Het huis bestaat honderd jaar.'

'Mag jij erbij zijn?'

Barbara schudde haar hoofd.

'Ik zou niet eens willen,' zei ze.

Ze staken de hoofdweg over en liepen nog een uur door, tot T.J. eindelijk stopte.

'Dit is een geschikte plek,' zei ze. En toen liep ze weg.

Barbara was degene die de stilte verbrak. 'Maak allemaal je rugzak open,' zei ze.

Alles bij elkaar hadden ze tweeënzestig blikjes met verschillende conserven, twaalf zakken studentenhaver, twaalf veldflessen met water, vier flesjes jodiumtinctuur, negen zeildoeken, vier blikopeners, een paar messen, een rol ijzerdraad om strikken te zetten, tien touwen en – het laatste voorwerp uit de laatste zak, en ook het voorwerp dat de diepste zucht van verlichting aan hen ontlokte – één doosje lucifers.

Barbara stond op, inspecteerde de spullen en probeerde in te schatten hoe ze alles zo efficiënt mogelijk konden gebruiken. Ze wierp een blik op T.J., die tegen een boom geleund stond, met één been opgetrokken en de zool van haar schoen tegen de schors.

'Niet naar mij kijken,' zei T.J. 'Ik ben onzichtbaar. Ik ben er niet.'

Ze wendde zich af, hees haar rugzak op de schouders en liep een zacht glooiende helling op, tot ze na een meter of tien bij een betrekkelijk vlak stukje kwam, waar ze haar tent opzette. In een mum van tijd had ze een vuurtje aangelegd en een hangmat tussen twee bomen gespannen en zat ze een boek te lezen terwijl ze water voor haar koffie aan de kook bracht.

Tegen de middag hadden zij zelf ook hun kamp opgeslagen, op aanwijzen van Barbara. Zoals wel vaker vroeg Tracy zich af waar Barbara haar behendigheid en al haar kennis over het bos vandaan had. Barbara was degene die stromend water vond in de vorm van een beekje, die daar met een paar van hen heen liep om de veldflessen bij te vullen en er jodium aan toe te voegen; zij was ook degene die een provisorische tent fabriceerde van zeildoek en touw, die een cirkel vrijmaakte en afbakende met keien. Zij droeg de kinderen op om zo droog mogelijke takken en aanmaakhout te zoeken.

Ze was niet veel ouder dan de anderen, jonger zelfs dan Walter en Lowell, maar op Tracy kwam ze die dag over als een volwassen vrouw.

Af en toe keek T.J. op van haar boek en sloeg ze hen zwijgend en uitdrukkingsloos gade vanaf haar heuveltje.

Op de momenten dat ze niet bezig was de opdrachten van Barbara uit te voeren, zat Tracy op de grond een spel te spelen dat was bedacht door een van de jongere kinderen, een schattig jochie dat Christopher heette en een beetje angstig overkwam. Hij was acht, de jongste van het stel. 'De jongste van het hele kamp,' zei hij somber.

's Avonds, na het eten, vertelden ze spookverhalen – waarbij ze de naam Jacob Sluiter of Sluiper zorgvuldig vermeden, want die was iets te echt. Lowell vertelde over Scary Mary, de grijsharige vrouw, een van de favoriete spoken op het terrein. 'Iemand in mijn groep zei dat hij haar een paar dagen geleden heeft gezien,' zei Lowell, maar toen een van de jonge meisjes begon te huilen, hield Lowell erover op en gingen ze kampliederen zingen. Lowell zong onbegeleid een mooi treurig lied over een matroos die niet terugkeerde van zee.

Er was iets heel opwindends gaande, Tracy voelde het. Ja, T.J. zat dichtbij op haar heuvel, maar ze hield zich aan haar belofte dat ze onzichtbaar zou zijn. Op dat moment waren de kinderen de baas, allemaal, maar vooral Barbara. Nu er geen volwassenen in de buurt waren, kwamen ze allemaal tot bloei en dat vervulde Tracy met trots.

Barbara verdeelde de groep over de tenten. Tracy en Barbara namen de eerste, Lowell en Walter de tweede, de vier jongste jongens de derde – toen ze mopperden dat ze dat oneerlijk vonden, legde Barbara ze met een priemende blik het zwijgen op – en de vier jongste meisjes kregen de laatste.

Inmiddels was het tien uur en buiten het bereik van het vuur was het kil geworden.

Die ochtend had Tracy, voor ze naar de vlaggenmast rende, op Barbara's advies een joggingbroek, een T-shirt met lange mouwen en een dikke sweater over haar uniform aangetrokken. De meeste anderen hadden die tip ook gekregen van hun groepsleiders of vrienden, maar Christopher zat te bibberen in zijn korte broek en T-shirt.

Toen Barbara dat doorkreeg, trok ze haar sweatshirt uit en wierp het hem toe.

'Trek aan,' zei ze gebiedend.

Bij de kleine Christopher leek het wel een lang gewaad, maar hij grijnsde behaaglijk.

Slaapzakken waren er niet, die hadden ze geen van allen gekregen. Bij de expeditie ging het er onder meer om dat ze een zekere mate van ongemak het hoofd moesten bieden.

'Luister,' zei Barbara. 'Als je 's nachts wakker wordt en ziet dat het vuur bijna uit is, moet je het opstoken' – ze deed het voor – 'of er nieuw hout op leggen.' Daarbij wees ze naar de bijeengesprokkelde takken. Ze had het enige overgebleven zeildoek eroverheen gelegd, voor het geval het zou gaan regenen. 'Maar ga niet rondzwerven. Als je verdwaalt in het donker, breng je ons allemaal in de problemen.'

Ze zweeg en dacht even na.

'En nog iets,' zei Barbara. 'Blijf dicht bij elkaar. Ik bedoel dat jullie 's nachts tegen elkaar aan moeten liggen. Dat is een stuk warmer.'

Een paar van de jongere jongens kreunden.

'Tja,' zei Barbara. 'Als je wilt bevriezen, moet je het zelf weten.'

Een van de meisjes begon te giechelen en ze keken allemaal in de richting van haar wijzende vinger. Christopher lag op zijn zij, met zijn knieën opgetrokken onder Barbara's sweatshirt. Hij was diep in slaap.

Barbara klapte in haar handen. 'Iedereen die niet Barbara, Tracy, Walter of Lowell heet,' zei ze, 'hup, naar je tent. Het is bedtijd.'

Er daalde een diepe rust over het kamp neer. Zelfs T.J. leek te slapen op haar helling en ze had haar kampvuur laten uitdoven; blijkbaar had ze het warm genoeg in haar slaapzak.

Toen de vier oudste leden van de groep de boel hadden opgeruimd, wenkte Walter de andere drie naar de tent waar Lowell en hij sliepen.

'Ik heb iets meegenomen,' fluisterde hij. Hij grijnsde en in het zwakke schijnsel van het vuur zag Tracy zijn beugel glinsteren.

Ze kropen naar binnen en gingen in een kringetje zitten, rillend van de kou. Zodra Tracy haar kaken even niet op elkaar klemde, begon ze te klappertanden. Voor Barbara, die één kledinglaag aan Christopher had afgestaan, moest het nog erger zijn.

Walter, een pezige jongen van veertien die er jonger uitzag, had dat blijkbaar ook bedacht, want hij trok zijn sweatshirt uit en reikte het Barbara aan.

'Nee,' zei Barbara.

'Pak aan,' zei Walter. 'Ik heb dit nog.' Hij wees naar zijn shirt met lange mouwen.

'Bovendien,' ging hij verder, 'kan ik vanavond lekker met Lowell knuffelen.'

Hij sloeg een arm om Lowell heen, die hem met een grijns van zich af probeerde te duwen.

'Wat wilde je ons laten zien?' vroeg Barbara.

Walter haalde zijn arm van Lowells schouders en trok zijn T-shirt omhoog. Onder zijn riem zat een heupfles.

Tracy herkende die fles meteen. Haar vader had er altijd zo een bij zich op de renbaan, in de binnenzak van zijn jasje, en daar nam hij zo nu en dan ongegeneerd een slok uit. Toen zijn paard een keer had gewonnen, had hij de fles aan Tracy aangeboden en zij was nieuwsgierig genoeg geweest om een slokje te nemen. Dat brandende gevoel in haar keel was ze nooit meer vergeten.

'Slim van je,' zei Barbara.

'Dank je,' zei Walter. Hij draaide de dop eraf en nam een paar slokken.

'Wat zit er in?' vroeg Barbara.

'Crème de menthe. Dat is de enige drank waarvan mijn vader niet bijhoudt hoeveel er nog over is.'

Hij gaf de fles door. Ze dronken er allemaal van. Tracy nam eerst een klein slokje en daarna een grotere. Het was zoeter dan wat haar vader dronk, en smeriger.

Ze hoestte.

'Sst,' zei Barbara. Ze griste de fles uit Tracy's handen en nam een flinke teug, waarna ze haar mond afveegde met de rug van haar hand.

Al binnen een paar minuten werd het warmer in de tent. Tracy grijnsde in het donker. Al haar zorgen leken plotseling wat verder weg.

Barbara zat rechts van haar, Lowell zat tegenover haar en Walter zat naast Lowell. Tracy duwde haar voet een stukje naar voren, op zoek naar de voeten van Lowell. Ze beeldde zich in dat hij zijn lippen op de hare drukte. Toen haar schoen de zijne raakte, hield ze hem daar en het voelde alsof ze een stekker in een stopcontact stak.

'Ik verveel me. Laten we een spelletje doen,' opperde Walter.

'Daar is het toch veel te donker voor,' zei Tracy. Ze dacht aan kaarten of dammen, of de mikadostokjes die ze voor Christopher had gemaakt.

'Een ander soort spel. *Truth or dare*,' zei Walter.

Barbara lachte zachtjes.

Tracy kende dat spel alleen van boeken en tv-series. Daaruit had ze opgemaakt dat het iets was wat mensen van haar leeftijd vaak op logeerpartijtjes speelden, maar zij had alleen maar logeerpartijtjes gehad met haar neven en nichten van moederskant en met Debbie Finley, een buurmeisje met een moeder die 's nachts werkte. Dat waren heel andere logeerpartijtjes.

Het gevoel van avontuur had deels te maken met het gevaar: Tracy was ervan overtuigd dat ze allemaal een beeld in hun achterhoofd hadden van Jacob Sluiter die vlak bij hun kamp stond, net uit de gevangenis ontsnapt, hongerig, nijdig. Maar ze durfden zijn naam niet te noemen, uit respect voor Barbara. Uit eerbied voor de nagedachtenis van haar broer en de geruchten dat Sluiter iets te maken had met diens verdwijning.

'Ik ga wel eerst,' zei Tracy in een vlaag van overmoed. Ze strekte haar hand uit naar de smerige crème de menthe.

'Truth or dare?' vroeg Walter. Het klonk als een bezwering.

'Truth,' zei Tracy, waarop ze een slok nam.

'Wie vind je leuk?' vroeg Walter.

En ze wist meteen dat ze zou liegen. Ze dacht aan alle jongens van haar klas in Hempstead.

'Philip DiGiacomo,' zei ze – zo heette de jongen die algemeen werd beschouwd als de knapste van het stel.

'Hé, dat is niet eerlijk,' zei Walter. 'Wie vind je leuk in het kamp?'
'Te laat,' zei Tracy vrolijk. 'Jouw beurt. Truth or dare?'
'Dare,' zei Walter.
Tracy dacht even na. Ze wilde iets creatiefs verzinnen, iets grappigs. Ze wilde de anderen aan het lachen maken.
'Oké,' zei ze. 'Walter: ik daag je uit om naar T.J.'s tent te lopen en berengeluiden te maken.'
De jongens begonnen te grinniken. Tracy zag vanuit haar ooghoek dat Barbara haar hoofd met een ruk haar kant op draaide.
'Dat is een heel slecht idee,' zei Barbara.
'Waarom?' zei Lowell. 'Ik vind het hilarisch.'
Barbara liet opzettelijk een lange stilte vallen. En toen: 'Ze heeft een geweer.'
De andere drie zwegen.
'Ik weet bijna zeker dat ze een geweer heeft,' zei Barbara.
'Waarvoor?' vroeg Lowell.
'Nou, precies dáárvoor,' zei Barbara. 'Beren en zo.'
'Of voor Sluiter,' zei Walter.
Weer een lange stilte.
'Denken jullie dat ze daarom dit jaar de groepsleiders mee hebben gestuurd?' vroeg Walter. 'Omdat hij op vrije voeten is?'
'Nee,' zei Barbara. 'Volgens mij doen ze dat omdat er zoveel ouders hebben geklaagd. T.J. zegt dat deze generatie anders is dan eerdere generaties. De ouders zijn gewoon angstiger.'
Daar dachten ze alle vier even over na. Tracy had niet het idee dat haar ouders bang waren. Maar toen ze zich de moeders van de andere meisjes voor de geest haalde – met hun kleurrijke wikkeljurken en hun instapschoenen – geloofde ze meteen dat het voor hen wel opging.
'Oké,' zei Walter. 'Laten we dat dan maar niet doen. Nog andere ideeën?'
Tracy pijnigde haar hersenen. Ze overwoog hem opdracht te geven om de hele fles leeg te drinken, maar ze wilde meer. Ze overwoog hem opdracht te geven om een van de anderen te kussen of zich uit te kleden en naakt door hun kamp te rennen, maar daarmee zou ze een precedent kunnen scheppen: ze was als de dood dat ze zelf ook een kledingstuk zou moeten uittrekken. En dus zei ze: 'Ik daag je uit om Lowells diepste geheim te verklappen.'
Ze kon de gezichten van de anderen niet goed zien, maar ze wist dat Walter nadacht over zijn antwoord.

'Simpel,' zei hij ten slotte. 'Hij slaapt thuis altijd met het licht aan, omdat hij bang is in het donker.'

Hij keek Lowell aan. 'Maar je hoeft je geen zorgen te maken, hoor. Ik bescherm je wel.'

Tracy begreep meteen twee dingen: dit was niet Lowells diepste geheim en Walter zou hem koste wat het kost trouw blijven. Ze kreeg een rotgevoel. Het was niet haar bedoeling geweest om gemeen te zijn.

Er ging een half uur voorbij. Een uur. Ze waren allemaal aangeschoten en een stuk warmer. Tracy's stemming was weer opgeklaard door de intimiteiten die ze hadden uitgewisseld: toen ze door de acceptabele 'dares' heen waren, waren ze overgegaan op 'truths' en zo waren ze in korte tijd meer over elkaar te weten gekomen dan in de hele zomer tot dan toe. Wat geweldig, dacht Tracy, om vrienden te hebben die de eigenschappen zien waar je je het diepst voor schaamt, ze aan het licht brengen, ze omarmen en huldigen met goedmoedige plagerijtjes die niet bedoeld zijn om je omlaag te halen, maar juist om je op te peppen. Lowell bleek écht bang te zijn in het donker en had ondanks zijn fysieke talenten een hekel aan sport, tot afgrijzen van zijn vader, die football speelde. Walter was heel slecht op school, hij had iets wat dyslexie heette, terwijl zijn vader op Harvard had gezeten en verwachtte dat zijn zoon het ook zo ver zou schoppen. Tracy zelf had opgebiecht dat ze thuis bijna geen vrienden had, dat de meisjes van haar school heel anders waren dan zijzelf, dat haar vader haar moeder had verlaten voor Donna Romano, die als barvrouw in het Adelphi Hotel werkte, en dat haar moeder sindsdien veel stiller, veel minder uitbundig was.

Op elke onthulling werd geproost. Ze pookten om de beurt het vuur op als dat nodig was.

De enige die niet het achterste van haar tong liet zien, was Barbara. Ze lachte zachtjes met hen mee, ze luisterde belangstellend, maar als zij aan de beurt was om een waarheid te vertellen, had Tracy het gevoel dat ze dingen wegliet.

Omdat Tracy merkte hoe bevrijdend het was om intimiteiten uit te wisselen met vrienden, vond ze het jammer voor Barbara als zij dit niet zou ervaren. Dus toen Tracy weer aan de beurt was om iemand aan te wijzen, koos ze Barbara. En Barbara koos voor de waarheid.

Resoluut stelde Tracy de vraag die al de hele zomer in haar achterhoofd zat: 'Wie is je vriend?'

Stilte.

Het vuur buiten plofte zo luid dat Tracy schrok.

'De waarheid,' zei Barbara ten slotte, 'is dat ik de waarheid niet kan vertellen.'

Ze klonk boos – Tracy wist niet of die boosheid gericht was op haar of op Barbara's vriend of op de wereld.

Barbara trok de fles uit Walters hand, zette hem tegen haar mond en gooide haar hoofd achterover. Ze dronk de fles leeg.

Toen zei ze: 'Lowell. Truth or dare.'

Lowell dacht even na. Uiteindelijk koos hij voor een dare.

'Ik daag je uit om me te zoenen,' zei Barbara.

Tracy voelde een koude prikkeling in haar nek die ze herkende als angst.

In de zwakke gloed van het vuur zag ze Lowells brede schouders, zijn onderarmen die over elkaar heen op zijn opgetrokken knieën lagen. Hij liet eerst de ene en toen de andere arm zakken, ging vastberaden op zijn knieën zitten en helde over naar Barbara. Hij legde zijn handen tegen haar wangen, bracht zijn gezicht naar het hare en zoende haar, en Tracy begreep meteen dat hij al heel veel meisjes had gezoend en dat dit niet zomaar een plichtmatige zoen op commando was. Het was een zoen met gevoel, met begeerte. Ze wilde zich afwenden, maar dat deed ze niet. Dit was haar straf, dacht ze, omdat ze haar schild had laten zakken. Ze verdiende het. Ze aanvaardde het.

Toen de kus voorbij was, klonk er een zacht 'oeoe' uit Walters mond, verder niets.

Barbara zei dat ze moe was, Lowell was ook moe en ze gingen abrupt uiteen: de jongens ontfermden zich nog even over het vuur, de meisjes zochten hun tent op.

Toen ze eenmaal lag, kreeg Tracy het weer koud. Ze rilde. Ze draaide zich op haar zij, trok haar sweatshirt over haar knieën en bleef zo liggen, opgerold als een baby.

Na een tijdje voelde ze dat Barbara naar haar toe schoof en toen legde Barbara haar armen om haar middel en omhelsde ze haar van achteren.

'Niet doen,' zei Tracy.

'Het spijt me,' zei Barbara. 'Ik weet niet wat me daarnet bezielde. Het spijt me, Tracy.'

Ze wilde niet huilen, maar ze huilde toch. Eerder uit schaamte dan uit woede: schaamte omdat ze had gedacht dat iemand als Lowell Cargill in haar geïnteresseerd zou kunnen zijn.

‘Niet huilen, Tracy,’ zei Barbara. ‘Alsjeblieft. Het spijt me.’

Tracy deed haar ogen dicht. Ze had het nu tenminste warmer; Barbara had gelijk dat je meer warmte vasthield als je tegen elkaar aan lag.

‘Vind je hem leuk?’ fluisterde Tracy.

‘Nee.’

‘Waarom deed je dat dan?’

Barbara zweeg even.

‘Ik doe soms gemene dingen,’ zei ze. ‘Dat is een heel slechte eigenschap van me. Dan denk ik: wat is het ergste dat ik op dit moment kan doen? En dan doe ik dat. Alsof ik mezelf niet in de hand heb.’

Tegen haar wil begreep Tracy wat Barbara bedoelde. Zij had ook dat soort gedachten, alleen durfde zij ze niet in daden om te zetten. Ze nam aan dat dat voor de meeste mensen gold.

‘Dan moet je je eens laten nakijken,’ zei Tracy en Barbara lachte een beetje. Tracy glimlachte. Ondanks alles vond ze het nog steeds fijn om Barbara aan het lachen te maken.

‘Doe ik al,’ zei Barbara. ‘Ik loop sinds mijn vijfde bij een psychiater, moest van mijn vader.’

‘Al die tijd dezelfde?’

‘Een hele hoop verschillende. Elk jaar een nieuwe. Dit jaar is het dokter Schiller. Ik noem haar dokter Schildpad, omdat ze daarop lijkt. Ze praat ook als een schildpad. Zo...’ En ze deed een heel traag, saai iemand na.

‘Maar het is tenminste een vrouw,’ zei Barbara na een tijdje. ‘Ik vind vrouwen leuker.’

‘Ik ook,’ zei Tracy, hoewel ze eigenlijk niet zo zeker wist of dat wel waar was. ‘En wat is er mis met je, volgens dokter Schiller?’

‘Ze vindt dat ik mijn impulsen niet goed kan beheersen. En mijn vader is het met haar eens.’

‘Kun je niet goed met hem opschieten?’

‘Ha,’ zei Barbara. ‘Dat is wel heel zacht uitgedrukt.’

‘Zit je daarom op het kamp deze zomer?’ vroeg Tracy. ‘Omdat je niet bij hem in de buurt wilt zijn?’

‘Onder andere.’

‘Waarom dan nog meer?’

Barbara zweeg.

‘Omdat ik bij geen van die types in de buurt wil zijn,’ zei ze. ‘Ze hebben dat feest en daar had ik echt geen zin in. Met al die vreselijke vrienden. Er zit er niet één bij die ik mag.’

Tracy had een andere theorie.

'Is het makkelijker om met je vriend af te spreken als je in het kamp zit?'

Barbara knikte. Tracy voelde Barbara's kin op en neer bewegen tegen haar achterhoofd.

'Hier kan ik makkelijker wegsluipen,' zei Barbara. 'In huis is er altijd wel iemand wakker.'

'En je moeder?' Ze hadden nog nooit zo uitgebreid over Barbara's familie gesproken. Gewoonlijk veranderde ze dan van onderwerp. 'Hoe is die?' drong Tracy aan.

Stilte.

'Aan haar heb ik niks,' zei Barbara. 'Ze lijkt wel een zombie.'

'Hoe komt dat?'

Barbara's omhelzing verslapte een beetje.

'Mijn broer is verdwenen,' zei ze zachtjes. 'En nooit meer teruggekomen. Daar komt het door, denk ik. Want ik heb foto's van haar gezien als tiener en toen zag ze er prima uit. Ze leek wel heel iemand anders.'

Tracy legde haar hand op die van Barbara. Ze kneep erin. De kou verdreef haar drankroes. Ze had zo'n voorgevoel dat ze zich morgen zou schamen voor sommige dingen – of alle dingen – die vanavond waren gebeurd, dat ze Lowell, Walter en Barbara nauwelijks zou durven aankijken. Maar ze gebruikte het laatste restje van de dapperheid die ze zich had ingedronken om haar vingers met die van Barbara te verstrengelen en haar arm steviger om zich heen te trekken.

'Wist je dat, van mijn broer?' vroeg Barbara. 'Weet iedereen het?'

Tracy knikte. 'Sorry.'

Stilte.

'Mijn moeder denkt dat hij ooit terugkomt,' zei Barbara. 'Maar dat houdt ze geheim voor mijn vader. Dat soort dingen zegt ze alleen tegen mij. Mijn vader wordt altijd boos als ze over Bear begint.'

'Denk jij ook dat hij terugkomt?' vroeg Tracy.

'Nee. Ik denk van niet.'

In het donker hoorde Tracy dat Barbara haar mond open- en weer dichtdeed.

'Wat is er?'

'Ik denk vaak aan hem. Ik wou dat hij er nog was,' zei Barbara.

'Had je hem willen leren kennen?'

'Nee. Ik bedoel, dat ook wel. Ik heb foto's van hem gezien en hij leek me heel aardig. Dat zegt iedereen ook.'

Ze wachtte even. Tracy hield haar adem in om de betovering niet te verbreken.

'Toen ik jonger was,' zei Barbara, 'voerde ik gesprekken met hem in mijn hoofd. Ik deed alsof hij nog bij ons woonde, alsof ik een oudere broer had die voor me zorgde. Die me tegen mijn ouders beschermde als ze ruzie hadden of als ze boos op me waren.'

Tracy knikte. Als enig kind had zij ook dat soort dagdromen gehad.

'Maar het is vooral…' zei Barbara. 'Als hij niet was verdwenen…' Ze maakte haar zin niet af.

'Dan wat?' vroeg Tracy.

'Dan was ik niet geboren. Ik denk dat dat beter was geweest.'

Ze zwegen lange tijd.

Een volwassene zou diep verontrust zijn, wist Tracy, die zou ertegen inbrengen dat het leven de moeite waard was. Maar Tracy, die nog net geen dertien was, vatte deze uitspraak niet op als een schreeuw om hulp, maar als een feitelijke constatering. En dus zei ze niets en ze ademden synchroon tot ze allebei dachten dat de ander in slaap was gevallen.

Plotseling vroeg Barbara: 'Hoe laat denk je dat het is?'

Tracy keek op haar horloge en draaide het zo dat de gloed van het vuur erop viel.

'Middernacht,' zei ze.

'Shit,' fluisterde Barbara.

'Wat?'

'Ik moet weg.'

Ze ging zitten.

Tracy ook.

'Wég?' vroeg ze.

Barbara rommelde in haar rugzak.

'Waarnaartoe?' vroeg Tracy.

'Waar ik elke avond naartoe ga.'

Ze haalde een kleine zaklamp tevoorschijn.

'Waar heb je die vandaan?'

'Meegenomen uit Balsemzilver.'

'Maar weet je dan hoe je daar moet komen?' vroeg Tracy verwonderd.

Barbara snoof.

'Maak je daar maar niet druk om,' zei ze. 'Ik ken dit bos op mijn duimpje.'

En daar ging ze, langs het vuur, de heuvel af. Tracy keek haar na tot ze alleen nog de straal van de zaklamp kon zien. Tot ook die was verdwenen.

Tracy

Jaren 50 | *1961* | *winter 1973* | *juni 1975* | **juli 1975** | *augustus 1975*

Tracy sliep onrustig: soms werd ze wakker van de kou, soms van het geluid van iemand die het vuur oppookte.

Toen ze op een gegeven moment haar ogen opendeed, zag ze dat het al licht was en dat ze nog steeds alleen was in de tent.

De angst sloeg haar om het hart en ze schoot overeind. De anderen sliepen nog. Ze liep op haar tenen naar de tent van Lowell en Walter, hurkte neer bij Lowell en fluisterde zijn naam tot hij één oog opendeed.

'Barbara is er niet,' zei ze. 'Ze is weg.'

Lowell knipperde tegen het zonlicht, wreef zich in de ogen en rekte zich uit.

'Hoe bedoel je?' vroeg Lowell. 'Ik zag haar net nog. Ze ging hout halen.'

En inderdaad kwam Barbara achter een groepje bomen vandaan, met haar armen vol grote en kleine takken voor het ochtendvuur.

Ze grijnsde naar Tracy en vormde het woord 'goedemorgen' met haar lippen.

Hun plan voor die dag was om eekhoornvallen te maken: palen met strikken eraan, zoals ze van T.J. hadden geleerd. Barbara had uiteraard de leiding.

Die avond waren de strikken leeg: geen lokaas, geen eekhoorns. Ze hadden wel een bessenstruik gevonden, maar de wandeling ernaartoe had ongetwijfeld meer energie gekost dan de bessen opleverden.

De stemming was omgeslagen. Ze hadden niets te doen, dus wachtten ze maar op het avondeten, op de kleine porties bonen en studentenhaver die Barbara daarvoor had gereserveerd. De jonge kinderen klaagden over honger, de oudere waren chagrijnig.

Barbara liep nog een keer gedecideerd het bos in om de vallen te controleren. En even later hoorden ze een schreeuw.

Tracy stond op. Aan de andere kant van hun kamp zag ze Lowell ook opstaan en wegrennen in de richting van Barbara's stem.

Na een tijdje kwamen ze samen terug, met een brede grijns en twee eekhoornpalen op de schouders. Aan de palen bungelden drie rode eekhoorns. Tot haar afschuw zag Tracy dat een ervan nog kronkelde en in de lucht klauwde.

'Barbara!' riep ze. 'Barbara, er leeft er nog één!'

Barbara knikte.

'Pak een steen,' zei ze.

'Ik?!' vroeg Tracy.

'Ja, jij.'

Tracy keek om zich heen. Ze zag al snel een flinke kei en hield hem omhoog zodat Barbara hem kon beoordelen.

'Prima,' zei Barbara. 'Trek een sok uit en stop die steen erin.'

Tracy voelde haar maag omdraaien.

'Kom, Tracy,' zei Barbara. 'Schiet op. Als ik de paal moet neerleggen, ontsnapt hij.'

Aan Barbara's blik zag Tracy dat het een test was en dat het rampzalig zou zijn voor hun vriendschap als ze die test niet doorstond. En dus ging ze gehoorzaam op de grond zitten, trok haar schoen uit en vervolgens haar sok, waarna ze de steen erin stopte.

Met één blote voet hobbelde ze naar de panische eekhoorn. De rest van de groep was stil. Ze richtte haar wapen en liet hem een paar keer als een honkbalknuppel neerkomen op de schedel van de eekhoorn, tot die niet meer bewoog.

Toen ze opkeek, zag ze dat ze werd gadegeslagen: niet alleen door haar eigen groepje, maar ook door T.J. Hewitt, die met de handen in de zij goedkeurend naar haar glimlachte vanaf de helling.

'Goed zo,' riep ze.

Dat waren de eerste woorden die T.J. sinds hun aankomst had gesproken. Met een snelle beweging keerde ze hun de rug toe en hurkte ze neer om haar tent weer in te kruipen.

Barbara was degene die de eekhoorns slachtte. Ze zat voorovergebogen op een zeil dat op de grond was gelegd.

Toen de eekhoorns bijna van hun vacht waren ontdaan, legde ze er een op haar schoot en begon met een schilmesje de laatste restjes huid eraf te schrapen.

De anderen keken toe.

Niemand kon naderhand precies vertellen hoe het was gebeurd, ook Barbara zelf niet, maar plotseling verstijfde ze, met de half gevilde eekhoorn op haar rechterknie en de punt van het mesje in haar linkerdij.

Haar hand omklemde het heft. In een reflex trok ze het mes er met een snelle ruk uit en toen zei ze: 'Dat was niet slim.'

En inderdaad: drie seconden gebeurde er niets, alsof de wond treuzelde, en toen welde er bloed op dat over haar been vloeide.

'Ik had het er niet uit moeten trekken,' zei Barbara nog een keer. 'Ik had het moeten laten zitten.' Barbara droeg een korte broek, dus iedereen kon haar been zien. Het bloed liep in straaltjes langs de binnenkant van haar dij en druppelde op de grond.

Sommige kinderen deinsden achteruit, met hun handen om hun hoofd, andere kwamen juist dichterbij.

'We moeten T.J. waarschuwen,' zei Lowell.

'Nee,' zei Barbara haastig.

'Waarom niet?' vroeg Walter. 'Dat zei ze toch? Ze zei dat we haar in noodgevallen mochten roepen.'

'Dit is geen noodgeval,' zei Barbara. 'Ik los het zelf wel op.'

Ze keek om zich heen. De bloeddruppels petsten nu hard neer.

'Christopher,' riep ze. Bij de eerste aanblik van bloed was hij weggerend. Nu kwam hij schuchter uit zijn tent tevoorschijn.

'Ik heb mijn sweatshirt nodig,' zei Barbara. 'Sorry.'

Hij trok het snel uit en rende naar haar toe. Ze sneed een van de mouwen af en wikkelde hem stevig om haar been. De stof verkleurde al snel van wit naar roze.

Barbara liep een paar uur rond met die mouw om haar been en ging gewoon verder met haar bezigheden alsof er niets aan de hand was.

Die avond aten ze eekhoorn. Ieder kreeg ongeveer één hap vlees: niet genoeg om de honger te stillen, maar wel goed voor het moreel.

Later die avond merkte Tracy dat Barbara stiller was dan normaal. Ze had ongetwijfeld veel bloed verloren; de lap om haar been was al tweemaal vervangen.

'Gaat het wel?' vroeg Tracy.

'Ja, hoor,' zei Barbara.

Maar haar gezicht was lijkbleek. Tracy keek haar net iets te lang aan.

'Wat?' vroeg Barbara.

Tracy voelde dat de anderen achter haar allemaal hun kant op keken. Er hing een diepe stilte.

'We moeten T.J. erbij halen,' zei Lowell. Hij keek Barbara onderzoekend aan. 'Ik meen het. Je hebt te veel bloed verloren. Dit is gewoon gevaarlijk.'

'Het gaat best,' zei Barbara zwakjes.

Maar Lowell luisterde niet naar haar. Hij beende naar T.J.'s tent. Barbara riep hem na, maar haar stem was zo zacht dat hij haar niet hoorde.

Tien seconden later kwam T.J. de helling af gerend, met een grote pan in haar handen. Ze knielde voor Barbara neer, die nu op haar rug lag en blijkbaar niet meer in staat was om haar hoofd overeind te houden.

Nadat ze de wond had geïnspecteerd, veerde T.J. overeind en keek onderzoekend naar de kinderen om haar heen.

Ze pikte, terecht, Lowell Cargill eruit als degene aan wie je het meest had in een crisis en stak hem de pan toe met de opdracht het kampvuur op te stoken en water aan de kook te brengen. Daarna tilde ze Barbara soepeltjes, met beide armen, van de grond en liep ze zo snel als ze kon de heuvel weer op.

'Roep me als het water kookt,' riep ze.

En ze verdween met Barbara in haar tent.

Aan het eind van de dag was Barbara's wond schoongemaakt en gehecht, had ze eten, drinken en warmere kleren gekregen en zag ze niet meer zo pips. Ze zat ook weer bij hun groepje en bagatelliseerde nu al het hele incident.

Later, in hun tent, lagen Tracy en Barbara tegen elkaar aan, net als de nacht ervoor.

'Barbara,' zei Tracy.

'Wat?'

'Ik ben blij dat het weer beter met je gaat.'

Barbara snoof verontwaardigd. 'Ik had het anders ook wel gered, hoor.'

'Dat weet ik niet zo zeker,' zei Tracy. 'Je zag er echt heel slecht uit.'

'Ik kan heus wel voor mezelf zorgen. Als het nog erger was geworden, zou ik zijn teruggegaan naar het kamp. Dan was ik gewoon heen en weer gelopen. Het was helemaal niet nodig om T.J. erbij te halen.'

Gek genoeg geloofde Tracy haar.

'Waar heb je dat allemaal geleerd?' vroeg ze.

'Wat allemaal?'

'Nou, tenten opzetten en dierenvallen maken en zo. Die eekhoorns slachten. EHBO.'

'Van T.J.,' zei Barbara. 'Net als jij.'

Tracy schudde haar hoofd. 'Ik kan dat allemaal niet. Niemand hier, volgens mij.'

Barbara liet een stilte vallen. 'Mijn familie,' zei ze.

Ze zwegen. Tracy wist dat er meer achter zat. Ze liet het verder rusten.

'Ga je vanavond weer weg?' fluisterde ze.

'Ik denk het niet,' zei Barbara. Ze ging een beetje verliggen. 'Dat lukt vast niet met die wond.'

Ze zuchtte.

'Is het erg als je niet gaat?' vroeg Tracy voorzichtig – ze wilde niet dezelfde fout maken als eerder, ze wilde niet dat Barbara boos op haar werd omdat ze doorvroeg over een onderwerp waar ze het duidelijk niet over wilde hebben.

Het bleef zo lang stil dat Tracy vermoedde dat Barbara in slaap was gevallen. De extra kleding die ze van T.J. had gekregen, verwarmde hen allebei en Tracy begon zelf ook slaperig te worden.

Toen hoorde ze Barbara in het donker zuchten.

'Ik denk het wel,' zei ze zacht. 'Ik denk dat het wel erg is.'

Alice

Jaren 50 | 1961 | winter 1973 | juni 1975 | juli 1975 | augustus 1975:
dag twee

Op de tweede dag van Barbara's vermissing wordt Alice wakker, haar mond is kurkdroog.

Ze heeft de hele nacht op haar buik geslapen. Vanuit haar mond heeft zich een vochtplek verspreid over de beddensprei.

Ze weet dat er iets ergs is gebeurd. Het is niet meer dan een vaag gevoel, het echte besef is er nog niet. Ze gaat rechtop zitten. Reikt naar het glas gin op haar nachtkastje en neemt moeizaam een slok.

Ze staat op.

Barbara!

Dat was het. Haar dochter is sinds gisterochtend vermist.

Vijf minuten later staat Alice in de serre. Ze kijkt uit het raam: er verschijnen steeds meer ouders om hun kinderen op te halen, een week eerder dan gepland.

Sommigen – degenen die in Albany, Niskayuna of Vermont wonen – hebben hun kinderen gisteren al opgehaald.

Anderen – de mensen uit het westen van het land, uit Colorado, de mensen die het vliegtuig moesten nemen – komen pas vandaag aan. Ze rijden in volle vaart het terrein op met hun gehuurde auto, al dan niet met chauffeur, geschokt dat hun kinderen een hele nacht hebben moeten doorbrengen op een plek waar een ander kind minder dan vierentwintig uur geleden is verdwenen.

Ze begrijpt die ouders wel. Ze weet nog dat ze dat zelf had met Bear, het gevoel dat ze alles zou doen om hem te beschermen. Dat ze iedereen die het in zijn hoofd haalde hem pijn te doen, zou aanvliegen. Hij had haar nodig, daar ging het om. Hij had haar nodig, terwijl daarvoor niemand haar ooit nodig had gehad. Hij klampte zich aan haar vast – een gewoonte die Peter als ziekelijk bestempelde. Maar ze was nog nooit iemands beschermer geweest, ze genoot van dat gevoel en koesterde het stiekem als ze alleen waren.

Achter haar komt iemand de serre binnen.
Ze hoeft zich niet om te draaien om te weten wie het is.
Ze weet dat ze vandaag naar Albany wordt gebracht. Zoals gewoonlijk zorgen de Peters ervoor dat ze niet in de weg loopt.
Geeft niet. Ze vindt het fijn in Albany.
Daar kan ze de stem van haar zoon beter horen.

Alice

Jaren 50 | **1961** | *winter 1973* | *juni 1975* | *juli 1975* | *augustus 1975*

Bear stuiterde opgewonden in het rond. Alice keek naar hem door het raam van de serre: op de eerste dag van het Muggenvaarwel ging hij altijd op het gazon voor het huis staan wachten tot de gasten kwamen. Nu maakte hij radslagen en speelde met een honkbal die hij steeds weer in de lucht gooide. Hij zong een liedje dat Alice niet kende – dat had hij vast op school opgepikt. Soms vond ze het grappig dat hij buitenshuis een heel leven had waar zij niets van afwist. Hij is in de afgelopen tijd echt een méns geworden, had ze tegen Peter gezegd, en die had gezucht alsof hij niet wist wat ze bedoelde. Maar hij wist het wel. Daar was ze zeker van.

Hij was een heerlijk, intelligent, nieuwsgierig, grappig knulletje van acht, dat steeds zelfstandiger werd. Meer dan haar lief was: soms miste ze hem, zijn constante aanwezigheid naast haar, zijn hoge, heldere stem die achttien keer per minuut 'mama' riep.

Maar Peter was opgetogen. Dit was precies waarop hij had gehoopt: een zelfredzame zoon. En nog mooier was dat Peter en Alice hierdoor dichter bij elkaar kwamen. Ze konden samen rustig naar hun zoon zitten kijken, alsof hij een voorstelling gaf. Ze genoten meer van elkaars gezelschap dan ooit. Alice was ouder geworden, dat scheelde, ze was nu zesentwintig. Eindelijk een respectabele leeftijd.

Soms kreeg ze zelfs het opwindende gevoel dat haar man verliefd op haar begon te worden – eigenlijk voor het eerst. Ze was verdrietig om de jongere Alice, het achttienjarige meisje dat niets wist van de wereld, maar ze was blij voor de vrouw die ze nu was. Grappig, dacht ze, hoeveel soorten relaties je in de loop van je leven kon hebben met een en dezelfde man.

Peter en zijn vader hadden dat jaar meer gasten uitgenodigd dan ooit: zevenentwintig, volgens Alice' telling. Alle slaapkamers waren bezet, net als alle kamers in alle bijgebouwen. Ze hadden zelfs een deel van het personeelsverblijf moeten opeisen – voor de verdreven personeelsleden hadden ze twee leegstaande zomerhuizen gehuurd, een paar kilometer naar het zuiden, en ze hadden auto's voor hen geregeld.

Toen de eerste gast kwam aanrijden, rende Bear naar de oprijlaan. Vanuit de serre herkende Alice meteen de auto van haar zus.

George was nu drie jaar geleden gestorven en sindsdien kwam Delphine alleen, altijd in dezelfde degelijke Buick, die ze halsstarrig weigerde te verkopen.

'Bear!' riep Delphine. Door het raam heen zag Alice dat haar lippen die naam vormden. Bear en zij hadden altijd een bijzondere band gehad, een mooie vriendschap. Op de zomerfeesten trad ze hem tegemoet als gelijke, ze bracht papier en verf voor hem mee en zat urenlang bij hem om te praten over alles wat hij op school leerde.

Alice liep door de gang naar de salon, waar Peter en zijn ouders zaten te lezen bij de open haard.

'Delphine is er,' zei ze.

Het was dat jaar een bont gezelschap. Behalve de vaste gasten – de familie van Peter en Alice – waren de Southworths er, met hun dochtertje Annabel, de McLellans met hun kinderen, een handjevol cliënten en de onvermijdelijke kunstenaars.

Iedereen was vol lof over het eten. Iedereen was eigenlijk vol lof over alles: de decoraties, de bloemen, de muzikanten die ze hadden ingehuurd, de kleding van Alice, de pientere, vrolijke Bear, die er ook nog eens zo knap uitzag.

Alice merkte die week een verandering op bij Peter: hij was op zijn best. Gelukkiger, enthousiaster. Ontspannen zelfs. Soms trof ze hem aan op het gazon met een krant. Andere jaren had hij geen seconde kunnen stilzitten.

Ergens in die week, toen het merendeel van de gasten een wandeling maakte naar de top van Hunt Mountain, was Alice thuisgebleven. Ze was nog moe van de late avond ervoor en wilde een dutje doen.

Ze liep haar slaapkamer in en bleef abrupt staan.

Daar lag Peter, in haar bed, wakker.

Hij keek naar haar op. In eerste instantie verbaasd. Toen glimlachte hij.

'Geen wandeling?' vroeg hij.

'Nee,' zei Alice. 'Ik wilde even rusten.'

Ze wachtte, een beetje nerveus. Peter had een enorme aversie tegen het woord 'rusten'. Zelf rustte hij niet graag en hij stelde het ook niet op prijs als anderen dat deden.

Maar tot haar verbazing zei hij: 'Kom maar hier liggen.'

In het eerste jaar van hun huwelijk was seks iets wat er nu eenmaal bij hoorde. Er had altijd een lichte gêne omheen gehangen, van beide kanten: vanaf hun eerste momenten samen had ze bij hem nooit enige begeerte bespeurd, alsof hij het deed uit plichtsgevoel of, nog vernederender, uit liefdadigheid.

Na Bears eerste verjaardag had Peter voor haar een eigen kamer laten inrichten, zowel in hun huis in Albany als in Zelfredzaamheid. Daar had ze geen inspraak in gehad: hij liet haar gewoon beide kamers zien en zei dat het niet anders kon vanwege zijn slapeloosheid.

Sindsdien sliep ze alleen.

Alice was een jonge vrouw en soms voelde ze zo'n hunkering dat ze zich geen raad wist. Ze keek wellustig naar vrienden, naar vreemden op straat. Maar nadat Peter haar een paar keer zo kil had afgewezen dat ze ervan moest huilen, had ze haar pogingen om hem te enthousiasmeren gestaakt. Sindsdien zorgde ze zelf dat ze aan haar trekken kwam – en ze vroeg zich af of er meer vrouwen waren die dat deden.

Maar die dag waren Peters aanrakingen tederder dan ooit. Hij was voorzichtig en krachtig tegelijk. Naderhand lag ze verdwaasd naast hem in bed.

Ze huilde, iets wat ze zichzelf zelden toestond in zijn bijzijn.

'Wat is er?' vroeg hij teder.

Ze zei dat ze huilde omdat ze van hem hield. En dat was ook zo, op dat moment: ze hield van hem en van het leven dat ze samen hadden opgebouwd. Maar ze huilde ook om alles wat ze tot dan toe had moeten ontberen.

'Gekkie,' zei hij, maar in zijn stem klonk genegenheid door. En ze vlijde zich tegen hem aan.

Dit was waar ze haar hele leven naar had verlangd, bedacht ze.

Eindelijk was het daar.

Alles was anders. De rest van de week gingen ze volledig in elkaar op. Ze waren zo vaak mogelijk samen. Peter sliep in haar kamer, de kamer die hij voor haar had laten inrichten. Naar zijn eigen kamer ging hij alleen om zich 's ochtends aan te kleden of om overdag een ander tenue aan te trekken.

Zelfs Bear had het door: hij kwam een keer naar hen toe, nam hun handen in de zijne en keek hen grijnzend aan, alsof hij hun liefde kon voelen.

Gewoonlijk duurde het Muggenvaarwel van zaterdag tot zaterdag. Maar ditmaal vroeg Peter tijdens het jaarlijkse slotdiner – een picknick op het strand met op traditionele wijze geroosterde zeevruchten – om de aandacht.

'Ik wil niet dat jullie morgen weggaan,' zei hij. 'Blijf nog een dagje langer.'

Hij keek om zich heen, alsof hij zich nu pas realiseerde hoeveel voeten dit plan in de aarde had, en toen hij de kok zag, riep hij: 'Warren! We hebben nog wel genoeg eten voor morgen, toch?'

Warren knikte aarzelend. Alice wist dat ze een paar keer extra naar de stad zouden moeten rijden, dat de tijdelijke medewerkers, die alleen voor die week waren ingehuurd, hun plannen moesten wijzigen.

Maar Peter had zijn besluit al genomen. De gasten hadden al gejuicht.

Iedereen richtte zijn aandacht weer op de maaltijd en toen klonk er opeens een stem van iemand die een beetje buiten de groep zat.

'Gaat het wel lukken, Warren?' vroeg Delphine. Alle hoofden draaiden haar kant op. 'Had je andere plannen?'

Stilte.

Iedereen op het strand wist hoe ongepast dit was. Wat gaf Delphine – een weduwe die in haar eentje naar het feest was gekomen – het recht om rechtstreeks een personeelslid van de Van Laars aan te spreken?

Peters vader, die alles doorgaans aan zijn zoon overliet, sprong op uit zijn diepe Adirondack-stoel met een veerkracht die bij andere mannen van zijn leeftijd verwondering zou hebben gewekt.

Hij sprak de groep als geheel toe.

'Warren zal u graag van dienst zijn,' zei hij. 'Net als wijzelf. Dank voor uw betrokkenheid, mevrouw Barlow.'

Die avond in bed was Peters opgewekte stemming verdwenen. Er was ingehouden razernij voor in de plaats gekomen.

'Hoe haalt ze het in haar hoofd,' zei hij keer op keer. 'Zij' was Delphine, veronderstelde Alice.

'Ze bedoelt het goed,' zei Alice. 'Ze is… ze is gewoon anders. Vroeger ook al, toen we klein waren.'

Peter zweeg.

'Ze heeft ook goede kanten. Ze kan geweldig met Bear overweg,' zei Alice, die allerlei dingen probeerde te bedenken om haar man milder te stemmen. 'Ze is altijd zo lief tegen hem. Ze zit vaak bij hem, wist je dat? Ze neemt altijd speelgoed voor hem mee.'

'De arrogantie van dat mens,' zei Peter. 'Het is natuurlijk je zus, Alice, maar ik weet niet of we haar ooit nog kunnen uitnodigen.'

Hij draaide zich op zijn zij, met zijn rug naar Alice.

Ze legde aarzelend een hand op zijn schouder, maar die schudde hij van zich af. Toen stond hij op. Hij trok zijn kamerjas aan. Stak de gang over naar zijn eigen kamer.

Ze wilde niet dat de betovering van die week voorbij was. Ze wilde niet terug naar hoe het daarvoor was.

Ze had die week minder gedronken dan anders, Peters aandacht bood immers genoeg afleiding. Maar de laatste zaterdag van het Muggenvaarwel, toen ze besefte dat Peter zijn kamer niet uit zou komen, nam ze een glas wijn bij de lunch en zodra ze even alleen was, vulde ze haar glas bij in de keuken.

Om een uur of vier begon de lucht anders te ruiken. We krijgen regen, zei iedereen.

Het personeel was de hele dag in de weer geweest om tassen vol boodschappen aan te slepen uit de stad.

Op een gegeven moment stelde iemand voor om het meer op te gaan; het zou de laatste kans zijn om nog een boottochtje te maken voordat het noodweer losbrak. De anderen stemden met het plan in en iedereen ging naar zijn kamer om andere kleren aan te trekken.

Bear wilde vast wel mee, dacht Alice. En ze ging naar hem op zoek.

Hij had bijna de hele week rondgezworven met John Paul en Marnie McLellan en soms had ze hem uren achtereen niet gezien. Ze had nog nooit zo weinig aandacht aan hem besteed als die week – ze had nog nooit zoveel afleiding gehad als nu met Peter. Dat gaf niet, zei ze tegen zichzelf. Bear vermaakte zich net zo goed.

Tessie Jo Hewitt maakte deel uit van het groepje kinderen. Ze was iets ouder dan de rest en leek de leiding te hebben. Alice wist het niet zeker, maar het zou haar niet hebben verbaasd als Vic Hewitt zijn dochter opdracht had gegeven om op de andere kinderen te passen.

Bear was niet in zijn kamer en ook niet in de kamers van de McLellans.

Ze zocht op het strand en in het boothuis, waar twee personeelsleden bootjes in gereedheid brachten voor het uitje van die middag.

'Hebben jullie Bear gezien?' vroeg ze, maar ze zeiden van niet.

Ze bewaarde Peters kamer voor het laatst. De kans dat haar zoon daar was, leek haar klein: Bear en zijn vader waren de laatste tijd weliswaar hechter geworden, maar eigenlijk was hij van haar alleen. Het was altijd alsof Peter van een afstandje naar hem keek, ook als ze in dezelfde kamer waren.

Ze liep door de met tapijt beklede gang, haar oren gespitst op kinderstemmen, op de stem van haar zoon.

Bij Peters kamer bleef ze staan, met haar oor tegen de deur.

Toen ze niets hoorde, draaide ze aan de deurknop.

Judyta

Jaren 50 | 1961 | winter 1973 | juni 1975 | juli 1975 | augustus 1975:
dag twee

Judy staat roerloos in het verlaten slachthuis.

Ze luistert: daar zijn de voetstappen weer. Vijf, zes, zeven.

Achter in de schemerige ruimte ziet ze een trap die naar de duisternis daarboven leidt. Als ze in een film zat, zou ze die trap op lopen, schiet het door haar hoofd. Maar omdat ze in haar opleiding heeft geleerd dat ze niet in haar eentje op potentieel gevaar moet afgaan, loopt ze het daglicht weer in. Ze trekt een sprintje naar Kamp Emerson.

Een kwartier later staat Judy naast Denny Hayes en LaRochelle bij de onverharde oprijlaan. Aan de overkant gaan zes agenten twee aan twee het gebouw binnen, met getrokken pistool, de rug tegen de muur.

'Is dit niet wat overdreven?' fluistert Judy

Denny draait zich naar haar om. 'Sst. Bevel van de baas.'

Als de laatste agent in het slachthuis is verdwenen, beseft Judy pas ten volle wat ze heeft gedaan.

Drie lange minuten kijkt ze naar de hemel. Naar de grond.

Hoeveel voetstappen had ze eigenlijk gehoord? Een paar maar, denkt ze. En klonken die hard? Niet zo. Kan het iets anders zijn geweest? Een boom die tegen het dak tikte. Vallende eikels. Er gaan allerlei mogelijkheden door haar hoofd, totdat de agenten eindelijk uit het slachthuis tevoorschijn komen, nu volkomen ontspannen.

De eerste twee steken de oprijlaan over om LaRochelle in te lichten.

'We hebben de boosdoeners gevonden,' zegt een van hen.

'Een eekhoornfamilie,' zegt de ander grijnzend.

LaRochelle schraapt zijn keel. 'Is dat alles? Weten jullie het zeker?'

'Heel zeker. We hebben de hele bovenverdieping doorzocht.'

LaRochelle zegt niets. Hij draait zich om naar Hayes, zonder Judy een blik waardig te keuren.

'Ik heb mijn gesprek met mijnheer Van Laar hiervoor onderbroken,' zegt hij. 'Dus dan ga ik maar eens terug.'

Met ferme pas loopt hij weg.

Judyta

Jaren 50 | 1961 | winter 1973 | juni 1975 | juli 1975 | augustus 1975:
dag twee

In het commandocentrum posteert Denny Hayes zich voor de rechercheurs die daar bijeen zijn gekomen en gaat hij verder waar hij was gebleven.

De hoofdcommissaris is niet tevreden over de voortgang, zegt hij. Omdat de parkwacht gisteren niets of niemand heeft kunnen vinden, begint het reddingsteam van het Adirondack-reservaat, dat uit vrijwilligers bestaat, vandaag aan een intensieve zoekactie in de omringende bossen.

'Iemand nog iets wijzer geworden vanmorgen?' vraagt Hayes.

De rechercheurs kijken om zich heen. Hun blik laat er geen misverstand over bestaan: niet veel.

Een van de mannen zegt: 'Ik hoorde van een paar kinderen dat ze weleens een vrouw in het bos hebben gezien. Deze zomer, maar ook in voorgaande jaren. Ze schijnt een plaatselijke legende te zijn. Het is een soort spookverhaal.'

Hayes knijpt zijn ogen een beetje toe.

'Spookverhaal over een vrouw. Genoteerd,' zegt Hayes. 'Kan iemand me vertellen hoe dat spook eruitziet?'

Dezelfde rechercheur zegt: 'Oudere vrouw. Mager. Grijs haar. Meer weet ik niet. Alleen hoe ze haar noemen.'

'Hoe dan?'

De rechercheur, die nu lichtelijk geïrriteerd is, bestudeert omstandig zijn aantekeningen. Hij leest voor: 'Scary Mary.'

'Scary Mary,' zegt Hayes.

De rechercheur knikt.

'Verder iemand nog iets?'

Stilte.

'Iedereen zegt dat Barbara goed lag in het kamp,' zegt een andere rechercheur. 'Ik heb niets gehoord over ruzies of zo.'

Hayes oogt nog wanhopiger dan hij al was.

Judy, die zich heel klein voelt na haar blunder bij het slachthuis, vraagt zich af of dit het juiste moment is om te vertellen wat ze van mevrouw Clute heeft gehoord. Ze vermoedt dat ze al flink over de tong gaat hier op het terrein. Dat ze haar onbekwaam vinden. Ze zou Denny Hayes liever onder vier ogen spreken. Maar als ze merkt dat die op het punt staat de bijeenkomst te beëindigen, steekt ze haar hand op.

'Laat die hand zakken, Judy,' zegt Hayes. 'Je bent rechercheur, geen scholier. Zeg het maar.'

Ze bloost.

'De kokkin in het huis heeft me het een en ander verteld,' begint ze. 'Ze blijkt de dochter te zijn van de man die Bear Van Laar zou hebben ontvoerd.'

Een paar tellen is het muisstil.

Dan zegt een rechercheur die nog niet eerder heeft gesproken: 'Carl Stoddard?'

Judy knikt. Ze herkent hem: hij is de oudste van de groep. Degene die gisteren aan LaRochelle vroeg of ze er rekening mee hielden dat Jacob Sluiter iets te maken kan hebben met Barbara's verdwijning.

'Ik werkte toen aan die zaak,' zegt de man. Waarmee hij bevestigt wat iedereen al dacht.

Judy prent zich in dat ze even met hem moet praten als ze een keer met hem alleen is.

'Waarom werkt de dochter van Carl Stoddard in hemelsnaam voor de Van Laars?' vraagt Hayes. 'Dat slaat nergens op. Vanuit beide kanten gezien. Zij willen haar hier niet hebben, dat lijkt me duidelijk. En zelf wil ze hier vast ook liever niet zijn.'

'Ze gebruikt haar getrouwde naam,' zegt Judy. 'Clute. Ze zei dat de Van Laars niet weten wie ze is. Dat ze deze baan uit noodzaak heeft aangenomen toen haar man de zijne kwijtraakte. Ze hebben veel kinderen. En er is er nog een op komst.'

'Had ze ook iets te melden over de verdwijning van Barbara?'

Judy denkt na over de juiste formulering. 'Ze zei dat Barbara's familie niet bepaald liefdevol met haar omging. Dat ze haar min of meer aan haar lot overlieten. Maar ze had geen idee waar Barbara naartoe kan zijn gegaan.'

'En speelden er ook andere dingen? Ongepaste dingen?' vraagt Hayes.

'Daar zei ze niets over. Maar ik denk niet dat ze alles weet. Dit is haar eerste zomer hier.'

'En wat had ze te melden over haar eigen vader?'

Het voelt alsof de hele ruimte de adem inhoudt.

'Ze zei dat Carl Stoddard erin is geluisd,' zegt Judy. 'Dat hij nooit zoiets zou doen. Maar hij stierf aan een hartaanval voordat zijn naam kon worden gezuiverd en de familie bleef hem als dader beschouwen, ook al was het bewijs flinterdun.' Ze zwijgt even. 'Blijkbaar was LaRochelle het met hen eens. En dat was dus ook het verhaal dat naar buiten werd gebracht.'

Stilte.

Judy kijkt even naar de rechercheur die destijds aan de zaak had gewerkt.

'Goldman,' zegt Hayes en de rechercheur kijkt op. 'Wat vind jij hier allemaal van?'

Goldman denkt even na. Hij werpt een blik over zijn schouder om te zien of LaRochelle daar staat.

'Ik heb nooit echt geloofd dat Stoddard de dader was,' zegt hij. 'Maar stel me die vraag niet in het bijzijn van de hoofdinspecteur.'

'Heeft mevrouw Clute iets ondertekend?' vraagt Hayes aan Judy. 'Zou ze een officiële verklaring willen afleggen?'

'Nee,' zegt Judy haastig. 'Ze wist niet hoe snel ze zich uit de voeten moest maken toen ik dat vroeg.'

'Goed, dank je wel. Dat is het interessantste dat ik vandaag heb gehoord. Je moet iets hebben gedaan om haar vertrouwen te winnen, anders zou ze nooit zo openhartig zijn geweest.'

Hij houdt even haar blik vast. Dan: 'Nog iets? Iemand?'

Opeens zwaait de deur open. LaRochelle komt binnen.

Meteen verandert de sfeer. Goldman bladert druk in de dossiers. Twee andere rechercheurs lopen naar buiten. En Judy realiseert zich dat ze als groep stilzwijgend een beslissing hebben genomen: vanaf nu zeggen ze niets meer in het bijzijn van LaRochelle, althans niet voordat ze met Hayes hebben overlegd.

LaRochelle vraagt niet of er in zijn afwezigheid nog ontwikkelingen zijn geweest.

Judyta

Jaren 50 | 1961 | winter 1973 | juni 1975 | juli 1975 | augustus 1975:
dag twee

Het reddingsteam heeft iets gevonden bij de uitkijktoren op Hunt Mountain, vertelt LaRochelle. In en om de naastgelegen observatiehut zijn een heleboel bierflesjes verzameld. En daarop zijn bruikbare vingerafdrukken gevonden. Vijf ervan komen overeen met die van John Paul McLellan.

En er is meer.

Bij het politiebureau in Ray Brook is een anonieme tip binnengekomen: het schijnt dat John Paul McLellan al de hele zomer in de buurt van het domein rondhing, niet alleen tijdens de week van het feest. Dan was het vriendje met wie Barbara Van Laar elke avond op Hunt Mountain afsprak waarschijnlijk inderdaad McLellan.

'Zo klaar als een klontje, lijkt me,' zegt Goldman. 'Dit in combinatie met het bebloede uniform: dan is McLellan toch degene die we moeten hebben?'

Er is een maar, vervolgt LaRochelle. McLellan en zijn vader, die advocaat is, zijn zelf met een beschuldiging gekomen: Louise Donnadieu, de groepsleidster van Barbara, had McLellan gevraagd die zak weg te gooien.

De inhoud, voegt LaRochelle eraan toe, wordt op dit moment in het forensisch lab onderzocht op bloedgroep.

'Dus wij wijzen naar McLellan,' zegt Goldman. 'En McLellan wijst naar Donnadieu?'

'En naar een jongen die Lee Towson heet,' zegt LaRochelle. 'Een keukenhulp. McLellan beweert dat hij en Donnadieu een stel waren.'

Her en der worden kelen geschraapt.

'Hoe dan ook,' zegt LaRochelle. 'Zolang de uitslag van de bloedanalyse nog niet bekend is, werken we met de aanknopingspunten die we hebben.'

Iedereen staat op en LaRochelle keert terug naar het grote huis.

Langzaam stroomt de kamer leeg. Als iedereen weg is, zegt Denny Hayes tegen Judy: 'Laat me die plattegrond eens zien.'

Judy pakt het schetsblok, dat ze tegen de muur had gezet. Hayes neemt het van haar over en bestudeert de bladzijden met haar schetsen: het huis, het kamp, de bijgebouwen. Namen van personen boven de gebouwen, voor zover bekend.

Hayes vraagt om een pen. Schrijft 'leegstaand' boven de boerderijgebouwen. Judy wordt rood. Hij blijft lang zwijgen. Dan wijst hij naar een punt in het noorden van een van haar plattegronden. 'Laten we hier de observatiehut aan toevoegen,' zegt hij. 'Met de naam van McLellan erbij.'

'Hoe kan het dat Louise Donnadieu niet wist dat McLellan de hele zomer in de buurt was?' vraagt Judy. 'Ze waren toch een stel?'

'Geen idee. Misschien heeft hij tegen haar gelogen.'

'Waar dacht ze dan dat hij was?'

'Weten we niet. Maar daar kunnen we wel achter komen. Ze zit nog in Wells, tot ze naar Albion wordt overgeplaatst. Ik ga er wel even langs.'

Judy knikt. 'En McLellan zelf? Staat die onder observatie?'

Hayes knikt. Elk team laat iemand posten op de parkeerplaats van zijn hotel. En ze houden ook zijn ouders in de gaten.

'Het probleem is,' vervolgt hij, 'hoeveel bewijsmateriaal we ook verzamelen, zolang we Barbara niet hebben gevonden, dood of levend, kunnen we hem niet aanhouden. De aanklachten die er nu liggen, stellen niet veel voor. Rijden onder invloed. Bezit van verboden middelen. Daar maakt zijn vader snel korte metten mee.'

'Maar dat uniform dan?'

'Hij houdt bij hoog en bij laag vol dat Louise Donnadieu hem heeft gevraagd die zak weg te gooien.'

Iets voor zevenen loopt Judy uitgeput naar haar auto.

Ze stuurt haar Kever over de lange oprijlaan van Zelfredzaamheid en rijdt dan in zuidelijke richting Route 29 op. Nu ze alleen is, zonder afleiding, gaan haar gedachten terug naar de vernedering van eerder die dag en ze knijpt even haar ogen dicht. Vloekt een paar keer. Al die agenten. LaRochelle zelf. Hayes. Allemaal hadden ze haar sceptisch aangekeken. Grijnzend zelfs.

Was ze maar gewoon die trap op gegaan. Was ze maar wat langer blijven luisteren.

Haar oogleden zijn zwaar. Het was een lange dag in de hitte. Toen ze tot rechercheur werd gepromoveerd, had ze zich niet gerealiseerd dat ze voortaan veel meer met mensen te maken zou krijgen. Als agent had ze genoten van de eenzame uren dat ze aan de kant van de snelweg stond te wachten.

Ze zet de radio zo hard als haar oren kunnen verdragen; Van McCoy zingt dat ze de Hustle moet dansen. Soezerig probeert ze te gehoorzamen.

Met een schok wordt ze wakker. Het is pikdonker. Ze is nog steeds op Route 29. Haar handen liggen op haar schoot. De motor van haar auto staat uit. Ze leeft nog.

Kennelijk heeft ze de auto aan de kant gezet en is ze in slaap gevallen zonder dat ze zich er iets van kan herinneren. Zonder de portieren op slot te hebben gedaan.

De adrenaline en de angst gieren door haar lichaam.

Stel je voor, denkt ze, stel je voor dat ze niet was gestopt.

Judy is nu klaarwakker. Ze zet haar richtingaanwijzer aan, kijkt over haar schouder en rijdt de weg weer op.

Ze ziet een bord: SHATTUCK 3 KM.

Daaronder twee symbolen: een vork en mes en een bed.

Aan het eind van de afrit slaat Judy rechts af. Al snel ziet ze een klein motel: neonbord ervoor, zwembad ernaast.

De vrouw achter de balie zit een roman te lezen. Ze kijkt op als Judy binnenkomt.

'Hebt u misschien een kamer vrij?' vraagt Judy.

De vrouw knikt.

Opeens voelt Judy zich ongemakkelijk. Ze weet niet hoe vaak er alleenstaande vrouwen inchecken bij de motels hier in de buurt, maar ze vermoedt dat de vrouwen die dat doen in een zekere categorie vallen.

Dus voegt ze er ongevraagd aan toe: 'Ik ben politieagent. Rechercheur. Ik ben bezig met een zaak niet ver hiervandaan.'

'Oké,' zegt de vrouw. Maar ze toont iets meer interesse.

'Zijn er telefoons?' vraagt Judy.

'Jawel, maar de telefoons op de kamer zijn alleen verbonden met de receptie. Als u naar buiten wilt bellen, moet u die munttelefoon gebruiken.' Ze wijst.

Haar moeder neemt op.

'Judyta?' zegt ze meteen.

'Hallo, mam.'

'Judyta, ik was zo ongerust. Zeg alsjeblieft dat alles in orde is.'

Als ze haar moeder haar naam hoort uitspreken – haar moeder, die op haar vijftiende naar dit land kwam, die zo hard haar best heeft gedaan om haar accent kwijt te raken, die weigerde Pools te spreken met haar kinderen, die tot haar verdriet desondanks nog steeds door onbekenden als buitenlander wordt beschouwd – moet Judy bijna huilen.

'Er is niks aan de hand, mama. Ik ben gewoon moe. Lange dag achter de rug.'

Ze hoort haar vader op de achtergrond vragen: 'Hoe laat is ze thuis?'

'Mam,' zegt Judy, 'ik weet hoe papa hierover denkt. Maar ik moet echt verhuizen. Ik kan gewoon niet thuis blijven wonen met deze baan.'

Stilte.

'Waar ben je nu?'

'In een motel. Het heet...' Judy kijkt naar het bord boven de balie: 'De Alcott Family Inn. Het is dicht bij de plek waar ik nu werk.'

'In een wat?!' roept haar moeder uit. 'Judyta Luptack, je zit toch niet echt in een...'

'Vertel het niet aan papa. Alsjeblieft.'

Op de achtergrond: 'Waar zit ze? In een wat?'

Haar moeder slaakt een lange zucht. Dan zegt ze: 'Ze zit bij een vriendin, Marty. Iemand die dichter bij de plek woont waar ze nu werkt.'

Een stilte. 'Welke vriendin woont er dan helemaal daar?'

'Lieverd,' zegt haar moeder. 'Pas goed op jezelf, hoor je?'

'Ja, ma,' zegt Judy.

Het is een keurige kamer: gebloemde sprei, gebloemde gordijnen, ingelijste foto's van bloemen aan de muur.

Zonder haar kleren uit te trekken laat ze zich op het bed vallen.

Judyta

Jaren 50 | 1961 | winter 1973 | juni 1975 | juli 1975 | augustus 1975:
dag drie

Ze wordt gewekt door een klop op de deur, maar het duurt even voor ze weer weet waar ze is. Dan pakt ze de wekker van haar nachtkastje, als de dood dat ze zich heeft verslapen.

Het is pas zes uur. Judy is opgelucht – en geïrriteerd. Ze staat op, nog steeds gekleed in haar broekpak, dat nu vol kreukels zit, en loopt naar de deur. Door het kijkgaatje ziet ze een man van middelbare leeftijd. Zijn haar is in een strakke zijscheiding gekamd. Hij draagt een lichtbruin overhemd met korte mouwen en een donkerbruine stropdas. Hij heeft een paraplu boven zijn hoofd. Ze kijkt over zijn schouder naar de parkeerplaats die grenst aan de overdekte galerij waarlangs de kamers liggen en ziet dat het regent. Dat bemoeilijkt het zoeken, denkt ze in een reflex.

Ze doet de deur op een kier, maar laat het kettinkje erop zitten.

'Dag,' zegt de man. 'Bent u juffrouw Luptack?'

'Ja.'

'Ik ben Bob Alcott. Kan ik u even spreken?'

Ze knikt vanachter het kettinkje.

Hij kijkt om naar de stortregen die neerklettert op de parkeerplaats. 'Zou ik misschien even binnen kunnen komen?'

'Liever niet.'

Na een korte stilte legt hij uit dat hij de echtgenoot is van de vrouw aan de receptie, en mede-eigenaar van de Alcott Family Inn. Hij is ook geschiedenisleraar op de middelbare school in de regio.

'Beatrice zei dat u rechercheur was,' zegt hij. 'En dat u bezig bent met een zaak hier vlakbij?'

Ze knikt.

'Gaat het om Barbara Van Laar?' vraagt hij.

Ze houdt haar gezicht in de plooi.

'Laat maar,' zegt hij. 'U hoeft geen antwoord te geven. Maar als het inderdaad om haar gaat, dan heb ik informatie voor u.'

'Ik luister,' zegt Judy.

'Het gaat over haar broer. Over Bear.'

Louise

Jaren 50 | 1961 | winter 1973 | juni 1975 | juli 1975 | augustus 1975: **dag drie**

Louise wacht in Wells op haar overplaatsing. Ze wordt naar Albion gestuurd, vlak bij Rochester, een paar uur rijden hiervandaan – ze is nog nooit zo ver van huis geweest.

Ze kan de regen niet zien, maar ze hoort wel het getik. Ze sluit haar ogen. Ziet Barbara voor zich, in het bos, eerst levend, dan dood. In gedachten keert ze terug naar Balsemzilver, naar de avond voor Barbara's verdwijning. Ze voelt de tintelende, koele lucht, hoort het zachte gekabbel van het Meer van Joan op de achtergrond, ziet zichzelf op haar veldbed in slaap vallen. Met een steek van weemoed beseft ze dat ze zich nergens zo heeft thuis gevoeld als in Kamp Emerson.

Wat zou het geweldig zijn als Jesse naar het kamp kon. Al was het maar voor één zomer.

'Donnadieu,' zegt een stem en Louise staat op. Klaar voor de overplaatsing.

Maar de agent ontgrendelt de celdeur.

'Iemand heeft je borg betaald,' zegt hij.

Tracy

Jaren 50 | 1961 | winter 1973 | juni 1975 | juli 1975 | augustus 1975: dag drie

Tracy Jewell staat met een boek in haar hand in de woonkamer van het huurhuis in Saratoga Springs. Ze is voor het eerst sinds drie dagen alleen: haar vader en Donna Romano zijn eindelijk naar de renbaan vertrokken.

Ze laat de jaloezieën zakken tot halverwege, zet de ramen half open en richt alle ventilatoren in huis op zichzelf. De aangename geur van een nieuwe regenbui drijft naar binnen. Ze maakt een uitgebreid tussendoortje klaar en zet het naast zich op de grond. Twee maanden geleden – toen ze nog nooit van het Domein Van Laar of Kamp Emerson had gehoord – hoopte ze de hele zomer zo te kunnen doorbrengen. Nu is het een domper.

Haar boek blijft een uur lang op dezelfde bladzijde openliggen.

Ze denkt aan Barbara, laat alle gesprekken die ze hebben gevoerd door haar hoofd gaan, graaft in haar geheugen naar iets wat zou kunnen helpen haar te vinden.

Er is één herinnering die telkens naar boven komt. Toen Tracy en Barbara begin augustus – vlak na de survivalexpeditie en een week voor Barbara's vermissing – terugliepen na een les woudloperstechnieken voor hun vrije uurtje, kreeg Barbara een inval.

'Kom mee,' zei ze.

'Waarheen?'

Barbara glimlachte alleen maar en boog af naar het strand.

Het was een van de mooiste dagen van die zomer. Barbara stopte niet bij het strand, maar liep noordwaarts langs het boothuis, in de richting van het bos dat aan het strand grensde. Het zonlicht viel in gouden banen door de dennentakken en vormde felle lichtvlekken op de grond. Op een gegeven moment begreep Tracy waar ze naar op weg waren. Onder normale omstandigheden zou ze bang zijn – ze hield zich altijd netjes aan de regels – maar door Barbara was ze iets roekelozer geworden.

Na een korte, zwijgzame wandeling kwamen ze uit bij een parkeerplaats vol auto's en daarachter lag de zuidvleugel van Zelfredzaamheid. Door een half openstaande zijdeur kwam een dienstmeisje in uniform naar buiten; ze duwde een kar met wasgoed voor zich uit en verdween om de hoek.

Tracy had niet gezien dat er activiteit was op het gazon dat afdaalde naar het meer, maar toen ze stemmen hoorde, keek ze die kant op. Er zat een grote groep mensen op stoelen en chaises longues. Ze hadden allemaal een glas in de hand en hun stemmen klonken vrolijk en luid. Tracy begreep dat dit het honderdjarig jubileumfeest was waar Barbara over had verteld.

Tracy schoot pijlsnel achter een boom.

'Barbara!' fluisterde ze.

'Rustig maar. Het is happy hour. Die zijn ladderzat.'

Ze liep verder, maar draaide zich om toen ze merkte dat Tracy haar niet volgde.

'Kom op,' zei ze. 'De enigen die ons zouden kunnen betrappen zijn de mensen die voor mijn ouders werken, maar die houden hun mond wel als ze ons zien.'

Via de openstaande zijdeur gingen ze naar binnen en ze kwamen terecht in een gang met aan weerszijden een lange rij deuren. Sommige daarvan stonden open en in de kamers zag Tracy opgemaakte bedden, schilderijen, dierenhuiden op de grond, dierenkoppen aan de muur.

Ze moest af en toe haar pas versnellen om Barbara bij te houden. Die leek een duidelijk doel te hebben: haar kamer, nam Tracy aan, maar ze kwamen uit in een enorme keuken.

Barbara trok de koelkast open en haalde een paar lekkernijen tevoorschijn. Ze zette alles op het aanrecht en viel meteen aan.

'Tast toe,' zei Barbara. 'Ik sterf altijd van de honger, jij niet?'

Tracy volgde haar voorbeeld, maar dan met meer beheersing. Ze had nog nooit een meisje zo zien schrokken als Barbara, die met de vlakke hand eten naar binnen schoof. Ze smakte luid en slikte krachtig. Tracy keek gefascineerd toe.

Toen Barbara genoeg had, liet ze de rest op het aanrecht liggen – 'Ze weten toch niet dat wij het waren' – en liep ze de gang weer in.

Plotseling klonken er twee stemmen, een man en een vrouw. In één snelle beweging trok Barbara een deur aan hun rechterzijde open en duwde ze Tracy een bezemkast in, die te krap was voor twee.

‘Hou je gedeisd,’ zei Barbara, terwijl ze de deur dichtdeed. Door de spleet onder de deur zag Tracy haar schaduw verdwijnen en daarna hoorde ze verderop in de gang een andere deur piepen: dat moest Barbara zijn die zich ook verstopte.

Tracy ademde zo zachtjes als ze kon. Ze was als de dood dat iemand haar daar zou vinden, dat ze straf zou krijgen. Aan het begin van het kamp wilde ze graag naar huis gestuurd worden, maar inmiddels had dat gevoel plaatsgemaakt voor de vurige wens om tot het eind van de zomer hier te mogen blijven. Om zo veel mogelijk te mogen leren van Barbara.

De voetstappen die bij de stemmen hoorden, werden luider. Ze hield haar adem in en luisterde. Waren ze weg? Ze wachtte dertig seconden. Langer. En net toen Tracy in het donker naar de deurknop tastte, hoorde ze de vrouw een naam zeggen: ‘Peter’. In haar stem meende Tracy begeerte te horen.

Meer geluiden, die Tracy niet kon thuisbrengen, toen gedribbel – misschien rende de een achter de ander aan – en uiteindelijk diepe stilte.

Opeens zwaaide de deur open. Tracy kneep haar ogen dicht tegen het felle daglicht. Daar stond Barbara, die met haar hoofd naar de zijdeur gebaarde.

Ze had een papieren zak in haar hand.

Ze zag er kwaad uit.

Wat is er? vroeg Tracy geluidloos, maar Barbara schudde alleen maar woest haar hoofd en liep weg.

Tracy volgde haar zwijgend. Ze keek links en rechts en nam het hele huis gulzig in zich op.

Ze wilde Barbara’s kamer zien. Ze wilde de rest van het huis zien. Ze wilde weten wat ze precies had gehoord – die fluisterende stemmen.

Maar Tracy’s discretie won het van haar nieuwsgierigheid. Ze begreep intuïtief dat Barbara vragen hierover niet op prijs zou stellen en dus zei ze niets, ook niet toen ze al in het bos waren. Tracy hijgde tijdens het lopen. Toen ze bijna bij het strand waren, bleef Barbara eindelijk staan en draaide zich om.

‘Ze hebben mijn kamer geschilderd,’ zei ze. ‘Die klootzakken hebben mijn kamer geschilderd.’

Voor Tracy was het alsof ze een klap in het gezicht kreeg: ze had dat scheldwoord weleens gelezen, maar ze had het nog nooit iemand hardop horen zeggen.

‘Wat erg,’ zei ze, ook al begreep ze het niet helemaal.

‘Al dat werk,’ zei Barbara. ‘Al dat werk!’

Ze liet zich op haar hurken zakken. Begroef haar gezicht in haar handen.

Tracy ging ook langzaam zitten.

‘Wat voor werk?’ vroeg ze, nadat er zoveel tijd was verstreken dat ze het bloed in haar knieën voelde kloppen.

Maar Barbara ging gewoon door met haar tirade.

‘Daarom wilden ze natuurlijk dat ik naar het kamp ging,’ zei ze. ‘Dan konden ze alles overschilderen zonder mijn toestemming te vragen.’

Toen sprong ze overeind en liep verder.

‘Roze! Ze hebben hem godverdomme roze geverfd.’

‘Waarom denk je dat ze dat hebben gedaan?’ vroeg Tracy. Ze moest weer bijna rennen om haar bij te houden.

‘O, voor hun gasten,’ zei Barbara. ‘Voor het feest. Stel je voor dat iemand ook maar een piezeltje creativiteit zou zien in dat huis.’

Ze draaide zich abrupt om. De zak in haar hand was een wapen geworden, een knuppel die heen en weer zwaaide in het verlengde van haar arm.

‘En het mooie is: ze hebben allerlei kunstenaars en schrijvers en acteurs uitgenodigd,’ ging ze verder. ‘Maar ja, die dienen alleen ter vermaak. Ter decoratie. Niemand neemt ze serieus.’

Net voor het einde van hun vrije uurtje kwamen ze aan bij Balsemzilver. Louise en Annabel stonden al klaar om met hun groep naar de kantine te gaan voor het avondeten.

Niemand had hun afwezigheid opgemerkt en Tracy’s opluchting was zo groot dat haar pas een paar uur later iets te binnen schoot wat uit haar hoofd was verdwenen. Toen alle lichten uit waren en ze in haar bed lag, nam haar nieuwsgierigheid alleen maar toe en uiteindelijk hield ze het niet meer. Ze boog haar hoofd over de rand van het bed.

‘Barbara,’ fluisterde Tracy. ‘Wat zit er in die zak die je hebt meegenomen?’

Het bleef even stil.

En toen: ‘Welke zak?’ fluisterde Barbara in het donker.

Louise

Jaren 50 | 1961 | winter 1973 | juni 1975 | juli 1975 | augustus 1975:
dag drie

Louise, die net op borgtocht is vrijgelaten, zit weer bij Denny Hayes in de auto – voorin, ditmaal. Hoewel ze heeft geprobeerd het hem uit zijn hoofd te praten, brengt hij haar naar huis.

Een van de voorwaarden voor haar borgtocht is dat ze op een adres verblijft dat bekend is bij de politie; bovendien mag ze vanaf zes uur 's avonds de deur niet meer uit. Het enige adres dat Louise kon opgeven bij haar aanhouding, was dat van haar moeder.

Nu rijden ze daar zwijgend naartoe.

'Weet jij wie mijn borgtocht heeft betaald?' vraagt Louise uit het niets.

Denny kijkt haar verbaasd aan. 'Jij niet dan?'

'Nee. Ik weet alleen maar dat het een vrouw was. Dat zei die agent.'

'Je moeder?' vraagt Denny.

'Ja, misschien.' Ze durft daar niet echt op te hopen. Ze heeft haar moeder de afgelopen jaren nauwelijks buitenshuis gezien. Ze heeft haar moeder nog nooit met meer dan vijf dollar in haar portemonnee gezien.

'Je bent enorm veranderd sinds vroeger,' zegt Denny.

Ze verstart. Het klinkt als de aanzet tot een versierpoging. Ze zit alleen in een auto met een man en ze voelt de dreiging in haar hele lichaam.

Maar als hij verdergaat, ontspant ze weer. 'Je was zo'n vrolijk kind. Altijd een brede grijns op je gezicht als ik langskwam.'

Ze rijden over de top van een heuvel die Louise goed kent van alle keren dat ze naar huis is gereden. Het kleine centrum van Shattuck verschijnt even in het zicht, maar verdwijnt weer snel.

'Weet je nog dat we met z'n drieën naar het sprookjespark in Lake George gingen?'

Louise staat paf.

'Jij was een jaar of zes,' zegt hij. 'Ik haalde je moeder en jou op en je moeder was heel stil onderweg. Maar jij was zo blij. Je leek wel een stuiterbal. Ik kocht een ijsje voor je, maar het bolletje viel op de grond en toen heb ik er meteen nog een gekocht. Die blik op je gezicht sneed dwars door mijn ziel.'

Louise voelt tranen prikken achter haar ogen, maar ze dringt ze terug. Ze vraagt zich af waarom ze moet huilen. En het antwoord komt vanzelf: het is het idee dat er één keer iemand op deze wereld voor haar, Louise, heeft gezorgd in plaats van andersom.

Ze was die dag nooit vergeten, maar ze had zich niet gerealiseerd dat het Denny Hayes was. In haar herinnering was het gewoon de zoveelste vriend van haar moeder, iemand die ze nooit bij naam noemde, omdat ze bang was dat ze de namen door elkaar haalde. Van alle mannen die bij haar moeder langskwamen, was hij de enige die iets aardigs voor haar had gedaan zonder er iets voor terug te vragen.

Als ze op hun bestemming zijn aangekomen, kijken ze even samen naar het huis. Twee van de luiken ontbreken volledig, een ander luik hangt scheef. De brievenbus is zo vol dat de postbode het blijkbaar heeft opgegeven: er ligt een stapel doorweekte enveloppen op de grond.

Daar zal ze Jesse even op aanspreken. Hij moet de post in elk geval mee naar binnen nemen.

'Ziet er nog precies hetzelfde uit,' zegt Denny hartelijk.

'Bedankt voor de lift,' zegt Louise terwijl ze uitstapt. Ze hoopt dat hij wegrijdt. Maar ook hij stapt uit. Hij strekt zijn rug en doet zijn overhemd en broek goed.

Louise rammelt luid met haar sleutel in het slot om iedereen in huis te laten weten dat ze naar binnen komt.

Ze is bang dat Jesse boven zit te roken, maar zodra ze de keuken in loopt en diep inademt, weet ze dat dat niet het geval is.

'Mam?' roept ze. 'Mam, ik heb iemand meegenomen.'

Een paar tellen stilte.

'Wie dan?' Haar moeder praat zo zelden dat haar stem krakerig klinkt.

'Denny Hayes,' roept Louise.

Ze verwacht dat haar moeder zal vragen: wie? Er zijn jaren overheen gegaan en dat waren geen makkelijke jaren.

Maar dan roept haar moeder: 'Ogenblik.'

En Louise hoort haar heel traag de trap op lopen.

'Is Jesse thuis?' roept Louise, maar ze krijgt geen antwoord.

Als haar moeder weer beneden komt, is ze volledig gekleed. Voor het eerst sinds jaren heeft ze zich opgemaakt.

Schaamteloos, denkt Louise, maar stiekem is ze blij dat haar moeder nog in staat is om energie in haar uiterlijk te steken.

Denny's gezicht verandert als hij haar ziet. Zijn blik wordt zachter. 'Tjee, hallo Carol. Dat is lang geleden, hè?'

De klank van haar moeders naam raakt een gevoelige snaar bij Louise: ze heeft die naam de afgelopen jaren niet vaak horen uitspreken.

Haar moeders blik gaat van Louise naar Denny en weer terug.

'Zit je bij de politie, Denny?'

'Zat ik toen ook al. Weet je dat niet meer? Ik was agent.'

Ze denkt even na.

'Ja, eigenlijk wist ik dat nog wel.'

'Inmiddels ben ik opgeklommen tot inspecteur.'

'Tjonge, gefeliciteerd.'

Dan gaat haar een licht op en vraagt ze: 'Wat heeft mijn dochter gedaan?'

Louise verstijft.

'Ik dacht...' begint Louise, maar ze slikt haar woorden in. Ze knippert snel met haar ogen om de onverwachte tranen terug te dringen. Na al die jaren, denkt ze. Hoe had ze ooit kunnen denken dat haar moeder de borg had betaald?

'Denny?' zegt haar moeder.

Denny kijkt haar vluchtig aan. 'Nou, ik denk dat Louise dat zelf maar moet vertellen. Ze is tenslotte meerderjarig.'

Haar moeder is kalm, haar ogen staan helder. Louise heeft haar lange tijd niet zo nuchter gezien. Of dat toeval is of opzet, weet ze niet.

'Carol,' zegt Denny, 'mag ik even met Louise praten? Onder vier ogen?'

'Mij best.'

Haar moeder loopt naar de andere kamer.

Als ze weer alleen zijn, kijken Louise en Denny elkaar aan.

'Louise,' zegt Denny. 'Ik wil je twee dingen vragen voor ik vertrek.'

Ze wacht tot hij verdergaat.

'Je weet dat ik een oude vriend ben. En ik hoop dat je me vertrouwt. Ik denk niet dat jij iets te maken hebt met Barbara's verdwijning. En ik wil je helpen om hieruit te komen. Geloof je me?'

Ze houdt haar hoofd stil. Ze vertrouwt hem wel en niet.

Onverstoorbaar gaat Denny verder. 'Eerste vraag. Heeft John Paul jou verteld waar hij deze zomer is geweest?'

‘Hij heeft een beetje rondgezworven,’ zegt Louise. ‘Vrienden bezocht. En hij wilde een jaar reizen voordat hij aan zijn rechtenstudie zou beginnen.’

Denny knikt. ‘En als ik je nou eens vertel dat hij hoogstwaarschijnlijk het grootste deel van de zomer op de top van Hunt Mountain zat?’

Louise moet dit even laten bezinken.

‘Inmiddels kun je me over hem alles wijsmaken,’ zegt ze.

Denny knikt. Begripvol.

‘En die andere vraag?’ vraagt Louise.

‘Hoe goed ken je Lee Towson?’

Louise wordt rood. De naam alleen al roept begeerte bij haar op.

‘Niet zo goed,’ zegt ze.

‘Hadden jullie, je weet wel… verkering?’

‘Nee.’

‘Heb je enig idee waar hij zou kunnen zijn?’

‘Nee.’ Dat vraagt ze zich zelf ook nog steeds af.

‘Weet je het zeker?’

‘Hoezo?’

‘Nou… Normaal zou ik dit voor me houden. Maar goed, we kennen elkaar.’

Louise wacht tot hij verdergaat.

‘Het schijnt dat Barbara elke avond de blokhut uit sloop omdat ze een afspraakje had met iemand van wie ze zei dat het haar vriend was. Weet jij daar iets van?’

Ze schudt haar hoofd. Ze heeft oprecht geen idee.

‘En nog iets,’ zegt Denny. ‘Wist je dat Lee Towson in de gevangenis heeft gezeten?’

Daar had ze wel vaag iets over gehoord. Het was een van de vele roddels die over Lee de ronde deden in Kamp Emerson – het maakte hem alleen maar interessanter. Ze knikt aarzelend.

‘Weet je ook waarvoor?’

‘Omdat hij hasj verkocht?’

‘Nee, vanwege ontucht met een minderjarige,’ zegt Denny Hayes.

Ze verstijft. Ze weet niet precies wat dat inhoudt.

Alsof hij haar gedachten of gezichtsuitdrukking kan lezen, voegt Denny eraan toe: ‘Geslachtsgemeenschap met een meisje onder de zestien.’

Louise zegt niets.

‘Dus je weet echt niet waar hij is?’

‘Nee.’

‘Oké, mocht je nog iets te binnen schieten… hier is mijn kaartje.’

Ze pakt het aan.

‘Dan ga ik maar eens,’ zegt hij.

In gedachten ziet Louise hem naar huis rijden, naar zijn gezin, zijn vrouw en kinderen. Ze is jaloers. Als ze een vader als Denny Hayes had gehad – of nog mooier, een moeder – had ze het misschien verder geschopt in het leven.

‘Is er nog iets wat je kwijt wilt? Heb je nog vragen?’ vraagt Denny.

‘Ja,’ zegt Louise. ‘Als je erachter komt wie mijn borgtocht heeft betaald, wil je het me dan laten weten?’

‘Doe ik,’ zegt Denny Hayes.

Tracy

Jaren 50 | *1961* | *winter 1973* | *juni 1975* | *juli 1975* | augustus 1975

De meisjes van Balsemzilver waren zich druk aan het voorbereiden op het afsluitende dansfeest, een uitvoerig ritueel waarin alles samenkwam wat ze in de afgelopen maanden van elkaar hadden geleerd over uiterlijke verzorging. Er werden emmers water naar de veranda gesleept om benen te scheren. Er werden outfits samengesteld uit de setjes die ze voor dit soort gelegenheden hadden meegenomen. Tot slot werd iedereen heel secuur opgemaakt door de onbetwiste meester zelf: Barbara Van Laar.

Toen Louise en Annabel zich hadden omgekleed en uit hun eigen kamertje tevoorschijn kwamen, hapten ze hoorbaar naar adem bij de aanblik van hun pupillen. Wat zagen ze er allemaal volwassen uit, zo anders dan aan het begin van de zomer.

Tracy begreep het wel. Ze waren inderdaad veranderd: in twee maanden tijd waren ze een jaar ouder geworden. Ze hadden een verbond gesmeed.

In de Grote Zaal danste Tracy met iedereen uit Balsemzilver en met iedereen uit haar survivalgroepje en vooral met Barbara. Mitchell, de zweminstructeur, had drie vrienden laten overkomen uit Schenectady en samen vormden ze een matige band. Ze wist dat Lowell Cargill ook ergens in de zaal was, maar pas toen Mitchell en zijn vrienden 'I Honestly Love You' speelden, kwam er geleidelijk een eind aan het gekrioel op de dansvloer en Tracy werd zich ervan bewust dat de mensen om haar heen paartjes vormden. Ook Barbara, die tot dan toe steeds aan haar zijde was gebleven, werd door iemand ten dans gevraagd: een jongen die Crandall heette en die na Lowell de meest gewilde mannelijke deelnemer was.

Tracy, die nu in haar eentje midden op de dansvloer stond, raakte in paniek. Ze vluchtte naar de zijkant en posteerde zich bij de tafel met eten.

Lowell was nergens te bekennen. Misschien was hij naar buiten gegaan om een frisse neus te halen.

'Ik haat die schuifelnummers,' zei iemand naast haar.

Ze keek opzij.

Daar stond een van de keukenhulpen, een knappe jongen van in de twintig, die ze weleens had zien lopen met Louise. Lee heette hij.

'Ik ook,' zei Tracy.

'Zo gênant altijd,' zei Lee. 'Ben je net lekker uit je dak aan het gaan met je vrienden, en dan vindt de band het nodig om iedereen te treiteren met dat gezwijmel. Eigenlijk is het puur sadisme.'

Tracy wist niet precies wat sadisme betekende, maar ze knikte toch.

'Ik moet weer naar de keuken,' zei Lee. 'Je ziet er trouwens prachtig uit. Blitse jurk.'

'Dank je,' zei Tracy. En toen was hij weg.

Pas na zijn vertrek zag ze Lowell aan de andere kant van de ruimte staan, in het belachelijke polyester pak met de brede kraag dat alle jongens bij zich hadden voor de feestavonden en waar haar hart, ondanks alles wat er was voorgevallen, sneller van ging kloppen.

Roerloos als een standbeeld leunde hij tegen de muur. Zijn ogen waren gericht op een paar midden in de zaal: Barbara Van Laar en haar danspartner. En op zijn gezicht lag een gekwelde uitdrukking.

Buiten. Daar wilde ze zijn. Buiten, bij de frisse dennen en de aarde en de geur van het meer. Buiten, bij het maanlicht op het water.

Toen er niemand keek, greep ze haar kans om weg te glippen.

Ze liep het donker in. Er brandden 's avonds verbazend weinig lampen op het kampterrein.

Plotseling een beweging in de duisternis. Iemand die haar pad kruiste, iemand die ze kende: Annabel liep in haar dansoutfit in noordelijke richting.

Daar stond alleen het grote huis, dacht Tracy. Barbara's huis. Annabels ouders logeerden daar die week, wist ze, misschien ging ze naar hen toe.

Tracy overwoog haar te roepen – Annabel was degene die hun groepje aan het eind van het feest naar Balsemzilver moest begeleiden – maar ze beende zo vastberaden voort dat Tracy zich bedacht. Het leek haar maar beter om niets te zeggen.

En toen werden haar gedachten onderbroken door iemand die haar eigen naam riep.

Ze draaide zich om. Liep in de richting van de stem, die nog een keer riep.

Op het strand, in het maanlicht, zag ze Lowells beste vriend Walter. Hij zat op het zand en maakte een verslagen indruk.

Ze liet zich langzaam naast hem neerzakken. Tot die zomer had ze zich nooit thuis gevoeld in haar eigen lichaam. Ze had zichzelf nooit gracieus gevonden, zoals Barbara, zoals de Melissa's, zoals Lowell Cargill.

'Jij ook?' vroeg Walter kleintjes. Hij had zijn armen op zijn knieën gelegd en zijn kin rustte op zijn onderarmen.

'Ik ook wat?'

'Verdrietig?'

'O,' zei Tracy. 'Nee, niet echt. Ik voel me prima.'

Walter zweeg.

'Jij wel?' vroeg Tracy.

Hij knikte nauwelijks waarneembaar. Ze hoefde niet te vragen waarom hij verdrietig was.

'Weet je,' zei Walter, 'hij heeft Barbara ten dans gevraagd. Maar ze zei nee.'

Tracy verroerde zich niet, ze liet die woorden tot zich doordringen. Tot aan de survivalexpeditie had ze een sprankje hoop gekoesterd dat Lowell misschien in haar geïnteresseerd was, maar sindsdien wist ze wel beter. Hij was verliefd op Barbara. Maar nu iemand anders dat hardop tegen haar zei, voelde het opnieuw alsof de lucht uit haar longen werd geslagen.

'Hij was er kapot van,' vervolgde Walter. 'Dat ze nee zei, bedoel ik. Mensen als Lowell zijn het niet gewend om afgewezen te worden.'

Hij bedoelde het niet gemeen, daar was Tracy van overtuigd. Hij ging er waarschijnlijk van uit dat Barbara het al aan Tracy had verteld. Ze waren tenslotte altijd samen. Net als Walter en Lowell.

De stilte tussen hen beiden hield aan totdat Tracy hem één keer luid hoorde snuffen. Hij huilde, besefte ze.

'Hij is gewoon geweldig,' zei Walter.

Louise

Jaren 50 | *1961* | *winter 1973* | *juni 1975* | *juli 1975* | **augustus 1975**

Ze zag alles. Ze zat op de rand van het podium, vanwaar ze de hele zaal kon overzien, en sloeg haar meisjes gade, hun triomfen en nederlagen; ze zag wie er echt plezier had en wie deed alsof.

Als Louise al in een god geloofde, dan zou het een god zijn die ongeveer net zo fungeerde als zij nu, zoals ze van een afstandje haar onderdanen aanmoedigde, met hen meetreurde als ze een blauwtje liepen en al hun kleine overwinningen vierde. Haar oog viel op de eenzamen, de muurbloempjes, en in haar hart welde diepe genegenheid voor hen op. Ze wilde naar die meisjes toe, naast ze gaan staan en ze stevig tegen zich aan drukken, maar ze wist dat ze dan een heilige les zou verstoren die kinderen op die leeftijd – twaalf, dertien, veertien – moesten leren over zichzelf en de wereld. En ook dat paste in haar beeld van God.

Ze besloot een spelletje te doen: ze koos de naam van een van haar meisjes en speurde dan de menigte af tot ze diegene vond. Zo ging ze met succes de hele lijst af, tot ze bij Annabel kwam.

Haar assistente was nergens te bekennen.

Later zou ze hier heel anders op terugkijken, maar op het moment zelf zag ze het alleen maar als bevestiging van haar vermoeden dat Annabel op het kamp een jongen had ontmoet.

Eerder die avond was het haar opgevallen dat Annabel wel heel veel aandacht aan haar make-up en kleding besteedde. In principe was het een dansfeest voor de deelnemers, maar Louise had de afgelopen jaren ook vaak groepsleiders en assistenten stelletjes zien vormen, een paar minuten of een uur het donkere bos in zien gaan. Met rode wangen zien terugkomen.

Ze nam aan dat ook Annabel Southworth naar buiten was gegaan. En ze glimlachte op haar podium, blij voor Annabel, die de liefde of in elk geval verliefdheid had gevonden in Kamp Emerson.

Judyta

Jaren 50 | 1961 | winter 1973 | juni 1975 | juli 1975 | augustus 1975:
dag drie

'Wie is "iedereen"?' vraagt Denny Hayes.

Het is al twaalf uur en ze ziet hem nu pas voor het eerst vandaag. Nog voor hij goed en wel uit zijn auto is gestapt, bestookt ze hem met nieuwe informatie, met de theorieën die vanochtend in haar hoofd gestalte hebben gekregen.

'De hele stad,' zegt Judy. 'Iedereen in Shattuck gelooft dat Stoddard onterecht als dader werd bestempeld. En ze vinden dat de Van Laars wel heel snel tot die conclusie zijn gekomen.'

Hayes wijst met zijn kin naar het commandocentrum. 'Kom. Ik heb koffie nodig.'

Ze lopen naast elkaar. Hij kijkt even opzij.

'Judy, had je die kleren gisteren niet ook al aan?'

Ze bloost. 'Weet ik niet meer.'

Het regent nog steeds af en aan, en haar haar en kleren zijn al een paar keer doorweekt geraakt en weer opgedroogd. Ze zal er wel uitzien als een verzopen kat.

'Judy, waar heb je dat precies gehoord over Bear Van Laar?'

Ze vertelt hem wat er gisteravond en eerder die ochtend is gebeurd.

Hij trekt een wenkbrauw op. Als ze bij het commandocentrum zijn, houdt hij de deur voor haar open. Judy stapt naar binnen. Ze kijkt even naar de decoraties en de keukenapparatuur die dateren van rond de Tweede Wereldoorlog: alles is een stuk ouder dan T.J. zelf. Judy heeft haar alleen een paar keer zien rondlopen. En al die keren leek ze erg overstuur. Alsof het haar allemaal meer aangreep dan het echtpaar Van Laar zelf.

Hayes schenkt een beker koffie voor zichzelf in. En ook een voor haar.

Ze neemt de beker aan. Ze is nooit echt een koffiedrinker geweest – koffie is iets wat ze associeert met oudere mensen, met haar vader – maar sinds ze hier op het domein vertoeft, geniet ze meer van de bittere smaak en ook van de warmte, die zich nu van binnenuit door haar klamme haar en kleding heen dringt.

Ze neemt een klein slokje. Trekt een grimas. Neemt nog een slokje.

'En wie was het dan wel volgens de inwoners van Shattuck?' vraagt Hayes. 'Als Carl Stoddard onschuldig was.'

'Mijnheer Alcott zei dat er twee populaire theorieën zijn.'

'Ik ben een en al oor.'

'De eerste is dat Jacob Sluiter het heeft gedaan.'

Hij kijkt haar aan. 'Gisteren begon je ook al over Sluiter.'

'Eh, ja. Maar... er zit ook wel iets in, toch?'

'Die goeie ouwe Sluiper,' zegt Hayes. 'De boeman van de North Woods. Hij krijgt de schuld van elk sterfgeval tussen Shattuck en Rochester, of het nu gaat om een misdrijf of een ongeluk.'

Hij leunt tegen het aanrecht.

'Zo'n vreemde gedachte is het niet,' zegt Judy. 'De meeste moorden die hij heeft gepleegd, waren in deze omgeving. En allemaal begin jaren zestig, in de tijd dat Bear verdween.'

'Dat is waar.'

'En nu,' gaat ze verder, 'is hij ontsnapt, net op het moment dat Barbara Van Laar vermist raakt. Zeg ik nou iets raars?'

Ze stopt geïrriteerd. Hayes staat te lachen.

'Je hebt het virus te pakken,' zegt hij.

'Welk virus?'

'Ik bedoel het positief. We hebben het allemaal te pakken. Ga verder.'

'De tweede theorie vindt meer bijval in Shattuck. Maar die wilt u liever niet horen.'

'Waarom niet?'

'Nou, het is nogal een... controversiële theorie, eentje die nogal wat deining zou veroorzaken.'

'Ga verder.'

Ze neemt weer een slokje koffie en probeert haar zenuwen te bedwingen.

'Volgens mijnheer Alcott denken de meesten in Shattuck – in elk geval de meesten van de groep die niet gelooft dat Sluiter het heeft gedaan – dat Bears grootvader de dader is.'

Ze verwacht dat hij haar zal weghonen. Maar hij draait zich om, leunt met zijn handen op het aanrecht naast de gootsteen en kijkt uit het raam. Hij zwijgt zo lang dat ze ongerust begint te worden.

'Is er iets?' vraagt ze.

'Ja, ik ken die theorie. Ik weet nog dat die destijds ook ter sprake kwam.'

Judy staart hem aan. Waarom heeft hij dat niet eerder gezegd? Ze had de grootvader op haar eerste dag ondervraagd. Volgens Hayes was hij een bijfiguur. Iemand die boven elke verdenking verheven was. Ze probeert uit alle macht terug te halen of Bears grootvader iets had gezegd wat verdacht klonk, maar het enige wat naar boven komt is zijn houding: neerbuigend, ongeduldig, onvriendelijk.

'Hoe is dat toen gegaan?' vraagt Judy. 'Is hij verhoord? Waren er ook mensen bij de recherche die hem als mogelijke dader zagen?'

'Wel een paar, volgens de dossiers die ik heb doorgenomen,' zegt Hayes. 'Maar daar is verder niets mee gedaan.'

'Waarom niet?'

'Nou,' zegt Hayes na een korte stilte. 'Verschillende redenen. Iedereen vond Carl Stoddard verdacht, hoorde ik van de jongens die al lang genoeg meelopen om er herinneringen aan te hebben. Hij was de laatste die Bear had gezien. Er was een houtsnijwerkje gevonden, een beertje dat Bear kennelijk bij zich had toen hij verdween. Meer sporen waren er niet. En Stoddard bleek degene te zijn die hem had leren houtsnijden. Iedereen had de indruk dat hij een beetje geobsedeerd was door Bear.'

Judy wacht tot hij verdergaat.

'Ten tweede had de advocaat van de Van Laars besloten dat Stoddard de dader was. En hij was er nogal stellig over.'

Nu is Hayes degene die moet wachten tot Judy alles heeft laten bezinken.

'McLellan,' zegt Judy.

Hij knikt.

'Senior.'

Hayes knikt opnieuw.

Judy denkt even na. 'Mag ik hem hierover ondervragen?'

'Bears grootvader?' vraagt Hayes en Judy knikt. Ze heeft het idee dat ze goed met dat soort mensen kan praten. Dat ze weet hoe je ze het best kunt benaderen.

'Oké, als je hem maar niet te hard aanpakt,' zegt Denny Hayes. 'Volgens mij is hij nu in het huis.'

Als ze wil weglopen, wordt er op de deur geklopt en komt rechercheur Goldman binnen, hijgend en met zijn overhemd half uit zijn broek.

Zijn blik gaat van Judy naar Hayes en weer terug.

'Kan een van jullie een beetje met kinderen overweg?' vraagt hij. Hij formuleert zijn vraag neutraal, maar de onderliggende boodschap is duidelijk: dit is een klusje voor Judy, als vrouw.

Judyta

Jaren 50 | 1961 | winter 1973 | juni 1975 | juli 1975 | augustus 1975:
dag drie

Buiten staat een jongetje te wachten met zijn ouders.

'Mijnheer en mevrouw Muldauer,' zegt Hayes. 'Dit is rechercheur Luptack. Zij zal even met Christopher praten, als u dat goedvindt.'

Mevrouw Muldauer – bruin haar, bril en bijna net zo klein als haar zoon – maakt een nerveuze indruk. 'Mogen wij mee?'

'Natuurlijk,' zegt Judy. 'Kom binnen.'

Hayes houdt buiten de wacht terwijl Judy aan het werk gaat.

Binnen loopt Judy naar een versleten bank die tegen de muur is geschoven en ze trekt hem naar voren. Ze nodigt het gezin uit om op de bank plaats te nemen en pakt er voor zichzelf een harde klapstoel bij. Christopher zit tussen zijn ouders en zijn benen steken recht vooruit.

Judy haalt haar notitieboekje en pen tevoorschijn.

'Wat kan ik voor je doen, Christopher?' vraagt ze.

Hij zegt niets. Hij kijkt naar zijn knieën.

'Toe maar,' zegt zijn vader.

Niets.

'Hoe oud ben je, Christopher?' probeert Judy.

Niets.

'Twaalf? Dertien?' vraagt ze glimlachend, bij wijze van grapje.

'Acht,' zegt hij, nauwelijks hoorbaar. 'Ik ben de jongste van het kamp.'

'Vond je het leuk in het kamp?' vraagt Judy.

'Nee, ik vond het verschrikkelijk,' zegt hij.

Over zijn hoofd heen kijken zijn ouders elkaar aan.

'Chris,' zegt zijn vader om hem op gang te helpen. 'Vertel deze dame eens wat je aan ons hebt verteld. Ze heeft nog meer te doen.'

'Geeft niks, mijnheer Muldauer,' zegt Judy. 'Christopher mag zoveel tijd nemen als hij nodig heeft.'

En dat doet hij dan ook. Er verstrijken dertig seconden. Een minuut.

'Is er een reden waarom je mij niet wilt vertellen wat je aan je ouders hebt verteld?' vraagt Judy.

'Ik wil niet dat ze op hun kop krijgen,' zegt hij.

'Je ouders?'

'Mijn vrienden.'

Er klinkt trots door in zijn stem. Dit is een jongen die niet veel vrienden heeft, begrijpt Judy.

'Wie zijn dat, Christopher?'

'Barbara en Tracy,' zegt hij zo zacht dat ze niet zeker weet of ze het goed heeft verstaan.

'Barbara en Tracy?'

Hij knikt.

'Christopher, het gaat er nu om dat we Barbara vinden. Als ze iets verkeerds heeft gedaan, komt dat later wel. Maar alles wat je ons nu vertelt, kan ons helpen Barbara heelhuids terug te brengen.'

Stilte.

'We waren allemaal samen in het bos,' zegt Christopher.

'Wanneer?'

'Voor de survivalexpeditie.'

Hij legt het uit. Noemt de namen van de mensen in zijn groep. Beschrijft het kamp dat ze hadden opgeslagen.

'We waren daar drie nachten,' zegt Christopher. 'Ik heb een probleem waardoor ik vaak wakker word. En twee keer zag ik Barbara 's nachts uit haar en Tracy's tent kruipen en de eerste keer dacht ik dat ze het bos in zou lopen. Maar toen deed ze iets raars.'

'Wat dan?'

'Ze draaide zich om. Haar zaklamp ging uit en het leek alsof ze in het donker stond te wachten. En daarna ging haar zaklamp weer aan en liep ze terug. Ik dacht dat ze gewoon was gaan plassen of zo. Maar ze liep langs onze tenten, helemaal er voorbij.'

'Waar ging ze naartoe?'

'Naar de tent van T.J. Hewitt.'

'T.J.? De coördinatrice van het kamp?'

Hij knikt.

Weer dat zachte gezoem in haar buik. Net als tijdens het gesprek met mevrouw Clute. Het virus, noemde Denny Hayes het.

'En hoelang bleef ze daar?'

'Weet ik niet,' zei Christopher. 'Ik viel allebei de keren in slaap voor ze naar buiten kwam. En de volgende ochtend was ze weer gewoon in het kamp.'

'Dank je wel, Christopher,' zegt Judy. 'Je hebt ons erg geholpen. Is er nog iets wat je me wilt vertellen?'

'Ze had een ongelukje op die expeditie,' zegt Christopher.

'Barbara?'

Hij knikt. 'Ze was een eekhoorn aan het villen. Ze schoot uit met het mes. Het was heel erg. T.J. maakte de wond dicht.'

'Nog iets?'

'Het was niet de enige keer,' zegt Christopher. 'Toen we terug waren, zag ik Barbara elke nacht naar de blokhut van T.J. gaan.'

Hij praat rustig, gelaten bijna. Hoewel hij pas acht is, begrijpt hij welke lading zijn woorden hebben, of in elk geval begrijpt hij dat het niet goed is als een kind 's nachts stiekem naar het verblijf van een volwassene gaat.

Hij lijkt elk moment in tranen te kunnen uitbarsten.

'Ik vind het heel dapper van je, Christopher,' zegt Judy. 'Je bent een dappere jongen. Dank je wel. Ik heb nog één vraag voor je.'

'Oké.'

'Wat is dat voor probleem?'

Hij kijkt haar niet-begrijpend aan.

'Dat probleem waardoor je vaak wakker wordt.'

'O.' Zijn wangen worden vuurrood. 'Eh, ik plas in bed.' Hij fluistert nu bijna. De vader legt een hand op de schouder van zijn zoon.

'Dat kan gebeuren,' zegt Judy. 'Zal ik je eens wat zeggen? Ik plaste ook in bed toen ik klein was.'

'Echt waar?'

Het is niet waar. 'Echt waar,' zegt ze.

'Als het me lukt om lang genoeg wakker te blijven, kan ik nog één keer naar de wc terwijl de anderen al slapen. Meestal helpt dat wel.'

'Maar je wordt er zeker heel moe van, hè,' zegt Judy en Christopher knikt waardig.

Voordat de Muldauers huiswaarts gaan, neemt mevrouw Muldauer Judy apart.

'We hadden van een vriend gehoord dat dit het beste kamp is dat er bestaat,' fluistert ze. 'En het zijn hier over het algemeen nette mensen, daar twijfel ik niet aan. Maar' – ze brengt haar hoofd dichter naar Judy en probeert haar blik te vangen – 'als ik die coördinatrice van tevoren had gezien, had ik er nog eens goed over nagedacht.'

Judy vertrekt geen spier.

'Zeker als ik een dochter had. Als je snapt wat ik bedoel.'

Judyta

Jaren 50 | 1961 | winter 1973 | juni 1975 | juli 1975 | augustus 1975:
dag drie

'Laat mij maar met de grootvader praten,' zegt Hayes. 'Dan kun jij T.J. nemen.' Het pleit voor hem dat hij ziet hoe goed Judy op dreef is.

'En denk eraan, degelijke aantekeningen,' voegt Hayes eraan toe voor hij wegloopt.

Judy knikt en loopt dan naar het personeelsverblijf, waar T.J. Hewitt haar intrek heeft genomen toen haar huis werd omgebouwd tot commandocentrum.

T.J. Hewitts korte kapsel zit in de war en ze wrijft over haar gezicht alsof ze net wakker is.

Ze is blootsvoets en draagt een wit, mouwloos hemdje en een afgeknipte blauwe spijkerbroek.

'Sorry,' zegt T.J., die op het bed zit en zich uitrekt. 'Ik ben er niet helemaal bij. Ik heb weinig geslapen.'

En dan – misschien bij het zien van Judy's blik – valt ze stil. Recht haar rug.

'Wat kan ik voor je doen?' vraagt T.J.

Judy heeft onderweg naar het personeelsverblijf nagedacht over haar eerste vraag. Het moet een open vraag zijn, een neutrale vraag.

En dus begint ze: 'Juffrouw Hewitt...'

'T.J.'

'Neem me niet kwalijk. T.J., kun je me wat meer vertellen over je band met Barbara Van Laar?'

T.J. gaat verzitten. 'Ik weet tamelijk zeker dat ik rechercheur Hayes daar al alles over heb verteld.'

'Maar zou je het nog eens aan mij willen vertellen? Dan ben ik ook op de hoogte.'

T.J. schraapt haar keel. 'Ik ken Barbara al vanaf haar geboorte.'

'Hoe oud was je toen?'

'Veertien.'

Haar stem is kalm. En ze kijkt zo geconcentreerd naar een punt net links van Judy's hoofd dat Judy zich even omdraait om te kijken of er iets of iemand achter haar staat. Maar ze ziet alleen het onbewerkte hout van de wand.

'En hadden jullie veel contact voor ze naar het kamp kwam?'

'Ja.'

'Kun je vertellen hoe dat contact eruitzag?'

T.J. slaat haar ogen neer. 'In het begin was ik haar... misschien is "oppas" het beste woord.'

'Hier?'

'Hier op het terrein, ja. De hele zomer. Elke zomer. Tegen betaling.'

'Dus je bent hier al je hele leven?'

T.J. knikt. 'Geboren en getogen.'

'En hoe kwamen jullie hier zo terecht?'

'Mijn vader was terreinbeheerder en coördinator van het kamp. Ik nam beide functies over toen zijn geheugen hem in de steek begon te laten.'

Judy maakt een aantekening.

'En als de familie Van Laar in Albany was?' vraagt ze.

'Toen Barbara nog heel klein was, zat ik op school. Dus toen bleef ik hier. Maar ik ben niet gaan studeren of zo. Dus vanaf mijn zeventiende kon ik gaan en staan waar ik wilde, toen was Barbara drie. Ik reisde mee met het gezin. En ik ging naar Albany als de ouders ergens heen moesten.'

'En je had een goede band met Barbara?'

T.J. knikt. 'Nog steeds.'

'Was Barbara lastig als kind?'

T.J. lacht een beetje. Op haar gezicht, in haar stem ligt iets van berouw, wat Judy verontrustend vindt.

'God, nee,' zegt T.J. 'Ze was fantastisch. Haar broer ook. Gewoon heel aardig, aardige kinderen.'

Judy wacht even.

'Dus met haar broer had je ook een goede band?'

'Yep. Wij scheelden minder in leeftijd. Ik was dertien toen hij...' T.J. hapert. '... toen hij verdween. Hij was acht.'

Ondanks de warmte buiten heeft Judy het plotseling koud.

'Hoe zou je de relatie van de kinderen met hun ouders omschrijven?' vraagt Judy.

'Hangt ervan af over welk kind je het hebt. En over welke ouder,' voegt ze eraan toe.

'Laten we beginnen met Bear.'

'Nou, zijn moeder hield van hem,' zegt T.J. 'Zielsveel. Ze is nooit meer de oude geworden na zijn verdwijning.'

'En zijn vader?'

'Zijn vader,' zegt T.J. 'Tja, met zijn vader ligt het ingewikkelder.'

Ze lijkt oprecht na te denken over de juiste formulering.

'Weet je, zijn vader hield ook van hem, op zijn eigen manier,' zegt ze dan. 'Maar het leek wel of mijnheer Van Laar hem als een van zijn aandelen beschouwde. Als iets wat je alleen wilt hebben omdat het later meer waarde krijgt. Snap je wat ik bedoel?'

Judy maakt weer een aantekening.

'Wat ben je allemaal aan het opschrijven?' vraagt T.J. 'Gaat het over mij?'

'Ik schrijf op wat je zegt.'

'Voor wie?'

Judy aarzelt. 'Voorlopig alleen voor mij. En misschien voor mijn collega's bij de recherche. Maar het zou uiteindelijk als bewijs kunnen worden gebruikt. En dan wordt het openbaar.'

T.J. knikt. Even is Judy bang dat ze dichtklapt, dat ze verder niets meer uit haar krijgt.

Ze legt haar pen neer. Meteen lijkt T.J. gerustgesteld.

'En Barbara's relatie met haar ouders?' vraagt Judy.

T.J. denkt lang na.

'Ik weet niet of "niet-bestaand" de juiste term is,' zegt ze ten slotte. 'Maar het komt er in elk geval wel in de buurt.'

Judy zwijgt even om tijd te rekken.

'Komt het daardoor dat ze zo naar jou toe trok?' vraagt ze rustig.

Ze weet dat ze nog niet al haar kaarten op tafel moet gooien. Ze wacht af waar T.J. zelf mee komt.

'Misschien wel,' zegt T.J.

'Hoe hecht waren jullie?'

'Tja, dat is lastig te omschrijven.'

'En als we ons beperken tot het hier en nu. Ik weet dat ze deze zomer meedeed aan het kamp. Was dat haar idee of het jouwe?'

'Het hare. Ze begon er zelf over. Ze wilde weg uit dat huis. Had geen zin in het feest dat ze aan het organiseren waren.'

'Waarom niet, denk je?'

T.J. haalt diep adem. 'Je weet hoe rijk de Van Laars zijn?'

'Ik heb wel een indruk, ja.'

'Wist je ook dat ze hun dochter vorig jaar naar de kostschool hebben gestuurd met twee kledingsets en zonder winterjas? Wist je dat ze haar geen zakgeld geven?'

'Waarom is dat, denk je?'

'Of ze denken er niet aan, of het interesseert ze gewoon niet. Dus ga ik maar bij haar langs. Dan neem ik extra eten mee voor het weekend, boeken en platen die ze mooi vindt. Ik ga er zo vaak mogelijk heen. Ik zorg voor haar. Als enige.'

'En in het kamp. Hoe vaak zagen jullie elkaar hier?'

'Nou, elke dag. Ik zag alle deelnemers elke dag. Ik ben er altijd, hè. Altijd iets aan het repareren, aan het regelen, noem maar op.'

'En 's avonds?'

T.J.'s blik dwaalt weer af naar de muur links van Judy's hoofd. Het is een tijdje stil in de blokhut.

'Ik denk dat ik weet waar dit over gaat,' zegt T.J.

T.J. schuift naar de rand van het bed, zet haar handen op haar knieën. Buigt zich naar voren en kijkt Judy nu recht aan.

'Ik weet wat ze over me zeggen in de stad. Misschien heb jij het ze ook al wel horen zeggen tijdens je onderzoek.'

Judy kijkt met een uitgestreken gezicht terug. 'Ik weet niet wat je bedoelt.'

'Ik bedoel dat ik me op een bepaalde manier kleed. Dat ik op een bepaalde manier praat en loop.'

'Oké.'

'Ik beschouw Barbara als mijn kleine zusje. Als je het echt wilt weten: ik verwacht niet dat ik ooit zelf een kind krijg, maar Barbara komt heel dicht in de buurt. Ik hou van haar. Maar op een andere manier dan jij suggereert.'

Judy laat de woorden van T.J. zo lang mogelijk in de lucht hangen.

Dan zegt ze rustig, zonder omwegen: 'We hebben een ooggetuige die Barbara elke nacht je huis in heeft zien gaan en die bereid is daar een verklaring over af te leggen.'

Het is de eerste keer dat ze iemand tijdens een ondervraging uit de tent probeert te lokken.

Het is ook de eerste keer dat ze bluft: ze heeft geen idee of Christopher in de getuigenbank zou willen verschijnen. Of zijn ouders dat zouden toestaan.

T.J. wordt rood, het begint in haar gezicht en breidt zich uit naar haar hals en verder omlaag.

Dan staat ze op. Ze loopt naar haar bruine schoenen, trekt ze aan en strikt de veters.

'T.J.,' zegt Judy

'Ik ben niet gek. Ik weet hoe dat gaat als iemand eenmaal een theorie in zijn hoofd heeft, of die nou klopt of niet. En ik weet ook dat ik niet wettelijk verplicht ben om hier met jou te blijven praten. Dus kom maar bij me terug als je een arrestatiebevel hebt.'

Ze staat op en loopt de kamer uit.

Judy, die steeds wanhopiger wordt, staat ook op en roept haar na door de lege gang.

'Wat is jouw theorie dan?' vraagt ze. 'Waar denk jij dat Barbara is?'

T.J. blijft staan. Zet haar handen op haar heupen. Draait zich met tegenzin om.

'Mag ik iets zeggen? Van vrouw tot vrouw? Iets wat je niet in dat boekje zet?'

Judy laat haar notitieboekje zakken.

'John Paul McLellan, dat is degene die je moet hebben,' zegt T.J. 'Ik kan je niet vertellen hoe ik dat weet, maar neem het maar van me aan.'

Jacob

Jaren 50 | 1961 | winter 1973 | juni 1975 | juli 1975 | augustus 1975:
dag drie

Die nacht was hij teruggelopen langs de beek, stroomafwaarts ditmaal. Tegen zonsopkomst begon het te regenen.

Normaal sliep hij overdag buiten, maar nu had hij behoefte aan een comfortabel huis, een bed, een maaltijd onder een dak. En toen hij op een gegeven moment een veelbelovend huis zag dat onbewoond leek, ging hij naar binnen.

Hij liep rechtstreeks naar de voorraadkast. Maar daar was teleurstellend weinig te vinden: alleen een groot pak havermout, waar hij op het elektrische fornuis pap van kookte.

Vervolgens doorzocht hij de kasten in de slaapkamer. Hij wist uit ervaring dat de bewoners daar vaak hun wapens en munitie bewaarden, op een hoge plank, buiten het bereik van de kinderen. En inderdaad vond hij twee dubbelloopsjachtgeweren en drie dozen met patronen.

Jammer, dacht Jacob. Hij had liever een pistool gehad, want een jachtgeweer was lastig mee te nemen. Maar er zat een patroongordel bij, die hij volstopte met munitie. Daarna laadde hij ook een van de geweren.

Inmiddels is het vier uur 's middags; Jacob heeft de hele dag geslapen. Hij staat op van het bed, met het geladen jachtgeweer in zijn handen. Dan hoort hij een vloerplank kraken.

Hij verstijft.

Zo zachtjes mogelijk sluipt hij naar de andere kant van het bed en knielt daar neer. Hij richt het geweer op de slaapkamerdeur.

Dit is een vertrouwde positie, die hem doet denken aan zijn jachtpartijen als kind.

De deur zwaait open. Hij vuurt meteen – maar raakt niemand. Blijkbaar was er niemand van plan om binnen te komen.

Was het een valstrik? Jacob weet het niet zeker.

En dan zegt een stem achter hem: 'Geen beweging.'

Hij verstart.

Door het open raam vlak bij zijn hoofd steekt een politiepistool naar binnen dat op hem is gericht.

Judyta

Jaren 50 | 1961 | winter 1973 | juni 1975 | juli 1975 | augustus 1975:
dag drie

Ze loopt de heuvel op met haar hoofd vol nieuwe informatie, die ze van T.J. heeft gekregen en aan Denny Hayes moet doorgeven.

Degelijke aantekeningen, denkt ze, dat was het enige wat hij vroeg – en die heeft ze niet.

Dus loopt ze om het huis, naar de kant van het meer, waar ze in een Adirondack-stoel wil gaan zitten om alles op te schrijven wat T.J. heeft gezegd, voordat het uit haar geheugen verdwijnt.

Tot haar teleurstelling is een van de stoelen al bezet.

De vrouw die daar zit komt haar van achteren niet bekend voor. Maar als ze zich naar Judy toe draait, herkent ze haar wel: het is mevrouw Van Laar senior, Barbara's grootmoeder. De echtgenote van de man die zo neerbuigend tegen haar had gedaan toen ze hier nog geen uur aan het werk was – de man die sinds vanochtend een van de hoofdverdachten is.

'Ga zitten,' zegt mevrouw Van Laar. 'Trek je maar niets van mij aan.'

Judy gehoorzaamt. Ze buigt haar hoofd naar haar notitieboekje en doet alsof ze aan het werk is. Maar in gedachten formuleert ze allerlei vragen die misschien enig licht op de echtgenoot van deze vrouw zouden kunnen werpen.

Mevrouw Van Laar is de eerste die iets zegt: 'Wat een mooi uitzicht, hè.'

'Zeker,' zegt Judy.

'Dit is mijn favoriete plek op het hele domein. En mijn favoriete moment van de dag.'

Judy knikt. 'Ik kan me voorstellen dat dit uitzicht allerlei herinneringen oproept.'

Mevrouw Van Laar lijkt even na te denken. Dan zegt ze: 'Niet echt.'

Terwijl Judy nog steeds verschillende openingsvragen door haar hoofd laat gaan, staat mevrouw Van Laar op en loopt weg in de richting van het huis.

'Mevrouw Van Laar,' zegt Judy – tot haar ontzetting hoort ze een smekende klank in haar stem.

Langzaam draait de vrouw zich om. Nog steeds met een vriendelijke blik.

'Ik wilde alleen even... Ik heb na die eerste dag geen gelegenheid meer gehad om met u te praten. Is er misschien nog iets wat u zou willen toevoegen?'

Mevrouw Van Laar doet haar mond open. Sluit hem weer. Kijkt over haar schouder, alsof ze een beslissing neemt.

Dan zegt ze: 'Bent u al in de gelegenheid geweest om Vic Hewitt te ondervragen?'

Bij het horen van die naam gaat er een kleine siddering door Judy heen. De naam Hewitt kent ze natuurlijk, maar deze voornaam heeft ze nog niet eerder gehoord.

'Is dat...'

'Tessie Jo's vader. De eerste coördinator van het kamp.'

Judy fronst. Tessie Jo! Ze kijkt snel naar wat ze zojuist heeft opgeschreven, om te zien wat T.J. tijdens de ondervraging over haar vader heeft gezegd.

Er staat: 'geheugenverlies'.

'Ik wist niet dat hij...'

'... nog leefde, ja, hoor,' zegt mevrouw Van Laar, die blijkbaar haar gedachten kon lezen. 'Misschien moet u eens met hem gaan praten. Het is zo'n interessante man. En hij is vast blij met wat gezelschap.'

'Waar kan ik hem vinden?' vraagt Judy.

'Hij woont bij zijn dochter in de blokhut. Zij zorgt voor hem.'

Judy schudt haar hoofd. 'Die hebben wij overgenomen. Het is ons commandocentrum.'

Mevrouw Van Laar kijkt Judy strak aan. 'Nou, kindje,' zegt ze, 'dan zul je op onderzoek uit moeten. Dat is tenslotte je werk.'

Ze draait zich om en verdwijnt in het koele, donkere huis.

VII

ZELFREDZAAMHEID

Alice

Jaren 50 | **1961** | *winter 1973* | *juni 1975* | *juli 1975* | *augustus 1975*

Alice haalde diep adem voor ze de deur van de slaapkamer van haar man opendeed om te kijken of Bear daar was.

Ze had het minder erg gevonden als het iemand anders was geweest. Als het een van de meisjes was geweest die deze week in het huis rondhingen: een actrice, een zangeres of een model. Iemand die jong en frivool was, iemand die ze niet serieus hoefde te nemen.

Of iemand van het personeel, dacht Alice, een van de tijdelijke medewerkers. Dan zou ze hebben geweten dat Peter alleen even stoom moest afblazen. Hij zou nooit echt iets beginnen met iemand die voor hem werkte.

Maar het was geen actrice of zangeres of medewerkster die in Peters bed lag.

Daar in bed lag haar zus. Delphine.

Van wie ze dacht dat Peter haar verachtte. Een vrouw die hij als 'intelligent' bestempelde, iets wat in Peters denkwereld alleen maar verspilling was.

Blijkbaar had ze zich vergist.

Uit de houding waarin ze lagen, kon ze opmaken dat hun intimiteit niet nieuw was. In haar hoofd begon ze verbanden te leggen, conclusies te trekken. Delphines vertrouwelijke omgang met het personeel, haar brutale vraag aan Warren gisteren of hij de gasten echt nog een keer van maaltijden kon voorzien. Alsof zij de vrouw des huizes was.

Peters reizen naar Manhattan – twee, drie keer per maand, altijd voor zaken, zei hij. Altijd voor een bespreking met de advocaat van de bank, McLellan.

Haar hoofd tolde. Hoelang was dit al aan de gang? Jaren? Sinds Delphines eerste bezoek aan Zelfredzaamheid als chaperonne van Alice?

Nog langer?

Iedereen had meer respect voor Delphine dan voor Alice. Zelfs als Peter zich over haar beklaagde, klonk er een zekere bewondering door in zijn stem.

Misschien was het allemaal tactiek.

Misschien wisten ze het allang, Peters vader en moeder, hun vrienden.

Misschien gingen Peter en Delphine altijd samen met McLellan en zijn vrouw uit eten in Manhattan. Misschien zag iedereen het door de vingers. Misschien gingen ze met z'n tweeën naar Zelfredzaamheid als Alice in Albany was – misschien dat Delphine daarom zo familiair deed tegen het personeel.

Kon het zijn dat Peter en zijn vader Alice niet hadden uitgekozen ondánks haar onvolwassenheid en gebrek aan ervaring – twee eigenschappen die ze vaak noemden als tekortkomingen die Alice moest overwinnen – maar juist dankzíj die eigenschappen? Omdat ze wisten dat ze altijd hun bevelen zou opvolgen. Omdat ze niet moeilijk zou doen.

Omdat het niet in haar hoofd zou opkomen dat Delphine het soort vrouw was waar Peter echt voor viel.

Ze lagen te slapen, naakt. Delphine met haar hoofd op Peters borst. Hij had zijn arm om haar schouders geslagen. Haar haar lag als een waaier uitgespreid over het bed.

Peter en Alice hadden nooit zo geslapen.

Toen ze achttien was, net getrouwd met een man die meer dan tien jaar ouder was dan zij, net onder haar ouders vleugels vandaan, toen ze zwanger was, in de greep van angst en onbehagen: niet één keer had Peter haar zo teder vastgehouden. Altijd was hij, met slapeloosheid als excuus, naar de andere kant van het bed gerold, waar hij zo stijf als een potlood bleef liggen, terwijl Alice zich op haar zij draaide, zich klein maakte, een kussen tegen zich aan drukte bij wijze van troost en haar vrienden in New York City miste, haar zus miste, haar vader en zelfs haar moeder.

Alice bleef nog even staan staren. Ze overwoog hen wakker te maken, de deur hard dicht te slaan, te schreeuwen zodat ze wisten dat ze het wist, maar dan zou alles anders worden. Haar hele leven zou anders worden.

Alice kende persoonlijk maar één stel dat was gescheiden, vrienden van haar ouders.

De man maakte nog deel uit van hun groep, met een veel jongere vrouw. Zijn voormalige vrouw was zo goed als verdwenen. Het gerucht ging dat ze niet meer in New York woonde, dat ze naar Connecticut was verhuisd. Er werd over haar gesproken alsof ze dood was.

Alice stelde zichzelf de vraag: zou ze de rest van haar leven kunnen veinzen? Zou ze de kamer uit kunnen lopen en de deur zachtjes achter zich dichtdoen, zou ze met Peter en Delphine aan de eettafel kunnen zitten en kunnen doen alsof ze niets had gezien?

Ja, ja en ja, dacht ze.

Zolang ze Bear had, was het antwoord ja.

Ze deed de deur zo zacht mogelijk dicht.

Ze liep naar de serre en pakte de gin. Ze schonk een flink glas vol en dronk het in een paar teugen leeg. Dat had ze wel verdiend, zei ze tegen zichzelf. Ze schonk nog eens in. Nam een slok.

Tijdens het drinken liet ze haar tranen de vrije loop.

Toen ze klaar was, stond ze onvast op haar benen.

Ze had de hele dag nog niets gegeten.

Ze liep de serre uit – de gang tolde om haar heen, het tapijt golfde haar tegemoet – en ging naar de salon, waar de rest van het gezelschap zat: mijnheer en mevrouw Van Laar senior, de McLellans en de actrices en de cliënten. En daar, bij de open haard, Tessie Jo en Bear. De verveling had iedereen bijeengedreven in de salon en ze waren aan het overleggen wat ze konden gaan doen.

Toen Alice binnenkwam, vielen ze stil. Ze slingerde een beetje en haakte zichzelf pootje.

Ze keken naar haar en de minachting spatte van hun gezicht.

Maar al die mensen deden er niet toe. Ze sprak alleen tegen Bear.

'Kom eens hier,' zei ze, en ze probeerde te glimlachen terwijl ze beide handen naar hem uitstrekte.

Een ongemakkelijke stilte.

'Waar ga je naartoe, Alice?' vroeg Peters vader. Er verschenen rimpels in zijn voorhoofd.

'Bear wil al zo lang een keer gaan roeien,' zei ze. Haar schoonvader fronste alsof hij haar niet begreep. Zo'n dikke tong had ze nou toch ook weer niet?

Ze probeerde het nog eens.

Nu stond Bear aarzelend op, maar zijn grootvader gebaarde dat hij weer moest gaan zitten.

'Bear en ik waren al van plan om een wandeling te gaan maken.' Nu richtte hij zich tot zijn kleinzoon. 'Bear, heb je je wandelschoenen aan?'

Bear keek gespannen van zijn grootvader naar zijn moeder. Dat vond Alice altijd zo lief aan hem, dat hij zo attent was. Hij bekommerde zich om ieders welzijn, probeerde altijd mensen gelukkiger te maken. Hij plukte bloemen voor haar in de tuin, schreef lieve briefjes voor haar op school.

In een opwelling van ruimhartigheid begreep Alice dat ze haar zoon uit deze benarde situatie moest bevrijden. 'Geeft niet, Bear,' zei ze. 'We gaan wel een andere keer varen.' Te laat hoorde ze het barstje in haar stem. Ze draaide zich snel om, liep zwalkend de salon uit en ging door de zuiddeur naar buiten.

De lucht werd steeds donkerder. Er spatten een paar regendruppels op haar gezicht die haar even uit haar verdoving wekten. Haar de vrijheid boden om ongeremd te huilen.

Ze ging in haar eentje varen, besloot ze. Ze wilde ontsnappen aan het feest, aan haar zus, aan haar echtgenoot. Ze zag het voor zich: ze zou naar het midden van het meer roeien, op de bodem van de boot gaan liggen en zo een tijdje ronddrijven, zich in volmaakte eenzaamheid door het water laten wiegen tot ze zichzelf weer de baas was.

Daarna zou ze terugkeren naar het feest.

Vlak bij het boothuis struikelde ze, ze landde hard op haar knieën, haalde haar handen open. Ze stond op. Veegde haar handen schoon. Liep verder.

Ze deed de deur open.

Het was schemerig in het boothuis, nog donkerder dan anders. Ze zag de vage contouren van de boten die in drie nette rijen op de stellingen lagen. Ze liep naar de aluminium roeiboot. Ze had nog nooit geprobeerd hem zelf uit de stelling te tillen, maar ze dacht dat het wel zou lukken.

Ze rukte er een paar keer aan. Er klonk gekletter: een roeispaan die over de grond stuiterde.

Met moeite sleepte ze de boot naar de helling die uitkwam in het water. Ze zweette, ondanks de koude wind vanaf het meer. Ze bewoog onbeholpen, ongecoördineerd.

Plotseling een geluid achter haar: de deur van het boothuis.

Alice

Jaren 50 | **1961** | *winter 1973* | *juni 1975* | *juli 1975* | *augustus 1975*

Ze wist niet waar ze was. Ze deed haar ogen open. Haar mond was zo droog dat ze niet kon slikken. Boven haar draaide de kamer langzaam rond; de plafonnière beschreef trage cirkels.

Ze merkte dat ze niet in staat was om woorden te vormen. Zelfs haar gedachten waren woordeloos. Water, dacht ze, maar het was een beeld, geen begrip. Ze keek rond op zoek naar een wastafel en draaide daarbij haar hele bovenlichaam van links naar rechts. Haar nek was stijf, alsof ze haar hoofd dagenlang niet had bewogen.

Er waren wel ramen, maar het licht werd tegengehouden door luiken met nauw aansluitende latjes. Ze wist niet of het dag of nacht was.

Het bed waarop ze lag was zo hard als een plank.

Ze kwam wankel overeind. Ze had een jurk aan, zag ze. De stof voelde hard aan, alsof de jurk kletsnat was geworden en daarna te drogen was gehangen.

Wc, dacht ze. Het beeld van een wc. Plotseling was de aandrang om te plassen zo sterk dat ze dubbelklapte.

Waar was ze? Ze had het gevoel dat het antwoord snel naar boven zou komen, samen met een gruwelijk besef dat ze misschien liever zou onderdrukken. Langzaam richtte ze zich weer op.

Er was geen wc. Alleen een paar sjofele attributen waaruit ze afleidde dat dit een slaapkamer was die allang niet meer werd gebruikt. Een stevige ladekast. Een waterkom. Een spiegel, die ze zorgvuldig meed.

Ze zag een deur. Ze liep ernaartoe, duwde ertegen: op slot. Op de een of andere manier had ze dat al verwacht.

Ze ging op de grond liggen, blokkeerde de gedachte. Er was iets vreselijks gebeurd, wist ze. Als ze weer zou gaan slapen, hoefde ze er niet achter te komen wat.

Ze sloot haar ogen.

De deur ging open.

Peters vader kwam binnen.

Judyta

Jaren 50 | 1961 | winter 1973 | juni 1975 | juli 1975 | augustus 1975:
dag drie

Haar dienst zit er bijna op. Ze moet Hayes vinden, want ze durft aan niemand anders te vertellen wat ze van mevrouw Van Laar heeft gehoord. Na gisteren kan ze zich geen misstap meer veroorloven in het bijzijn van LaRochelle.

Misschien moet u eens met hem gaan praten. Het is zo'n interessante man.

Als ze bij het commandocentrum aankomt, krijgt ze van twee rechercheurs, die buiten staan te roken, te horen dat Hayes al naar huis is.

'Shit,' zegt ze en de rechercheurs kijken op.

'Ben je altijd zo grof in de mond?' vraagt een van hen.

Ze geeft geen antwoord.

'Afijn,' zegt de ander, 'hij heeft iets voor je achtergelaten.' Onwillig steekt hij haar een papiertje toe met een telefoonnummer erop. 'Denny. Thuis', staat erbij.

'Hebben jullie iets met elkaar?' vraagt de eerste rechercheur. Zijn maat onderdrukt een grijns.

Judy negeert ze en loopt naar binnen.

Hier in haar eentje voelt ze zich prettiger.

Vanuit de woonkamer leidt een lange gang naar de achterkant van het huis. Aan het eind van die gang bevindt zich een wc, die flink heeft geleden onder het continue gebruik van de afgelopen dagen.

Maar er zijn ook andere kamers. En een daarvan is of was, volgens mevrouw Van Laar, de kamer van Vic Hewitt.

Judy loopt zo geruisloos mogelijk de gang in; ze zet eerst haar tenen neer en dan de rest van haar voet.

Ze doet de eerste deur open. Binnen staat een opgemaakt bed en op het nachtkastje ligt een stapeltje lectuur, een tijdschrift getiteld *Het kampleven*. Ze maakt de kast open en ziet androgyne kleren en een keurige rij vissershoeden.

Judy zou niet kunnen zeggen of ze in Vics kamer is of in die van T.J. Ze loopt naar een ladekast van donker hout en trekt een van de twee kleine bovenste lades open.

Daar is het antwoord. Het ondergoed is onmiskenbaar vrouwelijk: hoog uitgesneden slipjes, een beha met het etiketje er nog aan. Een maillot die er net zo ongedragen uitziet.

Ze loopt de gang weer in. Doet nog een slaapkamerdeur open. Ditmaal bestaat er geen enkele twijfel over wiens kamer dit is: een metalen wandelstok tegen de muur, een keurig rechte rij herenwandelschoenen. En, uiterst merkwaardig, een kunstgebit in een groot glas water op het nachtkastje.

Wat de vraag oproept: als dit Vic Hewitts kunstgebit is, waar is Vic Hewitt dan?

Judy loopt naar Vics ladekast. Maar in plaats van kleding vindt ze daar een schat aan zwart-witfoto's. Voornamelijk van kinderen: T.J. toen ze jong was. Barbara. En Bear – heel veel foto's van Bear Van Laar, in allerlei houdingen, vissend, zwemmend, stevig op de langlaufski's.

De foto die haar het meest intrigeert is een groepsportret. Ze knijpt haar ogen een beetje samen om te zien of ze iemand herkent. Ze kan in elk geval Barbara's grootouders onderscheiden. Die staan op de achterste rij. Zij lacht, hij niet.

Het jongste jochie op de foto is Bear, vermoedt ze.

De vrouw die liefdevol op hem neerkijkt, is zijn moeder Alice, en de man rechts van haar is zijn vader.

En aan de zijkant, onderdeel van de groep, maar ook weer niet, staan T.J. en haar vader Vic.

Judy draait de foto om. Op de achterkant staat met licht potlood geschreven: MUGGENVAARWEL. 1961.

Het jaar van Bears verdwijning.

Judy huivert. Legt de foto's terug in de la. Keert terug naar de woonkamer.

Ze weet dat ze nu echt iemand moet vertellen over de tip van mevrouw Van Laar. Ze vist een papiertje uit haar zak, loopt naar de telefoon en belt het nummer van Denny Hayes.

Er neemt een vrouw op. Ongetwijfeld zijn echtgenote. Op de achtergrond hoort Judy kinderstemmen.

'Hallo,' zegt Judy. 'Is inspecteur Hayes daar?'

Een hapering in de stem van de vrouw. 'Mag ik vragen met wie ik spreek?'

‘Ik ben rechercheur Luptack. Ik... ik werk met hem samen.’

‘Ik wist niet dat hij een... vrouwelijke collega had,’ zegt mevrouw Hayes. ‘Ik wist niet dat vrouwen rechercheur konden worden.’

‘Ja, dat kan.’

‘Hoe dan ook, hij is er nog niet. Als u wilt, kan ik uw nummer opschrijven.’

‘Kunt u tegen hem zeggen dat ik in de Alcott Family Inn in Shattuck logeer? Daar ben ik over ongeveer twintig minuten. Hij kan de receptie bellen, dan komen ze me halen.’

Een lange, sceptische stilte.

‘Natuurlijk,’ zegt mevrouw Hayes. ‘Doe ik.’

Maar Judy weet nu al dat ze het niet zal doen.

Het is pikdonker als ze bij het motel aankomt. Het is half augustus, die tijd van het jaar waarin hoogzomer overgaat in nazomer. Ze blijft even in haar Kever zitten luisteren naar het getik van de afkoelende motor, stapt dan uit en doet het portier op slot. Ze loopt naar haar kamer. Haalt haar sleutel tevoorschijn.

Dan hoort ze achter zich iemand haar naam zeggen.

Nog voor ze zich heeft omgedraaid, weet ze wie het is.

‘Papa,’ zegt ze. ‘Wat doe je hier?’

Hij loopt op haar af – ze heeft hem nog nooit zo kwaad gezien. ‘Wat doe jíj hier, Judy?’ vraagt hij. ‘Lijkt je dit nou echt verstandig voor een meisje alleen? Zo’n plek? ’s Avonds laat thuiskomen, in het donker? Ik dacht het niet.’

‘Hoe heb je me gevonden?’ vraagt Judy.

‘Je moeder is ziek van bezorgdheid,’ zegt haar vader. ‘Ze heeft vannacht geen oog dichtgedaan. En vandaag kreeg ze geen hap door d’r keel. Ze heeft me verteld waar je zat.’

Judy slaakt een diepe zucht.

‘En ga nou niet de schuld op háár afschuiven. Ze wil je beschermen. Het is maar goed dat ze het heeft verteld. Wat een louche bende hier. Je mag blij zijn dat er nog niets is gebeurd.’

Hij loopt terug naar zijn auto. Doet het rechterportier open.

‘Kom,’ zegt hij. ‘Rij maar met mij mee naar huis. Dan breng ik je morgen terug om je auto op te halen.’

Hij kijkt haar niet aan. Hij verwacht dat ze instapt zonder tegensputteren. Als kind deden Judy en haar broers altijd precies wat hij zei. Hij sloeg ze nooit, maar hij was groot en hij schreeuwde.

Even overweegt Judy naar hem toe te lopen. In te stappen. Een conflict met haar familie te vermijden. Te doen wat er van haar verwacht wordt.

Maar dan zegt ze: 'Het is helemaal niet louche.'

'Wat niet?'

'Dit hotel.'

'Motel.'

'Dit motel. Het is van een heel aardig echtpaar. Mijnheer en mevrouw Alcott. Hij is geschiedenisleraar. Zij leest boeken.'

Haar vader kijkt haar aan.

'Ik blijf vannacht hier,' zegt Judy. 'Want ik moet morgenochtend heel vroeg op mijn werk zijn. En ik ben moe.'

'Judy, stap in de auto.'

'Ik blijf hier tot deze zaak is afgerond. En daarna zoek ik een appartement dichter bij het hoofdbureau in Ray Brook. Dat kan ik nu betalen, want ik heb loonsverhoging gekregen.'

'Judy.'

'Toen ik promotie maakte,' voegt ze er nadrukkelijk aan toe.

Haar vader doet langzaam het portier dicht. Even heeft ze bijna medelijden met hem. Ze ziet hem in gedachten naar huis rijden, alleen, zijn gezicht verwrongen van verdriet en woede. Dit is de eerste keer in haar leven dat ze dwars tegen hem ingaat.

'Je moeder huilt aan één stuk door,' zegt haar vader. 'En dat is jouw schuld.'

'Ik ben zesentwintig, pap. Ik ben een vrouw. Ik kan voor mezelf zorgen.'

Hij zegt niets. Hij stapt in zijn auto – zijn stokoude auto, een Fairlane Skyliner uit eind jaren vijftig, waarvan Judy zich nog herinnert dat hij er vol trots mee thuiskwam – en rijdt achteruit de nacht in, met één dikke arm over de bijrijdersstoel, waar anders haar moeder zit.

Dan is Judy alleen.

Judyta

Jaren 50 | 1961 | winter 1973 | juni 1975 | juli 1975 | augustus 1975:
dag vier

In haar kamer in de Alcott Family Inn zet Judy de logge tv aan als ze opstaat. De nieuwslezer vertelt wat voor weer het wordt: vandaag meer zon, fris voor augustus. Deze nieuwe routine bevalt haar wel: alleen wakker worden op een acceptabel tijdstip, zonder dat er vanuit de andere kamer een broer tegen haar schreeuwt.

Ze zet de douche zo heet als ze aankan. Staat er veel langer onder dan haar moeder goed zou vinden.

Uiteindelijk komt ze er met tegenzin onder vandaan. Net als ze de kraan dichtdraait, hoort ze de nieuwslezer in de andere kamer zeggen: '… momenteel in hechtenis.'

Met de handdoek tegen haar borst geklemd rent ze de slaapkamer in, waar ze een foto van Jacob Sluiter op het scherm ziet.

Dan volgt er een interview met de hoofdcommissaris van politie, die vanuit het bureau in Albany bevestigt dat Sluiter in een woning in de buurt van de North Creek is opgepakt.

Op het werk heeft Denny Hayes opdracht gekregen om de ochtendbriefing te leiden. Hij vertelt dat LaRochelle naar het grote huis is gegaan om nog eens met Barbara's vader te praten.

'Goed, even een samenvatting voor wie het nog niet gehoord heeft,' zegt hij.

Als hij de groep op de hoogte heeft gebracht van de gebeurtenissen van gisteravond – een verre buurman die Sluiter langs zijn huis had zien lopen, de omsingeling door de politie terwijl Sluiter sliep – stipt hij een aantal punten aan. Ten eerste dat Sluiter vastzit, ongedeerd is en in goede gezondheid verkeert.

Ten tweede dat hij bereid lijkt te praten.

Ten derde dat het gezien het tijdsverloop inderdaad zou kunnen dat hij vier dagen geleden het Domein Van Laar heeft bereikt, Barbara Van Laar heeft gekidnapt en langs de North Creek weer is teruggelopen naar het zuiden. Maar erg aannemelijk is dat scenario niet en vooralsnog is er ook niets gevonden wat in die richting wijst.

En tot slot dat hijzelf degene is die beslist wie Sluiter als eerste mag verhoren.

Even denkt Judy dat Hayes haar zal aanwijzen. Hij kijkt haar zelfs recht aan – maar dan wendt hij zijn blik af.

'Goldman,' zegt hij. 'Heb jij weleens contact met hem gehad tijdens de zaak van Bear?'

Goldman schudt zijn hoofd. Nee.

'Zou je dat nu zien zitten?' vraagt Hayes.

Het is een logische keuze. Judy doet haar best niet teleurgesteld te zijn. Goldman is rustig, vaderlijk, niet bedreigend. Een goede detective, vindt iedereen, en het gerucht gaat dat hij alle promoties die hem zijn aangeboden heeft afgeslagen, omdat hij van het praktische werk houdt.

Judy houdt haar adem in, vraagt zich af of Goldman nee zal zeggen.

'Ja, hoor,' zegt Goldman.

Hayes knikt. Vervolgens geeft hij de anderen, een voor een, hun opdracht voor die dag. Judy, krijgt een lijstje met namen van ouders die nog benaderd moeten worden.

Vervolgens stuurt hij iedereen naar buiten.

Judy blijft hangen. Ze wacht tot iedereen weg is voor ze Hayes aanspreekt.

'Ik heb gisteravond naar uw huis gebeld,' zegt ze. 'Ik heb uw vrouw gevraagd een boodschap door te geven.'

Hayes fronst. Dan zucht hij.

'Dat heeft ze dus niet gedaan?' vraagt Judy.

Hij schudt zijn hoofd.

'Hebt u gisteren met de grootvader gesproken?' vraagt Judy.

'Ik kon hem niet vinden. Iedereen had weer een ander idee over waar hij zou kunnen zijn.' Hij zwijgt even. 'Jij?'

'Niet met hemzelf. Maar ik heb wel nieuwe informatie.' En zonder zijn reactie af te wachten, beschrijft ze haar middag: de tip die ze van mevrouw Van Laar heeft gekregen. Haar zoektocht naar Vic Hewitt. De wandelstok, het kunstgebit. De lege slaapkamer.

'U kunt zelf even een blik werpen,' zegt Judy, met een hoofdknik naar de gang.

'En wat zei T.J. toen je haar ondervroeg? Over waar haar vader was?'

'Dat is juist het gekke. Ze had het helemaal niet over hem, althans niet in de tegenwoordige tijd. Ze zei alleen dat hij de coördinator van het kamp was tot zijn geheugen hem in de steek liet. Ik had geen idee dat hij hier woonde.'

'Maar nu woont hij hier niet meer,' zegt Hayes.

'Juist.'

Hayes denkt even na. 'Oké. Laat die lijst maar zitten. Jouw opdracht voor vandaag is om Vic Hewitt te vinden.'

Judyta

Jaren 50 | 1961 | winter 1973 | juni 1975 | juli 1975 | augustus 1975:
dag vier

Op de agenten, parkwachters en rechercheurs na is er niemand meer in Kamp Emerson. Alle groepsleiders, deelnemers en medewerkers zijn vertrokken. De enige die, in theorie, nog op het terrein aanwezig zou moeten zijn, is T.J. Hewitt.

Maar als Judy teruggaat naar het personeelsverblijf, waar ze T.J. voor het laatst heeft gezien, komt ze tot de ontdekking dat er een hangslot op de deur van haar kamer zit. Net aangebracht, zoals blijkt uit de houtkrullen op de vloer.

Hoewel de deur vanbuiten is vergrendeld, klopt Judy toch aan, eerst zachtjes, dan stevig.

Geen antwoord.

De rest van de ochtend vraagt ze aan iedereen die ze tegenkomt of ze weten waar T.J. is, maar sinds gisteren heeft niemand haar meer gezien. Ook haar pick-up is nergens te bekennen.

Ze is geen verdachte in deze zaak, althans niet officieel. Ze mag gaan en staan waar ze wil. Toch is het opvallend dat zowel T.J. als haar vader is verdwenen, en er begint iets te kriebelen in Judy's buik.

Tegen de middag keert ze terug naar het commandocentrum om te lunchen. Net op het moment dat ze binnenkomt, hangt Denny Hayes de telefoon op.

'Ah, jou zocht ik.'

'Mij?' vraagt Judy.

Hayes knikt. 'Ik wil je om een gunst vragen.' Maar dan kapt hij zichzelf af. 'Ben je al wat verder met Vic Hewitt?'

'Nee. En nu ben ik T.J. ook nog kwijt.'

Stilte.

'Dan zet ik daar even iemand anders op,' zegt Hayes.

'Wie dan?' vraagt Judy. En meteen erachteraan: 'Wat voor gunst?'

Hayes zucht.

'Hij wil met een vrouw praten,' zegt hij.

'Wie?'

'Sluiter. Goldman heeft zijn best gedaan, maar zonder succes. Sluiter wil met een vrouw praten.'

'Oké.'

'We hebben één vrouwelijke rechercheur,' zegt Hayes voorzichtig.

'Juist.'

'Ik heb gezegd dat ik mijn bedenkingen heb. Ik weet niet of het wel zo verstandig is om hem zijn zin te geven. En ik heb geen idee wat hij tegen je gaat zeggen. Het zou me niks verbazen als hij alleen maar gaat zitten vuilbekken. Maar ik kan er niets meer aan veranderen. LaRochelle heeft al groen licht gegeven.'

'Goed,' zegt Judy. 'Ik ben niet bang.'

Ze is wel bang. Twee uur later kijkt Judy door de eenrichtingsspiegel van een van de verhoorkamers in Ray Brook: daar zit Jacob Sluiter in eigen persoon.

Hij is lang en tenger. Terugwijkende haarlijn. Als vijftiger oogt hij nog heel kwiek en hij heeft gespierde armen. Ze vermoedt dat Sluiter als dertiger – de leeftijd waarop hij die eerdere moorden pleegde – nog moeilijker te overmeesteren was. Hij heeft een vlassige baard die zo te zien ongestoord heeft kunnen groeien sinds zijn ontsnapping.

Ze is aan de telefoon voorbereid door een forensisch psycholoog die destijds betrokken was bij de zaak tegen Sluiter.

'Hij haat zijn vader,' zei de psycholoog. 'Die heeft hem ernstig mishandeld. Begin vooral niet over zijn vader, of over ouders in het algemeen.'

'Goed,' zei Judy.

'Hij vertoont seksueel agressief gedrag,' zei de psycholoog. 'Misschien zegt hij dingen om je op stang te jagen. Probeer hem niet zijn zin te geven.'

'Goed.'

Nu klemt Judy haar kaken op elkaar om te voorkomen dat haar tanden beginnen te klapperen. Ze hoopt dat ze zo stoerder zal overkomen. Vanuit de zenuwknoop in haar buik trekken rillingen door haar lijf, van de kou en de zenuwen. De airco is hier zo sterk afgesteld dat ze altijd een jasje aandoet, in augustus. Maar als ze er iets van zou zeggen, zou dat voor haar voelen als een blijk van zwakte.

Achter haar heeft zich een klein groepje verzameld. Hayes is er natuurlijk, en Goldman. Evenals hoofdinspecteur LaRochelle en twee van zijn adjudanten.

Ze probeert niet om te kijken. Zoals gewoonlijk is ze zich pijnlijk bewust van zowel haar leeftijd als haar geslacht. Hayes komt naast haar staan en kijkt haar aan.

'Weet je zeker dat je dit wilt doen?' vraagt hij.

'Ja, ik weet het zeker.'

Judy gaat in haar eentje naar binnen. Ze weet dat er microfoons in deze kamer zitten. Die zijn zowel verbonden met een speaker als met een opnameapparaat aan de andere kant van de spiegel. Ze vindt het een onprettig idee dat er live wordt meegeluisterd. Ze had liever wat meer privacy.

Als ze de deur opendoet, gaat Jacob Sluiter, die tot dan toe onderuitgezakt op zijn stoel hing, rechtop zitten.

'Mijnheer Sluiter,' zegt Judy. 'Ik ben rechercheur Luptack.' Ze probeert een luchtige toon aan te slaan.

Sluiter zwijgt even. Dan zegt hij: 'Heb je het koud?'

Ze aarzelt maar een fractie van een seconde. De psycholoog heeft gezegd dat ze geen zwakte moest tonen – dat is precies wat Sluiter wil, zei hij. Zodra hij een vrouw ziet, wil hij haar intimideren. Bij die moordpartijen was het maar één vrouw gelukt om te ontkomen, en volgens haar verhaal wilde hij haar om genade laten smeken en had ze dat geweigerd.

'Nee hoor,' zegt Judy. 'Ik voel me prima.'

Sluiter lijkt bijna teleurgesteld.

'Hoe oud ben je?' vraagt hij.

'Hoe oud bent u?'

'Bijna tweeënvijftig. Volgende week ben ik jarig.'

'Nou,' zegt ze. 'Alvast gefeliciteerd.'

Ze lacht naar hem.

Sluiter kijkt haar aan, bestudeert haar.

'Je ziet er heel jong uit,' zegt hij. 'Woon je thuis bij je ouders?'

Judy knippert een paar keer met haar ogen. Dwingt zichzelf om haar hele lichaam en gezicht stil te houden. 'Nee.'

'Ben je getrouwd?'

Judy zwijgt.

'Ik zie geen ring aan je vinger,' zegt Sluiter. 'Vandaar.'

Hij glimlacht en legt een been over het andere. 'Ik bedoel er verder niets mee, hoor.'

'Mijnheer Sluiter,' zegt Judy. 'Kunt u mij vertellen waar u bent geweest sinds uw ontsnapping uit Fishkill?'

'O. Ik heb geen idee waar ik allemaal ben geweest. Ik ben gewoon naar het noorden gelopen.'

'Oké. Had u een specifieke bestemming in gedachten?'
'Nee.'
'Bent u onderweg iemand tegengekomen?'
'Nee.'
Voor het eerst sinds haar binnenkomst maakt hij een verveelde indruk. Hij wendt zijn blik af en kijkt naar de eenrichtingsspiegel, alsof hij weet dat hij publiek heeft.
'Kunt u iets vertellen over uw... dagelijkse routine? Waar sliep u, wat at u?'
'Dat herinner ik me niet meer zo goed,' zegt hij.
Zo gaat het een tijdlang verder: Judy stelt vragen en Sluiter ontwijkt ze, tot ze zich zorgen begint te maken. Ze denkt aan de mannen die buiten staan te luisteren. In gedachten ziet ze hen naar elkaar kijken; waarschijnlijk geloven ze net zomin als zijzelf dat ze in staat is om deze man aan het praten te krijgen. Maar waarom wilde hij een vrouwelijke rechercheur als hij bij haar net zo weinig loslaat als bij Goldman?
In haar hoofd klinkt de stem van de psycholoog: geen zwakte tonen.
Ze negeert die stem.
'Trouwens,' zegt ze, 'ik heb het wel koud. Dit is het koudste gebouw waar ik ooit ben geweest.'
Ze slaat haar armen om zich heen. Rilt een beetje.
Hij kijkt haar weer aan. Zijn ogen knijpen een beetje samen achter zijn brillenglazen, alsof hij haar scherper in beeld wil krijgen.
'Mag ik je iets vragen?'
'Ja.'
'Ben je nog maagd?'
Ze wordt overspoeld door schaamte. Het bloed trekt naar haar wangen, alsof ze een klap heeft gekregen. Ze is inderdaad nog maagd, op haar zesentwintigste. Ze wil het ontkennen, maar denkt aan de microfoon in de kamer, de speaker in de kamer ernaast. Ze denkt aan de vier mannen, haar collega's, die daar staan en alles woord voor woord volgen.
Ze zegt niets.
'Sorry,' zegt Sluiter. 'Vind je dat gênant?'
'Ja,' zegt Judy. 'Ik vind het gênant.'
Hij lacht. Gaat een beetje verzitten.
'Dus je wilt het me niet vertellen?'
'Voor wat hoort wat,' zegt Judy. 'Ik zal het vertellen als u eerst een paar dingen aan mij vertelt.'
'Wat is dat voor spelletje?'

'Truth or dare.'

Hij grijnst. Zet zijn bril goed, alsof hij wel in is voor wat vermaak.

Judy kent zichzelf nauwelijks terug. Ze speelt een rol. Ze heeft geen ervaring met mannen, of vrouwen. Toen ze twaalf was en al begreep dat ze in de middenmoot thuishoorde – niet opvallend mooi, maar best leuk om te zien – had haar vader haar één advies gegeven over jongens: je moet de kat niet op het spek binden.

Ze vond die uitspraak toen belachelijk. Maar toch zijn die woorden blijven hangen. Misschien is dat wel een van de redenen dat ze nu altijd verhullende kleding draagt. Misschien laat ze daarom haar schouders zo hangen en kijkt ze daarom naar de grond in het bijzijn van mannen die ze niet kent of vertrouwt. Wat voor bijna alle mannen geldt.

Nu ziet ze haar seksualiteit voor het eerst als iets nuttigs. Ze wil een bekentenis. Ze heeft nog nooit ergens zo naar gehunkerd.

'Truth or dare?' vraagt Sluiter.

'Truth.'

'Ben je nog maagd?'

'Ja,' zegt Judy.

Ze probeert het beeld van de mannen – haar meerderen – in de andere kamer weg te drukken. Ze hoopt dat die mannen haar nog even haar gang zullen laten gaan, dat ze haar acteerkunst niet voor echte radeloosheid aanzien en te vroeg komen binnenstormen.

Hij schraapt zijn keel. 'Ik zag het aan je.'

'Mijn beurt,' zegt Judy. 'Truth or dare?'

'Dare.'

'Ik daag u uit om iets te vertellen over alle mensen die u hebt vermoord of ontvoerd.'

Een beladen stilte neemt bezit van de kamer en ze vraagt zich meteen af of ze misschien te gretig was. Ze trekt haar mondhoeken op tot een flauwe glimlach, die onverschilligheid moet uitstralen.

Na een tijdje glimlacht Sluiter terug en hij zwaait met zijn vinger. 'Nee, dame,' zegt hij. 'Dat is valsspelen.'

'Hoezo?'

'Een dare is iets wat je moet doen. Een bekentenis valt daar niet onder.'

'Ik mag zelf bepalen wat de opdracht is. Daar zijn geen regels voor.'

Hij schraapt nogmaals zijn keel. 'Heb je geen onderzoek gedaan, of zo? Ik heb nog nooit iemand vermoord of ontvoerd.' Hij grijnst. Flirterig. Haar maag trekt samen: misselijkheid of zenuwen, of allebei.

'U hebt nooit bekénd,' zegt Judy.
'Precies.'
'Maar nu u weer vastzit. Met al dat bewijs. Is er echt niets wat u kwijt wilt?'
Opnieuw merkt ze dat hij verveeld raakt.
Ze probeert het nog eens. 'Mijnheer Sluiter, bent u gelovig?'
Hij snuift. 'Verre van. Maar mijn vader wel.'
'Dus u bent rationeel. U gelooft in de kracht van deductie en bewijs.'
'Hangt ervan af.'
'Waarvan af?'
'Wie het bewijsmateriaal verzamelt. Of diegene wel te vertrouwen is.'
Tot haar eigen verbazing stelt Judy vast dat ze tot op zekere hoogte begrijpt wat hij bedoelt. Dat ze het er zelfs mee eens is.
'En mij?' vraagt ze. 'Zou u iemand als ik vertrouwen?'
'Ja. Oké, als dat je vraag was, dan ben ik nu aan de beurt.'
'U bent nog niet aan de beurt,' zegt Judy. 'We zijn aan het onderhandelen over de basisprincipes. Over de definitie van het woord "dare".'
Sluiter fronst.
'Vooruit,' zegt hij. 'Nog één vraag. En daarna heb ik een mooie uitdaging voor je, als je het aandurft.' Hij grijnst.
Judy gunt zichzelf wat tijd om na te denken. Nog één vraag en dan kan ze hier weg. Ze weet niet zeker of ze toestemming heeft om Barbara Van Laar bij naam te noemen, maar ze voelt dat ze dicht bij een doorbraak is. Ze wil de mannen in de andere kamer iets bewijzen, maar vooral wil ze zichzelf iets bewijzen.
'We zijn op zoek naar informatie over een meisje,' begint ze. 'Een vermist meisje.'
'Barbara Van Laar,' zegt Sluiter.
Er trekt een rilling langs haar ruggengraat.
'Dus u kent haar naam.' Ze let goed op dat ze het niet als vraag formuleert.
Hij knikt. Kijkt naar de tafel. Ziet ze nou iets van berouw in zijn houding? Ze probeert haar ademhaling te vertragen.
'Mijnheer Sluiter, bent u de afgelopen dagen in de buurt van haar huis geweest? Hebt u... hebt u iets met haar verdwijning te maken?'
Hij kijkt haar vorsend aan.
'Dat waren twee vragen,' zegt hij. 'Je moet er één kiezen.'
'Goed. De eerste.'
Hij knikt langzaam.

'Ja,' zegt hij.
'U was in de buurt van haar huis.'
'Ja.'
Judy doet haar mond open om iets te zeggen, maar Sluiter steekt een vinger op. 'Nu mag ik een vraag stellen,' zegt hij.
Ze geeft geen antwoord. Kijkt hem aan.
'Ben je nog maagd uit vrije wil? Of omdat niemand met je wilde neuken?'
Nog voor hij uitgesproken is, gaat de deur achter haar open. Ze draait zich om: Hayes en Goldman en LaRochelle.
'Wacht,' zegt Judy, maar ze wordt overstemd door de anderen.
'Bedankt, rechercheur Luptack,' zegt LaRochelle.
Sluiter kijkt de mannen woest aan, er glijdt een schaduw over zijn gezicht.
'We waren nog niet klaar,' zegt hij.
We waren nog niet klaar, wil ook Judy zeggen – schreeuwen – maar ze begrijpt dat ze nu gehoor moet geven aan het woordeloze bevel dat ze in LaRochelles strakke blik ziet.
Met tegenzin staat ze op.
Goldman gebaart naar de deur en loopt met haar mee de kamer uit.
Achter haar klinkt de stem van Sluiter. Op een toon die ze niet goed kan duiden – een mengeling van spot en ernst – zegt hij: 'Goed gedaan, rechercheur Luptack.'

Als Judy de verhoorkamer heeft verlaten, voelt ze haar hele lichaam verslappen. Het kost haar de grootste moeite om overeind te blijven.
'Gaat het wel?' vraagt Goldman bezorgd.
'Ik had hem bijna zover,' zegt Judy. 'Het zou me zijn gelukt.'
'Dat weet ik,' zegt Goldman troostend. 'Echt waar. Alleen waren de anderen er niet zo zeker van dat hij nog iets zou zeggen waar we wat aan hebben.'
'Ik was er bijna,' zegt Judy.
Hij brengt een hand omhoog alsof hij haar een schouderklopje wil geven, bedenkt zich. Schraapt zijn keel.
Judy kijkt door de spiegel naar Jacob Sluiter, die zich afkeert van Hayes en LaRochelle. Die als een nukkig kind zijn armen over elkaar slaat zodra de rechercheurs tegen hem beginnen te praten.

Louise

Jaren 50 | 1961 | winter 1973 | juni 1975 | juli 1975 | augustus 1975:
dag vier

Sinds haar thuiskomst gisteren heeft ze haar broer nog niet gezien.

Haar moeder heeft geen idee waar hij zou kunnen zijn.

'Hoelang is hij al weg?' vraagt Louise, die langzamerhand in paniek begint te raken.

'O,' zegt haar moeder, 'een dag, op zijn hoogst. Ik geloof dat ik hem gisteren nog in de keuken heb gezien.'

Hij is élf, wil Louise zeggen. Maar nu ze een tijdje bij haar moeder zal moeten wonen, kan ze maar beter proberen de vrede te bewaren, haar kalmte te bewaren, gewoon niet te reageren.

Om twaalf uur 's middags, net als Louise heeft besloten om in het centrum te gaan rondvragen, komt Jesse door de voordeur naar binnen en hij verstijft als hij haar in de keuken ziet staan.

'Waar was je?' vraagt Louise. Ze dwingt zichzelf rustig te praten.

'Bij een vriend.'

'Welke vriend?'

'Neil. Die ken je niet.'

'Waarom heb je dat dan niet even laten weten?'

'Heb ik wel gedaan!' zegt Jesse verontwaardigd. 'Ik had het tegen mam gezegd. En ik had ook gezegd dat Neils moeder me zou halen en brengen.'

Louise staart hem aan. Zonder haar blik af te wenden, roept ze naar de andere kamer: 'Mam, wist je dat Jesse gisteravond bij zijn vriend Neil was?'

Stilte.

'Zou kunnen, ja,' zegt haar moeder.

Louise laat haar hoofd zakken. Jesse trekt een voldane grijns.

'Sorry,' zegt Louise. 'Ik maak me gewoon zorgen om je.'

'Dat weet ik wel,' zegt Jesse.

Ze spreidt haar armen en hij loopt aarzelend naar haar toe.

Toen zij veertien was en hij drie, hield ze hem precies zo vast, met zijn wang tegen haar schouder, het gewicht van zijn lichaam tegen het hare.

Nu is hij voor het eerst groter dan zij, maar toch lukt het hem om zijn botten en spieren naar de hare te plooien, en even – voordat hij zich opgelaten begint te voelen – halen ze samen adem, onbevangen.

'Jesse,' zegt ze. 'Pas op dat je geen meisjes zwanger maakt.'

'Doe normaal.'

Dan recht hij zijn rug.

'Kom je weer hier wonen?' vraagt hij.

'Voorlopig.'

Samen met hun moeder kijken ze tv. *Kojak*, een serie waar Jesse dol op is.

Als Jesse en haar moeder op een gegeven moment in slaap vallen, loopt Louise terug naar de keuken en kijkt in een kastje. Gisteren had ze tevreden geconstateerd dat Jesse had gedaan wat ze hem aan de telefoon had gevraagd. Hij heeft boodschappen gehaald. Hij begint volwassen te worden.

Net als ze een lepel in een pot Cheese Whiz-kaasdip doopt, wordt er op de deur geklopt.

Buiten staat iemand die ze niet meteen herkent.

Ze ziet alleen dat het een vrouw is en dat die vrouw grijs haar heeft.

Judyta

Jaren 50 | 1961 | winter 1973 | juni 1975 | juli 1975 | augustus 1975:
dag vier

Judy loopt als een verslagen bokser rondjes om haar bureau als Denny Hayes de kamer binnenkomt.

Hij kijkt haar meelevend aan.

'Goldman zei dat je nogal aangeslagen was,' zegt hij.

Ze dwingt zichzelf in haar stoel te gaan zitten. 'Hebben jullie nog iets uit hem gekregen?'

Hayes zwijgt even. 'Nee,' geeft hij toe. 'Na jouw vertrek hield hij zijn kaken stijf op elkaar. Hij heeft geen woord meer gezegd.'

Na een blik over zijn schouder vervolgt hij met gedempte stem: 'LaRochelle was degene die besloot om in te grijpen. Hij zei dat Sluiter je aan het dollen was, dat hij niet van plan was de waarheid te vertellen. Maar weet je wat ik eigenlijk denk?' gaat hij verder. 'Volgens mij wilde LaRochelle kunnen zeggen dat hij de klus zelf had geklaard.'

Judy laat haar schouders hangen.

'Als het aan mij had gelegen, had je best door kunnen gaan,' zegt Hayes.

Judy knikt. 'Weet ik.'

'Ik heb een nieuwtje waarmee ik je misschien kan opbeuren: de restaurator van de Hyde Collection is op weg naar het domein om te kijken of die verf in Barbara's kamer kan worden verwijderd.'

Doordat Judy zo gefocust is geweest op Sluiter, moet ze even nadenken waar dit over gaat.

Als het haar weer te binnen schiet, dringt zich een vraag op: 'Hoe reageerden de ouders? Vonden die het zomaar goed?'

'Goeie,' zegt Hayes. 'Dat vroeg ik me ook af. Maar ik hoorde van de hoofdinspecteur dat ze het geen probleem vinden. De vader tenminste. Hoefde er niet eens over na te denken.'

Volgens Judy kan dat twee dingen betekenen: het is een aanwijzing dat de ouders onschuldig zijn, of er staat niets interessants op die muren.

Voor ze naar het domein vertrekt, heeft Judy nog een verzoek aan

Hayes: 'Kunt u me laten weten hoe het vandaag verder gaat met Sluiter? Kunt u me bellen als u niet naar het domein komt?'

Hayes knikt.

De restaurator is een lange jonge vrouw, misschien wel net zo jong als Judy. Ze draagt een grote bril en een witte overall. In haar rechterhand heeft ze een emmer, in de linker een afdekzeil.

Ze heet Anna, zegt ze. Ze komt naar de verf kijken.

Het was Judy's idee, dus zij is ook degene die dit afhandelt.

Ze loopt met Anna naar het grote huis en dan via de gang naar de roze kamer.

Anna gaat als eerste de kamer binnen en zet haar emmer neer. Ze neemt alles in zich op: de al te roze muren, het keurig opgemaakte bed, de verrassend ruime afmetingen van de kamer.

'Enig idee met welke muur ik moet beginnen?' vraagt ze.

'Ik denk die achter het bed,' zegt Judy, met Barbara's ontwerp in haar achterhoofd.

Anna gaat voortvarend van start. Ze spreidt het zeil uit op de vloer. Knielt neer en haalt een blikje met aceton en een lang wattenstaafje uit haar emmer.

Ze doopt het wattenstaafje in de aceton en wrijft ermee over een klein plekje in de hoek.

Als ze het wattenstaafje weghaalt, piept er wat groen door het roze heen.

'Mooi,' zegt Anna. 'Dat is een goed teken. Zo te zien zit er olieverf onder. Dan kan ik de latex die eroverheen is geschilderd waarschijnlijk wel weghalen zonder de onderlaag te beschadigen.'

Ze maakt het cirkeltje iets groter. Ja, groen, met een beetje zwart ernaast.

Anna kijkt achterom naar Judy.

'U begrijpt wel dat dit heel lang gaat duren, hè?' zegt ze. 'En dan bedoel ik dagen.'

Aan het eind van de middag komt er een jonge rechercheur de heuvel op gerend. Hij is op zoek naar Judy en ziet er verhit uit.

'Ben jij Luptack?' vraagt hij. Ze knikt.

'LaRochelle voor je aan de telefoon. Hij zegt dat het dringend is.'

Als Judy het commandocentrum binnenkomt, ziet ze dat Denny Hayes inmiddels ook is aangekomen. Hij is degene die de hoorn in zijn hand houdt. Om hem heen staat een groepje nieuwsgierigen. Ze neemt de hoorn over en keert de anderen de rug toe.

'Ik sta hier bij mijnheer Sluiter in de kamer,' zegt de hoofdinspecteur; hij klinkt serieus en geërgerd tegelijk. 'Hij zegt dat hij je wil spreken. Hij gaat ermee akkoord dat ik bij hem in de kamer blijf.'

Ze werpt een blik op Hayes, die geen idee heeft wat er aan de hand is. Om hem ter wille te zijn, legt ze haar hand over het mondstuk van de telefoon. Geluidloos vormt ze de woorden: Sluiter wil met me praten.

Hij trekt zijn wenkbrauwen op en zegt eveneens geluidloos: dit gesprek wordt opgenomen.

'Ik weet het,' zegt Judy.

'Wat weet je?' vraagt Sluiter aan de andere kant van de lijn.

Ditmaal neemt Jacob Sluiter niet de tijd voor prietpraat. Hij zegt onomwonden: 'Ik weet niets van Barbara Van Laar. Eerlijk niet.'

'Hoe weet u dat ze zo heet?' vraagt Judy. 'U noemde uit uzelf haar naam toen ik naar haar vroeg.'

'In de krant gelezen,' zegt Sluiter. 'Net als iedereen.' Hij grijnst triomfantelijk. Dat kan ze door de lijn heen horen.

Ze wacht. Er is meer, denkt ze, er moet meer zijn.

Ze hoort Sluiter ademen: een vochtig geluid waar haar maag zich van omdraait.

Eindelijk gaat hij verder.

'Maar ik weet wel waar haar broer is.'

Judy sluit even haar ogen. 'Wilt u het me vertellen?' Ze kan het antwoord bijna proeven. Zo erg hunkert ze ernaar.

'Nee.'

Sst! zegt Judy tegen zichzelf. Wacht! Door de lijn heen smeekt ze La-Rochelle ook zijn mond te houden.

Het werkt.

'Maar ik zal het je laten zien,' zegt Sluiter uiteindelijk.

Louise

Jaren 50 | 1961 | winter 1973 | juni 1975 | juli 1975 | augustus 1975:
dag vier

Louise doet de deur open.

Ze kent deze vrouw. Ze weet niet meer waarvan.

De vrouw heeft haar grijze haar in een lage paardenstaart gebonden die bijna tot haar middel reikt. Ze draagt een lange katoenen jurk. Wandelschoenen en sokken.

Een tijdje kijken ze elkaar roerloos aan.

Dan zegt de vrouw: 'Louise?'

En als ze die kenmerkende lage stem hoort, weet Louise wie ze is.

'Mevrouw Stoddard,' zegt Louise. 'Alles in orde?'

Sinds de dood van haar man komt mevrouw Stoddard – voorheen onderwijzeres op de zondagsschool, een spilfiguur in de stad, moeder van Antonia Stoddard, die vanaf de kleuterschool tot het einde van haar schooltijd bij Louise in de klas zat – zelden onder de mensen.

Al ruim tien jaar worden er meer fabels dan feiten over haar verspreid.

Net als Louises moeder zou mevrouw Stoddard haar huis niet meer uit durven. Zou ze een zenuwinzinking hebben gehad.

Maar anders dan de moeder van Louise had mevrouw Stoddard een aanwijsbare reden voor haar vermeende breuk met de realiteit: ze had eerst haar zoon verloren en veel te snel daarna ook haar man. Bovendien werd haar man na zijn dood zo door het slijk gehaald dat ze nooit echt om hem heeft kunnen rouwen, althans niet in het openbaar.

'Mag ik binnenkomen, Louise?' vraagt mevrouw Stoddard.

Louise stapt opzij om haar door te laten. Ze gebaart naar een stoel en mevrouw Stoddard gaat zitten, zet haar tas op haar schoot en houdt de hengsels stevig vast, alsof ze bang is dat iemand hem van haar afpakt.

'Kan ik u iets te drinken aanbieden?' vraagt Louise. 'Thee?' Ze heeft geen idee of er thee in huis is.

'Nee, dank je.'

'Hoe gaat het met Antonia?' vraagt Louise.

'O, prima hoor. Met alle meisjes wel. Ik heb al vijf kleinkinderen.'

Ze zit in een rechte, trotse houding. Maar toch heeft Louise het idee dat ze beter niet te ver kan doorvragen over mevrouw Stoddards dochters, dat die misschien niet zo vaak op bezoek komen.

'U zult wel trots op ze zijn,' zegt ze.

'Nou en of.'

'Ik weet nog dat Antonia zo goed kon pianospelen. En zingen.'

'Ach ja, dat is ook zo,' zegt mevrouw Stoddard.

Er volgt een lange, ongemakkelijke stilte.

Plotseling buigt de vrouw zich naar voren.

'Ik weet dat ze proberen je te grazen te nemen,' zegt ze.

Louise knippert met haar ogen. 'O?'

Mevrouw Stoddard knikt. In haar ogen blinken tranen. Ze strekt een magere hand uit over de keukentafel, met de handpalm naar boven, en Louise heeft geen andere keus dan de hare erop te leggen.

'Maar maak je geen zorgen,' zegt ze. 'Ik laat het niet nog een keer gebeuren.'

Ze maakt haar tas open en rommelt er even in.

Dan haalt ze er een paar aan elkaar geniete formulieren uit, legt ze tussen hen in op tafel en strijkt ze glad met haar vuist.

'Hier. Pak aan. Dit is voor jou.'

Met lichte aarzeling trekt Louise de papieren naar zich toe.

Ze weet niet meteen wat voor formulieren het zijn – kopieën ergens van, maar de tekst is op sommige plekken zo vaag dat ze haar ogen tot spleetjes moet knijpen. Bovenaan het eerste formulier staat: 'Kennisgeving en bevestiging ontvangst onderpand'.

Onderaan staat een handtekening: 'Maryanne Stoddard'.

'Hebben ze je verteld dat ik het was?' vraagt mevrouw Stoddard.

'Wie zijn "ze"?'

'Heeft de politie verteld dat ik je borg heb betaald? Ik heb mijn huis als onderpand opgegeven,' zegt mevrouw Stoddard. Haar handen trillen een beetje van de spanning. 'Kijk maar. Op de volgende pagina.'

Op de volgende pagina staat een promesse, met bovenaan het adres van mevrouw Stoddard. De derde pagina is een kopie van de akte van verpanding.

'Mevrouw Stoddard,' zegt Louise. 'Dat had u niet moeten doen.'

'Waarom niet?'

'Het is ontzettend aardig van u. Maar het is te veel.'

'Onzin,' zegt mevrouw Stoddard nu ferm. 'Ik probeer al veertien jaar de naam van mijn man te zuiveren. En nu zijn die vuilakken weer bezig. Nou, over mijn lijk!'

Louise kijkt nog steeds naar de papieren. Bestudeert de handtekening onderaan het formulier.

'Weet je hoeveel uur ik in het bos bij Hunt Mountain heb rondgelopen?' vervolgt mevrouw Stoddard. 'Ik doe bijna niet anders. Mijn kinderen verklaren me voor gek. Maar ik denk altijd... stel nou dat ik iets vind... een kledingstuk van die jongen, of...' Ze zwijgt even, probeert te peilen hoe openhartig ze kan zijn. 'Of die jongen zelf,' zegt ze ten slotte. 'Het arme kind.'

Louise luistert aandachtig. Alles wat mevrouw Stoddard zegt, lijkt een theorie te bevestigen die zojuist in haar hoofd is ontstaan. Ze probeert de handtekening te ontcijferen.

'Mevrouw Stoddard, ik wil niet onbeleefd zijn. Maar is uw voornaam Maryanne?'

'Juist.'

'En al die tijd sinds de verdwijning van Bear Van Laar bent u in het bos op zoek geweest?'

Ze knikt. 'Sinds mijn man in zijn cel is overleden. Om precies te zijn. Maar inderdaad.'

Louise weifelt. Durft haar vraag niet te stellen.

'Scary Mary,' zegt Maryanne Stoddard. 'Je mag het best zeggen, hoor. Ik weet dat ze me zo noemen.'

Judyta

Jaren 50 | 1961 | winter 1973 | juni 1975 | juli 1975 | augustus 1975:
dag vier

Judy glijdt in een kano over het Meer van Joan, voortgepeddeld door twee parkwachters die lange synchrone slagen maken, zo geruisloos en vloeiend dat ze het water nauwelijks lijken te beroeren.

Aan weerszijden varen er twee andere kano's mee. In de ene zit Hayes met een forensisch antropoloog uit Schenectady.

In de andere zit Sluiter met een gewapende beveiliger.

Pas na meerdere onderhandelingen met Sluiters pro-deo-advocaat had de rechter-commissaris toestemming gegeven voor dit plan. De belangrijkste reden tot zorg was dat Sluiter al eens was ontsnapt, had Denny Hayes verteld. En dat hij zo gewiekst was in het manipuleren van de mensen om hem heen.

Vanwege het vluchtgevaar werd als voorwaarde gesteld dat hij bij de enkels moest worden geketend en dat zijn handen moesten worden vastgebonden aan een heupgordel. Zo zit Sluiter er nu dan ook bij, samen met de cipier, terwijl de parkwachters – één voorin en één achterin – de kano over het water stuwen.

Judy houdt haar blik strak naar voren. Ze durft haar hoofd niet opzij te draaien uit angst dat ze Jacob Sluiter dan ziet terugkijken.

Ze zijn op weg naar de overkant van het meer: daar ligt een baai met een rotsoever die zo te zien alleen vanaf het water bereikbaar is. De inham wordt aan weerszijden begrensd door steile rotsformaties die uit het water oprijzen.

Als ze dichterbij komen, wordt duidelijk dat ze zullen moeten waden. Een strand is er niet, er liggen alleen grote keien die de toegang tot het bos erachter versperren. Een voor een gaan ze van boord, terwijl ze hun kano in evenwicht houden. Sluiter – met de handen samengebonden voor zich, alsof hij in gebed is – moet door de potige cipier uit zijn kano worden geholpen. Als hij voorovergebogen naar de boeg loopt, begint de kano vervaarlijk te schommelen. De cipier zet zich schrap en Sluiter valt in zijn armen.

Het bos achter de rotsen is woest en moeilijk begaanbaar. Zodra ze de oever achter zich hebben gelaten, spreidt zich boven hun hoofd een dik bladerdak uit waar nauwelijks meer zonlicht doorheen sijpelt.

Judy loopt vlak achter Jacob Sluiter, de schrik van de North Woods, en tuurt ingespannen naar de grond voor zijn voeten.

Aan de telefoon had Sluiter verteld waar hij ze naartoe zou brengen: een *cairn*. Een piramide van keien die als markering diende.

Judy wil degene zijn die de cairn als eerste ziet – vooropgesteld dat Sluiter de waarheid heeft gesproken, wat nog valt te bezien. Een stemmetje in haar hoofd zegt dat hij misschien gewoon zin had in een uitstapje: nog een laatste kans om de natuur te zien voordat hij voor de rest van zijn leven achter de tralies zou verdwijnen.

Nadat ze zich enkele minuten een weg hebben gebaand door de dichte begroeiing, verbreekt Sluiter de stilte.

'Kijk eens omhoog,' zegt hij.

Iedereen gehoorzaamt.

Ze staan bij een steile rotswand die Judy al vanaf de oever had gezien. Drie meter boven hun hoofd lijkt een grot te zitten, een gapend gat van onbestemde diepte.

'Kijk eens omlaag,' zegt Sluiter, die nu zijn hoofd buigt. 'Daar ligt hij.'

Aan zijn voeten, op de kale aarde: een torentje van stenen.

De cairn.

Hier, zegt Jacob Sluiter, zullen ze de jongen vinden.

Louise

Jaren 50 | 1961 | winter 1973 | juni 1975 | juli 1975 | augustus 1975:
dag vier

Louise staat in haar oude slaapkamer.

Die had ze tot nu toe gemeden. Afgelopen nacht heeft ze op de bank geslapen. Ze komt hier liever niet omdat ze dan wordt geconfronteerd met de relieken van haar veelbelovende jongere zelf, de zeventienjarige Louise Donnadieu, geslaagd als een-na-beste van haar klas, met een volledige studiebeurs op weg naar Union.

Maar ze zal een soort wapenstilstand met deze kamer moeten sluiten, want haar hoorzitting kan nog weken of maanden op zich laten wachten.

Ze kijkt even rond en begint dan de muren van alle decoratie te ontdoen. Daar gaat het lidmaatschapsbewijs van de National Honor Society dat ze had verdiend met haar prestaties en verdiensten; daar gaat de foto waarop Louise, met hoed en toga, de hand schudt van het schoolhoofd; daar gaat haar laatste rapport ooit, met uitsluitend negens en tienen.

Ze had ze zelf opgehangen. Op haar veertiende, haar zestiende. Geen enkele volwassene in haar leven had ooit de moeite genomen om dat voor haar te doen. Gênant, vindt ze nu. Sneu.

Het laatste wat ze weghaalt, is haar examenfoto. Het meisje op de foto lacht, maar haar wenkbrauwen zijn gefronst, alsof ze in de toekomst heeft gekeken.

Louise veegt de documenten die nu op de vloer liggen bijeen en pakt ze op. Als ze naar de keuken loopt om ze buiten in de vuilnisbak te gooien, hoort ze dat Jesse door de openstaande keukendeur met iemand staat te praten.

Ze versnelt haar pas.

'En wie ben jij dan?' vraagt Jesse, maar Louise kan het antwoord niet horen.

Jesse draait zich fronsend naar haar om: die blik betekent waarschijnlijk dat het een man is. Jesse doet de deur dicht en vraagt dan: 'Ken je iemand die Lee Towson heet?'

Drie minuten later staat Louise voor het huis, met tegenover zich Lee Towson, in levenden lijve. Ze heeft Jesse laten zweren dat hij binnen zou blijven, ze wil geen pottenkijkers bij dit gesprek.

Het is nog maar vier dagen geleden dat ze in de gang van het personeelsverblijf tegenover Lee stond. Het lijkt wel een maand. Denny's woorden klinken nog na in haar oren: ontucht met een minderjarige.

Ze slaat haar ogen neer en vraagt: 'Hoe heb je me gevonden?'

'Telefoonboek. Er zijn niet zoveel Donnadieus in Shattuck.'

'Maar hoe wist je dat ík hier was?'

'Ik heb vrienden in de buurt.'

Ze laat de impliciete betekenis van die woorden tot zich doordringen. Ze vindt het verschrikkelijk als er over haar wordt geroddeld. Maar daar valt waarschijnlijk niet aan te ontkomen in zo'n klein stadje als Shattuck.

'Weet je dat ze je zoeken?' vraagt Louise.

'Ja, dat hoorde ik.'

'Waar heb je gezeten?'

'Ach, overal en nergens.'

'Dus je verstopt je?'

'Zo zou je het kunnen zeggen. Maar ik wilde toch al weg.'

Nu pas kijkt Louise naar hem op. Daarna langs hem heen. Er liggen maar twee andere huizen aan deze doodlopende straat en zo te zien zijn bij beide de luiken al dicht. In de zijstraatjes van Shattuck staan geen lantaarns en Louise ziet alleen zijn silhouet in het schijnsel dat uit haar moeders huis komt.

'Louise?'

'Wat?'

'Er is iets wat me niet lekker zit. En ik vond dat ik het je moest vertellen voor ik vertrek.'

Louises hart slaat over. Er schieten allerlei opties door haar hoofd, allemaal vergezocht.

'O?' zegt ze zo nonchalant mogelijk.

'Je vriend,' zegt Lee Towson. 'Je verloofde. Pardon.'

'Ja, wat is daarmee?'

'Hij ging vreemd.'

Louise doet even haar ogen dicht.

'Hoe weet je dat?' vraagt ze.

'Hij was een klant van mij. En ik zag hem een paar keer met een ander meisje. Steeds hetzelfde meisje.'

'Toch niet...' zegt Louise.

'Nee, niet Barbara. Ik zag ze samen op het strand achter Zelfredzaamheid. Hij noemde haar Annabel.'

Louise doet haar ogen dicht. De wereld om haar heen vervaagt, haar bewustzijn vernauwt zich. En dan dringen zich andere dingen naar de voorgrond: Annabel die al aan het begin van de zomer vertelde dat haar ouders een huwelijkskandidaat voor haar in gedachten hadden. De Southworths en de McLellans, oude vrienden, die allemaal in Zelfredzaamheid logeerden. De hardnekkige weigering van John Paul om Louise mee te nemen naar het grote huis. Zijn afwezigheid die week. En als laatste, en pijnlijkste: Annabel die halverwege het dansfeest vertrok. In dezelfde nacht dat Barbara verdween.

'Annabel is zeventien,' zegt Louise.

'Normaal zou ik me er niet mee bemoeien. Maar ik vond dat je het moest weten, voor het geval dat.'

'Voor het geval dat wat?' zegt Louise.

'Voor het geval het... iets bewijst. Voor het geval je het kunt gebruiken. Ik weet waarom ze je hebben aangehouden. Maar ik durf te wedden dat het ze om iets heel anders gaat. Dat is hun tactiek,' voegt hij eraan toe.

'Waarom ben je zo geïnteresseerd in wat er met mij gebeurt?' vraagt Louise kortaf. Ze hoort zelf hoe verbitterd het klinkt. Iedereen heeft bijbedoelingen, daar is ze van overtuigd.

'Tja, ik vind je leuk.'

Ze reageert niet.

En na een lange stilte: 'Louise. Waarom ga je niet met mij mee?'

'Wat?' vraagt Louise, die haar gedachten had laten afdwalen. 'Waarnaartoe?'

'Morgen ga ik naar Colorado. Naar een stad die Crested Butte heet. Daar woont een vriend van me en volgens hem is het een paradijs.'

'Ik mag mijn huis niet uit,' zegt Louise afgemeten. 'Mijn moeders huis. Ze hebben me op borgtocht vrijgelaten. Ik ben aangehouden voor drugs die helemaal niet van mij waren.'

'O, dan gaat dat niet door. Tenzij je zin hebt in een Bonnie en Clydeactie. Dan houden we ons een tijdje schuil, tot het stof is gaan liggen.'

Louise schudt haar hoofd. 'Trouwens, ze gaan er al van uit dat je op weg bent naar Colorado. Dus ik zou maar een andere plek kiezen.'

'Wie zijn ze?'

'De politie.'

Lee zwijgt peinzend.

Louise verbreekt de stilte. 'Ik weet alles van je. Ik weet waarom je naar de gevangenis moest.'

Lee ademt diep in en uit. En dan, alsof hij door vermoeidheid wordt overvallen, gaat hij op de grond zitten. 'Van wie weet je dat?'

'Een vriendin van mijn moeder.' Ze wil hem niet de volledige waarheid vertellen.

Lee slaakt een lange zucht.

'Ik was negentien,' zegt hij. 'Zij was zestien. Ze was de dochter van het gezin waar ik in de keuken werkte. Rijke familie. Ze hadden een huis in de Catskills, dan weet je het wel. Minder chic dan het huis van de Van Laars, maar het scheelt niet veel.'

Louise luistert aandachtig.

'We werden betrapt door haar vader en hij ging totaal over de rooie. Hij belde de politie. Zei dat ik haar had gedwongen. En intussen zat zij op de achtergrond te schreeuwen dat het niet waar was. Het wás ook niet waar.'

Louise gaat naast Lee zitten.

'Louise? Geloof je me?'

'Ik weet het niet,' zegt ze. Ze weet het echt niet: ze voelt dat ze niet op haar intuïtie kan vertrouwen. Dat ze er eigenlijk nooit op heeft kunnen vertrouwen. Hoe kan ik zorgen dat ik meer mensenkennis – meer mannenkennis – krijg, vraagt ze zich af.

'Ik wil nooit meer voor rijkelui werken,' zegt Lee. Hij praat nu meer tegen zichzelf dan tegen haar. 'Zo stom dat ik dat toch nog een keer heb geprobeerd. Daarom heb ik me verstopt. Zodra ik hoorde wat er met Barbara Van Laar was gebeurd, ben ik ervandoor gegaan. Met mijn strafblad...' Zijn stem sterft weg. Dan gaat hij verder. 'Hoe dan ook, er is iets aan het veranderen. Het is 1975. Iedereen zegt dat je naar het westen moet.'

In haar linkerhand heeft Louise nog steeds de documenten en foto's die ze van de muren heeft getrokken. Ze kijkt ernaar. Ze luistert naar de stem van de zoveelste man die haar de zoveelste loze belofte doet. Hoe vaak in haar leven heeft ze al ja gezegd tegen een jongen of een man omdat dat nou eenmaal het makkelijkst was? Hoe vaak heeft ze zich door mannen laten gebruiken, zonder er zelf iets voor terug te krijgen?

Ze legt de papieren voorzichtig op de grond. Kijkt weer naar Lee, naar de onderarmen en handen die ze al de hele zomer wil aanraken.

Nu doet ze dat. Ze legt haar linkerhand in het holletje van zijn elleboog. Hij kijkt haar verwonderd aan.

'Zullen we een potje vrijen?' vraagt Louise.

Hij zegt niets. Verroert zich niet als Louise haar lichaam een halve slag draait zodat ze geknield voor hem komt te zitten. Ze kijkt op naar het verlichte huis, weet dat niemand haar hier in het donker kan zien. Ze trekt haar shirt over haar hoofd.

'Jezus,' zegt hij. Hij legt zijn handen om haar middel.

'Nee,' zegt ze. 'Eerst het jouwe.' Ze trekt ook zijn shirt uit en drukt zich dan tegen hem aan, haar huid tegen zijn huid, haar lichaam op het zijne als hij achterover gaat liggen.

Ze gebruikt hem voor een moment van genot te midden van alle duisternis, ze gebruikt hem om John Paul weg te spoelen, samen met de McLellans en de Van Laars en het statige huis waar ze nooit als gast zou worden uitgenodigd, wat ze ook deed.

Morgen vertrekt Lee Towson naar Colorado. Ze gaat niet met hem mee.

Alice

Jaren 50 | 1961 | winter 1973 | juni 1975 | juli 1975 | augustus 1975:
dag vier

Ze is naar Albany overgeplaatst. Haar ouders – die zich tijdens deze hele toestand grotendeels in hun kamer hadden verschanst – hadden opdracht gekregen haar daarheen te brengen. En vanuit Albany waren ze zo snel mogelijk naar Manhattan vertrokken, nadat ze nog iets hadden gemompeld over dat Barbara vast wel gevonden zou worden.

Nu is ze alleen.

Dan is ze tenminste niemand tot last, denkt ze en ze gniffelt een beetje. Vandaag is een heel slechte dag, net als alle andere dagen – van dokter Lewis mag ze zo nodig drie pillen nemen.

Dat doet ze dan ook, en als ze de pillen uit hun glazen potje schudt, slaken haar hersenen bij voorbaat een zucht van verlichting, in afwachting van de chemische golf die door haar lichaam zal trekken. Ze bijt de pillen kapot om die golf te versnellen.

Ze sluit haar ogen. Haar geest ontspant en opeens is ze terug in het Dunwitty Institute.

Met Delphine, de enige die haar bezocht in al die tijd dat ze daar zat.

Het spijt me, had haar zus gezegd. En daarna had ze meer gezegd: dat ze in een vrije val zat sinds de dood van George. Dat het niet de eerste keer was met Peter, dat ze in hun jonge jaren ook al het bed met elkaar deelden. Al voordat ze Alice en Peter samenbracht voor het debutantenbal.

Was dat een strategie geweest om bij Peter in de buurt te kunnen blijven? Hem koppelen aan haar onnozele, domme zusje? Alice als fokmerrie laten fungeren, terwijl Delphine en Peter – intellectueel elkaars gelijken – in New York met elkaar rollebolden?

‘Het zit heel anders dan je denkt,’ zei Delphine, die begreep wat er in haar hoofd omging. ‘George en ik hielden ontzettend veel van elkaar. Maar we hadden niet veel op met het traditionele huwelijk. Hij was vrij om te doen wat hij wilde. En ik ook. Ik weet niet of je het je nog herinnert, maar ik heb een keer geprobeerd je te waarschuwen.’ Delphine leunde achterover. ‘Dat je… wat meer plezier moest maken, zo zei ik het geloof ik. Heb je dat ooit geprobeerd?’

Alice zei niets.

'We hebben je schandalig behandeld, Alice, wij allemaal,' zei Delphine.

Stilte.

'Ga je van hem scheiden, Alice?' vroeg Delphine. 'Dat ís een optie.'

Stilte.

'Alice,' zei Delphine. 'Alice, slaap je?'

Nu glimlachte Alice. In zekere zin sliep ze inderdaad, bedacht ze. Ze had een visioen, hetzelfde visioen als altijd.

In dat visioen zat ze opgesloten in een kamer die ze niet herkende, terwijl er zonder haar verder werd gezocht naar haar vermiste zoon. En er stond iemand voor de deur, ze wist niet wie.

In Albany doet Alice haar ogen open. Ze is hier niet graag alleen. In de zomer is het kil in huis en maakt heel Albany een trieste, verlaten indruk. Alle overheidsmedewerkers zijn ergens in het noorden of het zuiden van de staat vakantie aan het vieren. Alice voelt zich een beetje als de enige overlevende van een plaag.

Ze heeft nu drie pillen in haar bloed. Haar lichaam verslapt.

Ja, zo hoort ze hem het best aan de andere kant van de sluier, in de andere wereld, waar Bear woont.

Tijdens het Woordenboekspel stuitte Alice een keer op het woord transcendent, en dat is het woord dat in haar opkomt als ze denkt aan de ruimte tussen leven en dood waar ze haar zoon ontmoet.

De ruimte waarin ze aan zichzelf kan toegeven wat ze heeft gedaan, is transcendent. De ruimte waarin ze zich niet verzet tegen de flarden van licht en herinneringen die soms, op onverwachte momenten, met zo'n felheid op haar afkomen dat het voelt alsof ze met een mes wordt gestoken, die ruimte is transcendent. In die wereld laat ze de herinneringen toe; ze onderzoekt ze emotieloos, stelt zich ervoor open in plaats van ze weg te drukken.

Alice knippert met haar ogen. Komt weer tot leven.

Door het raam ziet ze de zon ondergaan. Hoelang zit ze al op deze stoel? Ze weet het niet precies.

Ze staat op, gaat naar de wc. En dan zweeft ze in een droom naar de kamer die vroeger een kinderkamer was. Nog een transcendente ruimte.

Hier ben ik, zegt ze. Hier ben ik.

Ze luistert, wacht op zijn antwoord.

Judyta

Jaren 50 | 1961 | winter 1973 | juni 1975 | juli 1975 | augustus 1975:
dag vier

Ze heeft vaker dode mensen gezien. Ze heeft drie van haar grootouders in een open kist zien liggen. In haar tijd bij het surveillanceteam heeft ze slachtoffers van auto-ongelukken gezien die net waren overleden.

Een geraamte heeft ze niet eerder gezien.

Op aanwijzen van de forensisch antropoloog tillen de parkwachters, die latex handschoenen hebben aangetrokken, voorzichtig een klein, intact skelet uit de kuil waarin het meer dan tien jaar heeft gelegen, en ze leggen het ter observatie op een plank.

Uit eerbied voor de dode is Jacob Sluiter al weggeleid door zijn cipier.

Ze hoort een soort emotieloze nieuwsgierigheid in de stem van de forensisch antropoloog als hij zegt: 'Ik vroeg me af of de botten vergaan zouden zijn. Maar de grond is hier blijkbaar niet zo zuur, misschien doordat er zoveel water in de buurt is.'

Hij knielt naast de plank neer, haalt een meetlint tevoorschijn en legt dat in allerlei hoeken langs de botten.

'Ik zou zeggen dat dit een kind was. Waarschijnlijk tussen de zeven en elf jaar oud,' zegt hij.

'Weet u of het een jongen of een meisje was?' vraagt Hayes.

'Bij onvolgroeide skeletten is er altijd een foutmarge. Maar op het eerste gezicht zou ik zeggen een jongen.'

Later, in het commandocentrum, houdt Denny Hayes zijn vinger boven een bandrecorder. Ze zitten klaar om de opname van het telefoongesprek tussen Jacob Sluiter en Judy te beluisteren. Het gesprek waarin hij vertelde waar het lichaam van Bear Van Laar was. Vanuit Ray Brook, waar Sluiter vastzit, is een kopie van de opname naar het kamp gestuurd.

'Geloofde jij hem?' vraagt Hayes voordat hij de knop indrukt. 'Geloofde je zijn verhaal?'

Judy knikt. Ja, ze geloofde hem. Nog steeds.

'Waarom?' vraagt Hayes. 'Hij is een onverbeterlijke leugenaar. Hij heeft nog nooit iets bekend.'

'Gewoon intuïtie,' zegt Judy. 'Hij heeft ons geholpen, terwijl hij daar geen enkele reden voor had.'

Hayes drukt op *play*. Jacob Sluiter begint te praten, zijn stem klinkt krakerig.

'Ik weet waar Bear Van Laar is,' zegt Sluiter op de band.

'Maar ik heb hem niet vermoord.'

Judyta

Jaren 50 | 1961 | winter 1973 | juni 1975 | juli 1975 | augustus 1975:
dag vijf

Tijdens de ochtendbriefing krijgen ze van LaRochelle de bevestiging: de gebitsgegevens komen overeen. Daarmee staat vast dat het skelet van Bear Van Laar is.

Vervolgens vraagt LaRochelle of Hayes een samenvatting wil geven van wat Jacob Sluiter heeft verteld.

'Kan Luptack dat niet beter doen?' vraagt Hayes. 'Zij is tenslotte degene aan wie hij zijn verhaal heeft gedaan.'

LaRochelle fronst.

'Maakt me niet uit,' zegt hij. 'Als iemand het maar doet.'

Aarzelend komt Judy naar voren om van plaats te wisselen met LaRochelle, die naar de achtermuur loopt. Hij kijkt Judy strak aan terwijl ze aan het woord is.

Volgens Jacob Sluiter was het Domein Van Laar ooit eigendom van zijn familie.

De familie Sluiter – afstammelingen van Nederlandse immigranten die al rond 1700 naar Albany waren gekomen – vestigde zich in de jaren twintig van de negentiende eeuw in het noorden van de staat New York, toen de houtkap een hoge vlucht nam. Een van Sluiters voorvaders kocht toen het stuk grond dat later het Domein Van Laar zou worden. Hij en zijn zonen hakten het hele oerbos om en verdienden daar goed geld mee. Maar in de jaren zeventig van die eeuw, toen de politici dreigden de houtkap in het latere Adirondack-park te verbieden omdat ze vreesden dat de watervoorziening in het zuidelijke deel van de staat eronder zou lijden, besloten de Sluiters hun land te verkopen.

De koper was – Judy last een korte stilte in om de spanning op te bouwen – Peter Van Laar de Eerste.

De overgrootvader van Bear en Barbara.

Het is dan ook geen toeval dat Sluiter altijd in dit gebied belandt als hij op de vlucht is. Hij wordt er vanzelf naartoe getrokken, zo vertelde hij. Als kind kwam hij er vaak met zijn grootvader, dan slopen ze het terrein op dat niet meer van hen was en wees zijn grootvader met iets van berusting naar het grote huis en het kamp, voor hem het bewijs dat het lot de een gunstiger gezind is dan de ander. De familie Sluiter ging gebukt onder tegenspoed en een slecht gevoel voor timing.

Het landschap herbergde echter een geheim waar zelfs de Van Laars niets van leken te weten.

Op de andere oever van het Meer van Joan – die algemeen werd beschouwd als onbegaanbaar terrein vanwege de steile rotshellingen en het dichte bos – bevonden zich natuurlijke grotten. De Sluiters hadden die grotten ontdekt tijdens de eerste houtkap en het geheim was van generatie op generatie doorgegeven. Dat was de plek waar Sluiters grootvader hem mee naartoe nam: het was een wonder dat je moest zien om het te geloven.

Sluiter vertelde dat hij zich de hele zomer van 1961 in deze grotten verborgen had gehouden om uit handen van de politie te blijven – in die periode werden de huizen waar hij 's winters altijd terechtkon door hun eigenaren bewoond.

Het was ideaal: alleen bereikbaar via het water, aan het zicht onttrokken door dikke bomen, beschut tegen de regen. Hij zwom heen en weer naar zijn provisorische schuilplaats, hij viste, zette vallen, zocht naar voedsel.

Op een middag werd hij in zijn grot wakker van een geluid dat hij herkende als menselijke voetstappen.

Aanvankelijk was hij bang dat de politie hem kwam arresteren. Hij wist dat ze hem op het spoor waren. Maar het klonk alsof er één man naderde. En dus kroop hij nieuwsgierig naar de rand van zijn grot, waar hij in de schaduw bleef liggen zodat hij niet zou worden opgemerkt.

Na een tijdje verscheen er inderdaad een man. Hij had iets in zijn armen waarvan Sluiter niet meteen kon uitmaken wat het was.

Maar even later zag hij wat het was: een kind. Een jongen. Levenloos.

De man knielde neer. Legde huilend het kind op de grond en begon te graven.

Sluiter keek zwijgend toe vanuit zijn grot, drie meter hoger.

Judy zwijgt. Het blijft even stil na haar verhaal en ze wacht op de vraag waarvan ze weet dat die als eerste gesteld zal worden.

'Hoe zag die man eruit?' vraagt iemand uiteindelijk en alle ogen gaan naar Goldman, de oudste rechercheur, die achterin zit.

'De beschrijving die Sluiter gaf was niet erg specifiek,' zegt Judy. 'Lang, middelbare leeftijd, bruin haar.'

Ze wacht even. Weegt haar volgende woorden zorgvuldig. 'Maar hij zei dat de man eruitzag als iemand uit de omgeving, niet als iemand van de familie.'

'Wat bedoelde hij daarmee? Iets in zijn kleding?' vraagt een ander.

'Hij heeft geen uitleg gegeven,' zegt Judy.

Er gaat weer een hand omhoog. 'Waarom heeft Sluiter dit niet verteld toen hij de eerste keer was opgepakt?'

'Hij dacht dat niemand hem zou geloven. Dat iedereen meteen zou denken dat hij die jongen zelf had vermoord. Later, toen Bears vermissing in het nieuws kwam, legde hij het verband en begreep hij wie die jongen was. Maar hij had geen reden om zijn mond open te doen.'

Stilte.

'En?' vraagt Hayes. 'Geloven we hem?'

Judy wel. Maar dat durft ze niet hardop te zeggen, nog niet.

'Waarom heeft hij het nu dan wel verteld?' vraagt iemand.

Hayes kijkt naar Judy. 'Heb jij daar ideeën over, Luptack?'

Judy schraapt haar keel. Verwacht hij echt dat zij antwoord geeft?

'Toe maar,' zegt Hayes.

'Nou,' zegt Judy. 'Hij zei dat hij me vertrouwde.'

Er snuift iemand. Er kucht iemand.

'Goed, goed,' zegt Hayes. 'Het hele verhaal klinkt niet erg plausibel. Maar we moeten één ding niet vergeten: deze jongen past niet in het profiel van Jacob Sluiter. Hij wijkt af van de andere slachtoffers die we kennen. Sluiter is een lustmoordenaar, maar hij heeft het vooral op vrouwen gemunt. Volwassen vrouwen. Voor zover wij weten, is hij niet geïnteresseerd in jonge jongens. Dus laten we deze theorie voorlopig als uitgangspunt nemen. Stel dat Sluiter Bear Van Laar niet heeft vermoord. Stel dat hij de waarheid spreekt. Wie heeft het dan wel gedaan? Hoe is zijn lichaam op die plek terechtgekomen?'

LaRochelle, die nog achterin staat, zegt: 'Wat dachten jullie van Carl Stoddard? Hij kwam uit de omgeving. Als Sluiter de waarheid spreekt, voldoet hij aan het signalement.'

Hayes is zo diplomatiek om even te aarzelen. 'Zou kunnen, ja. Maar met de informatie die we nu hebben lijkt het me de moeite waard om ook andere ideeën te onderzoeken.'

'Zoals?' vraagt LaRochelle gepikeerd.

Even is het muisstil.

Dan vraagt Hayes aan LaRochelle: 'Is de familie er al van op de hoogte? Dat Bear is gevonden?'

LaRochelle kijkt weg. 'Jazeker.'

'Mag ik vragen hoe ze reageerden?'

LaRochelle fronst. 'Ik heb alleen met zijn vader gesproken. Hij hoorde het nieuws nogal, hoe zal ik het zeggen… stoïcijns aan. Hij is nu op weg naar Albany om het nieuws persoonlijk aan zijn vrouw te vertellen.'

LaRochelle lijkt met zijn gedachten ergens anders te zitten. Dan komt hij plotseling in beweging.

Met een 'excuseer' loopt hij de blokhut uit en onderweg tikt hij een sigaret uit zijn pakje.

Judy's blik kruist die van Hayes.

De zaak zal worden heropend. Dat weet iedereen, ook LaRochelle.

Als LaRochelle weg is, richt Hayes zich tot de overige rechercheurs.

'Wat ik niet begrijp,' zegt hij, 'is waarom niemand hem destijds heeft gevonden. Een plek met vers omgewoelde aarde aan de overkant van het meer. Gemarkeerd met een cairn, nota bene. Er is hier wekenlang een enorme ploeg aan het werk geweest. Ik zou denken dat je als eerste de hele oever afspeurt.'

'Misschien zijn ze de verkeerde kant op gestuurd,' zegt Judy.

Hayes kijkt haar aan. 'Door?'

'De familie, misschien.' En dan tegen Goldman: 'Wat was uw gevoel daarover? Toen u aan de zaak werkte?'

Goldman aarzelt. Slaat de ogen neer.

'Ik heb gek genoeg inderdaad altijd het idee gehad dat ze hem niet wilden vinden.'

'Denk je dat iemand van de familie hem heeft vermoord?' vraagt Hayes.

Dat gaat Goldman kennelijk te ver. Hij vervalt in zwijgen.

'Een ongeluk misschien?' vraagt Judy.

'Waarom zouden ze dan Carl Stoddard de schuld in de schoenen schuiven? Sterker nog, ze hebben hem zelfs formeel laten aanklagen,' zegt Hayes.

Judy kijkt om zich heen om te zien of iemand nog iets in te brengen heeft. Maar het blijft stil.

Dan vraagt iemand: 'Waaraan is Carl Stoddard ook alweer overleden?'

'Hartaanval,' zegt Goldman. 'Hij kreeg een hartaanval en overleed terwijl hij in hechtenis zat, in afwachting van zijn verhoor.'

In Judy's hoofd vormt zich een theorie.

'Misschien kwam het gewoon wel goed uit zo,' oppert Judy. 'Misschien was het gewoon makkelijker voor de familie als iedereen ervan uitging dat Stoddard de dader was? Hij was toch dood. Ze vonden waarschijnlijk dat ze er niemand kwaad mee deden.'

'Oké,' zegt Hayes. 'Misschien. Maar dan hadden ze blijkbaar wel iets te verbergen.'

Stilte.

'Zoals?' vraagt Goldman.

Judy staart naar een punt op de muur.

'Judy?' vraagt Hayes.

Judy richt haar blik weer op Goldman. 'Wie nam de beslissingen tijdens de zoekactie naar Bear?'

'De familie zelf,' zegt Goldman.

'Nee. Wie gaf de instructies? Wie hield toezicht?'

Goldman kijkt peinzend naar de grond. Dan heft hij zijn hoofd weer op. 'Ik geloof dat dat de voormalige coördinator van het kamp was. De vader van de huidige. Vic Hewitt, zo heette hij.'

Judy zwijgt even.

Dan loopt ze de gang in, naar de slaapkamer waarvan ze inmiddels weet dat die van Vic is.

Als ze terugkomt, laat ze de groepsfoto die ze daar eerder had gevonden aan Denny Hayes zien.

'Kijk,' zegt ze, wijzend naar de met potlood geschreven tekst op de achterkant. MUGGENVAARWEL. 1961. Ze draait de foto weer om. 'Kijk nog eens goed.'

De rechercheurs komen om hen heen staan en kijken mee.

Alle mensen op de foto, zowel de kinderen als de volwassenen, zijn chic uitgedost, in jurken en pakken. De vrouwen hebben een hoedje op. Zelfs in zwart-wit kan Judy hun lippenstift en mascara zien.

Maar net iets terzijde van de groep staan twee mensen die anders gekleed zijn: T.J., als jonge tiener, en haar vader Vic. Hij is van middelbare leeftijd. Met baard. Hij draagt een vissershoed met een slappe rand, een houthakkershemd, met de mouwen opgerold tot aan de ellebogen, en een ribfluwelen broek met kniestukken.

Judy wijst naar het meisje. 'Volgens mij is dat T.J. Hewitt. Ze lijkt erop, toch?'

Hayes knikt.

'En dan is dat...' begint Judy, en Hayes vult aan: '... Vic Hewitt.'

Nu wijst ze weer naar de rest van de groep. 'Die anderen zou ik omschrijven als zomergasten,' zegt ze. 'Afgaande op hun kleding. Maar hoe zou u Vic omschrijven?'

Hayes kijkt haar aan. 'Als iemand uit de omgeving.'

Hij geeft de foto aan een van de rechercheurs. 'Laat deze aan Jacob Sluiter zien. Met de vraag of hij iemand op deze foto herkent als de man die Bear Van Laar heeft begraven.'

Ze worden onderbroken door een klop op de deur.

Anna, de restaurator, staat uitgeput met haar ogen te knipperen in het felle zonlicht.

Achter haar neemt LaRochelle nog een paar laatste trekjes van zijn sigaret.

'Anna, ben je al die tijd hier gebleven?' vraagt Judy.

'Ja. Ik kreeg de smaak te pakken.'

Ze draait zich om en loopt terug naar het grote huis. Judy kijkt over haar schouder naar Hayes, die naar LaRochelle kijkt. Dan lopen ze gedrieën achter Anna aan, half rennend om haar lange passen bij te houden.

Er is bijna niemand in het grote huis: de Van Laars zitten in Albany en de meeste gasten zijn inmiddels vertrokken.

Judy loopt achter Anna aan de roze kamer in. De blootgelegde muurschildering ontvouwt zich voor hun ogen.

Judy's eerste reactie is verwondering over de kwaliteit van het werk. Barbara Van Laar kon schilderen, dat is zeker. De muur is bezaaid met symbolen die Judy niet begrijpt: veiligheidsspelden en vlaggen en vreemde gezichten met nog vreemdere kapsels. Muzieknoten zijn er ook in overvloed.

Er loopt een rivier van de linkerbovenhoek naar de rechterbenedenhoek.

Judy laat haar blik snel over het hele tafereel glijden om te zien of haar iets opvalt.

'Zien jullie het al?' vraagt Anna.

Judy's hart gaat sneller kloppen.

'Zien we wat al?' vraagt LaRochelle, die snelle cirkels maakt met zijn hoofd om de hele muur in zich op te nemen.

'Begrijpelijk,' zegt Anna. 'Het is nogal overdonderend allemaal. Maar kom eens dichterbij.'

Judy loopt naar de rivier. De golven zijn geen gewone golven, beseft ze. Het zijn letters.

BVL + JPM, staat er.

Het symbool waarmee jongeren al tientallen of honderden jaren hun liefde vastleggen.

'Barbara Van Laar en John Paul McLellan,' zegt Hayes.

Hij heeft iedereen weggestuurd uit het commandocentrum. Als inspecteur is hij daartoe bevoegd. Nu zit Judy tegenover hem op een klapstoel, met de ellebogen op de knieën, blik op de grond.

'Ik denk dat elke rechter dit als stevig bewijs zou zien,' zegt Hayes. 'We zullen een aanhoudingsbevel voor hem uitvaardigen. De enige vraag is nu: waar heeft hij Barbara verstopt?'

'Dat is niet de enige vraag,' zegt Judy.

'O?'

'De andere is: heeft Vic Hewitt haar broer vermoord?'

Hayes kijkt haar aan. Dan laat hij zijn handen met een klap op zijn knieën neerkomen en staat op.

'Dat mag jij dan uitzoeken, Judy,' zegt hij. 'Laat die grootvader maar even zitten. Laat Jacob Sluiter maar zitten. Ik ben degene die hier de taken verdeelt en dit wordt jouw taak. Intussen ga ik zelf naar het hotel waar McLellan zit. Ik wil zeker weten dat ze hem goed in de gaten houden.'

Judyta

Jaren 50 | 1961 | winter 1973 | juni 1975 | juli 1975 | augustus 1975:
dag vijf

Urenlang zoekt ze naar vader en dochter Hewitt. Ze gaat naar het personeelsverblijf, ze kijkt in de kantine, waar T.J. ongetwijfeld haar maaltijden nuttigt. Ze spreekt met het personeel in het grote huis: niemand heeft T.J. gezien en niemand lijkt haar goed genoeg te kennen om te durven gissen waar ze zou kunnen zijn.

Of ze verzwijgen iets, denkt Judy.

Als Judy tegen vier uur 's middags, net voor het eind van haar dienst, bij het commandocentrum naar het meer zit te staren, wordt haar aandacht getrokken door het geluid van een motor.

Het is T.J. Hewitt, in haar pick-up. Ze rijdt voorbij zonder op of om te kijken. Ze stopt voor de deur van het personeelsverblijf, zo'n honderd meter verderop.

Judy ziet dat T.J. een tas uit de truck haalt en naar binnen loopt.

Judy gaat achter haar aan.

Binnen ziet ze dat het hangslot op T.J.'s deur open is; de deur staat op een kier. Ze klopt toch aan.

T.J., die binnen staat, draait zich met een ruk om.

'Sorry dat ik je laat schrikken,' zegt Judy.

'Ik schrok niet.'

'Heb je even?'

'Voor jou? Natuurlijk.' Ze glimlacht en Judy laat even haar schild zakken. Dan roept ze zichzelf tot de orde en stapt de drempel over.

'Wat kan ik voor je doen?' vraagt T.J.

'Waarom heb je me niet verteld dat je vader nog leeft?'

'Heb ik dat niet verteld?'

'Nee. Je praatte over hem alsof hij dood is.'

T.J. gaat op de rand van haar kleine bed zitten. 'Tja, zo voelt het voor mij ook een beetje. Hij is niet meer de oude.'

Judy knikt. Blijft staan. 'Waar is hij?'

‘Bij familie.’

‘Bij familie.’

T.J. knikt.

‘Waarom?’

‘Jullie hadden ons huis nodig. Ik wist niet waar ik anders met hem naartoe moest. Hij heeft dag en nacht verzorging nodig.’

Judy kijkt achterom de gang in. ‘Lege kamers genoeg hier,’ zegt ze, maar T.J. schudt haar hoofd.

‘Zo werkt het niet. Dit is een vreemde omgeving voor hem. Hij zou weglopen. Hij moet… in de gaten worden gehouden.’

T.J. kijkt uit het raam.

‘Bij wie logeert hij?’

‘Wat? O, bij zijn broer.’

‘Zijn broer?’

‘Ja.’

Na een korte stilte haalt Judy haar kaartje tevoorschijn. Ze geeft het aan T.J.

‘Juffrouw Hewitt… T.J.,’ zegt ze. ‘Ik weet niet waarom, maar ik heb het gevoel dat je me niet alles vertelt. Als je wilt, kun je me altijd bellen.’

Judyta

Jaren 50 | 1961 | winter 1973 | juni 1975 | juli 1975 | augustus 1975:
nacht vijf

Judy kan niet slapen. Ze ligt te woelen. Ze zet de televisie aan en weer uit. Ze laat de informatie van die dag door haar hoofd gaan: Vic Hewitt. T.J. Hewitt. Het resultaat van de analyse van het bloed op het uniform dat in McLellans auto is gevonden: A-positief. Dezelfde bloedgroep als Barbara Van Laar, maar het is geen onomstotelijk bewijs.

Er gaat een uur voorbij. En nog een uur.

Pas rond middernacht realiseert ze zich dat ze die avond niets heeft gegeten.

Moedeloos staat ze op, trekt haar gekreukte broekpak weer aan en pakt een paar muntjes uit haar portemonnee. Dan loopt ze door de galerij naar het hoofdgebouw van het motel om iets te halen bij de automaten.

De voordeur is niet op slot, maar er zit niemand bij de receptie. In het tl-licht van de lobby bestudeert Judy het assortiment. Ze besluit een Milky Way te nemen, haar moeders favoriet. Maar als ze het nummer heeft ingetoetst, blijft de reep tijdens zijn val steken achter het glas.

Judy vloekt. Geeft de machine een trap, en nog een.

En nog een.

Met haar vlakke hand slaat ze tegen het glas.

'Juffrouw Luptack?' zegt iemand en Judy draait zich hijgend om.

Het is Bob Alcott, de eigenaar van het motel.

'Het spijt me,' zegt Judy twee keer. 'Heb ik u wakker gemaakt?'

'Nee, nee. Ik was toch op.' Hij graait naar iets in zijn zak en Judy ziet dat het een sleutelbos is. Hij steekt de kleinste sleutel in de automaat en maakt hem open.

De Milky Way valt meteen op de grond. Gegeneerd bukt Judy zich om hem op te rapen.

'Pak er nog maar een,' zegt Alcott. 'Pak maar wat u wilt.'

'Nee, nee, dat hoeft niet,' zegt Judy, maar Alcott haalt zwijgend een handvol zoete en zoute snacks uit de automaat.

'Hier. Dat is het minste wat ik kan doen.'

Dan slaat hij het deurtje dicht en doet het op slot.

Judy kijkt hem peinzend aan. 'Mijnheer Alcott, u bent toch geschiedenisleraar?'

Hij knikt.

'Wat weet u van de geschiedenis van het Domein Van Laar?'

'O. Zo'n beetje alles wat er te weten valt.'

Hij trekt zijn schouders iets naar achteren terwijl hij dat zegt. Dit is zijn levenswerk, begrijpt Judy.

'Wilt u even binnenkomen voor een kopje thee bij die Milky Way?' zegt Bob Alcott.

'Maken we uw vrouw dan niet wakker?' vraagt Judy, maar hij schudt zijn hoofd. 'Welnee. Die is ook op. We zijn allebei nachtbrakers sinds de kinderen groot zijn.'

'Heel graag dan,' zegt Judy. Maar eerst gaat ze naar haar kamer om haar notitieboekje te halen.

In het appartement van de Alcotts, dat aan de lobby grenst, zit het echtpaar tegenover Judy aan een tafel.

Judy laat haar potlood even boven het papier hangen. Dan brandt ze los.

'Mijnheer en mevrouw Alcott, mijn eerste vraag is: weet u wanneer de familie Hewitt op het domein kwam wonen?'

'O,' zegt Alcott, 'simpel. Tegelijk met de familie Van Laar. De Hewitts waren zelfs degenen die de Van Laars over dat stuk land hebben verteld. Dan Hewitt was de vader van Vic. Hij kwam uit een familie van gidsen die een stukje noordelijker woonde, vlak bij Saranac Lake. De eerste Peter Van Laar leerde hem kennen toen hij op zoek was naar grond voor zijn landgoed. En Dan Hewitt wist dat er iets verder naar het zuiden een houthakkersfamilie was die een stuk grond te koop had gezet en hij speelde dat nieuws door aan Peter de Eerste.'

'Welke familie was dat?' vraagt Judy.

'Die het aan de Van Laars heeft verkocht, bedoel je?'

Ze knikt.

'Grappig dat u dat vraagt,' zegt Alcott. 'Ze heetten Sluiter. Misschien hebt u weleens van hun zoon gehoord.'

'Inderdaad,' zegt Judy.

'Hoe dan ook. Peter Van Laar – de eerste, bedoel ik – was meteen verknocht aan het gebied en omdat hij vond dat hij bij Dan Hewitt in het krijt stond, nam hij hem mee naar zijn toekomstige domein en stelde hem aan als persoonlijke gids voor de familie.'

Alcott zwijgt even. Neemt een slokje thee.

'In de tien jaar daarop leerde de eerste Peter van Laar zijn latere vrouw kennen. Hij trouwde met haar en ze kregen een zoon: de tweede Peter, die nog in leven is. Ook Dan Hewitt leerde iemand kennen, Clara heette ze, en ze schonk hem een tweeling. Maar volgens mijn onderzoek stierf ze niet lang daarna. De jongens werden opgevoed door hun vader, maar toen ze een jaar of vijftien waren, overleed hij ook. Ze bleven als wezen op het land van de Van Laars wonen. Mijnheer Van Laar, de Eerste, nam ze onder zijn hoede. Ze verhuisden van hun blokhut naar het grote huis van de familie zelf. En als de zomer voorbij was, gingen ze zelfs mee naar Albany.'

Judy denkt even na.

'Hoe groot was het leeftijdsverschil tussen Peter II en de Hewitts?' vraagt ze. 'Waren ze ouder of jonger dan hij?'

'Een paar jaar jonger,' zegt Alcott.

'Zes, denk ik,' zegt zijn vrouw.

'Zes jaar. En hier in Shattuck werd beweerd dat Peter II een hekel aan ze had. Zijn vader trok ze voor. Hij nam de tweeling mee op zijn dagelijkse wandelingen. En ze mochten vrij rondstruinen over het terrein. Voor Charlie Hewitt was hij heel aardig en hij sprak altijd lovend over hem. Maar voor Vic voelde hij echt diepe genegenheid. Die behandelde hij als een zoon. Eigenlijk adopteerde hij hem, zij het niet officieel. Je zou verwachten dat Peter II de Hewitts als broers beschouwde. Maar ik denk dat hij jaloers was. Misschien is hij dat nog steeds wel.'

Judy schrijft zo snel als ze kan. Maar ze is niet snel genoeg. Alcott merkt het en wacht even.

'Kamp Emerson was Vics idee,' vervolgt hij, als Judy weer opkijkt. 'Hij deed al het uitvoerende werk. Maar Peter stond er vanaf het begin volledig achter. Aan het eind van zijn leven noemde hij dat zijn grootste prestatie. Hij zag het als een manier om verschillende generaties kinderen iets bij te brengen over het belang van het gebied. Over de schoonheid ervan. Hij gaf niets om het geld dat hij met bankieren verdiende. Ik had altijd het idee dat hij verbaasd was over zijn eigen rijkdom. Als hij in Shattuck was, begroette hij iedereen bij naam. Hij was anders dan zijn nakomelingen. Leek meer op een Hewitt dan op een Van Laar, als je het mij vraagt. De rest van zijn familie deed dat kamp altijd af als een rare gril. Ze wilden er niets mee te maken hebben. Nog steeds niet.'

Mevrouw Alcott staat op. Zet de ketel weer op het vuur.

'De problemen tussen de Hewitts en de Van Laars begonnen toen Peter I stierf. Ik roddel niet graag en ik zeg er meteen bij dat ik niet weet of het waar is, maar volgens de geruchten heeft Peter I Kamp Emerson met alles erop en eraan aan Vic Hewitt nagelaten. Hij had het domein in tweeën gesplitst. Het grote huis en de boerderij zouden in de familie blijven, het kamp zou naar de Hewitts gaan. In theorie had dat plan misschien best goed kunnen uitpakken. Maar...'

'Maar?'

'Hij beging een vergissing. Hij benoemde zijn zoon tot executeur van zijn testament. Daarmee kreeg Peter II zeggenschap over het budget voor het kamp, tot aan zijn dood.'

'En na zijn dood?' vraagt Judy.

'Dan gaat het kamp naar Vic,' zegt Alcott. 'Of, waarschijnlijker, naar zijn dochter, Tessie Jo.'

De ketel fluit. Judy kijkt op.

'Maar zoals ik al zei,' gaat Alcott verder, 'het is een gerucht. Pure speculatie. En als geschiedenisleraar weet ik maar al te goed hoe gevaarlijk het kan zijn om geruchten te verspreiden.'

'Ik begrijp het,' zegt Judy. 'Ik zal me er zelf even in verdiepen.'

Ze staat op. Bedankt mevrouw Alcott voor de thee. Bij de deur draait ze zich om.

'Ik heb nog één vraag,' zegt ze.

'Ja?'

'Wat is er met de broer van Vic Hewitt gebeurd? Met Charlie?'

'O, die is al tien jaar dood, minstens,' zegt Alcott.

'Twintig jaar,' zegt zijn vrouw.

'Twintig jaar. Inderdaad, hij was al dood voordat Bear verdween.'

'Hoe is hij gestorven?'

'Het was een natuurlijke dood,' zegt Alcott. 'Niets verdachts.'

'Wat voor werk deed hij op het domein?'

Alcott fronst zijn voorhoofd. 'Hm, even nadenken.' Hij buigt zijn hoofd, alsof hij diep in zijn geheugen moet graven. 'Ik geloof... Als ik het me goed herinner, was hij verantwoordelijk voor de boerderij. Ik geloof dat hij de rentmeester was van de boerderij die voedsel leverde voor het grote huis.'

'En hij woonde...' begint Judy, hoewel ze al weet wat het antwoord zal zijn. Waar is hij, had ze aan T.J. gevraagd, en T.J. had gezegd: bij zijn broer.

'Hij woonde in het slachthuis. In een woninkje op de bovenverdieping. Als ik het me goed herinner, tenminste,' zegt Alcott weer.

Judy bedankt hem. Gaat naar haar kamer om de autosleutels te halen. En haar pistool.

Nog geen vijf minuten later rijdt ze over de snelweg, met de koplampen gericht op het noorden, op het Domein.

Judyta

Jaren 50 | 1961 | winter 1973 | juni 1975 | juli 1975 | augustus 1975:
nacht vijf

Tot nu toe is ze alleen overdag op het terrein geweest. In het maanlicht biedt de lange, onverharde oprijlaan een heel andere aanblik. De dennen aan weerszijden verheffen zich als reuzen naar de hemel. De boerderijgebouwen zien er in het schijnsel van haar koplampen nog bouwvalliger en verwaarloosder uit.

Judy zet de auto aan de rand van de oprijlaan. Schakelt de motor uit. Dooft ook haar koplampen.

Ze blijft even in de weidse duisternis zitten om haar ogen te laten wennen. Dit is de maand van de Perseïdenzwerm en de hemel fonkelt van de sterren.

Zo stil mogelijk doet ze het portier van haar Kever open en weer dicht. Ze opent de kofferbak om de zaklamp uit haar noodpakket te halen.

Dan loopt ze, zichzelf bijlichtend met haar zaklamp, naar het slachthuis.

Ze hanteert de strategie waarmee ze als kind in koud water dook: in één keer, zelfverzekerd, zonder al te lang na te denken.

Als ze de tijd zou nemen om echt tot zich door te laten dringen waar ze mee bezig is, zou ze knikkende knieën krijgen.

Binnen zet ze meteen koers naar de trap achterin. De lichtbundel van de zaklamp trilt lichtjes in haar hand als ze omhoog sluipt.

Halverwege de trap stopt ze.

Ze hoort iets.

Stemmen misschien, een mannenstem. En dan opeens muziek. Ze verstaat de tekst niet, maar het is een ouderwetse melodie, het soort muziek waarvan ze vermoedt dat haar grootouders ernaar luisterden.

Ze neemt de laatste treden en bovenaan ziet ze, in het schijnsel van haar zaklamp, een dichte deur. Hij is vergrendeld en er zit een hangslot op, net zo een als bij T.J. Hewitts kamer in het personeelsverblijf.

Ze aarzelt. En dan trekt ze voorzichtig haar pistool.

Met haar vrije hand klopt ze op de deur.

‘Mijnheer Hewitt? Bent u daar?’

De radio wordt uitgezet.

‘Mijnheer Hewitt,’ roept ze. ‘Ik ben Judyta Luptack, van de recherche. Ik wil u graag een paar vragen stellen.’

Stilte.

‘Mijnheer Hewitt?’

Ze heeft het gevoel dat ze heel dicht bij de waarheid is. Haar hartslag versnelt.

‘Mijnheer...’ begint ze opnieuw en dan hoort ze hem.

‘Barbara?’ vraagt hij.

Er trekt een lichte huivering door Judy’s lichaam. ‘Nee, mijnheer Hewitt. Ik ben Judyta...’ Maar Vic Hewitt valt haar in de rede.

‘Barbara, je mag hier niet komen.’

‘Mijnheer Hewitt,’ roept Judy, ‘ik ben Barbara niet. Is Barbara daarbinnen?’

Stilte.

‘Mijnheer Hewitt?’

Haar pistool ligt zwaar in haar handen. In haar hoofd gaat ze alle mogelijkheden af. Ze zou zich kunnen terugtrekken, ze zou naar het commandocentrum kunnen lopen of rijden, ze zou nog een keer een team agenten kunnen optrommelen. Het risico voor lief nemen dat ze zichzelf weer voor schut zet.

Maar ze zegt: ‘Mijnheer Hewitt, ga weg bij de deur.’

Ze richt haar pistool zijdelings op het hangslot om te voorkomen dat de kogel door de deur heen gaat. Ze spant alle spieren van haar arm. Vuurt.

Het hangslot klettert op de grond en Judy duwt de deur open.

In de sobere kamer ligt een oude man in een eenpersoonsbed onder een deken die tot aan zijn kin komt. Hij is klein en lijkt verward.

‘Wie,’ zegt hij steeds maar weer.

Judy voelt zich meteen schuldig.

‘Ik doe u geen kwaad,’ zegt ze. ‘Ik wil alleen een paar vragen stellen.’

Maar Vic Hewitt stoot alleen maar onverstaanbare klanken uit en nu pas beseft Judy dat ze in een onmogelijke situatie zit: ze kan de deur niet meer op slot doen nu het hangslot kapot is, ze kan deze man niet meenemen in zijn toestand en ze kan ook geen hulp halen zonder hem alleen te laten.

Judy kijkt recht omlaag, naar de grond tussen haar voeten. Misschien is ze toch niet geschikt voor dit werk, denkt ze. Misschien had ze beter agent kunnen blijven.

Dan is er beweging in het bed.

'O,' zegt Vic Hewitt. 'O. O. U bent hier zeker vanwege Bear.'

Zijn stem klinkt berouwvol, maar ook jonger en energieker, alsof hij in gedachten is teruggekeerd naar een ander moment in zijn leven.

Judy aarzelt. Ze weet niet of verklaringen van 'verwarde personen' – de term die op de opleiding werd gebruikt – bruikbaar zijn in de rechtszaal. Maar in dit geval geeft haar persoonlijke nieuwsgierigheid de doorslag.

'Ja,' zegt ze. 'Ik ben hier inderdaad vanwege Bear, helaas.'

Vic Hewitt probeert rechtop te gaan zitten. Judy bukt zich en legt een hand tegen zijn rug. Helpt hem overeind. Dan gaat ze op de rand van zijn bed zitten. Hewitt, die nu tegen de kussens leunt, kijkt haar recht aan en ze ziet tranen in zijn ogen.

'Ik heb alleen maar geholpen,' zegt hij. 'Ik heb alleen maar geholpen.'

'U hebt hem niet vermoord?' vraagt Judy.

'Vermoord? Hemel, nee.'

'Wie heeft hem dan wel vermoord?'

En dan klinken er voetstappen op de trap. Judy trekt geruisloos haar pistool. Sluipt snel naar de muur naast de deuropening en drukt zich er met de rug tegenaan.

'O nee,' zegt Hewitt. 'O nee.'

De onbekende komt tot stilstand bij de deur. Judy hoort hem of haar ademen. Ze zal het pistool alleen afvuren als dat nodig is, zegt ze tegen zichzelf.

Dan zet T.J. Hewitt één stap over de drempel, met haar hoofd Judy's kant op gedraaid, alsof ze al wist wie daar stond.

Ze neem Judy van top tot teen op. Laat haar blik dan op het pistool rusten.

'Ik heb er ook zo één,' zegt ze vriendelijk. 'Maar ik richt het niet op mensen.'

'Liggen,' zegt Judy. En dan erachteraan: 'Alsjeblieft.'

T.J. zucht. Neemt de tijd. Ze gaat op haar knieën zitten en houdt intussen haar blik op Judy gericht, alsof ze duidelijk wil maken hoe belachelijk dit allemaal is. Dan zet ze haar handen op de grond en laat zich langzaam zakken, alsof ze een push-up doet.

Judy fouilleert haar, nog steeds met getrokken pistool.

'Oké,' zegt ze. 'Wij gaan samen naar het commandocentrum.'

'Naar mijn huis bedoel je.'

'Ook goed.'

'Tja, dat zal niet gaan.'

'Waarom niet?'

'Ik kan mijn vader niet zo achterlaten. Dan gaat hij dwalen. Die deur moet op slot.'

Judy zucht geïrriteerd. 'Kunnen we hem meenemen?'

T.J. lacht een beetje. 'Natuurlijk niet. Je ziet toch hoe hij eraan toe is. Ik moest hem de trap op dragen om hem hier te krijgen.'

Even kijken Judy en T.J. elkaar aan. Dan zegt T.J.: 'Bind ons maar vast.'

Judy knippert met haar ogen. 'Waarmee?'

'Beneden ligt touw en zo. Bind ons maar gewoon vast. Ik help je wel.'

Ze aarzelt. Het voelt als een valstrik, maar Judy ziet geen andere optie. En dus loopt ze achter T.J. aan naar beneden, door het slachthuis en dan de hoek om naar een ander gebouw dat T.J. de graanschuur noemt. Daar halen ze touw en als ze weer in het kamertje boven het slachthuis zijn, bindt Judy de Hewitts op het bed van Vic aan elkaar vast, met de rug naar elkaar toe. Tot slot knoopt ze het touw zelf vast aan de bedstijl.

Een kwartier later is ze terug met vier rechercheurs en vijf agenten.

Een half uur later zit ze op de bijrijdersstoel van een patrouillewagen. De Hewitts zitten achterin.

Victor

Jaren 50 | **1961** | *winter 1973* | *juni 1975* | *juli 1975* | *augustus 1975*

Vic sprak in zijn kantoor met een recalcitrante twaalfjarige jongen, die door zijn leeftijdsgenoten werd buitengesloten en zijn schaamte daarover onlangs had omgezet in fysieke agressie.

Midden in het gesprek viel de jongen stil en wees uit het raam.

'Wat is er?' vroeg Vic, terwijl hij zich omdraaide.

'Er ligt iets in het meer,' zei de jongen en de bitterheid in zijn stem had plaatsgemaakt voor bezorgdheid.

Inderdaad: midden in het Meer van Joan dreef een bol wit voorwerp; in eerste instantie zag het eruit als de buik van een walvis die boven water kwam.

Vic stond op en liep naar het raam.

Het was een roeiboot, gekapseisd.

'Jij blijft hier op je stoel zitten,' zei Victor.

Buiten trekt Vic een sprint. Er was net een zware onweersbui losgebarsten, die alle kinderen en groepsleiders naar binnen had gejaagd, en het gras was glad van de regen. Hij struikelde. Viel op zijn knieën. Stond weer op.

Er hing een desolate sfeer op het terrein. Hij keek om zich heen, maar zag geen menselijke gestalten.

Zelfs op de heuvel van Zelfredzaamheid was het stil – voor het eerst sinds een week, zo leek het. De Van Laars vierden hun jaarlijkse feest, het feest waarvoor Victor, die er in de tijd van Peter I altijd bij mocht zijn, al in geen jaren meer was uitgenodigd.

Op het strand bleef Vic staan en keek met zijn handen op zijn heupen naar de boot. Een van de gasten in het grote huis, dacht hij; iemand had de boot laten kapseizen en er verder niet naar omgekeken. Ze haalden altijd dat soort streken uit, dronken fratsen die een hoop werk opleverden voor de anderen op het terrein. Hij speurde de oevers af op zoek naar beweging, maar zag niets.

Toen draaide hij zich met een zucht om en rende de heuvel op, naar Zelfredzaamheid.

Hij realiseerde zich dat hij Tessie Jo sinds die ochtend niet meer had gezien. Normaal gesproken zou hij zich daar niet ongerust over maken. Ze struinde de hele zomer over het terrein, meestal met Bear in haar kielzog. Ze had een andere relatie met de Van Laars dan haar vader: zij werd geaccepteerd als speelkameraadje voor Bear, als iemand die op hun avontuurlijke zoon kon passen. Samen met Bear liep ze naar hartenlust het grote huis in en uit, terwijl Victor zich er inmiddels niet eens meer in de buurt vertoonde.

Nu zette hij zich schrap, rechtte zijn schouders en klopte op de voordeur.

Er werd meteen opengedaan.

Daar stond Peter II, de grootvader van Bear – het leek wel of hij de wacht hield.

Zijn gezicht was grauw, verstard. Zijn haar was nat.

'Is alles in orde?' vroeg Victor. 'Ik zag een boot…'

Peter II greep hem bij de schouders. Trok hem hardhandig naar binnen. De zwartstalen mug bonkte tegen de deur die achter hen dichtviel.

'Kom mee,' zei Peter II gebiedend. Zijn stem klonk zacht en gespannen.

'Ik wil even kijken waar mijn dochter is,' zei Victor. 'Voor de zekerheid.'

'Met je dochter is niets aan de hand. Met Bear wel.'

Victor keek hem aan, zijn zogenaamde broer. Zijn vijand. Op dat moment begon Peters hele gezicht licht te trillen, met omlaaggetrokken mondhoeken en uitpuilende ogen, alsof hij uit alle macht probeerde niet te schreeuwen, flauw te vallen of te huilen.

Peter ging op weg naar het boothuis. Vic volgde hem woordeloos.

Halverwege hoorde hij een geluid en hij stopte. Hij spitste zijn oren, hield zijn lichaam volkomen stil.

Een vos, dacht hij. Hij had dat geluid weleens 's nachts gehoord, een angstaanjagende, gesmoorde kreet die door merg en been ging.

Maar vossen waren nachtdieren – dit was geen dier.

Het was, begreep hij, het geluid van een kermende vrouw.

Victor

Jaren 50 | **1961** | *winter 1973* | *juni 1975* | *juli 1975* | *augustus 1975*

Gezamenlijk keken de twee mannen vanuit de deuropening van het boothuis naar het meer en de zinkende roeiboot.

Peter II was degene geweest die Alice had gevonden. Na haar gênante entree in de salon, nadat hij had gezegd dat Bear en hij zouden gaan wandelen – om te voorkomen dat de jongen met zijn overduidelijk ontoerekeningsvatbare moeder het meer op zou gaan – was hij naar de plek gegaan waar hij met zijn kleinzoon had afgesproken, maar daar had hij Bear niet aangetroffen.

Omdat hij dacht dat Bear misschien al op weg was naar Hunt Mountain was hij een stukje die kant op gelopen, tot het echt was gaan stortregenen en zich een vreselijke gedachte aan hem opdrong: Bear was niet bij het beginpunt van de wandeling, hij was bij het meer, met zijn moeder. Zijn band met haar was zo sterk, hij had vast aangevoeld hoe verdrietig ze was toen ze de volle salon binnen kwam strompelen om te vragen of hij zin had in een boottochtje.

'Ik ben meteen hierheen gerend,' zei Peter II tegen Vic Hewitt. Met een strak gezicht keek hij naar het meer. Zelfs onder deze omstandigheden bleef hij vormelijk.

De storm was al geluwd toen hij bij het boothuis aankwam. En daar voor hem, een gruwelijk tafereel: Alice die de helling op klauterde, kletsnat, hysterisch, onverstaanbaar schreeuwend. En in de verte de roeiboot, ondersteboven.

'Waar is Bear?' had hij dwingend gevraagd, maar ze was niet in staat verstaanbare klanken te produceren. Ze wees alleen maar naar het water, ineengekrompen alsof ze fysieke pijn had.

Hij had het water en de oevers afgespeurd. Net als nu. Hij had niets gezien.

'Ik zette Alice op een bankje,' zei Peter II. 'Ik zei dat ze daar moest blijven. Toen ben ik in het water gesprongen.'

Hij had gehoopt de jongen levend aan te treffen onder de romp van de boot, zei hij. Hij had tot God gebeden.

Maar toen hij onder de roeiboot dook, werd hij geconfronteerd met een verschrikkelijk beeld: zijn kleinzoon, levenloos.

Hij was met zijn kleren aan de dol blijven haken.

'Ik trok hem mee naar de oever,' zei Peter II. 'Ik voelde geen hartslag.'

Heb je hem beademd? wilde Vic vragen. Heb je hartmassage gegeven? Hij had dat van zijn vader geleerd, die het van zíjn vader had geleerd.

Het zou wreed zijn om die vragen hardop te stellen en dus zweeg Victor.

Peter ook. Een tijdlang spraken ze geen van beiden. Peter II schraapte een paar keer zijn keel en Victor keek van opzij naar deze man die hij van jongs af kende. Peter I had op zijn sterfbed tegen Vic gezegd dat hij hoopte dat ze elkaar als broers zouden gaan zien. Maar ondanks al die jaren had deze man nooit een greintje sympathie bij hem opgewekt – tot nu toe.

Voorzichtig legde Vic een hand op zijn schouder.

Peter II wierp hem zo'n geschokte, hooghartige blik toe dat hij die hand snel weer wegtrok.

'Alice mag het niet weten,' zei Peter II. 'Peter is nu bij haar en probeert haar tot bedaren te brengen. Maar we hebben samen besloten dat ze niet mag weten wat er is gebeurd.'

Vic fronste zijn voorhoofd.

'Waar is ze?'

'In een van de boerderijgebouwen, geloof ik. In de kamer waar je broer vroeger woonde. Daar kan niemand haar horen.'

Dat leek Victor onverstandig, onjuist.

Maar hij wist dat ze niet geïnteresseerd waren in het welzijn van Alice. Ze waren geïnteresseerd in hun eigen welzijn. En dat van de bank.

Voor beide Peters was het een onverteerbare gedachte dat hun naam in de krant zou verschijnen om een andere reden dan hun successen. En een schandaal als dit, Bears dronken moeder die tijdens het noodweer met haar zoon was gaan varen, een schandaal dat nadelige gevolgen zou hebben voor hun bank, dat het vertrouwen van de cliënten in hun concern zou schaden… enfin, dat konden ze niet laten gebeuren. Zoveel was duidelijk.

Er volgde een lange stilte en toen zei Peter II: 'Kijk.'

Hij wees naar de plek waar daarnet de roeiboot nog boven water lag. Nu was er nog maar een klein streepje te zien: de witte kiel, naar de wegtrekkende wolken gericht.

Samen keken ze toe tot hij onder water was verdwenen.

Victor stond op een kruispunt in zijn leven. Hij kon tegen de Peters ingaan. Hij kon zeggen dat hij niet zou liegen, hij kon zeggen dat zo'n grote leugen gevolgen zou hebben die ze nu nog niet konden overzien. Dat had hij van zijn eigen vader geleerd toen die hem tot gids opleidde: in het bos is elke beslissing die je neemt onomkeerbaar, soms fataal. Een vergeten kompas. Een verkeerde afslag. Een vuur dat wordt aangestoken ondanks de droogte. Hij kon zeggen dat hij er geen deel aan wilde hebben, hij kon weglopen.

Maar dan zou hij het vertrouwen verspelen van degene die zijn erfenis beheerde. Hij zou het kamp kwijtraken. Zijn broodwinning.

Als het alleen om hemzelf ging, zou hij zonder meer die weg hebben gekozen. Dat beaamde hij nog eens tegen zichzelf. En hij knikte er één keer bij, alsof hij die gedachte in zijn hoofd wilde verzegelen.

Maar het ging niet alleen om hemzelf: hij moest aan Tessie Jo denken. Zijn dochter, die net zoveel van dit domein hield als hij. Die nu al bekijks trok in de stad vanwege haar afwijkende postuur, uiterlijk en gedrag. Met het kamp was haar toekomst veiliggesteld: ze hoefde niet te trouwen als ze dat niet wilde. Ze kon vrijelijk een 'onconventioneel' leven leiden, zoals hij het noemde.

Ze kon haar eigen keuzes maken. Dat hield hij zichzelf voor toen hij die andere weg insloeg, toen hij besloot in opdracht van de Van Laars de waarheid te verzwijgen.

'Zeg maar hoe ik jullie kan helpen,' zei Victor.

Hij zag zijn eigen vader voor zich, met een kompas in zijn hand, kijkend naar de wijzer die even wiebelde en toen tot stilstand kwam.

Victor

Jaren 50 | **1961** | *winter 1973* | *juni 1975* | *juli 1975* | *augustus 1975*

Samen tilden ze Bear van de vloer van het boothuis en legden hem in een rode kano. Vic hield de wacht terwijl Peter II naar het slachthuis ging om met zijn zoon van plaats te wisselen. Toen Peter III aankwam, met een grauw gezicht, vroeg hij of Vic hem even alleen wilde laten.

Vic liep naar buiten en verstijfde. Vanuit het boothuis klonken de gesmoorde snikken van een volwassen man. Een man die niet gehoord wilde worden.

Er gingen vijf minuten voorbij. Tien. En toen kwam Peter III tevoorschijn, met een rood gezicht en rode ogen. Hij keek strak voor zich uit, meed de blik van Victor.

'Je weet wat je te doen staat,' zei hij. En toen liep hij weg.

Vic duwde de kano het meer in. Op de bodem, onder een deken, lag het lichaam van Bear Van Laar. En daarnaast een schep.

Vic zat achterin en keek strak naar voren; hij probeerde uit alle macht zijn blik niet omlaag te laten gaan naar de kleine gestalte die hij over het water naar zijn permanente rustplaats bracht.

Toen dat toch gebeurde, voelde hij geen afkeer of angst, maar tederheid.

Ook hij had van de jongen gehouden.

Zo voorzichtig mogelijk legde hij aan op de rotsachtige oever aan de overkant van het meer. Hij tilde het kleine, sterke lijf van Bear uit de boot. Het was zo vreemd om de jongen volkomen roerloos te zien: hij was altijd in beweging geweest, vanaf het moment dat hij kon lopen. Hij volgde T.J. waar ze ook ging, als een schaduw.

Vic haalde de schep uit de boot. Nam de jongen in zijn armen. Tien meter landinwaarts legde hij hem neer aan de voet van een steile rotswand en begon te graven.

Hij wist dat beide Peters op dit moment in Zelfredzaamheid het nieuws vertelden aan hun gasten, die loom ontwaakten uit hun middagdutje of opkeken uit de boeken die ze tevoorschijn hadden gehaald toen duidelijk werd dat het weer ze nog wel een tijdje binnen zou houden.

'We hebben jullie hulp nodig,' zouden ze zeggen. 'Bear is gaan wandelen met zijn grootvader. Maar we zijn bang dat hij is verdwaald.'

Dat was het plan dat ze hadden bedacht terwijl Alice Van Laar boven in het slachthuis lag te slapen, onder bedwelming van een gevaarlijk hoge dosis valium.

'Vic Hewitt is al aan het zoeken,' zouden ze zeggen. Voor het geval iemand hem in de kano had gezien.

'De brandweer wordt gebeld,' zouden ze zeggen.

Bij het zien van Victors bedenkelijke blik hadden de Peters hem bezworen dat hun plan zou werken.

Toen Bear veilig in zijn graf lag, nam Vic afscheid van hem en schepte hij de kuil weer vol. Daarna wilde hij weglopen, maar hij bedacht zich.

Hij verzamelde een flinke voorraad stenen.

Hij bouwde een cairn.

Hij zou het graf zo nu en dan bezoeken. Als Tessie Jo oud genoeg was, zou hij haar meenemen.

Voorlopig hoefde ze de waarheid niet te kennen.

Victor

Jaren 50 | **1961** | *winter 1973* | *juni 1975* | *juli 1975* | *augustus 1975*

Waar hij niet op had gerekend, was dat Tessie Jo het had gezien.

Ze was de hele dag nergens te bekennen geweest, en hij had aangenomen dat ze druk in de weer was met een van haar projecten elders op het terrein. Maar goed ook, dan hoefde hij het haar niet uit te leggen nu ze nog zo jong was. Dat kwam later wel, dacht hij.

Maar nadat de brandweerlieden waren gearriveerd, nadat hij hen ervan had weten te overtuigen dat ze beter pas de volgende ochtend met een grondige zoekactie konden beginnen, was Tessie Jo het bos uit komen rennen, met openhangende mond, wit weggetrokken gezicht en een kletsnatte vlecht van de regen.

Hij wist haar te onderscheppen voor ze de kans kreeg iets te zeggen. Hij wist haar weg te voeren via de gang.

'Wat is er, Tessie Jo?' vroeg hij toen ze alleen waren.

Ze had de omgeslagen roeiboot gezien. Uit nieuwsgierigheid was ze naar het boothuis gelopen. Daar had ze haar vader met de beide Peters horen praten, daar had ze gehoord wat de Peters van plan waren.

Daar had ze haar eigen vader in de rode kano naar de overkant van het meer en weer terug zien roeien.

Ze wist wat ze hadden gedaan.

En nu Vic haar vroeg om voor altijd te zwijgen over wat ze had gezien, om samen met hem en de Peters te volharden in deze zware leugen, keek ze hem aan, haar grote ogen tot spleetjes samengeknepen, haar wenkbrauwen gefronst.

Haar twijfel bracht hem ook aan het twijfelen.

Maar ze kon haar eigen toekomst niet zo goed overzien als hij, op haar leeftijd. Ze wist niet hoeveel deuren er voor haar dicht zouden gaan als ze de Peters trotseerden en de waarheid vertelden.

Hun hele toekomst hing af van deze leugen.

'Je moet me vertrouwen,' zei Victor.

Zijn dochter knikte halfhartig.

Victor

Jaren 50 | **1961** | *winter 1973* | *juni 1975* | *juli 1975* | *augustus 1975*

Hij werd belast met de taak om die nacht bij mevrouw Van Laar te waken in haar tijdelijke verblijf boven in het slachthuis. Het was belangrijk om haar weg te houden bij de gasten, zeiden de Peters, tot ze gekalmeerd was.

Om twee uur die nacht viel mevrouw Van Laar eindelijk weer in slaap. Daar waren vier pillen voor nodig geweest – de maximale dosis die hij haar in één keer mocht geven.

Op een stoeltje tegenover het bed zat hij naar haar te kijken. Hij had geen hekel aan mevrouw Van Laar, ook al was ze nooit echt aardig tegen hem geweest. Hij vond haar een meelijwekkende figuur. Iemand die door de Peters als 'nuttig' was bestempeld.

Zo keken ze ongetwijfeld ook naar hem. Op de momenten dat ze hem niet als lastpost zagen.

Mevrouw Van Laar mocht pas uit haar roes ontwaken op het moment dat de Peters dat veilig achtten, maar daarna zou haar wereld voorgoed instorten als ze ontdekte wat er die middag was voorgevallen.

Wat ze had gedaan.

Elke keer dat ze wakker werd – tussen twee doses in – stelde mevrouw Van Laar dezelfde vraag, steeds wanhopiger: 'Waar is Bear?' Steeds weer die ene vraag, met die in elkaar overlopende woorden.

Anderen zouden haar nauwelijks hebben kunnen verstaan, maar Victor wist wat ze zei: het was de vraag die ze dagelijks aan hem stelde als hij haar tegenkwam op het terrein.

'Waar is Bear?' vroeg ze weer, en opnieuw antwoordde hij met de zinnen die Peter II en III hem hadden gedicteerd: 'Hij is gaan wandelen met zijn grootvader. We vinden hem vast snel.'

'Maar de boot,' zei ze.

'Er was geen boot. Dat was een droom.'

Steeds weer datzelfde gesprekje. En dan zweeg ze een tijdje, tot: 'Waar is Bear?'

Dat was de vraag die ze de rest van haar leven zou blijven stellen, eeuwig op zoek naar haar zoon. Victor zag in dat Peter II en III door de waarheid voor haar verborgen te houden – de waarheid waar ze volgens hen niet mee zou kunnen leven, die haar vast en zeker voortijdig de dood zou injagen – haar weliswaar de pijn van de rouw bespaarden, maar die vervingen door de pijn van onzekerheid.

En dat was precies waartegen hij zijn dochter probeerde te beschermen. Hij was er tamelijk zeker van dat hij haar weinig te bieden had zonder de Van Laars. En dus boog hij voor hun gezamenlijke wil en hield hij zichzelf voor dat hij daarmee zijn vreemde, fantastische dochter tenminste de zekerheid bood van betekenisvol werk. Een inkomen. Dat hij haar vrijwaarde van het leven dat de vrouwen in de familie Van Laar al bij hun geboorte was toebedeeld.

Naast hem kreunde mevrouw Van Laar nu zachtjes in haar slaap. Op haar voorhoofd stonden zweetdruppels. Hij trok een lade open. Pakte een handdoek. Legde die voorzichtig op haar hoofd.

De volgende ochtend zou hij met een grotere groep zoekers te maken krijgen.

Hij zou ze het verhaal vertellen dat hij ook aan de brandweerlieden, aan zijn dochter en aan zichzelf had verteld.

Bear was gaan wandelen met zijn grootvader.

Hij was teruggegaan om een zakmes te halen.

Daarna had niemand hem meer gezien.

Alice

Jaren 50 | **1961** | *winter 1973* | *juni 1975* | *juli 1975* | *augustus 1975*

Telkens als ze uit de slaap kwam bovendrijven, doemden dezelfde beelden in haar hoofd op.

Eerst Bear, die de deur van het boothuis opende.

En daarna:

De boot op het water.

De naderende storm.

De steeds donkerder wordende hemel.

Het gezicht van haar zoon, die voor in de boot zat, zijn gespannen glimlach en de frons op zijn kleine voorhoofd terwijl zij roeide. Zijn blik op de oever, daarna op de lucht en daarna op zijn moeder, vragend om geruststelling bij de eerste donderslag.

De wolkbreuk naderde zo snel, dat ze hem als een gordijn over het meer hun kant op zag schuiven, van oost naar west. Toen de regen hen had bereikt, liep de boot vol.

Ze probeerde met haar handen te hozen. Ze klauwde naar het water.

De boot sloeg om en ze vielen in het water.

Het dolboord klapte neer op iets hards. Een menselijke gestalte. Ze riep de naam van haar zoon.

Judyta

Jaren 50 | 1961 | winter 1973 | juni 1975 | juli 1975 | augustus 1975:
dag zes

‘Is ze bereid een verklaring te ondertekenen?’ vraagt Hayes.

‘Ja,’ zegt Judy.

Ze staan bij een van de verhoorkamers in Ray Brook – de kamer waarin Judy kennis had gemaakt met Jacob Sluiter. Aan de andere kant van de eenrichtingsspiegel zit T.J. Hewitt, doodstil, met de handen plat op tafel.

‘Weet u wat ze me vertelde?’ zegt Judy. ‘Die keer dat ik geluiden hoorde boven in het slachthuis? Dat waren zij en haar vader. Toen ik weg was, had T.J. hem weggevoerd, omdat ze wist dat ik versterking ging halen. Dus toen de agenten bovenkwamen...’

‘... was er niets te zien.’

‘Juist.’

‘Wat ik niet begrijp: waarom kiest ze dit moment om een bekentenis af te leggen. Waarom zou je veertien jaar lang een geheim bewaren en het dan nu ineens opbiechten?’

‘Daar heb ik wel een theorie over.’

‘Ongetwijfeld.’

Ze kijken even zwijgend naar T.J., die haar ogen zo lang dichthoudt dat Judy zich afvraagt of ze slaapt. Dan gaan haar ogen open.

‘Ik denk dat ze bang was dat de Van Laars weer op het punt stonden om iemand vals te beschuldigen. Net als toen met Carl Stoddard.’

Hayes kijkt haar fronsend aan. ‘McLellan? Denkt ze dan dat McLellan onschuldig is?’

‘Nee. Ze denkt juist dat hij de dader is. Maar hij is de peetzoon van Van Laar. Zijn zus vertelde dat hij ooit de bank zal overnemen, omdat de Van Laars zelf geen zoon hebben. En McLellan senior heeft een flinke vinger in de pap bij de bank en de familie. T.J. was bang dat de McLellans de familie ervan zouden weten te overtuigen dat Louise Donnadieu de dader was.’

Hayes denkt even na.

‘Dus de Hewitts doen nu hun verhaal om Louises naam te zuiveren?’

‘En die van Carl Stoddard. Na al die jaren.’
Hayes knikt.
‘Tja, beter laat dan nooit,’ zegt hij.

Samen kijken ze naar T.J. Hewitt die haar gezicht naar het enige raam in de verhoorkamer wendt. Het zit zo hoog in de muur dat ze de gebouwen daarbuiten en zelfs de bomen niet kan zien, maar toch zoekt ze ergens naar, haar ogen flitsen van links naar rechts. Ze haalt diep adem, met haar gezicht naar de heldere hemel geheven.

Hoe gaat het met haar verder als de Hewitts het kamp moeten verlaten, vraagt Judy zich af. Als de Van Laars hen laten vallen, wat ongetwijfeld zal gebeuren, en zo de dunne draad doorknippen die de Hewitts en Peter de Eerste tientallen jaren met elkaar heeft verbonden?

Ze geeft zelf antwoord op die vraag: het komt wel goed met die twee. De Hewitts redden zich wel, net als zijzelf, net als Louise Donnadieu, ja, zelfs net als Denny Hayes.

Het zijn de Van Laars en dat soort families die altijd afhankelijk zijn van anderen.

Judyta

Jaren 50 | 1961 | winter 1973 | juni 1975 | juli 1975 | augustus 1975:
dag zes

Eigenlijk zit haar dienst erop. Maar nu ze niet meer elke avond verantwoording hoeft af te leggen aan haar ouders, kan Judy zo lang blijven als ze wil. Tot ze klaar is.

Hayes moet daarentegen naar zijn gezin.

Voor hij vertrekt, slaat hij haar op de schouder. 'Goed gedaan. Dat meen ik.'

Na de onthullingen van de Hewitts over de familie Van Laar is rechercheur Goldman vertrokken om aanhoudingsbevelen te regelen voor zowel de beide mannelijke Van Laars – Peter II en Peter III – als John Paul McLellan senior; ze zullen worden vervolgd voor samenzwering, vanwege hun leugens tegen de politie over de verdrinking van Bear Van Laar in 1961. Mogelijk wordt ook Vic Hewitt officieel in staat van beschuldiging gesteld, maar gezien zijn broze gezondheid is de kans klein dat hij de gevangenis in moet.

Vanavond zal hoofdinspecteur LaRochelle tijdens een persconferentie bekendmaken dat het lichaam van Bear Van Laar is gevonden. Hij zal ook vermelden dat de zaak is heropend en dat hij zo snel mogelijk met meer informatie komt.

Ze vermoedt dat Carl Stoddard binnen een week publiekelijk zal worden gerehabiliteerd; dan hoeft zijn vrouw Maryanne niet meer over het domein te dolen op zoek naar bewijs voor de onschuld van haar man.

De Van Laars daarentegen zullen na al die tijd alsnog voor hun daden moeten boeten.

Eigenlijk zou dit alles Judy een gevoel van voldoening moeten bezorgen.

Maar ze heeft vooral het gevoel dat er meer werk aan de winkel is: er moet nog een hele zaak worden opgelost.

Want Barbara Van Laar – of haar lichaam – is nog steeds niet gevonden.

Op het parkeerterrein van Ray Brook stapt ze in haar Kever. Ze rijdt over de snelweg zuidwaarts, richting Shattuck. Tegenwoordig kan ze in haar auto het best denken.

Het ligt voor de hand dat Barbara is vermoord door John Paul McLellan. Alles wijst in die richting: het meest belastende bewijs is de bebloede kleding, maar daarnaast zijn er de muurschildering, de keren dat Barbara iets liet vallen over een 'oudere vriend', haar nachtelijke tochten naar Hunt Mountain, de vingerafdrukken op de bierflesjes die aantoonden dat John Paul zich daar enige tijd heeft opgehouden.

Gezien al die aanwijzingen zou Judy overtuigd moeten zijn van John Pauls schuld.

Maar het zit haar niet lekker.

Bovendien: zolang ze Barbara niet hebben gevonden – al dan niet levend – kunnen ze niemand aanhouden. Wat betekent dat John Paul McLellan vrijuit zal gaan.

Keer op keer bestudeert ze de stukjes van de puzzel, in de hoop dat het laatste stukje op zijn plek valt.

Maar keer op keer gebeurt dat niet.

Judy rijdt zwijgend voort, tot haar maag zo luid begint te knorren dat ze moet lachen.

Gisteravond heeft ze iets gegeten in het enige restaurant van Shattuck – eigenlijk eerder een bar.

Aan het eind van de afrit zoekt ze in de duisternis naar de neonletters.

Daar is het: DRISCOLL'S.

Judy – die haar verfomfaaide broekpak van die lange werkdag nog aanheeft – gaat naar rechts en draait dan weer rechtsaf de parkeerplaats van Driscoll's Pub op.

Louise

Jaren 50 | 1961 | winter 1973 | juni 1975 | juli 1975 | augustus 1975:
dag zes

'Trek een shirt aan,' zegt Louise. 'Een echt shirt.'

Daarmee bedoelt ze een shirt met een kraagje. Haar broertje draagt al een jaar hetzelfde Led Zeppelin-shirt, dat inmiddels tot op de draad versleten is.

'Heb ik niet,' zegt Jesse. Dus geeft ze hem haar witte polo van het kamp – die is uniseks genoeg om hem geen ongemakkelijk gevoel te bezorgen.

'We gaan uit eten.'

Het is rokerig in Driscoll's en er hangt een troosteloze sfeer.

Midden in een zijkamer staat een biljarttafel met een paar mannen eromheen die Louise vaag bekend voorkomen. De eetzaal, waar Louise en Jesse zitten, is leeg op één vrouw aan de bar na.

Louise geeft Jesse een menukaart.

'Je mag alles nemen wat je wilt,' zegt ze.

Jesse kijkt haar aan. 'Louise, het gaat echt best goed met me, hoor.'

'Hoe bedoel je?'

Hij slaat zijn ogen neer. Frunnikt aan de hoekjes van de menukaart.

De serveerster – Connie Driscoll, minstens tachtig jaar oud – komt hun bestelling opnemen.

'Neem maar biefstuk als je wilt,' zegt Louise, maar Jesse bestelt een hamburger met friet.

'Doe mij dan maar die biefstuk, mevrouw Driscoll,' zegt Louise. 'Licht doorbakken. Dank u wel.'

Connie Driscoll loopt naar de keuken – haar sportschoenen maken geen geluid op de vloerbedekking.

Er daalt een stilte neer over hun tafeltje.

'Wat zei je nou?' vraagt Louise dan. 'Over dat het echt best goed met je gaat?'

'Och, zomaar. Ik weet dat je je zorgen om me maakt. Maar eigenlijk gaat het prima. Het is wel lastig met mam, maar ik kan altijd bij vrienden terecht. En bij een hoop leraren op school. Die helpen mij omdat ze jou graag mochten.'

Louise glimlacht onwillekeurig.

'Nou, graag gedaan dan,' zegt ze.

'Nee, ik meen het. Ik red me wel. Ik ben bijna twaalf. Ik kan best voor mezelf zorgen.'

'Kom op, Jesse,' zegt Louise.

'Nou, dan moet je het misschien maar eens aan mama overlaten. Het hoeft niet allemaal op jouw schouders terecht te komen.'

Louise slaat haar ogen neer. Ze wil hem niet uit de droom helpen: hun moeder zal zich nooit zo om hem bekommeren als zij. Niemand zal zich ooit zo om hem bekommeren als zij.

'Ik maak me trouwens net zo goed zorgen om jou,' zegt Jesse. 'Als jij nou eens wat beter op jezelf zou passen, daarmee zou je me al enorm helpen. Als je me écht wilt helpen, hè.'

'Op mezelf passen? Hoe bedoel je?'

Connie Driscoll komt terug met een Shirley Temple voor Jesse. Een cola voor Louise.

'Van het huis,' zegt ze.

Hij neemt een slokje.

'Aardigere jongens uitzoeken, om te beginnen,' zegt hij. 'Of helemaal geen jongens,' voegt hij eraan toe, alsof die optie nu pas bij hem opkomt.

Louise knikt. Het is pijnlijk om te horen, maar hij heeft wel gelijk. Wanneer is Jesse zo veranderd, vraagt Louise zich af. In haar hoofd ziet ze weer het broertje dat, als hij moe was, zijn kleine lijf tegen het hare aan vlijde en twee vingers in zijn mond stak. Blijkbaar loopt de tijd in Shattuck anders dan op het domein.

'O, en je moet ander werk zoeken.'

'Zoals?'

'Weet ik veel. Je bent hartstikke slim. Je kan doen wat je wilt. Je zou weer kunnen gaan studeren.'

'En wie gaat dat betalen?'

'Kweenie. Neem een lening bij de bank. Zo werkt dat toch?'

Het klinkt vermoeiend. Ze heeft het gevoel dat ze aan de voet van een berg staat en omhoogkijkt.

Maar ze heeft al vaker bergen beklommen. Ze is zelfs bergen op gerénd.

Ze eten in een gemoedelijke stilte, luisterend naar het geklik van de biljartballen en de blikkerige muziek die uit speakers schalt.

Connie Driscoll vraagt of ze nog iets willen en Louise bestelt een toetje. Waarom ook niet? Er staat genoeg op haar bankrekening om zichzelf en Jesse een tijdje te onderhouden.

Vanavond zet ze haar zorgen even opzij – een kleine adempauze voorafgaand aan haar hoorzitting.

Iemand stopt een muntje in de jukebox en de muziek verandert. De Everly Brothers zingen over dromen. Dan hoort Louise, door hun hypnotiserende samenzang heen, het geschraap van een kruk die naar achteren wordt geduwd. De eenzame vrouw die aan de bar zat, staat op en trekt haar portemonnee.

Als ze zich omdraait, ziet Louise dat de vrouw haar bekend voorkomt, maar ze weet niet waarvan. Ze heeft een smoezelig pak aan. Een kort kapsel. Ze ziet er jong uit, van Louises leeftijd of een paar jaar ouder.

Ze ziet er ook uit als... niet echt dronken, maar wel alsof ze twee biertjes in een lichaam heeft gegoten dat geen alcohol gewend is.

Louise weet al wat de vrouw gaat zeggen voor ze haar mond opendoet.

'Pardon?'

Maar als Louise haar aankijkt, ziet ze dat de blik van de vrouw niet op haar is gevestigd, maar op Jesse.

'Ben jij van Kamp Emerson?' vraagt de vrouw. Ze wijst naar Jesses poloshirt met het groene logo van het kamp.

Jesse ziet er verschrikt uit.

'Nee,' zegt Louise, die van haar stoel komt en voor hem gaat staan. 'Hij niet. Maar ik werk daar als leidster.'

De blik van de vrouw verschuift naar Louise.

'Ik ken jou,' zegt ze.

Tracy

Jaren 50 | 1961 | winter 1973 | juni 1975 | juli 1975 | augustus 1975:
dag zes

Tracy leunt met haar hoofd tegen het raampje van haar vaders Stutz Blackhawk. Dit is de eerste keer dat ze in een auto met airconditioning zit. Hiervoor had haar vader jarenlang een Chevy, een degelijke vierdeurs pick-up die ook sterk genoeg was voor een paardentrailer.

Ze mist de Chevy. Erger nog, ze mist de vader die de Chevy bestuurde.

Het huis in Hempstead ziet er nog precies zo uit als bij Tracy's vertrek aan het begin van de zomer. Zilverkleurige toegangspoort, gazon met kunstgras, nepbloemen in plastic bloembakken onder de beide ramen in de voorgevel.

En haar moeder – haar moeder die reikhalzend naar hen uit zit te kijken op het trapje.

De Blackhawk komt brullend tot stilstand op de oprit en Molly Jewell staat op.

Tracy springt uit de auto en rent naar haar moeder – haar lieve, grappige moeder, die altijd helemaal zichzelf is, die nooit probeert zich anders voor te doen.

Met een schok realiseert Tracy zich aan wie ze haar doet denken.

'O, Tracy,' zegt haar moeder. 'Ik vind het zo erg van je vriendin. Volgens mij betekende ze heel veel voor je.'

'Nog steeds.'

Zal ze ooit aan haar moeder kunnen uitleggen hoe drastisch haar leven is veranderd door iemand met wie ze maar twee maanden is omgegaan?

Als haar vader de auto heeft uitgeladen, schraapt hij opgelaten zijn keel.

'Goed je te zien, Molly,' zegt hij.

Ze knikt.

Hij omhelst Tracy en dan laat hij haar en haar moeder achter op de oprit, met al haar spullen van het kamp. Ze begrijpt dat de rest van haar jeugd er zo uit zal zien: zij met z'n tweeën, samen. Zij met z'n tweeën, alleen.

Haar vader zal ze weer zien op de dag dat hij met Donna Romano trouwt en tijdens de feestdagen – de eerstvolgende drie jaar elke keer met een nieuw halfbroertje of -zusje erbij. Ze zal gesprekken met hen voeren. Ze zal beleefd zijn. Maar ze zullen niet haar familie zijn, niet meer. De enige familie die ze nog heeft, staat naast haar.

'Mam,' zegt Tracy. 'Heb je weleens van punkmuziek gehoord?'

'Nee. Maar ik wil er alles van weten.'

De hemel boven Hempstead wordt donker. Tracy denkt aan Barbara Van Laar. Vraagt zich af of ze nog leeft, of ze dezelfde hemel ziet, vijfhonderd kilometer ten noorden van haar.

Ze denkt aan Barbara's sterke armen en benen, haar fier geheven hoofd, haar slagvaardigheid in het water en in het bos. Ze denkt aan Barbara zoals ze was op die survivalexpeditie, toen ze een tent opzette, een vuur aanlegde, voedsel voor hen vond. Iedereen in leven hield.

En ze weet, of in elk geval gelooft ze, dat Barbara nog ergens op deze wereld rondloopt.

Judyta

Jaren 50 | 1961 | winter 1973 | juni 1975 | juli 1975 | augustus 1975 |
september 1975

Judy parkeert haar Kever op de oprit van haar ouderlijk huis in Schenectady. Ze blijft even zitten om zich voor te bereiden.

Het is zaterdag en ze weet precies wat ze aan het doen zijn: haar moeder is aan het stofzuigen terwijl haar vader de boel afstoft. Haar broers vervangen de lampen of doen andere klusjes die ze opgedragen krijgen door hun ouders. Precies zoals het alle zaterdagen is gegaan, zolang ze zich kan heugen. Jarenlang deed ze met hen mee, vouwde ze de was op, verschoonde de bedden. Maar deze zaterdag is Judy hier voor het eerst op bezoek.

Een maand geleden heeft ze de spullen uit haar kinderkamer overgebracht naar een kleine huurwoning op enkele kilometers van het bureau in Ray Brook. Zonder hulp: haar vader had haar één keer toegeknikt toen ze binnenkwam en was weggegaan.

Nu stapt ze uit de auto. Slaat het portier dicht. Dat geluid lokt haar broer Leonard naar de deur.

Als hij haar ziet, roept hij over zijn schouder. 'Ma.'

Judy gaat naar binnen en krijgt een omhelzing van Leonard.

Het geloei van de stofzuiger verstomt. 'Wat is er?' roept haar moeder.

Leonard grijnst.

'De Primeur is teruggekeerd.'

Tien minuten later zit het hele gezin aan de keukentafel. Haar moeder heeft theegezet. Haar vader, die als laatste aanschuift, roert suiker in zijn kopje en schraapt zijn keel. Ze zijn allemaal stil, tot Leonard zegt: 'Je stond weer in de krant.'

Judy kijkt op.

'Echt?'

Leonard knikt. Staat op. Komt terug met een velletje papier in zijn handen: het zoveelste knipsel uit de *Times Union*.

Ze pakt het aan en leest het artikel.

DE VAN LAARS IN STAAT VAN BESCHULDIGING GESTELD, luidt de kop. En de ondertitel: 'Oorspronkelijke verdachte postuum vrijgesproken'.

Het verhaal gaat verder: Alice Van Laar, die destijds ongetwijfeld zou zijn aangeklaagd voor dood door schuld, zal vrijuit gaan: de verjaringstermijn is verstreken.

Maar Peter II en Peter III zullen worden vervolgd voor samenzwering en belemmering van de rechtsgang. In hun geval is er geen sprake van verjaring, aangezien ze al die tijd, ook na Barbara's verdwijning, tegen de politie zijn blijven liegen over het lot van Bear.

Op dit moment zijn ze vrij op borgtocht, in afwachting van hun proces. Ze zullen niet langer worden vertegenwoordigd door John Paul McLellan senior, vermeldt de journalist.

Het artikel gaat vergezeld van een foto.

Daarop is de familie Stoddard te zien: Maryanne, haar drie dochters, haar schoonzoons, haar kleinkinderen, allemaal bij elkaar, stijfjes poserend voor een keurig huis in Shattuck, met ernstige gezichten en in een kaarsrechte houding.

'Het recht krijgt zijn loop', luidt het onderschrift.

Judy geeft het knipsel terug aan haar broer, die het aan zijn vader geeft, die het netjes opvouwt en in het borstzakje van zijn overhemd stopt.

'Zag je je naam daar staan?' vraagt haar vader. 'Al in de tweede alinea.'

Judy glimlacht. 'Ja, ik zag het.'

'Ik wist dat de familie het had gedaan,' zegt Judy's vader. 'Meteen al. Iedereen was ervan overtuigd dat ze er iets mee te maken hadden. We wisten alleen niet hoe precies.'

Haar moeder, die de hele tijd heeft gezwegen, pakt plotseling Judy's kopje uit haar handen. Schenkt nog wat thee in. Judy beseft dat ze nu een bezoeker is in hun huis, een gast, en dat geeft haar een gevoel van trots, vermengd met weemoed.

'En wat Barbara betreft?' vraagt Leonard. 'Nog nieuwe aanknopingspunten?'

Die zijn er, maar daar kan ze haar familie niets over vertellen – nog niet – en zo wordt er weer een gordijn tussen hen dichtgetrokken.

'Niets belangrijks,' zegt ze.

Op de terugweg naar Ray Brook ziet Judy dat de dennen steeds langer en voller worden. Ze neemt de afrit naar de 73. Klimt hoger en hoger met haar Kever.

Intussen laat ze de recente ontwikkelingen rond de verdwijning van Barbara Van Laar door haar hoofd gaan.

De interessantste is dat Annabel Southworth – Louises assistente – een bekentenis heeft afgelegd. Op de avond van Barbara's verdwijning was ze bij John Paul McLellan: tijdens het dansfeest, om een uur of tien, en diep in de nacht nog een keer. Daarmee heeft ze hem van een alibi voorzien, en haar ouders, Katherine en Howard, hebben haar verhaal bevestigd. Ondanks Annabels jonge leeftijd staan de families Southworth en McLellan, goede vrienden van de Van Laars, volledig achter deze prille relatie.

'Ze passen zo goed bij elkaar,' had Katherine Southworth in haar ondertekende verklaring geschreven.

De enige andere aanklachten tegen John Paul – wegens rijden onder invloed en bezit van verboden middelen – zijn afgehandeld. De bebloede kleren, die volgens John Paul door iemand anders in zijn auto zijn gelegd, kunnen niet als bewijs dienen zolang er geen moordaanklacht ligt. De gevangenis hoeft hij niet in: hij heeft honderd uur taakstraf gekregen van een rechter die in Judy's ogen nogal goeie vriendjes was met John Pauls vader.

Het verbaasde Judy allemaal niets, al was ze wel een tikje teleurgesteld.

Maar ineens was daar een nieuwe wending. Hoewel ze waarschijnlijk nooit kunnen aantonen dat John Paul McLellan betrokken was bij de verdwijning van Barbara Van Laar, kunnen ze hem wel aanklagen voor iets anders: het opzettelijk toebrengen van zwaar lichamelijk letsel.

Het slachtoffer: Louise Donnadieu.

Na enige discussie met Judy heeft Louise ermee ingestemd om aangifte te doen. Sterker nog, een aantal mensen heeft toegezegd om voor Louise te getuigen. Judy heeft het voorwerk gedaan: ze heeft degenen opgespoord die op de avond van de mishandeling aanwezig waren in het studentenhuis vlak bij Union College: John Pauls huisgenoot Steven en de drie meisjes van wie Steven had verteld dat ze er op dat moment te gast waren.

Ze denkt aan de jongens vroeger bij haar op school. En aan de meisjes. Zouden die ook zo dapper zijn geweest? Daar is ze niet zo zeker van. Maar het is nu 1975, zegt ze bij zichzelf. De wereld is veranderd.

'Oké, maar hoe denk jij dan dat het zit?' had haar broer aan de keukentafel gevraagd. 'Als je niks nieuws mag vertellen over de feiten, vertel dan maar wat je onderbuik zegt.'

‘Mijn onderbuik?’

‘Over Barbara Van Laar,’ zei haar broer en rechts van haar sloeg haar moeder een kruisje. ‘Dat arme kind,’ mompelde ze.

Judy keek uit het raam.

‘Eigenlijk denk ik dat ze ongedeerd is,’ zei ze.

Leonard fronste zijn wenkbrauwen.

‘Hoe weet je dat?’

‘Ik weet het niet. Ik heb alleen zo’n gevoel.’

De avond dat ze Louise Donnadieu was tegengekomen in Driscoll’s Pub had Louise iets gezegd wat nu al weken in Judy’s hoofd nagalmt.

In een opwelling had Judy een vraag gesteld over T.J. Hewitt. Want hoewel ze in T.J.’s onschuld geloofde, liet het verhaal van de kleine Christopher haar niet los.

Waarom was Barbara in vredesnaam ’s nachts naar T.J. Hewitts tent gegaan? Wat had ze daar te zoeken, behalve... dingen die het daglicht niet konden verdragen?

En dus had ze – dankzij de twee biertjes die haar remmingen hadden weggenomen – haar gedachten daarover aan Louise Donnadieu voorgelegd, nadat ze zich ervan had verzekerd dat ze buiten gehoorsafstand van haar broer waren.

Louise was in lachen uitgebarsten.

‘Waarom lach je?’ vroeg Judy.

‘Omdat het nergens op slaat,’ zei Louise.

‘Hoezo?’

‘De meeste mensen vinden T.J. nogal raar,’ zei Louise, ‘maar ze is volkomen ongevaarlijk. Sterker nog: ze heeft een hart van goud. Ze wil alleen maar jagen en vissen en met rust gelaten worden. Haar familie heeft een huis op een eilandje in het noorden. Volgens mij zou ze het liefst daar gaan wonen.’

Louise wenkte de barman. Ze bestelde een biertje voor zichzelf.

‘Daar heeft ze alleen geld voor nodig,’ zei Louise.

Judy keek haar peinzend aan.

‘Waar precies?’ vroeg ze.

Louise fronste haar wenkbrauwen. ‘Waar wat?’

‘Dat eilandje. Dat huis.’

‘O, ik weet niet hoe het heet,’ zei Louise. ‘Maar er hangt een kaart aan de muur van haar kantoor en de laatste keer dat ik die kaart zag, zat er een speld op de plek van dat huisje.’

Ze nam een slok.

En toen gleed haar blik langzaam naar Judy. Er begon haar iets te dagen.

Het zou een geweldige impuls zijn voor Judy's carrière. Als ze Barbara Van Laar terugvond – zeker als ze haar lévend terugvond – kon ze een promotie tegemoetzien. Misschien zelfs een dubbele promotie. Het zou de eerste stap zijn op weg naar succes. En het zou de vraag beantwoorden die haar al bezighoudt sinds ze bij de recherche werkt, de vraag die als eerste opborrelt bij iedere mannelijke rechercheur die ze tegenkomt: zijn vrouwen wel geschikt voor dit werk?

Ze weet dat LaRochelle en al haar collega's Barbara best zouden kunnen traceren, maar geen van hen zou rekening houden met Barbara's wensen, of met haar veiligheid.

Ze zouden hun eigenbelang boven Barbara's welzijn stellen.

In zekere zin had LaRochelle dat ook gedaan in de zaak van Bear, toen het hem wel goed uitkwam dat de verdenking op Carl Stoddard viel: als Stoddard, die niet meer voor zichzelf kon opkomen, de schuld kreeg, kreeg LaRochelle zijn promotie.

Met de meeste dingen die ze van haar ouders heeft geleerd, is Judy het niet eens, maar een van de dingen die ze in hen waardeert is hun vaste overtuiging dat je eerst aan anderen moet denken en dan pas aan jezelf.

Als Barbara Van Laar ervoor heeft gekozen zich schuil te houden in de bossen, als ze veilig en beschut is en genoeg te eten heeft, als ze zich kan redden, wie is Judy dan om haar terug te halen naar de wereld waarvan ze afscheid heeft genomen?

Maar ze wil wel zeker weten dat haar theorie klopt.

En dus stippelt ze in haar appartementje in Ray Brook een plan uit: ze zal teruggaan naar het Domein Van Laar, naar T.J.'s blokhut, waar ze zoveel uren heeft doorgebracht. Ze vermoedt dat het leegstaat, de Hewitts hebben immers de banden met de familie Van Laar verbroken. Ze zal de deur, waar nooit een slot op heeft gezeten, opendoen.

Ze zal in stilte een schietgebedje opzeggen dat de kaart nog steeds aan de muur hangt.

En als dat zo is, zal ze de plek die door een speld of gaatje wordt gemarkeerd in haar geheugen opslaan.

De plek waar het huisje van de familie Hewitt staat, een flink eind naar het noorden, tussen de hoge pieken van de Adirondacks.

Barbara

Jaren 50 | 1961 | winter 1973 | juni 1975 | juli 1975 | augustus 1975:
dag één

Het bed is leeg.

In het maanlicht, op de drempel van de blokhut die Balsemzilver heet, kijkt Barbara Van Laar nog één keer over haar schouder en neemt ze in stilte afscheid van Tracy, van de andere meisjes in haar blokhut, van Kamp Emerson.

Ze vertrekt later dan ze met T.J. had afgesproken – die loopt nu vast met gierende zenuwen door haar kantoor te ijsberen. Maar Barbara's leidsters waren veel langer weggebleven dan voorzien en ze moest wachten tot eerst de een en toen de ander terugkwam, en daarna moest ze nog een tijdje wachten tot hun geluiden verstomden, tot hun ademhaling gelijkmatig werd.

Toen was ze zo zachtjes als ze kon uit bed gekomen en op haar tenen naar de deur gelopen, waar ze nu stilstaat.

Ze was bijna de zak vergeten. De papieren zak die ze had meegenomen uit het grote huis en waarmee ze zichzelf bijna had verraden.

Wat zit er in die zak? had Tracy haar vorige week gevraagd en ze had gedaan alsof ze niet wist waar ze het over had.

Buiten is het fris en de maan schijnt zo fel dat ze haar zaklamp niet nodig heeft.

Haar andere spullen liggen al klaar in T.J.'s blokhut: haar rugzak, volgepropt met vers voedsel waar ze het minstens een week mee moet kunnen uithouden. Haar warme kleren, haar bergschoenen, die ze zo snel mogelijk zal aantrekken.

En inderdaad: zodra ze de veranda van het kampkantoor op loopt, zwaait de deur open. Daar staat T.J., die een blik op haar horloge werpt. Het is bijna drie uur, zegt ze – het wordt krap.

'Moeten we een dag wachten?' vraagt Barbara, maar T.J. schudt snel haar hoofd.

Dit is de laatste avond van het feest bovenaan de heuvel. Het is nu – zolang er nog gasten zijn – of nooit.

En ‘nooit’ betekent dat ze in de herfst naar Élan wordt gestuurd. ‘Nooit’ betekent dat ze T.J. of Vic – haar echte familie – de komende jaren niet zal zien.

Zwijgend lopen ze naar T.J.’s pick-up, waarop een kano is vastgesnoerd, en ze sluiten zo zacht mogelijk de portieren. Dan start T.J. de motor en hobbelt de pick-up de heuvel op, langs Zelfredzaamheid, langs de parkeerplaats die vol staat met auto’s.

‘Kon je hem openkrijgen?’ vraagt Barbara, wijzend naar de blauwe Trans Am van John Paul McLellan.

T.J. knikt. ‘De kleren liggen in de kofferbak. Hij zal ze daar zelf niet vinden. Maar de politie wel, als ze zijn auto doorzoeken.’

‘Waarom zouden ze die doorzoeken?’

T.J. grijnst. ‘Dat is niet het enige wat ik heb verstopt. Als hij wordt aangehouden, hebben ze genoeg aanleiding om de auto te doorzoeken.’

Als ze bij de snelweg zijn aangekomen, hebben ze nog een uur te gaan. T.J. rijdt zo hard als ze durft: een paar kilometer boven de limiet, niet genoeg om de aandacht te trekken van de politie. Af en toe kijkt ze naar de lucht, die met de minuut lichter wordt.

Onderweg bestookt ze Barbara met vragen.

Hoe maak je drinkwater? vraagt ze.

Een vuur aanleggen. Water koken. Jodium erbij.

Wat doe je als je ziek wordt?

Het medische handboek pakken dat je op de plank hebt gezet. Het juiste medicijn zoeken in het kastje.

Het zijn de instructies die ze almaar hebben herhaald tijdens de nachtelijke trainingssessies die T.J. haar die zomer heeft gegeven. Om haar voor te bereiden op een leven in het bos. Niet voorgoed: tot ze meerderjarig is en ze zelf over haar leven mag beslissen.

Dan is ze vrij om te doen wat ze wil, zonder bang te hoeven zijn dat haar ouders haar hun regels, of hun straffen, kunnen opleggen.

Als ze ooit van gedachten verandert, hoeft ze alleen maar uit haar schuilplaats tevoorschijn te komen. Het is aan haar, zegt T.J.

Barbara kijkt opzij en neemt T.J.’s profiel en haar vriendelijke gelaatstrekken in zich op. Toen Barbara heel klein was, was T.J. degene die haar onder haar hoede nam. Die haar hielp en onderwees. Het woord ‘moederlijk’ is niet op T.J. Hewitt van toepassing en toch is T.J. de enige moeder die Barbara ooit heeft gekend. Haar echte moeder is haar hele leven onbereikbaar geweest. Een lege huls.

'Ik heb thee in je rugzak gestopt,' zegt T.J. 'Je lievelingsthee. En chocola, voor als je 's avonds zin hebt in iets lekkers.' En dan: 'Heb je genoeg te lezen?'

Barbara knikt. 'Ja, hoor. En als ik alles uit heb, schrijf ik je.'

'Ik kan vrij snel naar je toe komen,' zegt T.J. 'Over een maand of twee. Ik wil alleen heel zeker weten dat ik niet word gevolgd.'

Ze kijkt naar Barbara en geeft haar een klopje op haar knie. 'Tot die tijd hou je het wel uit.'

'Natuurlijk,' zegt Barbara om T.J. gerust te stellen – en zichzelf.

Maar diep vanbinnen weet ze dat ze er klaar voor is. Dat heeft ze aan T.J. te danken. Aan al die nachtelijke sessies, aan alle voorbereidingen die ze hebben getroffen.

Het enige wat ze zal missen is muziek, die kon ze niet meenemen.

Beiden vervallen weer in zwijgen. En dan, net voordat de zon opkomt, verlaat T.J. de snelweg.

Twee koplampen verlichten hun pad als ze de kano van het dak halen en hem een paar honderd meter door het bos dragen.

Barbara weet dat T.J. nerveus begint te worden: als ze niet terug is in het kamp voordat de stafleden wakker worden, is het hele plan mislukt. En dus versnelt Barbara haar pas, ondanks haar brandende longen, ondanks de rugzak die zwaar aan haar schouders hangt.

'We zijn er bijna,' zegt T.J. keer op keer.

De zon komt al op als ze samen stilletjes over het meer roeien, naar een eiland in het midden. Als ze dichterbij zijn, ziet Barbara tussen de bomen het platte oppervlak van een door mensenhanden gemaakt bouwwerk.

'Vergeet niet dat er hier herten rondlopen, hè,' zegt T.J., terwijl ze vanuit de achterkant van de kano de oever op stapt. 'Je kunt altijd op herten jagen. Er zijn twee geweren in huis en er is meer dan genoeg hagel.'

In een flits ziet Barbara haar moeder die haar als een spook door het hele huis achtervolgt en zegt dat ze niet zoveel moet eten. Precies het tegenovergestelde van T.J., die haar juist altijd eten toestopte zodra ze de kans kreeg en die soms zelfs naar Barbara's kostschool kwam om een jas en andere kleding af te leveren, of iets te eten waarvan ze wist dat Barbara het lekker vond.

Dan kroop ze door een raam naar binnen en weer naar buiten.

En dat ging altijd goed, tot die ene keer dat mevrouw Burke haar van achteren zag en Barbara in een vlaag van paniek zei dat T.J. een jongen was.

Vanaf dat moment was alles vreselijk misgelopen.

'Ik zal het onthouden,' zegt Barbara. 'Ik onthoud alles wat je me hebt geleerd.'

Ze hebben hun bestemming bereikt. Even kijken ze elkaar aan.

'Ga maar,' zegt Barbara.

'Je redt je wel.'

'Ik red me wel.'

Vanaf de oever kijkt Barbara naar T.J. die wegroeit in haar kano. Ze wacht tot ze de peddel niet meer in het water kan horen plonzen, tot T.J. aan de overkant, na zich nog één keer te hebben omgedraaid om te zwaaien, in het bos verdwijnt.

Barbara sluit haar ogen. Ze luistert, vraagt om een teken... en een heremietlijster antwoordt met zijn prachtige lied.

Ze loopt naar het huisje dat de Hewitts vele generaties geleden hebben gebouwd. Het is koel en schemerig en ligt vol met spullen die T.J. in de afgelopen maanden heeft aangevoerd ter voorbereiding op Barbara's verblijf.

In de hoek staat iets nieuws: een akoestische gitaar. Met een instructieboek voor beginners erbij: T.J. heeft ervoor gezorgd dat ze haar eigen muziek kan maken.

Dankbaar zet ze haar zware rugzak op de grond. Bovenin zit de papieren zak die ze uit Zelfredzaamheid had meegenomen.

Ze maakt hem open en haalt het enige niet-essentiële voorwerp eruit dat ze van zichzelf mocht meenemen: het is een ingelijste foto van Bear.

Dit is ook zijn huis.

Ze zet de foto op de ruwhouten tafel waar ze haar maaltijden zal nuttigen.

Hier ben je veilig, zegt ze in gedachten tegen haar broer.

Judyta

Jaren 50 | 1961 | winter 1973 | juni 1975 | juli 1975 | augustus 1975 | **september 1975**

Aan de rand van een meer, een kilometer of tachtig ten noorden van het Domein Van Laar, staat Judy Luptack, met haar handen in haar zij, naar een eilandje in de verte te turen. Ze heeft geen boot bij zich.

Ze probeert de afstand tussen de oever en het eiland te schatten. Ruim vijfhonderd meter. Ze is nooit een goede zwemster geweest, maar toch trekt ze haar schoenen uit en steekt een teen in het water.

Het is ijskoud. Even twijfelt Judy of ze het wel moet doen. Ze weet niet eens zeker of ze aan de andere kant iets zal vinden. Het is zaterdag. Haar vrije dag. Ze zou terug kunnen gaan naar haar huurhuis in Ray Brook; ze zou naar de buurtwinkel kunnen gaan om boodschappen te doen voor het avondeten. Ze kent al een paar stadsgenoten bij naam. Ze zou gewoon kunnen doen waar ze zin in heeft. Maar in plaats daarvan kleedt ze zich uit tot op haar badpak – daartoe aangezet door een vermoeden dat ze sinds haar gesprek met Louise Donnadieu niet heeft kunnen afschudden.

Ze heeft geen idee hoelang ze zal moeten zwemmen. Je kunt je altijd laten drijven, zegt ze tegen zichzelf. Als je moe wordt, kun je je laten drijven.

Al zwemmend denkt ze over alles na. Als haar theorie klopt, áls die klopt, wat nog niet zeker is, valt alles ineens op zijn plek. Het uniform met het bloed van – in de woorden van Christopher Muldauer – 'Barbara's ongelukje' tijdens de survivalexpeditie. Het besef bij T.J. en Barbara dat het uniform weleens heel goed van pas zou kunnen komen. Als ze die kleren in John Paul McLellans kofferbak zouden verstoppen, sloegen ze twee vliegen in één klap: ze brachten de rechercheurs op een dwaalspoor en het was een elegante manier om gerechtigheid te krijgen. Gerechtigheid voor Louise Donnadieu, die ooit door T.J. in huis was genomen nadat John Paul haar had mishandeld. Gerechtigheid voor Carl Stoddard, die na zijn dood tot dader was bestempeld door de McLellans en de Van Laars omdat ze hun goede naam wilden behouden.

Omdat ze een schandaal wilden voorkomen, ook als dat ten koste ging van een onschuldige man. En gerechtigheid voor T.J. Hewitts vader, die akkoord was gegaan met iets wat indruiste tegen zijn normen en waarden. Waardoor hij was gereduceerd tot iemand die geen haar beter was dan de Van Laars zelf.

Met twee simpele daden – vertellen wat er echt met Bear is gebeurd en Barbara helpen zich te verschuilen – hebben de Hewitts hun fouten goedgemaakt. Ze zijn op hun schreden teruggekeerd naar het kruispunt waar Vic een verkeerde keuze had gemaakt, en vervolgens zijn ze een andere weg ingeslagen.

Judy zou niet kunnen zeggen hoeveel tijd er is verstreken sinds ze het water in is gegaan. Zo nu en dan volgt ze haar eigen advies op en laat ze zich drijven, met de blik recht omhoog naar de blauwe septemberhemel. Ze sluit haar ogen. Laat zich wiegen door het water. En zwemt dan verder.

Op een gegeven moment is de oever waar ze naartoe zwemt dichterbij dan de oever achter haar. Ze stopt en watertrappelt om haar hoofd boven water te houden. Als ze heel goed kijkt, meent ze een rooksliertje te zien opstijgen uit een schoorsteen.

Eindelijk is ze bij het eiland. En niet ver van de oever ziet ze een gestalte naar haar gluren vanachter een boom.

Barbara Van Laar.

Judy zou haar overal herkennen, ook al heeft ze haar nog nooit in levenden lijve gezien.

Vanuit het water steekt Judy aarzelend een hand op. Barbara kan niet weten wie Judy is, want ze was al ver weg voordat de politie op het terrein neerstreek. Voor Judy is het net of ze door een eenrichtingsspiegel kijkt: ze kent Barbara veel beter dan Barbara denkt. Judy moet er een beetje belachelijk en amateuristisch uitzien in haar badpak, rillend van de kou, als een wel heel avontuurlijke wandelaar of kampeerder, die niet had verwacht iemand tegen te komen.

Barbara staat stil met haar armen langs haar zij.

'Alles in orde?' roept Judy.

'Ja,' zegt Barbara. En dan: 'Met jou ook?'

Judy knikt.

'Wil je dat ik je met rust laat?' vraagt Judy.

Even aarzelt Barbara.
Dan zegt ze beslist: 'Ja.'

De terugweg lijkt langer, alsof ze trager zwemt. Judy klappertandt van de kou. Toch stopt ze even om nog een keer naar het eiland te kijken.

Daar staat ze: Barbara Van Laar, kaarsrecht, sterk. Ze voelt zich thuis in haar eigen lichaam, ze voelt zich thuis in het bos. Er lijkt wel een aura van onsterfelijkheid om haar heen te hangen, bedenkt Judy, alsof ze een geest is, een verschijning, meer god dan kind.

Judy zwemt door tot ze eindelijk de overkant bereikt.

Als ze naar het eiland kijkt, ziet ze alleen de dennenbomen, die als een gordijn het meisje aan haar zicht onttrekken.

Dankwoord

Veel dank aan Bob en Kelly Nessle, Kevin Gagan, Kevin Hynes, Kathleen Bower, Anna Serotta, Jean Dommermuth, Max O'Keefe, Rebecca Moore en Steve Williams, die zo vriendelijk waren om mijn vragen te beantwoorden over uiteenlopende onderwerpen die hun neerslag vonden in deze roman. Alle fictionalisering van de (procedurele, medische, juridische, geografische) feiten is volledig mijn verantwoordelijkheid.

Dank aan de auteurs van de volgende publicaties, die onontbeerlijke informatiebronnen bleken tijdens het schrijven: *Woodswoman* van Anne LaBastille; *Lost Person Behavior* van Robert J. Koester; 'Zelfredzaamheid' van Ralph Waldo Emerson; *Walden* van Henry David Thoreau; het tijdschrift *Creem*; *Adventures in the Wilderness: or, Camp-Life in the Adirondacks* van William Murray; *Adirondack Album*, vol. 2, van Barney Fowler; *Adirondack Explorations: Nature Writings of Verplanck Colvin*, onder redactie van Paul Schaefer; *At the Mercy of the Mountains* van Peter Bronski.

Dank aan Seth Fishman, Rebecca Gardner en het team van Gernert; aan Sarah McGrath, Alison Fairbrother en het team van Riverhead; en aan Sylvie Rabineau, Hilary Zaitz Michael en het team van WME voor jullie professionele begeleiding en jullie vriendschap.

Dank aan Don Lee, Cara Blue Adams, Jena Osman, Pattie McCarthy, Rich Deeg, wijlen dr. JoAnne Epps en al mijn collega's en studenten van het Master of Fine Arts-programma van Temple University.

Dank aan Alex Gilvarry, Mac Casey, Christine Parkhurst, Stephen Moore en Rebecca Moore voor het lezen en bespreken van eerdere versies van deze roman.

Dank aan Murph Casey, Mike Casey, Kelly O'Hara, Abby Bailey, Sarah Lanzone, Jessica Geller, Maggie Casey, Adriana Gomez-Juckett, Asali Solomon, Jessica Soffer, Kiley Reid, Alexandra Kleeman, Scott Cheshire, Christy Davids, Crossley Simmons en The Claw voor de morele steun, de vriendschap, de kinderopvang en de vele lange gesprekken.

Dank aan de voorouders die van het Adirondack-gebergte een thuis hebben gemaakt, in het bijzonder Cheryl en Gerald Parkhurst.

Dank aan Mac, Annie en Jack, die me eraan herinneren waarom ik schrijf en die me de beste reden ter wereld bieden om niet de hele tijd te schrijven. Ik hou van jullie.